DuMonts Kriminal-Bibliothek

S. S. van Dine ist das Pseudonym des amerikanischen Kunst- und Kulturkritikers Willard Huntington Wright (1888–1939). Seine 1926 bis 1939 aus profunder Kennerschaft des Genres geschaffenen Romane um den Gentleman-Detektiv Philo Vance begründeten nebem dem Werk von Dorothy L. Sayers die Tradition des Detektivromans für Intellektuelle. Ellery Queen und John Dickson Carr sind ihm ebenso verpflichtet wie Michael Innes und Edmund Crispin. Von S. S. van Dine sind in DuMonts Kriminal-Bibliothek bereits erschienen: »Der Mordfall Bischof« (Bd. 1006), »Der Mordfall Greene« (Bd. 1029), »Der Mordfall Canary« (Bd. 1062) und »Der Mordfall Benson« (Bd. 1089).

Herausgegeben von Volker Neuhaus

S. S. VAN DINE

Der Mordfall Skarabäus

Aus dem Englischen
von Manfred Allié

DuMont

Die Deutsche Bibliothek – CIP-Einheitsaufnahme

S. S. van Dine:
Der Mordfall Skarabäus / S. S. van Dine. Manfred Allié (Übers.). – Köln : DuMont, 2002
(DuMont's Kriminal-Bibliothek ; 1108)
ISBN 3-7701-5879-2

Aus dem Englischen von Manfred Allié
Die der Übersetzung zugrundeliegende Ausgabe erschien 1984 unter dem Titel
The Scarab Murder Case bei Charles Scribner's Sons, New York

Umschlagmotiv von Pellegrino Ritter
Umschlag- und Reihengestaltung: Groothuis & Consorten
Satz: Greiner & Reichel, Köln
Druck und Verarbeitung: Clausen & Bosse, Leck
Printed in Germany
ISBN 3-7701-5879-2

La vérité n'a point cet air impétueux.
– Boileau

Mit Dank zugeeignet
Ambrose Lansing
Ludlow Bull
und Henry A. Carey
von der ägyptologischen Abteilung des
Metropolitan Museum of Art

Inhalt

Die Gestalten der Handlung

PHILO VANCE

JOHN F.-X. MARKHAM
Bezirksstaatsanwalt des Staates New York.

ERNEST HEATH
Sergeant bei der Mordkommission.

DR. MINDRUM W. C. BLISS
Ägyptologe; Leiter des Bliss-Museums für ägyptische Altertümer.

BENJAMIN H. KYLE
Philanthrop und Kunstmäzen.

MERYT-AMEN
Dr. Bliss' Frau.

ROBERT SALVETER
Stellvertretender Kurator des Bliss-Museums; Neffe von Benjamin H. Kyle.

DONALD SCARLETT
Grabungsexperte bei den Bliss-Expeditionen in Ägypten.

ANÛPU HANI
Faktotum der Familie Bliss.

BRUSH
Butler der Familie Bliss.

DINGLE
Köchin der Familie Bliss.

HENNESSEY
Detective bei der Mordkommission.

SNITKIN
Detective bei der Mordkommission.

EMERY
Detective bei der Mordkommission.

GUILFOYLE
Detective bei der Mordkommission.
CAPTAIN DUBOIS
Fingerabdruckexperte.
DETECTIVE BELLAMY
Fingerabdruckexperte.
DR. EMANUEL DOREMUS
Polizeiarzt.
CURRIE
Vance' Butler.

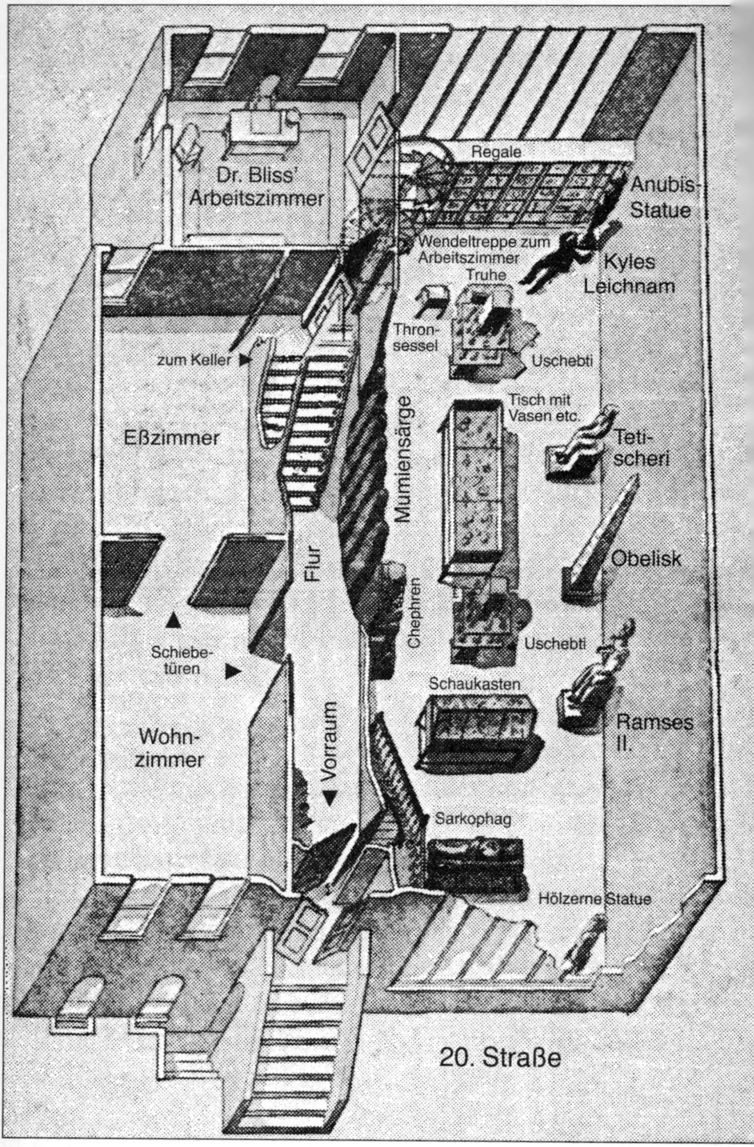

Regale
Dr. Bliss'
Arbeitszimmer
Anubis-
Statue
Wendeltreppe zum
Arbeitszimmer
Kyles
Leichnam
Truhe
Thron-
sessel
zum Keller
Uschebti
Tisch mit
Vasen etc.
Eßzimmer
Mumiensärge
Teti-
scheri
Obelisk
Flur
Chephren
Uschebti
Schiebe-
türen
Schaukasten
Wohn-
zimmer
Vorraum
Ramses
II.
Sarkophag
Hölzerne Statue
20. Straße

Kapitel 1
Mord!

(Freitag, 13. Juli, 11 Uhr vormittags)

Es war schierer Zufall, daß Philo Vance so früh vom Mordfall Skarabäus erfuhr, auch wenn John F.-X. Markham – der New Yorker Bezirksstaatsanwalt – ihn gewiß früher oder später zu den Ermittlungen hinzugezogen hätte. Aber ich frage mich, ob selbst Vance mit seinem scharfen analytischen Verstand und seinem faszinierenden Flair für die Feinheiten der menschlichen Psyche diesen abscheulichen und absonderlichen Fall hätte lösen können, wäre er nicht als erster am Ort des Verbrechens gewesen; denn daß er den Täter entlarven konnte, verdankte er letzten Endes allein dem Gewirr an Indizien, das er damals dort vorfand.

Diese Indizien – die, oberflächlich gesehen, allesamt in die Irre führten – enthüllten ihm schließlich die Mentalität des Mörders, und das wiederum brachte ihn zur Aufklärung eines Verbrechens, das bizarr und komplex war wie kaum ein anderes in der Polizeigeschichte der letzten Jahre.

Den skrupellosen, scheinbar willkürlichen Mord an dem alten Philanthropen und Kunstmäzen Benjamin H. Kyle nannte alle Welt sogleich den Mordfall Skarabäus, denn die Tat war im Privatmuseum eines berühmten Ägyptologen geschehen, und im Mittelpunkt der Aufmerksamkeit stand ein kostbarer blauer Skarabäus, den man neben dem übel zugerichteten Leichnam fand.

Dies wertvolle antike Siegel mit dem Namen eines frühen Pharaos (dessen Mumie, darf ich erinnern, damals noch nicht entdeckt war) war das Fundament, auf dem Vance das kunstvolle Gebäude seiner Beweisführung errichtete. Für die Polizei war der Skarabäus nichts weiter als ein Indiz unter vielen, ein etwas zu deutlicher Fingerzeig auf die Identität des Mörders –

doch mit einer so trügerisch einfachen Erklärung gab sich Vance nicht zufrieden.

»Mörder«, sagte er zu Sergeant Ernest Heath, »stecken ihrem Opfer in der Regel keine Visitenkarte in die Brusttasche. Und daß wir den Lapislazulikäfer hier finden, ist zwar psychologisch und forensisch höchst bemerkenswert, aber wir dürfen nicht leichtsinnig und voreilig Schlüsse daraus ziehen. Die wirklich wichtige Frage bei diesem pseudo-mystischen Mord ist, warum – und wie – der Mörder das archäologische Fundstück neben dem Toten zurückgelassen hat. Wenn wir eine Erklärung für dieses absonderliche Benehmen haben, werden wir auch den Mord selbst aufklären.«

Der wackere Sergeant hatte Vance' Worte mit einem Schnauben quittiert und über seine Skepsis nur gespottet; aber bevor ein Tag vergangen war, gab er gerne zu, daß Vance recht gehabt hatte und der Mord nicht so einfach war, wie er ihm auf den ersten Blick vorgekommen war.

Wie gesagt ergab es sich, daß Vance schon am Tatort war, bevor die Polizei dort eintraf. Ein Bekannter hatte den alten Mr. Kyle ermordet aufgefunden und kam mit der schaurigen Nachricht geradewegs zu ihm.

Es geschah am Freitagmorgen, Freitag dem 13. Juli. Vance hatte eben ein spätes Frühstück im Dachgarten seiner Wohnung an der 33. Straße beendet und hatte sich in die Bibliothek zurückgezogen, um weiter an seiner Übersetzung der Menander-Fragmente zu arbeiten, die sich in den Anfangsjahren unseres Jahrhunderts in ägyptischen Papyri gefunden hatten, als Currie – sein Butler und Kammerdiener – ins Zimmer kam und mit diskret entschuldigendem Ton verkündete:

»Mr. Donald Scarlett ist hier, Sir, in einem Zustand beträchtlicher Erregung; er bittet Sie, ihn schnellstmöglich zu empfangen.«

Vance blickte mit gelangweiter Miene von seiner Arbeit auf.

»So, Scarlett? Sehr ungelegen … Und wieso kommt er, wenn

er erregt ist? Ausgeglichene Menschen sind mir unendlich lieber … Haben Sie ihm einen Brandy mit Soda angeboten? Oder eine gute Dosis Bromid?«

»Ich habe mir erlaubt, ihm eine Flasche Courvoisier zur eigenen Bedienung zu überlassen«, antwortete Currie. »Ich konnte mich erinnern, daß Mr. Scarlett eine Schwäche für Napoleons Cognac hat.«

»Oh ja – das ist wahr … Gut gemacht, Currie.« Vance zündete sich in aller Ruhe eine seiner *Régie*-Zigaretten an und rauchte einen Moment lang schweigend. »Na, dann führen Sie ihn herein, sobald Sie den Eindruck haben, daß seine Nerven sich genügend beruhigt haben.«

Currie verneigte sich und ging hinaus.

»Interessanter Bursche, dieser Scarlett«, meinte Vance zu mir. (Ich war schon den ganzen Vormittag mit der Ordnung und Archivierung seiner Notizen beschäftigt.) »Sie erinnern sich doch an ihn, Van?«

Ich war Scarlett zweimal begegnet, aber ich muß gestehen, daß ich schon seit bestimmt einem Monat nicht mehr an ihn gedacht hatte. Nun hatte ich sein Bild allerdings wieder lebhaft vor Augen. Ich wußte, daß er und Vance in Oxford auf demselben College gewesen waren, und auf Vance' zwei Jahre zurückliegender Ägyptenreise hatten sie sich wiedergetroffen.

Scarlett hatte in Oxford Ägyptologie und Altertumswissenschaften unter Professor F. Ll. Griffith studiert. Später waren Chemie und Fotografie hinzugekommen, ideale Qualifikationen für einen Posten im technischen Stab einer ägyptologischen Expedition. Er war ein wohlhabender Engländer, ein Amateur, der aus der Ägyptologie seine große Leidenschaft gemacht hatte.

Als Vance nach Alexandria kam, hatte Scarlett im Labor des Museums in Kairo gearbeitet. Die beiden hatten sich getroffen und ihre alte Bekanntschaft erneuert. Seit kurzem war Scarlett in Amerika, wo Dr. Mindrum W. C. Bliss ihm eine Stelle angeboten hatte. Bliss, einer der führenden Ägyptologen, unterhielt ein Privatmuseum ägyptischer Altertümer in einem alten Haus im Ostteil der 20. Straße mit Blick auf den Gramercy Park. Seit seiner Ankunft war Scarlett mehrfach bei Vance zu Gast gewesen, und in Vance' Wohnung hatte ich ihn auch kennengelernt. Allerdings war er noch nie uneingeladen gekommen, und sein unerwartetes Auftauchen an diesem Vormittag überraschte mich sehr, denn er war sonst in solchen gesellschaftlichen Dingen ganz der englische Gentleman.

Auch Vance war ein wenig erstaunt und verbarg es nur hinter seiner gutgelaunt gleichgültigen Maske.

»Scarlett ist ein kluger Bursche, Van«, sagte er nachdenklich. »Und äußerst korrekt. Wieso sucht er mich zu so ungehöriger Stunde auf? Und warum ist er erregt? Ich hoffe doch nicht, daß seinem hochgelehrten Dienstherrn etwas zugestoßen ist … Ein faszinierender Mann, dieser Bliss – einer der großen Meister seines Faches.«*

Ich konnte mich erinnern, daß Vance sich während seines Winters in Ägypten eingehend mit den Arbeiten von Dr. Bliss beschäftigt hatte, der ebenfalls im Lande war und das Grab des Pharaos Intef V. zu finden hoffte, der in der Hyksos-Periode von Theben aus Oberägypten beherrscht hatte. Vance hatte Bliss sogar auf einer Forschungsexpedition ins Tal der Könige begleitet. Zu dieser Zeit hatten die Menander-Fragmente eben erst seine Aufmerksamkeit erregt, und er war ganz in deren Übersetzung vertieft gewesen, als der Mordfall Bischof seine Arbeiten unterbrach.

Ein Thema, mit dem Vance sich ebenfalls beschäftigt hatte, waren die unterschiedlichen Auffassungen zur Chronologie des

* Dr. Mindrum W. C. Bliss, M. A., war Mitglied der American Oriental Society, Fellow der Society of Antiquaries und der Royal Society und Ehrenmitglied der Royal Asiatic Society; aus seiner Feder stammten Standardwerke wie *The Stele of Intefoe at Koptos*, die *History of Egypt during the Hyksos Invasion* sowie Monographien über die 17. Dynastie und die Kolossi Amenophis' III.

Alten und Mittleren Reiches – nicht vom historischen Standpunkt aus betrachtet, sondern aus dem Blickwinkel der Entwicklung der ägyptischen Kunst. Nach seinen Forschungen schlug er sich auf die Seite der Bliss-Weigallschen oder kurzen Chronologie (auf der Basis des Turiner Papyrus) im Gegensatz zur langen Chronologie von Hall und Petrie, in der die 12. Dynastie und alle davorliegende Geschichte eine volle Sothisperiode oder 1.460 Jahre früher angesiedelt sind.* Durch Vergleich der Kunstwerke der Epochen vor und nach der Hyksos-Herrschaft war Vance zu dem Schluß gekommen, daß nicht mehr als 300 Jahre zwischen der 12. und der 18. Dynastie liegen können, wie es die kurze Chronologie ja auch annimmt. Er verglich gewisse Statuen aus der Regierungszeit Ammenemes' III. mit solchen aus der Zeit Thutmosis' I. – das heißt er schlug einen Bogen vom Anfang zum Ende der Hyksos-Invasion mit ihrem barbarischen asiatischen Einfluß und der Zerstörung der einheimischen ägyptischen Kultur – und schloß, daß die Kunst der 12. Dynastie über keinen längeren Zeitraum als drei Jahrhunderte so unverändert geblieben wäre. Anders ausgedrückt: Wäre das Interregnum länger gewesen, so wären die Zeichen des Niedergangs in der Kunst der 18. Dynastie deutlicher gewesen.

Diese Forschungen Vance' kamen mir an jenem schwülen Julimorgen in den Sinn, als wir darauf warteten, daß Currie den Besucher hereinführte. Die Ankündigung von Scarletts Besuch ließ die mühsamen Wochen wieder vor meinem inneren Auge er-

* Nach der Bliss-Weigall-Chronologie liegen zwischen dem Tod Sobeknofrus und der Vertreibung der Hirtenkönige aus Memphis die Jahre 1898 bis 1577 v. Chr. – wohlgemerkt: 321 Jahre – und nicht die 1800 Jahre, von denen die Verfechter der längeren Chronologie ausgehen. Folgt man Breasted und der deutschen Schule, ist der Zeitraum sogar noch kürzer. Breasted und Meyer datierten dieselbe Periode auf 1788 bis 1580. Für Vance' Begriffe waren diese 208 Jahre jedoch zu kurz für die kulturellen Veränderungen, von denen wir Spuren haben.

scheinen, die ich damit verbracht hatte, Vance' Notizen zu diesem Thema zu erfassen und zusammenzustellen. Vielleicht hatte ich ein Gefühl – das, was man leichthin eine Vorahnung nennt –, daß es eine Verbindung zwischen Scarletts unerwartetem Besuch und Vance' ästhetisch-ägyptologischen Studien gab. Vielleicht hatte ich unbewußt sogar schon damit begonnen, in Gedanken die Fakten jenes vorletzten Winters zu ordnen, damit ich besser gewappnet für das war, was Scarlett heute zu uns geführt hatte.

Aber in Wirklichkeit kann ich nicht im mindesten geahnt haben, was wir zu hören bekommen sollten. Es war bei weitem zu abscheulich, zu bizarr, als daß ein müßiger Verstand darauf hätte kommen können. Es riß uns aus der ruhigen Routine unseres täglichen Lebens in einen häßlichen Abgrund, in Tiefen, in denen die üblen Miasmen eines Hexensabbats waberten. Nur daß es in diesem Falle die absonderlichen Legenden des alten Ägyptens waren – die wirre Mythologie, der groteske Pantheon tierköpfiger Götter –, die den Hintergrund lieferten.

Scarlett kam geradezu in den Raum geschossen, als Currie die Schiebetür für ihn aufzog. Entweder hatte der Courvoisier ihn in umso größere Erregung versetzt, oder Currie hatte den Zustand, in dem die Nerven dieses Mannes sich befanden, entschieden zu harmlos eingeschätzt.

»Kyle ist tot!« rief der Neuankömmling. »Ermordet!« Er stand am Tisch der Bibliothek und starrte Vance mit weit aufgerissenen Augen an.

»Was Sie nicht sagen! Das ist ja entsetzlich.« Vance hielt ihm sein Zigarettenetui hin. »Nehmen Sie eine *Régie* ... Und der Sessel gleich neben Ihnen – Sie werden feststellen, daß er sehr bequem ist. Zeit Karls II.; ich habe ihn aus London mitgebracht ... Das ist ja ein schönes Durcheinander, wenn uns hier plötzlich die Leute ermordet werden, was? Aber wissen Sie, wenn es einmal geschehen ist, kann man nichts mehr dagegen machen. Und die menschliche Rasse ist nun einmal verdammt blutrünstig.«

Seine nonchalante Art hatte eine beruhigende Wirkung auf Scarlett, der in den Sessel sank und sich mit zitternden Fingern die Zigarette anzündete.

Vance wartete einen Moment lang, dann fragte er:

»Übrigens, woher wissen Sie, daß es Mord war?«

Scarlett fuhr zusammen.

»Ich habe ihn da liegen sehen – den Schädel eingeschlagen. Ein grausiger Anblick. Eindeutiger Fall.« (Ich hatte, ich weiß nicht warum, den Eindruck, daß seine Haltung plötzlich etwas Defensives bekam.)

Vance lehnte sich in seinem Sessel zurück und legte nachdenklich die langen schmalen Finger aneinander wie eine Pyramide.

»Eingeschlagen mit was? Und wo lag er? Und wie kam es, daß Sie ihn entdeckt haben? Nun reißen Sie sich mal zusammen, Scarlett, und erzählen Sie der Reihe nach.«

Scarlett legte die Stirn in Falten und nahm mehrere tiefe Züge von seiner Zigarette. Er war ein Mann um die vierzig, hochgewachsen, schlank, die Schädelform eher alpin als nordisch – ein dinarischer Typ. Die Stirn war ein wenig gewölbt, das Kinn rund und fliehend. Er hatte etwas von einem Gelehrten, wenn auch nichts vom trägen Bücherwurm, denn sein Körper wirkte tüchtig und kräftig, und sein Gesicht war gebräunt wie das eines Mannes, der Jahre in Sonne und Wind zugebracht hat. Die Augen waren leuchtend, ein wenig fanatisch – was, kam es mir vor, durch den fast kahlen Schädel noch betont wurde. Aber er machte den Eindruck eines ehrlichen, aufrechten Mannes auf mich – zumindest in diesem Punkt war die britische Schule unverkennbar.

»Sie haben ja recht, Vance«, sagte er nach einer kurzen Pause und fand einigermaßen die Ruhe wieder. »Sie wissen, daß ich im Mai als Dr. Bliss' Angestellter mit ihm nach New York gekommen bin und seither die praktischen Arbeiten für ihn erledige. Ich habe ein Quartier gleich um die Ecke vom Museum gefunden, am Irving Place. Heute war ein Stoß Fotografien zu klassifizieren, und ich kam kurz vor halb elf am Museum an …«

»Ihre übliche Zeit?« fragte Vance beiläufig.

»Oh, nein. Ich war heute morgen recht spät dran. Wir hatten gestern noch bis zum späten Abend an der Abrechnung der letzten Expedition gearbeitet.«

»Und dann?«

»Ja, das war seltsam«, sagte Scarlett. »Die Haustür stand einen Spaltweit offen – sonst muß ich fast immer läuten. Aber warum hätte ich Brush die Arbeit machen sollen …«

»Brush?«

»Der Butler im Hause Bliss … Ich schob die Tür also einfach auf und ging hinein. Die Stahltür rechts im Flur, durch die man ins Museum kommt, ist in der Regel unverschlossen, und ich öffnete sie. Es führen ein paar Stufen hinab, und von oben auf der Treppe konnte ich sehen, daß am gegenüberliegenden Ende des Museums jemand am Boden lag. Zuerst dachte ich, es sei einer der Mumiensärge, die wir gestern bekommen hatten – es ist ziemlich düster da drin –, aber als meine Augen sich an das Licht gewöhnt hatten, erkannte ich Kyle. Er lag zusammengekauert, die Arme über dem Kopf … Aber ich dachte ja noch, er ist nur gestürzt, und lief zu ihm hin.«

Er hielt inne und wischte sich die glänzende Stirn mit einem Taschentuch, das er aus der Manschette zog.

»Gott, Vance! – es war ein gräßlicher Anblick. Jemand hatte ihm mit einer Statue, einem neuen Stück, das wir gestern erst ausgepackt haben, den Schädel gespalten – aufgeschlagen wie ein Ei. Die Statue lag noch quer über dem Kopf.«

»Haben Sie etwas angefaßt?«

»Liebe Güte, nein!« Scarlett schien entsetzt bei dem Gedanken. »Dazu wäre ich gar nicht in der Lage gewesen, so schlimm sah es aus. Und ein flüchtiger Blick genügte, um zu sehen, daß der arme Bursche tot war.«

Vance studierte ihn aufmerksam.

»Sagen Sie – was war das erste, was Sie gemacht haben?«

»Ich habe nach Dr. Bliss gerufen – man gelangt in sein Arbeitszimmer über die kleine Wendeltreppe an der Rückwand des Museums ...«

»Und es kam keine Antwort?«

»Nein – keine Antwort ... Dann – ich gebe es zu – bekam ich es mit der Angst zu tun. Der Gedanke gefiel mir gar nicht, daß mich jemand allein mit einer Leiche finden könnte, und ich sah zu, daß ich wieder an die Haustür kam. Ich wollte einfach hinausschlüpfen und so tun, als sei ich gar nicht dagewesen ...«

»Ah!« Vance beugte sich vor und wählte bedächtig eine neue Zigarette aus. »Und als Sie wieder draußen auf der Straße waren, hatten Sie ein schlechtes Gewissen.«

»Genau das! Es war einfach nicht anständig, den armen Teufel da liegenzulassen – aber andererseits wollte ich nicht hineingezogen werden ... Inzwischen lief ich die Fourth Avenue hinunter, innerlich so angespannt, daß ich überhaupt nicht mehr sah, wo ich ging, und mit den Leuten zusammenstieß. Und dann fielen Sie mir ein. Ich wußte, daß Sie Dr. Bliss und die ganze Gesellschaft kennen, und Sie waren genau der Mann, den ich um Rat fragen konnte. Hier in Amerika war alles noch so neu für mich – ich hätte nicht einmal gewußt, wie ich es überhaupt anstelle, die Sache zu melden ... Also hastete ich weiter, her zu Ihrer Wohnung.« Er hielt abrupt inne und blickte Vance gespannt an. »Was soll ich tun?«

Vance streckte seine langen Beine und betrachtete träge die Glut seiner Zigarette.

»Sie tun gar nichts«, sagte er schließlich. »Ich übernehme das für Sie. So kompliziert ist das Verfahren nicht, und wie man es anstellt, hängt von den Umständen ab. Man kann auf der Polizeiwache anrufen oder den Kopf zum Fenster hinausstecken und Mordio schreien, man kann es einem Verkehrspolizisten anvertrauen oder die Leiche einfach liegenlassen, bis jemand anderes darüber stolpert. Am Ende läuft es alles auf das Gleiche hinaus – der Mörder kommt fast immer ungeschoren davon … Im vorliegenden Fall werde ich allerdings ein wenig vom üblichen Weg abweichen, indem ich direkt mit dem Staatsanwalt telefoniere.«

Er griff zum Hörer des Perlmutt-Telefons, das er auf dem venezianischen Tischchen neben sich stehen hatte, und ließ sich eine Nummer geben. Ein paar Sekunden darauf sprach er mit dem Bezirksstaatsanwalt.

»Markham, mein Alter, ich grüße Sie. Wetter zum Weglaufen, was?« Seine Stimme klang zu harmlos, als daß sie ganz überzeugend gewirkt hätte. »Was ich sagen wollte – Benjamin H. Kyle ist zu seinen Vätern gegangen, und nicht aus freiem Willen. Im Moment liegt er auf dem Fußboden des Bliss-Museums mit einer Statue im Schädel … Oh ja, mausetot, nach allem, was ich höre. Wäre das ein Fall für Sie? Dachte, ich mache Ihnen ein bißchen Arbeit und sage Ihnen Bescheid … Traurig, traurig … Ich bin im Begriff, mich *in situ criminis* zu begeben … Aber nicht doch! Ist das der Zeitpunkt für eine Moralpredigt? Nun seien Sie doch nicht so schrecklich ernst … Wirklich, ich finde schon, Sie sollten dabeisein … Wunderbar! Ich erwarte Sie hier bei mir.«

Er legte auf und lehnte sich wieder in seinen Sessel zurück.

»Der Bezirksstaatsanwalt ist schon auf dem Weg zu uns«, verkündete er, »und wir werden uns wahrscheinlich ein paar Eindrücke verschaffen können, bevor die Polizei eintrifft.«

Sein Blick wanderte zu Scarlett, und er sah ihn mit verträumter Miene an.

»Sie haben schon recht … ich kenne Bliss und seine Bande. Faszinierend, die Möglichkeiten, die sich da eröffnen. Könnte sehr unterhaltsam werden …« (Ich sah ihm an, daß sein Verstand – und durchaus mit etwas wie Vorfreude – sich schon auf eine neue kriminalistische Aufgabe eingestellt hatte.) »Die Haustür stand offen, sagen Sie? Und als Sie riefen, bekamen Sie keine Antwort?«

Scarlett nickte, entgegnete jedoch nichts. Er war sichtlich verwirrt, daß Vance seinen grausigen Bericht mit solcher Gelassenheit aufnahm.

»Wo waren die Dienstboten? Hätten die Ihren Ruf nicht gehört?«

»Unwahrscheinlich. Sie sind im anderen Teil des Hauses und im Untergeschoß. Der einzige, der mich gehört hätte, wäre Dr. Bliss gewesen – wenn er in seinem Arbeitszimmer gewesen wäre.«

»Sie hätten an der Haustür läuten oder im Flur einen Diener rufen können«, schlug Vance vor.

Scarlett rutschte unruhig in seinem Sessel hin und her.

»Da haben Sie natürlich recht«, gab er zu. »Aber Teufel nochmal, malen Sie sich doch meine Verfassung aus!«

»Gewiß, selbstverständlich – nur zu natürlich. *Prima-facie*-Beweise und so weiter. Verdammt verdächtig, was? Aber Sie hätten doch kein Motiv gehabt, den alten Burschen ins Jenseits zu befördern, oder?«

»Liebe Güte, nein!« Scarlett wurde bleich. »Er hat uns ja alle finanziert. Ohne seine Unterstützung gäbe es keine Bliss-Ausgrabungen und auch kein Museum.«

Vance nickte.

»Bliss sprach davon, als ich in Ägypten war ... Gehört nicht auch das Haus, in dem das Museum untergebracht ist, Kyle?«

»Doch, beide. Es sind eigentlich zwei Häuser. Im einen wohnt Bliss mit seinem Haushalt und dem jungen Salveter – Kyles Neffen –, das andere ist das Museum. Durch die Trennwand hat man zwei Türen gebrochen, und der Eingang des Museumshauses ist zugemauert. Deshalb hat man jetzt das Gefühl, es ist nur noch ein einziges.«

»Und wo wohnte Kyle?«

»In dem Brownstone auf der anderen Museumsseite. Ihm gehörten in dieser Straße sechs oder sieben Häuser nebeneinander.«

Vance erhob sich und ging nachdenklich zum Fenster.

»Wissen Sie, wie es kam, daß Kyle sich für Ägyptologie interessierte? Nicht gerade sein Metier. Sonst hatte er doch eher eine Schwäche für Krankenhäuser oder unaussprechliche englische Porträtmaler der Gainsborough-Schule. Hat seinerzeit für *Blue Boy* geboten. Ein Glück für ihn, daß er es nicht bekommen hat.«

»Das war der junge Salveter. Er hat seinen Onkel dazu überredet, daß er Bliss Geld gibt. Der Junge war Bliss' Schüler, als Bliss noch Ägyptologie in Harvard lehrte. Nach seinem Abschluß wußte er nicht wohin, und Kyle hat die Expedition finanziert, damit der Junge etwas zu tun hat. Er hing sehr an seinem Neffen, der alte Kyle.«

»Und seither ist Salveter immer bei Bliss gewesen?«

»Kann man sagen. Es geht sogar soweit, daß er bei ihm im Haus wohnt. Seit sie vor drei Jahren das erstemal zusammen in Ägypten waren, weicht er ihm nicht mehr von der Seite. Bliss hat ihn zum stellvertretenden Kurator des Museums gemacht. Und er verdient den Posten. Ein kluger Junge – die Ägyptologie ist sein ganzes Leben.«

Vance kehrte an den Tisch zurück und läutete nach Currie.

»Gar nicht uninteressant«, meinte er in seiner üblichen lakonischen Art ... »Wer ist denn sonst noch von der Bliss-Ménage da?«

»Da wäre Mrs. Bliss – Sie kennen sie aus Kairo; ein seltsames Mädchen, halb ägyptisch, weitaus jünger als Bliss. Dann wäre da der Ägypter Hani, den Bliss von dort mitgebracht hat – oder besser gesagt, den *Mrs.* Bliss mitgebracht hat. Hani war ein alter Diener bei Meryts Vater ...«

»Meryt?«

Scarletts Lider flatterten, und er blickte verlegen drein.

»Mrs. Bliss meine ich«, erklärte er. »Mit Vornamen heißt sie Meryt-Amen. In Ägypten ist es üblich, eine Dame bei ihrem Vornamen anzusprechen.«

»Selbstverständlich.« Der Anflug eines Lächeln umspielte Vance' Mundwinkel. »Und welche Stellung nimmt dieser Hani im Haushalt ein?«

Scarlett schürzte die Lippen.

»Eine reichlich seltsame, wenn Sie mich fragen. Ein Fellache – aber koptischer Christ. Er hat den alten Abercrombie – Meryts Vater – auf dessen zahlreichen Expeditionen begleitet. Als Abercrombie starb, wurde er eine Art Ziehvater für Meryt. Bei der Bliss-Expedition dieses Frühjahr war er mit einem unbedeutenden Auftrag der ägyptischen Regierung dabei. Er ist ein besseres Faktotum für das Museum, könnte man sagen. Kennt sich auch mit der wissenschaftlichen Seite gut aus.«

»Steht er derzeit in Diensten des ägyptischen Staates?«

»Das weiß ich nicht ... obwohl es mich nicht wundern würde, wenn er sich ein wenig als patriotischer Spion betätigt. Weiß man bei solchen Burschen nie.«

»Und das wäre dann der gesamte Haushalt?«

»Dazu kommen noch zwei amerikanische Bedienstete – Brush, der Butler, und Dingle, die Köchin.«

Das war der Augenblick, in dem Currie eintrat.

»Hören Sie, Currie«, wandte Vance sich an ihn; »ein angesehener Herr aus der Nachbarschaft ist eben ermordet worden, und ich gehe hinüber und sehe mir die Leiche an. Legen Sie einen dunkelgrauen Anzug und meinen siamesischen Strohhut heraus. Gedeckte Krawatte, versteht sich ... Und, Currie – zuerst den Amontillado.«

»Sehr wohl, Sir.«

Currie nahm die Nachricht auf, als ereigne sich in seinem Leben tagtäglich ein Mord, und ging hinaus.

»Haben Sie eine Erklärung, Scarlett«, fragte Vance, »warum jemand Kyle aus dem Wege räumen wollte?«

Die Antwort kam mit einem kaum merklichen Zögern.

»Nicht die geringste«, sagte er und legte wieder die Stirn in Falten. »Er war ein freundlicher, großzügiger alter Bursche –

großspurig und ein wenig eitel, aber doch immer sympathisch. Allerdings weiß ich nichts über sein Privatleben. Vielleicht gab es dort Feinde …«

»Aber allzu wahrscheinlich wäre es ja nicht«, gab Vance zu bedenken, »daß ein solcher Feind ihm ins Museum gefolgt wäre und an einem Ort, an dem jeden Moment jemand hereinkommen konnte, seinen Rachegelüsten gefrönt hätte.«

Scarlett setzte sich mit einem Ruck auf.

»Sie wollen doch nicht sagen, daß jemand im Haus …«

»Aber mein Lieber!«

Currie trat wieder ein und brachte den Sherry, und Vance goß drei Gläser ein. Als wir getrunken hatten, entschuldigte er sich und ging sich ankleiden. In der Viertelstunde, die Vance brauchte, ging Scarlett ruhelos im Zimmer auf und ab. Er hatte die Zigarette ausgedrückt und eine alte Meerschaumpfeife angezündet, die einen beißenden Qualm von sich gab.

Fast im selben Augenblick, in dem Vance wieder die Bibliothek betrat, kam von draußen das laute Hupen eines Automobils. Markham war unten und wartete auf uns.

Auf dem Weg zur Tür erkundigte Vance sich bei Scarlett:

»War es üblich, daß Kyle um diese Tageszeit im Museum war?«

»Nein, das kam so gut wie nie vor. Aber Dr. Bliss hatte sich ausdrücklich für den Vormittag mit ihm verabredet, um die Kosten der vergangenen Expedition darzulegen und darüber zu sprechen, ob wir die Grabungen in der kommenden Saison fortsetzen können.«

»Sie wußten von dieser Verabredung?« fragte Vance unbeteiligt.

»Oh ja. Dr. Bliss hat sie gestern abend per Telefon mit ihm vereinbart, als wir den Bericht zusammenstellten.«

»So, so.« Vance ging hinaus auf den Flur. »Es gab also andere, die ebenfalls wußten, daß Kyle heute vormittag im Museum sein würde.«

Scarlett blieb stehen und sah ihn mit verblüffter Miene an.

»Sie wollen doch nicht allen Ernstes …« hob er an.

»Wer hat bei dem Telefonat mitgehört?« Vance war schon auf der Treppe.

Scarlett folgte ihm, den Blick bekümmert gesenkt.

»Lassen Sie mich überlegen … Da waren Salveter und Hani und …«

»Nur heraus damit.«

»Und Mrs. Bliss.«

»Mit anderen Worten der ganze Haushalt, ausgenommen Brush und Dingle?«

»Ja … Aber hören Sie, Vance – die Verabredung war für elf Uhr, und den Schädel hat man dem armen Kerl schon vor halb elf eingeschlagen.«

»Das wird ja immer besser«, murmelte Vance.

Kapitel 2
Die Rache der Sachmet

(Freitag, 13. Juli, 11 Uhr 30 vormittags)

Markham begrüßte Vance mit vorwurfsvoller Miene.

»Was soll das denn nun wieder bedeuten?« fragte er ärgerlich. »Ich war mitten in einer wichtigen Sitzung ...«

»Was es bedeuten soll, müssen wir noch herausfinden«, schnitt Vance ihm munter das Wort ab und stieg schon in den Wagen. »Wenn Sie aber den Grund wissen wollen, weshalb ich Ihr griesgrämiges Gesicht sehen wollte, dann sage ich: Es handelt sich um einen höchst faszinierenden Mord.«

Markham blickte ihn forschend an und gab dem Fahrer Order, uns unverzüglich zum Bliss-Museum zu bringen. Er wußte, wie er Vance' Ton zu deuten hatte: Je launiger er sich nach außen gab, desto ernsthafter war er im Inneren mit etwas beschäftigt.

Markham und er waren seit fünfzehn Jahren befreundet, und Vance hatte ihn schon häufiger bei seinen Ermittlungen unterstützt. Ja, mittlerweile verließ Markham sich fast schon darauf, daß Vance ihm in den schwierigeren Fällen, die in seinen Amtsbereich fielen, zur Seite stand.*

Zwei Männer konnten vom Temperament kaum gegensätzlicher sein als diese beiden. Markham war streng, reizbar, geradlinig, ernst und ein wenig schwerfällig. Vance war schwungvoll, impulsiv, auf den ersten Blick zynisch – ein Ästhet, der die großen sozialen und moralischen Fragen stets nur abstrakt sah.

* Als juristischer Berater, Finanzverwalter und ständiger Begleiter von Philo Vance machte ich mir über die großen Kriminalfälle, an deren Aufklärung er während Markhams Amtszeit beteiligt war, ausführlich Notizen. Vier dieser Fälle habe ich bereits in Buchform präsentiert: *The Benson Murder Case* (Scribners, 1926), *The ›Canary‹ Murder Case* (Scribners, 1927), *The Greene Murder Case* (Scribners, 1928) und *The Bishop Murder Case* (Scribners, 1929).

Aber gerade diese Verschiedenheit der Persönlichkeiten war es, was jeden am anderen anzog.

Auf unserem Weg zum Museum, das nur ein paar Häuserblocks entfernt lag, faßte Scarlett für den Bezirksstaatsanwalt seine makabre Entdeckung noch einmal zusammen.

Markham hörte aufmerksam zu. Dann wandte er sich an Vance.

»Es ist natürlich nicht auszuschließen, daß es einfach nur ein Raubmord war. Jemand kommt von der Straße herein …«

»Heilige Einfalt!« stöhnte Vance und schüttelte kummervoll das Haupt. »Wissen Sie, in der Regel schleichen sich Raubmörder nicht am hellichten Tag in dubiose Privathäuser und schlagen fremden Leuten eine Statue über den Schädel. Meistens bringen sie ihre eigene Waffe mit und suchen sich eine *mise-en-scène*, die ihnen wenigstens ein gewisses Maß an Sicherheit bietet.«

»Na, jedenfalls habe ich für alle Fälle Sergeant Heath verständigt«, brummte Markham.* »Er wird gleich hier sein.«

An der Ecke 20. Straße und Fourth Avenue ließ er den Wagen anhalten. An einem Telefonkästchen stand ein Streifenpolizist, der, als er den Bezirksstaatsanwalt erkannte, die Hacken zusammenschlug und salutierte.

»Steigen Sie vorne ein, Officer«, kommandierte Markham. »Vielleicht brauchen wir Sie.«

Am Museum angekommen, ließ Markham den Schutzmann am Fuß der Treppe Posten beziehen, und wir stiegen sogleich hinauf zur Eingangstür.

Ich prägte mir den Aufbau der beiden Häuser, die Scarlett uns ja schon beschrieben hatte, so gut es ging ein. Jedes hatte

* Sergeant Ernest Heath von der Mordkommission hatte bei den meisten größeren Fällen mit Markham gearbeitet. Er war ein aufrechter, tüchtiger, wenn auch uninspirierter Polizist, der zu Vance bei der Auflösung der Mordfälle Benson und ›Canary‹ ein gutes Verhältnis entwickelt hatte. Vance bewunderte den Sergeant, und die beiden – so unterschiedlich sie in Bildung und Weltsicht auch waren – arbeiteten bemerkenswert gut zusammen.

eine Front von siebeneinhalb Metern und war aus großen, flachen Sandsteinblöcken gebaut. Dem rechten fehlte die Eingangstür – die Stelle, an der sie zugemauert war, war deutlich zu sehen. Auch die Fenster auf Souterrainhöhe waren verschwunden. Das linke Haus hingegen war unverändert. Es war drei Stockwerke hoch, und eine breite Steintreppe mit hohem steinernem Geländer führte zum erhöht liegenden Hauptgeschoß. Der Boden des Untergeschosses lag, wie meistens bei solchen Häusern, ein wenig unter Straßenhöhe. Ursprünglich waren die beiden Häuser völlig gleich gewesen, und nun, nach den Umbauten, wirkten sie wie ein einziger, in sich geschlossener Bau.

Als wir den kleinen Vorraum betraten – der sich in gleicher Form bei allen alten Brownstonehäusern dieser Straße fand –, fiel mir auf, daß die schwere eichene Haustür, von der Scarlett sagte, sie habe am Morgen einen Spaltweit offengestanden, nun geschlossen war. Auch Vance sah es, denn er wandte sich sogleich mit der Frage an Scarlett:

»Haben Sie die Tür zugezogen, als Sie das Haus verließen?«

Scarlett starrte die massiven Paneelen an, als könnten sie ihm seine Taten des Vormittags verraten.

»Wirklich, Vance, das weiß ich nicht mehr«, antwortete er dann. »Ich war so durcheinander. Vielleicht habe ich sie geschlossen …«

Vance drehte am Knauf, und die Tür öffnete sich.

»So, so. Der Riegel war geöffnet. Da war jemand sehr leichtsinnig … Kommt das öfter vor?«

Scarlett war verblüfft.

»Das habe ich noch nie erlebt, daß sie nicht verschlossen ist.«

Vance hob die Hand und gab uns zu verstehen, daß wir im Vorraum bleiben sollten, und dann schlüpfte er lautlos zur Museumstür. Wir sahen, wie er sie vorsichtig öffnete, konnten jedoch nicht erkennen, was dahinterlag. Einen Moment lang war er verschwunden.

»Kyle ist tot, das steht fest«, sagte er finster, als er zurück war. »Und anscheinend hat ihn noch niemand entdeckt.« Vorsichtig schloß er die Haustür wieder. »Wir werden es nicht ausnutzen, daß sie unverschlossen ist«, sagte er. »Wir halten uns an die Regeln und sind gespannt, wer kommt.« Dann drückte er den Klingelknopf.

Ein paar Augenblicke darauf öffnete ein verhärmter, leichenblasser Mann in Butlerlivree. Er begrüßte Scarlett mit einer knappen Verbeugung und musterte uns andere mit kaltem Blick.

»Brush, nehme ich an«, ergriff Vance das Wort.

Der Mann verneigte sich leicht, den Blick weiterhin fest auf uns gerichtet.

»Ist Dr. Bliss im Hause?« fragte Vance.

Brush warf Scarlett einen fragenden Blick zu. Als dieser aufmunternd nickte, öffnete er die Tür ein wenig weiter.

»Jawohl, Sir«, antwortete er. »Er ist in seinem Arbeitszimmer. Wen darf ich melden?«

»Sie brauchen ihn nicht zu stören, Brush.« Vance trat auf den Flur, und wir folgten ihm. »War Dr. Bliss den ganzen Vormittag über in seinem Arbeitszimmer?«

Der Butler richtete sich auf und strafte Vance mit einem indignierten Blick.

Vance lächelte, nicht unfreundlich.

»Sie haben ja recht, Brush. Aber wir sind nicht hier, um gute Manieren zu zeigen. Der Herr hier ist der Bezirksstaatsanwalt von New York, und wir kommen zu Ihnen, weil wir Auskunft brauchen. Sind Sie bereit, sie uns freiwillig zu geben?«

Der Butler sah den uniformierten Polizisten am Fußende der Treppe, und sein Gesicht wurde noch bleicher.

»Sie tun dem Doktor einen Gefallen, wenn Sie antworten«, fügte Scarlett hinzu.

»Dr. Bliss ist seit neun Uhr in seinem Arbeitszimmer«, erwiderte der Butler in einem Tonfall gekränkter Würde.

»Wie können Sie da sicher sein?« fragte Vance.

»Ich habe ihm das Frühstück dort serviert, und seither bin ich auf dieser Etage.«

»Dr. Bliss' Arbeitszimmer«, erklärte Scarlett, »liegt am anderen Ende des Flurs.« Er wies auf eine mit einem Vorhang versehene Tür an der Rückwand des breiten Ganges.

»Dann sollte er uns doch jetzt hören können«, meinte Markham.

»Nein, die Tür ist schallisoliert«, sagte Scarlett. »Das Arbeitszimmer ist sein *sanctum sanctorum*, und es ist so eingerichtet, daß kein Laut aus dem Haus hineindringt.«

Der Butler, die Augen wie zwei glitzernde Nadelspitzen, hatte sich zum Gehen gewandt.

»Warten Sie noch, Brush.« Vance' Worte ließen ihn innehalten. »Wer sonst ist derzeit im Haus?«

Der Diener wandte sich um, und als er antwortete, schien es mir, daß seine Stimme ein wenig bebte.

»Mr. Hani ist oben. Er fühlt sich nicht wohl ...«

»Was Sie nicht sagen!« Vance holte sein Zigarettenetui hervor. »Und die anderen Mitglieder des Haushalts?«

»Mrs. Bliss hat gegen neun Uhr das Haus verlassen – einkaufen, wenn ich es recht verstanden habe. Mr. Salveter ging kurz danach.«

»Und Dingle?«

»Sie ist unten in der Küche, Sir.«

Vance musterte den Butler genauer.

»Brush, Sie brauchen ein Stärkungsmittel. Eine Mischung aus Eisen, Arsen und Strychnin, das würde Sie aufbauen.«

»Jawohl, Sir. Ich habe schon selbst überlegt, ob ich nicht zum Arzt gehen sollte ... Es ist der Mangel an frischer Luft, Sir.«

»Genau das.« Vance hatte unter seinen geliebten *Régies* eine ausgewählt und zündete sie mit größter Sorgfalt an. »Was ist mit Mr. Kyle, Brush? Sollte er nicht heute vormittag herkommen?«

»Er ist im Museum … Das hatte ich vergessen, Sir. Es kann sein, daß Dr. Bliss unten bei ihm ist.«

»Tatsächlich! Und um welche Zeit traf Mr. Kyle hier ein?«

»Gegen zehn Uhr.«

»Haben Sie ihn eingelassen?«

»Jawohl, Sir.«

»Und haben Sie Dr. Bliss Bescheid gesagt, daß er hier ist?«

»Nein, Sir. Mr. Kyle trug mir auf, den Doktor nicht zu stören. Er komme zu früh zu seiner Verabredung, erklärte er mir, und wolle sich die nächste Stunde über noch einige Stücke im Museum ansehen. Er werde später selbst beim Doktor anklopfen.«

»Und er ging direkt ins Museum?«

»Jawohl, Sir. Ich habe ihm noch die Tür geöffnet.«

Vance nahm einen tiefen Zug von seiner Zigarette.

»Noch eines, Brush. Ich sehe, daß das Haustürschloß entriegelt ist, so daß jeder von der Straße hereinkommen könnte, ohne zu läuten …«

Der Butler stutzte, dann ging er mit raschen Schritten zur Tür und sah nach.

»Sie haben recht, Sir … Sehr merkwürdig.«

Vance beobachtete ihn genau.

»Wieso merkwürdig?«

»Nun, Sir, die Tür war verschlossen, als Mr. Kyle um zehn Uhr eintraf. Davon habe ich mich vergewissert. Er sagte, er wolle im Museum ungestört sein, und da Mitglieder des Haushalts manchmal das Schloß entriegeln, wenn sie das Haus nur kurz verlassen, habe ich mich vergewissert, daß es heute morgen nicht so war. Sonst hätte jemand zurückkehren und ins Museum gehen können, bevor ich Bescheid sagen konnte, daß Mr. Kyle hier ist, und hätte ihn vielleicht erschreckt.«

»Aber als ich um halb elf hier ankam, Brush«, rief Scarlett aufgeregt, »da war die Tür offen …«

Vance machte eine warnende Geste.

»Schon gut, Scarlett.« Dann wandte er sich wieder dem Butler zu. »Wohin sind Sie gegangen, nachdem Sie Mr. Kyle eingelassen hatten?«

»Ins Wohnzimmer, Sir.« Er wies auf eine Schiebetür in der Mitte des Ganges, gegenüber der Treppe.

»Und bis wann blieben Sie dort?«

»Bis vor zehn Minuten.«

»Haben Sie gehört, wie Mr. Scarlett zur Haustür hereinkam und kurz darauf wieder ging?«

»Nein, Sir ... Aber ich hatte den Staubsauger eingeschaltet. Der Motorlärm ...«

»Versteht sich. Aber wenn der Staubsauger lief, wie können Sie da sicher sein, daß Dr. Bliss sein Arbeitszimmer nicht verließ?«

»Die Wohnzimmertür stand offen, Sir. Ich hätte ihn gesehen, wenn er herausgekommen wäre.«

»Aber er hätte durch das Museum gehen können und das Haus durch die Haustür verlassen, ohne daß Sie es bemerkt hätten. Sie haben ja auch nicht gehört, wie Mr. Scarlett gekommen ist.«

»Das ist undenkbar, Sir. Dr. Bliss war noch nicht angekleidet. Er trug über seinem Pyjama nur einen leichten Hausmantel. Seine Kleider sind vollzählig oben.«

»Nun gut, Brush ... Und noch eine letzte Frage. Hat jemand an der Haustür geläutet, seit Mr. Kyle hier eintraf?«

»Nein, Sir.«

»Vielleicht läutete jemand, und Dingle öffnete? ... Weil Sie es beim Lärm des Staubsaugers nicht gehört haben?«

»Sie wäre gekommen und hätte mich geholt, Sir. Am Vormittag geht sie nie an die Tür. Erst wenn sie sich für den Nachmittag umkleidet, ist sie präsentabel.«

»Das ewig Weibliche«, murmelte Vance ... »Das wäre für den Augenblick alles, Brush. Sie können nach unten gehen und dort warten, für den Fall, daß wir Sie noch brauchen. Mr. Kyle ist etwas zugestoßen, und wir müssen der Sache nachgehen. Sie sagen niemandem etwas davon … verstanden?« Plötzlich klang seine Stimme streng und finster.

Brush richtete sich auf und holte tief Luft: Nun sah er wirklich elend aus, und ich rechnete halb damit, daß er gleich in Ohnmacht fallen würde. Er war kreidebleich.

»Gewiß, Sir – ich habe verstanden.« Er brachte die Worte nur mit Mühe hervor. Dann schwankte er davon und verschwand über die hintere Treppe, die links von Dr. Bliss' Arbeitszimmertür ins Untergeschoß führte.

Vance flüsterte Markham etwas zu, und dieser winkte daraufhin den Beamten von der Straße heran.

»Sie stehen hier im Vorraum Wache«, trug er ihm auf. »Wenn Sergeant Heath und seine Leute kommen, führen Sie sie sofort zu uns. Wir sind da drin.« Er wies auf die große Stahltür, die zum Museum führte. »Wenn jemand anderes kommt, halten Sie ihn auf und rufen uns. Lassen Sie nicht zu, daß jemand an der Haustür klingelt.«

Der Beamte salutierte und bezog Posten, und wir übrigen begaben uns, von Vance geführt, ins Museum.

Eine teppichbelegte Treppe, gut einen Meter breit, führte an der Mittelwand hinab in den riesigen Raum, der ein Stockwerk tiefer lag. Der Fußboden des ehemaligen Hauptgeschosses – die Ebene, auf der wir auf dem Flur hinter der Haustür gestanden hatten – war entfernt, so daß ein Museumssaal über beide Stockwerke entstand. Zwei gewaltige Säulen mit Stahlträgern und diagonalen Verstrebungen stützten die Decke, denn auch die ehemaligen Zwischenwände waren herausgebrochen. So war ein Raum entstanden, der die gesamte Länge und Breite des Hauses einnahm – etwa siebeneinhalb mal zwanzig Meter –, und die Decke war an die sechs Meter hoch.

Auf der Straßenseite hatte der Saal über die ganze Breite eine Reihe von hohen Fenstern mit bleigefaßten Scheiben; auf der Rückseite, oberhalb einiger Regale, gab es eine weitere Fensterreihe als Gegenstück. Auf der Vorderseite waren die

Vorhänge vorgezogen, an der Rückwand standen sie offen. Das Sonnenlicht war noch nicht auf diese Seite gekommen, und der Raum lag im Halbdunkel.

Wir blieben einen Moment lang am oberen Treppenabsatz stehen, und mir fiel eine kleine eiserne Wendeltreppe an der Rückseite auf; sie führte zu einer Stahltür auf derselben Höhe, auf der wir nun standen.

Die Lage des Museums im Verhältnis zum Nebenhaus, in dem der Bliss-Haushalt wohnte, sollte für Vance' Aufklärung des Mordes an Benjamin H. Kyle eine entscheidende Rolle spielen, und zur Orientierung des Lesers füge ich meinem Bericht einen Lageplan der beiden Häuser bei. Der Fußboden des Museums lag, wie gesagt, auf Souterrainhöhe, und es ist wichtig, daß der Leser im Gedächtnis behält, daß die Räume auf der linken Seite des Planes ein Stockwerk über diesem Museumsboden lagen.

Mein Blick wanderte sogleich zur gegenüberliegenden Ecke des Raumes, wo der Ermordete liegen mußte; aber dieser Teil des Museums lag im Schatten, und ich sah nur die dunklen Umrisse von etwas, das ein Menschenleib sein mochte, vor dem hintersten Regal.

Vance und Markham waren die Treppe hinuntergegangen, Scarlett und ich warteten noch oben. Vance begab sich sogleich zur Straßenseite und zog die Vorhänge auf. Licht flutete herein und vertrieb das Halbdunkel, und zum erstenmal sah ich, wie prachtvoll und spektakulär die Schaustücke dieses großen Saales waren. In der Mitte der Wand gegenüber der Treppe erhob sich ein dreieinhalb Meter hoher Obelisk aus Heliopolis, das Denkmal eines Kriegszugs der Königin Hatschepsut aus der 18. Dynastie, mit ihrer Kartusche geschmückt. Rechts und links des Obelisken standen zwei Gipsabgüsse von Porträtstatuen – eine ein Abbild von Königin Tetischeri aus der 17. Dynastie, die andere eine schwarze Replik des berühmten Turiner Standbildes von Ramses II. – eines der großartigsten Porträtstücke der Antike.

Darüber und ihnen zur Seite hingen etliche Papyri, gerahmt und hinter Glas, die ausgebleichten ocker-orangefarbenen Hintergründe durchbrochen von roten, gelben, grünen und weißen Flecken, und brachten ein wenig Farbe in den eintönig grauen Putz der Wände. Vier große Flachreliefs aus Kalkstein von einem Grab der 19. Dynastie aus Memphis mit Passagen aus dem Totenbuch ergänzten sie.

Unterhalb der vorderen Fenster stand ein Sarkophag aus der 22. Dynastie, dreieinhalb Meter lang, aus schwarzem Granit, Front und Seiten mit Hieroglypheninschriften bedeckt. Oben darauf lag ein mumienförmiger Deckel, der den Seelenvogel Ba in Falkengestalt mit Menschenkopf zeigte. Dr. Bliss hatte ihn aus der alten Nekropole in Theben mitgebracht, und in ganz Amerika fand sich kaum ein zweiter Sarkophag dieser Art. In der Ecke dahinter stand eine in Palästina gefundene asiatische Zedernholzstatue – ein Relikt der Eroberungen Thutmosis' III.

Nicht weit vom unteren Absatz der Treppe, auf der ich stand, erhob sich eine majestätische Chephren-Statue aus der 4. Dynastie. Lackierter und polierter Gips ahmte das Diorit des Originals nach. Sie war an die zweieinhalb Meter hoch und beherrschte in ihrer Würde, ihrer Macht und ihrer erhabenen Ruhe das ganze Museum.*

Rechts von dieser Statue und die ganze Wand entlang bis zur Wendeltreppe erstreckte sich eine Reihe menschenförmiger Mumiensärge, reich dekoriert in Gold und kräftigen Farben. Darüber hingen zwei kolorierte Fotografien von gewaltigen Ausmaßen, das eine ein Bild der Kolossi Amenhoteps III.,** das andere eine Aufnahme des großen Amun-Tempels in Karnak.

Um die beiden tragenden Säulen im Mittelpunkt des Museums waren Regalbretter angebracht, auf denen eine faszinie-

* Auf Chephren geht die Große Sphinx sowie eine der drei Pyramiden von Giseh zurück: *Wer Kha-ef-Rê* (Chephren ist mächtig), heute als Zweite Pyramide bekannt.

** Oft, wenn auch inkorrekt, als Memnon-Kolossi bezeichnet.

rende Sammlung von Uschebti stand – wunderbar geschnitzten und in bunten Farben bemalten Holzfigurinen.

Zwischen den Säulen erstreckte sich ein niedriger, etwa vier Meter langer, mit Samttuch bedeckter Tisch mit einer faszinierenden Sammlung von Salbgefäßen und Kanopenkrügen aus Alabaster, blauen Lotosvasen, Schminkpaletten aus poliertem Obsidian und einer Reihe von mit Schnitzereien verzierten Kosmetiktiegeln aus halb durchscheinendem, teils auch dunklem Alabaster. Jenseits der hinteren Säule stand eine wuchtige Truhe mit Einlegearbeiten aus blauer Fayence, weißem und rotem Elfenbein und schwarzem Ebenholz, daneben ein geschnitzter, stuck- und goldverzierter Thron mit einem Muster aus Lotosblüten und -knospen.

Vorn neben dem Treppenabsatz befand sich eine langgestreckte Vitrine mit Pektoralen aus Cloisonné, Majolika-Amuletten, Muschelketten, Hüftschmuck aus vergoldeten Kaurimuscheln, rhombischen Perlen aus Karneol und Feldspat, Armreifen und Fußreifen und Ringen, Fächern aus Gold und Elfenbein und einer Sammlung von Skarabäen, in der fast die gesamte Pharaonenreihe bis in ptolemäische Zeit vertreten war.

Um alle vier Wände verlief knapp unterhalb der Decke ein Fries von anderthalb Metern Höhe – eine Kopie in Ausschnitten des berühmten Pentaweret-Frieses zum Gedenken an den Sieg Ramses' II. über die Hethiter bei Kadesch in Syrien.

Als Vance die schweren Vorhänge des Vorderfensters aufgezogen hatte, begab er sich sogleich mit Markham zur Rückseite des Raumes. Scarlett und ich gingen nun die Treppe hinunter und folgten ihnen nach. Kyle lag auf dem Gesicht, die Beine leicht angezogen, die Hände rechts und links zu den Füßen der lebensgroßen Statue ausgestreckt, die in der Ecke stand. Ich hatte Reproduktionen solcher Statuen schon oft gesehen, aber ich wußte nicht, wen sie darstellten.

Vance klärte uns auf. Er stand da und betrachtete den zusammengesunkenen Leichnam, und langsam wanderte sein Blick zu der Skulptur, die so gelassen dabeistand – aus braunem Kalkstein gemeißelt, eine männliche Figur mit einem Schakalskopf, in der Hand ein Szepter.

»Anubis«, murmelte er mit ernster Miene. »Der ägyptische Gott der Unterwelt. Sie müssen wissen, Markham, Anubis war der Gott, der sich an den Grabstätten umhertrieb. Er führte die Toten durch Amentet – das Schattenreich des Osiris. Im Totenbuch spielt er eine wichtige Rolle – er war das Symbol des Grabes, und er wog die Seelen der Menschen und wies jedem seinen Platz im Jenseits zu. Ohne die Hilfe Anubis' hätten die Toten sich nie im Schattenreich zurechtgefunden. Er war der einzige Freund der Toten und der Sterbenden … Und hier liegt Kyle, als flehe er ihn an, als begehre er Einlaß.«

Vance musterte einen Moment lang die freundlichen Züge des Anubis. Dann wanderte sein Blick zu dem Mann, von dem man, hätte er nicht die gräßliche Kopfwunde gehabt, hätte glauben können, daß er sich vor dem Unterweltgott verneige. Er wies auf die kleinere Statue, mit der Kyle erschlagen worden war.

Sie war etwa sechzig Zentimeter lang, aus schwarzem, glänzenden Material. Sie lag nach wie vor schräg über dem Hinterkopf des Ermordeten; offenbar war sie in der Vertiefung steckengeblieben, die der Schlag verursacht hatte. Eine ungleichmäßige, schon dunkel gewordene Blutlache hatte sich seitlich des Schädels gebildet, und mir fiel auf – ohne daß ich mir weiter Gedanken darüber machte –, daß sie an einer Stelle nach außen über den gebohnerten Ahornfußboden verwischt war.

»Das gefällt mir nicht, Markham«, sagte Vance leise, »das gefällt mir ganz und gar nicht … Diese Dioritstatuette, mit der Kyle erschlagen wurde, das ist Sachmet, die ägyptische Rachegöttin – das zerstörerische Element. Sie war die Göttin, die die Tugendhaften schützte und die Sündigen vernichtete – die Göttin, die tötete. Die Ägypter schrieben ihr große Macht zu, und viele seltsame Legenden ranken sich um ihren Namen, Legenden von entsetzlichen Rachetaten …«

Kapitel 3
Scarabaeus sacer

(Freitag, 13. Juli, mittags)

Vance legte die Stirn in Falten und studierte die kleine schwarze Figur einen Moment lang.

»Es hat vielleicht nichts zu bedeuten – oder zumindest nichts Übernatürliches –, aber daß der Mörder ausgerechnet diese Statue wählte, beschäftigt mich – vielleicht ist tatsächlich etwas Diabolisches und Abergläubisches und Sinistres an dieser Sache.«

»Also hören Sie, Vance!« Markham mühte sich um einen sachlichen Ton. »Wir sind hier schließlich im New York des zwanzigsten Jahrhunderts und nicht im alten Ägypten.«

»Zweifellos ... da haben Sie recht. Aber auch heute noch beherrscht der Aberglaube das, was wir die menschliche Natur nennen. Und es gibt viele Stücke in diesem Raum, die als Waffe besser geeignet gewesen wären – Stücke, die genauso tödlich gewesen wären und sich leichter handhaben ließen. Warum hätte jemand eine schwere, unhandliche Statue der Sachmet für die Tat nehmen sollen? ... Es muß jedenfalls ein kräftiger Mann gewesen sein, daß er sie mit solcher Wucht schwingen konnte.«

Er wandte sich an Scarlett, der den Toten mit faszinierter Miene angestarrt hatte.

»Wo stand diese Statue?«

Scarletts Lider flatterten.

»Lassen Sie mich überlegen ...« Offenbar fiel es ihm nicht leicht, seine Gedanken beisammenzuhalten. »Ah ja. Oben auf diesem Regal.« Mit unsicherer Hand wies er auf die Regalbretter jenseits von Kyles Leichnam. »Es war eines der neuen Stücke, die wir gestern ausgepackt haben. Wir haben die Sachen fürs erste dort im hintersten Regal abgestellt, damit wir sie in Ruhe katalogisieren und einen Platz dafür finden können.«

Das Regal, das sich über die ganze Breite der Rückwand erstreckte, bestand aus zehn Abteilungen, jedes etwa einen dreiviertel Meter breit und gut zwei Meter hoch. Dieses Kabinett – keine Vitrinen, sondern offene Regale – war mit allen erdenklichen Kuriositäten gefüllt: Dutzenden von Töpferarbeiten und hölzernen Vasen, Parfümflaschen, Pfeil und Bogen, Streitäxten, Schwertern, Dolchen, Sistren, bronzenen und kupfernen Handspiegeln, elfenbeinernen Spielbrettern, Schminkkästchen, Peitschengriffen, Sandalen aus Palmblatt, hölzernen Kämmen, Paletten, Kopfstützen, Rohrkörben, geschnitzten Löffeln, Stukkateurwerkzeugen, rituellen Feuersteinmessern, Totenmasken, Statuetten, Halsschmuck und dergleichen.

Jedes Segment ließ sich mit einem eigenen Vorhang aus einem Stoff verschließen, der wie Seidenrips aussah, gehalten von Messingringen auf einer kleinen metallenen Stange. Die Vorhänge zu allen Abteilungen waren offen mit Ausnahme der hintersten, vor der Kyles Leichnam lag. Dort war der Vorhang halb geschlossen.

Vance hatte sich umgedreht.

»Und was ist mit Anubis, Scarlett?« fragte er. »Ist das auch eine Neuerwerbung?«

»Ja, den haben wir auch gestern ausgepackt. Wir haben ihn dort in der Ecke gelassen, damit wir alles beisammen haben.«

Vance nickte und ging dann zu dem halb verschlossenen Regal. Er stand eine ganze Weile lang da und besah sich die Stücke.

»Hochinteressant«, murmelte er, mehr zu sich selbst. »Ich sehe, Sie haben da eine höchst ungewöhnliche bärtige Sphinx, aus der Zeit nach der Hyksos-Epoche … Und die blaue Glasschale ist wirklich hübsch … allerdings nichts im Vergleich zu dem blau überfangenen Löwenkopf … Überall Anzeichen, daß der alte Intef ein kriegerischer Bursche war – die Streitaxt zum Beispiel … Und – Donnerwetter – diese Krummschwerter und Dolche sehen ja geradezu asiatisch aus. Und« – er reckte sich, um die Stücke auf dem obersten Brett genauer zu inspizieren – »eine ausgesprochen faszinierende Sammlung von rituellen Streitkolben.«

»Alles Funde von Dr. Bliss' jüngster Expedition«, erklärte Scarlett. »Die Kolben aus Feuerstein und Porphyr kommen aus der Vorkammer von Intefs Grab ...«

Die schwere Metalltür des Museums knarrte in den Angeln, und Sergeant Ernest Heath erschien mit seinen Männern auf dem obersten Treppenabsatz. Der Sergeant kam sogleich zu uns herunter, ließ die anderen jedoch noch oben warten.

Er begrüßte Markham mit dem üblichen rituellen Handschlag.

»Hallo, Sir«, brummte er. »Bin hergekommen, so schnell ich konnte. Hab' drei Jungs von der Mordkommission mitgebracht und Bescheid gegeben, daß Captain Dubois und Doc Doremus nachkommen sollen.«*

»Offenbar haben wir wieder einmal eine unangenehme Geschichte zu klären, die viel Aufsehen erregen wird, Sergeant.« Markham sagte es pessimistisch. »Das da ist Benjamin H. Kyle.«

Mit einem Schnauben starrte Heath hinüber zu dem Toten.

»Übel zugerichtet«, stieß er zwischen den Zähnen hervor. »Was zum Teufel ist das für ein Ding, mit dem sie ihn kaltgemacht haben?«

Vance, der mit dem Rücken zu uns am Regal gestanden hatte, wandte sich nun mit freundlichem Lächeln um.

»Das, Sergeant, ist Sachmet, eine Göttin der alten Ägypter. Aber mit dem Teufel hat sie nichts zu tun. Da müssen Sie sich eher an den Herrn hier halten« – er versetzte der großen Anubisstatue einen Klaps –, »der kommt aus der Unterwelt.«

»Hätte ich mir ja denken können, daß Sie hier sind, Mr.

* Captain Dubois war damals der Fingerabdruckexperte der New Yorker Polizei, Doktor Emanuel Doremus war der Polizeiarzt.

Vance.« Heath grinste mit echter Freundlichkeit und streckte ihm die Hand entgegen. »Sie sind mein erster Tatverdächtiger. Jedesmal, wenn's einen merkwürdigen Mord gibt, wen finde ich da am Tatort? Mr. Philo Vance! … Freut mich, Sie zu sehen, Mr. Vance. Nehme an, Sie kommen jetzt gleich mit Ihren psychologischen Schlußfolgerungen, und schon ist der Fall geklärt.«

»Ich fürchte, mit Psychologie allein werden wir da nicht weit kommen.« Vance drückte dem Sergeant herzlich die Hand. »Aber vielleicht hilft ein wenig Ägyptologie.«

»Das überlasse ich Ihnen, Mr. Vance. Was ich jetzt als erstes brauche, sind die Fingerabdrücke auf diesem – dieser …« Er beugte sich über die Sachmet-Statuette. »Das ist wirklich das Scheußlichste, was ich je im Leben gesehen habe. Der Bildhauer von dem Ding, der muß ja nicht ganz richtig im Kopf gewesen sein. Die hat einen Löwenkopf und obendrauf einen großen Teller.«

»Das Löwenhaupt der Sachmet ist zweifellos totemistisch, Sergeant«, erklärte Vance gutgelaunt. »Und der ›Teller‹ ist eine Darstellung der Sonnenscheibe. Die Schlange, die von der Stirn ihren Kopf reckt, ist eine Kobra – oder *uraeus* – und war ein Zeichen der Königsmacht.«

»Wenn Sie das sagen, Sir.« Der Sergeant wurde ungeduldig. »Hauptsache, es sind Fingerabdrücke drauf.«

Er machte kehrt und ging zur Vorderseite des Museums.

»He, Snitkin!« rief er grimmig zu einem der Männer oben auf dem Treppenabsatz hinauf. »Lösen Sie den Streifenpolizisten draußen ab und schicken Sie ihn auf seinen Posten zurück. Und bringen Sie Dubois her, sobald er auftaucht.« Dann wandte er sich wieder an Markham. »Von wem bekomme ich denn nun zu hören, was hier los ist, Sir?«

Markham machte ihn mit Scarlett bekannt.

»Mr. Scarlett«, erklärte er, »hat Mr. Kyle gefunden. Von ihm erfahren Sie alles, was wir bisher über den Fall wissen.«

Etwa fünf Minuten lang waren Scarlett und Heath ins Gespräch vertieft, und der Sergeant machte aus seinem Mißtrauen keinen Hehl. Für ihn war jeder ein potentieller Täter, solange seine Unschuld nicht endgültig und zweifelsfrei bewiesen war.

Vance hatte sich inzwischen über Kyles Leiche gebeugt und studierte sie mit einer Aufmerksamkeit, die ich mir nicht erklären konnte. Nicht lange, und er kniff die Augen zusammen, kniete sich neben ihn und reckte den Kopf vor, bis er nur noch einen Kopfbreit über dem Boden war. Dann holte er sein Monokel hervor, putzte es sorgfältig und klemmte es ein. Markham und ich beobachteten ihn schweigend. Nach ein paar Augenblicken richtete er sich wieder auf.

»Scarlett, haben Sie ein Vergrößerungsglas zur Hand?«

Scarlett, der seine Besprechung mit Heath eben beendet hatte, ging sogleich hinüber zur Vitrine mit den Skarabäen und zog eine Schublade auf.

»Was sollte das für ein Museum sein, wenn wir die Dinge nicht unter die Lupe nähmen?« meinte er, ein halbherziger Versuch, die Stimmung ein wenig zu lockern, und reichte ihm ein Coddington-Glas.

Vance nahm es und wandte sich dann an Heath.

»Könnten Sie mir Ihre Taschenlampe leihen, Sergeant?«

»Aber sicher.« Heath hielt sie ihm hin.

Vance kniete sich von neuem nieder und inspizierte mit der Lampe in der einen Hand und der Linse in der anderen einen kleinen länglichen Gegenstand, der etwa dreißig Zentimeter von Kyles Leichnam am Boden lag.

»Nesu-Biti … Intef … Sa-Re … Neb-Chepru-Re.« Seine Stimme war leise und melodisch.

Der Sergeant steckte die Hände in die Taschen und rümpfte die Nase.

»Was soll denn das für eine Sprache sein, Mr. Vance?« fragte er.

Skarabäus Intefs V.

»Das ist die Lautform für eine Reihe altägyptischer Hieroglyphen. Ich lese vor, was auf diesem Skarabäus steht ...«

Die Neugier des Sergeants war geweckt. Er ging hinüber und beugte sich über das Stück, das Vance inspizierte.

»So, ein Skarabäus?«

»Genau das, Sergeant. Und nichts anderes als ein Käfer ... Diese kleinen ovalen Lapislazulistückchen waren bei den Ägyptern ein heiliges Zeichen ... Und dieses spezielle Exemplar, wenn ich das sagen darf, ist ein äußerst faszinierendes Stück. Es ist das Staatssiegel Intefs V. – eines Pharaos der 17. Dynastie. Er trug es um das Jahr 1650 vor Christus – vor über dreieinhalbtausend Jahren. Darauf stehen der Titel und Thronname von Intef-o, dem Pharao Intef. Sein Horusname lautete, wenn ich es recht im Kopf habe, Nefer-Chepru. Er war in der Zeit der Hyksosherrschaft über das Delta einer der einheimischen ägyptischen Herrscher in Theben.* Dr. Bliss ist schon seit einigen Jah-

* Die Tochter dieses Pharaos – Nefra – ist übrigens die Heldin von Henry Rider Haggards Roman *Queen of the Dawn*. Rider Haggard hielt sich an die Chronologie H. R. Halls und siedelte Intef in der 14. Dynastie an, nicht in der 17., damit war er ein Zeitgenosse des bedeutenden Hyksospharaohs Apophis, dessen Sohn Khyan – den Helden des Buches – Nefra heiratet. Nach den Forschungen von Bliss und Weigall darf man jetzt davon ausgehen, daß eine solche Beziehung ein Anachronismus ist.

ren mit der Erforschung des Grabes dieses Herrn beschäftigt … Und es wird Ihnen gleich aufgefallen sein, Sergeant, daß der Skarabäus auf eine moderne Krawattennadel montiert ist …«

Heath brummte zufrieden. Endlich ein greifbares Indiz.

»So, ein Käfer? Und eine Krawattennadel! … Na, Mr. Vance, dann wünsche ich mir nur, daß ich den Burschen zu fassen kriege, der das Ding da am Schlips gehabt hat.«

»Da kann ich Ihnen weiterhelfen, Sergeant.« Vance erhob sich und blickte zu der kleinen Metalltür hinauf, die am oberen Ende der Wendeltreppe lag. »Diese Krawattennadel ist das Eigentum von Dr. Bliss.«

Kapitel 4
Blutige Spur

(Freitag, 13. Juli, 12 Uhr 15 nachmittags)

Scarlett hatte Vance wie gebannt beobachtet, einen Ausdruck ungläubigen Entsetzens auf seinem runden sonnengebräunten Gesicht.

»Ich fürchte, Sie haben recht, Vance«, sagte er und nickte, wenn auch widerstrebend. »Dr. Bliss hat diesen Skarabäus vor zwei Jahren im Grabmal des Intef gefunden. Er hat ihn außer Landes geschmuggelt und dann hier zu einer Krawattennadel verarbeiten lassen. Aber ich kann mir nicht vorstellen, daß es etwas zu bedeuten hat, wenn wir ihn hier finden …«

»Hören Sie!« Vance blickte Scarlett fest ins Gesicht. »Mir ist die Episode in Dirâ Abu 'n-Nega noch gut im Gedächtnis. Ich war *particeps criminis*, könnte man sagen, als er ihn entwendete. Aber da sich noch andere Intef-Skarabäen fanden, dazu das zylindrische Siegel, das heute im Britischen Museum ist, habe ich beide Augen zugedrückt … Heute sehe ich mir den Skarabäus zum erstenmal genauer an …«

Heath war schon zur Treppe gesprintet.

»He, Emery!« brüllte er, an einen der beiden Männer gewandt, die noch oben auf dem Absatz standen. »Sehen Sie nach, wo dieser Bliss steckt, und bringen Sie ihn her …«

»Nicht doch, Sergeant!« Vance war ihm nachgeeilt und legte ihm beschwichtigend die Hand auf den Arm. »Warum etwas überstürzen? Gehen Sie es ruhig an … Das ist nicht der rechte Augenblick, Bliss hinzuzuziehen. Und wenn wir ihn brauchen, müssen wir nur an die kleine Tür dort oben klopfen – er ist gewiß in seinem Arbeitszimmer und kann uns nicht entkommen … Aber wir sollten uns zuvor noch über ein paar Dinge Klarheit verschaffen.«

Heath zögerte, dann schnitt er eine Grimasse.

»Schon gut, Emery«, rief er. »Aber gehen Sie zum Hintereingang und passen Sie auf, daß sich niemand verdrückt … Und Sie, Hennessey«, wandte er sich an den anderen Polizisten, »Sie stehen an der Haustür Wache. Und wenn jemand rauswill, packen Sie ihn und bringen ihn her, verstanden?«

Die beiden Männer bezogen mit einer verschwörerischen Miene, die ich ausgesprochen komisch fand, ihre Posten.

»Haben Sie was in petto, Sir?« fragte Heath und sah Vance erwartungsvoll an. »Obwohl die Sache für meine Begriffe ja nicht besonders kompliziert aussieht. Kyle bekommt einen Schlag über den Schädel, und neben ihm finden wir eine Krawattennadel, die Dr. Bliss gehört … Da liegt die Lösung doch auf der Hand, oder?«

»Viel zu sehr, Sergeant«, sagte Vance und betrachtete den Toten. »Das ist ja das Verdächtige daran …«

Plötzlich machte er einen Schritt hin zur Anubisstatue, beugte sich vor und hob ein zusammengefaltetes Blatt Papier auf, das unter Kyles ausgestreckter Hand fast verborgen gewesen war. Es war ein Bogen Briefpapier, mit Zahlen bedeckt.

»Dieses Blatt«, sagte er, »muß Kyle in der Hand gehalten haben, als er diese Welt verließ … Haben Sie eine Ahnung, was es sein könnte, Scarlett?«

Scarlett trat hastig vor und griff mit zitternder Hand nach dem Papier.

»Liebe Güte!« rief er. »Das ist der Rechenschaftsbericht, den wir gestern abend aufgestellt haben. Dr. Bliss hat noch daran gearbeitet …«

»Kann ich mir denken!« Heath strahlte vor Zufriedenheit. »Unser Freund muß also Bliss heute morgen noch begegnet sein – wie hätte er sonst das Blatt bekommen sollen?«

Scarlett runzelte die Stirn.

»Ich muß sagen, es hat ganz den Anschein«, gab er zu. »Der Bericht war noch nicht fertig, als wir anderen gestern Feierabend machten. Dr. Bliss wollte alles fertigmachen, bevor Mr.

Kyle heute morgen hier eintraf.« Er machte einen verwirrten Eindruck, als er Vance das Blatt zurückreichte. »Aber etwas stimmt da nicht ... Es ist doch nicht vernünftig, Vance ...«

»Sparen Sie sich den Atem, Scarlett«, ließ Vance ihn gar nicht erst ausreden. »Wenn Dr. Bliss mit der Sachmet-Statue zugeschlagen hätte, warum hätte er dann das Papier liegenlassen sollen, das ihn belastet? .. Sie haben ganz recht, da stimmt etwas nicht.«

»Was soll denn da nicht stimmen?« protestierte Heath. »Erst der Käfer, jetzt der Zettel da. Reicht das denn nicht, Mr. Vance?«

»Noch lange nicht.« Vance sagte es mit großer Besonnenheit. »Ein Mörder läßt keine so offensichtlichen Beweise am Tatort zurück ... Das wäre lächerlich.«

Heath schnaubte.

»Panik – das ist die Erklärung. Er hat es mit der Angst zu tun bekommen und gesehen, daß er rauskommt ...«

Vance blickte zur kleinen Metalltür von Dr. Bliss' Arbeitszimmer.

»Übrigens, Scarlett«, fragte er – »wann haben Sie diese Skarabäus-Nadel zuletzt gesehen?«

»Gestern abend.« Scarlett ging nun rastlos im Zimmer auf und ab. »Oben im Arbeitszimmer war es schrecklich heiß, und Dr. Bliss hatte Kragen und Krawatte abgenommen und sie auf den Tisch gelegt. Die Skarabäus-Nadel steckte in der Krawatte.«

»Ah!« Vance hatte nach wie vor den Blick fest auf die kleine Tür gerichtet. »Sie hielten also dort oben Ihre Konferenz, und die Nadel lag auf dem Tisch? ... Und wie Sie mir ja gesagt haben, waren Hani, Mrs. Bliss, Salveter und Sie dabei.«

»Richtig.«

»Jeder hätte die Nadel sehen und mitnehmen können?«

»Nun – ja ... ich glaube schon.«

Vance überlegte einen Moment lang.

»Aber dieser Bericht ... sehr kurios! ... Ich wüßte zu gern, wie er in Kyles Hände geraten ist. Sie sagen, er war noch nicht fertig, als Ihre Konferenz sich auflöste?«

»Oh, längst noch nicht.« Scarlett schien nicht zu wissen, was er antworten sollte. »Jeder von uns hat seine Zahlen beigesteuert, und Dr. Bliss sagte, er werde alles zusammenrechnen und es Kyle heute präsentieren. Dann rief er Kyle an – wir saßen alle dabei – und verabredete sich mit ihm für elf Uhr heute morgen.«

»Und sonst hat er am Telefon nichts zu Kyle gesagt?«

»Nichts weiter ... obwohl er, glaube ich, noch gesagt hat, daß die neuen Sachen gestern angekommen waren ...«

»Tatsächlich? Das ist ja hochinteressant ... Und was hat Dr. Bliss über die Lieferung gesagt?«

»Wenn ich es noch richtig im Ohr habe – ich habe wirklich nicht darauf geachtet –, sagte er, daß die Kisten ausgepackt seien und daß Kyle kommen und die Sachen inspizieren solle ... Sie müssen wissen, es war in der Schwebe, ob Kyle eine weitere Expedition finanzieren würde. Die Ägypter stellen immer mehr Forderungen, und die schönsten Stücke hat die ägyptische Regierung für das Museum in Kairo requiriert. Kyle ärgerte sich, weil er soviel Geld hineingesteckt hatte, und die Stimmung war eher danach, daß er sich aus der Sache zurückziehen würde. Für ihn stand der Aufwand in keinem Verhältnis zum Erfolg ... Das war ja überhaupt der Anlaß für unsere Konferenz. Dr. Bliss wollte ihm genau vorrechnen, was die Ausgrabungen bisher gekostet hatten, und wollte ihn dazu überreden, daß er die Arbeit weiter finanzierte ...«

»Der alte Knabe sagt nein«, führte Heath den Gedanken zu Ende, »der Doktor kommt in Rage und schlägt ihm die schwarze Statue über den Schädel.«

»Sie geben Ihren Glauben an das Einfache im Leben aber auch nie auf, Sergeant«, seufzte Vance.

»Jedenfalls fände ich es schrecklich, wenn es so kompliziert wäre, wie Sie es machen, Mr. Vance.« Für Heath' Verhältnisse war es eine durchaus sarkastische Antwort.

Diese Worte waren kaum gesprochen, als die große Tür sich lautlos öffnete und ein dunkelhäutiger Mann mittleren Alters in ägyptischer Tracht am oberen Treppenabsatz erschien. Er betrachtete uns fragend, doch mit ruhiger Miene, und kam mit gemessenen, festen Schritten die Treppe herunter.

»Guten Morgen, Mr. Scarlett«, sagte er und lächelte boshaft dazu. Dann betrachtete er den Ermordeten. »Wie ich sehe, ist ein Unglück im Hause geschehen.«

»So ist es, Hani.« Scarlett sprach mit einer gewissen Herablassung. »Mr. Kyle ist ermordet worden. Die Herren« – er machte eine Handbewegung in unsere Richtung – »sind hier, um das Verbrechen aufzuklären.«

Hani verneigte sich ernst. Er war mittelgroß, eher schlank, und etwas Hochmütiges, Verächtliches lag in seinem Auftreten. In seinen eng beieinanderstehenden Augen war ein Funkeln, das ich nur als Rassenhaß deuten konnte. Sein Gesicht war recht flach – auffällig lang –, und seine Nase hatte die typische ausgeprägte Rundung, die ihn als wahren Kopten auswies. Seine Augen waren so braun wie die Haut, die Brauen buschig. Er trug einen kurzgeschorenen graumelierten Bart, der Mund war groß und sinnlich. Auf dem Kopf hatte er einen weichen dunklen Fes, von dem eine Quaste aus blauer Seide herabhing, und er war angetan mit einem Kaftan aus rot-weiß gestreiftem Kattun, der ihm bis zu den Knöcheln reichte, so daß die Pantoffeln aus gelbem Leder fast verdeckt blieben.

Eine ganze Minute lang stand er da und betrachtete Kyles Leichnam, ohne jede Spur von Abscheu oder auch nur Bedauern. Dann hob er das Haupt und studierte die Statue des Anubis. Ein seltsam andachtsvoller Ausdruck machte sich in seinen Zügen breit, und gleich darauf kräuselten sich seine Lippen zu einem leisen verächtlichen Lächeln. Dann machte er eine ausgreifende Bewegung mit der linken Hand, wandte sich bedächtig um und blickte zu uns herüber. Aber er sah uns nicht wirklich an. Seine Augen waren auf einen Punkt weit draußen gerichtet, weit in der Ferne.

»Ihre Ermittlungen erübrigen sich, meine Herren«, sagte er mit Grabesstimme. »Es ist die Rache der Sachmet. Seit Generationen sind die Gräber unserer Vorväter von den westlichen Schatzsuchern geschändet worden. Aber die Götter des alten Ägyptens waren mächtige Götter und schützten ihre Kinder. Sie waren geduldig. Doch die Grabräuber sind zu weit gegangen. Es war an der Zeit, daß die Götter zu einem Schlag der Rache ausholten. Und nun ist dieser Schlag erfolgt. Das Grab des Intef-o blieb vor den Räubern bewahrt. Sachmet hat ihr Urteil gesprochen, wie sie es einst tat, als sie die Rebellen von Henen-ensu* zum Schutz ihres Vaters Re vernichtete, bevor sie ihn verraten konnten.«

Er holte tief Luft.

»Aber nie wird Anubis einen gotteslästerlichen Giaur ins Reich des Osiris geleiten – so fromm er auch darum bitten mag …«

Hanis Worte und seine gesamte Erscheinung verfehlten ihre Wirkung nicht, und mir fiel mit ungutem Gefühl das tragische Schicksal Lord Carnarvons wieder ein, die seltsamen Geschichten vom Fluch der Pharaonen, mit denen man seinen geheimnisumwitterten Tod erklärte.

»Höchst unwissenschaftlich, das müssen Sie zugeben.« Vance' Stimme, spöttisch, übermütig, brachte mich rasch auf den Boden der Tatsachen zurück. »Ich möchte in aller Form bezweifeln, daß dieser schwarze Feuerstein in der Lage wäre, einen Mord zu begehen, wenn er nicht von Menschenhand geschwungen würde. Und *wenn* Sie schon solchen Unsinn von sich geben müssen, Hani, dann wären wir Ihnen wirklich dankbar, wenn Sie es in Ihren eigenen vier Wänden täten. Er ist nämlich furchtbar langweilig.«

* Der altägyptische Name für Herakleopolis.

Der Ägypter warf ihm einen haßerfüllten Blick zu.

»In Dingen der Seele«, verkündete er wie ein Orakel, »hat der Okzident vom Orient noch viel zu lernen.«

»Da haben Sie recht.« Vance lächelte ihn an. »Aber die Dinge der Seele stehen im Augenblick nicht zur Debatte. Der Okzident, den Sie so sehr verachten, hat einen Hang zum Praktischen, und es wäre wohl das Beste, wenn Sie fürs erste die Metempsychose ließen, wo sie ist, und ein paar Fragen beantworteten, die der Bezirksstaatsanwalt Ihnen stellen möchte.«

Hani verneigte sich zum Zeichen seines Einverständnisses, und Markham nahm die Zigarre aus dem Mund und fixierte ihn mit strengem Blick.

»Wo waren Sie heute den Vormittag über?« fragte er.

»In meinem Zimmer – im oberen Stock. Ich fühlte mich nicht wohl.«

»Und Sie haben keine Laute aus dem Museum hier gehört?«

»Es wäre unmöglich, dort oben Laute von hier zu hören.«

»Sie haben niemanden gesehen, der das Haus betreten oder verlassen hätte?«

»Nein. Mein Zimmer geht nach hinten hinaus, und ich habe es erst vor wenigen Minuten verlassen.«

Die nächste Frage kam von Vance.

»Weswegen haben Sie es da verlassen?«

»Ich hatte hier im Museum zu tun«, erwiderte der Mann verdrießlich.

»Aber soviel ich weiß, waren Sie doch dabei, als Dr. Bliss mit Mr. Kyle eine Verabredung für elf Uhr traf.« Vance beobachtete Hani genau. »Wollten Sie die beiden denn stören?«

»Daran hatte ich nicht mehr gedacht.« Die Antwort kam zögernd. »Wenn ich festgestellt hätte, daß Dr. Bliss und Mr. Kyle noch bei ihrer Besprechung sind, wäre ich auf mein Zimmer zurückgekehrt.«

»Das kann ich mir vorstellen.« Vance sagte es sarkastisch genug. »Wie heißen Sie eigentlich mit vollem Namen, Hani?«

Der Ägypter zögerte eine Sekunde lang, nicht länger. Dann antwortete er:

»Anûpu Hani.«*

Vance hob die Augenbrauen, und das Lächeln, das seine Mundwinkel umspielte, war voller Ironie.

»Anûpu«, wiederholte er. »Faszinierend. *Anûpu*, nehme ich an, dürfte die ägyptische Form von Anubis sein, nicht wahr? Das hieße, Sie wären ein Genosse des unfreundlichen Herrn dort in der Ecke, nicht wahr? Des Herrn mit dem Schakalskopf.«

Hani preßte die dicken Lippen zusammen, antwortete jedoch nichts.

»Na, eigentlich spielt es keine Rolle«, meinte Vance munter ... »Übrigens, waren Sie das nicht, der die Sachmet-Statuette oben auf das Regal gestellt hat?«

»Doch. Wir haben sie gestern ausgepackt.«

»Und waren Sie es nicht auch, der gestern abend den Vorhang vor dem letzten Regal vorgezogen hat?«

»Ja – auf Dr. Bliss' Bitte. Es sah sehr unordentlich aus. Wir hatten noch keine Zeit gehabt, einen Platz für die Sachen zu finden.«

Vance wandte sich nachdenklich an Scarlett.

»Und was, sagen Sie, waren die Worte, die Dr. Bliss gestern abend am Telefon zu Mr. Kyle sprach?«

»Aber das habe ich Ihnen doch schon gesagt, Alter.« Scarlett schien irritiert, daß Vance immer wieder auf diesen Punkt zurückkam. »Er hat einfach nur die Verabredung für elf Uhr getroffen und angekündigt, daß er bis dahin die Abrechnung für ihn fertig hat.«

»Und was hat er über die neue Lieferung gesagt?«

»Nichts. Nur daß er sich wünscht, daß Mr. Kyle sich die Sachen ansieht.«

* Den ungewöhnlichen Namen, erfuhr ich später, verdankte er dem ägyptologischen Interesse seines Vaters, der in Diensten Masperos gestanden hatte.

»Und hat er auch gesagt, wo die Sachen sind?«

»Stimmt. Jetzt fällt es mir wieder ein. Er sagte, daß sie hier im hintersten Regal sind – dem, bei dem der Vorhang vorgezogen ist.«

Vance nickte mit einer Zufriedenheit, auf die ich mir zu jenem Zeitpunkt keinen Reim machen konnte.

»Das wäre vermutlich die Erklärung dafür, daß Kyle so früh kam. Er kam, um die – wie sollen wir sagen? – Beute zu inspizieren.«

Er wandte sich wieder Hani zu, diesmal mit schönstem Lächeln.

»Und Sie und die anderen waren gestern abend dabei, als der Doktor telefonierte, nicht wahr?«

»Ja – wir waren alle dabei.« Der Ägypter war nun mürrisch, aber ich sah, wie er Vance aus den Augenwinkeln beobachtete.

»Und – stelle ich mir vor –«, sagte Vance nachdenklich, »jeder, der Kyle kannte, hätte sich ausmalen können, daß er früh kommen und zu jenem Regal gehen würde … Stimmt's, Scarlett?«

Scarlett drückte sich unruhig hin und her und betrachtete das große Standbild des heiteren Chephren.

»Nun – wenn Sie es so sehen wollen – ja … Es war sogar so, Vance, daß Dr. Bliss gesagt hat, Mr. Kyle solle doch früher kommen und sich die Sachen ansehen.«

All diese Überlegungen wurden allmählich zuviel für Sergeant Heath.

»Bitte um Verzeihung, Mr. Vance«, platzte er heraus, den Ärger nur mühsam unter Kontrolle, »aber Sie sind doch nicht etwa der Strafverteidiger von diesem Dr. Bliss? Wenn Sie nicht alles tun, um dem eine reine Weste zu verschaffen, dann bin ich die Königin von Saba.«

»Na, Salomo sind Sie jedenfalls nicht, Sergeant«, erwiderte Vance. »Liegt Ihnen denn gar nichts daran, alle Möglichkeiten abzuwägen?«

»Abwägen, daß ich nicht lache!« Heath verlor die Geduld. »Ich würde gern mal ein paar deutliche Worte mit dem Burschen reden, der da die Käfernadel an der Krawatte gehabt hat und den Zettel geschrieben hat. Ich weiß nämlich, was ein Indiz ist, wenn ich eins sehe.«

»Das will ich ja gar nicht bezweifeln«, beschwichtigte Vance ihn. »Aber selbst noch so klare Indizien lassen vielleicht verschiedene Deutungen zu ...«

Doch nun warf Snitkin mit einem lauten Krachen die Tür auf, und Dr. Doremus, der Polizeiarzt, kam munter die Treppe heruntergehüpft. Er war ein kleiner, nervöser Mann mit einem faltigen, vor der Zeit alt gewordenen Gesicht, dessen Miene bitter und scherzhaft zugleich schien. »Guten Morgen, die Herren!« begrüßte er uns stürmisch, schüttelte flüchtig Markham und Heath die Hände und bedachte dann Vance mit einem aufgesetzt grimmigen Blick.

»Donnerwetter!« rief er und schob seinen Strohhut zurück, daß er ihm noch abenteuerlicher als zuvor im Nacken saß. »Wo immer ein Mord geschieht, finde ich Sie am Tatort, Sir.« Er warf einen Blick auf seine Armbanduhr. »Liebe Güte, schon Mittag!« Seine blitzenden Äuglein musterten das Museum und verweilten bei den menschenförmigen Mumiensärgen. »Sieht irgendwie ungesund aus hier ... Wo ist die Leiche, Sergeant?«

Aus seinem Blickwinkel hatte Heath Kyles Leiche verdeckt. Nun trat er zur Seite und wies auf den Erschlagenen.

»Das ist er, Doc.«

Doremus trat vor und inspizierte ihn kurz.

»Tja, der ist tot«, verkündete er und sah Heath herausfordernd an.

»Meinen Sie wirklich?« Auf seine gutmütige Art griff Heath den sarkastischen Tonfall auf.

»Genau so kommt es mir vor – obwohl man sich natürlich seit Carrels Experimenten da nie sicher sein kann ... Aber ich persönlich, ich stehe zu meinem Urteil.« Mit einem Glucksen kniete er sich hin und befühlte Kyles Hand. Dann bog er ein Bein des Toten zur Seite. »Und er ist seit etwa zwei Stunden tot – auf keinen Fall mehr, eventuell weniger.«

Heath holte ein großes Taschentuch hervor und hob vorsichtig die schwarze Sachmet-Statue auf.

»Die brauche ich noch für die Fingerabdrücke … Sehen Sie Zeichen, daß es einen Kampf gab, Doc?«

Doremus drehte den Leichnam um und studierte sorgfältig Gesicht, Hände und Kleider.

»Nichts zu sehen«, erwiderte er lakonisch. »Schlag von hinten, würde ich sagen. Stürzte nach vorn, Arme ausgebreitet. Hat sich nach dem Sturz nicht mehr bewegt.«

»Wäre es denkbar, Doktor, daß er schon tot war, als die Statue ihn traf?« fragte Vance.

»Nein.« Doremus erhob sich und wiegte sich ungeduldig auf den Zehen. »Zuviel Blut.«

»Das heißt, er wäre erschlagen worden und sonst nichts.«

»Sieht ganz danach aus … Obwohl ich kein Zauberer bin.« Der Arzt war ungeduldig. »Die Autopsie wird Gewißheit schaffen.«

»Können wir den Bericht sofort bekommen?« Die Bitte kam von Markham.

»Sobald der Sergeant die Leiche im Schauhaus anliefert.«

»Wird da sein, wenn Ihre Mittagspause um ist, Doc«, sagte Heath. »Ich habe den Wagen bestellt, als ich aus dem Präsidium aufbrach.«

»Na wenn das so ist, dann sehe ich mal zu, daß ich weiterkomme.« Wieder schüttelte Doremus Markham und Heath die Hand, winkte Vance freundlich zu und stapfte mit eiligen Schritten davon.

Mir war aufgefallen, daß Heath, seit er die Sachmet-Statue beiseitegelegt hatte, ungeduldig die kleine Blutlache angestarrt hatte. Nun, nach Doremus' Aufbruch, kniete er nieder und studierte den Fleck genau. Er holte die Taschenlampe, die Vance ihm zurückgegeben hatte, hervor und richtete den Strahl auf die verwischte Stelle, die ich schon zu Anfang bemerkt hatte. Er rutschte ein Stück zur Seite und beleuchtete eine weitere, kaum zu sehende Spur auf dem gelblichen Holzboden. Und noch einmal rutschte er weiter – diesmal zu der engen Wendeltreppe hin. Er quittierte seinen Fund mit einem zufriedenen Brummen, erhob sich und ging in einem großen Bogen zu den Stufen hin. Dort kniete er sich noch einmal nieder und suchte die untersten davon mit der Lampe ab. Auf der dritten verweilte der Lichtstrahl, und der Sergeant beugte sich mit einer Miene äußerster Konzentration tief hinab.

Ein Grinsen lief über sein breites Gesicht, und als er sich wieder aufgerichtet hatte, sah er Vance mit triumphierender Miene an.

»Damit wäre die Sache im Kasten, Sir«, verkündeter er.

»Ich nehme an«, antwortete Vance, »Sie haben die Spuren des Mörders gefunden.«

»Allerdings!« Heath' Nicken gab zu verstehen, daß kein Zweifel mehr möglich war. »Genau wie ich gesagt habe ...«

»Seien Sie sich da nicht zu sicher, Sergeant.« Vance' Miene war finster geworden. »Das Offensichtliche ist oft genug das Falsche.«

»Tatsächlich?« Heath wandte sich an Scarlett. »Mr. Scarlett, ich möchte Sie etwas fragen – und ich will eine eindeutige Antwort.« Scarlett sträubte sich, aber der Sergeant ging gar nicht darauf ein. »Was für Schuhe hat dieser Dr. Bliss normalerweise hier im Haus an?«

Scarlett zögerte und warf Vance einen flehenden Blick zu.

»Erzählen Sie dem Sergeant, was Sie wissen«, riet dieser ihm. »Das ist nicht der Augenblick für Zurückhaltung. Glauben Sie mir. Niemand wird es Ihnen als Untreue auslegen. Was jetzt zählt, ist nur die Wahrheit.«

Scarlett räusperte sich.

»Tennisschuhe mit Gummisohlen«, sagte er leise. »Seit seiner ersten Ägyptenexpedition plagen ihn Fußbeschwerden – er hatte furchtbare Schmerzen. Weiße Leinenschuhe mit Gummisohlen sorgen für Linderung.«

»Na, die wird er auch brauchen.« Heath ging wieder hinüber zu Kyles Leiche. »Kommen Sie doch einmal hier rüber, Mr. Vance. Ich möchte Ihnen was zeigen.«

Vance ging zu ihm hin, und ich folgte ihm.

»Sehen Sie sich mal den Fußabdruck hier an«, fuhr der Sergeant fort und wies auf die verwischte Stelle am Rand der Blutlache, in der Kyles Kopf gelegen hatte. »Man sieht es erst, wenn man ganz nahe dran ist … aber wenn Sie genau hinsehen, können Sie die Abdrücke von Gummisohlen erkennen, mit einem Muster wie von einem Schachbrett unter der Sohle und runden Noppen unter dem Absatz.«

Vance beugte sich vor und inspizierte den Abdruck im Blut.

»Vollkommen richtig, Sergeant.« Er sagte es sehr ernst.

»Und jetzt sehen Sie hier«, fuhr Heath fort und wies auf zwei andere Flecken am Boden, auf halbem Weg zur eisernen Treppe.

Vance beugte sich hinunter und nickte.

»Ja«, bestätigte er. »Diese Spuren stammen vermutlich vom Mörder …«

»Und hier noch einmal, Sir.« Heath ging zur Treppe und richtete seine Lampe auf die dritte Stufe.

Vance klemmte sein Monokel ein und inspizierte sie genau. Dann erhob er sich und stand einen Moment lang unbewegt, das Kinn in die Hand gestützt.

»Wie sieht es damit aus, Mr. Vance?« fragte der Sergeant. »Ist das Beweis genug für Sie?«

Markham ging hinüber zur Wendeltreppe und legte Vance die Hand auf die Schulter.

»Warum so starrsinnig, alter Freund?« fragte er mit sanfter Stimme. »Es sieht doch alles nach einem eindeutigen Fall aus.«

Vance hob den Blick.

»Ein eindeutiger Fall – das ist wahr. Aber ein eindeutiger Fall von was? … Es ist so unsinnig. Würde ein Mann wie Bliss jemanden brutal ermorden, jemanden, von dem alle wissen, daß er eine Verabredung mit ihm hatte, und würde er dann seine Krawattennadel und die Abrechnung, die nur von ihm stammen kann, am Tatort zurücklassen, um sich selbst zu belasten? Und für den Fall, daß es noch nicht Beweis genug ist, würde er da Fußspuren hinterlassen, wie nur er sie hinterläßt, Fußspuren von der Leiche zu seinem Arbeitszimmer? … Wäre das vernünftig?«

»Vernünftig ist es nicht«, gab Markham zu, »aber es sind Tatsachen. Und es bleibt uns nichts anderes, als Dr. Bliss damit zu konfrontieren.«

»Da haben Sie wohl recht.« Wieder wanderte Vance' Blick zu der kleinen Metalltür am oberen Ende der Wendeltreppe. »Jawohl … der Zeitpunkt ist gekommen, daß Bliss auf den Plan tritt … Aber es gefällt mir nicht, Markham. Etwas stimmt da nicht … Vielleicht kann der Doktor uns ja selbst Auskunft geben. Lassen Sie mich ihn holen – ich kenne ihn schließlich schon seit Jahren.«

Vance stieg die Treppe hinauf und achtete peinlich darauf, daß er nicht auf den verräterischen Abdruck trat, den der Sergeant entdeckt hatte.

Kapitel 5
Meryt-Amen

(Freitag, 13. Juli, 12 Uhr 45 nachmittags)

Vance pochte an die schmale Tür und holte sein Zigarettenetui hervor. Wir anderen blickten vom Museum unten erwartungsvoll auf die metallene Fläche. Ich konnte nicht erklären warum, aber ein Gefühl der Furcht machte sich in mir breit, und meine Muskeln spannten sich. Bis heute könnte ich nicht sagen, was ich damals fürchtete, aber mir stockte das Herz. Alle Indizien, die sich eingestellt hatten, verwiesen eindeutig auf den großen Ägyptologen in dem Zimmer jenseits jener Tür.

Nur Vance schien unbekümmert. In aller Ruhe zündete er sich seine Zigarette an, und als er das Feuerzeug wieder in der Tasche verstaut hatte, klopfte er noch einmal – lauter diesmal – an die Tür. Noch immer keine Antwort.

»Sehr merkwürdig«, hörte ich ihn murmeln.

Dann hob er den Arm und pochte mit einer Macht auf das Metall, daß das Echo nur so durch den Museumssaal hallte.

Noch einige weitere Sekunden lang herrschte bedrückende Stille, dann hörte man, wie der Knauf sich drehte, und die schwere Tür öffnete sich langsam nach innen.

In der Öffnung erschien die hohe, schlanke Gestalt eines Mannes von Mitte vierzig. Er trug einen pfauenblauen, bis an die Knöchel reichenden Hausmantel aus Seide, und das schüttere blonde Haar war zerwühlt, als komme er eben erst aus dem Bett. Tatsächlich war seine ganze Erscheinung die eines Mannes, den man eben aus tiefem Schlaf gerissen hat. Die Augen waren nur halb geöffnet und blickten trübe, und er hielt sich am inneren Türknauf fest. Ja, er schwankte sogar ein wenig und starrte Vance verständnislos an.

Doch blieb er selbst dabei eine eindrucksvolle Erscheinung. Sein Gesicht war lang und schmal, vom Wetter gegerbt. Seine

Stirn war schmal und hoch – die Stirn eines Gelehrten; doch was das Gesicht unverwechselbar machte, das war die kräftige Adlernase. Der Mund war gerade, das Kinn so kantig, daß man es quadratisch nennen konnte. Seine Wangen waren eingefallen, und der Eindruck, den er auf mich machte, war der eines körperlich kranken Mannes, der alle Anfechtungen mit schierer Willenskraft bezwingt.

Einen Moment lang starrte er Vance verständnislos an. Dann zwinkerte er ein paarmal mit den Augen – wie jemand, der eben aus einer Narkose erwacht – und atmete tief durch.

»Ah!« Seine Stimme war belegt und ein wenig heiser. »Mr. Vance! ... Es ist lange her, daß wir uns zuletzt gesehen haben ...« Sein Blick wanderte über das Museum und blieb bei dem Grüppchen am Fuße der Treppe hängen. »Ich verstehe nicht recht ...« Er hob die Hand und fuhr sich mit den Fingern durch das zerzauste Haar. »Mir ist der Kopf so schwer ... verzeihen Sie mir ... ich – ich muß eingeschlafen sein ... Wer sind die Herren unten? ... Ich erkenne Scarlett und Hani ... Es war entsetzlich heiß in meinem Zimmer.«

»Es ist ein schweres Unglück geschehen, Dr. Bliss«, sagte Vance mit sanfter Stimme. »Könnten Sie mit nach unten ins Museum kommen? ... Wir brauchen Ihre Hilfe.«

»Ein Unglück!« Bliss richtete sich auf, und zum erstenmal, seit er an der Tür erschienen war, waren seine Augen weit offen. »Ein schweres Unglück? ... Was ist geschehen? Doch hoffentlich keine Einbrecher? Meine stete Sorge ...«

»Nein, Doktor, Einbrecher waren es nicht.« Vance nahm ihn am Arm, damit er, verwirrt wie er war, nicht die Treppe hinunterstürzte.

Als er unten anlangte, war gewiß jedes Augenpaar im Museum auf seine Füße gerichtet. Jedenfalls hatte ich sogleich den Impuls mich zu vergewissern, und Heath, der neben mir stand, hatte den Blick fest auf das Schuhwerk des Doktors geheftet. Aber wer von uns erwartet hatte, Bliss in Tennisschuhen mit

Gummisohle zu sehen, wurde enttäuscht. Der Doktor trug ein Paar weicher Kalbslederpantoffeln, in einem Blau passend zum Hausmantel gefärbt und mit orangefarbenen Litzen verziert.

Was mir allerdings auffiel, war die malvenfarbene Krawatte, locker um den umgeschlagenen Kragen des grauen Seidenpyjamas geknotet, der durch die tiefe V-förmige Öffnung seines Hausmantels zu sehen war.

Noch einmal sah er das Grüppchen vor sich an, dann wandte er sich wieder an Vance.

»Einbrecher waren es nicht, sagen Sie?« Noch immer war seine Stimme unsicher und belegt. »Um was für eine Art Unglück handelt es sich dann, Mr. Vance?«

»Um etwas weitaus Schwerwiegenderes als Einbrecher, Doktor«, erwiderte Vance, der ihn nach wie vor am Arm gefaßt hielt. »Mr. Kyle ist tot.«

»Kyle tot!« Bliss blieb der Mund offenstehen, und er blickte um sich, hoffnungslos verwirrt. »Aber – aber … ich habe doch gestern abend noch mit ihm gesprochen. Heute früh sollte er herkommen … die neue Expedition beraten … Tot? Das ist das Ende für meine Arbeit – die Arbeit meines ganzen Lebens!« Er sank auf einen der kleinen hölzernen Klappstühle, von denen etwa ein Dutzend im Museum verstreut standen. Nun hatte seine Miene etwas Tragisches, Schicksalsergebenes. »Was für eine entsetzliche Nachricht.«

»Mein größtes Beileid, Doktor«, murmelte Vance tröstend. »Ich weiß, was für ein Schlag das für Sie ist …«

Bliss erhob sich. Alle Benommenheit war verschwunden, und seine Miene war hart und entschlossen. Er blickte Vance ins Gesicht.

»Tot?« Seine Stimme hatte etwas Drohendes. »Wie ist er gestorben?«

»Durch Mord.« Vance wies auf Kyles Leiche, die Markham, Heath und ich verdeckt hatten.

Bliss ging hinüber zu der Gestalt am Boden. Eine ganze Minute lang starrte er den Toten an; dann wanderte sein Blick zu der kleinen Sachmet-Statue und einen Augenblick darauf weiter zum Schakalsgesicht des Anubis.

Plötzlich fuhr er herum und sah Hani an. Der Ägypter trat einen Schritt zurück, als fürchte er, Bliss werde ihn schlagen.

»Was weißt du über diese Sache? – du Schakal!« Er spie ihm die Worte ins Gesicht, die Stimme schrill von leidenschaftlichem Haß. »Schon seit Jahren spionierst du mir nach! Du hast mein Geld eingesteckt und das Schmiergeld von deiner einfältigen und raffsüchtigen Regierung. Du hast meine Frau gegen mich aufgehetzt. Bei allem, was ich im Leben versucht habe, hast du mir im Wege gestanden. Du wolltest den alten Mann umbringen, weil er mir die beiden Obelisken der Intef-Pyramide gezeigt hat.* Bei jedem Schritt hast du mich behindert. Und weil meine Frau an dich glaubt und an dir hängt, habe ich dich behalten. Und jetzt, wo ich weiß, wo Intefs Grab zu finden ist, wo ich tatsächlich in der Vorkammer stand und kurz davor bin, die Früchte meiner Arbeit der Welt zu zeigen, liegt der eine Mann, der das Gelingen der Arbeit meines ganzen Lebens möglich gemacht hätte, ermordet hier.« Bliss' Augen waren wie glühende Kohlen. »Was weißt du darüber, Anûpu Hani? Sprich – du jämmerlicher Hund eines Fellachen!«

Hani war mehrere Schritt zurückgewichen. Er war ganz zusammengekauert, so sehr hatte Bliss' Ausbruch ihn eingeschüchtert. Aber er behielt seinen Stolz; er war grimmig

* Von Vance habe ich erfahren, daß Dr. Bliss im Britischen Museum den Papyrus Abbot aus der 20. Dynastie gelesen hatte, der von der Erforschung dieses und weiterer Gräber berichtet. In dem Bericht hieß es, daß das Grab Intefs V. in früheren Zeiten geöffnet worden sei, jedoch nicht beraubt; den Räubern war es offenbar nicht gelungen, in die innere Grabkammer vorzudringen. Daraus hatte Bliss geschlossen, daß Intefs Mumie sich noch an ihrem originalen Bestattungsort befinden mußte. Ein alter Einheimischer namens Hassan hatte ihm die Stelle gezeigt, an der vor der Intef-Pyramide einmal zwei Obelisken gestanden hatten, und daraus hatte er auf den Standpunkt des Eingangs geschlossen und diese Stelle für seine Ausgrabungen gewählt.

und mürrisch geworden, und seine Antwort kam wie ein Fauchen.

»Ich weiß nichts von einem Mord. Es war die Rache der Sachmet. *Sie* hat jenen getötet, der für die Schändung von Intefs Grab zahlen wollte …«

»Sachmet!« Bliss rief es mit abgrundtiefem Hohn. »Ein Stück Stein aus einer zusammengewürfelten Mythologie! Du bist hier nicht unter Analphabeten und Medizinmännern – du bist unter zivilisierten Menschen, und wir wollen die Wahrheit hören! … Wer hat Kyle umgebracht?«

»Wenn Sachmet es nicht war, dann weiß ich es nicht, Herr.« So unterwürfig sich der Ägypter auch gab, war doch eine unterschwellige Verachtung in seinem Ton und seiner Stimme. »Ich bin den ganzen Morgen über in meinem Zimmer gewesen … Sie, *hadretak*«, fügte er spöttisch hinzu, »waren Ihrem reichen Finanzier sehr nahe, als er aus dieser Welt in das Reich der Schatten entschwand.«

Zwei rote Flecken der Wut waren durch die Bräune auf Bliss' Wangen zu sehen. Seine Augen funkelten gefährlich, und die Hände, mit denen er die Falten seines Mantels gepackt hatte, zuckten unkontrolliert. Ich fürchtete schon, daß er sich auf den Ägypter stürzen würde.

Auch Vance sah wohl etwas in dieser Art voraus, denn er ging hinüber und faßte ihn beschwichtigend am Arm.

»Ich kann mir vorstellen, wie Ihnen zumute ist, Sir«, sagte er mit sanfter Stimme. »Aber mit Wut kommen wir der Sache nicht auf den Grund.«

Bliss sank ohne ein Wort auf seinen Stuhl zurück, und Scarlett, der die ganze Szene mit sorgenvoller Miene verfolgt hatte, kam herüber zu Vance.

»Da stimmt etwas nicht«, sagte er. »Der Doktor ist nicht er selbst.«

»Das sehe ich.« Vance sagte es trocken, aber doch mit einem ratlosen Stirnrunzeln. Er sah Bliss aufmerksam an. »Sagen Sie,

Doktor, um welche Zeit sind Sie heute morgen in Ihrem Arbeitszimmer eingeschlafen?«

Bliss blickte lethargisch zu ihm auf. Sein Zorn schien verflogen, die Augen waren wieder schwer.

»Um welche Zeit?« wiederholte er wie ein Mann, der versucht, seine Gedanken zu sammeln. »Lassen Sie mich überlegen … Gegen neun hat Brush mir das Frühstück gebracht, und kurz darauf habe ich den Kaffee getrunken … oder zumindest ein paar Schluck …« Sein Blick wanderte in die Ferne. »Danach weiß ich nichts mehr – bis jemand an meine Tür pochte … Wie spät ist es, Mr. Vance?«

»Schon nach Mittag«, antwortete Vance. »Sie sind offenbar eingeschlafen, gleich nachdem sie den Kaffee getrunken hatten. Eine ganz natürliche Reaktion. Von Scarlett höre ich, daß Sie noch bis tief in die Nacht gearbeitet haben.«

Bliss nickte müde.

»Ja – bis drei Uhr heute morgen. Ich wollte den Rechenschaftsbericht parat haben, wenn Kyle kommt … Und jetzt« – er warf einen verzweifelten Blick auf den Leichnam seines Wohltäters – »liegt er hier tot – ermordet … Ich verstehe das einfach nicht.«

»Keiner von uns versteht es – jedenfalls bisher nicht«, erwiderte Vance. »Aber Mr. Markham – der Bezirksstaatsanwalt – und Sergeant Heath von der Mordkommission sind hier, um aufzunehmen, was es an Fakten gibt, und Sie können sich darauf verlassen, Sir, daß dem Recht Genüge getan wird. Sie könnten uns eine große Hilfe sein, wenn Sie jetzt gleich eine Reihe von Fragen beantworteten. Fühlen Sie sich dazu in der Lage?«

»Natürlich bin ich dazu in der Lage«, antwortete Bliss, ein wenig gereizt. »Aber«, fügte er hinzu und fuhr sich mit der Zunge über die Lippen, »ich bin fürchterlich durstig. Wenn ich ein Glas Wasser …«

»Ah! Ich hatte schon den Eindruck, daß Sie durstig sein müssen … Können Sie da etwas tun, Sergeant?«

Heath war schon unterwegs zur Vordertreppe. Er verschwand durch die Tür, und wir konnten hören, wie er mit knappen Worten seine Kommandos gab. Ein oder zwei Minuten später kehrte er mit einem Glas Wasser in der Hand zurück.

Dr. Bliss trank wie ein Verdurstender, und als er das Glas abgestellt hatte, fragte Vance:

»Wann hatten Sie den Rechenschaftsbericht für Mr. Kyle fertig?«

»Heute morgen – kurz bevor Brush mir das Frühstück brachte.« Bliss' Stimme war kräftiger, zeigte sogar wieder Anzeichen von Leben. »Er war so gut wie fertig, als ich mich gestern zur Ruhe legte – vielleicht noch eine Stunde Arbeit. Deshalb kam ich heute morgen um acht wieder herunter an meinen Schreibtisch.«

»Und wo ist der Bericht jetzt?«

»Er liegt im Arbeitszimmer auf dem Tisch. Ich wollte nach dem Frühstück noch einmal alles nachrechnen, bevor Kyle eintrifft ... Ich hole ihn.«

Er wollte sich erheben, aber Vance hielt ihn zurück.

»Das wird nicht nötig sein, Sir. Ich habe ihn hier ... Er fand sich in Mr. Kyles Hand.«

Bliss starrte das Blatt an, das Vance ihm zeigte, die Augen dumpf.

»In – Kyles Hand?« stammelte er. »Aber ... aber ...«

»Machen Sie sich deswegen keine Gedanken.« Vance tat es lässig ab. »Wenn wir erst einmal besser verstehen, was hier geschehen ist, wird sich auch eine Erklärung dafür finden. Ohne Zweifel hat jemand den Bericht aus Ihrem Arbeitszimmer geholt, als Sie schliefen ...«

»Womöglich Kyle selbst ...«

»Nicht undenkbar, aber nicht sehr wahrscheinlich.« Offenbar hatte Vance den Gedanken, Kyle könne den Bericht selbst geholt haben, schon verworfen. »Übrigens, ist es üblich, daß die Tür von Ihrem Arbeitszimmer ins Museum unverschlossen ist?«

»Ja. Die verschließe ich nie. Kein Grund dazu. Ich könnte Ihnen auf Anhieb nicht einmal sagen, wo der Schlüssel ist.«

»Es hätte also nach etwa neun Uhr, als Sie eingeschlafen waren, jeder, der im Museum war, zu Ihnen heraufkommen und den Bericht holen können.«

»Aber liebe Güte, Mr. Vance, wer sollte denn ... ?«

»Das wissen wir bisher nicht. Wir sind ja noch nicht einmal soweit, daß wir Hypothesen bilden können. – Aber seien Sie so gut, Doktor, und lassen Sie mich die Fragen stellen ... Wissen Sie zufällig, wo Mr. Salveter heute vormittag ist?«

Bliss blickte Vance wütend an.

»Natürlich weiß ich, wo er ist«, stieß er zwischen zusammengebissenen Zähnen hervor. (Ich deutete es so, daß er fest entschlossen war, nicht zuzulassen, daß Verdacht auf Kyles Neffen fiel.) »Ich habe ihn zum Metropolitan Museum geschickt ...«

»Sie haben ihn geschickt? Wann?«

»Ich habe ihn gestern abend gebeten, gleich heute morgen hinzugehen. Er sollte verhandeln, ob wir von den Fundstücken aus dem kürzlich entdeckten Grab der Hotpeheres, der Mutter des Kheuf aus der 4. Dynastie, Reproduktionen bekommen können ...«

»Hotpeheres? Kheuf? ... Sie meinen Hetepheres und Cheops?«

»Wen sonst?« Der Ton des Doktors war heftig. »Ich halte mich an Weigalls Transliteration. In seiner *Geschichte der Pharaonen* ...«

»Ah ja, natürlich. Bitte um Verzeihung, Doktor. Ich hatte vergessen, daß Weigall viele der traditionellen Schreibweisen umgestellt hat. Nur wenn ich es recht im Gedächtnis habe, wurde doch die Expedition, die das Grab der Hetepheres – oder Hotpeheres – fand, von der Universität Harvard und dem Bostoner Museum of Fine Arts finanziert?«

»Ganz richtig. Aber ich wußte, daß mein alter Freund Albert Lythgoe, der Kustos der ägyptischen Abteilung im Metropolitan Museum, mir die Information liefern konnte, die ich brauchte.«

»Verstehe.« Vance überlegte. »Haben Sie heute morgen mit Mr. Salveter gesprochen?«

»Nein«, antwortete Bliss gereizt. »Ich war seit acht Uhr in meinem Arbeitszimmer, und der Junge käme nicht im Traum auf den Gedanken, mich dort zu stören. Wahrscheinlich wird er gegen halb zehn das Haus verlassen haben – das Metropolitan Museum öffnet um zehn.«

Vance nickte.

»Stimmt; das ist der Zeitpunkt, den Brush uns genannt hat. Wird es da nicht allmählich Zeit, daß er zurück ist?«

Bliss zuckte mit den Schultern.

»Möglich«, erwiderte er, als sei die Frage ohne Belang. »Aber es ist auch denkbar, daß er auf Lythgoe warten mußte. Er wird jedenfalls mit Sicherheit zurückkommen, sobald er seinen Auftrag erfüllt hat. Er ist ein guter, gewissenhafter Junge – meine Frau und ich halten große Stücke auf ihn. Er hat ja die Ausgrabung von Intefs Grab erst möglich gemacht – sich bei seinem Onkel dafür eingesetzt.«

»Das habe ich von Scarlett auch gehört.« Vance sagte es beiläufig wie etwas, das nichts weiter zu bedeuten hat, zog sich einen der Klappstühle heran und setzte sich in aller Ruhe. Dabei warf er Markham einen ermahnenden Blick zu. Einen Blick, der so deutlich wie Worte sagte: »Halten Sie sich zurück und lassen Sie vorerst mich die Fragen stellen.« Dann lehnte er sich zurück und verschränkte die Arme hinter seinem Kopf.

»Sagen Sie, Doktor«, fuhr er mit dem Anflug eines Gähnens fort, »wo wir schon auf den alten Intef zu sprechen kommen – ich war ja dabei, als Sie Ihren faszinierenden Lapislazuli-Skarabäus fanden …«

Bliss' Hand wanderte zu seiner Krawatte, und er warf einen schuldbewußten Blick in Richtung Hani, der hinüber zur Statue Tetischeris gegangen war und nun mit dem Rücken zu uns stand, in einer Haltung bedingungsloser Verehrung. Vance tat, als habe er die Bewegungen des Doktors nicht gesehen, blickte verträumt zum rückwärtigen Fenster hinaus und fuhr fort:

»Ein höchst interessanter Skarabäus – ungewöhnliche Zeichnung. Von Scarlett höre ich, Sie haben sich eine Krawattennadel daraus machen lassen ... Haben Sie die Nadel hier? Die würde ich ja zu gern sehen.«

»Ich glaube, Mr. Vance« – wieder fuhr Bliss' Hand zu seiner Krawatte –, »sie ist oben. Wenn Sie Brush rufen ...«

Scarlett kam hinüber zu Bliss.

»Gestern abend war sie in Ihrem Arbeitszimmer, Doktor«, sagte er »– auf dem Schreibtisch ...«

»Da haben Sie recht!« Nun hatte Bliss sich wieder ganz unter Kontrolle. »Die Nadel liegt oben und steckt noch in der Krawatte, die ich gestern getragen habe.«

Vance erhob sich und sah Scarlett mit eiskalter Miene an.

»Tausend Dank«, sagte er grimmig. »Wenn ich Ihre Hilfe brauche, werde ich es Ihnen sagen.« Dann wandte er sich wieder an Bliss. »Mir ging es darum, Doktor, herauszufinden, ob Sie sich erinnern konnten, bis zu welchem Zeitpunkt Sie die Skarabäusnadel bei sich hatten ... Sie ist nämlich nicht in Ihrem Arbeitszimmer, müssen Sie wissen. Als wir hier eintrafen, lag sie neben Mr. Kyles Leiche.«

»Mein Intef-Skarabäus!« Bliss war aufgesprungen und starrte panisch zu dem Toten hinüber. »Das ist doch nicht möglich!«

Vance ging hinüber zu Kyles Leichnam und hob den Skarabäus auf.

»Unmöglich nicht, Sir«, sagte er und hielt die Nadel in die Höhe; »nur sehr unerklärlich ... Vermutlich hat man die Nadel zusammen mit dem Bericht aus Ihrem Arbeitszimmer geholt.«

»Ich begreife das nicht«, sagte Bliss nach einer Weile, ein heiseres Flüstern.

»Vielleicht ist sie ja aus Ihrer Krawatte rausgefallen«, sagte Heath bissig und reckte das Kinn vor.

»Wie meinen Sie das?« Der Ton des Doktors war dumpf und ängstlich. »Ich hatte sie nicht in der Krawatte, die ich jetzt trage. Ich habe sie oben im Arbeitszimmer gelassen ...«

»Sergeant!« Vance warf Heath einen strengen, tadelnden Blick zu. »Lassen Sie uns besonnen und diskret vorgehen.«

»Mr. Vance« – in seinem Ärger gab Heath nicht nach –, »ich bin hier, um zu klären, wer diesen Kyle umgebracht hat. Und der eine, der alle Gelegenheit dazu gehabt hat, ist Dr. Bliss hier. Dazu finden wir noch ein Blatt Papier und eine Krawattennadel, die Dr. Bliss mit dem Toten in Verbindung bringen. Und schließlich dann die Fußabdrücke ...«

»Alles vollkommen richtig, Sergeant«, unterbrach Vance. »Aber wenn Sie den Doktor unter Druck setzen, wird uns das nicht die Erklärung für das liefern, was hier geschehen ist.«

Bliss war wieder auf seinen Stuhl gesunken.

»Mein Gott«, stöhnte er. »Jetzt begreife ich erst. Sie glauben, *ich* hätte ihn umgebracht!« Er wandte sich mit verzweifelt flehender Miene an Vance. »Glauben Sie mir, ich habe seit neun Uhr fest geschlafen. Ich habe nicht einmal gewußt, daß Kyle hier war. Das ist entsetzlich – entsetzlich ... Mr. Vance, Sie können doch nicht ernstlich glauben ...«

Von der Eingangstür drangen wütende Stimmen herunter, und wir alle wandten den Blick in jene Richtung. Oben erschien Hennessey, die Arme weit gebreitet, und wehrte sich heftig. Vor ihm auf der Türschwelle stand eine junge Frau.

»Das ist mein Haus!« rief sie mit schriller, wütender Stimme. »Wie können Sie es wagen, mir den Zutritt zu verwehren! ...«

Scarlett lief sogleich hinüber zur Treppe.

»Meryt!«

»Das ist meine Frau«, erklärte Bliss. »Wieso läßt man sie nicht herein, Mr. Vance?«

Bevor Vance etwas antworten konnte, brüllte Heath schon:

»Ist in Ordnung, Hennessey. Lassen Sie die Lady durch.«

Mrs. Bliss kam eilig die Treppe herunter und ging fast im Laufschritt hinüber zu ihrem Mann.

»Was ist, Mindrum? Was ist geschehen?« Sie kniete sich neben ihn und legte ihm den Arm um die Schultern. Im selben Augenblick sah sie Kyles Leiche, und mit einem Aufschrei wandte sie sich schaudernd ab.

Sie war eine faszinierende Frau, deren Alter ich auf etwa sechs- oder siebenundzwanzig schätzte. Die großen Augen waren schwarz, mit langen Wimpern, und die Haut war von dunklem Oliv. Das ägyptische Blut in ihren Adern zeigte sich am deutlichsten in den vollen sinnlichen Lippen und den hohen, stark hervortretenden Wangenknochen, die ihrem Gesicht etwas ausgesprochen Orientalisches gaben. Etwas an ihr ließ mich an das wunderbare Gemälde denken, in dem Winifred Brunton das Antlitz der Königin Nofretete rekonstruiert hat.* Sie trug einen kobaltfarbenen krempenlosen Hut, der dem Kopfschmuck der Königin nicht unähnlich war, und das Kleid aus braunem Georgettecrêpe, das den schlanken und doch wohlgerundeten Leib eng umhüllte, betonte das Sinnliche noch. Stärke und Schönheit vereinten sich in ihrer Gestalt, die ganz dem alten Ideal der Orientalisten entsprach, wie wir es etwa aus Ingres' »Türkischem Bad« kennen.

Trotz ihrer Jugend hatte sie etwas ausgesprochen Reifes und Besonnenes: Ihre Persönlichkeit hatte Tiefe, und so wie sie nun neben Bliss kniete, konnte ich mir gut vorstellen, daß sie nicht nur starker Gefühle, sondern nicht minder starker Taten fähig war.**

* Eine farbige Abbildung findet sich in *Kings and Queens of Ancient Egypt* (Charles Scribner's Sons).

** Von Scarlett erfuhr ich später, daß Mrs. Bliss' Mutter eine vornehme koptische Dame gewesen war, die ihre Ahnenlinie von den letzten Pharaonen von Sais herleitete und die, obwohl Christin, die alten Götter ihres Landes in Ehren hielt. Meryt-Amen (»die von Amun Geliebte«), ihr einziges Kind, trug ihren Namen zu Ehren des großen Ramses II., dessen voller Titel als Sohn des Son-

Bliss fuhr ihr zärtlich über den Rücken, wie ein Vater. Doch sein Blick ging weit in die Ferne.

»Kyle ist tot, meine Liebe«, sagte er mit hohler Stimme. »Man hat ihn ermordet … und die Herren hier glauben, ich hätte es getan.«

»Du!« Sofort war Mrs. Bliss auf den Beinen. Einen Moment lang starrte sie ihren Mann fassungslos an; dann traf ihre wutverzerrte Miene uns. Doch bevor sie etwas sagen konnte, trat Vance einen Schritt auf sie zu.

»Da tut der Doktor uns unrecht, Mrs. Bliss«, sagte er mit leiser, ruhiger Stimme. »Wir haben ihn nicht beschuldigt. Wir sind nur hier, um den tragischen Vorfall aufzuklären, und es ist eine Tatsache, daß sich die Krawattennadel Ihres Mannes neben dem Ermordeten fand …«

»Und was hat das zu bedeuten?« Sie war seltsam ruhig geworden. »Die kann doch ebensogut jemand anderes dorthin gelegt haben.«

»Genau das, Madam«, bestätigte Vance freundlich. »Und wir möchten gern herausfinden, wer dieser Jemand war.«

Die Augen der Frau waren halb geschlossen, und sie stand starr, wie gebannt von einem plötzlichen, entsetzlichen Gedanken.

nengottes Ra-mosê-su Mery-Amûn lautete. (Die korrektere englische Schreibung von Mrs. Bliss' Namen wäre Meryet-Amûn gewesen, aber die Schreibung des Namens war ohne Zweifel auf der Grundlage der Umschriften von Flinders Petrie, Maspero und Abercrombie gewählt.) Meryet-Amûn oder Merit-Amun war unter den Königinnen und Prinzessinnen des alten Ägypten kein ungewöhnlicher Name. Drei Königinnen dieses Namens sind bekannt – eine (aus der Familie Achmosis' I.), deren Mumie sich im Museum von Kairo findet, eine weitere (aus der Familie Ramses' II.) mit Grab und Sarkophag im Tal der Königinnen, und eine dritte, deren Grabkammer und Mumie kürzlich von der ägyptischen Expedition des Metropolitan Museum of Art in den Bergen nahe dem Tempel von Deir el-Bahari in Theben entdeckt wurde. Diese letzte Königin namens Merit-Amun war die Tochter von Thutmosis III. und Merit-Re und die Gemahlin Amenophis' II. Über die Auffindung ihres Grabes berichtet Sektion II des Bulletin of the Metropolitan Museum of Art vom November 1929.

»Ja … das ist wahr«, hauchte sie. »Jemand hat die Skarabäus-Nadel dorthin gelegt … jemand …« Ihre Stimme verstummte, und ihr Gesicht verfinsterte sich wie in plötzlichem Schmerz. Aber schon im nächsten Moment hatte sie sich wieder in der Gewalt, holte tief Luft und blickte Vance fest entschlossen in die Augen.

»Wer immer es war, der diese entsetzliche Tat begangen hat – ich will, daß Sie ihn finden.« Ihr Ausdruck war nun hart und besonnen. »Und ich werde Ihnen helfen. Verstehen Sie? – *ich* werde Ihnen helfen.«

Vance studierte sie kurz, bevor er antwortete.

»Ich glaube, das werden Sie, Mrs. Bliss. Und ich werde darauf zurückkommen.« Er verneigte sich knapp. »Aber im Augenblick können Sie nichts tun. Ein paar Routinedinge müssen zuerst geregelt sein. Bis dahin wüßte ich es zu schätzen, wenn Sie im Wohnzimmer auf uns warteten – ich werde Ihnen schon bald eine Reihe von Fragen stellen … Hani kann Sie begleiten.«

Ich hatte bei dieser kleinen Szene den Ägypter im Auge behalten. Als Mrs. Bliss das Museum betreten hatte, hatte er kaum in ihre Richtung gesehen, aber als sie mit Vance zu sprechen begann, war er ein wenig nähergerückt. Er stand nun mit gefalteten Armen gerade hinter der Truhe mit den Einlegearbeiten, die Frau fest im Blick mit der ehrfürchtigen Haltung dessen, der sie gegen jede Gefahr verteidigen wird.

»Komm, Meryt-Amen«, sagte er. »Ich bleibe bei dir, bis die Herren dich zu sprechen wünschen. Du hast nichts zu befürchten. Sachmet hat ihre gerechte Rache genommen, und keine Macht des Okzidents kann ihr etwas anhaben.«

Einen Moment lang zögerte die Frau. Dann ging sie zu Bliss, küßte ihn leicht auf die Stirn und ging zur Haupttreppe, und Hani folgte ihr ehrerbietig nach.

Kapitel 6
Vier Stunden unterwegs

(Freitag, 13. Juli, 1 Uhr 15 nachmittags)

Scarletts Augen folgten ihr mit mitfühlender, kummervoller Miene.

»Das arme Mädchen!« seufzte er. »Sie müssen wissen, Vance, sie hing sehr an Kyle – ihr Vater und Kyle waren große Freunde. Als der alte Abercrombie starb, hat Kyle für sie gesorgt wie für seine eigene Tochter ... Das war ein furchtbarer Schlag für sie.«

»Kann man sich vorstellen«, murmelte Vance nur. »Aber Hani wird sie schon trösten ... Nebenbei gesagt, Doktor, Ihr ägyptischer Diener scheint ja sehr *en rapport* mit Mrs. Bliss.«

»Was sagen Sie – wie meinen Sie das?« Bliss hob den Kopf, als strenge er sich an, sich zu konzentrieren. »Ah, ja ... Hani. Treu wie ein Hund – solange es um meine Frau geht. Er hat sie ja praktisch großgezogen, nach dem Tod ihres Vaters. Er hat es mir nie verziehen, daß ich sie geheiratet habe.« Er lächelte grimmig, dann verfiel er in ein finsteres Brüten.

Heath' Zigarre war längst kalt, aber er kaute immer noch heftig auf ihr. Er stand mit gespreizten Beinen an Kyles Leiche, die Hände in den Taschen, und funkelte den Doktor feindselig an. »Wozu denn noch das viele Palaver?« fragte er mürrisch. Er sah Markham an. »Hören Sie, Chef – haben wir denn nicht genug beisammen für eine Anklage?«

Markham war in arger Verlegenheit. Instinktiv hätte er Bliss' Verhaftung angeordnet, aber sein Glaube an Vance hielt ihn davon ab. Er spürte, daß Vance mit der Situation, wie sie war, nicht zufrieden war, und das hatte ihn wiederum davon überzeugt, daß es mehr an dem Mord an Kyle gab, als offen zu sehen war. Vielleicht hatte er auch selbst seine Zweifel, ob die Indizien, die auf den Ägyptologen wiesen, wirklich glaubwürdig waren.

Er war eben im Begriff, Heath zu antworten, als Hennessey den Kopf zur Tür hereinsteckte und rief:

»He, Sergeant, die Ambulanz ist da.«

»Wird aber auch Zeit«, brummte Heath, ärgerlicher denn je. Er wandte sich an Markham: »Spricht doch nichts dagegen, Sir, daß wir den Leichnam wegschaffen?«

Markham blickte Vance an, und dieser nickte.

»Nein, Sergeant«, antwortete er. »Je schneller er im Schauhaus ist, desto schneller haben wir den Obduktionsbericht.«

»Gut.« Heath legte die Hände als Schalltrichter an den Mund und brüllte zu Hennessey: »Rein mit ihnen!«

Gleich darauf kamen zwei Männer – der eine der Fahrer, der andere ein struppiger Helfer – mit einem großen Weidenkorb, geformt wie ein Sarg, die Treppe herunter. Mit groben Bewegungen und ohne ein Wort legten sie Kyles Leichnam hinein und machten sich mit ihrer grimmigen Last auf den Weg zur Haustür, wobei der Helfer, der hinten ging, zum Spaß noch ein paar Tanzschritte auf dem Parkettboden vollführte.

»Bezaubernder Bursche«, grinste Vance.

Als der Ermordete fort war, war es, als hebe sich ein Leichentuch vom Museum. Aber nach wie vor zeugten die Blutlache am Boden und die Sachmet-Statue von der tragischen Tat.

Heath stand da und betrachtete die schweigende, zusammengesunkene Gestalt von Dr. Bliss.

»Und wie geht es jetzt weiter?« Er fragte es fordernd, aber auch resigniert.

Markham wurde ungeduldig. Er nahm Vance zur Seite und debattierte leise mit ihm. Ich konnte nicht hören, was sie sagten, aber Vance redete mehrere Minuten lang eindringlich auf den Staatsanwalt ein. Markham hörte aufmerksam zu, dann zuckte er mit den Schultern.

»Also gut«, sagte er, als sie wieder zu uns herüberkamen, »aber Sie müssen bald Ergebnisse vorweisen können – sonst ergreifen wir Maßnahmen.«

»Meine Güte – Sie ergreifen Maßnahmen!« Vance stieß einen tiefen Seufzer aus. »Immer Heldentaten, immer was los. Wie bei den Pfadfindern! Tatendurst, Leistung! Immer in Bewegung bleiben … Warum müssen unsere Justizbehörden sich ihre Ideale beim tanzenden Derwisch holen? Das menschliche Hirn ist doch schließlich auch nicht ganz ohne Nutzen!«

Er ging langsam vor den Regalen auf und ab, den Blick auf den Boden geheftet, und wir anderen beobachteten ihn. Selbst Dr. Bliss erwachte wieder aus seinem Brüten und sah ihn neugierig und erwartungsvoll an.

»Keines von diesen Indizien kommt mir echt vor, Markham«, sagte Vance. »Es ist noch etwas anderes hier, etwas, das man nicht auf den ersten Blick sieht. Es ist wie eine Geheimzahl, die ganz offen dasteht und doch etwas anderes bedeutet. Glauben Sie mir, die Erklärung, die sich aufdrängt, ist die falsche … Irgendwo hier gibt es einen Schlüssel zu dieser Sache – die Frage ist nur wo. Er liegt direkt vor unserer Nase … und trotzdem sehen wir ihn nicht.«

Ratlos und unzufrieden ging er auf und ab mit jener Trägheit, hinter der sich, wie ich seit langem wußte, bei ihm stets die größte Aufmerksamkeit verbarg.

Plötzlich blieb er am hintersten Regal vor der Blutlache stehen und beugte sich vor. Er studierte sie einen Moment lang dann wanderten seine Augen zum Regal. Langsam ging der Blick den halb vorgezogenen Vorhang hinauf und blieb auf der Abschlußleiste oberhalb der Vorhangstange haften. Nach einer Weile wanderte der Blick zurück zur Blutlache, und ich hatte den Eindruck, daß Vance Entfernungen abmaß und die genaue Beziehung zwischen Blut, Regal, Vorhang und der Blende am obersten Regalbrett zu bestimmen suchte.

Gleich darauf richtete er sich auf und stellte sich knapp vor den Vorhang, den Rücken zu uns.

»Das ist ja hochinteressant«, murmelte er. »Ob womöglich …«

Er drehte sich um, holte einen Klappstuhl heran und stellte ihn unmittelbar vor das Regal, genau dahin, wo Kyles Kopf gelegen hatte. Dann stieg er hinauf und stand eine ganze Weile oben, wo er die Oberseite des Regals inspizierte.

»Ich muß schon sagen! Außerordentlich!« Seine Stimme war kaum zu hören.

Er holte sein Monokel hervor und klemmte es ein. Dann griff er nach etwas, das oben auf dem Regal liegen mußte, nicht weit von der Stelle, die Hani uns als jene gewiesen hatte, auf der er die Sachmet-Statuette abgestellt hatte. Was es war, das er von dort oben holte, konnte keiner von uns sehen, und er ließ es sogleich in seiner Jackentasche verschwinden. Dann stieg er wieder hinab und sah Markham mit finsterer Miene an, als habe er bestätigt bekommen, was er erwartete.

»Dieser Mord hat ungeahnte Möglichkeiten«, raunte er.

Doch bevor er seine kryptische Bemerkung erläutern konnte, erschien wiederum Hennessey am oberen Treppenabsatz und rief Sergeant Heath zu:

»Wir haben hier einen Burschen namens Salveter, der sagt, er will zu Doc Bliss.«

»Ah – *bon!*« Ich konnte nicht sagen warum, aber Vance schien hocherfreut. »Den sollten Sie hereinlassen, Sergeant.«

»Aber ja.« Heath' Grimasse drückte tiefsten Überdruß aus. »O. K., Hennessey. Führen Sie den Herrn herein. Je mehr, desto besser … Was ist das hier eigentlich?« brummte er. »Eine Gelehrtenversammlung?«

Der junge Salveter kam mit verblüffter, fragender Miene die Treppe herunter und auf uns zu. Er begrüßte Scarlett mit einem kurzen, kalten Nicken; dann sah er Vance.

»Hallo!« rief er, sichtlich überrascht, daß er Vance im Museum fand. »Wie geht es Ihnen? Das ist ja Ewigkeiten her, daß wir uns gesehen haben … damals in Ägypten … Was ist denn das für eine Aufregung? Ist das Haus vom Militär requiriert?« Der muntere Ton klang nicht echt.

Salveter war ein ernsthaft und streitbar dreinblickender Mann von etwa dreißig Jahren mit strohblondem Haar, weit auseinanderstehenden grauen Augen, Stupsnase, schmalen, fest zusammengebissenen Lippen. Er war mittelgroß, stämmig, und man konnte sich vorstellen, daß er in Collegetagen Sportler gewesen war. Er trug einen einfachen, schlecht sitzenden Tweedanzug, und der Knoten der gepunkteten Krawatte war ein wenig schief. Seine Halbstiefel aus Korduanleder sahen nicht so aus, als wären sie je geputzt worden. Auf den ersten Blick fand ich ihn nicht unsympathisch. Er hatte etwas Jungenhaftes, Offenes; aber etwas an seiner ganzen Art – ich hätte damals nicht sagen können was – warnte einen doch, vorsichtig zu sein und sich nicht mit seinem Starrsinn anzulegen.

Als er mit Vance sprach, sah er sich zugleich mit größter Neugier im ganzen Raum um, als suche er nach etwas, das nicht in Ordnung war.

Vance, der ihn aufmerksam beobachtete, antwortete nach kurzer Pause in einem Ton, der mir unnötig hart vorkam.

»Nein, Mr. Salveter, das Militär ist es nicht. Es ist die Polizei. Ihr Onkel ist tot – ermordet.«

»Onkel Ben!« Salveter schien von der Nachricht wie vor den Kopf geschlagen; aber schon bald machte sein Schreck einer mörderischen Wut Platz. »Darum geht es also.« Er zog den Kopf ein und kam auf Dr. Bliss zu wie ein Faustkämpfer. »Er war heute vormittag mit Ihnen verabredet, Sir ... Wann – und wie – ist es geschehen?«

Doch die Antwort kam von Vance.

»Ihrem Onkel, Mr. Salveter, wurde gegen zehn Uhr die Sachmet-Statue dort über den Schädel geschlagen. Mr. Scarlett fand die Leiche, die hier zu Füßen von Anubis lag, und verständigte mich. Ich meinerseits zog den Bezirksstaatsanwalt hinzu ... Darf ich vorstellen – Mr. Markham. Und dies ist Sergeant Heath von der Mordkommission.«

Salveter warf ihnen nur einen flüchtigen Blick zu.

»Das ist unglaublich!« zischte er und biß die Zähne noch fester zusammen.

»Leider nicht, mein Junge«, sagte Bliss jämmerlich kleinlaut, hob den Kopf und sah Salveter an. »Damit ist es mit unseren Expeditionen zu Ende …«

»Expeditionen!« Noch immer hatte Salveter den Blick fest auf Bliss geheftet. »Was spielt das für eine Rolle? Ich will den Kerl zu fassen kriegen, der das gemacht hat.« Bissig wandte er sich an Markham. »Was kann ich tun, Sir, um Ihnen zu helfen?« Seine Augen waren bloße Schlitze – er war wie ein gefährliches wildes Tier, das nur auf eine Gelegenheit zum Angriff wartete.

»Zuviel Energie, Mr. Salveter«, seufzte Vance und ließ sich behäbig auf einem Stuhl nieder. »Bei weitem zuviel Energie. Ich kann mir ja nur zu gut vorstellen, wie Ihnen zumute ist. Aber die unbedachte Tat, auch wenn sie bisweilen ihren Nutzen haben mag, wird unter den gegebenen Umständen zu nichts führen … Vielleicht sollten Sie einen strammen Spaziergang machen, ein paarmal um den Block, und dann kehren Sie zu uns zurück. Wir brennen darauf, uns höflich mit Ihnen zu unterhalten, aber Ruhe und Selbstbeherrschung sind dazu unerläßlich.«

Salveter funkelte Vance finster an, und dieser erwiderte den Blick mit kühlster Gelassenheit; eine volle halbe Minute lang starrten die beiden Männer einander an. Aber ich hatte schon andere Fälle erlebt, in denen Leute versucht hatten, Vance mit Starren aus der Fassung zu bringen – stets ohne den kleinsten Erfolg. Seine beherrschte Kraft und seine Charakterstärke waren kolossal, und ich beneidete niemanden, der es auf ein solches Duell mit ihm ankommen ließ.

Schließlich zuckte Salveter mit den breiten Schultern. Ein leichtes Grinsen, das Zeichen, daß er nachgab, huschte über seine zusammengepreßten Lippen.

»Den Spaziergang überspringen wir«, sagte er, verlegen, aber doch mit Anerkennung. »Was wollen Sie wissen?«

Vance nahm einen tiefen Zug von seiner Zigarette, dann ließ er seinen Blick den langen Pentaweret-Fries entlangwandern.

»Wann sind Sie heute morgen aus dem Haus gegangen, Mr. Salveter?«

»Gegen halb zehn.« Salveter stand nun entspannt da, die Hände in den Jackentaschen. Seine aggressive Art war gänzlich verschwunden; er beobachtete Vance genau, doch ohne Feindseligkeit.

»Und Sie haben nicht etwa das Schloß an der Haustür entriegelt oder sie offengelassen?«

»Nein! … wieso sollte ich?«

»Aber hören Sie, das kann ich ja nun wirklich nicht wissen.« Vance sah ihn mit einem entwaffnenden Lächeln an. »Allerdings ist es eine Frage, von der vieles abhängt. Mr. Scarlett, müssen Sie wissen, fand die Tür offen, als er zwischen zehn und halb elf hier eintraf.«

»Also *ich* habe sie bestimmt nicht offengelassen … Weiter.«

»Sie sind zum Metropolitan Museum of Art gegangen, wie ich höre.«

»Ja. Ich sollte mich umhören, ob wir Reproduktionen der Grabbeigaben von Hotpeheres bekommen können.«

»Und haben Sie erfahren, was Sie wissen wollten?«

»Ja.«

Vance warf einen Blick auf seine Uhr.

»Fünf vor halb zwei«, stellte er fest. »Das heißt, Sie sind etwa vier Stunden fortgewesen. Sind Sie etwa zu Fuß zur Achtundachtzigsten Straße und zurück gegangen?«

Einen Moment lang biß Salveter wieder die Zähne zusammen und starrte Vance, der die Freundlichkeit selbst war, wütend an.

»Keine Sorge, ich bin weder hin noch zurück gegangen.« (Ich konnte nicht entscheiden, ob er nur seine Wut bezwingen mußte oder ob ein wenig Erschrockenheit in die Art spielte, wie er es sagte.) »Für den Hinweg habe ich den Bus genommen und für den Rückweg ein Taxi.«

»Sagen wir also eine Stunde für beide Strecken. Da bleiben volle drei Stunden, in denen Sie Ihr Anliegen vorbringen konnten, nicht wahr?«

»Mathematisch korrekt.« Wieder grinste Salveter verbissen. »Aber der Zufall wollte es, daß ich einen Blick in die Räume rechts vom Eingang warf, auf das Grab von Perneb. Ich hatte gehört, daß seit kurzem neue Stücke aus der Grabkammer dort ausgestellt sind ... Perneb lebte schließlich in der Fünften Dynastie ...«

»Aber gewiß ... Und da Cheops, Sohn der Hetepheres, der vorangegangenen Dynastie angehörte, war der Inhalt der Grabkammer natürlich von wissenschaftlichem Interesse für Sie. Versteht sich ... Und wie lange haben Sie sich zwischen den Hinterlassenschaften Pernebs vergnügt?«

»Hören Sie, Mr. Vance« – Salveter fühlte sich offenbar in die Enge getrieben –, »ich weiß nicht, worauf Sie hinauswollen, aber wenn es hilft, den Mord an Onkel Ben aufzuklären, will ich mir Ihre Manier gefallenlassen ... Ich werde wohl fast eine Stunde in der ägyptischen Sammlung verbracht haben. Die Sachen interessierten mich, und ich hatte es nicht eilig – ich wußte ja, daß Onkel Ben heute vormittag mit Dr. Bliss verabredet war, und ich konnte mir ausrechnen, daß es reichte, wenn ich zum Mittagessen zurück war.«

»Aber der Mittag ist längst vorbei.«

»Was macht das schon? Ich habe, nachdem ich nach oben gegangen war, noch fast eine Stunde lang im Vorzimmer des Kustos gesessen – Mr. Lythgoe unterhielt sich mit Lindsley Hall über einige Zeichnungen. Und dann habe ich noch einmal eine halbe Stunde gewartet, weil er wegen der Sachen mit Dr. Reisner in Boston telefonieren mußte. Da kann ich von Glück sagen, daß ich überhaupt schon zurück bin.«

»Da haben Sie recht ... Ich weiß, wie solche Sachen sind. Die reinste Nervenprobe.«

Allem Anschein nach akzeptierte Vance seine Geschichte ohne Bedenken. Er erhob sich träge und holte ein Notizbüchlein aus der Tasche, und zugleich faßte er in seine Westentasche, als suche er etwas zum Schreiben.

»Bitte um Verzeihung, Mr. Salveter, aber könnten Sie mir vielleicht einen Bleistift leihen? Anscheinend habe ich meinen verloren.«

(Das ließ mich sofort aufhorchen, denn ich wußte, daß Vance nie einen Bleistift bei sich hatte, sondern stets mit einem kleinen goldenen Füllfederhalter schrieb, den er an der Uhrkette hatte.)

»Aber gern.« Salveter faßte in die Tasche und hielt ihm einen langen Bleistift hin, gelb und achteckig.

Vance nahm ihn und machte sich mehrere Notizen in seinem Buch. Dann, als er sich anschickte, ihn zurückzugeben, hielt er inne und betrachtete den Stift.

»Ah, ein Mongol Nr. 1, was?« sagte er. »Sehr populär, die Faber 482 ... Nehmen Sie sie immer?«

»Ich schwöre darauf ...«

»Haben Sie vielen Dank.« Vance reichte den Bleistift zurück und steckte das Notizbuch wieder in die Tasche. »Und jetzt wären wir Ihnen dankbar, Mr. Salveter, wenn Sie ins Wohnzimmer gingen und sich dort zu unserer Verfügung hielten. Wir werden später noch weitere Fragen haben ... Mrs. Bliss ist übrigens auch dort«, fügte er noch wie nebenbei hinzu.

Salveter senkte sichtlich den Blick und sah Vance mißtrauisch von der Seite her an.

»Tatsächlich? Danke ... Ich bin dann im Wohnzimmer.« Er ging hinüber zu Bliss. »Es tut mir alles furchtbar leid, Sir«, sagte er. »Ich weiß, was das für Sie bedeutet ...« Er wollte noch mehr sagen, behielt es aber dann doch für sich und stapfte finster zur Tür.

Er war schon halb die Treppe hinauf, als Vance, der nun wieder vor der Sachmet-Statue stand und sie nachdenklich betrachtete, sich plötzlich umdrehte und ihm noch etwas nachrief.

»Noch eine Bitte, Mr. Salveter. Sagen Sie Hani, daß wir ihn hier unten sehen wollen – seien Sie so nett.«

Salveter tat mit einer Handbewegung seine Bereitschaft kund und verschwand durch die große Stahltür ohne einen Blick zurück.

Kapitel 7
Die Fingerabdrücke

(Freitag, 13. Juli, 1 Uhr 30 nachmittags)

Schon wenige Augenblicke darauf trat Hani ein.

»Ich stehe zu Ihren Diensten, meine Herren«, verkündete er und blickte erhobenen Hauptes vom einen zum anderen.

Vance hatte inzwischen einen zweiten Stuhl zu jenem geholt, den er zu seiner Inspektion der Regaloberseite aufgestellt hatte, und nun winkte er den Ägypter heran.

»Wir wissen Ihre mustergültige Hilfsbereitschaft zu schätzen, Hani«, erwiderte er lässig. »Würden Sie wohl so freundlich sein und auf den Stuhl hier steigen und mir dann genau die Stelle zeigen, an der Sie die Sachmet-Statue gestern abgestellt haben?«

Ich beobachtete Hani aufmerksam, und ich hätte schwören können, daß er die Brauen ein wenig zusammenzog. Doch fast ohne zu zögern kam er Vance' Bitte nach. Er verneigte sich langsam und tief und begab sich dann hinüber zum Regal.

»Fassen Sie nicht das Holz an«, ermahnte Vance ihn. »Und lassen Sie den Vorhang, wo er ist.«

Bedächtig, denn der lange fließende Kaftan machte es nicht leicht, erklomm Hani einen der Stühle, und Vance stieg auf den anderen.

Der Ägypter studierte einen Moment lang die Oberseite des Regals, dann wies er mit knochigem Finger auf eine Stelle nahe der Kante, exakt in der Mitte des rechten Segments.

»Hier, Effendi«, sagte er. »Wenn Sie genau hinsehen, können Sie sehen, wo die Unterseite von Sachmet im Staub ihre Spuren hinterlassen hat …«

»Oh, unbedingt.« Vance, auch wenn er ganz auf die Arbeit konzentriert schien, studierte doch zugleich auch Hanis Gesicht. »Aber wenn man noch genauer hinsieht, sieht man weitere Spuren im Staub.«

»Der Wind vielleicht, vom Fenster dort …«

Vance grinste.

»*Blasen ist nicht Flöten, ihr müßt die Finger bewegen* – wenn ich Goethe bemühen darf … Ihre Erklärung, Hani, ist mir ein wenig zu poetisch.« Er wies auf einen Punkt nahe der Kranzleiste vorn am Regal. »Selbst beim ägyptischen Samum – ich bin sicher, die Herkunft des Wortes ist Ihnen geläufig –* würde ich bezweifeln, daß er einen Strich wie hier, wo die Figur zu stehen kam, wehen könnte, nicht wahr? … Oder haben Sie die Statue womöglich heftiger abgesetzt, als man meint?«

»Das wäre natürlich denkbar – aber nicht wahrscheinlich.«

»Ganz und gar unwahrscheinlich, wenn man bedenkt, wie abgöttisch Sie die Löwendame verehren.« Vance stieg von seinem Stuhl herab. »Wie dem auch sei – Sachmet stand offenbar an der vordersten Kante des Regals, genau in der Mitte des Brettes, als Mr. Kyle heute morgen kam, um die neu eingetroffenen Schätze zu inspizieren.«

Wir hatten allesamt seine Bewegungen neugierig beobachtet. Besonders aufmerksam waren Heath und Markham; und Scarlett – der reglos mit gerunzelter Stirne dastand – hatte Vance keine Sekunde lang aus den Augen gelassen. Selbst Bliss, der von der Tragödie gebrochen und ganz und gar in Hoffnungslosigkeit versunken schien, verfolgte die Vorgänge aufmerksam. Daß Vance etwas Entscheidendes entdeckt hatte, war offensichtlich. Ich kannte ihn gut genug und wußte, was solche Beharrlichkeit bei ihm bedeutete, und voller innerer Erregung wartete ich auf den Punkt, an dem er seine Erkenntnisse mit uns teilen würde.

Markham hingegen konnte seine Ungeduld nicht mehr im Zaum halten.

* Der Name des Windes kommt vom arabischen Wort *samma* her (was soviel wie *vergiftet werden* heißt), und offenbar war es Vance wichtig, daß Hani die Anspielung an dieser Stelle erkannte.

»Was soll die Geheimnistuerei, Vance?« fragte er gereizt. »Das ist doch nun wirklich nicht der Zeitpunkt für eine Theaternummer.«

»Ich sehe mich nur ein wenig unter den Feinheiten dieses faszinierenden Falles um«, erwiderte er gelassen. »Markham, mein Alter, ich habe nun einmal einen Hang zum Komplizierten. Die einfache, zielstrebige Natur ist mir nicht gegeben, und, dem Himmel sei's geklagt, ich bin und bleibe ein Feind alles Offensichtlichen und Trivialen ... Wissen Sie noch, was das Herz des Jünglings zum Psalmdichter sprach? ›Die Dinge sind nicht, was sie scheinen.«‹

Markham kannte diese Art ausweichender Reden bei Vance längst gut genug und fragte nicht weiter nach. Außerdem wurde das Gespräch an dieser Stelle unterbrochen, und was nun kam, sollte den ganzen Fall noch komplizierter und sinistrer machen, als er ohnehin schon war.

Hennessey öffnete die Tür, und Captain Dubois und Detective Bellamy, die Fingerabdruckexperten, kamen die Treppe heruntergepoltert.

»Tut mir leid, daß Sie warten mußten, Sergeant«, wandte Dubois sich an Heath und schüttelte ihm die Hand, »aber ich hatte noch mit einem Geldschrankknacker in der Fulton Street zu tun.« Er blickte in die Runde. »Wie geht's, Mr. Markham?« Er reichte dem Bezirksstaatsanwalt die Hand ... »Und Mr. Vance, nicht wahr?« Dubois begrüßte ihn höflich, wenn auch nicht eben mit Begeisterung: Ich glaube, den Streit im Mordfall »Canary« hatte er ihm noch immer nicht ganz verziehen.

»Viel gibt es hier für Sie nicht zu tun, Captain«, ergriff Heath ungeduldig das Wort. »Sie sollen sich nur die schwarze Statue ansehen, die da am Boden liegt.«

Dubois schritt ohne weiteres zur Tat.

»Das haben wir gleich«, murmelte er und beugte sich über die Dioritfigur der Sachmet. »Was ist denn das für ein Ding,

Sergeant? – irgendwelche moderne Kunst, wo keiner weiß, was es bedeuten soll?«

»Na ich weiß es jedenfalls nicht«, brummte der Sergeant. »Mich interessiert die Kunst erst, wenn Sie ein paar hübsche Fingerabdrücke drauf finden.«

Dubois nickte und schnippte mit den Fingern nach seinem Assistenten. Bellamy, der während der Begrüßung reglos im Hintergrund gestanden hatte, trat mit schweren Schritten vor und öffnete die mitgebrachte schwarze Tasche. Mit einem großen Taschentuch und nur mit den Handflächen hob Dubois die Statue vorsichtig auf und stellte sie aufrecht auf einen Stuhl. Dann griff er in die Tasche, holte einen kleinen Blasebalg hervor und bestäubte die ganze Figur mit einem feinen blaßgelben Puder. Danach blies er allen Puder, der nicht haften blieb, vorsichtig wieder ab, klemmte sich ein Uhrmacherglas ins Auge, kniete sich hin und inspizierte die Statue sorgfältig von allen Seiten.

Hani hatte die Prozedur mit hochinteressierter Miene verfolgt. Er war langsam an die Fingerabdrucksleute herangetreten, so daß er nun fast bei ihnen stand. Sein Blick war auf ihre Arbeit geheftet, die Hände waren sichtlich gespannt.

»Von mir werden die Herren keine Abdrücke auf Sachmet finden«, sagte er mit leiser, angespannter Stimme. »Ich habe sie fortgewischt … Und Sie werden auch von niemand anderem Spuren finden. Die Rachegöttin schlägt aus eigenem Willen und eigener Macht zu und braucht nicht die Hilfe einer menschlichen Hand, wenn sie Gerechtigkeit walten läßt.«

Heath warf dem Ägypter einen Blick abgrundtiefer Verachtung zu, doch Vance wandte sich mit sichtlichem Interesse an ihn.

»Woher wissen Sie, daß Sie keine Spuren auf der Statue zurückgelassen haben, Hani?« fragte er. »Sie haben sie doch gestern mit Ihren Händen auf das Regal gestellt.«

»Das ist wahr, Effendi«, antwortete er und ließ weiterhin kein Auge von Dubois. »Ich habe sie dorthin gestellt – mit der gebührenden Andacht. Als wir sie auspackten, habe ich sie vom Scheitel bis zur Sohle poliert. Und dann nahm ich sie und stellte sie oben auf das Regal, wie Bliss Effendi mich angewiesen hatte. Aber als sie dort stand, sah ich, daß meine Hände Spuren auf dem polierten Stein hinterlassen hatten, und ich rieb noch einmal mit einem Wildledertuch nach, damit sie rein und unbefleckt war, wenn der Geist Sachmets betrübt auf die gestohlenen Schätze dieses Saals hinabblickte … Sie war makellos, als ich herabstieg.«

»Tja, mein Freund, jetzt sind aber Abdrücke drauf«, erklärte Dubois mit nüchterner Stimme. Er hatte ein starkes Vergrößerungsglas hervorgeholt und hatte den Blick nun auf die kräftigen Fesseln der Statue konzentriert. »Und zwar verdammt eindeutige … Für mich sieht das aus, als hätte jemand die Statue in der Hand gehabt … in beiden Händen sogar. Deutlich zu sehen … Reichen Sie mir die Kamera, Bellamy.«

Bliss hatte sich kaum geregt, als die Fingerabdruckexperten gekommen waren, doch als Hani das Wort ergriffen hatte, hatte er sich aus seinem finsteren Brüten aufgerafft und aufmerksam zugehört, was der Ägypter zu sagen hatte. Dann, als Dubois verkündet hatte, daß Abdrücke zu sehen waren, hatte er voller Entsetzen die Statue angestarrt. Der Wandel, der über ihn kam war erschreckend. Er war wie ein Mann, den eine übermächtige Furcht gepackt hat, und bevor Dubois noch zu Ende gesprochen hatte, war er schon aufgesprungen und stand da wie erstarrt, das Bild äußersten Entsetzens.

»Der Himmel stehe mir bei!« rief er, und bei dem Ton, mit dem er es sagte, lief es mir kalt den Rücken herunter. »Das sind *meine* Fingerabdrücke auf der Statue!«

Das Geständnis war wie ein Donnerschlag. Selbst Vance hatte anscheinend einen Moment lang seine gewohnte Ruhe verloren; er ging zu einem kleinen Aschenbecher und drückte seine Zigarette aus, obwohl er sie noch nicht einmal halb geraucht hatte.

Heath war der erste, der das spannungsvolle Schweigen brach, das auf Bliss' Schreckensschrei gefolgt war. Er nahm die kalte Zigarre aus dem Mund und reckte das Kinn vor.

»Sicher sind das Ihre Fingerabdrücke«, schnappte er. »Was denken Sie denn, von wem die sonst sind?«

»Einen Augenblick, Sergeant!« Vance hatte sich gefaßt, und seine Stimme war wieder die Ruhe selbst. »Fingerabdrücke führen oft genug in die Irre, und ein paar Spuren auf der Tatwaffe bedeuten noch lange nicht, daß der Urheber dieser Spuren auch der Täter ist. Es ist von größter Wichtigkeit, daß man sich vergewissert, wann und unter welchen Umständen diese Spuren entstanden.«

Er ging zu Bliss hinüber, der noch immer die Sachmet-Statue anstarrte wie vom Donner gerührt.

»Verraten Sie uns, Doktor« – er hatte seinen lässigsten Tonfall angeschlagen –, »wie können Sie wissen, daß diese Fingerabdrücke von Ihnen stammen?«

»Woher ich das weiß?« wiederholte Bliss mit resigniertem, farblosem Ton. Man hatte den Eindruck, daß er vor unseren Augen gealtert war, und mit seinen weißen, eingefallenen Wangen sah das Gesicht wie eine Totenmaske aus. »Weil – Gott! – ich die Statue angefaßt habe! ... Gestern abend – oder besser gesagt heute am frühen Morgen, bevor ich schlafen ging. Ich habe sie unten am Fuß gefaßt, genau wo der Herr hier sagt, daß er Abdrücke von zwei Händen gefunden hat.«

»Und wie kam das, Doktor?« fragte Vance mit ruhiger Stimme.

»Ich habe es ganz unwillkürlich getan – ich hatte nicht einmal mehr daran gedacht, bis von Fingerabdrücken die Rede war.« Bliss sprach mit flammendem Ernst: Es war, als hinge sein Leben davon ab, daß man ihm glaubte. »Als ich heute früh den Bericht fertighatte, gegen drei Uhr, ging ich noch einmal hier herunter ins Museum. Ich hatte Kyle gesagt, daß die neuen Sachen angekommen waren, und ich wollte mich vergewissern, daß alles gut aussah, wenn er kam … Es hing ja für uns viel davon ab, Mr. Vance, daß unsere jüngsten Schätze einen guten Eindruck auf ihn machten … Ich sah mir noch einmal die Stücke in dem rechten Regal dort an und zog den Vorhang ein Stück vor. Als ich mich schon zum Gehen anschickte, fiel mir auf, daß die Sachmet-Statue nicht ganz gerade auf dem obersten Brett stand, und ich griff hinauf und richtete sie – ich faßte sie an den Fesseln …«

»Verzeihen Sie, wenn ich mich einmische, Vance« – Scarlett war mit besorgter Miene vorgetreten –, »aber ich kann Ihnen versichern, daß Dr. Bliss so etwas ganz unwillkürlich getan hätte. Es kann ihm nie ordentlich genug sein – wir anderen machen uns sogar schon darüber lustig. Ständig räumt er hinter uns auf und tadelt uns, daß Sachen nicht an ihrem Platz sind.«

Vance nickte.

»Wenn ich Sie richtig verstehe, Scarlett, wäre es also so gut wie unvermeidlich, daß Dr. Bliss eine Statue, die nicht ganz gerade stünde, zurechtrücken würde, wenn er sie sähe.«

»Ja – ich glaube, davon könnte man ausgehen.«

»Haben Sie vielen Dank.« Vance wandte sich wieder Bliss zu. »Sie wollen also sagen, daß Sie die Sachmet-Statue an den Beinen faßten und geraderückten, und dann begaben Sie sich sogleich zu Bett?«

»Das ist die Wahrheit – so wahr mir Gott helfe!« Er sah Vance mit flehender Miene an. »Ich schaltete das Licht aus und ging nach oben. Und ich habe keinen Fuß mehr in das Museum gesetzt, bis Sie an meine Arbeitszimmertür klopften.«

Heath, das war offensichtlich, war mit dieser Erklärung nicht zufrieden. Er blieb bei seiner Überzeugung, daß Bliss der Täter war.

»Das Problem mit so einem Alibi«, beharrte er, »ist, daß es keine Zeugen hat. Genau die Art von Alibi, die jemand erfinden würde, wenn er mit dem Rücken zur Wand steht.«

Markham griff diplomatisch ein. Er selbst war sichtlich unschlüssig, an welche Auffassung er sich halten sollte.

»Ich glaube, Sergeant«, sagte er, »es wäre ratsam, von Captain Dubois die Identität der Abdrücke feststellen zu lassen. Dann wissen wir wenigstens mit Sicherheit, ob sie von Dr. Bliss stammen ... Können Sie das jetzt gleich machen, Captain?«

»Sicher.«

Dubois griff wieder in die Tasche und holte eine kleine mit Tinte bestrichene Rolle hervor, ein Glasplättchen und einen schmalen Block Papier.

»Ich denke, die Daumen reichen. Es sind eindeutig nur Abdrücke von einer einzigen Person auf der Statue.«

Er strich mit der Rolle Tinte auf die Glasplatte und forderte dann Bliss auf, die Hände auszustrecken.

»Drücken Sie beide Daumen auf die Tinte und dann auf das Papier hier«, wies er ihn an.

Bliss gehorchte ohne ein Wort; und als die Abdrücke genommen waren, klemmte Dubois wiederum das Uhrmacherglas ins Auge und inspizierte sie.

»Sieht ganz so aus«, meinte er. »Gleiche Bögen wie auf der Statue ... Aber ich sehe mal noch genauer nach.«

Er kniete sich neben der Statue hin und hielt das Blöckchen an die Fesseln. Eine gute Minute lang wanderte sein Blick zwischen beiden Abdrücken hin und her.

»Die passen«, sagte er schließlich. »Kein Zweifel dran ... Der Herr hier« – er machte eine wegwerfende Handbewegung in Richtung Bliss – »war, soweit ich das sehe, der einzige, der die Figur angefaßt hat.«

»Paßt mir wunderbar«, grinste Heath. »Schicken Sie die Vergrößerungen, so schnell wie möglich – ich habe so ein Gefühl, als ob ich die brauchen werde.« Er holte eine neue Zigarre hervor und biß genüßlich die Spitze ab. »Ich glaube, das wäre alles, Captain. Haben Sie vielen Dank ... Damit hätten Sie sich Ihr Mittagessen verdient.«

»Und bitter nötig, das kann ich Ihnen sagen.« Dubois reichte

Kamera und Ausrüstung an Bellamy zurück, und dieser packte sie mit bedächtiger Sorgfalt ein; dann machten die beiden sich unter lautem Gepolter auf den Weg.

Heath steckte nun endlich seine Zigarre an, und eine Weile lang stand er nur furios paffend da und beobachtete Vance aus den Augenwinkeln.

»Da hätten wir so ziemlich alles beisammen – finden Sie nicht auch, Sir?« fragte er. »Oder wollen Sie womöglich dem Doktor sein Alibi glauben?« Er wandte sich an Markham. »Sie müssen entscheiden, Sir. Es ist nur ein einziger Satz Fingerabdrücke auf der Statue, und wenn die von gestern abend stammen sollen, dann muß erst noch einer aus den Särgen da geklettert kommen und mir verraten, was aus den Abdrücken von dem Burschen geworden ist, der Kyle das Ding über den Schädel geschlagen hat. Der Schlag hat ihn mit dem Kopf von der Statue getroffen, und der, der sie in der Hand gehabt hat, muß sie an den Beinen gefaßt haben … Ich frage Sie, Mr. Markham, würde jemand danach seine eigenen Fingerabdrücke abwischen und die des Doktors dran praktizieren? Und selbst wenn, wie soll er das angestellt haben?«

Bevor Markham etwas sagen konnte, antwortete Vance.

»Woher wissen Sie, Sergeant, daß Mr. Kyles Mörder die Statue wirklich in der Hand hatte?«

Heath warf Vance einen verblüfften Blick zu.

»Aber hören Sie! Sie werden doch nicht wirklich glauben, daß die Dame mit dem Löwenkopf von sich aus runtergekommen ist – wie der Jogi hier sagt?« Er wies mit dem Daumen auf Hani, würdigte ihn jedoch keines Blickes.

»Nein, Sergeant.« Vance schüttelte den Kopf. »So weit, daß ich bei meiner Erklärung auf das Übernatürliche baue, ist es noch nicht mit mir gekommen. Und ich glaube auch nicht, daß der Mörder nach der Tat seine Fingerabdrücke abgewischt und diejenigen von Dr. Bliss an deren Stelle hinterlassen hat. Aber ich bin überzeugt, daß es eine Erklärung gibt, in der all die Widersprüchlichkeiten, die uns dieser verblüffende Fall beschert hat, unterkommen.«

»Schon denkbar.« Heath war in großmütiger Stimmung. »Aber ich halte mich lieber an die Abdrücke und an die sichtbaren Beweise.«

»Eine höchst gefährliche Einstellung, Sergeant«, ermahnte Vance ihn mit ungewohntem Ernst. »Ich kann mir nicht vorstellen, daß Sie jemals Dr. Bliss auf Grundlage der Beweise verurteilt bekämen, die Sie jetzt gegen ihn haben. Die Indizien sind viel zu offensichtlich – zu platt. Sie sind ein *embarras de richesse* – was soviel heißt wie: Kein Mensch, der bei Verstand ist, würde ein Verbrechen begehen und so viele alberne, eindeutige Spuren zurücklassen ... Und ich denke, Mr. Markham wird meiner Meinung sein.«

»Da bin ich mir nicht so sicher«, sagte Markham nachdenklich. »Was Sie sagen, ist gewiß bedenkenswert; aber andererseits ...«

»Entschuldigen Sie mich einen Moment, meine Herren!« Offenbar war Heath noch etwas eingefallen. »Ich muß eben zu Hennessey – bin gleich wieder da.« Er stapfte tatendurstig zur Tür und verschwand.

Bliss schien es gleichgültig, daß er nun unter Tatverdacht stand. Er war auf seinem Stuhl zusammengesunken und blickte resigniert zu Boden – eine tragische, gebrochene Gestalt. Als der Sergeant uns verlassen hatte, drehte er den Kopf langsam in Richtung Vance.

»Man kann Ihrem Detective seine Meinung nicht verdenken«, sagte er. »Sie liegt nahe genug. Alles spricht gegen mich – alles!« Sein Ton, auch wenn dumpf und farblos, war bitter. »Wenn ich doch nur heute morgen nicht eingeschlafen wäre, dann wüßte ich, wie alles gekommen ist ... Meine Krawattennadel, die Abrechnung, die Fingerabdrücke ...« Er schüttelte den Kopf wie benommen. »Es ist unglaublich – unglaublich!« Die zitternden Hände fuhren zum Gesicht, er stützte die Ellenbogen auf die Knie und saß da in der Haltung tiefster Verzweiflung.

»Zu unglaublich, Doktor«, erwiderte Vance tröstend. »Darin liegt unsere Hoffnung, daß wir es am Ende doch noch aufklären können.«

Wieder ging er zu dem Regal und verharrte eine ganze Weile dort, in seine Gedanken versunken. Hani stand wieder asketisch und anbetungsvoll vor Tetischeri, und Scarlett ging nach wie vor grimmig und nervös zwischen dem zierlichen Thron und den Regalen mit den Uschebti hin und her. Markham stand gedankenverloren da, die Hände hinter dem Rücken verschränkt, den Blick auf den Lichtstrahl geheftet, der nun schräg durch das hohe hintere Fenster fiel.

Ich hatte bemerkt, wie Hennessey heimlich hereingekommen war und auf dem oberen Treppenabsatz Posten bezogen hatte, die rechte Hand vielsagend in der Jackentasche.

Dann wurde die kleine Metalltür am oberen Ende der Wendeltreppe aufgerissen, und Heath erschien am Eingang zu Dr. Bliss' Arbeitszimmer. Eine Hand hatte er hinter dem Rücken verborgen, als er zum Museum hinunterstieg. Er ging geradewegs zu Bliss hinüber und funkelte finster den Mann an, von dessen Schuld er überzeugt war. Plötzlich schoß seine Hand vor – und hielt einen weißen Leinwand-Tennisschuh.

»Ist das Ihrer, Doktor?« schnauzte er.

Bliss starrte den Schuh an, nun gänzlich perplex.

»Aber ja ... Sicher, das ist meiner ...«

»Na, hätte mich auch gewundert, wenn er's nicht gewesen wäre!« Der Sergeant stapfte zu Markham hin und hielt ihm den Schuh zur Inspektion unter die Nase. Ich stand neben dem Bezirksstaatsanwalt und sah die schraffierte Gummisohle mit den Noppen am Absatz. Aber was mir die Haare zu Berge stehen ließ, das war, daß die Sohle rot vor Blut war.

»Ich habe den Schuh im Arbeitszimmer gefunden, Mr. Markham«, erklärte Heath. »Er war in Zeitungspapier eingeschlagen und steckte tief unten im Papierkorb, mit allem möglichen Kram drüber … damit ihn keiner sehen sollte!«

Es dauerte eine ganze Weile, bis Markham sprach. Sein Blick wanderte vom Schuh zu Bliss und wieder zurück, und am Ende sah er Vance an.

»Ich denke mir, damit ist es entschieden.« Er sagte es mit fester Stimme. »Mir bleibt keine andere Wahl …«

Bliss sprang auf und kam zum Sergeant herüber. Wie hypnotisiert starrte er den Schuh an.

»Was soll das?« rief er. »Was hat dieser Schuh mit Kyles Tod zu tun …?« Dann sah er das Blut. »Herr im Himmel!« stöhnte er.

Vance legte ihm die Hand auf die Schulter.

»Sergeant Heath hat Fußspuren hier gefunden, Doktor. Sie stammen von Ihren Tennisschuhen …«

»Wie ist das möglich?« Bliss' Blick war fest auf die blutverschmierte Sohle geheftet. »Ich habe diese Schuhe gestern abend oben in meinem Schlafzimmer gelassen und bin am Morgen in Pantoffeln heruntergekommen … *Etwas Teuflisches geht vor in diesem Haus!*«

»Etwas Teuflisches, das kann man sagen – etwas Unaussprechliches … Und seien Sie versichert, Dr. Bliss, ich werde herausfinden, was es ist …«

»Tut mir leid, Vance.« Markhams strenge Stimme klang wie ein finsteres Omen. »Ich weiß, Sie halten Dr. Bliss für unschuldig. Aber ich habe meine Pflichten. Ich könnte es gegenüber meinen Wählern nicht verantworten, wenn ich bei einer solchen Beweislage nicht zur Tat schritte. – Und schließlich ist es nicht undenkbar, daß Sie sich täuschen.« (Er sagte das mit der Sanftheit eines alten Freundes.) »So oder so, meine Aufgabe ist klar.«

Er gab Heath ein Zeichen.

»Sergeant, verhaften Sie Dr. Bliss. Ich erhebe Anklage wegen Mordes an Benjamin H. Kyle.«

Kapitel 8
Im Arbeitszimmer

(Freitag, 13. Juli, 2 Uhr nachmittags)

Ich hatte es oft genug erlebt, daß Vance den Ansichten Markhams aufs Heftigste widersprach, aber so wichtig es ihm auch sein mochte, hatte er es doch stets in ironischem, nonchalanten Ton getan. Jetzt hingegen war nichts Leichtes oder Spielerisches an ihm. Er war grimmig und ernst; die Stirn hatte er in tiefe Falten gelegt, und etwas wie Ratlosigkeit, ja Erschöpfung zeigte sich in den kalten grauen Augen. Er hatte die Lippen fest zusammengepreßt und die Hände tief in den Jackentaschen vergraben. Ich hätte erwartet, daß er heftig gegen Markhams Entscheidung protestierte, aber er blieb still, und erst da verstand ich wirklich, daß er in seiner ganzen Laufbahn kaum je ein seltsameres und schwierigeres Problem zu lösen gehabt hatte.

Seine Augen wanderten von Bliss zum Rücken Hanis, der nach wie vor reglos dastand, und verweilte dort. Aber er sah nicht wirklich hin – er blickte nach innen, als suche er ein Mittel, mit dem er den drastischen Schritt noch verhindern konnte, der gegen den großen Ägyptologen unternommen werden sollte.

Heath hingegen war begeistert. Ein zufriedenes Grinsen hatte sich auf seinem sonst so ernsten Gesicht breitgemacht, als Markham die Order gab, und ohne sich auch nur einen Millimeter von der Stelle, an der er sich vor Bliss aufgebaut hatte, zu rühren, rief er mit schneidender Stimme zu dem Detective hinüber, der so bedrohlich auf dem Treppenabsatz Posten bezogen hatte.

»He, Hennessey! Sagen Sie Snitkin Bescheid, er soll auf Wache Acht einen Wagen bestellen … Dann holen Sie Emery von hinten und bringen ihn mit her.«

Hennessey verschwand, und Heath stand da und hatte Bliss fixiert wie ein Kater die Maus, als ob er erwartete, daß der Doktor sich noch durch eine spektakuläre Flucht der Verhaftung entziehen würde. Wäre die Situation nicht so tragisch gewesen, hätte man sich über die Haltung des Sergeants amüsieren können.

»Sie brauchen dem Doktor keine Fingerabdrücke auf der hiesigen Wache abzunehmen«, sagte Markham. »Schicken Sie ihn direkt zum Präsidium. Die Verantwortung übernehme ich.«

»Soll mir recht sein, Sir.« Der Sergeant schien höchst zufrieden. »Später werde ich mit unserem Goldstück dann mal ein paar Worte wechseln.«

Seit die Entscheidung gefallen war, hatte Bliss sich zusammengerissen. Er saß aufrecht, den Kopf ein wenig in den Nacken gelegt, und blickte trotzig zum rückwärtigen Fenster hinaus. Es war nichts Geducktes in seiner Art mehr, kein Anzeichen von Furcht. Offenbar war er entschlossen, das Unvermeidliche stoisch zu ertragen. Ich konnte die Stärke des Mannes in solcher Notlage nur bewundern.

Scarlett stand da wie gelähmt, den Mund ein wenig geöffnet, und starrte seinen Dienstherrn mit ungläubigem Entsetzen an. Unter allen im Raum ließ Hani sich am wenigsten beirren. Er hatte seinen andächtigen Blick nicht ein einziges Mal von Tetischeri abgewandt.

Vance blieb noch einige Augenblicke stehen, wo er war, dann drückte er das Kinn auf die Brust und legte die Stirn in tiefe Falten. Mit einem Ruck, als folge er einer Eingebung, drehte er sich um und ging zum hintersten Regal. Dort stand er versunken, an die Anubisstatue gelehnt; aber schon bald wanderte sein Kopf wieder langsam auf und ab und hin und her, und er inspizierte noch einmal mit aller Sorgfalt das Regal und den halb vorgezogenen Vorhang.

Nach einer Weile kam er zu Heath herüber.

»Sergeant, lassen Sie mich noch einmal einen Blick auf den Tennisschuh werfen.« Seine Stimme war leise und angespannt.

Heath, der kein Auge von dem Doktor ließ, faßte in die Tasche und hielt ihm den Schuh hin. Vance nahm ihn, klemmte wiederum sein Monokel ein und untersuchte die Sohle. Dann gab er den Schuh dem Sergeant zurück.

»Übrigens«, meinte er – »der Doktor hat ja nicht nur den einen Fuß … Was ist mit dem anderen Schuh?«

»Danach habe ich nicht gesucht«, brummte Heath. »Mir hat dieser hier gereicht. Es ist der rechte – der, von dem auch die Abdrücke stammen.«

»Wie wahr.« Vance' Tonfall verriet mir, daß seine Stimmung sich besserte. »Aber ich wüßte ja doch gern, wo der andere ist.«

»Keine Sorge, Sir – den finde ich schon.« Heath' Selbstsicherheit hatte etwas Verächtliches. »Werde mich hier noch ein wenig umsehen, sobald der Doktor sicher hinter Schloß und Riegel ist.«

»Typische Polizeimethoden«, murmelte Vance. »Erst verhaften, dann ermitteln. Eine schöne Einstellung ist das.«

Das wollte Markham nicht auf sich sitzen lassen.

»Ich habe den Eindruck, Vance«, erwiderte er gekränkt, »daß die Ermittlungen längst zu sehr handgreiflichen Ergebnissen geführt haben. Was wir jetzt noch finden, wird unsere Erkenntnisse bestenfalls noch weiter untermauern.«

»Was Sie nicht sagen! Wer hätte das gedacht!« Vance lächelte spöttisch. »Wie ich sehe, betätigen Sie sich jetzt als Wahrsager. Womöglich haben Sie zu Hause eine Kristallkugel, die Sie nach Dienstschluß konsultieren? … Meine eigenen hellseherischen Fähigkeiten sind begrenzt, aber Markham, mein Alter, ich sehe die Zukunft doch klarer als Sie. Ich versichere Ihnen, wenn Sie die Untersuchung fortsetzen, werden Sie nichts finden, was Ihren Verdacht gegen Dr. Bliss untermauert. Sie werden staunen, was statt dessen zum Vorschein kommt.«

Er trat noch näher an den Bezirksstaatsanwalt heran, und der übermütige Tonfall war verflogen.

»Sehen Sie denn nicht, Markham, daß Sie dem Täter in die Hände arbeiten? Sie tun genau das, was Kyles Mörder für Sie vorbereitet hat … Und glauben Sie mir, mit derart lächerlichen Indizien werden Sie nie einen Schuldspruch bekommen.«

»Das wird sich zeigen«, erwiderte Markham. »In jedem Fall ist es meine Pflicht. Daß der Richter mich auslacht, muß ich riskieren … Und dies eine Mal, Vance, habe ich das Gefühl, daß Ihre Theorien Sie blind gegenüber den einfachen, unmißverständlichen Tatsachen gemacht haben.«

Bevor Vance etwas entgegnen konnte, kamen Hennessey und Emery herein.

»Hier, Jungs«, kommandierte der Sergeant, »bringt den Vogel nach oben und zieht ihm was an, und dann bringt ihr ihn wieder her. Und zwar *presto*.«

Bliss verließ den Raum, von den beiden Polizisten flankiert.

Markham wandte sich an Scarlett.

»Sie warten am besten im Wohnzimmer. Ich werde nach und nach alle vernehmen, und ich denke, Sie werden uns noch einige nützliche Auskünfte geben können … Nehmen Sie Hani mit nach oben.«

»Ich werde Ihnen nach Kräften behilflich sein.« Scarlett klang kleinlaut. »Aber Sie machen einen entsetzlichen Fehler …«

»Das lassen Sie meine Sorge sein«, schnitt Markham ihm grimmig das Wort ab. »Seien Sie so gut und warten Sie im Wohnzimmer.«

Scarlett und Hani gingen zur Treppe und verließen das Museum durch die große stählerne Tür.

Vance hatte sich wieder zum Fuß der Wendeltreppe begeben und ging dort nun mit unterdrückter Erregung auf und ab. Im ganzen Raum herrschte eine angespannte Stimmung. Keiner sprach ein Wort. Heath studierte die Sachmet-Statue, doch sein Interesse wirkte aufgesetzt, und Markham war ganz in seine Gedanken versunken.

Ein paar Minuten darauf kehrten Hennessey und Emery mit Dr. Bliss im Straßenanzug zurück. Sie waren gerade erst im hinteren Teil des Museums angelangt, als Snitkin schon den Kopf zur Tür hereinsteckte und rief:

»Der Wagen ist da, Sergeant.«

Bliss wandte sich sogleich um, und die beiden Beamten machten auf dem Absatz kehrt. Doch sie waren erst wenige Schritte gegangen, als Vance' Stimme erscholl wie ein Peitschenhieb.

»Halt!« Er blickte Markham ins Gesicht. »Das können Sie nicht machen! Das ist eine Farce. Sie machen sich zum Gespött der ganzen Stadt damit.«

Noch nie hatte ich Vance so erregt gesehen – ganz das Gegenteil seiner sonstigen kühlen Art –, und Markham war sichtlich erstaunt.

»Geben Sie mir zehn Minuten«, beschwor Vance ihn. »Es gibt da etwas, das ich herausfinden will – ein Experiment, das ich machen möchte. Wenn Sie dann noch nicht überzeugt sind, sollen Sie Ihre schwachköpfige Festnahme haben.«

Heath stieg die Zornesröte ins Gesicht.

»Hören Sie, Mr. Markham«, protestierte er, »wir haben alles, was wir brauchen ...«

»Moment, Sergeant.« Markham gebot ihm mit einer Handbewegung Einhalt: Offenbar hatte Vance' ungewöhnlich ernster Ton ihn beeindruckt. »Zehn Minuten machen keinen großen Unterschied. Und wenn Mr. Vance Beweise hat, die wir noch nicht kennen, dann sollten wir hören, was er zu sagen hat.« Abrupt wandte er sich wieder an Vance. »Was geht Ihnen durch den Kopf? Ihre zehn Minuten sollen Sie haben ... Hat es etwas mit dem zu tun, was Sie oben auf dem Regal gefunden und in die Tasche gesteckt haben?«

»Oh, unbedingt.« Vance hatte nun wieder seinen alten lässigen Ton angeschlagen. »Und haben Sie vielen Dank für den Aufschub ... Ich würde allerdings vorschlagen, daß Ihre zwei Schergen den Doktor nach oben auf den Flur bringen und dort weitere Instruktionen erwarten.«

Markham nickte nach kurzem Zögern Heath zu, und dieser gab den entsprechenden Befehl.

Als wir allein waren, wandte Vance sich der Wendeltreppe zu.

»*Imprimis*«, meinte er beinahe übermütig, »lechze ich nach einem Blick in das Arbeitszimmer des Doktors. Eine Ahnung sagt mir, daß wir dort etwas Hochinteressantes finden werden.«

Er hatte die Treppe schon halb erklommen, und Markham, Heath und ich folgten ihm.

Das Arbeitszimmer war recht groß, etwa sechs mal sechs Meter. Es hatte zwei große Fenster auf der Rückseite des Hauses, und auf der Ostseite blickte ein kleineres auf einen engen Innenhof. Mehrere große Bücherregale standen über den Raum verteilt, und daneben stapelten sich Broschüren und Aktenmappen. An der Wand zum Flur erstreckte sich ein schweres Sofa. Den Raum zwischen den beiden rückwärtigen Fenstern nahm ein großer flacher Mahagonischreibtisch ein, dahinter ein Drehstuhl mit Kissen. Vor dem Tisch standen etliche weitere Stühle – Zeugen für die Konferenz, die am Vorabend dort stattgefunden hatte.

Es war ein sehr ordentliches Zimmer. Selbst die Bücher und Papiere auf dem Tisch lagen in schönsten Stapeln und zeugten von Bliss' Sorgfalt. Die einzige Unordnung herrschte an der Stelle, an der Heath auf der Suche nach dem Tennisschuh den weidenen Papierkorb umgestülpt hatte. Bei den rückwärtigen Fenstern waren die Vorhänge offen, und das Sonnenlicht des Nachmittags flutete herein.

Vance blieb eine ganze Weile in der Tür stehen und sah sich nur um. Eine Weile lang musterte er die Art, wie die Stühle aufgestellt waren, und betrachtete besonders den Drehstuhl des Doktors, der ein gutes Stück vom Tisch abstand. Er musterte die schwer gepolsterte Tür zum Flur, dann den vorgezogenen Vorhang des Seitenfensters. Als er hineinging, ging er zuerst an dieses Fenster und zog das Springrollo hoch – das Fenster dahinter war geschlossen.

»Seltsam«, meinte er. »An einem heißen Tag wie heute sollte man doch denken, daß es offen ist. Das sollten Sie im Gedächtnis behalten, Markham … Sie haben natürlich schon bemerkt, daß das Nachbarhaus ein Fenster genau gegenüber hat.«

»Und was hat das mit uns zu tun?« fragte Markham gereizt.

»Glauben Sie mir, ich habe nicht die geringste Ahnung … Es sei denn«, fügte Vance gutgelaunt hinzu, »in diesem Zimmer ging etwas vor, von dem der Anwesende – wenn es nicht sogar mehrere waren – nicht wollte, daß die Nachbarn es wissen. Bei den Gartenfenstern war nicht zu befürchten, daß jemand hineinsieht – dazu sind die Bäume zu groß.«

»Ha!« triumphierte Heath. »Das spricht doch für unsere Theorie. Der Doktor macht das Fenster zu und zieht das Rollo vor, damit niemand hört, wie er ins Museum geht und von da zurückkommt und den Schuh versteckt.«

Vance nickte.

»So weit, so gut, Sergeant. Aber führen Sie Ihre Rechnung um eine Dezimalstelle weiter. Warum hat der Doktor denn dann nicht zum Beispiel das Fenster geöffnet, als die Tat, die Sie ihm anlasten wollen, getan war? Warum hätte er noch ein weiteres Indiz hinterlassen sollen, das ihn verdächtig macht?«

»Jemand, der gerade einen Mord begangen hat, Mr. Vance«, erwiderte der Sergeant hartnäckig, »denkt nicht an so etwas.«

»Das Schlimme an diesem Verbrechen«, erwiderte Vance mit aller Besonnenheit, »ist ja gerade, daß der Mörder an so vieles gedacht hat. Er hat es mit seiner Gründlichkeit übertrieben, könnte man sagen.«

Er ging zum Tisch. An der Seite lag ein gestärkter Kragen, noch mit der dunkelblauen Krawatte darum.

»Sehen Sie hier«, sagte er, »des Doktors Kragen und Krawatte, die er gestern abend bei der Besprechung ablegte. Die Skarabäus-Nadel steckte in der Krawatte. Jeder hätte sie herausziehen können – nicht wahr?«

»Wie Sie uns ja bereits erklärt haben.« Markhams Ton war

spöttisch und gelangweilt. »Haben Sie uns hier heraufgeschleppt, um uns die Krawatte zu zeigen? Wir wußten schon von Scarlett, daß sie hier war. Da müssen Sie mir schon verzeihen, Vance, daß Ihre Entdeckung mich nicht beeindruckt.«

»Nein, um Ihnen die Wäsche des Doktors zu zeigen, habe ich Sie nicht heraufgeführt.« Vance ließ sich nicht beirren. »Ich erwähne die Krawatte nur *en passant.*«

Er stöberte mit der Fußspitze in den aus dem Papierkorb gewühlten Blättern.

»Aber die Frage, wo der andere Tennisschuh des Doktors ist, läßt mir keine Ruhe. Ich habe das Gefühl, daß wir etwas daraus lernen werden, wenn wir wissen, wo er steckt.«

»In dem Korb ist er jedenfalls nicht«, erklärte Heath. »Sonst hätte ich ihn gefunden.«

»Ah! Aber, Sergeant, *warum* war er nicht in dem Korb? Das ist doch eine Überlegung wert, finden Sie nicht auch?«

»Vielleicht war kein Blut dran. Und dann brauchte er ihn auch nicht zu verstecken.«

»Aber hören Sie! Ich habe den Eindruck, daß der unbefleckte linke Schuh besser versteckt ist als der belastende rechte.« (Vance hatte sich, während er sprach, noch einmal in allen Ecken des Raumes umgesehen.) »Zu sehen ist er jedenfalls nicht.«

Zum ersten Mal, seit wir heraufgekommen waren, zeigte Markham Anzeichen von Interesse.

»Ich verstehe, worauf Sie hinauswollen, Vance«, sagte er, wenn auch widerwillig. »Der Schuh mit den Indizien wurde hier im Zimmer versteckt, aber der andere ist nicht da ... Das ist merkwürdig, das gebe ich zu. Wie erklären Sie sich das?«

»Oh, das weiß ich nicht! Lassen Sie uns den Schuh suchen, bevor wir uns auf Spekulationen einlassen ...« Vance hatte sich wider an Heath gewandt. »Sergeant, wenn Sie sich von Brush zu Dr. Bliss' Schlafzimmer führen lassen, dann besteht, denke ich, eine gute Chance, daß Sie den fehlenden Schuh dort finden.

Sie wissen ja, der Doktor sagt, er sei gestern abend in Tennisschuhen hinaufgegangen und heute morgen in Pantoffeln wieder heruntergekommen.«

»Ha!« Heath dachte darüber nach. Dann sah er Vance mißtrauisch an. Doch schon im nächsten Moment überlegte er es sich anders. Zum Zeichen, daß er nachgab, zuckte er mit den Schultern und ging dann raschen Schrittes hinaus auf den Flur, wo wir ihn an der Dienstbotentreppe nach dem Butler rufen hörten.

»Wenn der Sergeant den Schuh oben findet«, sagte Vance zu Markham, »ist das ein recht eindeutiger Beweis, daß der Doktor seine Tennisschuhe heute morgen nicht angezogen hat, denn wir wissen, daß er nicht mehr auf sein Zimmer zurückgekehrt ist, seit er heute morgen vor dem Frühstück hierher kam.«

Markham sah ihn perplex an.

»Wer hat dann heute morgen den Schuh aus seinem Zimmer geholt? Und wie ist das Blut darangekommen? … Daß der Mörder den Schuh anhatte, den Heath hier gefunden hat, steht doch außer Frage …«

»Oh ja – daran besteht kein Zweifel.« Vance bestätigte es mit einem vehementen Nicken. »Und meine Theorie ist, daß der Mörder nur diesen einen Tennisschuh anhatte und den anderen oben gelassen hat.«

Markham schnalzte ärgerlich mit der Zunge.

»Aber das ist doch Unsinn.«

»Verzeihen Sie mir, Markham, wenn ich diese Meinung nicht teile«, entgegnete Vance freundlich. »Aber ich finde, es ist weniger Unsinn als die Indizien, mit denen Sie allen Ernstes die Schuld des Doktors beweisen wollen.«

Heath kam wieder ins Zimmer gestürmt und hielt den linken Tennisschuh in die Höhe. Er blickte verlegen drein, doch die Augen verrieten seine Erregung.

»Sie hatten ganz recht«, verkündete er, »er war oben – stand vorne vor dem Bett … Aber wie ist er dahin gekommen?«

»Vielleicht«, schlug Vance bescheiden vor, »hatte der Doktor ihn ja an, als er gestern nach oben ging – so wie er es gesagt hat.«

»Und wie zum Teufel ist der andere Schuh dann nach unten gekommen?« Der Sergeant hielt nun beide Schuhe, den einen in der einen, den anderen in der anderen Hand, und starrte sie in grimmiger Verzweiflung an.

»Wenn Sie wüßten, wer heute morgen den Schuh von oben heruntergebracht hat«, antwortete Vance, »dann wüßten Sie auch, wer Kyles Mörder ist.« Und fügte hinzu: »Nicht daß es uns im Augenblick viel nützen würde.«

Markham starrte finster den Fußboden an und blies furiose Rauchwolken in die Luft. Die Fragen, die der Schuh aufwarf, hatten ihn verunsichert. Doch dann blickte er mit einer ungeduldigen Handbewegung auf.

»Nun machen Sie doch keine solche Affäre aus dieser Kleinigkeit, Vance«, sagte er vorwurfsvoll. »Da gibt es eine ganze Reihe von einfachen Erklärungen. Die nächstliegende ist, daß Dr. Bliss, als er heute morgen herunterkam, seine Tennisschuhe mitnehmen wollte, damit er sie im Arbeitszimmer zur Hand hat, und in seiner Aufregung – vielleicht war es auch einfach nur Zufall – fiel ihm einer herunter oder er hat aus Versehen nur einen gegriffen und merkte es erst, als er schon hier war …«

»Und dann«, fuhr Vance mit spöttischem Grinsen fort, »zog er einen Pantoffel aus, zog den Tennisschuh an, ermordete Kyle, schlüpfte wieder in den Pantoffel und steckte den Tennisschuh in den Papierkorb.«

»Das ist doch möglich.«

Vance seufzte.

»Möglich ist es. In dieser unvernünftigen Welt ist wohl beinahe alles möglich, fürchte ich. Aber ehrlich gesagt, Markham, Ihre schöne Theorie, daß der Doktor statt zwei Schuhen nur einen mit heruntergebracht und es nicht bemerkt hat, überzeugt mich nicht. Dazu ist er viel zu ordentlich und methodisch – er achtet auf jede Kleinigkeit.«

»Dann stellen wir uns eben vor«, beharrte Markham, »daß der Doktor einen Tennisschuh und einen Pantoffel trug, als er heute morgen hier ins Arbeitszimmer kam. Wir wissen doch von Scarlett, daß seine Füße ihn oft plagen.«

»Wenn diese Hypothese die korrekte ist«, konterte Vance, »wie kam dann der andere Pantoffel nach unten? Er hätte ihn doch kaum in die Tasche gesteckt und mitgenommen.«

»Vielleicht hat Brush ihn ...«

Heath, der die Diskussion aufmerksam verfolgt hatte, schritt sogleich zur Tat.

»Das können wir sofort herausfinden, Mr. Vance«, sagte er, stapfte zur Tür und rief noch einmal nach dem Butler.

Aber Brush konnte nichts beisteuern. Er versicherte, daß weder er noch sonst jemand aus dem Haushalt in der Nähe des Arbeitszimmers gewesen sei, nachdem Bliss um acht Uhr heruntergekommen sei, ausgenommen das einemal, als er dem Doktor das Frühstück gebracht habe. Auf die Frage, welche Schuhe der Doktor getragen habe, antwortete Brush, darauf habe er nicht geachtet.

Als der Butler wieder gegangen war, zuckte Vance mit den Schultern.

»Wir sollten uns auch nicht zu viele Gedanken über die Frage machen, auf welch geheimnisvollen Wegen dieses Paar Tennisschuhe voneinander getrennt wurde. Der Hauptgrund, dessentwegen ich Sie nach hier oben gelockt habe, war, daß ich sehen wollte, was noch vom Frühstück des Doktors übrig ist.«

Markham fuhr sichtlich zusammen, seine Augen verengten sich.

»Lieber Himmel! Sie glauben doch nicht ...? Ich muß zugeben, das war auch mein erster Gedanke. Aber dann kamen all die anderen Indizien ...?«

»Was war Ihr erster Gedanke, Sir?« Heath wußte nicht, wovon die Rede war, und sein Ton war gereizt.

»Mr. Markham und ich«, erklärte Vance beschwichtigend,

»wir haben uns beide Gedanken über den benommenen Zustand gemacht, in dem Dr. Bliss heute vormittag erschien, als ich an seine Tür klopfte – und heftig klopfen mußte.«

»Er hatte geschlafen. Das hat er doch selbst gesagt.«

»Genau. Und deswegen interessiert mich sein Frühstückskaffee brennend.«

Vance ging zum Ende des Schreibtischs, wo auf einem kleinen Silbertablett ein Toastständer und eine Kaffeetasse standen. Der Toast war unberührt, doch die Tasse war so gut wie leer. Nur ein getrockneter brauner Satz blieb noch am Boden. Vance beugte sich vor und blickte in die Tasse hinein. Dann nahm er sie und hielt sie sich unter die Nase.

»Man spürt einen leicht beißenden Geruch«, sagte er.

Er steckte die Fingerspitze hinein und legte den Finger dann an die Zunge.

»Ja! ... Wie ich vermutet hatte.« Er nickte und stellte die Tasse wieder ab. »Opium. Und zwar Pulver – wie in Ägypten üblich. Die anderen Formen und Derivate des Opiums – Laudanum, Morphium, Heroin, Thebain oder Kodein – sind dort nicht leicht zu bekommen.«

Heath war vorgetreten und starrte herausfordernd in die Tasse.

»Na, und wenn schon«, sagte er. »Was hat das schon zu bedeuten, wenn da Opium in der Tasse war?«

»Oh, wer weiß?« Vance zündete sich mit verträumter Miene eine Zigarette an. »Es könnte natürlich die Erklärung für das lange Vormittagsschläfchen des Doktors sein und für den benommenen Zustand, in dem er mir öffnete. Außerdem könnte man auf den Gedanken kommen, daß jemand ihm mit Absicht ein Schlafmittel in den Kaffee getan hat. Ehrlich gesagt, Sergeant, könnte das Opium im Kaffee des Doktors alles Mögliche bedeuten. Ich lege mich im Augenblick lieber nicht fest. Ich lenke nur Mr. Markhams Aufmerksamkeit darauf ... Nur eines sage ich: Als ich den Doktor heute vormittag sah und sein Benehmen beobachtete, hatte ich auf Anhieb den Verdacht, daß ich hier oben die Spuren eines Opiates finden würde. Und da ich die Verhältnisse in Ägypten recht gut kenne, hatte ich auch erwartet, daß es pulverisiertes Opium sein würde – *opii pulvis*. Von Opium bekommt man großen Durst – deshalb war ich nicht im mindesten überrascht, als der Doktor um ein Glas Wasser bat.« Er sah Markham an. »Könnte das Opium Auswirkungen auf die Zurechnungsfähigkeit des Doktors haben?«

»Es spricht schon eindeutig zu seinen Gunsten«, erwiderte Markham nach einiger Überlegung.

Daß er in seinen Überzeugungen erschüttert war, war ihm deutlich anzusehen. Aber er war doch noch nicht soweit, daß er seinen Glauben an Bliss' Täterschaft aufgegeben hätte, und wehrte sich entschieden gegen Vance' neue Erkenntnis.

»Gewiß, das Opium werden wir erklären müssen, bevor wir ihn verurteilen können. Aber wir haben ja keinerlei Hinweis, wieviel er davon genommen hat. Und wir wissen auch nicht wann. Er könnte den Kaffee erst *nach* dem Mord getrunken haben – dafür, daß er ihn um neun Uhr trank, haben wir nur sein Wort ... Nein, die Hauptfrage beeinflußt das nicht – auch wenn es eine neue Unsicherheit hineinbringt. Aber die Beweislast gegen ihn ist zu groß, als daß dieser eine Punkt zu seinen Gunsten etwas bewirken könnte. Sie müssen einsehen, Vance, daß die bloße Tatsache, daß Opium in der Tasse war, nicht beweist, daß er tatsächlich von neun Uhr bis zu dem Zeitpunkt, an dem Sie an seine Tür klopften, geschlafen hat.«

»Da spricht der Staatsanwalt«, seufzte Vance. »Aber ein guter Verteidiger könnte in dem, was man leichtsinnig den Verstand der Geschworenen nennt, doch einigen Zweifel säen, nicht wahr?«

»Da haben Sie recht.« Auch hier antwortete Markham wieder erst nach einiger Überlegung. »Aber wir dürfen nicht vergessen, daß Bliss praktisch der einzige war, der Gelegenheit zum Mord an Kyle hatte. Alle anderen, Hani ausgenommen, waren außer Hauses; und Hani scheint mir ein harmloser Spinner, der an die Macht seiner ägyptischen Gottheiten glaubt. Nach allem, was wir wissen, war Bliss der einzige, der tatsächlich am Tatort war, als der Mord geschah.«

Vance blickte Markham einige Sekunden lang an. Dann sagte er:

»Und wenn wir uns vorstellen, daß der Mörder gar nicht in der Nähe sein mußte, als die Sachmet-Statue Kyle erschlug?«

Nachdenklich nahm Markham die Zigarre aus dem Mund.

»Wie meinen Sie das? Wie soll die Statue zuschlagen können, wenn keiner da ist? Jetzt habe ich aber wirklich das Gefühl, Sie reden Unsinn.«

»Vielleicht tue ich das.« Vance sagte es mit ernster und besorgter Miene. »Aber ich habe etwas oben auf dem Regal gefunden, Markham, und dieses Etwas läßt mich vermuten, daß der Mord mit diabolischer Raffinesse geplant war ... Wie gesagt, ich würde gern ein Experiment machen. Und wie Sie danach dann weiter verfahren, liegt ganz in Ihrer Hand ... Es ist ein abscheuliches Verbrechen – aber faszinierend zugleich. Alle Äußerlichkeiten führen in die Irre, und sie tun es mit Absicht.«

»Wie lange werden Sie für das Experiment brauchen?« Markham war sichtlich beeindruckt von Vance' Ton.

»Nur ein paar Minuten ...«

Heath hatte einen Bogen Zeitungspapier aus dem Papierkorb genommen und packte die Kaffeetasse sorgfältig ein.

»Die kommt ins Labor«, erklärte er finster. »Nicht daß ich Ihnen nicht glaube, Mr. Vance, aber ich brauche das Urteil eines Fachmanns.«

»Nur vernünftig, Sergeant.«

Vance hatte ein kleines Bronzetablett auf dem Schreibtisch entdeckt, auf dem ein Füllfederhalter und mehrere kleine Bleistifte lagen. Er beugte sich lässig vor, nahm einen der Stifte, musterte ihn und legte ihn zurück. Markham beobachtete ihn genau wie ich, aber er fragte ihn nicht, was er im Sinn hatte.

»Das Experiment muß im Museum stattfinden«, erklärte Vance, »und ich brauche ein paar Sofakissen dafür.«

Er ging zum Diwan und klemmte sich zwei große Kissen unter den Arm. Dann begab er sich zur Stahltür und hielt sie offen.

Markham, Heath und ich gingen die Wendeltreppe hinunter, und Vance folgte uns.

Kapitel 9
Vance macht ein Experiment

(Freitag, 13. Juli, 2 Uhr 15 nachmittags)

Vance begab sich geradewegs zum rechten Regal, vor dem Kyles Leiche gelegen hatte, und warf die Kissen auf den Boden. Dann blickte er noch einmal forschend die obere Kante des Regals an.

»Ich frage mich ...«, murmelte er. »Ach, zum Teufel! Ich fürchte mich fast davor. Wenn es nicht aufgeht, bricht mein ganzes schönes Gedankengebäude zusammen ...«

»Nun kommen Sie schon!« Markham wurde ungeduldig. »Die großen Monologe sind aus der Mode gekommen, Vance. Wenn Sie mir etwas zu zeigen haben, dann tun Sie es.«

»Da haben Sie recht.«

Vance ging zum Aschenbecher und drückte mit entschlossener Geste seine Zigarette aus. Auf dem Rückweg zum Regal winkte er Markham und Heath näher heran.

»Als kleines Präludium«, begann er, »möchte ich Ihre Aufmerksamkeit auf diesen Vorhang lenken. Wie Sie sehen, ist der vorderste Messingring von der Stange genommen und hängt jetzt herunter.«

Erst jetzt fiel mir auf, daß der kleine Ring am Ende des Vorhangs nicht auf der Stange war und daß deshalb der Vorhang auf der linken Seite nach unten hing.

»Außerdem sehen Sie«, fuhr Vance fort, »daß der Vorhang dieses Regals nur halb zurückgezogen ist. Es ist, als hätte jemand begonnen, ihn aufzuziehen, und dann innegehalten. Als ich am Morgen den halboffenen Vorhang sah, kam mir das auf Anhieb merkwürdig vor, denn es hätte doch nahegelegen, daß er entweder ganz offen oder ganz geschlossen gewesen wäre. Wir können davon ausgehen, daß er vorgezogen war, als Kyle hier eintraf – Hani hat uns versichert, daß er ihn bei diesem Regalsegment vorzog, weil die Stücke dahinter noch nicht geordnet waren; und Dr. Bliss wies Kyle am Telefon darauf hin, daß die neuen Schätze im letzten Regal standen – *in dem Regal, dessen Vorhang vorgezogen war* ... Wenn jemand diesen Vorhang aufzöge, würde er es mit einer einzigen Armbewegung tun, das heißt er würde ihn links fassen und nach rechts ziehen, und die Ringe würden ohne größeren Widerstand über die Stange rutschen ... Aber was finden wir statt dessen? Wir finden einen halb aufgezogenen Vorhang! Daß Kyle ihn, wenn er die Stücke dahinter hätte sehen wollen, nur halb geöffnet hätte, ist ausgeschlossen. Ich folgerte daraus, daß etwas ihn am weiteren Öffnen hinderte – daß er also erschlagen wurde, als er dabei war, den Vorhang zu öffnen ... Können Sie mir folgen, Markham?«

»Nur weiter.« Markham spitzte die Ohren. Auch Heath verfolgte Vance' Vortrag gespannt.

»Dann bedenken Sie folgendes. Kyle wurde tot vor diesem äußersten Regal aufgefunden, und die Todesursache war ein Schlag auf den Schädel vermittels dieser schweren Dioritstatue der Sachmet. Diese Statue hatte Hani, wie wir wissen, oben auf das Regal gestellt. Als mir auffiel, daß der Vorhang nur halb aufgezogen war, und ich dann noch sah, daß der erste Ring – derjenige ganz auf der linken Seite – nicht auf der Stange war, machte ich mir meine Gedanken – zumal ich ja wußte, wie ordentlich Dr. Bliss ist. Wäre dieser Ring gestern abend, als der Doktor noch einmal nach unten ging, nicht auf der Stange gewesen, dann können Sie sicher sein, daß er es bemerkt hätte ...«

»Sie wollen also sagen, Vance«, fragte Markham, »daß jemand diesen Ring mit Absicht abgenommen hat, und zwar heute morgen?«

»Genau das! Irgendwann zwischen Dr. Bliss' Anruf bei Kyle am gestrigen Abend und Kyles Ankunft heute morgen hat jemand diesen Ring von der Stange genommen – und das, wie Sie ganz richtig sagen, mit Absicht.«

»Mit was für einer Absicht?« fragte Heath, ganz auf Widerspruch eingestellt.

»Das werden wir noch sehen, Sergeant.« Vance ließ sich nicht aus der Ruhe bringen. »Aber ich will nicht leugnen, daß ich eine recht deutliche Vorstellung davon habe. Genauer gesagt habe ich diese Idee schon, seit ich die Stellung sah, in der Kyles Leiche am Boden lag, und hörte, daß Hani die Statue oben auf jenes Regal gestellt hatte. Der halb offene Vorhang und der abgenommene Messingring untermauerten meine Theorie noch.«

»Ich glaube, ich weiß, was Sie sich ausmalen, Vance«, sagte Markham und nickte nachdenklich. »Deswegen haben Sie auch die Oberseite des Regals inspiziert und sich von Hani genau zeigen lassen, wo er die Statue abgestellt hatte, nicht wahr?«

»Sie sagen es. Und dort oben habe ich nicht nur gefunden, was ich vermutet hatte, sondern dazu bestätigte Hani mir meinen Verdacht noch, als er mir die Stelle zeigte, an der er die Statue abgesetzt hatte. Die Stelle lag mehrere Zentimeter hinter der Vorderkante, aber direkt an dieser Kante kam ein tiefer Kratzer hinzu, und dort vorn im Staub fand ich einen zweiten Abdruck des Statuensockels – was mir bewies, daß sie weiter nach vorn gerückt worden war, nachdem Hani sie abgestellt hatte.«

»Aber Dr. Bliss hat doch selbst gesagt, daß er sie gestern abend verrückt hat«, sagte Markham.

»Er hat nur gesagt, daß er sie geradegerückt hat«, korrigierte Vance. »Und die Vorderseiten der beiden Abdrücke im Staub sind genau parallel, so daß dieses Nach-vorn-Rücken nicht das Geraderücken gewesen sein kann, von dem der Doktor sprach.«

»Verstehe ... Sie gehen also davon aus, daß jemand, nachdem der Doktor sie geradegerückt hatte, die Statue noch ganz nach vorn an die Kante des Regals gezogen hat. Und das kann man sich gut vorstellen.«

Heath, der mürrisch mit zusammengekniffenen Augen zugehört hatte, stieg plötzlich auf einen der Stühle vor dem Regal und spähte hinter die Blende.

»Das muß ich mir doch selber ansehen«, murmelte er. Gleich darauf kletterte er wieder herunter und bestätigte Markham mit heftigem Kopfnicken: »Es ist, wie Mr. Vance gesagt hat … Aber ich verstehe nicht, was dieser Hokuspokus mit unserem Fall zu tun hat.«

»Das will ich ja eben herausfinden, Sergeant«, erwiderte Vance lächelnd. »Vielleicht hat es überhaupt nichts damit zu tun. Andererseits …«

Er beugte sich vor und hob unter einigen Mühen die Sachmet-Statue auf. (Wie gesagt war die Statue etwa sechzig Zentimeter hoch. Sie war kräftig gearbeitet, mit einem schweren Fuß. Ich habe sie später angehoben und würde sagen, daß sie mindestens ihre dreißig Pfund wog.) Vance stieg wieder auf den Stuhl und stellte die Statue mit größter Sorgfalt oben auf das Regal, genau an die Vorderkante. Nachdem er die Basis exakt nach den Spuren im Staub ausgerichtet hatte, zog er den Vorhang vor. Dann nahm er den losen Messingring in die linke Hand, schob den Vorhang wieder zurück, bis der Ring genau auf Höhe der linken Kante der Statue war, kippte sie nach rechts und steckte den Ring darunter, so daß er gerade vorn unter der Basis der Statue verschwand.

Als das erledigt war, faßte er in die Tasche und holte das Objekt heraus, das er oben auf dem Regal gefunden hatte. Er hielt es uns hin.

»Dort oben, Markham«, erklärte er, »lag ein sechs Zentimeter langes Stück Bleistift, sorgfältig zurecht geschnitten und geglättet. Es erinnerte mich an die Stütze, mit der man manche Fallen aufstellt … Lassen Sie uns sehen, ob es funktioniert.«

Er kippte die Statue vor und stellte den Bleistift aufrecht unter das Hinterende der Basis. Er ließ sie los, und sie blieb stehen, in einem gefährlichen Winkel vorgeneigt. Einen Moment lang sah es aus, als würde sie von sich aus vornüberkippen, doch der Bleistift war offenbar genau auf die Länge zugeschnitten, die notwendig war, um sie in der Schwebe zu halten.

»So weit hätte sich meine Theorie also bestätigt.« Vance stieg vom Stuhl. »Und jetzt das eigentliche Experiment.«

Er stellte den Stuhl beiseite und schob die beiden Sofakissen an exakt die Stelle zu Füßen von Anubis, an der Kyles Kopf gelegen hatte. Dann richtete er sich auf und sah den Staatsanwalt an.

»Markham«, sagte er feierlich, »ich präsentiere Ihnen die folgende Lösung. Bedenken Sie die Position des Vorhangs; bedenken Sie die Position des von der Stange genommenen Messingrings – unter der Vorderkante des Statuensockels; bedenken Sie den Winkel, in dem die Rachegöttin sich nach vorn neigt; und malen Sie sich dann aus, wie Kyle heute morgen an das Regal trat. Man hatte ihm gesagt, daß die neuen Stücke im letzten Regal zu finden sein würden, dem mit dem vorgezogenen Vorhang. Er instruierte Brush, Dr. Bliss nicht zu stören, da er sich zunächst die Neuerwerbungen des Museums ansehen wolle.«

Er hielt inne und zündete sich bedächtig eine Zigarette an. An den langsamen, trägen Bewegungen erkannte ich, wie angespannt seine Nerven waren.

»Ich will nicht behaupten«, fuhr er fort, »daß Kyle durch eine tödliche Falle ums Leben kam. Ich kann nicht einmal sagen, ob meine rekonstruierte Falle funktioniert. Aber ich möchte diese Theorie als Möglichkeit anführen, denn wenn die Anwälte der Verteidigung zeigen können, daß Kyle auch von jemand anderem umgebracht worden sein könnte als von Dr. Bliss – von jemandem, der *zum Zeitpunkt des Mordes gar nicht im Museum war* –, dann kämen Sie mit Ihren Indizien gegen den Doktor nicht mehr durch ...«

Er ging hinüber zum Standbild des Anubis. Er drückte sich ganz an die Westwand des Museums und griff nach der unteren linken Ecke des Vorhangs.

»Stellen wir uns also vor, daß Kyle vor dieses Regal trat und nach dem Vorhang griff, um ihn beiseitezuziehen. Was wäre geschehen, wenn die tödliche Falle tatsächlich aufgestellt war? ...«

Er zog den Vorhang mit einem kräftigen Ruck nach rechts. Er bewegte sich über die Stange, bis er auf halbem Wege an dem Messingring hängenblieb, der unter Sachmets Sockel festgeklemmt war. Der Ruck brachte die Statue aus ihrem empfindlichen Gleichgewicht; sie kippte nach vorn und landete mit einem dumpfen Schlag auf den Sofakissen, genau dort, wo Kyles Kopf gelegen hatte.

Einige Augenblicke lang schwiegen alle. Markham paffte seine Zigarre, den Blick fest auf die Statue am Boden geheftet. Seine Miene war ernst und nachdenklich. Heath hingegen war ganz und gar perplex. Offenbar war er auf den Gedanken einer solchen Falle nie gekommen, und nun hatte Vance' Experiment mit einem Schlag all seine vorgefaßten Ideen zunichtegemacht. Er starrte die Sachmet-Statue finster an, die Zigarre zwischen den Zähnen.

Vance ergriff als erster wieder das Wort.

»Sieht ganz so aus, als wäre das Experiment geglückt. Ich glaube, ich habe schlüssig genug bewiesen, daß Kyle getötet worden sein könnte, ohne daß außer ihm jemand im Museum war … Kyle war nicht allzu groß, und der Abstand zwischen dem oberen Ende des Regals und seinem Kopf hätte genügt, daß die fallende Statue ihre tödliche Energie entwickelt. Die Regalsegmente sind nur etwa sechzig Zentimeter breit, und die Statue konnte den Kopf kaum verfehlen, wenn Kyle davorstand. Und davorstehen mußte er ja, wenn er den Vorhang zurückzog. Die Statue ist schwer genug, daß sie einen solchen Schädelbruch verursacht hätte, und auch die Art, wie sie auf seinem Hinterkopf lag, paßt genau zu einer solchen mit aller Sorgalt vorbereiteten Falle.«

Vance unterstrich es mit einer ausholenden Handbewegung.

»Sie müssen zugeben, Markham, daß nach dieser kleinen Demonstration jeder Abwesende als Täter in Frage kommt, und damit wird eines Ihrer stärksten Argumente für Dr. Bliss als Täter hinfällig – nämlich daß er hier war und die Gelegenheit zur

Tat hatte ... Und das, zusammen mit dem Opium, das sich im Kaffee fand, gibt ihm ein überzeugendes, wenn auch kein hieb- und stichfestes Alibi.«

»Das ist wahr ...« antwortete Markham nachdenklich. »Die Gegenindizien, die Sie anführen, heben die direkten Indizien – den Skarabäus, das Blatt mit der Abrechnung, die blutigen Fußspuren – wieder auf. Der Doktor könnte sich gut verteidigen, das steht fest ...«

»›Begründete Zweifel‹, nicht wahr?« Vance grinste. »Ein wunderbarer Ausdruck – aber völlig inhaltsleer, wenn auch juristisch korrekt. Als ob der menschliche Verstand jemals vernünftig sein könnte ... Und vergessen Sie nicht, Markham – wenn der Doktor es nur darauf angelegt hätte, Kyle mit der Sachmet-Statue zu erschlagen, hätten wir keine Spuren dieser tödlichen Falle gefunden. Hätte er ihn einfach nur umbringen wollen, was hätte dann die Bleistift-Stütze oben auf dem Regal zu suchen gehabt?«

»Sie haben ja recht«, gab Markham zu. »Ein guter Anwalt würde unsere Beweisführung gegen den Doktor in der Luft zerreißen.«

»Und überlegen Sie doch einmal, was Sie an Beweisen haben.« Vance setzte sich und schlug die Beine übereinander. »Den Skarabäus, der neben der Leiche lag, hätte jeder mitnehmen können, der gestern auf der Besprechung war, und später mit Absicht dorthin legen. Wenn der Doktor vom Opium im Kaffee betäubt war, hätte der Mörder ihn auch ohne weiteres heute morgen noch aus dem Arbeitszimmer holen können – die Tür zur Wendeltreppe war ja nie verschlossen. Und was wäre einfacher gewesen als zu diesem Zeitpunkt auch das Blatt mit der Abrechnung zu nehmen und es Kyle in die tote Hand zu drücken? ... Und was die blutigen Fußspuren angeht: Jeder im Haus hätte den Tennisschuh aus Dr. Bliss' Schlafzimmer holen können, die Abdrücke herstellen und ihn dann im Papierkorb verstecken, während der Doktor unter dem Einfluß des Opiates schlief … Und das verschlossene Fenster auf dem Hof zur Ostseite, das Springrollo heruntergezogen: ist das nicht der beste Beweis, daß jemand im Zimmer war, der nicht wollte, daß die Nachbarn sehen, was darin vorging?«

Vance nahm einen tiefen Zug von seiner Zigarette und blies eine kräuselnde Rauchwolke.

»Ich bin kein Demosthenes, Markham, aber ich würde Dr. Bliss vor jedem Richter verteidigen und verspräche ihm einen Freispruch.«

Markham ging im Museumssaal auf und ab, die Hände hinter dem Rücken verschränkt.

»Die Falle auf dem Regal«, gab er am Ende zu, »und das Opium in der Kaffeetasse werfen ein gänzlich neues Licht auf den Fall. Die Sache ist wieder vollkommen offen, und daß jemand anderes der Täter ist, ist möglich und sogar wahrscheinlich.« Mit einem Ruck blieb er stehen und sah Heath forschend an. »Was halten Sie davon, Sergeant?«

Heath war sichtlich in der Zwickmühle.

»Mir brummt der Schädel«, sagte er nach einer Weile. »Ich war hundertprozentig sicher, daß wir die Sache im Kasten haben. Und dann kommt Mr. Vance mit seinen Spitzfindigkeiten, und mit einem Mal ist da ein Loch, durch das der Doktor doch wieder davonkommt.« Er warf Vance einen feindseligen Blick zu. »Wirklich, Mr. Vance, Sie hätten Anwalt werden sollen.« Deutlicher hätte er seine Verachtung nicht ausdrücken können.

Markham mußte lächeln, doch Vance schüttelte nur den Kopf und sah den Sergeant mit übertrieben gekränkter Miene an.

»Ich muß schon sagen, Sergeant, finden Sie das gerecht?« protestierte er. »Da versuche ich, Ihnen und Mr. Markham eine Blamage zu ersparen. Und was bekomme ich als Dank dafür? Man rät mir, daß ich besser Anwalt geworden wäre. Das ist der Welt Lohn!«

»Jetzt ist es aber genug mit der Alberei.« Markham war zu sehr in Verlegenheit, als daß er den übermütigen Tonfall goutieren konnte. »Sie haben gesagt, was Sie zu sagen hatten. Und mich damit in eine sehr schwierige Lage gebracht.«

»Aber trotzdem«, beharrte Heath, »gibt es ja auch noch eine ganze Menge, was gegen Bliss spricht.«

»Sehr richtig, Sergeant.« Vance war nun wieder nachdenklich. »Aber ich fürchte, diese Indizien halten einer wirklich genauen Betrachtung nicht stand.«

»Sie gehen«, sagte Markham, »vermutlich davon aus, daß es sich um falsche, mit Absicht ausgestreute Indizien handelt – daß der Mörder es darauf anlegte, Dr. Bliss zu belasten.«

»Ist das denn so ungewöhnlich?« fragte Vance. »Hat nicht schon mancher Mörder versucht, den Verdacht auf jemand anderen zu lenken? Ist nicht die Kriminalgeschichte voll von Unschuldigen, die auf schlüssige Indizienbeweise hin verurteilt wurden? Und ist es nicht gut denkbar, daß die irreführenden Hinweise in solchen Fällen von den wahren Übeltätern absichtlich ausgestreut wurden?«

»Trotzdem«, erwiderte Markham, »kann ich es mir beim jetzigen Stand der Dinge nicht erlauben, die Indizien zu ignorieren, die auf Dr. Bliss als Täter weisen. Ich müßte schon beweisen können, daß jemand ihn belasten wollte, bevor ich ihn von jedem Verdacht freisprechen kann.«

»Und die Verhaftung?«

Markham zögerte. Ich glaube, er begriff, wie aussichtslos seine Anklage war, nachdem Vance so vieles ausfindig gemacht hatte, was dagegensprach.

»Eine Verhaftung des Doktors kommt im Augenblick natürlich nicht mehr in Frage«, beschloß er, »nun wo Sie so viele Gegenargumente ans Licht gebracht haben … Aber«, fügte er finster hinzu, »ich werde auch nicht vergessen, was alles gegen ihn spricht.«

»Und was tut man in einer solchen juristischen Zwickmühle?«

»Ich werde Bliss unter Beobachtung stellen«, erklärte er

schließlich. Er wandte sich an Heath. »Sergeant, Sie können Ihre Männer anweisen, den Doktor wieder freizulassen. Aber treffen Sie Ihre Vorkehrungen, daß er Tag und Nacht überwacht wird.«

»Soll mir recht sein, Sir.« Heath begab sich zur Vordertreppe.

»Und, Sergeant«, rief Markham ihm noch nach, »sagen Sie Dr. Bliss, er darf das Haus nicht verlassen, bevor ich mit ihm gesprochen habe.«

Heath schloß die Tür hinter sich.

Kapitel 10
Der gelbe Bleistift

(Freitag, 13. Juli, 2 Uhr 30 nachmittags)

Markham zündete sich bedächtig eine neue Zigarre an und ließ sich auf einen Klappstuhl neben der Truhe mit den Einlegearbeiten fallen, Vance gegenüber.

»Die Sache wird allmählich ernst«, sagte er mit einem Stoßseufzer »– und kompliziert.«

»Ernster als Sie denken«, erwiderte Vance, »und weitaus komplizierter ... Glauben Sie mir, Markham, ein so unglaubliches, so ausgeklügeltes Verbrechen wie dieser Mord ist Ihnen noch nicht oft begegnet. An der Oberfläche sieht alles einfach und leicht zu lösen aus – das hat der Mörder mit Absicht so eingerichtet, verstehen Sie –, und mit Ihrer ersten Deutung der Indizien sind Sie ja auch prompt darauf hereingefallen.«

Markham sah Vance aufmerksam an.

»Und Sie haben schon eine Ahnung, was dahintersteckt?« Es war eher eine Feststellung als eine Frage.

»Ja ... oh ja.« Sogleich war Vance wieder reserviert. »Eine Ahnung? ... So könnte man es nennen. Aber nicht gerade eine Erleuchtung. Daß mehr dahintersteckt, war mir auf Anhieb klar, und alles, was sich seither ergeben hat, verstärkt dieses Gefühl. Aber eine klare Vorstellung, was es sein könnte, habe ich nicht. Und bei der Frage, was das Ziel dieser Intrige sein soll, tappe ich noch ganz im Dunkeln. Aber da alles, was nach außen zu sehen ist, so offensichtlich falsch ist, habe ich gute Hoffnung, daß wir noch herausfinden werden, worum es in Wirklichkeit geht.«

Markham setzte sich mit einem Ruck auf.

»Was geht Ihnen durch den Kopf?«

»Oh, mein Lieber! Welche Komplimente!« Vance setzte sein schönstes Lächeln auf. »Mein Kopf ist umhüllt, die Sicht verstellt. Er ist umwölkt von Nebel und Niesel, von Dampf und

Dunst und Rauch; er steckt in Zirrus, Nimbus, Kumulus, gepackt in Schäfchenwolken, Lämmerwolken, Federwolken. Eilende Wolken, Segler der Lüfte! … Mein Verstand ist, in einem Wort, ein Wolkenmeer …«

»Sparen Sie mir Ihre meteorologischen Ergüsse. Vergessen Sie nicht, ich bin nur ein einfacher Staatsanwalt.« Markhams Sarkasmus war das Maß seiner Ratlosigkeit. »Aber vielleicht können Sie einen Vorschlag für unseren nächsten Schritt machen. Ich muß sagen, vom Kreuzverhör des gesamten Haushalts abgesehen fällt mir nichts ein, wie wir es angehen könnten; denn wenn Bliss nicht der Täter ist, dann muß es jemand gewesen sein, der sich mit den häuslichen Verhältnissen gut auskennt und der Zugang zum Haus hat.«

»Da liegt es doch nahe«, meinte Vance, »daß wir versuchen, uns besser mit diesen häuslichen Verhältnissen vertraut zu machen. Es würde uns helfen, wenn wir mehr über die *ménage* wüßten, meinen Sie nicht auch? Und ein neuer Ansatz für unsere Forschungen ergibt sich vielleicht von selbst.« Er lehnte sich in seinem Stuhl vor. »Markham, diesen Fall können wir nur lösen, wenn wir das Tatmotiv finden. Und das Motiv ist sinister und kompliziert. Der Mord an Kyle ist kein gewöhnliches Verbrechen. Plan und Ausführung sind von solcher Raffinesse, daß man sie schon beinahe genial nennen kann. Entsprechend stark muß der Antrieb gewesen sein, der dahintersteckt. Dieses Verbrechen hat etwas Fanatisches – es wird getrieben von einer allesbeherrschenden, grausamen und unerbittlichen *idée fixe*. Der eigentliche Mord war nur das Mittel zu etwas noch viel Teuflischerem – er war nur ein Werkzeug. In Wirklichkeit geht es um etwas viel Schlimmeres, viel Abscheulicheres als Kyles jähes Ende … Ein hübscher ordentlicher Mord läßt sich bisweilen sogar rechtfertigen, oder man kann doch zumindest Verständnis haben. Aber in unserem Fall war der Mord für den Täter nur der erste Schritt: Er will ihn benutzen, um damit das Leben eines Unschuldigen zu zerstören …«

»Wenn wir einmal davon ausgehen, daß Ihre Deutung stimmt« – Markham erhob sich und lehnte sich an die Regalbretter mit den Uschebti –, »wie können wir dann etwas über die Verhältnisse in diesem Haushalt herausbekommen, ohne daß wir direkt danach fragen?«

»Indem wir uns an den einen halten, der zumindest einen gewissen Abstand von den Hausbewohnern hat.«

»Scarlett?«

Vance nickte.

»Er weiß mehr, als er uns gesagt hat, das steht fest. Er war zwei Jahre lang bei den Bliss-Expeditionen dabei. Er hat in Ägypten gelebt und kennt die Familiengeschichte ... Warum bitten Sie ihn nicht her zu einer kleinen *causerie*, bevor wir uns den engeren Haushalt vornehmen? Es gibt ein paar Kleinigkeiten, die ich liebend gern wüßte, bevor die Ermittlungen weitergehen.«

Markham beobachtete Vance genau. Dann nickte er nachdenklich.

»Sie haben etwas im Kopf, Vance, und das ist weder Nimbus noch Kumulus, nicht Stratus und nicht Zirrus ... Nun gut. Ich lasse Scarlett kommen, und dann können Sie die Fragen stellen.«

Im selben Augenblick trat Heath wieder ein.

»Dr. Bliss ist auf sein Zimmer gegangen und hat Order, daß er auch dort bleibt«, berichtete er. »Die anderen sind im Wohnzimmer, und Hennessey und Emery halten ein Auge drauf. Den Wagen habe ich wieder weggeschickt – und Snitkin paßt an der Haustür auf.« Selten hatte ich Heath in so mutloser Stimmung gesehen.

»Wie hat Dr. Bliss reagiert, als Sie ihn freiließen?« fragte Vance.

»War ihm anscheinend alles egal«, antwortete der Sergeant mit einem angewiderten Unterton. »Einfach nach oben gegangen, ohne ein Wort. Er ließ den Kopf hängen, benommen irgendwie ... Komischer Vogel, wenn Sie mich fragen.«

»Die meisten Ägyptologen sind komische Vögel, Sergeant«, meinte Vance zum Trost.

Markham packte wieder die Ungeduld. Mit knappen Worten gab er Heath seinen nächsten Auftrag.

»Mr. Vance und ich haben beschlossen, daß wir hören wollen, was Scarlett zu sagen hat, bevor wir die anderen vernehmen. Würden Sie ihn bitte herholen?«

Der Sergeant breitete die Arme aus und ließ sie wieder fallen, ein Bild der Resignation. Dann ging er von neuem nach draußen. Ein paar Augenblicke darauf kehrte er zurück, Scarlett im Schlepptau.

Vance holte weitere Stühle heran. Aus der ernsthaften, umsichtigen Art, in der er es tat, schloß ich, daß er die Konferenz mit Scarlett für hochwichtig hielt. Zu jenem Zeitpunkt hatte ich keinen Begriff davon, was ihm durch den Kopf ging, und verstand auch nicht, warum er Scarlett als Haupt-Informationsquelle gewählt hatte. Doch bevor der Tag zu Ende war, sollte es mir wie Schuppen von den Augen fallen. Umsichtig und ohne Umwege hatte er den einen Mann gewählt, der ihm die Daten lieferte, die er brauchte, um den Mord an Kyle zu klären. Und was er an jenem Nachmittag von Scarlett erfuhr, sollte entscheidend für Vance' Auflösung des Falles sein.

Ohne weitere Präliminarien informierte Vance Scarlett, daß die Sachlage in puncto Dr. Bliss sich geändert hatte.

»Mr. Markham hat sich entschieden, die Festnahme des Doktors vorerst auszusetzen. Die Indizien, die wir derzeit haben, sind zu widersprüchlich. Wir sind auf etliche Dinge gestoßen, die, juristisch gesprochen, begründete Zweifel an seiner Schuld aufkommen lassen. Um ehrlich zu sein, Scarlett, wir sind zu dem Schluß gekommen, daß wir zuerst klarer sehen müssen, bevor wir Schritte unternehmen können.«

Scarlett schien sehr erleichtert.

»Gott sei Dank, Vance, da fällt mir ein Stein vom Herzen.« rief er, und man sah ihm an, daß es ihm ernst war. »Daß Dr.

Bliss der Mörder ist, ist einfach unvorstellbar. Was hätte er für ein Motiv haben sollen? Kyle war sein Wohltäter …«

»Haben Sie denn eine Idee, wer es sonst gewesen sein könnte?« unterbrach Vance ihn.

Scarlett schüttelte energisch den Kopf.

»Nicht die Spur einer Idee. Ich bin völlig ratlos. Ich kann mir überhaupt nicht vorstellen, wie so etwas geschehen konnte.«

»Tja … höchst rätselhaft«, murmelte Vance. »Die einzige Stelle, an der wir den Hebel ansetzen können, ist das Motiv … Deswegen haben wir uns an Sie gewandt. Wir wollen wissen, wie es im Inneren des Bliss-Haushaltes aussieht. Sie, der Sie ja mehr oder weniger außerhalb stehen, können uns vielleicht die Wahrheit enthüllen. Zum Beispiel haben Sie davon gesprochen, daß es eine enge Beziehung zwischen Kyle und Mrs. Bliss' Vater gab. Erzählen Sie uns alles darüber.«

»Das ist eine romantische Geschichte, aber eigentlich ganz einfach.« Scarlett holte seine Meerschaumpfeife hervor. Als sie brannte, fuhr er fort: »Sie haben vom alten Abercrombie gehört, Meryts Vater. Er ging 1885 nach Ägypten und wurde im folgenden Jahr, als Gaston Maspero wieder nach Frankreich zu seinem Lehrstuhl am Collège de France zurückkehrte, Assistent bei Grébaut. 1899 war Maspero wieder im Lande und wurde Leiter des ägyptischen *Service des Antiquités* in Kairo, ein Posten, den er bis 1914 behielt, als man ihn zum permanenten Sekretär der Académie des Inscriptions et Belles-Lettres in Paris wählte. Abercrombie wurde Masperos Nachfolger am Museum in Kairo. Schon 1898 hatte Abercrombie sich in eine Frau aus vornehmer koptischer Familie verliebt und hatte sie geheiratet. Meryt kam zwei Jahre darauf zur Welt – im Jahr 1900.«

Scarlett hatte anscheinend Mühe mit seiner Pfeife, und erst mit dem zweiten Streichholz brachte er sie wieder in Gang.

»Kyle kommt vier Jahre vor Meryts Geburt ins Spiel«, fuhr er fort. »Er langte 1896 in Ägypten an, als Vertreter einer Gruppe von New Yorker Finanziers, die sich für das damalige

Nilbewässerungsprojekt interessierten.* Er lernte Abercrombie kennen – damals noch Grébauts Assistent –, und es entwickelte sich eine enge Freundschaft daraus. Kyle kam jährlich nach Ägypten, bis der Damm vollendet war – das heißt bis 1902. Natürlich begegnete er auch der Koptin, die Abercrombie später heiratete, und war hingerissen von ihr. Aber da er ein Gentleman war und Abercrombies Freund, kam eine Erklärung nicht in Frage. Als die Frau jedoch bei Meryts Geburt starb, übertrug er seine Zuneigung ganz offen von der Mutter auf die Tochter. Er wurde Meryts Patenonkel und sorgte großherzig für sie wie für ein eigenes Kind … Kein schlechter Kerl, der alte Kyle.«

»Und Bliss?«

»Bliss kam erstmals im Winter 1913 nach Ägypten. Er lernte Abercrombie kennen und freundete sich ebenfalls mit ihm an. Er begegnete auch Meryt, die ja damals erst dreizehn war. Sieben Jahre darauf – 1920 – brachte der junge Salveter Bliss mit Kyle in Kontakt, und die erste Expedition fand im Winter 1921/22 statt. Abercrombie starb im Sommer 1922 in Ägypten, und Hani, ein treuer Diener der Familie, wurde für Meryt eine Art Pflegevater. Die zweite Bliss-Expedition kam 1922/23, und wieder begegneten Bliss und Meryt sich. Sie war inzwischen dreiundzwanzig, und im Frühjahr heiratete Bliss sie … Sie Vance, haben Meryt auf der dritten Bliss-Expedition im Jahr 1924 kennengelernt … Nach der zweiten hatte Bliss sie mit nach Amerika gebracht, und letztes Jahr stellte er Hani für seinen persönlichen Haushalt an … Hani hatte damals einen Posten als Unterinspektor bei der ägyptischen Regierung … Das wäre kurz zusammengefaßt die Beziehung zwischen Bliss und Kyle und Abercrombie und Meryt. Hilft Ihnen das?«

»Sehr sogar.« Vance betrachtete nachdenklich die Spitze seiner Zigarette. »Man könnte also sagen, daß Kyle sich für Mrs.

* Das System, von dem Scarlett spricht, sollte zum Assuandamm, dem Assyut-Stauwehr und der Staustufe von Esneh führen.

Bliss interessierte, weil er in ihre Mutter verliebt und mit ihrem Vater befreundet gewesen war. Und daß Bliss die Tochter seiner unglücklichen Liebe geheiratet hatte, dürfte eine Rolle dabei gespielt haben, daß er Bliss' spätere Expeditionen finanzierte.«

»Ja. Ich glaube, das kann man sagen.«

»Und in diesem Falle wird Kyle auch nicht versäumt haben, Mrs. Bliss in seinem Testament zu bedenken. Wissen Sie etwas davon, Scarlett, welche Vorkehrungen er getroffen hat?«

»Soviel ich weiß«, erklärte Scarlett, »hinterläßt er Meryt ein beträchtliches Vermögen. Ich weiß es nur von Hani, aber er hat einmal davon gesprochen, daß Kyle ihr eine große Summe vermachen wolle. Hani war überglücklich, denn er hat, das werden Sie schon bemerkt haben, eine tiefe und treue Zuneigung zu ihr.«

»Und wie steht es mit Salveter?«

»Ich würde vermuten, daß Kyle auch für ihn gut vorgesorgt hat. Kyle war unverheiratet – ob er Junggeselle geblieben ist, weil er Meryts Mutter nicht untreu werden wollte, weiß ich nicht –, und Salveter war sein einziger Neffe. Außerdem hatte er an Salveter einen Narren gefressen. Ich könnte mir vorstellen, wenn das Testament eröffnet wird, wird sich herausstellen, daß er sein Vermögen zu gleichen Teilen Meryt und Salveter vermacht.«

Vance sah Markham an.

»Könnten Sie einen Ihrer Anwaltskollegen dazu bringen, daß er sich diskret nach Kyles Testament umhört? Ich habe das Gefühl, das würde uns ein großes Stück weiterhelfen.«

»Es ließe sich einrichten«, antwortete Markham. »Sobald die Sache in die Zeitungen kommt, werden Kyles Anwälte sich regen. Ich werde ein wenig nachhelfen.«

Vance wandte sich nun wieder an Scarlett.

»Wenn ich mich recht entsinne, haben Sie mir gesagt, die Kosten der Bliss-Expeditionen seien Kyle in letzter Zeit zuviel geworden. Kann es, abgesehen von dem Mangel an greifbaren Resultaten, andere Gründe dafür gegeben haben?«

»N-nein.« Scarlett überlegte einen Moment lang. »Expeditionen, wie Dr. Bliss sie sich vorstellt, sind verdammt teure Angelegenheiten, und ob das Resultat die Kosten rechtfertigt, läßt sich nicht ohne weiteres sagen. Und selbst die Erfolgreichsten brauchen eine ganze Weile, bis das Ergebnis wirklich handgreiflich ist. Kyle wurde ungeduldig; er war kein Ägyptologe und konnte nicht beurteilen, ob es realistische Erwartungen waren; und wenn er das Gefühl bekommen hätte, daß Dr. Bliss auf seine Kosten einem Phantom nachjagte, wäre das nur zu verständlich gewesen. Tatsache ist jedenfalls, daß er schon letztes Jahr angekündigt hat, daß er uns den Geldhahn zudrehen würde, wenn die diesjährige Grabung keine greifbaren Ergebnisse brächte. Deshalb wollte der Doktor ja unbedingt auch gleich gestern, als die neuen Fundstücke hier eingetroffen waren, die Abrechnung präsentieren und Kyle unsere Schätze zeigen.«

»An Kyles Einstellung war nichts Persönliches?«

»Ganz im Gegenteil. Die persönlichen Beziehungen hätten nicht besser sein können. Kyle mochte Bliss sehr und hatte die größte Achtung vor ihm. Und Bliss war voll des Lobes und der Dankbarkeit gegenüber Kyle ... Nein, Vance, wenn Sie in dieser Richtung überlegen, führt das nicht weiter.«

»Was erwartete der Doktor gestern abend von der Besprechung mit Kyle? – Machte er sich Sorgen oder war er eher guter Dinge?«

Scarlett legte die Stirn in Falten und blies Rauchwolken in die Luft.

»Keines von beiden, denke ich«, antwortete er schließlich. »Seine Einstellung war, könnte man sagen, philosophisch. Er kümmert sich nicht viel um solche Dinge – nimmt sie, wie sie kommen –, und seine Selbstbeherrschung ist bemerkenswert. Immer der seriöse Wissenschaftler – wenn Sie verstehen, was ich meine.«

»Aber ja ...« Vance drückte seine Zigarette aus und verschränkte die Hände hinter dem Kopf. »Was meinen Sie, wie hätte Dr. Bliss reagiert, wenn Kyle sich geweigert hätte, eine weitere Expedition zu finanzieren?«

»Schwer zu sagen – er hätte sich wahrscheinlich nach anderen Geldgebern umgesehen. Er hat schließlich bedeutende Erfolge aufzuweisen, das dürfen Sie nicht vergessen, auch wenn er Intefs Grabkammer bisher nicht entdeckt hat.«

»Und wie nahm der junge Salveter die Gefahr auf, daß die Grabungen eingestellt werden müßten?«

»Ihm ging es weitaus näher als dem Doktor. Salveters Enthusiasmus ist grenzenlos, und er hat seinen Onkel angefleht, die Arbeit weiter zu unterstützen. Hätte Kyle sich zurückgezogen, hätte es dem Jungen das Herz gebrochen. Wenn ich es recht verstehe, hat er sogar angeboten auf sein Erbe zu verzichten, wenn Kyle die Unternehmung bis zu Ende finanziert.«

»Daß Salveter die Sache wichtig nimmt, steht fest«, stimmte Vance zu. Dann schwieg er eine ganze Weile lang. Danach griff er wieder nach seinem Zigarettenetui, öffnete es jedoch nicht, sondern trommelte mit den Fingern darauf. »Da ist noch ein Punkt, nach dem ich Sie fragen möchte, Scarlett«, sagte er nach einer Weile. »Wie steht Mrs. Bliss zur Arbeit ihres Mannes?«

Die Frage war unbestimmt – mit Absicht, nahm ich an –, und Scarlett war ein wenig ratlos. Doch nach kurzem Überlegen antwortete er:

»Oh, Meryt ist ganz die loyale Ehefrau. Als sie frisch verheiratet waren, nahm sie an allem Anteil, was der Doktor tat – begleitete ihn sogar, wie Sie ja wissen, auf der Expedition von 1924. Lebte in einem Zelt, alles, was dazugehört, und schien ganz und gar glücklich dabei. Aber – um ehrlich zu sein, Vance – in letzter Zeit haben ihre Interessen ein wenig nachgelassen. Es ist, denke ich, die Ägypterin in ihr. Ihre Mutter war eine sehr stolze Frau und hat sich geradezu fanatisch für die ägyptischen Heiligtümer eingesetzt; stets hat sie gegen die – wie sie es sah – Entweihung der Gräber ihrer Vorfahren durch die westlichen Barbaren gepredigt – und alle Wissenschaftler, die aus der westlichen Welt kamen, waren für sie Barbaren. Meryt hat sich nie zu einer Meinung bekannt, aber ich denke, daß etwas von der Feindseligkeit ihrer Mutter sich in letzter Zeit auch bei ihr bemerkbar macht. Nichts Ernstes, verstehen Sie mich nicht falsch. Meryt ist immer loyal gegenüber Bliss und seiner Arbeit geblieben.«

»Hani könnte etwas mit ihrem Sinneswandel zu tun haben«, meinte Vance.

Scarlett warf ihm einen fragenden Blick zu.

»Ganz unmöglich ist es nicht«, gab er widerstrebend zu, dann schwieg er.

Doch Vance ließ nicht locker.

»Höchst wahrscheinlich sogar, würde ich sagen. Und ich würde noch weiter gehen. Ich würde vermuten, daß Dr. Bliss der Einfluß, den Hani auf seine Frau hat, nicht verborgen blieb, und bittere Feindseligkeit war die Folge. Sie werden sich an den Ausbruch von heute morgen erinnern, als Hani ins Museum kam. Er hat ihn ja offen angeschuldigt, daß er einen schlechten Einfluß auf Mrs. Bliss hat.«

Scarlett rutschte unruhig auf seinem Stuhl hin und her und kaute auf dem Stiel seiner Pfeife.

»Der Doktor und Hani haben sich noch nie gemocht«, antwortete er ausweichend. »Nur weil Meryt darauf bestanden hat, hat Bliss ihn mit nach Amerika gebracht. Ich glaube, er denkt, Hani spioniert bei ihm für die ägyptische Regierung.«

»Ist das so unwahrscheinlich?« Vance sagte es, als sei nichts dabei.

»Also wirklich, Vance, das kann ich nicht sagen.« Plötzlich lehnte Scarlett sich vor, und seine Züge spannten sich: »Aber eines weiß ich: Meryt würde nie ihren Mann verraten. Auch wenn ihr vielleicht längst Zweifel gekommen sind, ob Dr. Bliss der Richtige für sie war – schließlich ist er wesentlich älter als sie, und er hat nur seine Arbeit im Sinn –, steht sie zu der Vereinbarung, die sie geschlossen hat … so impulsiv sie auch ist.«

»Ah … Sie sagen es.« Vance nickte und wählte eine weitere *Régie* aus. »Und das bringt mich zu einer äußerst delikaten Frage … Halten Sie es für möglich, daß Mrs. Bliss – wie soll ich es ausdrücken – Interessen jenseits ihres Ehemanns hat? Das heißt, könnten ihre tiefsten Gefühle vielleicht etwas anderem gelten als Dr. Bliss' Lebenswerk?«

Scarlett sprang von seinem Stuhl auf und begann zu stottern. »Wirklich, Vance … Das geht zu weit! … Sie haben kein Recht, solche Sachen zu fragen … Ich bin doch kein Klatschmaul … Über solche Sachen redet man nicht – das gehört sich einfach nicht, mein Lieber … Sie bringen mich in arge Verlegenheit …« (Ich hatte große Sympathie für Scarlett in seiner Notlage.)

»Und genausowenig gehört sich Mord in der feinen Gesellschaft«, erwiderte Vance gleichmütig. »Wir haben es mit einer Situation zu tun, die man nicht mit konventionellen Maßstäben messen kann. Und derjenige, der Kyle aus dieser Welt in die nächste geschickt hat, war ja auch nicht zimperlich … Aber da ich Ihnen damit so arg nahegetreten bin, ziehe ich die Frage zurück.« Er lächelte entwaffnend. »Zumal Sie für die Reize der Dame ja selbst nicht ganz unempfänglich sind – was, Scarlett?«

Der Mann starrte Vance wütend an. Doch bevor er etwas antworten konnte, erhob Vance sich ebenfalls und blickte ihm fest ins Gesicht.

»Ein Mensch ist ermordet worden«, sagte er mit ruhiger Stimme, »und die Tat ist nur der erste Schritt in einer abgefeimten Intrige des Mörders. Ein weiteres Menschenleben ist in Gefahr. Und meine Aufgabe ist es herauszufinden, wer sich diesen teuflischen Plan ausgedacht hat, und einen Unschuldigen vor dem elektrischen Stuhl zu bewahren. Ich werde nicht zulassen, daß sich mir kleinliche gesellschaftliche Tabus in den Weg stellen.« Sein Ton wurde ein wenig milder. »Ich weiß Ihre Diskretion ja zu schätzen. Unter anderen Umständen wäre sie durchaus lobenswert. Aber so wie die Dinge jetzt stehen, ist sie nichts als albern.«

Scarlett sah Vance trotzig an, doch nach ein paar Sekunden setzte er sich wieder.

»Sie haben ja recht«, gab er kleinlaut zu. »Fragen Sie, was Sie wollen, und ich sage es Ihnen.«

Vance nickte gleichgültig und rauchte eine Weile schweigend.

»Ich glaube, ich habe schon alles erfahren«, sagte er nachdenklich. »Obwohl wir vielleicht später noch einmal auf Sie zurückkommen … Die Mittagszeit ist längst vorbei. Wie wäre es, wenn Sie nach Hause gingen?«

Scarlett erhob sich mit einem tiefen Seufzer der Erleichterung.

»Tausend Dank.« Und ohne ein weiteres Wort ging er hinaus.

Heath folgte ihm, und wir hörten, wie er Snitkin anwies, Scarlett passieren zu lassen.

»Und«, wandte Markham sich an Vance, als der Sergeant wieder im Raum war, »was hat Scarletts Auskunft Ihnen nun geholfen? Ich habe nicht das Gefühl, daß er uns viel Neues über unseren Fall erzählt hat.«

»Also hören Sie!« Vance schüttelte ungläubig, mit mitleidsvoller Miene den Kopf. »Scarlett hat uns ein gewaltiges Stück vorangebracht. Ausgesprochen aufschlußreich. Jetzt haben wir ein festes Fundament, auf dem wir stehen können, wenn wir die einzelnen Mitglieder des Haushalts in die Mangel nehmen.«

»Schön, wenn wenigstens einer so optimistisch ist.« Markham erhob sich und blickte Vance streng an. »Sie glauben doch nicht wirklich …« Er sprach nicht weiter – als traue er sich nicht, seinen Gedanken Worte zu verleihen.

»Doch, ich glaube tatsächlich, daß dieses Verbrechen nur ein Mittel zum Zweck war«, erwiderte Vance. »Die eigentliche Absicht, davon bin ich überzeugt, war es, einen Unschuldigen zu belasten. Und natürlich sollte für den Täter auch noch etwas dabei herausspringen.«

Eine ganze Weile lang stand Markham reglos da.

»Allmählich begreife ich«, sagte er und nickte. »Undenkbar ist es nicht.«

Er ging, in eine Wolke aus Zigarrenrauch gehüllt, wieder ans andere Ende des Museums.

»Hören Sie«, sagte er und sah Vance grimmig an, »ich möchte Sie etwas fragen. Sie haben vorhin Salveter um einen Bleistift gebeten … Von welcher Marke war der Stift, den Sie oben auf dem Regal gefunden haben? – War es ein Mongol Nr. 1?«

Vance schüttelte den Kopf.

»Nein. Es war kein Mongol. Es war ein Koh-i-noor – ein HB, weitaus härter als der sehr weiche Mongol Nr. 1 … Mongol- und Koh-i-noor-Stifte sehen fast gleich aus – beide sechseckig und gelb. Der Koh-i-noor wird bei der tschechischen Firma Hardtmuth hergestellt – eine der ältesten Manufakturen Europas. Früher hätte man sie als österreichisch bezeichnet, aber mit dem Niedergang des Habsburgerreiches nach dem Weltkrieg …«

»Ersparen Sie mir Ihre Kindergarten-Geschichtsstunde.« Markhams Miene hatte sich noch weiter verdüstert. »Ein Mongol war es also nicht, mit dem die tödliche Falle aufgestellt wurde …« Er trat einen Schritt näher an Vance heran. »Noch eine Frage – und glauben Sie nicht, daß Sie mich mit Habsburgergeschichten davon abhalten können: Von welcher Marke waren die Stifte, die Sie in Dr. Bliss' Arbeitszimmer angesehen haben?«

Vance seufzte.

»Ich hatte schon gefürchtet, daß Sie danach fragen werden. Und ich traue mich kaum, es Ihnen zu sagen – impulsiv wie Sie sind …«

Wild entschlossen ging Markham auf die Wendeltreppe zu.

»Oh, sparen Sie sich den mühsamen Aufstieg«, rief Vance ihm nach. »Ich verrate es Ihnen … Es waren Koh-i-noors.«

»Ah!«

»Aber Sie werden sich doch davon nicht beeindrucken lassen?«

Markham zögerte ein wenig, bevor er antwortete.

»Nein … Der Bleistift ist ja kein wirklich überzeugender Beweis, gerade wo jeder Zugang zum Arbeitszimmer hatte.«

Vance grinste ihn an wie ein Kobold.

»Verblüffend«, sagte er, »solche Einsicht bei einem Bezirksstaatsanwalt.«

Kapitel 11
Der Kaffeetopf

(Freitag, 13. Juli, 2 Uhr 45 nachmittags)

Markham setzte sich wieder. Er war viel zu ratlos, als daß er sich noch über Vance' gutmütigen Spott geärgert hätte. Der Mord an Kyle, der zunächst so geradlinig und einfach ausgesehen hatte, wurde von Minute zu Minute komplizierter. Leise und doch gefährliche Unterströmungen machten sich bemerkbar, und inzwischen waren sich wohl alle einig, daß nicht einfach nur ein Mann brutal erschlagen worden war, sondern daß dieser Mord Bestandteil eines infamen, weit umfassenderen Planes war. Selbst Heath spürte allmählich, daß mehr hinter den gar zu offensichtlichen Indizien steckte, auf die er zunächst zur raschen Lösung des Falles gebaut hatte.

»Ja«, gab er zu, und die Zigarre hüpfte zwischen den dünnen Lippen, »der Bleistift hat nichts weiter zu bedeuten ... Da ist doch mehr an der Sache, als man gedacht hat, Mr. Vance, Sie haben schon recht. Kein Mensch, der halbwegs bei Verstand ist, würde dermaßen viele Spuren hinterlassen, mit denen er sich selbst belastet.« Er sah Markham mit gerunzelter Stirn an. »Was ist mit dem Opium in dem Kaffee, Chef?«

Markham schürzte die Lippen.

»Genau woran ich eben auch gedacht habe. Und am besten finden wir jetzt gleich heraus, wer Gelegenheit gehabt hätte, etwas in den Kaffee zu tun ... Was meinen Sie, Vance?«

»Eine hervorragende Idee.« Vance rauchte gedankenverloren. »Wir müssen unbedingt wissen, wer dem Doktor das Schlafpulver in sein Frühstück praktiziert haben kann, denn unzweifelhaft war derjenige, der das getan hat, auch derjenige, der Kyle auf seine lange Reise geschickt hat. Man kann sogar sagen, der Schlüssel zu dem ganzen Fall liegt in der Frage, wer Zugang zu dieser Tasse Kaffee gehabt hat.«

Markham richtete sich fest entschlossen auf.

»Sergeant, holen Sie den Butler. Bringen Sie ihn durchs Arbeitszimmer, damit die anderen im Wohnzimmer es nicht sehen.«

Heath sprang begeistert auf und nahm die Wendeltreppe drei Stufen auf einmal. Schon ein oder zwei Minuten später erschien er wieder an der oberen Tür und schob Brush recht unsanft vor sich her.

Der Mann wirkte nun vollends verschüchtert. Das Gesicht war noch bleicher geworden, die Hände hielt er verkrampft. Er kam uns mit schwankenden Schritten entgegen, machte jedoch instinktiv eine förmliche Verbeugung und stand dann aufrecht da, ein Diener, der in der gebührenden Haltung einen Auftrag erwartet.

»Nehmen Sie Platz, Brush, und entspannen Sie sich.« Vance war mit dem Anzünden einer neuen Zigarette beschäftigt. »Man kann es Ihnen ja nicht verdenken, daß Sie aufgeregt sind. Der Vorfall ist entnervend genug. Aber wenn Sie sich bemühen, ein wenig ruhiger zu werden, können Sie uns bei den Ermittlungen behilflich sein … Nun seien Sie doch nicht so nervös! …«

»Sehr wohl, Sir.« Er nahm auf der Vorderkante eines Stuhles Platz und hielt die Knie umklammert. »Wie Sie wünschen, Sir. Aber ich bin zutiefst verwirrt. Seit fünfzehn Jahren stehe ich in Diensten vornehmer Herrschaften …«

»Gewiß doch. Mein größtes Mitgefühl für Ihre Lage ist Ihnen sicher.« Vance lächelte freundlich. »Aber Unglücksfälle lassen sich nicht immer vermeiden. Heute haben Sie die große Chance zu beweisen, daß Sie einer solchen Situation gewachsen sind. Tatsache ist, Brush, daß Sie uns vielleicht den entscheidenden Hinweis geben können, der zur Aufklärung des unglücklichen Vorfalls führt.«

»Ich hoffe es, Sir.« Vance' unbekümmerte Art hatte den Butler einigermaßen beschwichtigt.

»Dann erzählen Sie uns, welche Vorkehrungen hier im Haus

für das Frühstück getroffen werden.« Mit Markhams stillschweigender Billigung übernahm Vance wiederum die Rolle des Fragenstellers. »Wo trinkt die Familie ihren Morgenkaffee?«

»Im Frühstücksraum unten.« Brush hatte sich nun wieder mustergültig unter Kontrolle. »Im Untergeschoß des Hauses gibt es auf der Straßenseite einen kleinen Raum, den Mrs. Bliss im ägyptischen Stil hat herrichten lassen. Nur Mittag- und Abendessen werden oben im Eßzimmer serviert.«

»Ah! Und kommen zum Frühstück alle zusammen?«

»In der Regel ja, Sir. Ich wecke alle Bewohner des Hauses um acht Uhr, und das Frühstück wird um acht Uhr dreißig serviert.«

»Und wer erscheint zu solch unchristlicher Stunde?«

»Dr. und Mrs. Bliss, dazu Mr. Salveter – und Mr. Hani.«

Vance hob ein wenig die Augenbrauen.

»Hani ißt mit den anderen zusammen?«

»Oh nein, Sir.« Brush schien unschlüssig. »Ich habe nie ganz verstanden, welche Stellung Mr. Hani einnimmt – wenn ich mir erlauben darf, das zu sagen, Sir. Dr. Bliss behandelt ihn wie einen Dienstboten, aber er nennt die Hausherrin beim Vornamen ... Er nimmt seine Mahlzeiten in einer Kammer neben der Küche ein – er ißt nicht mit mir und Dingle.« Eine gewisse Kränkung war nicht zu überhören.

Vance bemühte sich, ihn zu trösten.

»Sie dürfen nicht vergessen, daß Hani viele Jahre lang in Diensten von Mrs. Bliss' Familie war – außerdem ist er Beamter der ägyptischen Regierung ...«

»Oh, Dingle und mir ist es recht, wie es ist, Sir«, war die ausweichende Antwort.

Vance verfolgte das Thema nicht weiter und fragte statt dessen:

»Kommt es gelegentlich vor, daß Mr. Scarlett mit den beiden Bliss frühstückt?«

»Recht oft, Sir – gerade wenn Arbeiten im Museum anstehen.«

»War er heute morgen hier?«

»Nein, Sir.«

»Das heißt, wenn Hani den ganzen Vormittag in seinem Zimmer war und Dr. Bliss im Arbeitszimmer, dann hätten heute morgen nur Mrs. Bliss und Mr. Salveter gemeinsam gefrühstückt, nicht wahr?«

»So ist es, Sir. Mrs. Bliss kam kurz vor halb neun herunter und Mr. Salveter einige Minuten danach. Der Doktor hatte mir um acht Uhr auf dem Weg zum Arbeitszimmer gesagt, daß er zu tun habe und daß die anderen nicht auf ihn warten sollten.«

»Und woher wußten Sie, daß Hani indisponiert war?«

»Von Mr. Salveter, Sir. Er sagte mir, Mr. Hani habe ihn gebeten auszurichten, daß er nicht zum Frühstück kommt ... Ihre beiden Zimmer im zweiten Stock, müssen Sie wissen, liegen einander gegenüber, und mir ist aufgefallen, daß Mr. Hani seine Tür nachts immer offenläßt.«

Vance nickte anerkennend.

»Sie sind ein aufmerksamer Mann, Brush ... Wenn ich es recht verstehe, war also heute morgen um halb neun die Verteilung der Familienmitglieder auf das Haus die folgende: Mrs. Bliss und Mr. Salveter im Frühstücksraum im Untergeschoß; Hani in seinem Zimmer im zweiten Stock; Dr. Bliss in seinem Arbeitszimmer. Mr. Scarlett war vermutlich zu Hause ... Und wo waren Sie und Dingle?«

»Dingle war in der Küche, und ich war zwischen Küche und Frühstücksraum unterwegs und servierte.«

»Und soweit Sie wissen, war sonst niemand im Haus?«

Der Butler schien ein wenig überrascht.

»Oh nein, Sir. Das ist undenkbar.«

»Aber wenn Sie unten waren«, fragte Vance nach, »wie können Sie dann sicher sein, daß niemand zur Haustür hereinkam?«

»Sie war verschlossen.«

»Und da sind Sie ganz sicher?«

»Vollkommen, Sir. Zu meinen Aufgaben zählt es, daß ich mich, bevor ich mich zur Nacht zurückziehe, vergewissere, daß die Tür verschlossen ist; und heute morgen vor neun Uhr hat niemand geläutet, und niemand aus dem Haus ist zur Tür gegangen.«

»Sehr gut.« Vance rauchte eine Weile lang nachdenklich. Dann lehnte er sich träge auf seinem Stuhl zurück und schloß die Augen. »Sagen Sie, Brush, wo und wie wird eigentlich der Kaffee gekocht?«

»Der Kaffee?« Der Diener sah ihn verblüfft an, doch schon im nächsten Moment hatte er sich wieder in der Gewalt. »Der Kaffee ist ein Steckenpferd des Doktors – wenn ich so sagen darf, Sir. Er läßt ihn von einer ägyptischen Firma an der Ninth Avenue kommen. Er ist tiefschwarz und feucht, ein wenig beim Rösten verbrannt. Er schmeckt wie französischer Kaffee – wenn Ihnen das etwas sagt.«

»Oh, leider ja.« Vance seufzte und verzog die Miene. »Ein gräßliches Gebräu. Kein Wunder, daß die Franzosen soviel heiße Milch hineintun, wie sie nur können ... Und Sie, Brush, trinken Sie auch diesen Kaffee?«

Der Butler wirkte ein wenig verlegen.

»Nein, Sir. Ich muß sagen, er schmeckt mir nicht. Mrs. Bliss war so freundlich und hat Dingle und mir gestattet, unseren eigenen Kaffee nach der alten Methode zu bereiten.«

»Ach!« Vance schloß die Augen halb. »Das heißt, Dr. Bliss' Kaffee wird nach einer neuen Methode gemacht?«

»Nun, Sir, vielleicht war es nicht ganz das richtige Wort, aber das Verfahren, nach dem er gebrüht wird, ist jedenfalls nicht das übliche.«

»Erzählen Sie uns mehr.« Vance war nun wieder ganz entspannt. »Es gibt so viele Diskussionen auf der Welt über die richtige Methode, Kaffee zu bereiten. Leute werden geradezu fanatisch bei diesem Thema. Es würde mich gar nicht wundern, wenn es eines Tages zum Bürgerkrieg zwischen den Kochern und den Brühern käme, den Abgießern und der Satz-in-der-Kanne-Fraktion. Verrückt ... als wäre Kaffee das Wichtigste auf der Welt. Tee, das ist etwas anderes ... Aber erzählen Sie uns, wie der Doktor über das Thema denkt.«

Markham hatte begonnen, ungeduldig mit der Fußspitze zu trommeln, und Heath schüttelte nur ungläubig den Kopf. Aber Vance hatte mit seinem harmlosen Schwadronieren genau die Wirkung erzielt, auf die er es anlegte. Er hatte Brushs Nervosität und allen Argwohn vertrieben.

»Nun, Sir«, erklärte der Butler, »der Kaffee wird in einem großen Kaffeetopf gemacht, einer Art Samowar ...«

»Und wo befindet sich dieses exotische Gerät?«

»Es hat seinen Platz am Ende des Frühstückstisches. Eine Spiritusflamme hält den Kaffee heiß, wenn er – wenn er ...«

»›Durchgelaufen‹ wäre wohl das richtige Wort.«

»Wenn er durchgelaufen ist, Sir. Der Topf besteht aus zwei Teilen. Einer wird in den anderen eingesetzt, wie bei einem französischen Kaffeefilter. Zuerst legt man ein Stück Filterpapier über die Löcher, dann kommt der gemahlene Kaffee darauf – Dingle mahlt ihn jeden Morgen frisch. Darüber kommt eine Art Teller – damit das Wasser gleichmäßig verteilt wird, hat Dr. Bliss uns erklärt. Wenn alles an Ort und Stelle ist, gießt man das kochende Wasser oben in den Samowar, und der Kaffee tropft durch den Filter in den Behälter darunter. Man entnimmt ihn mit einem kleinen Hahn.«

»Hochinteressant ... Und wenn man den oberen Teil abnähme, hätte man direkten Zugang zu dem fertigen Kaffee, nicht wahr?«

»Schon, Sir – aber das ist nicht notwendig, weil man mit Hilfe des Hahns ...«

»Ich kann es mir gut vorstellen, Brush. Ich hatte nur überlegt, wie jemand vorgehen würde, der etwas hineintun wollte, bevor er eine Tasse füllt.«

»Hineintun?« Der Butler schien ehrlich verblüfft.

»Nur so eine Idee von mir.« Vance sagte es so leichtfertig, als habe es nichts zu bedeuten. »Aber nun zurück zum Frühstück des heutigen Morgens, Brush. – Sie sagen, nur Mrs. Bliss und Mr. Salveter waren zugegen. Wie lange waren Sie während der Mahlzeit tatsächlich im Raum?«

»Nur sehr wenig, Sir. Ich trug lediglich das Frühstück auf und zog mich dann in die Küche zurück. Den Kaffee schenkt Mrs. Bliss stets selbst aus.«

»Und Hani bekam heute morgen nichts?«

»Das nicht, Sir. Mrs. Bliss bat mich, ihm eine Tasse Kaffee hinaufzubringen.«

»Zu welcher Zeit war das?«

Brush überlegte einen Moment lang.

»Etwa viertel vor neun, würde ich sagen, Sir.«

»Und Sie brachten ihn natürlich hin.«

»Selbstverständlich, Sir. Mrs. Bliss hatte die Tasse schon eingeschenkt, als sie mich rief.«

»Und wie war das mit dem Frühstück des Doktors?«

»Es war Mrs. Bliss' Vorschlag, daß ich ihm Kaffee und Toast ins Arbeitszimmer bringe. Ich hätte ihn sonst nicht gestört, sondern gewartet, daß er nach mir läutet.«

»Und wann kam dieser Vorschlag?«

»Unmittelbar bevor sie und Mr. Salveter den Frühstücksraum verließen.«

»Und das war gegen neun, wenn ich es richtig im Gedächtnis habe.«

»Jawohl, Sir – vielleicht ein paar Minuten früher.«

»Haben Mrs. Bliss und Mr. Salveter den Raum gemeinsam verlassen?«

»Das kann ich nicht sagen, Sir. Mrs. Bliss rief mich, als sie mit dem Frühstück fertig war, und trug mir auf, dem Doktor Kaffee und Toast zu bringen. Als ich in den Frühstücksraum zurückkehrte, um den Kaffee zu holen, waren sie und Mr. Salveter fort.«

»Hatte sie den Kaffee für den Doktor schon bereitgestellt?«

»Nein, Sir. Den habe ich selbst eingeschenkt.«

»Wann?«

»Ich mußte einen Moment auf den Toast warten, Sir; aber daß ich den Kaffee einschenkte, kann höchstens fünf Minuten nachdem Mrs. Bliss und Mr. Salveter wieder nach oben gegangen waren gewesen sein.«

»Und in diesen fünf Minuten waren Sie in der Küche, nehme ich an?«

»Jawohl, Sir. Das heißt, ausgenommen die Zeit, die ich auf dem hinteren Flur war und telefonisch die Bestellungen des Tages an die Lieferanten durchgab.«

Vance riß sich aus dem, was wie Lethargie wirkte, und drückte seine Zigarette aus.

»Das heißt, zwischen dem Zeitpunkt, zu dem Mrs. Bliss und Mr. Salveter nach oben gingen, und demjenigen, zu dem Sie den Kaffee für Dr. Bliss eingossen, stand der Frühstücksraum etwa fünf Minuten lang leer?«

»Höchstens fünf Minuten, Sir.«

»Jetzt konzentrieren Sie Ihre Gedanken einmal ganz auf diese fünf Minuten, Brush. – Haben Sie während dieser Zeit einen Laut aus dem Frühstücksraum gehört?«

Der Butler sah Vance kritisch an und versuchte sich zu konzentrieren.

»Ich habe nicht darauf geachtet, Sir«, antwortete er schließlich. »Und die meiste Zeit war ich ja am Telefon. An Laute kann ich mich nicht erinnern. Aber in diesen fünf Minuten kann niemand im Frühstücksraum gewesen sein.«

»Mrs. Bliss oder Mr. Salveter könnten doch zurückgekehrt sein«, schlug Vance vor, »aus welchem Grund auch immer.«

»Das wäre denkbar, Sir«, gab Brush zu, aber er glaubte offenbar nicht daran.

»Und hätte nicht auch Hani in der Zwischenzeit herunterkommen können?«

»Aber er fühlte sich nicht wohl, Sir. Ich hatte ihm seinen Kaffee nach oben gebracht …«

»Wie Sie uns ja auch schon erzählt haben … War Hani eigentlich im Bett, als Sie ihm jenes abscheuliche Getränk servierten?«

»Er lag auf dem Sofa.«

»Angezogen?«

»Er trug seinen gestreiften Kaftan, den er meistens im Haus anhat.«

Vance schwieg einen Moment lang. Dann wandte er sich an Markham.

»Die Situation ist nicht gerade das, was man kristallklar nennt«, meinte er. »Es ist geradezu unanständig, wie exponiert der Samowar mit dem Kaffee heute morgen offenbar war. Ihnen wird nicht entgangen sein, daß Mrs. Bliss und Salveter während des Frühstücks allein mit ihm waren und daß jeder von beiden nach Abschluß des Mahls noch ein paar Augenblicke geblieben oder kurz darauf zurückgekommen sein könnte. Auch Hani könnte nach unten gegangen sein, sobald Mrs. Bliss und Salveter wieder oben waren. Genau genommen hätte jeder im Haus etwas in den Kaffee tun können, bevor Brush dem Doktor das Frühstück brachte.«

»Sieht ganz so aus.« Markham ließ es sich mit mürrischer Miene durch den Kopf gehen. Dann wandte er sich selbst an den Butler. »Ist Ihnen an dem Kaffee, den Sie für Dr. Bliss einschenkten, etwas Außergewöhnliches aufgefallen?«

»Aber nein, Sir.« Vergebens versuchte Brush zu verbergen, wie überrascht er von der Frage war. »Er schien mir vollkommen in Ordnung, Sir.«

»In Farbe und Beschaffenheit wie immer?«

»Ich habe nichts Ungewöhnliches bemerkt, Sir.« Nun packte ihn wieder die Furcht, und die ungesunde Blässe zeigte sich von neuem auf dem welken Gesicht. »Vielleicht war er ein wenig stark«, fügte er unsicher hinzu. »Aber Dr. Bliss mag seinen Kaffee gern stark.«

Vance stand von seinem Stuhl auf und gähnte.

»Ich hätte nichts dagegen, einen Blick auf diesen Frühstücksraum mit seinem sagenhaften Kaffeetopf zu werfen. Nichts geht über die eigene Anschauung, wissen Sie.«

Markham ging sogleich darauf ein.

»Wir gehen besser durch des Doktors Arbeitszimmer«, schlug Vance vor, »damit die Belegschaft des Wohnzimmers nicht gar zu neugierig wird ...«

Brush wies uns schweigend den Weg. Er sah entsetzlich elend aus, und als er vor uns die Wendeltreppe erklomm, sah ich, wie er sich an dem Eisengeländer festklammern mußte. Ich wurde nicht schlau aus ihm. Zu Zeiten schienen ihm die tragischen Ereignisse des Vormittags nicht das geringste auszumachen, zu anderen hatte ich den deutlichen Eindruck, daß ein quälendes Geheimnis oder ein Verdacht ihn fast zur Verzweiflung brachten.

Von einem kleinen Durchgang abgesehen erstreckte sich der Frühstücksraum über die gesamte Vorderseite des Hauses, doch in der Tiefe maß er nicht mehr als zweieinhalb Meter. Die Fenster gingen zur Straße und waren mit Milchglas und schweren Vorhängen versehen. Der Raum war mit exotischen Stücken ausgestattet und im ägyptischen Stil dekoriert. Der Frühstückstisch war an die vier Meter lang, aber sehr schmal, und war im dekadenten, ein wenig rokokohaften Stil des Neuen Reiches gehalten – nicht unähnlich den barocken Stücken, die man im Grab des Tut-ench-Amun gefunden hatte.

Am einen Ende dieses Tisches stand der Kaffee-Samowar. Er war aus poliertem Kupfer, etwa sechzig Zentimeter hoch, und stand auf drei langen, dünnen Beinen. Darunter befand sich ein Spiritusbrenner.

Vance warf nur einen einzigen Blick darauf und kümmerte sich dann zu meinem Erstaunen nicht weiter darum. Viel mehr interessierte ihn offenbar der Bauplan des Untergeschosses. Er sah in die Anrichtekammer zwischen Küche und Frühstücksraum und stand eine ganze Weile in der Haupttür und blickte den schmalen Gang hinauf und hinab, der von der Dienstbotentreppe bis zur Vorderseite des Hauses führte.

»Es wäre nicht schwer gewesen, unbemerkt zum Frühstücksraum zu kommen«, meinte er. »Die Küchentür liegt, wie ich sehe, hinter der Treppe.«

»Da haben Sie recht, Sir – das ist wahr, Sir.« Brushs Zustimmung klang geradezu eifrig.

Vance schien seine seltsame Art gar nicht zu bemerken.

»Und Sie sagen, fünf Minuten nachdem Mrs. Bliss und Mr. Salveter wieder nach oben gegangen waren, brachten Sie dem Doktor seinen Kaffee … Was haben Sie danach gemacht, Brush?«

»Ich ging nach oben und richtete das Wohnzimmer her, Sir.«

»Ah ja, stimmt – das haben Sie uns ja schon gesagt.« Vance prüfte mit dem Finger die Einlegearbeiten eines der Stühle. »Und wenn ich mich recht entsinne, sagten Sie, Mrs. Bliss habe das Haus kurz nach neun Uhr verlassen. Haben Sie gesehen, wie sie ging?«

»Oh ja, Sir. Sie erschien auf dem Weg nach draußen an der Wohnzimmertür und sagte mir, sie gehe einkaufen, und das solle ich Dr. Bliss sagen, falls er nach ihr frage.«

»Sie sind sicher, daß sie wirklich nach draußen gegangen ist?«

Brush machte große Augen: Wieder schien die Frage ihn zu verblüffen.

»Ganz sicher, Sir«, erwiderte er mit Nachdruck. »Ich habe ihr selbst die Haustür geöffnet … Sie ging in Richtung Fourth Avenue.«

»Und Mr. Salveter?«

»Er kam fünfzehn oder zwanzig Minuten später nach unten und ging hinaus.«

»Hat er auch etwas zu Ihnen gesagt?«

»Nur daß er zum Mittagessen zurück sein werde.«

Vance stieß einen tiefen Seufzer aus und warf einen Blick auf seine Uhr.

»Mittagessen! … Liebe Güte! Ich bin regelrecht verhungert.« Er sah Markham vorwurfsvoll an. »Schon fast drei Uhr … und ich habe den ganzen Tag noch nichts bekommen außer Tee und Gebäck um zehn … Muß man denn wirklich Hungers sterben, nur weil jemand ein albernes Verbrechen begeht?«

»Ich kann den Herren gern eine Mahlzeit …« hob Brush an, aber Vance ließ ihn nicht ausreden.

»Eine ausgezeichnete Idee. Tee und Toast, das wird uns wieder auf die Beine bringen. Aber lassen Sie uns zuvor noch ein paar Worte mit Dingle wechseln.«

Brush verneigte sich und ging in die Küche. Kurz darauf erschien er mit einer rundlichen, gemütlichen Frau von etwa fünfzig Jahren.

»Das ist Dingle, Sir«, stellte er sie vor. »Ich habe mir erlaubt, sie von Mr. Kyles Ableben in Kenntnis zu setzen.«

Dingle sah uns seelenruhig an und wartete, die Hände in die breiten Hüften gestemmt.

»Guten Tag, Dingle.« Vance setzte sich auf die Tischkante. »Wie Sie von Brush schon erfahren haben, ist es hier im Haus zu einem schweren Unglück gekommen …«

»Ach, ein Unglück?« Die Frau nickte vielsagend mit dem Kopf. »Wenn Sie das sagen. Nicht daß es mich wundert. Ich staune nur, daß es nicht schon lange so gekommen ist – der junge Mr. Salveter hier unter dem Dach und Mr. Scarlett den ganzen Tag im Haus, und der Doktor hat Tag und Nacht nichts außer seinen Mumien im Sinn. Aber ich hätte nie gedacht, daß es Mr. Kyle treffen würde – so ein lieber und großzügiger Herr.«

»Was hätten Sie denn gedacht, wen es treffen würde, Dingle?«

Die Züge der Frau verhärteten sich.

»Ich sage nichts – das geht mich nichts an. Aber so wie es hier zugeht, das ist doch nicht natürlich …« Wieder nickte sie wissend. »Also, ich habe eine Nichte, jung und hübsch, die will einen Mann von fünfzig heiraten, und ich sage zu ihr …«

»Ich zweifle nicht, Dingle«, unterbrach Vance sie, »daß Sie ihr einen äußerst wertvollen Rat gegeben haben; aber was uns noch mehr interessieren würde, das wäre Ihre Meinung zur Bliss-Familie.«

»Die haben Sie eben gehört.« Mit einem Klicken schlossen sich die Kiefer der Frau, und es war offensichtlich, daß weder Drohungen noch gute Worte ihr Weiteres zu diesem Thema entlocken würden.

»Gut, dann lassen wir es eben«, tat Vance die Weigerung ab. »Aber es gibt da noch einen anderen Punkt, in dem wir Sie um Auskunft bitten wollten. Und niemand wird es Ihnen schlecht auslegen, wenn Sie uns alles sagen, was Sie wissen. – Haben Sie jemanden hier in diesem Raum gehört, nachdem Mrs. Bliss und Mr. Salveter am Morgen wieder hinaufgegangen waren – das heißt zu der Zeit, zu der Sie den Toast für das Frühstück des Doktors zubereiteten?«

»Darum geht es?« Dingle kniff die Augen zusammen und blieb eine ganze Weile still. »Vielleicht habe ich etwas gehört, vielleicht auch nicht«, sagte sie schließlich. »Ich habe nicht besonders darauf geachtet … Wer könnte denn hiergewesen sein?«

»Ich habe nicht die leiseste Ahnung.« Vance lächelte ihr aufmunternd zu. »Deshalb fragen wir ja Sie.«

»Ich soll Ihnen das sagen?« Der Blick der Frau wanderte zum Kaffeetopf. »Jetzt wo Sie fragen«, erwiderte sie mit einer Boshaftigkeit, auf die ich mir damals keinen Reim machen konnte, »kann ich Ihnen auch sagen, daß ich einmal das Gefühl hatte, es ist noch jemand hier drin und holt sich eine Tasse Kaffee.«

»Und was meinen Sie, wer war es?«

»Ich dachte, es ist Brush. Aber im selben Augenblick kam er von hinten vom Flur in die Küche und fragte, wie weit ich mit dem Toast bin. Da wußte ich, daß es jemand anderes gewesen war.«

»Und was haben Sie da gedacht?«

»Da habe ich überhaupt nichts gedacht.«

Vance nickte abrupt und wandte sich an Brush.

»Ich glaube, jetzt sind wir soweit für Toast und Tee.«

»Sehr wohl, Sir.« Er gab Dingle ein Zeichen und folgte ihr in Richtung Küche; doch Markham hielt die beiden noch auf.

»Bringen Sie mir ein kleines Gefäß, Brush«, bat er. »Ich möchte mitnehmen, was an Kaffee noch im Topf ist.«

»Da ist keiner mehr drin«, erklärte Dingle mürrisch. »Um zehn Uhr heute morgen habe ich das Ding ausgeleert und poliert.«

»Dem Himmel sei Dank«, seufzte Vance. »Wissen Sie, Markham, wenn Sie noch Kaffee aus diesem Topf für Ihr Labor gehabt hätten, dann wären Sie von der Wahrheit weiter entfernt gewesen denn je.«

Und mit dieser kryptischen Bemerkung zündete er sich in aller Ruhe eine neue Zigarette an und widmete sich dem Studium der Schablonenfiguren an der Wand.

Kapitel 12
Das Opium

(Freitag, 13. Juli, 3 Uhr 15 nachmittags)

Ein paar Minuten darauf servierte Brush uns Tee und Toast.

»Es ist Oolong, Sir – Taiwan«, wandte er sich stolz an Vance. »Und der Toast ist nicht gebuttert.«

»Ihr Einfühlungsvermögen ist bewundernswert, Brush.« Vance meinte es durchaus ernst. »Was ist mit Mrs. Bliss und Mr. Salveter? Sie haben kein Mittagessen bekommen.«

»Ich habe ihnen vor einer Weile Tee gebracht. Sie wünschten nichts anderes.«

»Und Dr. Bliss?«

»Er hat nicht nach mir geläutet, Sir. Aber es kommt oft vor, daß er nicht zu Mittag ißt.«

Nach zehn Minuten ließ Vance Brush aus der Küche kommen.

»Wie wäre es, wenn Sie uns Hani holten?«

Die Augenlider des Butlers flatterten.

»Sehr wohl, Sir.« Er verneigte sich steif und ging davon.

»Es gibt ein oder zwei Fragen«, erklärte Vance, an Markham gewandt, »die wir jetzt gleich klären sollten, und Hani wird uns vielleicht Auskunft geben können ... Der eigentliche Mord an Kyle ist ja noch das Einfachste an der Sache. Unverbesserlicher Optimist, der ich bin, verlasse ich mich ganz auf das, was wir von Salveter und Mrs. Bliss erfahren werden – deshalb will ich ja vorher soviel Munition wie nur möglich sammeln.«

»Immerhin ist ein Mann umgebracht worden«, protestierte Heath, »und wenn ich den Burschen in die Finger bekommen könnte, der's getan hat, würde ich bestimmt nachts nicht schlaflos überlegen, was sonst noch dahintersteckt.«

»Sie sind wirklich ein Unschuldsengel, Sergeant.« Vance schlürfte genüßlich seinen Tee. »Den Mörder zu finden ist nicht schwer. Aber selbst wenn er gefesselt und geknebelt vor Ihnen säße, würde Ihnen das nichts nützen. Binnen achtundvierzig Stunden hätte er Sie soweit, daß Sie sich bei ihm entschuldigen müßten.«

»Das glauben Sie!« brummte Heath. »Zeigen Sie mir den Vogel, der Kyle umgebracht hat, und ich führe Ihnen mal ein paar Verhörmethoden vor, von denen nichts in der Zeitung steht.«

»Wenn Sie den Mörder jetzt verhafteten«, beharrte Vance milde, »kämen Sie beide in die Zeitung – und in allen Artikeln wären Sie der Bösewicht. Ich schütze Sie nur vor Ihrem eigenen Ungestüm.«

Heath schnaubte, doch Markham betrachtete Vance mit ernster Miene.

»Ich glaube, ich schlage mich doch auf Ihre Seite«, sagte er. »Dieser Fall ist viel komplizierter, als wir gedacht haben.«

Leichte, gemessene Schritte waren vom Flur zu hören, und Hani erschien in der Tür. Er war hochmütig und beherrscht wie immer, und in seinen reglosen Zügen war nicht die mindeste Überraschung darüber zu lesen, daß er uns im Frühstücksraum fand.

»Kommen Sie herein, Hani, setzen Sie sich zu uns.« Vance' Einladung war verdächtig freundlich.

Der Ägypter trat ein, setzte sich jedoch nicht.

»Ich stehe lieber, Effendi.«

»In Augenblicken der Anspannung fühlt man sich wohler, wenn man steht«, meinte Vance.

Hani senkte das Haupt ein wenig, antwortete jedoch nichts. Sein Gleichmut war unerschütterlich, ganz das westliche Bild eines Orientalen.

»Von Mr. Scarlett hören wir«, hob Vance an, ohne aufzusehen, »daß Mr. Kyle Mrs. Bliss in seinem Testament großzügig bedacht hat. Er weiß es, sagt Mr. Scarlett, von Ihnen.«

»Ist es denn nicht natürlich«, entgegnete Hani mit ruhiger Stimme, »daß Mr. Kyle für sein Patenkind sorgt?«

»Hatte er Ihnen gesagt, daß er sie bedacht hat?«

»Ja. Er vertraute sich mir stets an, denn er wußte, daß ich Meryt-Amen liebe wie ein Vater.«

»Wann weihte er Sie in seine Pläne ein?«

»Schon vor Jahren – in Ägypten.«

»Wer sonst wußte von dem Vermächtnis, Hani?«

»Ich glaube, jeder hat es gewußt. Als er mich einweihte, war Dr. Bliss dabei. Und natürlich habe ich es Meryt-Amen erzählt.«

»Wußte Mr. Salveter davon?«

»Er weiß es von mir.« Hani sagte es in einem merkwürdigen Tonfall, den ich zu jenem Zeitpunkt noch nicht verstand.

»Und auch Mr. Scarlett weiß es von Ihnen.« Vance hob den Blick und sah den Ägypter nüchtern an. »Man kann nicht gerade sagen, daß ein Geheimnis bei Ihnen gut aufgehoben ist.«

»Ich habe es nicht als Geheimnis angesehen«, erwiderte Hani.

»Offensichtlich.« Vance erhob sich und ging träge hinüber zum Samowar.

»Wissen Sie zufällig, ob auch Mr. Salveter von Mr. Kyles Großzügigkeit profitiert?«

»Mit Sicherheit kann ich es nicht sagen.« Hani blickte versonnen die gegenüberliegende Wand an. »Aber aus gewissen Bemerkungen Mr. Kyles habe ich geschlossen, daß auch Mr. Salveter bedacht werden sollte.«

»Sie mögen Mr. Salveter– nicht wahr, Hani?« Vance nahm den Deckel des Samowars ab und blickte hinein.

»Er ist, scheint es mir, ein bewundernswerter junger Mann.«

»Oh, unbedingt.« Mit dem Anflug eines Lächelns setzte Vance den Deckel wieder auf. »Und vom Alter her steht er Mrs. Bliss ja näher als der Doktor.«

Hanis Augen flackerten, und ich hatte den Eindruck, daß er ein wenig erschrak. Aber schon im nächsten Moment hatte er sich wieder in der Gewalt. Er verschränkte bedächtig die

Arme und stand da wie eine Sphinx, schweigsam und unbeteiligt.

»Mrs. Bliss und Mr. Salveter werden beide reich sein, nun wo Mr. Kyle tot ist.« Vance sagte es leichthin, ohne den Ägypter anzusehen. »Aber was soll aus Dr. Bliss' Grabungen werden?«

»Damit wird es wahrscheinlich zu Ende sein, Effendi.« Auch wenn er mit gleichgültiger Stimme sprach, war doch die Genugtuung in diesen Worten nicht zu überhören. »Warum sollen die heiligen Ruhestätten unserer ehrwürdigen Pharaonen geplündert werden?«

»Das fragte ich mich auch«, meinte Vance lächelnd. »Die Kunstwerke, die dabei zutagekommen, sind der Mühe jedenfalls nicht wert. Die einzig wahre Kunst des Altertums ist die chinesische, und alle Schönheit unserer Zeit stammt von den Griechen her ... Aber das ist wohl nicht der Augenblick für ästhetische Plaudereien ... Was die Forschungen des Doktors angeht – wäre es nicht denkbar, daß Mrs. Bliss die Arbeit ihres Mannes weiterfinanziert?«

Hanis Miene verfinsterte sich.

»Denkbar ist es. Meryt-Amen ist eine treue Ehefrau ... Und wer kann schon sagen, was im Kopf einer Frau vorgeht?«

»Das habe ich schon oft sagen hören – immer von denen, die nichts von der weiblichen Psyche verstehen.« Vance' Ton blieb leichtfertig, fast ein wenig arrogant. »Aber selbst wenn Mrs. Bliss nicht bereit sein sollte, ihre Finanzen für die Fortsetzung der Arbeit zu opfern, könnte immer noch Mr. Salveter – der schließlich mit Leib und Seele Ägyptologe ist – sich zum rettenden Engel für den Doktor aufschwingen.«

»Nicht wenn es gegen Meryt-Amens Willen ist ...« hob Hani an, verstummte jedoch dann abrupt.

Vance tat, als bemerke er den plötzlichen Sinneswandel gar nicht.

»Sie würden«, fragte er, »versuchen, Mrs. Bliss zu beeinflussen, nehme ich an – sie dazu zu bringen, daß sie ihrem Mann nicht hilft, die Grabungen zu Ende zu bringen?«

»Oh nein, Effendi.« Hani schüttelte den Kopf. »Ich würde es mir nicht anmaßen, ihr zu raten. Sie weiß selbst, was sie will – und die Loyalität zu Dr. Bliss würde ihre Entscheidung bestimmen, was immer ich sage.«

»Ah! ... Verraten Sie mir, Hani, wer hat für Ihre Begriffe den größten Nutzen vom Tode Mr. Kyles?«

»Der Ka Intefs.«*

Vance hob die Augen zum Himmel und lächelte gequält.

»Ah ja – selbstverständlich ... Sehr hilfreich«, murmelte er.

»Deswegen ist der Geist Sachmets ja auch heute morgen in das Museum zurückgekehrt«, fuhr Hani mit verklärter Miene fort, »und vernichtete den Grabschänder ...«

»Und drückte dem Grabschänder einen Rechenschaftsbericht in die Hand«, meinte Vance, »legte die Skarabäusnadel des Doktors neben die Leiche und sorgte für blutige Fußspuren zu dessen Arbeitszimmer ... Nicht gerade fair, Ihre Rachegöttin – geradezu unanständig, daß sie die Schuld an ihrer kleinen Strafaktion einem anderen in die Schuhe schieben will.« Er studierte den Ägypter aufmerksam mit zusammengekniffenen Augen; dann beugte er sich vor und sagte mit strenger und lauter Stimme: »Sie versuchen jemanden zu decken, Hani! ... Wer ist es?«

* Sir E. A. Wallis Budge definiert *ka* (oder, wie man korrekter sagen sollte, *ku)* als »Ebenbild eines Menschen«, aber auch als »göttliches Abbild«. Breasted erklärte Ka als »Lebenskraft«, als dasjenige, das den menschlichen Körper belebt und ihn auch ins Jenseits begleitet. G. Elliott Smith nennt Ka »eine der Zwillingsseelen der Toten«. (Die andere Seele, *ba*, nahm in der Identifizierung mit Osiris Gottgestalt an.) Ka war der Geist eines Sterblichen, der nach dem Tode im Grab anwesend blieb; wurde das Grab geschändet oder zerstört, war der Ka heimatlos. Unser Wort *Seele* gibt den ägyptischen Begriff nur unvollkommen wieder, und die romantische Vorstellung vom Doppelgänger ist vielleicht die beste Annäherung daran.

Der andere atmete schwer, und seine Pupillen weiteten sich.

»Ich habe Ihnen alles gesagt, was ich weiß, Effendi.« Seine Stimme war kaum noch zu hören. »Es war Sachmet, die …«

»Unsinn!« schnitt Vance ihm das Wort ab. Dann zuckte er mit den Schultern und schnitt eine Grimasse. *»Jawâb ul ahmaq sakût.«**

Hanis Augen leuchteten, und ich hatte den Eindruck, daß um seinen Mund ein listiges Lächeln spielte.

Doch Vance ließ sich nicht im mindesten beirren. Mir schien, daß er, auch wenn der Ägypter noch so ausweichend antwortete, erfahren hatte, was er wollte. Nach einer kurzen Pause versetzte er dem Samowar einen Klaps.

»Verlassen wir für den Augenblick das Reich der Mythologie«, sagte er munter. »Wie ich höre, hat Mrs. Bliss heute morgen Brush mit einer Tasse Kaffee zu Ihnen nach oben geschickt.«

Hani nickte nur.

»Was, nebenbei gefragt, war das für ein Unwohlsein, von dem Sie befallen waren?« erkundigte sich Vance.

»Seit ich in dieses Land gekommen bin«, antwortete der Ägypter, »leide ich an Verdauungsstörungen. Als ich heute morgen …«

»Sehr unangenehm«, murmelte Vance mitfühlend. »Und tat schon die eine Tasse Kaffee ihre Wirkung?«

Hani fand die Frage sichtlich ungehörig, aber dem Ton seiner Antwort merkte man es nicht an.

»Ja, Effendi. Ich war nicht hungrig …«

Vance sah ihn an, ein wenig überrascht.

»Tatsächlich! Ich dachte, Sie sind hier heruntergekommen und haben sich aus dem Topf noch eine zweite Tasse geholt.«

Wieder kam ein forschender Ausdruck auf Hanis Gesicht, und er zögerte spürbar, bevor er antwortete.

* Ein altes arabisches Sprichwort. Übersetzt heißt es: »Die einzige Antwort auf einen Dummkopf ist das Schweigen.«

»Eine zweite Tasse?« fragte er. »Hier aus dem Frühstücksraum? … Davon weiß ich nichts.«

»Na, ist auch nicht so wichtig«, erwiderte Vance. »Jemand war heute morgen allein mit dem Kaffeetopf. Und wer immer es war – wer immer es gewesen sein könnte, der allein mit ihm war, meine ich –, ist in den Mord an Mr. Kyle verwickelt.«

»Wie das, Effendi?« Zum erstenmal machte Hani nun einen wirklich besorgten Eindruck.

Vance antwortete ihm nicht. Er hatte sich über den Tisch gebeugt und studierte die Einlegearbeiten.

»Dingle hatte den Eindruck, heute morgen sei noch jemand hiergewesen, nachdem Mrs. Bliss und Mr. Salveter nach dem Frühstück wieder nach oben gegangen waren, und ich war auf den Gedanken gekommen, daß Sie das gewesen sein könnten …« Plötzlich sah er ihm ins Gesicht. »Es ist natürlich auch denkbar, daß Mrs. Bliss noch einmal heruntergekommen ist und sich eine Tasse geholt hat … oder womöglich Mr. Salveter …«

»Ich war das!« Hani sprach bedächtig, mit großem Nachdruck. »Ich ging nach unten, kurz nachdem Meryt-Amen auf ihr Zimmer zurückgekehrt war. Ich goß mir eine zweite Tasse Kaffee ein und ging sogleich wieder nach oben. Ich war es, den Dingle gehört hat … Vorhin habe ich gelogen, weil ich im Museum gesagt hatte, ich sei den ganzen Vormittag in meinem Zimmer gewesen – an den kleinen Ausflug zum Frühstücksraum hatte ich nicht mehr gedacht. Ich hätte nicht erwartet, daß es von Bedeutung ist.«

»Gut, gut! Damit hätten wir also alles erklärt.« Vance lächelte versonnen. »Und nun, wo Ihnen Ihr kleiner Pilgergang zum Kaffeetopf wieder eingefallen ist, würden Sie uns da auch noch verraten, wer im Haus über Opiumpulver verfügt?«

Ich beobachtete Hani, und ich hatte erwartet, daß er bei Vance' Frage etwas wie Furcht zeigen würde. Doch was auf seinen Zügen spielte, war nur ein Ausdruck tiefster Verwunderung. Eine halbe Minute verging, bevor er sprach.

»Nun endlich verstehe ich, warum Sie nach dem Kaffee gefragt haben«, sagte er. »Aber Sie lassen sich täuschen.«

»Was Sie nicht sagen!« Vance unterdrückte ein Gähnen.

»Niemand hat Bliss Effendi heute morgen ein Schlafmittel gegeben«, fuhr der Ägypter fort, und auch wenn er die Worte teilnahmslos wie ein Orakel sprach, war doch ein Unterton des Hasses zu spüren.

»Also wirklich! ... Und wer sagt, daß man ihm ein Schlafmittel gegeben hätte, Hani?«

»Ihr Interesse am Kaffee ... die Frage nach dem Opium ...« Er sprach nicht weiter.

»Nun?«

»Ich habe nichts mehr zu sagen.«

»Opium«, klärte Vance ihn auf, »fand sich am Boden der Kaffeetasse des Doktors.«

Diese Nachricht schien Hani ehrlich zu verblüffen.

»Sind Sie sicher, Effendi? ... Das verstehe ich nicht.«

»Warum sollten Sie es verstehen?« Vance trat vor, stellte sich vor ihn hin und blickte ihn forschend an. »Hani, wieviel wissen Sie über dieses Verbrechen?«

Wieder kam der Schleier der Unnahbarkeit über den Ägypter.

»Ich weiß nichts«, erwiderte er finster.

Vance quittierte es mit einer wegwerfenden Handbewegung.

»Zumindest wissen Sie, wer im Haus Opiumpulver hat.«

»Ja, das weiß ich. Solches Pulver gehörte zur Apotheke unserer ägyptischen Forschungsreisen. Bliss Effendi verwaltet es.«

Vance wartete.

»Auf dem oberen Flur steht ein großer Schrank«, fuhr Hani fort. »Alles, was an Medizin im Hause ist, wird dort aufbewahrt.«

»Ist die Tür verschlossen?«

»Nein, ich glaube nicht.«

»Würden Sie uns dann den Gefallen tun, nach oben gehen und nachsehen, ob das Opium noch da ist?«

Hani verneigte sich und verließ wortlos den Raum.

»Hören Sie, Vance« – Markham hatte sich erhoben und ging nun auf und ab –, »was soll es uns denn nützen, wenn wir wissen, ob der Rest des Opiums noch im Schrank ist? ... Und diesem Hani traue ich ohnehin nicht.«

»Hani liefert uns wertvolle Auskünfte«, entgegnete Vance. »Lassen Sie mich noch eine Weile auf meine Weise mit ihm umgehen – er ist ein Mann, der sich Gedanken macht, und diese Gedanken sind hochinteressant ... Was das Opium angeht, sagt mir eine innere Stimme, daß das Döschen mit dem braunen Pulver nicht mehr im Medizinschrank sein wird ...«

»Aber der Täter brauchte doch nur ein wenig für den Kaffee«, unterbrach Markham. »Warum hätte er die ganze Dose nehmen sollen? Er wird sie ja nicht gerade auf seinen Nachttisch gestellt haben, damit wir sie dort finden.«

»Das nicht.« Vance' Ton war ernst. »Aber er könnte sie benutzt haben, um den Verdacht auf jemand anderen zu lenken ... Aber das ist reine Theorie. Jedenfalls wäre ich wirklich enttäuscht, wenn Hani die Dose im Schrank fände.«

Heath blickte ihn finster an.

»Ich finde ja, Sir«, sagte er vorwurfsvoll, »einer von *uns* hätte nach dem Opium suchen sollen. Dem Swami kann man doch nicht trauen.«

»Das nicht, Sergeant«, erwiderte Vance, »aber seinen Reaktionen, denen können Sie trauen. Außerdem geschah es mit Absicht, daß ich Hani allein nach oben schickte.«

Wieder waren von draußen vom Flur Hanis Schritte zu hören. Vance ging zum Fenster. Mit halb geschlossenen Lidern blickte er erwartungsvoll zur Tür.

Der Ägypter trat ein mit der resignierten Miene eines Märtyrers. In der Hand hielt er eine kleine runde Dose mit weißem

Etikett. Er stellte sie feierlich auf den Tisch und sah Vance mit unglücklichen Augen an.

»Ich habe das Opium gefunden, Effendi.«

»Wo?« fragte Vance leise.

Hani zögerte und senkte den Blick.

»Es war nicht im Schrank«, sagte er. »Der Platz, an dem die Dose sonst steht, war leer … Und dann fiel mir wieder ein …«

»Wie praktisch!« rief Vance verächtlich. »Ihnen fiel wieder ein, daß Sie selbst das Opium vor einiger Zeit aus dem Schrank geholt hatten – nicht wahr? … Konnten nicht schlafen – oder sonst etwas in dieser Art.«

»Der Effendi versteht viele Dinge.« Hanis Stimme war hohl und ausdruckslos. »Vor einigen Wochen lag ich wach – ich hatte schon seit Tagen nicht mehr wirklich geschlafen – und ging zum Medizinschrank und nahm das Opium mit auf mein Zimmer. Ich stellte die Dose in meine Nachttischschublade …«

»Und vergaßen Sie dort«, schloß Vance. »Ich hoffe nur, es hat wenigstens Ihre Schlaflosigkeit kuriert.« Er lächelte ironisch. »Hani, Sie sind ein unverschämter Lügner. Aber ich kann es Ihnen nicht einmal übelnehmen …«

»Es ist die Wahrheit.«

»Se non è vero, è molto ben trovato.« Vance setzte sich wieder und legte die Stirn in Falten.

»Ich spreche kein Italienisch …«

»Ein Zitat von Bruno.« Er musterte den Ägypter nachdenklich. »Grob in die Vulgata gebracht hieße es: Sie haben nicht die Wahrheit gesagt, aber die Lüge war gut erfunden.«

»Danke, Effendi.«

Vance schüttelte den Kopf und setzte eine leidgeprüfte Miene auf. Dann sagte er:

»Sie waren nicht lange genug fort, daß Sie wirklich nach dem Opium gesucht haben können. Wahrscheinlich haben Sie es an der ersten Stelle gefunden, an der Sie nachgesehen haben – Sie hatten eine recht genaue Ahnung, wo Sie suchen mußten …«

»Ich habe Ihnen gesagt …«

»Ach, zum Teufel! Nun seien Sie doch nicht so starrsinnig. Es wird allmählich langweilig …« Vance war aufgestanden und kam bedrohlich auf den Ägypter zu. Seine Augen blickten kalt, der Körper war gespannt. »Wo haben Sie die Dose Opium gefunden?«

Hani schreckte zurück; die Arme ließ er seitlich hängen.

»Wo haben Sie das Opium gefunden?« fragte Vance noch einmal.

»Ich habe es Ihnen erklärt, Effendi.« So verbissen Hani es auch sagte, klang es doch nicht überzeugend.

»Das ist wahr. Erklärt haben Sie es – aber Sie haben nicht die Wahrheit gesagt. Das Opium war nicht in Ihrem Zimmer – aber Sie haben einen Grund dafür, daß Sie uns das weismachen wollen … Sie haben einen Grund! Was für ein Grund könnte das sein? … Vielleicht kann ich ihn erraten. Sie haben mich belogen, weil Sie das Opium in Wirklichkeit …«

»Effendi! … Sprechen Sie nicht weiter. Sie lassen sich täuschen …«

»Aber nicht von Ihnen, Hani.« (Selten hatte ich Vance so ernst gesehen.) »Sie unaussprechlicher Esel! Glauben Sie denn, ich hätte nicht gewußt, wo Sie das Opium finden werden? Glauben Sie, ich hätte Sie danach suchen lassen, wenn ich mir nicht so gut wie sicher gewesen wäre, wo es ist? Und Sie haben es mir verraten – auf Ihre umständliche ägyptische Art haben Sie mir alles verraten, was ich wissen wollte.« Vance entspannte sich wieder und lächelte. »In Wirklichkeit habe ich Sie natürlich auf die Suche nach dem Schlafpulver geschickt, weil ich wissen wollte, wie weit Sie in diese Affäre verwickelt sind.«

»Und haben Sie es herausgefunden, Effendi?« Der Ägypter fragte es ehrfürchtig und resigniert zugleich.

»Aber ja doch … ja.« Vance sah ihn lässig an. »Sie sind längst nicht so raffiniert, wie Sie denken, Hani. Alles, was Sie sind, ist ein Umstandskrämer – Sie haben viel mit dem Vogel Strauß gemeinsam, von dem es fälschlich heißt, er stecke seinen Kopf in den Sand, wenn er in Gefahr ist. Der einzige Unterschied ist, daß Sie Ihren Kopf in eine Opiumdose stecken.«

»Vance Effendi ist zu gelehrt für meinen bescheidenen Verstand …«

»Hani, Sie gehen mir auf die Nerven.« Vance drehte ihm den Rücken zu und ging zum anderen Ende des Raumes. »Gehen Sie, bitte – gehen Sie mir aus den Augen.«

Im selben Augenblick regte sich etwas auf dem Flur draußen. Wir hörten wütende Stimmen vom Ende des Ganges. Sie wurden lauter, und gleich darauf erschien Snitkin in der Tür zum Frühstücksraum, Dr. Bliss fest am Arm gepackt. Der Doktor, zum Ausgehen gekleidet und den Hut auf dem Kopf, protestierte lautstark. Sein Gesicht war bleich, der Blick hatte etwas Verängstigtes, Gejagtes.

»Was hat das zu bedeuten?« rief er in den Raum. »Ich wollte nur ein wenig frische Luft schnappen, und dieser Schläger schleppt mich hier herunter …«

Snitkin blickte Markham an.

»Ich habe Order von Sergeant Heath, daß ich niemanden aus dem Haus lassen soll, und der Bursche hier glaubt, er könnte einfach so verschwinden. Und frech wird er auch noch … Was sollen wir mit ihm machen?«

»Ich sehe keinen Grund, warum wir dem Doktor einen Spaziergang verweigern sollten«, wandte Vance sich an Markham. »Es wird noch eine Weile dauern, bis wir uns mit ihm unterhalten.«

»Mir soll das recht sein«, stimmte Heath zu. »Sind sowieso viel zuviele hier im Haus.«

Markham nickte Snitkin zu.

»Lassen Sie den Doktor gehen, Officer.« Sein Blick wanderte zu Bliss. »Aber seien Sie bitte in einer halben Stunde wieder da, Sir. Wir haben noch einige Fragen an Sie.«

»Bis dahin bin ich längst zurück. Ich möchte nur ein wenig im Park spazierengehen.« Bliss wirkte nervös und unkonzentriert. »Ich fühle mich sehr benommen. Mir klingelt es in den Ohren.«

»Und, würde ich vermuten«, fügte Vance hinzu, »Sie waren außerordentlich durstig.«

Der Doktor sah ihn ein wenig überrascht an.

»Ich muß ungefähr eine Gallone Wasser getrunken haben, seit ich auf mein Zimmer gegangen bin. Ich hoffe nur, es ist kein Malariaanfall ...«

»Wir wollen es nicht hoffen, Doktor. Ich denke mir, Sie werden sich schon in ein paar Stunden wieder ganz normal fühlen.«

Auf der Türschwelle blieb Bliss noch einmal stehen.

»Hat sich etwas Neues ergeben?« fragte er.

»Oh, vieles.« Vance sagte es ohne Begeisterung. »Aber darüber sprechen wir später.«

Bliss runzelte die Stirn und holte zu einer weiteren Frage aus, doch dann überlegte er es sich anders, verneigte sich und ging davon, und Snitkin schlurfte mürrisch hinterher.

Kapitel 13
Ein Fluchtversuch

(Freitag, 13. Juli, 3 Uhr 45 nachmittags)

Hani brach das Schweigen nach Bliss' Aufbruch.

»Sie wünschen, daß ich gehe, Effendi?« fragte er Vance mit einem Respekt, der mir übertrieben vorkam.

»Ja, ich bitte darum.« Vance wirkte abwesend. Ich spürte, daß etwas ihn quälte. Er stand am Tischende, die Hände in den Taschen, und starrte den Samowar an, als könne er ihm die Lösung verraten. »Gehen Sie nach oben, Hani. Nehmen Sie ein Magenpulver und meditieren Sie. Lassen Sie Ihren Blick zum Horizont schweifen, widmen Sie sich ein wenig der heil'gen Übung, wie Shakespeare sie nennt – wo war es gleich, in *Richard III.?*«

»Ja, Effendi – im dritten Akt. Catesby sagt es zum Herzog von Buckingham.«

»Erstaunlich!« Vance musterte den Ägypter kritisch. »Ich hätte nicht gedacht, daß die Fellachen sich so gut bei den englischen Klassikern auskennen.«

»Stundenlang habe ich Meryt-Amen vorgelesen, als sie ein junges Mädchen war …«

»Ah ja.« Vance ließ das Thema fallen. »Wir schicken nach Ihnen, wenn wir Sie wieder brauchen. Bis dahin bleiben Sie auf Ihrem Zimmer.«

Hani verneigte sich und ging zur Tür. Dort wandte er sich noch einmal um.

»Lassen Sie sich nicht vom Schein täuschen, Effendi«, sagte er beschwörend. »Ich verstehe nicht alles, was sich am heutigen Tag in diesem Hause zugetragen hat; aber vergessen Sie nicht …«

»Tausend Dank.« Vance gab ihm mit einer Handbewegung zu verstehen, daß er gehen solle. »Eins werde ich bestimmt nicht vergessen – nämlich daß Ihr Vorname Anûpu ist.«

Mit einem finsteren Blick verließ Hani den Raum.

Markham wurde zusehends ungeduldiger.

»Bei diesem Fall verläuft aber auch alles im Sande«, klagte er. »Jeder im Haus hätte das Opium in den Kaffee tun können – wir sind genauso klug wie vorhin, bevor wir in den Frühstücksraum hinuntergingen … Was meinen Sie, wo hat Hani die Opiumdose gefunden?«

»Ach, das? Nun, in Salveters Zimmer natürlich … Das liegt doch auf der Hand.«

»Ich wüßte nicht, was daran auf der Hand liegen sollte. Warum hätte Salveter sie dort lassen sollen?«

»Aber er hat sie nicht dort gelassen, mein Alter … Heilige Einfalt! Haben Sie denn immer noch nicht begriffen, daß jemand hier im Haus sich seine Gedanken macht? Ein *deus ex machina* ist unter uns, und der ist mit den Dingen, wie sie stehen, ganz und gar nicht zufrieden. Die ganze Intrige war entschieden zu clever, und nun müht sich ein Hilfsgeist, uns die Arbeit ein wenig leichter zu machen.«

Aus der Tiefe von Heath' Rachen kam ein verächtlicher Laut.

»Nicht gerade mit viel Erfolg, würde ich sagen.«

Vance lächelte milde.

»Er hat es ja auch nicht leicht, Sergeant.«

Markham sah ihn fragend an.

»Glauben Sie, Vance, daß Hani wirklich hier unten war, nachdem Mrs. Bliss und Salveter wieder nach oben gegangen waren?«

»Undenkbar ist es nicht. Ich würde sogar sagen daß es eher Hani war als einer der beiden anderen.«

»Wenn die Haustür nicht verschlossen war«, gab Markham zu bedenken, »könnte es auch immer noch jemand von draußen gewesen sein.«

»Immer noch Ihr hypothetischer Raubmörder? Kam zuerst hier herunter und trank sich mit einem Täßchen Kaffee Mut an, bevor er dann oben im Museum zuschlug?« Er ließ Markham keine Zeit zur Antwort, sondern schritt zur Tür. »Kommen Sie. Jetzt nehmen wir uns die Gesellschaft im Wohnzimmer vor. Da gibt es noch vieles, was wir wissen müssen – noch sehr vieles.«

Er führte uns hinauf. Als wir auf dem dicken Teppich des oberen Flures auf die Wohnzimmertür zugingen, hörten wir eine wütende, hohe Stimme. Es war Mrs. Bliss, aber ich verstand nur noch die letzten Worte des Satzes.

»... noch warten können.«

Salveter antwortete in heiserem, angespanntem Ton:

»Meryt! Glaubst du denn wirklich ...«

Vance räusperte sich, und die Stimmen verstummten.

Doch bevor wir eintreten konnten, gab Hennessey von der Haustür her dem Sergeant geheimnisvolle Zeichen. Heath ging mit stürmischen Schritten zu ihm hin, und wir anderen folgten ihm in der Hoffnung auf Enthüllungen nach.

»Sie haben mir doch gesagt, diesen Scarlett soll ich rauslassen«, flüsterte Hennessey laut; »aber statt daß er zur Haustür rausgeht, macht er plötzlich kehrt und geht nach oben. Erst wollte ich hinterher, aber Sie hatten ja gesagt, er kann gehen, da habe ich gedacht, wird schon in Ordnung sein. Paar Minuten später kam er wieder runter und ging weg, ohne ein Wort. Da habe ich überlegt, ob ich ihm doch besser nach oben nachgegangen wäre ...«

»Das haben Sie schon richtig gemacht, Hennessey.« Vance antwortete, bevor der Sergeant etwas sagen konnte. »Nichts dabei, daß er noch einmal nach oben gegangen ist – wahrscheinlich wollte er nur ein paar Worte mit Dr. Bliss wechseln.«

Hennessey schien erleichtert und sah Heath hoffnungsvoll an, doch dieser brummte nur verächtlich.

»Übrigens, Hennessey«, fuhr Vance fort, »als der Ägypter vorhin das erstemal die Treppe hinaufkam, ist er da direkt zum oberen Stockwerk gegangen, oder hat er unterwegs dem Wohnzimmer einen Besuch abgestattet?«

»Er ist drin gewesen und hat mit der Lady gesprochen ...«

»Haben Sie gehört, was gesagt wurde?«

»Nein. Ich hatte das Gefühl, das war irgendwie Ausländisch, was die gesprochen haben.«

Vance wandte sich an Markham und sagte leise: »Deswegen habe ich Hani allein nach oben geschickt. Ich konnte mir vorstellen, daß er die Gelegenheit zu einem Plausch mit Mrs. Bliss nicht verstreichen läßt.« Er sah wieder Hennessey an. »Wie lange war Hani im Wohnzimmer?«

»Ein, zwei Minuten – nicht lange.« Der Beamte wurde zusehends nervöser. »Hätte ich ihn nicht reinlassen dürfen?«

»Oh, keine Sorge ... Was geschah dann?«

»Er kam wieder raus und sah ziemlich unglücklich aus. Ging nach oben, kam aber gleich wieder runter, mit 'ner Blechdose in der Hand. ›Was hast du denn da, Abdullah?‹ frage ich ihn. ›Etwas, das Mr. Vance mich holen schickt‹, antwortet er. ›Haben Sie etwas dagegen?‹ ›Nicht, wenn's mit rechten Dingen zugeht‹, sag' ich; ›aber dir trau' ich nicht‹. Er sieht mich nur hochnäsig an und geht wieder nach unten.«

»Wunderbar, Hennessey.« Vance nickte aufmunternd, dann nahm er Markham am Arm und führte ihn zurück zur Wohnzimmertür. »Und jetzt, denke ich mir, wird es Zeit, daß wir hören, was Mrs. Bliss zu sagen hat.«

Als wir eintraten, erhob sie sich von ihrem Platz und begrüßte uns. Sie hatte am Fenster gesessen, und Salveter stand an der Schiebetür zum Eßzimmer. Zweifellos hatten sie sich auf diese Positionen zurückgezogen, als sie uns auf dem Flur hörten, denn als wir heraufkamen, waren ihre Stimmen sehr nahe beieinander gewesen.

»Wir stören Sie nicht gern, Mrs. Bliss«, begann Vance höflich. »Aber der Punkt ist gekommen, an dem wir Ihnen einige Fragen stellen müssen.«

Sie wartete ohne jede Regung, ohne die kleinste Veränderung in ihrem Gesichtsausdruck, und ich spürte deutlich, wie lästig unser Erscheinen ihr war.

»Und Sie, Mr. Salveter«, fuhr Vance fort uns blickte nun diesen an, »sind bitte so freundlich und gehen auf Ihr Zimmer. Wir werden uns später mit Ihnen unterhalten.«

Salveter stand hilflos und bekümmert da.

»Kann ich nicht hierbleiben … ?« setzte er an.

»Das können Sie nicht.« Vance unterbrach ihn mit ungewohnter Strenge, und ich sah, daß selbst Markham ein wenig überrascht aufblickte. »Hennessey!« rief Vance, und fast im selben Augenblick erschien der Beamte in der Tür. »Begleiten Sie den Herrn auf sein Zimmer und sorgen Sie dafür, daß er mit niemandem spricht, bevor wir ihn rufen.«

Salveter warf Mrs. Bliss noch einen flehenden Blick zu, dann ging er hinaus, den Polizisten zur Seite.

»Setzen Sie sich, Madam.« Als sie Platz genommen hatte, wählte Vance einen Stuhl ihr gegenüber. »Wir werden Ihnen einige sehr persönliche Fragen stellen, und wenn Sie wirklich wollen, daß Mr. Kyles Mörder seine gerechte Strafe bekommt, werden Sie sich nicht verweigern, sondern freimütig antworten.«

»Mr. Kyles Mörder ist ein unwürdiger und verachtenswerter Mensch«, antwortete sie mit harter, gepreßter Stimme; »und ich werde mit Freuden tun, was Ihnen bei Ihren Ermittlungen hilft.« Sie sah nicht zu Vance auf, sondern betrachtete den schweren honiggelben Karneolring, den sie am Zeigefinger der rechten Hand trug.

Vance' Augenbrauen hoben sich leicht.

»Sie finden also, es war richtig von uns, daß wir Ihren Mann wieder freigelassen haben?«

Ich verstand nicht, worauf Vance mit dieser Frage hinauswollte, und die Antwort der Frau verwirrte mich noch weiter. Sie hob langsam den Kopf und blickte uns an, einen nach dem anderen. Schließlich sagte sie:

»Dr. Bliss ist ein sehr geduldiger Mann. Schon mancher hat ihm unrecht getan. Nicht einmal bei Hani bin ich mir sicher, ob er wirklich zu ihm steht. Aber mein Mann ist kein Dummkopf – manchmal ist er sogar *zu* klug. Ich halte ihn durchaus für fähig zu einem Mord – ich halte jeden für dazu fähig. Ein Mord kann die höchste Form des Mutes sein. Aber wenn mein Mann Mr. Kyle umgebracht hätte, hätte er es nicht so dumm angestellt – er hätte keine Indizien hinterlassen, die auf ihn als Täter weisen ...« Wieder betrachtete sie ihre gefalteten Hände. »Und wenn er einen Mord erwogen hätte, dann wäre nicht Mr. Kyle das Opfer gewesen. Da hätte es andere gegeben, bei denen er mehr Grund gehabt hätte, sie aus dem Weg zu räumen.«

»Hani zum Beispiel?«

»Vielleicht.«

»Oder Mr. Salveter?«

»Fast jeder eher als Mr. Kyle«, antwortete sie, ohne erkennbare Veränderung in ihrer Stimme.

»Es könnte impulsiv geschehen sein, aus Wut.« Vance diskutierte es wie ein rein akademisches Thema. »Wenn Mr. Kyle sich geweigert hätte, die Ausgrabungen weiter zu finanzieren ...«

»Sie kennen meinen Mann nicht. Er ist der gleichmütigste Mensch, der mir je begegnet ist. Leidenschaft ist ihm fremd. Er unternimmt keinen Schritt, der nicht lange vorbereitet ist.«

»Ein Wissenschaftler eben«, murmelte Vance. »Ja, so ist er mir von jeher vorgekommen.« Er holte sein Zigarettenetui hervor. »Gestatten Sie, daß ich rauche?«

»Wenn ich es ebenfalls tun darf.«

Vance sprang auf und hielt ihr das Etui hin.

»Ah – *Régies!*« Sie wählte eine Zigarette aus. »Sie können sich glücklich schätzen, Mr. Vance. Als ich sie ordern wollte, waren in der ganzen Türkei keine mehr zu bekommen.«

»Da bin ich doppelt glücklich, daß ich Ihnen von meinen anbieten kann.« Vance gab ihr Feuer und kehrte dann an seinen Platz zurück. »Was meinen Sie, Mrs. Bliss, wer hat den größten Nutzen von Mr. Kyles Tod?« Er sagte es, als hätte es nichts weiter zu bedeuten, aber ich konnte sehen, wie aufmerksam er sie beobachtete.

»Das kann ich nicht beurteilen.« Die Frau war offensichtlich auf der Hut.

»Aber gewiß gibt es doch jemanden, der von dem Tod profitiert«, beharrte Vance. »Sonst wäre er nicht ermordet worden.«

»Darum sollte die Polizei sich kümmern. Ich kann Ihnen da keine Auskunft geben.«

»Es könnte sein, daß die Polizei schon zu Ansichten gekommen ist und ich nur gern gewußt hätte, ob sie mit den Ihren übereinstimmen.« Vance blieb höflich, legte aber doch etwas mehr Schärfe hinein. »Wenn die Polizei die Sache nüchtern betrachtet, könnte sie sagen, Mr. Kyle war ein Pfahl in Hanis Fleische, und mit seinem Tod endet die – wie Hani sie nennt – Schändung der Gräber seiner Ahnen. Die Polizei könnte aber auch sagen, daß Sie und Mr. Salveter durch Mr. Kyles Tod reich werden.«

Ich hätte erwartet, daß sie ärgerlich reagierte, aber sie blickte nur auf und antwortete teilnahmslos mit einem kühlen Lächeln:

»Das ist wahr. Soviel ich weiß, gibt es ein Testament, in dem Mr. Salveter und ich als Haupterben eingesetzt sind.«

»So haben wir es von Mr. Scarlett gehört«, erwiderte Vance. »Das liegt ja auch nahe ... Nebenbei gefragt, wären Sie denn bereit, mit Ihrem Erbe Dr. Bliss die Weiterarbeit in Ägypten zu ermöglichen?«

»Auf alle Fälle«, antwortete sie heftig. »Wenn er mich um meine Hilfe bäte, stünde das Geld ihm zur Verfügung ... Jetzt erst recht«, fügte sie hinzu.

Vance' Miene war kalt und streng geworden; er sah nur einmal kurz auf, dann versenkte er sich in die Betrachtung seiner Zigarette.

Doch nun erhob Markham sich.

»Wer, Mrs. Bliss«, fragte er – übertrieben stürmisch, wie ich fand –, »hätte Grund gehabt, das Verbrechen Ihrem Mann in die Schuhe zu schieben?«

Der Blick der Frau wurde unsicher, doch nur einen Moment lang.

»Das weiß ich wirklich nicht«, antwortete sie. »Hat es denn tatsächlich jemand versucht?«

»Sie haben es selbst angedeutet, Madam, als wir Sie auf den Skarabäus aufmerksam machten. Jemand habe ihn neben Mr. Kyles Leiche gelegt – das waren Ihre Worte.«

»Na und wenn schon.« Plötzlich wurde sie trotzig. »Mein erster Impuls war natürlich, meinen Mann zu verteidigen.«

»Gegen wen?«

»Gegen Sie und die Polizei.«

»Bereuen Sie diesen ›ersten Impuls‹?« fragte Markham barsch.

»Nicht im mindesten!« Sie richtete sich in ihrem Sessel auf und blicke verstohlen zur Tür.

Vance bemerkte es.

»Das ist nur einer der Beamten auf dem Flur«, sagte er sanft. »Mr. Salveter weilt in seinem Boudoir – gut außer Hörweite.«

Sie schlug die Hände vors Gesicht, und ein Schaudern lief über ihren ganzen Körper.

»Sie foltern mich«, stöhnte sie.

»Und Sie beobachten mich zwischen den Fingen hindurch«, konterte Vance und grinste.

Mit einem Ruck stand sie auf und funkelte ihn finster an.

»Nun sagen Sie bloß nicht ›Wie können Sie es wagen?‹« Vance blieb bei seinem übermütigen Tonfall. »Das wäre wirklich abgeschmackt. Und setzen Sie sich wieder ... Hani hat sie, würde ich vermuten, wissen lassen – in der Sprache Ihres Landes –, daß sich in Dr. Bliss' Kaffeetasse vom heutigen Morgen Opium gefunden hat. Was haben Sie sonst noch von ihm erfahren?«

»Weiter hat er nichts gesagt.« Sie setzte sich wieder – sie wirkte erschöpft.

»Wußten Sie, daß im Medizinschrank im oberen Stockwerk Opium aufbewahrt wird?«

»Ich wußte es nicht«, antwortete sie teilnahmslos; »aber es wundert mich nicht.«

»Wußte Mr. Salveter davon?«

»Oh, sicher – wenn es wirklich dort war. Er und Mr. Scarlett waren für die Apotheke zuständig.«

Vance sah sie aufmerksam an.

»Hani wollte es nicht zugeben«, sagte er, »aber ich bin mir so gut wie sicher, daß er die Opiumdose in Mr. Salveters Zimmer gefunden hat.«

»Und?« (Ich hatte den Eindruck, daß sie nichts anderes erwartet hatte. Jedenfalls zeigte sie keinerlei Überraschung.)

»Andererseits«, fuhr Vance fort, »könnte er sie auch aus *Ihrem* Zimmer haben.«

»Unmöglich! Was sollte sie in meinem Zimmer?« Zorn regte sich, doch unter Vance' ruhigem Blick verflog er sogleich wieder. »Jedenfalls kann ich mir nicht vorstellen«, fügte sie ein wenig kleinlaut hinzu, »wie sie dahin gekommen sein soll.«

»Wahrscheinlich täusche ich mich«, murmelte Vance, »aber sagen Sie mir, Mrs. Bliss: Sind Sie, nachdem Sie und Mr. Salveter heute morgen nach dem Frühstück nach oben gegangen waren, noch einmal zum Frühstücksraum zurückgekehrt und haben sich eine weitere Tasse Kaffee geholt?«

»Ich – ich …« Sie atmete tief durch. »Ja! … Durfte ich das etwa nicht?«

»Ist Ihnen Hani dort begegnet?«

Sie zögerte kurz, dann sagte sie:

»Nein. Er war auf seinem Zimmer – krank … Ich habe ihm seinen Kaffee nach oben geschickt.«

Heath brummte ärgerlich.

»Schöne Fortschritte, die wir da machen«, meinte er.

»Aber ja, Sergeant«, stimmte Vance ihm munter zu. »Wir kommen bestens voran. Mrs. Bliss ist uns eine große Hilfe.« Er wandte sich wieder an sie. »Sie wissen natürlich, wer Mr. Kyle umgebracht hat?« fragte er, als sei nichts dabei.

»Ja … das weiß ich!« Sie spuckte die Worte aus wie Gift.

»Und Sie wissen auch, warum man ihn umgebracht hat?«

»Das weiß ich ebenfalls.« Ihr ganzes Wesen schien verwandelt. Sie war wie besessen von einer seltsamen Mischung aus Furcht und Haß, und das Tragische und Bittere in ihrer Haltung verblüffte mich.

Heath stieß einen kuriosen, unartikulierten Laut aus.

»Sie sagen jetzt auf der Stelle, wer es war!« brüllte er und fuchtelte ihr mit der Zigarre vor der Nase herum, »sonst verhafte ich Sie wegen Mittäterschaft oder wegen unterlassener Aussage …«

»Immer mit der Ruhe, Sergeant!« Vance hatte sich erhoben und legte ihm beschwichtigend die Hand auf die Schulter. »Warum so ungeduldig? Sie hätten überhaupt nichts davon, wenn Sie Mrs. Bliss jetzt in Eisen legten … Und vergessen Sie nicht, sie könnte ja auch den Falschen für den Mörder halten.«

Nun übernahm Markham wieder.

»Haben Sie einen triftigen Grund für Ihre Meinung, Mrs. Bliss?« fragte er. »Haben Sie Beweise, wer der Mörder ist?«

»Nichts, was sich vor Gericht brauchen ließe«, antwortete sie leise. »Aber – aber …« Die Stimme versagte ihr, und sie ließ den Kopf sinken.

»Soviel ich weiß, haben Sie das Haus heute morgen gegen neun Uhr verlassen.« Vance' ruhige Stimme beschwichtigte sie.

»Ja – gleich nach dem Frühstück.«

»Und Sie gingen einkaufen?«

»Von der Fourth Avenue fuhr ich im Taxi zu Altman. Aber dort fand ich nicht, was ich suchte, und ging zu Fuß zur Untergrundbahn. Ich ging zu Wanamaker, dann zurück zu Lord and Taylor. Dann habe ich es noch bei Saks versucht und endete schließlich in einem kleinen Laden an der Madison Avenue …«

»Das Übliche«, seufzte Vance. »Und gekauft haben Sie natürlich nichts …«

»In der Madison Avenue habe ich einen Hut bestellt …«

»Erstaunlich!« Vance sah Markhams Blick und nickte energisch. »Ich glaube, das wäre für den Augenblick alles, Mrs. Bliss«, sagte er. »Seien Sie so freundlich und gehen Sie auf Ihr Zimmer und warten Sie dort.«

Sie betupfte sich die Augen mit einem kleinen Taschentuch und verließ uns ohne ein weiteres Wort.

Vance ging ans Fenster und blickte hinaus auf die Straße. Das Gespräch mit Mrs. Bliss, das sah ich ihm an, beschäftigte ihn sehr. Er öffnete das Fenster, und der Lärm der sommerlichen Straße drang zu uns herein. Mehrere Minuten lang stand er schweigend da, und Markham und Heath störten ihn nicht in seinen Gedanken. Dann drehte er sich wieder zu uns um und sagte, ohne daß er uns ansah, in stillem versonnenem Ton:

»Es gibt zuviele Unterströmungen in diesem Haus – zuviele Motive, zuviele erreichbare Ziele, zuviele emotionale Verwicklungen. Gegen fast jeden im Haus ließe sich schlüssig Anklage erheben …«

»Aber wer hätte etwas davon gehabt, daß er Bliss hineinzieht?« fragte Markham.

»Tja, wer?« Vance stand an den Tisch in der Mitte des Raumes gelehnt und betrachtete das große Ölporträt des Doktors an der Ostwand. »Anscheinend jeder. Hani mag seinen Herrn nicht und leidet Seelqualen bei jedem Korb Sand, der aus Intefs Grab geholt wird. Salveter ist in Mrs. Bliss verliebt, und da ist ihm natürlich der Ehemann im Wege. Und was die Dame selbst angeht: Ich will ihr nicht zu nahe treten, aber ich könnte mir vorstellen, daß sie die Gefühle des jungen Herrn erwidert. Und in diesem Falle würde sie sich wohl nicht gerade die Haare raufen, wenn Bliss von der Bildfläche verschwände.«

Markhams Miene umwölkte sich.

»Ich hatte auch das Gefühl, daß Scarlett ihren Reizen ebenso erlegen ist und daß er und Salveter sich nicht gerade wohlgesonnen sind.«

»Unbedingt. *Ça crève les yeux.*« Vance nickte geistesabwesend. »Mrs. Bliss ist eine faszinierende Frau, das ist nicht zu leugnen … Wenn ich nur den einen Punkt fände, an dem ich den Hebel ansetzen kann! Markham, ich habe das Gefühl, daß binnen kurzem etwas geschehen wird. Diese Intrige hat bisher ihr Ziel nicht erreicht. Der Mörder hat uns in einen Irrgarten geführt, aber er hat uns noch keinen Schlüssel zugespielt. Wenn der Schlüssel kommt, werde ich wissen, welche Tür ich damit öffne – und es wird nicht diejenige sein, die der Mörder für uns vorgesehen hat. Unsere Schwierigkeit ist und bleibt, daß wir zuviele Indizien haben; und nicht ein einziges davon ist ein echtes Indiz. Deshalb können wir auch niemanden verhaften. Wir müssen abwarten und sehen, wie die Geschichte weitergeht.«

»Da können wir warten, bis wir schwarz werden«, brummte Heath ungeduldig. »Ich finde, wir haben uns viel zu sehr verzettelt. Tatsache bleibt, daß die Fingerabdrücke von Bliss auf der Statue waren, und von niemandem sonst. Von ihm haben wir die Nadel neben der Leiche gefunden. Und er hatte die beste Gelegenheit, Kyle in die ewigen Jagdgründe zu befördern …«

»Sergeant« – Vance sagte es mit Seelenruhe –, »würde denn ein intelligenter Mann, ein Wissenschaftler, einen Mord begehen und dann nicht daran denken, daß seine Fingerabdrücke auf der Tatwaffe sind? Würde er dann auch noch seine Krawattennadel am Tatort zurücklassen und sich seelenruhig ins Zimmer nebenan setzen, zu dem er auch noch blutige Fußspuren gelegt hat, damit die Polizei ihn auch ja findet?«

»Und dann noch das Opium, Sergeant«, fügte Markham hinzu. »Für mich sieht es ganz danach aus, als ob jemand den Doktor betäubt hätte.«

»Sie müssen es ja wissen, Sir.« Heath' Ton war schon beinahe unwirsch. »Aber ich habe nicht das Gefühl, daß wir weiterkommen.«

Im selben Moment erschien Emery in der Tür.

»Telefon für Sie, Sergeant«, verkündete er. »Unten.«

Heath stürmte aus dem Raum und verschwand den Gang hinunter. Drei oder vier Minuten darauf war er wieder da. Er strahlte glücklich und stellte sich stolz vor Vance in Positur.

»Ha!« Er hakte die Daumen in den Armlöchern seiner Weste ein. »Ihr Freund Bliss wollte sich gerade aus dem Staub machen. Ich hatte Guilfoyle* auf ihn angesetzt, und er hat sich drangehängt, als der Doktor hier aus dem Haus kam, zu seinem Spaziergang im Park. Nur daß er nicht in den Park gegangen ist, Mr. Vance. Er hat gesehen, daß er rüber zur Fourth Avenue kommt, und von da ist er zur Corn Exchange Bank in der 29. Straße gegangen. Die hatten zwar schon geschlossen, aber er kannte den Filialleiter und hatte keine Mühe, an sein Geld zu kommen ...«

»Sein Geld?«

»Sicher! Er hat alles abgehoben, was er auf dem Konto hatte – Zwanziger, Fünfziger und Hunderter –, und dann hat er ein Taxi genommen. Guilfoyle nahm das nächste und folgte ihm stadtauswärts. Er fuhr zur Grand Central Station, und da ging's in die Schalterhalle. ›Wann geht der nächste Zug nach Montreal?‹ fragt er. ›Vier Uhr fünfundvierzig‹, sagte der Bursche am Schalter. ›Dann geben Sie mir eine Fahrkarte‹, sagt er ... Da war es vier Uhr. Der Doc ging zum Bahnsteig, stellte sich hin und wartete. Guilfoyle ging zu ihm und fragte: ›Na, kleiner Ausflug nach Kanada?‹ Der Doc steht nur hochnäsig da und antwortet nichts. ›Also ich glaube nicht, daß Sie heute noch außer Landes gehen‹, sagt Guilfoyle, packt den Doc am Arm und spaziert mit ihm zur Telefonzelle ... Guilfoyle ist schon unterwegs hierher, mit Ihrem unschuldigen Freund.« Heath wippte auf den Füßen. »Na, was sagen Sie jetzt, Sir?«

Vance sah ihn mit kummervoller Miene an.

»Und das ist für Sie ein weiteres Indiz dafür, daß der Doktor

* Ich erinnerte mich an Guilfoyle, den Detective der Mordkommission, der im Mordfall »Canary« Tony Skeel im Auge behielt und der im Mordfall Bischof als erster bemerkte, daß im Hause Drucker die Nacht über Licht brannte.

schuldig ist?« Er schüttelte den Kopf, als lasse er alle Hoffnung fahren. »Ist es denn möglich, daß Sie einen so kindischen Fluchtversuch als Eingeständnis seiner Schuld werten wollen? … Meinen Sie denn nicht, Sergeant, das ist eher die Panik eines weltfremden Gelehrten?«

»Sicher ist es das.« Heath lachte grimmig. »Alle Mörder und Gauner kriegen's irgendwann mit der Angst zu tun und wollen sich davonmachen. Aber das beweist noch lange nicht, daß sie Unschuldsengel sind.«

»Aber ein Mörder, Sergeant« – Vance klang allmählich entmutigt –, »der bei jedem Schritt belastende Indizien verliert und dann auch noch die letzte Dummheit eines Fluchtversuchs begeht, wäre nicht gerade intelligent. Und ich kann Ihnen versichern, daß Dr. Bliss weder ein Dummkopf ist noch ein Verrückter.«

»Das sind nur Worte Mr. Vance«, erklärte der Sergeant unbeirrt. »Der Vogel hat eine ganze Reihe von Fehlern gemacht, und als er merkte, daß wir ihn schnappen würden, wollte er noch schnell außer Landes gehen. Und glauben Sie mir, das ist ganz normal in solchen Fällen.«

»Heilige Einfalt – hat sich denn alles gegen mich verschworen!« Vance ließ sich in einen tiefen Sessel fallen und legte erschöpft sein Haupt auf das Spitzendeckchen.

Kapitel 14
Ein Hieroglyphenbrief

(Freitag, 13. Juli, 4 Uhr 15 nachmittags)

Markham erhob sich und ging mit heftigen Schritten im Zimmer auf und ab. Wie stets, wenn er ratlos war, hatte er die Hände hinter dem Rücken verschränkt, den Kopf vorgereckt.

»Sie immer mit Ihrer Einfalt!« knurrte er, als er an Vance vorüberkam. »Ist Ihnen denn sonst überhaupt nichts heilig?«

Vance schlug die Augen auf und lächelte selig.

»Ich weiß, wie Ihnen zumute ist.« So amüsiert er es auch sagte, war es doch nicht ohne Mitgefühl. »Niemand bei diesem Fall benimmt sich, wie man erwarten sollte. Man könnte tatsächlich denken, alle hätten sich miteinander verschworen, die Sache für uns so schwierig wie nur möglich zu machen.«

»Genau das!« schnaubte Markham. »Aber was der Sergeant sagt, ist nicht von der Hand zu weisen ...«

»Theorie, mein Alter«, unterbrach Vance ihn, »alles nur graue Theorie ... Spekulation ... Das führt zu nichts. Wir werden den Schlüssel finden, und er wird uns die Erklärung liefern. Die Aufgabe, auf die wir uns jetzt konzentrieren müssen, ist die Suche nach dem Schlüssel.«

»Sicher.« Heath fuhr schweres sarkastisches Geschütz auf. »Am besten sehen wir gleich mal in den Ritzen von den Sesseln nach oder drehen die Teppiche um ...«

Markham schnippte ungeduldig mit den Fingern, und Heath schwieg.

»Schluß jetzt mit dem Unsinn.« Er blickte Vance verschwörerisch an. »Sie haben doch längst Ihre Theorie – das sehe ich Ihnen an, da können Sie noch so viele Kapriolen schlagen. Was kommt als nächstes – nehmen wir uns Salveter vor?«

»Genau das.« Vance nickte, und das ungewohnt ernst. »Dieser junge Hitzkopf paßt doch verdächtig gut ins Bild; und sein

Auftritt zum jetzigen Zeitpunkt scheint mir, wie der Mediziner sagt, indiziert.«

Markham gab Heath ein Zeichen, und dieser erhob sich sogleich, ging zur Wohnzimmertür und brüllte sein Kommando die Treppe hinauf.

»Hennessey! ... Bringen Sie den Burschen runter. Wir haben ein Wörtchen mit ihm zu reden.«

Binnen kurzem wurde Salveter ins Zimmer bugsiert. Seine Augen schossen Blitze, und er baute sich herausfordernd vor Vance auf, die Fäuste in den Hosentaschen.

»So, da bin ich«, verkündete er streitlustig. »Haben Sie die Handschellen bereit?«

Vance gähnte ausgiebig und betrachtete den Neuankömmling mit gelangweilter Miene.

»Seien Sie doch nicht so furchtbar männlich, Mr. Salveter«, schnurrte er. »Wir sind allesamt erschöpft von diesem deprimierenden Fall und können soviel strotzende Kraft einfach nicht mehr ertragen. Nehmen Sie Platz und entspannen Sie sich ... Was die Handschellen angeht: Sergeant Heath hat sie schon für Sie poliert. Möchten Sie sie anprobieren?«

»Kann schon sein«, erwiderte Salveter und beobachtete Vance mißtrauisch. »Was haben Sie zu Meryt gesagt? Mrs. Bliss, meine ich.«

»Ich habe ihr eine meiner *Régies* offeriert«, antwortete Vance munter. »Eine junge Dame mit Geschmack ... Darf ich Ihnen ebenfalls eine anbieten? Zwei Stück habe ich noch.«

»Danke – ich bleibe bei meinen Deities.«

»Tunken Sie sie manchmal in Opium?« erkundigte Vance sich unschuldig.

»Opium?«

»Der getrocknete Saft des Schlafmohns, vereinfacht ausgedrückt – man erhält ihn mit einem Schnitt in die Fruchtkapsel des *Papaver somniferum*. Griechisch *opion* – Omikron, Pi, Jota, Omikron, Ny.«

»Nein!« Salveter setzte sich abrupt und sah sich im Raum um. »Was soll dieses Spiel?«

»Es scheint hier im Haus Opium im Überfluß zu geben.«

»Tatsächlich?« Er blickte auf, sichtlich auf der Hut.

»Wußten Sie das nicht?« Vance musterte seine beiden letzten Zigaretten. »Wir dachten, Sie und Mr. Scarlett seien für die Hausapotheke verantwortlich?«

Salveter stutzte und blieb eine ganze Weile lang still.

»Hat Meryt-Amen Ihnen das gesagt?« fragte er schließlich.

»Stimmt es?« Vance' Tonfall hatte sich geändert.

»In gewissem Sinne schon«, gab der andere zu. »Dr. Bliss ...«

»Was ist mit dem Opium?« Vance lehnte sich vor.

»Oh, in dem Schrank oben hat schon immer Opium gestanden – fast eine ganze Dose davon.«

»Haben Sie es in letzter Zeit in Ihrem Zimmer gehabt?«

»Nein ... doch ... Ich ...«

»Tausend Dank. Wir werden uns eine Antwort aussuchen.«

»Wer behauptet, es sei Opium in meinem Zimmer?« Salveter spannte die Schultern.

Vance lehnte sich in seinem Sessel zurück.

»Unwichtig. Es ist sowieso nicht mehr da ... Sagen Sie, Mr. Salveter – sind Sie heute morgen noch einmal in den Frühstücksraum zurückgekehrt, nachdem Sie und Mrs. Bliss hinaufgegangen waren?«

»Nein! ... Das heißt«, verbesserte er sich, »ich kann mich nicht mehr genau erinnern ...«

Vance sprang aus seinem Sessel auf und stellte sich drohend vor ihn hin.

»Ich habe Sie nicht gebeten zu raten, was Mrs. Bliss uns gesagt hat. Wenn Sie meine Fragen nicht beantworten wollen, übergebe ich Sie der Mordkommission – und dann gnade Ihnen Gott! ... Wir sind hier, weil wir die Wahrheit wissen wollen, und dazu brauchen wir ehrliche Antworten. – Sind Sie noch einmal nach unten gegangen?«

»Nein, bin ich nicht.«

»Besser – viel besser sogar.« Mit einem Seufzer kehrte Vance zu seinem Sessel zurück. »Und nun, Mr. Salveter, müssen wir Ihnen eine sehr persönliche Frage stellen. – Sind Sie verliebt in Mrs. Bliss?«

»Ich weigere mich, darauf zu antworten!«

»Gut! Aber es würde Ihnen nicht gerade das Herz brechen, wenn Dr. Bliss zu seinen Vätern ginge, nicht wahr?«

Salveter biß die Zähne zusammen und schwieg.

Vance sah ihn in aller Seelenruhe an.

»Wie ich höre«, fuhr er freundlich fort, »vermacht Mr. Kyle Ihnen ein beträchtliches Vermögen ... Wenn Dr. Bliss Sie bäte, die Fortsetzung seiner Grabungen in Ägypten zu finanzieren, würden Sie es tun?«

»Ich würde es sogar tun, wenn er mich nicht darum bäte.« Ein fanatisches Leuchten kam in Salveters Augen. »Das heißt«, fügte er, nun schon wieder besonnener, hinzu, »wenn Meryt-Amen nichts dagegen hätte. Ich würde es nicht gegen ihren Wunsch tun.«

»Ah!« Vance hatte seine Zigarette entzündet und rauchte verträumt. »Und was meinen Sie – hätte sie etwas dagegen?«

Salveter schüttelte den Kopf.

»Nein, ich denke, sie würde das tun, was der Doktor will.«

»Ein treusorgendes Weib – *quoi?*«

Salveter setzte sich wütend auf.

»Sie ist die anständigste, loyalste ...«

»Aber ja.« Vance blies einen Rauchwirbel. »Sparen Sie sich die Worte ... Aber ich könnte mir vorstellen, daß sie nicht überglücklich mit der Wahl ihres Gatten ist.«

»Wenn dem so wäre«, antwortete Salveter verbissen, »würde sie es sich nicht anmerken lassen.«

Vance nickte gelangweilt.

»Was halten Sie von Hani?« fragte er.

»Er ist ein dummer Hund – aber treu. Vergöttert Mrs.

Bliss …« Salveters Körper straffte sich, er riß die Augen auf. »Liebe Güte, Mr. Vance! Sie glauben doch nicht …« Er brach entsetzt ab; dann schüttelte er sich. »Ich sehe, worauf Sie hinauswollen. Aber … aber … Wie tief die heutigen Ägypter gesunken sind! Sie sind alle gleich, einer wie der andere, und keinem von diesen Orientalen kann man trauen. Kein Sinn für Recht und Unrecht – abergläubische Hunde – aber treu bis zum Letzten. Ich frage mich …«

»Da haben Sie recht. Wir fragen uns alle.« Vance ließ sich von Salveters Ausbruch nicht beeindrucken. »Und wie Sie schon sagen, er steht Mrs. Bliss sehr nahe. Würde alles für sie tun, nicht wahr? Womöglich sogar den Hals riskieren, wenn er das Gefühl hätte, daß etwas ihrem Glück im Wege steht. Natürlich bräuchte er vielleicht ein paar gezielte Hinweise …«

Ein böses Funkeln kam in Salveters Augen.

»Da täuschen Sie sich. Niemand dirigiert Hani. Er ist gut in der Lage, selbst zu entscheiden …«

»Und den Verdacht auf einen anderen zu lenken?« Vance sah ihn an. »Ich würde sagen, die falsche Skarabäus-Fährte, das ist zu raffiniert für einen Fellachen.«

»Das denken Sie!« Salveter sagte es beinahe verächtlich. »Sie kennen diese Leute nicht so gut wie ich. Die Ägypter haben schon Intrigen gesponnen, als wir im Norden noch auf den Bäumen saßen.«

»Ihre Anthropologie ist dubios«, murmelte Vance. »Zweifellos denken Sie dabei an Herodot und seine alberne Geschichte von den Schatzkammern des Königs Rhampsinitus. Aber da hatte ich schon immer das Gefühl, daß die Priester dem Großvater der Geschichtsschreibung einen Bären aufgebunden haben … Übrigens, Mr. Salveter, wissen Sie, ob außer Dr. Bliss noch jemand im Haus mit Koh-i-noor-Bleistiften schreibt?«

»Wußte nichtmal, daß der Doktor sie benutzt.« Der Mann schnippte seine Zigarettenasche auf den Teppich und verstrich sie mit dem Fuß.

»Sie waren nicht zufällig heute morgen noch bei Dr. Bliss?«

»Nein. Als ich zum Frühstück herunterkam, erfuhr ich von Brush, daß der Doktor bereits in seinem Arbeitszimmer ist.«

»Sind Sie am Morgen, bevor Sie mit Ihrem Auftrag zum Metropolitan gingen, noch im Museum gewesen?«

Salveters Lider flatterten.

»Ja!« rief er schließlich. »Ich gehe meistens nach dem Frühstück ins Museum – so etwas wie eine Gewohnheit von mir. Ich vergewissere mich, daß alles in Ordnung ist – daß in der Nacht nichts geschehen ist. Schließlich bin ich stellvertretender Kustos; und von meinem Posten abgesehen habe ich ja auch großes Interesse daran. Es ist meine Pflicht, ein Auge darauf zu halten.«

Vance nickte verständnisvoll.

»Zu welchem Zeitpunkt haben Sie heute morgen das Museum betreten?«

Salveter zögerte. Dann warf er den Kopf in den Nacken und sah Vance herausfordernd an.

»Ich bin kurz nach neun aus dem Haus gegangen. Als ich auf der Fifth Avenue war, fiel mir plötzlich ein, daß ich meine übliche Inspektion im Museum nicht gemacht hatte; und ich machte mir Sorgen, ich weiß nicht warum. Ich könnte nicht sagen, woher diese Unruhe kam – aber sie war da. Vielleicht wegen der neuen Sachen, die wir gestern ausgepackt hatten. Jedenfalls kehrte ich zurück, ließ mich mit meinem Schlüssel ein und ging ins Museum …«

»Gegen halb zehn?«

»Das müßte hinkommen.«

»Und niemand sah, wie Sie noch einmal ins Haus gingen?«

»Ich glaube nicht. Jedenfalls habe ich keinen gesehen.«

Vance betrachtete ihn träge.

»Dann erzählen Sie weiter … Oder wenn Sie nicht wollen, kann ich es auch für Sie übernehmen.«

»Nicht nötig.« Salveter warf seine Zigarette in den Cloisonné-Aschenbecher auf dem Tisch und richtete sich energisch in seinem Sessel auf. »Sie sollen hören, was es zu sagen gibt. Wenn es Ihnen nicht gefällt, lassen Sie mich verhaften – und dann zum Teufel mit Ihnen!«

Mit einem Seufzer ließ Vance wieder den Kopf an die Lehne sinken.

»Welche Energie!« hauchte er. »Aber warum so ungehobelt? ... Ich nehme an, Sie sind Ihrem Onkel begegnet, bevor Sie sich dann doch noch trollten und zum Großen Amerikanischen Mausoleum an der Avenue begaben.«

»Ja – ich habe ihn noch gesehen!« Salveters Augen blitzten, das Kinn hatte er weit vorgereckt. »Und davon können Sie denken, was Sie wollen.«

»Ich glaube, das wäre der Mühe zuviel. Wozu die Anstrengung?« Vance sah ihn nicht einmal an. Der Blick seiner halb geschlossenen Augen war auf den altmodischen Kristalleuchter geheftet, der über dem Wohnzimmertisch hing. »Wenn Sie Ihrem Onkel noch begegnet sind«, sagte er, »müssen Sie vorher mindestens eine halbe Stunde lang im Museum gewesen sein.«

»Ungefähr.« Salveter war sichtlich verwirrt von Vance' Gleichgültigkeit. »Ich beschäftige mich gerade mit einem Papyrus, den wir letzten Winter gefunden haben, und habe mich noch einmal an ein paar Worte gesetzt, mit denen ich nicht weiterkomme. Was mir fehlt, ist die Deutung von *anchet, wesch* und *tema*.«

Vance stutzte ein wenig; dann hob er die Augenbrauen.

»Anchet ... wesch ... tema ...« Er sagte die Worte nachdenklich. »*Anchet* mit oder ohne Determinativ?«

Salveter antwortete nicht sofort.

»Mit dem Tierhaut-Determinativ«, sagte er schließlich.

»Und das nächste Wort war wirklich *wesch* und nicht *wes*?«

Wieder zögerte er und blickte Vance unsicher an.

»Ich glaube, es war *wesch* ... Und *tema* mit einem doppelten Flegel.«

»Also nicht das Schlitten-Ideogramm? ... Das ist ja hochinteressant. – Und während Sie noch mit den Hieroglyphen rangen, kam Ihr Onkel hereinspaziert.«

»Ja. Ich saß an dem kleinen Schreibtisch beim Obelisken, und plötzlich stand Onkel Ben in der Tür. Ich hörte, wie er etwas zu Brush sagte, und ich stand auf und ging ihm entgegen. Es war recht dunkel im Museum, und er sah mich erst, als er am unteren Ende der Treppe ankam.«

»Und dann?«

»Ich wußte, daß er unsere neuen Schätze ansehen wollte, und bin dann gleich gegangen. Zum Metropolitan ...«

»Ihr Onkel war guter Dinge, als er das Museum betrat?«

»So wie immer – ein wenig mürrisch vielleicht. Vormittags war er nie besonders gut gelaunt. Aber das hatte nichts zu bedeuten.«

»Sie verließen also das Museum, unmittelbar nachdem Sie ihn begrüßt hatten?«

»Auf der Stelle. Ich hatte nicht bemerkt, wieviel Zeit ich mit dem Papyrus verbracht hatte, und mußte mich beeilen. Außerdem war er ja gekommen, um mit Dr. Bliss über eine wichtige Angelgenheit zu sprechen, und da wollte ich nicht stören.«

Vance nickte; aber es war ihm nicht anzusehen, ob er Salveter glaubte oder nicht. Er saß da, rauchte träge, sein Blick teilnahmslos und milde.

»Und binnen der nächsten zwanzig Minuten«, sagte er nachdenklich, »– das heißt zwischen zehn Uhr und zehn Uhr zwanzig, zu welchem Zeitpunkt Mr. Scarlett das Museum betrat – wurde Ihr Onkel erschlagen.«

Salveter wand sich.

»Offenbar«, murmelte er. »Aber« – wieder reckte er das Kinn vor – »damit habe ich nichts zu tun. Und dabei bleibt es, ob Sie mir nun glauben oder nicht.«

»Nun seien Sie doch nicht so ungestüm«, tadelte Vance ihn mit ruhiger Stimme. »Ich kann auch weder das eine noch das andere tun und es nur in meinem Herzen bewegen.«

»Ihr Herz können Sie sich stecken, wohin Sie wollen.«

Vance erhob sich seelenruhig, ein eiskaltes Lächeln auf den Lippen – ein Lächeln, das tödlicher wirkte als jede wutverzerrte Miene.

»Ihre Art zu reden gefällt mir nicht, Mr. Salveter«, sagte er langsam.

»Ach tatsächlich!« Der Mann sprang auf, die Fäuste geballt, und schlug mit aller Macht zu. Doch Vance, behende wie eine Katze, trat einen Schritt zurück und packte ihn am Handgelenk. Er machte eine rasche Drehung nach rechts, renkte Salveter damit den Arm hinter die Schulterblätter und hatte ihn fest im Klammergriff. Mit einem unwillkürlichen Schmerzensschrei ging der Mann in die Knie. (Ich mußte daran denken, wie Vance gegen Ende des Mordfalls Benson mit einer solchen Bewegung Markham im Büro der Bezirksstaatsanwaltschaft vor einem Angriff bewahrt hatte.) Heath und Hennessey kamen gelaufen, aber Vance winkte mit der freien Hand ab.

»Mit dem stürmischen jungen Herrn werde ich schon allein fertig«, sagte er. Dann zog er Salveter wieder auf die Füße und schob ihn zurück auf seinen Sessel. »Nur eine kleine Lektion in gutem Benehmen«, sagte er unbekümmert. »Und jetzt seien Sie bitte höflich und beantworten Sie meine Fragen, sonst sehe ich mich leider gezwungen, Sie – *und Mrs. Bliss* – verhaften zu lassen wegen Verschwörung zum Mord an Mr. Kyle.«

Salveter leistete keinen Widerstand mehr. Die Benommenheit, mit der er seinen Widersacher ansah, war beinahe komisch. Es dauerte einen Moment, doch dann fanden Vance' Worte ihren Weg in seinen verwirrten Verstand.

»*Mrs. Bliss?* ... Sie hat nichts damit zu tun, glauben Sie mir.« Sein Ton, wenn auch äußerst erregt, war respektvoll. »Wenn ich sie damit vor Ihren Verdächtigungen schützen kann, bekenne ich mich zu der Tat ...«

»Kein Grund für solche Heldentaten.« Vance war wieder zu seinem Sessel zurückgekehrt und rauchte ruhig. »Aber Sie könnten uns verraten, warum Sie uns, als Sie heute nachmittag ins Museum zurückkehrten und vom Tod Ihres Onkels erfuhren, nicht gesagt haben, daß Sie ihn um zehn Uhr noch gesehen hatten.«

»Ich – ich war verwirrt – schockiert«, stammelte er. »Und ich habe mich gefürchtet. Ein Instinkt, mich zu schützen, nehme ich an. Ich kann es nicht erklären – wirklich nicht. Sicher, ich hätte es Ihnen sagen sollen … aber – aber …«

Vance kam ihm zu Hilfe.

»Sie wollten nicht in ein Verbrechen hineingezogen werden, an dem Sie unschuldig waren. Ja … genau das. Nur zu natürlich. Sie dachten, Sie warten erst einmal ab, ob jemand Sie gesehen hatte … Aber sagen Sie, Mr. Salveter, verstehen Sie denn nicht, daß es Sie, wenn Sie gesagt hätten, daß Sie Ihren Onkel um zehn Uhr noch gesehen hatten, eher entlastet hätte?«

Salveter machte ein mürrisches Gesicht, und bevor er etwas antworten konnte, fuhr Vance fort.

»Aber lassen wir das Spekulieren. Erzählen Sie uns lieber noch, was Sie denn nun wirklich zwischen halb zehn und zehn im Museum getan haben.«

»Aber das habe ich doch schon.« Salveter verlor zusehends den Boden unter den Füßen. »Ich habe einen Papyrus aus der 18. Dynastie, den Dr. Bliss letztes Jahr in Theben gefunden hat, mit Luckenbills Hexagonalprisma aus den Annalen des Sanherib* verglichen, weil ich mir Anhaltspunkte für …«

»Das ist doch alles erfunden, Mr. Salveter«, unterbrach Vance ihn mit ruhiger Stimme. »Und nicht einmal die Chronologie stimmt. Das Sanherib-Prisma ist in babylonischer Keilschrift abgefaßt und ist fast tausend Jahre jünger.« Er blickte

* Salveter bezieht sich hier auf das Terrakotta-Prisma, das im Zuge der Forschungsexpedition von 1919/20 in das Orientalische Institut der Universität Chicago kam. Dabei handelt es sich um eine Duplikatvariante des Taylor-Prismas im Britischen Museum, von dem unter anderer Bezeichnung schon zwei Jahre zuvor berichtet worden war.

ihn streng an. »Was haben Sie heute morgen im Museum gemacht?«

Salveter reckte sich wieder zornig auf, doch gleich darauf sank er in seinen Sessel zurück.

»Ich habe einen Brief geschrieben«, antwortete er matt.

»An wen?«

»Das möchte ich nicht sagen.«

»Aha.« Vance lächelte sanft. »In welcher Sprache?«

Ein tiefer Wandel vollzog sich mit dem jungen Mann. Sein Gesicht wurde bleich, die Hände, die er auf die Knie gelegt hatte, verkrampften sich.

»Welche Sprache?« wiederholte er heiser. »Warum fragen Sie? ... Was erwarten Sie denn, in welcher Sprache ich ihn schreibe – Bantu, Sanskrit, Wallonisch, Ido ...?«

»Nein, das nicht.« Vance' schweifender Blick blieb auf Salveter haften. »Ich hatte auch nicht an Aramäisch, Agao, Suaheli oder Sumerisch gedacht ... Aber mir ist eben aufgegangen, daß Sie eine Epistel in ägyptischen Hieroglyphen verfaßt haben.«

Die Pupillen des Mannes wurden riesengroß.

»Warum in Gottes Namen«, fragte er, auch wenn es nicht überzeugend klang, »sollte ich so etwas tun?«

»Warum, ja warum? Das fragt man sich.« Vance stieß einen tiefen Seufzer aus. »Aber es stimmt doch, nicht wahr, daß Sie in Hieroglyphen schrieben?«

»Meinen Sie? Wie kommen Sie auf den Gedanken?«

»Muß ich es wirklich erklären? ... Es ist so schrecklich einfach.« Vance drückte seine Zigarette aus und fuhr dann mit einer wegwerfenden Handbewegung fort. »Ich könnte sogar raten, für wen die Epistel wohl bestimmt war. Wenn ich mich nicht sehr täusche, dürfte sie an Mrs. Bliss adressiert gewesen sein.« Wieder lächelte Vance nachdenklich. »Sehen Sie, Sie haben vorhin drei Worte in Ihrem imaginären Papyrus erwähnt, die sich nicht ohne weiteres übersetzen ließen – *anchet, wesch* und *tema*. Aber da es Dutzende von ägyptischen Worten gibt, die sich bisher unserem genauen Verständnis entziehen, habe ich mich gefragt, warum Sie ausgerechnet auf diese drei kamen. Und insbesondere habe ich mich gefragt, warum Sie sich an drei unbekannte Worte erinnern wollten, die so sehr drei im Ägyptischen durchaus geläufigen ähnelten ... Zumal mir die Bedeutung der drei Worte zu denken gab. *Anch* – ohne Determinativ – kann soviel wie ›der Lebendige‹ heißen. *Wes* – was dem *wesch* ja sehr ähnlich wäre – bedeutet soviel wie ›Glück‹. *Tema* mit Doppelflegel ist mir unbekannt; bekannt ist mir natürlich *tem* mit dem Schlittenzeichen. Es heißt soviel wie ›zu Ende‹ ... Sie verstehen, worauf ich hinauswill?«

Salveter starrte ihn an wie ein Mann unter Hypnose.

»Lieber Gott«, hauchte er.

»Und so schloß ich«, fuhr Vance fort, »daß es Ihnen wohl eher um die bekannten Formen dieser drei Worte gegangen war und Sie die unbekannten Alternativformen nur vorgeschoben hatten ... Und die Worte paßten ja wunderbar zu den Umständen. Es wäre nicht schwer, Mr. Salveter, Ihren ganzen Brief aus jenen drei Bruchstücken zu rekonstruieren – nämlich *der Lebendige, Glück* und *zu Ende*.«

Vance hielt kurz inne, als müsse er seine Gedanken sammeln.

»Man malt sich eine Nachricht aus, in der Sie sagen, daß der Lebendige *(anch)* Ihrem Glück *(wes)* im Wege stehe; doch schon bald werde es mit ihm zu Ende sein *(tem)* ... Na, habe ich nicht recht?«

Doch Salveter starrte Vance nur mit ehrfurchtsvoller Verblüffung an.

»Ich will Ihnen die Wahrheit sagen«, entgegnete er schließlich. »Genau das habe ich geschrieben. Sehen Sie, Meryt-Amen, die sich in der mittelägyptischen Hieroglyphenschrift besser auskennt als ich es jemals werde, hat schon vor langer Zeit vorgeschlagen, daß ich ihr wenigstens einmal die Woche einen Brief in der Sprache ihrer Vorfahren schreibe, eine Art

Schulübung. Ich mache es schon seit Jahren, und jedesmal korrigiert sie den Brief und erklärt mir dann meine Fehler – die Schreiber, die seinerzeit die Gräber geschmückt haben, können die Sprache kaum besser gekannt haben als sie … Als ich heute morgen in das Museum zurückgekehrt war, ging mir durch den Kopf, daß das Metropolitan ja erst um zehn aufmacht, und ich setzte mich hin und begann die Arbeit an meinem Brief – ich weiß auch nicht warum.«

Vance seufzte. »Und wie unglücklich es sich fügt. Denn die Formulierungen in jenem Brief legen den Gedanken nahe, daß Sie sich mit drastischen Maßnahmen trugen.«

»Ich weiß!« Salveters Atem stockte. »Deswegen habe ich ja gelogen. Aber glauben Sie mir, Mr. Vance, es war alles ganz und gar unschuldig … Natürlich war es dumm von mir, aber ich habe mir nichts dabei gedacht. Wirklich, Sir, es war nichts weiter als eine Lektion in Hieroglyphenschrift – es war ja kein echter Brief.«

Vance nickte, aber was er dachte, ließ er sich nicht anmerken.

»Und wo ist der Brief jetzt?« fragte er

»In der Schreibtischschublade im Museum. Ich war noch nicht fertig damit, als Onkel Ben hereinkam, und da habe ich ihn versteckt.«

»Aber die drei Zeichen *anch, wesch* und *tem* hatten Sie schon zu Papier gebracht?«

Salveter atmete tief durch.

»Ja, das hatte ich. Diese drei recht alltäglichen Worte gehörten zu dem Brief. Und als Sie mich fragten, was ich im Museum getan hätte, ließ ich mir die Geschichte von dem Papyrus einfallen …«

»Und phantasierten von drei anderen Hieroglyphen, auf die Sie diejenigen, die Sie tatsächlich geschrieben hatten, gebracht hatten, nicht wahr?«

»Genau, Sir. Und das ist die Wahrheit!«

»Wir sind Ihnen äußerst dankbar für diesen plötzlichen Anfall von Ehrlichkeit.« Vance' Ton war eiskalt. »Würden Sie wohl so freundlich sein und mir das unvollendete Schriftstück holen? Ich würde es ja zu gern sehen – und vielleicht kann ich es sogar entziffern.«

Salveter sprang auf und verließ beinahe im Laufschritt den Raum. Ein paar Minuten darauf kehrte er zurück, allem Anschein nach verwirrt und verzweifelt.

»Es ist nicht mehr da!« verkündete er. »Es ist fort!«

»Ach, tatsächlich? ... Das ist ja Pech.«

Vance lehnte sich ein paar Augenblicke lang nachdenklich zurück. Dann sprang er unvermittelt auf.

»Es ist nicht da! Es ist fort!« murmelte er. »Das gefällt mir nicht, Markham – das gefällt mir überhaupt nicht ... Warum soll der Brief verschwunden sein? Warum ... warum?«

Mit einem Ruck drehte er sich zu Salveter um.

»Auf welcher Art Papier haben Sie Ihren indiskreten Brief geschrieben?« fragte er mit unterdrückter Erregung.

»Auf gelbem Notizpapier – es liegt immer ein Block davon auf dem Tisch ...«

»Und womit haben Sie geschrieben? Haben Sie die Hieroglyphen mit Bleistift oder mit Federhalter gezeichnet?«

»Mit der Feder. Grüne Tinte. Wir nehmen sie immer im Museum ...«

Vance hob ungeduldig die Hand.

»Das genügt ... Gehen Sie nach oben – gehen Sie auf Ihr Zimmer ... und bleiben Sie dort.«

»Aber Mr. Vance, ich – ich mache mir Sorgen wegen dieses Briefs. Was meinen Sie, wo er ist?«

»Woher soll ich wissen, wo er geblieben ist? – natürlich immer vorausgesetzt, Sie haben ihn überhaupt je geschrieben. Ich bin doch kein Wünschelrutengänger.« Vance war seine Sorge anzusehen, auch wenn er sich mühte, sie zu verbergen. »Wie konnten Sie ein solches Schreiben offen liegenlassen?«

»Ich wäre nie auf den Gedanken gekommen …«

»Nicht? … Da kann man nur staunen.« Vance blickte Salveter forschend an. »Aber zum Spekulieren ist jetzt nicht die Zeit … Bitte gehen Sie auf Ihr Zimmer … Ich werde mich später noch einmal mit Ihnen unterhalten … Fragen Sie jetzt nichts – tun Sie, was ich Ihnen sage!«

Ohne ein Wort machte Salveter kehrt und verschwand durch die Tür. Wir hörten seine schweren Schritte, als er die Treppe erklomm.

Kapitel 15
Vance macht eine Entdeckung

(Freitag, 13. Juli, 4 Uhr 45 nachmittags)

Vance stand eine ganze Weile lang unschlüssig da. Dann blickte er Hennessey an.

»Können Sie nach oben gehen«, sagte er, »und so Posten beziehen, daß Sie sämtliche Zimmer sehen können? Ich möchte nicht, daß Mrs. Bliss, Salveter und Hani miteinander sprechen.«

Hennessey sah Heath an.

»Das war ein Befehl«, bestätigte der Sergeant, und der Beamte begab sich unverzüglich nach oben.

Vance wandte sich an Markham.

»Nicht undenkbar, daß dieser Dummkopf den albernen Brief tatsächlich geschrieben hat«, sagte er mit besorgter Miene. »Lassen Sie uns im Museum nachsehen.«

»Hören Sie, Vance« – Markham erhob sich –, »wieso geht es Ihnen so zu Herzen, ob Salveter einen dummen Brief geschrieben hat oder nicht?«

»Ich weiß es nicht – ich kann es wirklich nicht sagen.« Vance ging zur Tür, doch dort machte er auf dem Absatz kehrt. »Aber es macht mir Sorgen – verdammte Sorgen sogar! Ein solcher Brief wäre genau was der Mörder sich wünscht – das heißt, wenn die Vorstellung, die ich vom Mörder habe, stimmt. Wenn der Brief tatsächlich existiert, müssen wir ihn finden. Wenn wir ihn nicht finden, gibt es für sein Verschwinden mehrere plausible Erklärungen – und eine davon ist gefährlich … Kommen Sie. Wir müssen uns im Museum umsehen – es ist immerhin möglich, daß Salveter ihn geschrieben hat, wie er sagt, und ihn tatsächlich in der Schublade zurückgelassen hat.«

Mit raschen Schritten überquerte er den Flur und stieß die große Stahltür auf.

»Wenn Dr. Bliss und Guilfoyle kommen, solange wir im Museum sind«, sagte er zu Snitkin, der an die Haustür gelehnt stand, »bringen Sie die beiden ins Wohnzimmer und sorgen dafür, daß sie auch da bleiben.«

Wir gingen die Museumstreppe hinunter, und Vance begab sich sogleich zu dem kleinen Schreibtisch neben dem Obelisken. Er besah sich den gelben Block und machte ein paar Probestriche mit der Tinte. Dann öffnete er die Schublade und holte den Inhalt heraus. Ein paar Minuten lang inspizierte er den Krimskrams, der zum Vorschein kam, dann steckte er alles wieder hinein, wie er es gefunden hatte, und schob die Schublade zu. Unter dem Tisch stand ein kleiner Papierkorb aus Mahagoni, und Vance leerte ihn auf den Boden aus. Er setzte sich auf die Knie und glättete jedes zerknüllte Stück Papier. Schließlich erhob er sich wieder und schüttelte den Kopf.

»Das gefällt mir nicht, Markham«, sagte er. »Mir wäre unendlich wohler, wenn ich diesen Brief fände.«

Er sah sich im Museum um, auf der Suche nach Stellen, an die ihn jemand gesteckt haben konnte. Aber als er schließlich an der eisernen Wendeltreppe am Hinterende angelangt war, lehnte er sich ans Geländer und blickte Markham hoffnungslos an.

»Die Sache macht mir wirklich angst«, sagte er leise. »Wenn dieser teuflische Plan gelingt! …« Plötzlich wandte er sich um, stürmte die Treppe hinauf und winkte uns, ihm zu folgen. »Eine Chance gibt es noch«, rief er über die Schulter. »Eine Hoffnung immerhin. Daß ich daran nicht gleich gedacht habe!«

Wir wußten nicht, wovon er sprach, aber wir folgten ihm in Dr. Bliss' Arbeitszimmer.

»Irgendwo hier im Zimmer muß der Brief sein«, sagte er und hielt nur mit Mühe seine Anspannung im Zaum. »Das wäre das Logische … und dieser Fall, Markham, ist so unglaublich logisch – so rational, so mathematisch, daß es möglich sein muß, den Plan zu erkennen, der dahintersteckt. Er ist *zu* logisch – und das könnte dem Täter zum Verhängnis werden …«

Er war bereits auf allen Vieren und wühlte in den noch immer am Boden verstreuten Blättern aus Dr. Bliss' Papierkorb. Schon nach kurzer Suche hatte er zwei Fetzen gelben Papiers entdeckt. Er inspizierte sie, und wir sahen, daß Spuren von grüner Tinte darauf waren. Er legte sie beiseite und suchte weiter, und nach ein paar Minuten hatte er einen kleinen Stapel aus gelben Papierschnipseln beisammen.

»Ich denke, das müßten alle sein«, sagte er und erhob sich.

Er nahm auf dem Drehstuhl Platz und breitete die Schnipsel auf der Schreibunterlage aus.

»Es wird ein Weilchen dauern, aber ich kenne mich mit Hieroglyphen recht gut aus, und die Aufgabe sollte nicht allzu schwierig sein.«

Er machte sich daran, die Fetzen zusammenzusetzen, und wir standen dabei und schauten ihm fasziniert über die Schulter. Binnen zehn Minuten hatte er den Brief rekonstruiert. Dann holte er aus einer der Schubladen einen großen weißen Bogen und strich ihn mit Leim ein. Vorsichtig übertrug er den zusammengesetzten Brief Stück für Stück und klebte ihn fest.

»Da hätten wir ihn, Markham, mein Alter«, seufzte er, »den Brief, von dem Salveter sagt, daß er ihn heute morgen zwischen halb zehn und zehn geschrieben hat.«

Was wir vor uns hatten, war eindeutig ein Blatt von dem gelben Block, den wir unten gesehen hatten, und darauf sahen wir vier Zeilen mit ägyptischen Hieroglyphen, sorgfältig mit grüner Tinte gezeichnet.

Vance wies mit dem Finger auf eine der Figurengruppen. »Das«, erklärte er uns, »ist die Hieroglyphe *anch.*« Er wanderte weiter. »Hier haben wir *wesch* … und hier, gegen Ende, das Zeichen *tem.*«

»Und was haben wir davon?« Für Heath war das alles zuviel, und seine Laune war noch weiter gesunken. »Wir können doch keinen festnehmen, nur weil er ein paar komische Bilder auf ein Blatt Papier gemalt hat.«

»Aber mein lieber Sergeant! Können Sie denn wirklich an gar nichts anderes denken als an das Klicken der Handschellen? Ich fürchte fast, Sie haben kein Herz. Traurig, traurig … Wie wäre es mit ein wenig Nachdenken?« Er blickte auf, und ich staunte, wie ernst er war. »Der stürmische junge Mr. Salveter gesteht, daß er so dumm war und seiner Dulcibella ein Briefchen in der Sprache der Pharaonen geschrieben hat. Er verrät uns, daß er das unvollendete *billet-doux* in eine Schreibtischschublade im Museum gesteckt hat, aber wir stellen fest, daß es nicht dort ist, sondern übel zugerichtet im Papierkorb von Dr. Bliss' Arbeitszimmer … Wie können Sie von da darauf schließen, daß der Paulus dieser Epistel unser Mörder ist?«

»Ich schließe überhaupt nichts«, erwiderte Heath heftig. »Mir wird hier nur entschieden zuviel geredet. Ich will endlich Taten sehen!«

Vance sah ihn mit ernster Miene an.

»Und dies einemal sind wir uns einig, Sergeant. Wenn wir nicht bald Taten sehen, dann werden wir statt dessen etwas noch Schlimmeres zu sehen bekommen, als heute morgen in diesem Haus geschehen ist. Aber was wir tun, muß wohlbedacht sein; es darf nicht einfach nur das sein, was der Mörder für uns geplant hat. Wir haben uns im Netz eines hochraffinierten Plans verfangen, und wenn wir uns nicht jeden Schritt genau überlegen, dann wird der Bösewicht über alle Berge sein, bis wir auch nur aus den Spinnweben heraus sind.«

Mit einem Brummen studierte Heath den zusammengesetzten Brief.

»Schöner Liebesbrief ist mir das«, meinte er verächtlich. »Geht doch nichts über 'n ordentlichen Gangster als Mörder Diese Feingeister, die drehen mir den Magen um.«

Markham blickte finsterer denn je.

»Soll das heißen, Vance«, fragte er, »Sie gehen davon aus, daß der Mörder den Brief zerrissen und in Dr. Bliss' Papierkorb geworfen hat?«

»Kann es daran einen Zweifel geben?« fragte Vance zurück.

»Aber was um alles in der Welt hätte er denn davon gehabt?«

»Das weiß ich nicht – jedenfalls bisher nicht. Deshalb macht es mir ja solche Sorgen.« Vance blickte zum hinteren Fenster hinaus. »Aber das Zerreißen dieses Briefes gehört zur Intrige, und bei dieser Intrige tappen wir nach wie vor im Dunkeln. Wir haben kein Indiz, das uns wirklich weiterhilft.«

»Aber wenn der Brief jemanden belasten sollte«, beharrte Markham, »hätte er doch für den Mörder einen Wert gehabt. Wieso hat er ihn dann zerrissen?«

Heath sah zuerst Vance an, dann Markham.

»Vielleicht«, schlug er vor, »hat Salveter ihn ja selbst zerrissen?«

»Wann?« fragte Vance ruhig.

»Woher soll ich das wissen?« Der Sergeant war beleidigt. »Vielleicht als er den Alten kaltgemacht hat.«

»Dann hätte er uns nicht gesagt, daß er ihn geschrieben hat.«

»Na, dann hat er ihn vielleicht vorhin zerrissen«, beharrte Heath, »als Sie ihn hergeschickt haben, den Brief holen.«

»Und dann ging er hier hinauf und steckte ihn in den Papierkorb, wo ihn jeder finden konnte ... Nein, Sergeant. So ganz überzeugt mich das nicht. Wenn Salveter es mit der Angst zu tun bekommen hätte und den Brief loswerden wollte, dann hätte er ihn ganz vernichtet – verbrannt vermutlich, damit keine Spur zurückblieb.«

Auch Markham zog der Hieroglyphenbrief, den Vance zusammengesetzt hatte, in seinen Bann. Mißtrauisch betrachtete er die aneinandergefügten Papierfetzen.

»Sie meinen, es war so gedacht, daß wir ihn finden?« fragte er.

»Ich weiß es nicht.« Vance blickte weiter in die Ferne. »Möglich wäre es ... aber andererseits ... Nein! Die Chancen waren eins zu tausend, daß wir ihn finden würden. Derjenige, der ihn in den Papierkorb geworfen hat, kann nicht damit gerechnet haben, daß Salveter uns erzählen würde, daß er ihn geschrieben und in der Schublade gelassen hat.«

»Andererseits« – Markham wollte den Gedanken noch nicht aufgeben – »hat er ihn vielleicht hier in den Korb geworfen, um Bliss noch weiter zu belasten – das heißt, für den Mörder wäre es ein weiteres Stück in seiner Reihe von falschen Indizien gewesen, zusammen mit dem Skarabäus, der Abrechnung und den Fußspuren.«

Vance schüttelte den Kopf.

»Nein. Das paßt nicht zusammen. Der Brief hätte nicht von Bliss kommen können – daß er von Salveter an Mrs. Bliss geschrieben ist, sieht man ihm zu deutlich an.«

Vance nahm den zusammengeklebten Brief und studierte ihn eine Weile lang.

»Für jemanden, der sich ein wenig mit Hieroglyphen auskennt, ist er nicht allzuschwer zu lesen. Es steht genau das drin, was Salveter uns auch gesagt hat.« Er warf den Bogen zurück auf den Tisch. »Die ganze Sache ist verteufelt klug ausgedacht. Und je mehr ich es mir durch den Kopf gehen lasse, desto überzeugter bin ich, daß es nicht vorgesehen war, daß wir den Brief finden. Ich habe eher den Eindruck, jemand hat ihn einfach nur weggeworfen – *nachdem er seinen Zweck erfüllt hatte.*«

»Aber was für ein Zweck ... ?« hob Markham an.

»Wenn wir wüßten, was für ein Zweck es war, Markham«, sagte Vance mit großem Ernst, »könnten wir vielleicht weiteres Unglück abwenden.«

Markham preßte grimmig die Lippen zusammen. Ich wußte, woran er dachte: Er erinnerte sich an Vance' düstere Prophezeiungen in den Fällen Greene und Bischof – die beide mit der unaufhaltsamen Wucht einer griechischen Tragödie in Erfüllung gegangen waren.

»Sie gehen also davon aus, daß die Sache noch nicht vorüber ist?« fragte er zögernd.

»Ich *weiß*, daß sie noch nicht vorüber ist. Der Mörder hat

sein Ziel nicht erreicht. Wir haben seine Pläne durchkreuzt, als wir Dr. Bliss wieder freiließen. Jetzt muß er weitermachen. Wir haben von seinem Plan bisher nur die grausigen Vorarbeiten gesehen – und, wenn sich schließlich das ganze Ausmaß der Intrige zeigt, wird es ungeheuerlich sein …«

Vance ging auf Zehenspitzen zur Flurtür, öffnete sie einen Spaltweit und sah hinaus.

»Und wir müssen vorsichtig sein, Markham«, sagte er, als er sie wieder schloß – »das versuche ich Ihnen schon die ganze Zeit zu sagen. Wir dürfen nicht in die Fallen gehen, die der Mörder für uns aufstellt. Dr. Bliss' Verhaftung war eine solche Falle. Ein einziger falscher Schritt von uns, und sein Plan wird gelingen.«

Er wandte sich an Heath.

»Sergeant, seien Sie so gut und bringen Sie mir den Schreibblock und die Tinte von unten aus dem Museum … Auch wir müssen unsere Spuren verwischen, denn der Mörder belauert uns genauso aufmerksam, wie wir den Mörder belauern.«

Ohne ein Wort ging Heath hinunter ins Museum und kehrte gleich darauf mit dem Gewünschten zurück. Vance setzte sich an den Schreibtisch des Doktors und machte sich daran, die Schriftzeichen von Salveters Brief grob auf ein neues gelbes Blatt zu übertragen.

»Ich denke, es ist besser«, sagte er bei der Arbeit, »wenn wir die Tatsache, daß wir den Brief gefunden haben, für uns behalten. Derjenige, der ihn zerrissen und hier hineingeworfen hat, könnte kommen und sich vergewissern, daß die Fetzen noch dort sind. Wenn nicht, weiß er, daß wir den Brief gefunden haben, und ist auf der Hut. Nur eine Vorsichtsmaßnahme für einen unwahrscheinlichen Fall, aber wir können uns keine Fehler leisten. Wir haben es mit einem teuflisch klugen Verstand zu tun …«

Als er etwa ein Dutzend Hieroglyphen übertragen hatte, zerriß er das Blatt in Fetzen von der Größe der originalen Fragmente und mischte sie unter den Inhalt des Papierkorbes. Salveters Brief faltete er zusammen und steckte ihn in die Tasche.

»Würden Sie nun wohl Papier und Tinte wieder zurück ins Museum bringen, Sergeant?«

»Sie sind zum Ganoven geboren, Mr. Vance«, meinte Heath gutmütig, nahm Block und Tintenfaß und verschwand durch die Stahltür.

»Ich sehe nicht einen einzigen Lichtblick«, grollte Markham. »Je mehr wir ermitteln, desto unverständlicher wird der Fall.«

Vance nickte finster.

»Jetzt können wir nichts weiter tun als abwarten, wie die Dinge sich entwickeln. Wir haben dem König des Mörders Schach geboten; aber es bleiben ihm noch etliche mögliche Züge. Es ist wie bei Alekhine – man kommt einfach nicht dahinter, was er im Sinn hatte, als er sein Spiel eröffnete. Und wer weiß, was er sich ausgedacht hat, womit er uns auch jetzt noch mattsetzen kann …«

Heath kehrte zurück und blickte unsicher um sich.

»Mir ist das nicht geheuer da unten«, brummte er. »Zu viele Leichen. Warum müssen diese Wissenschaftlertypen auch dauernd Mumien und sowas ausgraben? Das ist doch morbide.«

»Perfekter hätten Sie unsere Ägyptologen nicht kritisieren können, Sergeant«, meinte Vance mit einem mitfühlenden Lächeln. »Eigentlich sollte man die Ägyptologie nicht zu den archäologischen Wissenschaften rechnen – sie ist ein pathologischer Fall, eine Verirrung des Geistes – *dementia scholastica.* Wer einmal vom *spirillum terrigenum* infiziert ist, ist verloren – der Fluch der unheilbaren Krankheit. Wer Leichen ausgräbt, die Tausende von Jahren alt sind, ist ein Ägyptologe; wer frische nimmt, gilt als Burke oder Hare und wandert hinter schwedische Gardinen. Aber Leichendiebe sind sie allesamt …«*

* Vance übertreibt zum Spaß und hätte diese Deutung ebensowenig beherzigt wie John Dennis die seine, als er sagte, daß »ein Mann, der ein so abscheuliches Wortspiel ersinnen kann, auch als Taschendieb keine Skrupel hätte«. Vance war mit einigen Ägyptologen persönlich bekannt und achtete sie sehr, darunter Dr.

»Na, wie dem auch sei« – Heath blickte nach wie vor unwohl drein und kaute heftig an seiner Zigarre –, »mir gefällt's da unten nicht, in diesem Leichenschauhaus. Der schwarzen Sarg vorne vor dem Fenster, da läuft's mir kalt den Rücken runter. Was ist da drin, Mr. Vance?«

»In dem Granitsarkophag? Ich habe keine Ahnung, Sergeant. Höchstwahrscheinlich ist er leer, wenn Dr. Bliss ihn nicht nutzt, um etwas darin aufzubewahren – was allerdings unwahrscheinlich ist, bei dem Gewicht des Deckels.«

Es kam ein Pochen an der Flurtür, und Snitkin ließ uns wissen, daß Guilfoyle und Dr. Bliss eingetroffen waren.

»Es gibt da noch ein oder zwei Fragen«, sagte Vance, »die ich ihm stellen möchte. Und dann, denke ich mir, können wir uns trollen; ich lechze nach Teekuchen und Marmelade ...«

»Jetzt gehen?« fragte Heath mit verblüffter Empörung. »Wie kommen Sie denn darauf? Wir haben doch mit den Ermittlungen noch gar nicht richtig angefangen!«

»Wir haben mehr als das«, widersprach Vance ihm sanft. »Wir sind jeder Falle aus dem Weg gegangen, die der Mörder für uns aufgestellt hat. Wir haben seine sämtlichen Berechnungen über den Haufen geworfen und ihn gezwungen, seinen Angriff neu zu formieren. Jetzt sind wir bei einem Patt angekommen. Die Schachfiguren müssen neu aufgestellt werden – und zum Glück für uns bekommt der Mörder die weißen. Er ist am Zug. Denn, sehen Sie, er *muß* gewinnen. Wir können es uns leisten, uns mit einem Remis zu begnügen.«

»Ich glaube, ich verstehe, was Sie meinen, Vance.« Markham nickte nachdenklich. »Wir sind ihm auf keine seiner falschen Fährten gefolgt, und jetzt braucht er einen neuen Köder für seine Falle.«

»Mit einer Präzision und Klarheit gesprochen, wie man sie

Ludlow Bull und Dr. Henry A. Carey vom Metropolitan Museum of Art, die ihn bei seinen Arbeiten an den Menander-Fragmenten großzügig unterstützt hatten.

bei Juristen selten findet«, meinte Vance mit einem gequälten Lächeln. Dann blickte er wieder ernst. »Ja, ich denke, er wird die Falle neu aufstellen, bevor er seine letzten Schritte unternimmt. Und ich hoffe, daß der Köder, den er auslegt, uns soviel über seine Intrige verrät, daß der Sergeant dann endlich seine Handschellen zücken kann.«

»Also ich kann nur sagen«, klagte Heath, »das ist wirklich der verrückteste Fall, der mir je untergekommen ist. Wir gehen Marmeladenbrötchen essen und hoffen, daß der Täter sich in der Zwischenzeit verrät! Wenn ich O'Brien* von der Methode erzähle, ruft er nach der Ambulanz und schickt mich ins Bellevue.«

»Ich werde dafür sorgen, Sergeant«, sagte Markham und stapfte grimmig zur Tür, »daß Sie wenigstens nicht in die psychiatrische Abteilung kommen.«

* Chefinspektor O'Brien stand damals der New Yorker Stadtpolizei vor.

Kapitel 16
Ein Anruf nach Mitternacht

(Freitag, 13. Juli, 5 Uhr 15 nachmittags)

Wir fanden Dr. Bliss im Wohnzimmer, ganz in einen tiefen Sessel versunken, den Tweedhut über die Augen gezogen. Guilfoyle stand neben ihm und strahlte triumphierend.

Vance ärgerte sich und ließ es sich auch anmerken.

»Sagen Sie Ihrem treuen Bluthund, er soll draußen warten, Sergeant.«

»O. K.« Heath sah Guilfoyle mitleidig an. »Ab auf die Straße, Guil«, kommandierte er. »Und fragen Sie nicht. Das ist hier keine Mordsache – das ist eine Halloweenparty in der Klapsmühle.«

Der Detective grinste und ging hinaus.

Bliss sah zu uns auf. Er bot einen jämmerlichen Anblick. Die Augen waren gerötet, und Furcht und Erniedrigung standen in seinen zusammengefallenen Zügen geschrieben.

»Jetzt sind Sie wohl gekommen«, sagte er mit bebender Stimme, »mich für diesen abscheulichen Mord zu verhaften. Aber – bei Gott, meine Herren – ich versichere Ihnen ...«

Vance war zu ihm hingegangen.

»Warten Sie, Doktor«, unterbrach er. »Kein Grund, sich aufzuregen. Wir haben nicht vor, Sie zu verhaften; wir hätten nur gern eine Erklärung für Ihren unerwarteten Ausflug. Warum wollten Sie, wenn Sie unschuldig sind, das Land verlassen?«

»Warum ... warum?« Er war erregt und nervös. »Ich hatte Angst – deswegen. Alles arbeitet gegen mich. Alle Indizien weisen auf mich als Täter ... Jemand hat es auf mich abgesehen, jemand will mich aus dem Weg räumen. Das liegt doch auf der Hand. Daß er meine Skarabäus-Nadel neben Kyles Leiche gelegt hat, daß er die Abrechnung dem Toten in die Hand gedrückt hat, dazu die entsetzlichen Fußspuren, die zu meinem

Arbeitszimmer führen – meinen Sie, ich weiß nicht, was das bedeutet? Das bedeutet, daß ich den Preis zahlen muß – ich, *ich.*« Er pochte sich, wenn auch mit schlaffer Hand, an die Brust. »Und es werden sich weitere Hinweise finden; Kyles Mörder wird nicht Ruhe geben, bis ich hinter Gittern bin – oder tot. Das weiß ich – es ist unmißverständlich! ... Deswegen wollte ich fliehen. Und Sie haben mich hierher zurückgezerrt, einen lebendigen Leichnam – zu einem Schicksal, das noch entsetzlicher ist als jenes, das meinen alten Wohltäter ereilt hat ...«

Der Kopf sank ihm auf die Brust, und ein Beben durchlief seinen ganzen Körper.

»Trotzdem war ein solcher Fluchtversuch eine Dummheit, Doktor«, tadelte Markham ihn behutsam. »Sie hätten uns vertrauen können. Ich versichere Ihnen, daß Ihnen kein Unrecht getan wird. Wir sind im Zuge unserer Ermittlungen auf manche Spur gekommen, und wir haben Anlaß zu der Annahme, daß Sie zur Tatzeit mit Opiumpulver betäubt waren ...«

»Opium!« Bliss hüpfte beinahe aus seinem Sessel. »Genau danach hat er geschmeckt! Mit meinem Kaffee heute morgen war etwas nicht in Ordnung – ich habe mich über den Geschmack gewundert. Zuerst dachte ich, Brush habe ihn nicht nach der Methode gemacht, die ich ihm beigebracht habe. Dann wurde ich schläfrig und habe es wieder vergessen ... Opium! Ich weiß, wie es schmeckt. In Ägypten bin ich an der Ruhr erkrankt und habe eine Mischung aus Opium und Spanischem Pfeffer genommen – die Sun-Choleratinktur* war mir ausgegangen.« Er saß mit halb offenem Munde da und sah Markham ängstlich und flehend an. »Vergiftet in meinem eigenen Haus!« Plötzlich blitzte eiskalter

* Die Sun-Choleratinktur gegen Ruhrkrankheiten (ein Rezept von Dr. G.W Busteed) trug ihren Namen nach der New Yorker Zeitung *Sun*, wo das Rezept während der Zeit der großen Cholerahysterie im Juni 1849 erstmals veröffentlicht wurde. 1883 erschien es in der ersten Ausgabe des staatlichen Arzneimittelrezeptbuches. Das Mittel bestand aus einem Auszug aus Spanischem Pfeffer, Rhabarbertinktur, Kampferessenz, Pfefferminzöl und Opium.

Zorn in seinen Augen. »Sie haben ganz recht, Sir«, sagte er mit stählerner Stimme. »Ich hätte nicht weglaufen sollen. Mein Platz ist hier, und ich sollte Ihnen zur Seite stehen ...«

»Sicher, Doktor, gewiß.« Vance' Überdruß war nicht zu überhören. »Reue ist immer ein schöner Trost, aber uns geht es hier um Fakten. Und da sind Sie bisher nicht besonders hilfreich gewesen ... Wer ist eigentlich für die Hausapotheke zuständig?« fragte er unvermittelt.

»Also ... warten Sie ... lassen Sie mich überlegen ...« Bliss senkte den Blick und zupfte an der Bügelfalte seiner Hose.

»Schon gut.« Vance machte eine wegwerfende Handbewegung. »Vielleicht werden Sie uns eher verraten, wie gut Mrs. Bliss sich mit Hieroglyphen auskennt.«

Bliss blickte verdutzt drein, und es dauerte einige Augenblicke, bis er sich wieder in der Gewalt hatte.

»Man könnte sagen, sie kennt sie ebensogut wie ich«, antwortete er schließlich. »Abercrombie, ihr Vater, hat ihr die altägyptische Sprache beigebracht, als sie noch ein Kind war, und in der Entzifferung von Inschriften arbeitet sie schon seit Jahren mit mir zusammen ...«

»Und Hani?«

»Oh, die Grundbegriffe beherrscht er – nichts Ungewöhnliches. Aber kein wissenschaftlicher Verstand ...«

»Und wie steht es mit Mr. Salveters Ägyptischkenntnissen?«

»Einigermaßen. Er hat Schwächen in der Grammatik, aber sein Wissen in Wortschatz und Bildzeichen ist recht groß. Er hat Griechisch und Arabisch studiert, und ich glaube auch ein Jahr oder zwei Assyrisch. Die übliche Sprachausstattung für einen Archäologen. – Scarlett hingegen, der ist ein Zauberer auf diesem Gebiet, auch wenn er an Budges Transliteration festhält – wie viele Amateure.* Und Budge ist natürlich nicht mehr auf

* Sir E. A. Wallis Budge, der ehemalige Leiter der Abteilung für ägyptische und assyrische Altertümer im Britischen Museum.

der Höhe der Zeit. Verstehen Sie mich nicht falsch. Budge ist ein bedeutender Mann – seine Leistung für die Ägyptologie ist unschätzbar, und seine Publikation des Totenbuches …«

»Ich weiß.« Vance nickte ungeduldig. »Sein Index macht es möglich, praktisch jede Passage im Ani-Papyrus zu finden …«

»So ist es.« Es war kurios anzusehen, wie Bliss auflebte: Die Wissenschaft ließ ihn alles andere vergessen. »Aber heute sollte man sich an Alan Gardiner halten. Seine *Ägyptische Grammatik* ist ein wohldurchdachtes und grundsolides Werk. Und die wichtigste Veröffentlichung überhaupt ist natürlich für den Ägyptologen unserer Tage das *Wörterbuch der ägyptischen Sprache* von Erman und Grapow …«

Mit einem Male hörte Vance aufmerksam zu.

»Arbeitet Mr. Salveter mit dem Erman-Grapowschen Wörterbuch?« fragte er.

»Aber ja. Darauf bestehe ich. Ich habe es gleich dreimal in Leipzig subskribiert – einen Satz für mich und je einen für Salveter und Scarlett.«

»Die Hieroglyphen werden, soviel ich weiß, ganz anders dargestellt als bei Budge, der die Theinhardt-Type benutzt.«

»Oh ja.« Bliss nahm seinen Hut ab und warf ihn zu Boden. »Der Konsonant, der bei Budge als *u* wiedergegeben wird – das Wachtelküken –, erscheint im *Wörterbuch* und in jedem anderen modernen Werk als *w*. Und natürlich wäre da das kursive Spiralzeichen, abgeleitet aus der verkürzten hieratischen Darstellung der Wachtel …«

»Danke, Doktor.« Vance holte sein Zigarettenetui hervor, sah, daß nur noch eine einzige *Régie* übrig war, und steckte es wieder zurück in die Tasche. »Wie ich höre, war Mr. Scarlett, bevor er am Nachmittag das Haus verließ, noch im oberen Stockwerk. Ich könnte mir vorstellen, daß er bei Ihnen war.«

»Das war er auch.« Bliss sank in seinen Sessel zurück. »Ein sympathischer Bursche, dieser Scarlett.«

»Was hat er zu Ihnen gesagt?«

»Nichts von Bedeutung. Er wünschte wir Glück – sagte mir, daß er jederzeit für mich da sei, wenn ich ihn brauchte. Solche Sachen.«

»Wie lang war er bei Ihnen?«

»Nur eine Minute. Er schaute nur kurz herein, um mir zu sagen, daß er nach Hause geht.«

»Jetzt nur noch eine Frage, Doktor«, sagte Vance nach kurzem Zögern. »Wer hier im Haus könnte einen Grund haben, Ihnen den Mord an Kyle in die Schuhe zu schieben?«

Mit einem Schlag war Bliss wie verwandelt. Sein Blick war fest in die Ferne gerichtet, die Züge seines Gesichts verhärteten sich zu einer geradezu angsteinflößenden Maske. Er klammerte sich an die Lehnen seines Sessels und zog die Beine an. Furcht und Haß schüttelten ihn gleichermaßen; er war wie ein Mann, der sich im nächsten Moment auf einen tödlichen Feind stürzen würde. Er stand auf, jede Faser in seinem Körper gespannt.

»Diese Frage kann ich Ihnen nicht beantworten; ich weigere mich, sie zu beantworten! … Ich weiß es nicht – ich weiß es nicht! Aber es muß jemand im Haus sein – nicht wahr?« Er klammerte sich an Vance' Arm. »Es wäre besser gewesen, Sie hätten mich fliehen lassen.« Ein irrer Ausdruck kam in seine Augen, und er blickte gehetzt zur Tür, als rechne er damit, daß der Mörder schon auf dem Flur lauerte. »Lassen Sie mich verhaften, Mr. Vance! Tun Sie mit mir, was Sie wollen, aber verlangen Sie nicht von mir, daß ich in diesem Haus bleibe …« Er flehte es geradezu.

Vance zog den Arm zurück.

»Nehmen Sie sich zusammen, Doktor«, entgegnete er nüchtern. »Nichts wird Ihnen zustoßen … Gehen Sie auf Ihr Zimmer und bleiben Sie dort bis morgen. Um die kriminologische Seite kümmern wir uns.«

»Aber Sie haben doch nicht die geringste Ahnung, wer hinter diesem Verbrechen steckt«, protestierte Bliss.

»Doch, das haben wir, glauben Sie mir.« Die ruhige Selbstsicherheit, mit der Vance das sagte, beschwichtigte den Doktor sichtlich. »Aber wir müssen noch abwarten. Im Moment haben wir nicht genug Beweise gegen den Täter. Doch da er sein eigentliches Ziel nicht erreicht hat, ist es beinahe zwingend, daß er noch einen weiteren Versuch unternimmt. Und wenn er das tut, liefert er uns vielleicht das Material, das wir brauchen.«

»Aber wenn er nun ohne Umwege zuschlägt – gegen mich?« sträubte Bliss sich. »Jetzt wo es ihm mißlungen ist, den Verdacht auf mich zu lenken, greift er vielleicht zu drastischeren Mitteln.«

»Ich kann es mir nicht vorstellen«, sagte Vance. »Aber wenn es ernst wird, können Sie mich unter dieser Telefonnummer erreichen.« Er schrieb seine Privatnummer auf eine Karte und reichte sie Bliss.

Der Doktor griff gierig danach, warf einen Blick darauf und steckte sie in die Tasche.

»Dann gehe ich jetzt nach oben«, sagte er und ging gedankenverloren davon.

»Sind Sie sicher, Vance«, fragte Markham besorgt, »daß wir Dr. Bliss nicht einem unnötigen Risiko aussetzen?«

»Sicher genug.« Vance war nachdenklich geworden. »Das Spiel ist nicht ohne Gefahren, aber es gibt nur diese eine Art, es zu spielen.« Er ging ans Fenster. »Wenn ich nur wüßte ...«, murmelte er. Und nach einigen Augenblicken: »Sergeant, ich möchte gern mit Salveter sprechen. – Und Hennessey muß nicht mehr oben Wache stehen. Schicken Sie ihn nach Hause.«

Heath, verständnisloser denn je, ging auf den Flur und rief nach Hennessey.

Als Salveter ins Wohnzimmer kam, sah Vance nicht einmal in seine Richtung.

»Mr. Salveter«, sagte er und blickte hinaus zu den staubbedeckten Bäumen im Gramercy Park, »ich an Ihrer Stelle würde heute nacht meine Tür verschlossen halten ... Und schreiben Sie keine Briefe mehr«, fügte er hinzu. »Gehen Sie nicht mehr in das Museum.«

Die Ermahnungen schüchterten Salveter sichtlich ein. Eine Weile musterte er Vance' Rücken, dann biß er die Zähne zusammen.

»Wenn hier im Haus einer glaubt ...« stieß er mit geradezu animalischer Wildheit hervor.

»Unbedingt«, seufzte Vance. »Aber dämpfen Sie Ihre Aura, bitte. Ich bin erschöpft.«

Salveter zögerte einen Moment lang, dann machte er kehrt und schritt aus dem Zimmer.

Vance kam zum Wohnzimmertisch und lehnte sich kraftlos dagegen.

»Jetzt noch ein Wort mit Hani, dann sind wir bereit zum Aufbruch.«

Heath hob resigniert die Schultern und begab sich abermals zur Tür.

»He, Snitkin! Holen Sie diesen Ali Baba im Kimono her!«

Snitkin sprang zur Treppe, und einige Minuten darauf stand der Ägypter vor uns, gleichmütig und kühl.

»Hani«, sagte Vance mit einer Eindringlichkeit, die gänzlich fremd an ihm war, »ich rate Ihnen sehr, wachen Sie gut über diesen Haushalt in der kommenden Nacht.«

»Ja, Effendi. Ich verstehe genau. Der Geist der Sachmet könnte zurückkehren, um die Arbeit zu vollenden, die er begonnen hat ...«

»Genau das.« Vance lächelte müde. »Ihre Katzendame hat heute morgen einige Verwirrung angerichtet, und sie kommt vielleicht noch einmal zurück zum Aufräumen ... Seien Sie auf der Hut – haben Sie verstanden?«

Hani senkte das Haupt.

»Ja, Effendi. Wir verstehen einander.«

»Ein Herz und eine Seele. Und noch eins, Hani – welche Nummer hat Mr. Scarletts Domizil am Irving Place?«

»Sechsundneunzig.« Der Ägypter zeigte großes Interesse an Vance' Frage.

»Das wäre alles … Grüßen Sie mir Ihre löwenköpfige Göttin.«

»Es könnte Anubis sein, der den Gruß erwidert, Effendi« sagte Hani mit Grabesstimme und ließ uns allein.

Vance warf Markham einen launigen Blick zu.

»Die Bühne ist bereitet, und schon bald wird der Vorhang sich heben … Lassen Sie uns weiterziehen. Hier können wir nichts mehr tun. Und mir knurrt der Magen.«

Wir traten hinaus auf die 20. Straße, und Vance führte uns zum Irving Place.

»Ich denke, wir sind es Scarlett schuldig, daß wir ihn wissen lassen, wie die Dinge stehen«, erklärte er beiläufig. »Er hat uns schließlich die traurige Nachricht überbracht, und er wird in heller Aufregung sein. Er wohnt gleich um die Ecke.«

Markham sah Vance fragend an, sagte jedoch nichts. Heath jedoch brummte ungeduldig.

»Ich habe das Gefühl, wir machen so ziemlich alles«, haderte er, »nur das Verbrechen klären wir nicht auf.«

»Scarlett ist ein kluger Bursche«, erwiderte Vance. »Er hat sich vielleicht seine Gedanken gemacht.«

»Meine Gedanken mache ich mir auch«, knurrte der Sergeant. »Und was habe ich davon? Wenn *ich* hier was zu sagen hätte, ich würde die ganze Bande verhaften und in Einzelzellen schmoren lassen. Bis die mit ihrem Habeas corpus durch sind, wüßte ich schon eine ganze Menge mehr als jetzt.«

»Ich würde es bezweifeln, Sergeant«, sagte Vance nachsichtig. »Wahrscheinlich wüßten Sie sogar weniger als jetzt … Ah, da haben wir es – Nummer sechsundneunzig.«

Er steuerte auf ein altes Backsteinhaus zu, ein paar Schritt von der 20. Straße. In dem Eingangsportal im Kolonialstil drückte er die Klingel.

Scarletts Quartier – zwei kleine Räume mit einem breiten Durchgang – lag im ersten Stock, zur Straße hin. Es war streng, aber bequem im Stil des 18. Jahrhunderts eingerichtet, der Inbegriff einer Junggesellenwohnung. Scarlett hatte auf unser Klopfen die Tür geöffnet und uns mit der steifen Herzlichkeit des englischen Gastgebers hereingebeten. Er schien erleichtert, uns zu sehen.

»Schon seit Stunden habe ich nicht mehr stillgesessen«, sagte er. »Habe mir immer wieder die ganze Geschichte durch den Kopf gehen lassen. Ich war kurz davor, noch einmal zum Museum zu kommen und nachzuhören, welche Fortschritte Sie gemacht hatten.«

»Ein wenig sind wir vorangekommen«, erklärte Vance, »aber Greifbares gibt es nicht. Wir haben beschlossen, der Sache für eine Weile ihren Lauf zu lassen; wir rechnen damit, daß der Täter seine Intrige weitertreiben und uns dabei eindeutigere Beweise liefern wird.«

»Ah!« Scarlett nahm nachdenklich die Pfeife aus dem Mund und blickte Vance forschend an. »Das läßt mich vermuten, daß Sie und ich womöglich zu denselben Schlüssen gekommen sind. Es gab keinen Grund, Kyle umzubringen, es sei denn, sein Tod wäre das Vorspiel zu etwas anderem ...«

»Was zum Beispiel?«

»Ja wenn ich das wüßte!« Scarlett stopfte seine Pfeife neu und zündete sie an. »Es gibt eine Reihe von denkbaren Erklärungen.«

»Was Sie nicht sagen! Gleich mehrere? ... Donnerwetter! Brächten Sie es über sich, uns wenigstens eine davon zu verraten? Wir sind nämlich brennend daran interessiert, müssen Sie wissen.«

»Also hören Sie, Vance« – Scarlett schien in Verlegenheit –, »ich will wirklich niemanden anschuldigen. Aber Hani ist ja nun nicht gerade gut auf Dr. Bliss zu sprechen ...«

»Tausend Dank. Sie werden es nicht glauben, aber das ist mir heute morgen auch schon aufgefallen. Haben Sie sonst noch einen Sonnenstrahl, mit dem Sie unsere Herzen wärmen könnten?«

»Ich glaube, Salveter ist bis über beide Ohren in Meryt-Amen verliebt.«

»Darauf wäre ich nie gekommen!«

Vance holte sein Zigarettenetui hervor und klopfte die letzte verbliebene *Régie* zurecht. Mit aller Sorgalt zündete er sie an und nahm einen tiefen Zug, und dann blickte er mit ernster Miene auf.

»Jawohl, Scarlett«, verkündete er, »es ist gut möglich, daß Sie und ich zum selben Schluß gekommen sind. Aber natürlich können wir keinen Schritt unternehmen, bevor wir nicht etwas Eindeutiges in der Hand haben … etwas, das unsere Hypothesen untermauern kann … Übrigens hat Dr. Bliss am Nachmittag versucht, außer Landes zu gehen. Wenn nicht einer von Sergeant Heath' Wachhunden die Augen offengehalten hätte, wäre er wahrscheinlich jetzt auf dem Weg nach Montreal.«

Ich hatte erwartet, daß Scarlett mit Erstaunen reagierte, aber er nickte nur.

»Das wundert mich überhaupt nicht – niedergeschlagen, wie er ist. Kann man ja auch verstehen. Alles spricht gegen ihn.« Scarlett paffte seine Pfeife und blickte Vance verstohlen an. »Je mehr ich über die Sache nachdenke, desto mehr frage ich mich, ob nicht doch …«

»Unbedingt«, schnitt Vance ihm das Wort ab. »Aber Spekulationen helfen uns nichts. Wir brauchen Beweise.«

»Das wird nicht leicht werden, fürchte ich.« Scarlett wurde nachdenklich. »Dazu ist der Mörder viel zu klug …«

»Ah! Das ist der springende Punkt – er ist *viel zu klug*. Genau das! Das ist seine schwache Stelle. Und ich verlasse mich voller Hoffnung auf diese *abundantia cautelae*.« Vance lächelte. »Wissen Sie, Scarlett, ich tappe nicht ganz so sehr im Dunkeln, wie es den Anschein hat. Ich halte mich mit Absicht zurück, damit der Mörder noch einmal neu mischt. Früher oder später wird er sein Blatt überreizen.«

Zunächst antwortete Scarlett nichts. Dann ergriff er doch wieder das Wort.

»Ich bewundere Ihr Vertrauen, Vance. Das ist wahrer Sportsgeist. Aber ich würde vermuten, daß Sie nie in der Lage sein werden, den Mörder zu überführen.«

»Da könnten Sie recht haben«, gab Vance zu. »Trotzdem wollte ich Sie bitten, die Augen offenzuhalten ... Aber sehen Sie sich vor. Kyles Mörder kennt kein Pardon.«

»Das brauchen Sie mir nicht zu sagen.« Scarlett stand auf, ging zum Kamin und lehnte sich an den Marmorsims. »Da könnte ich Ihnen Bände erzählen.«

»Mit Sicherheit.« Zu meiner Verblüffung nahm Vance diese erstaunliche Auskunft ohne jedes Anzeichen von Überraschung hin. »Aber jetzt ist nicht die Zeit dazu.« Auch er erhob sich, ging an die Tür und winkte lässig zum Abschied. »Wir sollten sehen, daß wir weiterkommen. Ich wollte Sie nur kurz wissen lassen, wie die Dinge stehen, und Sie ermahnen, auf der Hut zu sein.«

»Sehr freundlich von Ihnen, Vance. Ich muß gestehen, ich bin ziemlich aus der Fassung – reizbar wie ein Perserkätzchen ... Ich wünschte, ich könnte arbeiten, aber meine Sachen sind alle im Museum. Heute werde ich kein Auge zutun.«

»Na dann, gute Nacht!« Vance griff zum Türknauf.

»Eine Frage noch, Vance!« Scarlett kam eifrig heran. »Haben Sie denn nun vor, heute abend noch zum Bliss-Haus zurückzugehen?«

»Nein. Vorerst haben wir dort alles getan, was zu tun war.« Vance' Stimme war leise und tonlos, wie vor Erschöpfung. »Warum fragen Sie?«

Scarlett hantierte verlegen mit seiner Pfeife.

»Ach, nur so.« Er sah Vance mit zusammengezogenen Augenbrauen an. »Kein bestimmter Grund. Ich mache mir einfach Sorgen. Wer weiß, was noch geschieht.«

»Was immer geschieht, Scarlett«, entgegnete Vance ein wenig unvermittelt, »für die Sicherheit von Mrs. Bliss ist gesorgt. Ich denke, in diesem Punkt können wir uns auf Hani verlassen.«

»Ja – natürlich«, murmelte Scarlett. »Treu wie ein Hund ... Aber wer sollte Meryt etwas Böses wollen?«

»Tja, wer mag es sein?« Vance stand nun schon auf dem Flur und hielt Markham, Heath und mir die Tür auf.

Scarlett, getrieben von einem Impuls der Gastfreundschaft, trat noch einen Schritt vor.

»Schade, daß Sie schon gehen«, sagte er nur. »Wenn ich noch etwas tun kann ... Das heißt, die Ermittlungen im Hause sind abgeschlossen?«

»Für den Augenblick zumindest.« Vance schwieg. Wir anderen hatten den Raum verlassen und warteten nun am Treppenabsatz. »Wir werden zum Hause Bliss erst zurückkehren, wenn etwas Neues ans Licht kommt.«

»Gut.« Scarlett quittierte es mit einem heftigen Nicken. »Wenn ich etwas höre, rufe ich Sie an.«

Wir gingen hinaus auf den Irving Place, und Vance hielt ein Taxi an.

»Nahrung«, stöhnte er, »Erquickung ... Lassen Sie uns überlegen – das Brevoort ist nicht weit von hier ...«

Wir ließen uns eine reichliche Teemahlzeit im alten Brevoort an der Fifth Avenue servieren, und bald danach machte Heath sich zum Büro der Mordkommission auf den Weg, um seinen Bericht zu schreiben und die Zeitungsreporter zu beschwichtigen, die sich im selben Augenblick, in dem der Mord publik gemacht würde, auf ihn stürzen würden.

»Sie bleiben besser in der Nähe«, riet Vance dem Sergeant noch, als er sich verabschiedete; »ich habe das sichere Gefühl, daß sich in kurzer Zeit etwas tun wird, und ohne Sie können wir nicht weitermachen.«

»Bis zehn bin ich bestimmt im Büro«, entgegnete Heath mürrisch. »Und Mr. Markham hat die Nummer, unter der er mich danach zu Hause erreichen kann. Aber ich muß schon sagen, ich habe die Nase voll.«

»Das haben wir doch alle«, meinte Vance munter.

Markham rief bei Swacker an;* er könne das Büro schließen und Feierabend machen. Dann fuhren wir zu dritt nach Longue Vue zum Abendessen. Vance weigerte sich, über den Fall zu reden, und hielt uns statt dessen Vorträge über Arturo Toscanini, den neuen Dirigenten des Philharmonischen Sinfonieorchesters.

»Ein hoffnungslos überschätzter Kapellmeister«, meinte er beim ersten Bissen von seiner *Canard Molière*. »Mir scheint, er ist vom Temperament her einfach nicht in der Lage, das klassische Ideal in den großen symphonischen Werken von Brahms und Beethoven zu begreifen … Ich muß sagen, das Tomatenpüree in dieser Soße ist ausgezeichnet; aber der Madeira ist wie Essig. Die Küche dieses Landes, Markham, hat sich nicht wieder von der Prohibition erholt – alle gastronomischen Standards sind dahin … Aber zurück zu Toscanini. Ich kann gar nicht genug über die Lobeshymnen staunen, mit denen die Kritiker ihn überhäufen. In seinem Innersten, habe ich den Eindruck, sind Puccini, Giordano und Respighi seine Helden. Und ein Mann mit solchen Idealen sollte die Finger von der Klassik lassen. Ich habe ihn Brahms und Beethoven und Mozart dirigeren hören, und alle drei verströmten unter seinem Stab ein ausgesprochen italienisches Aroma. Aber Amerika liegt ihm zu Füßen. Die Amerikaner haben keinen Sinn für die reine intellektuelle Schönheit, für die langen klassischen Linien, die meisterliche Form. Sie lassen sich begeistern von den *pianissimi* und *fortissimi*, von den heftigen Tempowechseln, von den hüpfenden *accelerandi* und den schmeichelnden *ritardandi*. Und genau das bekommen sie von Toscanini … Furtwängler, Walter, Klemperer, Mengelberg, van Hoogstraaten – jeder davon für meine Begriffe Toscanini überlegen, wenn es um die großen deutschen Klassiker geht …«

* Swacker, ein kluger und tüchtiger junger Mann, war Markhams Sekretär.

»Vance«, fragte Markham gereizt, »würde es Ihnen etwas ausmachen, wenn Sie diese Belanglosigkeiten sein ließen und mir Ihre Theorien zum Mordfall Kyle erläuterten?«

»Das würde mir sogar viel ausmachen«, antwortete Vance im liebenswürdigsten Ton. »Nach dem *Bar-le-duc* und dem *Gervaise* vielleicht ...«

Doch es war beinahe Mitternacht, bevor das Gespräch wieder auf die tragischen Geschehnisse kam. Nach einer langen Fahrt durch den Van-Cortlandt-Park waren wir wieder an Vance' Wohnung angelangt, und er war mit Markham und mir hinauf in den kleinen Dachgarten gegangen, wo wir das wenige genossen, was die 38. Straße an frischer Luft zu bieten hatte. Currie hatte uns mit frischen Früchten ein Getränk mit Champagner bereitet – was die Wiener eine *Bowle* nennen –, und wir saßen unter dem sommerlichen Sternenhimmel, rauchten und warteten. »Warten« ist wohl das richtige Wort, denn ich zweifle nicht, daß jeder von uns damit rechnete, daß weiteres Unheil geschah.

Vance, so distanziert er sich auch gab, war in seinem Inneren angespannt – die knappen, konzentrierten Bewegungen verrieten es. Und Markham konnte es gar nicht erwarten, daß er nach Hause gehen konnte: Er war alles andere als zufrieden mit den bisherigen Ergebnissen der Ermitlungen und hoffte – weil Vance es prophezeite –, daß sich etwas ergeben würde, etwas, das den Fall aus dem Nebel der Hypothesen herausführen und ihn auf festen Grund bringen würde, auf dem sich dann konkrete Maßnahmen ergreifen ließen.

Kurz vor Mitternacht rief Markham bei Heath an und sprach lange mit ihm. Als er auflegte, stieß er einen unglücklichen Seufzer aus.

»Ich darf mir gar nicht ausmalen, was morgen in den Blättern der Opposition stehen wird«, sagte er grimmig und schnitt die Spitze einer neuen Zigarre ein. »Wir haben nicht das Geringste erreicht ...«

»Oh doch, das haben wir.« Vance blickte hinaus in die schwüle Nacht. »Im Gegenteil, man kann nur staunen, wie weit wir gekommen sind. Denn sehen Sie, der Mörder ist ja längst gefunden. Wir müssen nur warten, bis er die Nerven verliert. Im selben Moment schlagen wir zu.«

»Und warum müssen Sie ein solches Geheimnis daraus machen?« Markhams Laune hatte sich noch weiter verschlechtert. »Immer brauchen Sie Ihre großen Inszenierungen. Nicht einmal die Pythia in Delphi hat sich in so viele Geheimnisse gehüllt wie Sie. Wenn Sie glauben, Sie wissen, wer Kyle umgebracht hat, warum können Sie es uns dann nicht einfach sagen?«

»Das kann ich nicht.« Vance sagte es gequält. »Glauben Sie mir, Markham, es geht nicht darum, daß ich als großer Zauberer vor Ihnen dastehen will. Ich will nur einfach zuerst einen Beweis für meine Theorie. Und wenn wir nur Geduld haben, dann werden wir diesen Beweis auch bekommen.« Er blickte Markham eindringlich an. »Natürlich ist es gefährlich. Etwas Unvorhergesehenes könnte geschehen. Aber niemand kann das verhindern. Jeder Schritt, den wir jetzt von uns aus unternähmen, würde zur Katastrophe führen. Wir haben dem Mörder eine lange Leine gelassen; wir können nur hoffen, daß er sich darin verfängt ...«

Es war genau zwanzig Minuten nach Mitternacht, als das, worauf Vance gewartet hatte, endlich geschah. Schon seit etwa zehn Minuten hatten wir schweigend dagesessen, als Currie mit einem Telefonapparat heraus auf die Terrasse kam.

»Ich bitte um Verzeihung, Sir ...« hob er an, doch da war Vance bereits aufgesprungen und kam auf ihn zu.

»Stöpseln Sie es ein, Currie«, kommandierte er. »Ich nehme das Gespräch an.«

Vance nahm ihm das Telefon aus den Händen und stand an die Terrassentür gelehnt.

»Ja ... am Apparat. Was ist geschehen?« Seine Stimme war leise und hohl. Er hörte vielleicht dreißig Sekunden lang zu, die

Augen halb geschlossen. Dann sagte er nur: »Wir sind sofort da« und reichte das Telefon an Currie zurück.

Er war verwirrt, das war nicht zu übersehen, und stand ein paar Augenblicke nachdenklich, mit gesenktem Haupt da.

»Damit hätte ich nicht gerechnet«, sagte er, eher zu sich als zu uns. »Das paßt nicht.«

Dann hob er den Kopf wie jemand, der eine plötzliche Eingebung hat.

»Doch, es paßt *doch!* Natürlich paßt es! Das hätte ich voraussehen sollen.« So lässig er auch dastand, verrieten doch seine Augen die Erregung. »Es ist ja nur logisch! So verteufelt logisch! … Kommen Sie, Markham. Rufen Sie Heath an – er soll sich mit uns im Museum treffen, so schnell er kann …«

Markham hatte sich erhoben und starrte Vance an, die Augen weit aufgerissen.

»Wer war das?« fragte er. »Und was ist geschehen?«

»Bitte beruhigen Sie sich, Markham.« Vance sagte es leise. »Dr. Bliss war am Apparat. Und soweit es sich aus seinen hysterischen Worten schließen ließ, hat es einen Mordversuch im Hause gegeben. Ich habe ihm versprochen, daß wir vorbeikommen …«

Markham hatte bereits Currie das Telefon aus den Händen gerissen und verlangte aufgeregt Heath' Nummer.

Kapitel 17
Der goldene Dolch

(Samstag, 14. Juli, 0 Uhr 45 morgens)

Wir mußten bis zur Fifth Avenue laufen, bevor wir um diese Zeit ein Taxi fanden, und selbst dort warteten wir fünf Minuten, bis ein freies vorüberkam. So vergingen volle zwanzig Minuten, bevor wir im Gramercy Park und am Hause Bliss anlangten.

Als wir ausstiegen, kam ein weiteres Taxi um die Ecke des Irving Place geschlittert und hielt mit quietschenden Reifen knapp vor uns. Noch bevor es zum Stehen gekommen war, wurde die Tür aufgeworfen, und die stämmige Gestalt von Sergeant Heath sprang auf den Bürgersteig. Heath wohnte in der 11. Straße und hatte für Ankleiden und Anfahrt fast genau die gleiche Zeit gebraucht wie wir.

»Donnerwetter, Sergeant!« begrüßte Vance ihn. »Wir zwei passen zusammen. Wir kommen beide zur gleichen Zeit am selben Punkt an, nur aus entgegengesetzten Richtungen. Lustiger Gedanke.«

Heath nahm den nicht ganz eindeutigen Scherz mit einem Brummen auf.

»Weswegen ist denn nun die ganze Aufregung?« fragte er Markham. »Sie haben mir am Telefon ja nicht gerade viel gesagt.«

»Jemand hat versucht, Dr. Bliss zu ermorden«, erklärte Markham.

Heath stieß einen leisen Pfiff aus.

»Damit hätte ich nicht gerechnet, Sir.«

»Mr. Vance auch nicht«, stichelte Markham.

Wir gingen die Stufen zum Vorraum hinauf, doch bevor wir läuten konnten, öffnete Brush schon die Tür. Er legte den Finger an die Lippen, beugte sich geheimnisvoll vor und flüsterte:

»Dr. Bliss bittet die Herren, möglichst leise zu sein und die anderen im Haus nicht zu stören ... Er ist in seinem Zimmer und erwartet Sie.«

Brush war in Flanell-Morgenmantel und Pantoffeln, doch trotz aller Schwüle der Nacht bebte er am ganzen Körper. Sein Gesicht, stets bleich, wirkte nun in dem fahlen Licht geradezu gespenstisch.

Wir gingen hinein, und Brush schloß leise die Tür, mit zitternden Fingern. Plötzlich drehte Vance sich um, packte ihn am Arm und zerrte ihn zu sich hin.

»Was wissen Sie über die Vorfälle der heutigen Nacht?« fragte er leise, doch streng.

Die Augen des Butlers traten hervor, er öffnete halb den Mund

»Nichts«, brachte er schließlich hervor. »Ich weiß nichts.«

»Was Sie nicht sagen! Und warum haben Sie dann solche Angst?« Vance' Griff lockerte sich nicht.

»Ich fürchte mich vor diesem Haus«, antwortete Brush jämmerlich. »Ich will hier nicht mehr länger bleiben. Seltsame Dinge geschehen ...«

»Das kann man sagen. Aber keine Sorge; Sie werden sich schon bald eine neue Stelle suchen können.«

»Da bin ich froh, Sir.« Der Butler schien sehr erleichtert. »Können *Sie* mir denn sagen, was vorgefallen ist, Sir?«

»Wenn Sie nichts wissen«, erwiderte Vance, »wie kommt es dann, daß Sie um diese Zeit an der Haustür sind und unsere Ankunft erwarten und sich aufführen wie der Schurke in einem Melodram?«

»Man trug mir auf, Sie zu erwarten, Sir. Dr. Bliss kam nach unten in mein Zimmer ...«

»Wo liegt Ihr Zimmer, Brush?«

»Im Untergeschoß, gleich hinten neben der Küche.«

»Gut. Jetzt weiter.«

»Nun, Sir, Dr. Bliss kam vor etwa einer halben Stunde zu mir herunter. Er war sehr aufgeregt und schien sich zu fürchten – wenn ich das sagen darf. Er erklärte mir, die Herren seien jeden Moment zu erwarten und ich solle Ihnen die Haustür öffnen. Er schärfte mir ein, keinen Lärm zu machen und auch die Herren zu bitten …«

»Dann ging er wieder nach oben?«

»Unverzüglich, Sir.«

»Wo liegt Dr. Bliss' Zimmer?«

»Auf der Rückseite des Hauses im ersten Stock, gleich am Treppenabsatz. Die Tür vorn führt zum Schlafzimmer der Herrin.«

Vance entließ ihn aus seinem Klammergriff.

»Haben Sie heute nacht etwas Verdächtiges gehört?«

»Nein, Sir. Alles war still. Alle haben sich früh zur Ruhe begeben, und ich selbst ging schon vor elf Uhr zu Bett.«

»Dahin können Sie jetzt auch zurückgehen«, entließ Vance ihn.

»Sehr wohl, Sir.« Brush ging mit raschen Schritten davon und verschwand durch die Tür am Hinterende des Flurs.

Vance forderte uns mit einer Handbewegung auf, ihm zu folgen, und ging die Treppe hinauf. Eine schwache Glühbirne brannte auf dem oberen Flur, aber sie wäre nicht nötig gewesen, um Dr. Bliss' Zimmer zu finden, denn seine Tür stand einen Spaltweit offen, und ein Lichtstreifen fiel schräg auf den Flur.

Ohne zu klopfen drückte Vance die Tür auf und trat ein. Bliss saß in der gegenüberliegenden Ecke in einem Sessel mit aufrechter Lehne, angespannt, ein wenig vorgebeugt, den Blick auf die Tür geheftet. In der Hand hielt er einen gefährlich aussehenden Militärrevolver. Als wir eintraten, sprang er auf und zielte mit dem Revolver auf uns.

»Aber, aber, Doktor«, meinte Vance mit einem Lächeln. »Lassen Sie Ihr schweres Geschütz stecken und erzählen Sie uns lieber, was geschehen ist.«

Bliss stieß einen lauten Seufzer der Erleichterung aus und legte die Waffe neben sich auf den Tisch.

»Danke, daß Sie gekommen sind, Mr. Vance«, sagte er mit gepreßter Stimme. »Und Sie ebenfalls, Mr. Markham.« Heath' und meine Gegenwart nahm er mit einer leichten, steifen Verbeugung zur Kenntnis. »Was Sie prophezeit hatten, ist eingetreten … Es ist ein Mörder im Haus!«

»Alle Achtung! Aber als Neuigkeit können wir das kaum durchgehen lassen, was?« (Ich konnte mir auf Vance' übermütige Einstellung keinen Reim machen.) »Das wissen wir seit elf Uhr heute morgen.«

Auch Bliss war irritiert und wohl auch ein wenig pikiert von Vance' leichtfertiger Art, denn er ging mit schweren Schritten zum Bett, wies auf das Kopfende und sagte ärgerlich:

»Da haben Sie den Beweis!«

Es war ein altes Mahagonibett im Kolonialstil mit einem großen geschwungenen Kopfteil, der einen guten Meter über die Matratze hinausragte, am oberen Ende. Das Bett stand an der Wand zur Linken, im rechten Winkel zur Tür.

Mit zitterndem Finger wies Bliss auf einen altägyptischen Dolch, an die dreißig Zentimeter lang, dessen Klinge knapp über dem Kissen im Holz des Kopfteils steckte. Der Griff wies in gerader Linie zur Tür.

Alle traten näher heran, gefesselt von dem sinistren Anblick. Jemand mußte den Dolch mit ungeheurer Kraft geschleudert haben, daß er so tief in das harte Mahagoniholz eingedrungen war; und, konnten wir uns ausmalen, hätte zu jenem Zeitpunkt jemand im Bett gelegen, so hätte ihn die Klinge mit dieser Wucht etwa auf Höhe des Halses treffen müssen.

Vance studierte die Position des Dolches, schätzte Flugrichtung und -höhe im Verhältnis zur Tür ab, und dann griff er nach der Waffe. Heath hielt ihn auf.

»Nehmen Sie Ihr Taschentuch, Mr. Vance«, ermahnte er ihn »Da müssen Fingerabdrücke drauf sein …«

»Sparen Sie sich die Mühe, Sergeant.« Vance sagte es, als könne es an der Richtigkeit seiner Einstellung keinen Zweifel geben. »Sie werden nichts finden. Wer diesen Dolch geschleudert hat, der hat auch dafür gesorgt, daß kein Andenken von ihm darauf zurückbleibt ...« Und damit zog er die Waffe, unter beträchtlichen Mühen, aus dem Brett und hielt sie unter die Tischlampe.

Der Dolch war ein schönes und interessantes Stück. Der Griff war mit Gold in feinster Granulierarbeit verziert, durchbrochen von Cloisonnébändern mit Halbedelsteinen – Amethyst, Türkis, Granat, Karneol und winzigen Splittern von Obsidian, Sardonyx und Feldspat. Oben saß ein lotosförmiger Knauf aus Bergkristall, das Heft war mit einem Rautenband aus Golddraht verziert. Das Blatt bestand aus gehärtetem Gold, in der Mitte geschmückt mit schmalen Rinnen, die zum Heft hin in einer gravierten Palmette ausliefen.*

»Späte 18. Dynastie«, murmelte Vance, befühlte den Dolch und studierte das Muster. »Hübsch, aber dekadent. Von der vornehmen Schlichtheit der altägyptischen Kunst blieb im Überschwang der Restauration nach der Hyksos-Epoche nicht viel ... Aber sagen Sie, Dr. Bliss, wie sind Sie zu diesem glitzernden Mordinstrument gekommen?«

Bliss war verlegen, und als er antwortete, kamen die Worte schuldbewußt und kleinlaut.

»Um ehrlich zu sein, Mr. Vance, ich habe diesen Dolch aus Ägypten herausgeschmuggelt. Es war ein ungewöhnlicher und unerwarteter Fund, ein schierer Zufall. Der Dolch ist ein sehr wertvolles Stück, und es war zu erwarten, daß die ägyptische Regierung Anspruch darauf erhob.«

»Kann ich mir vorstellen, daß sie ihn gern im Lande behalten

* Einen ähnlichen Dolch fand der kürzlich verstorbene Earl of Carnarvon zusammen mit Howard Carter bei der königlichen Mumie im Grab des Tut-ench-Amun. Heute ist er im Museum in Kairo.

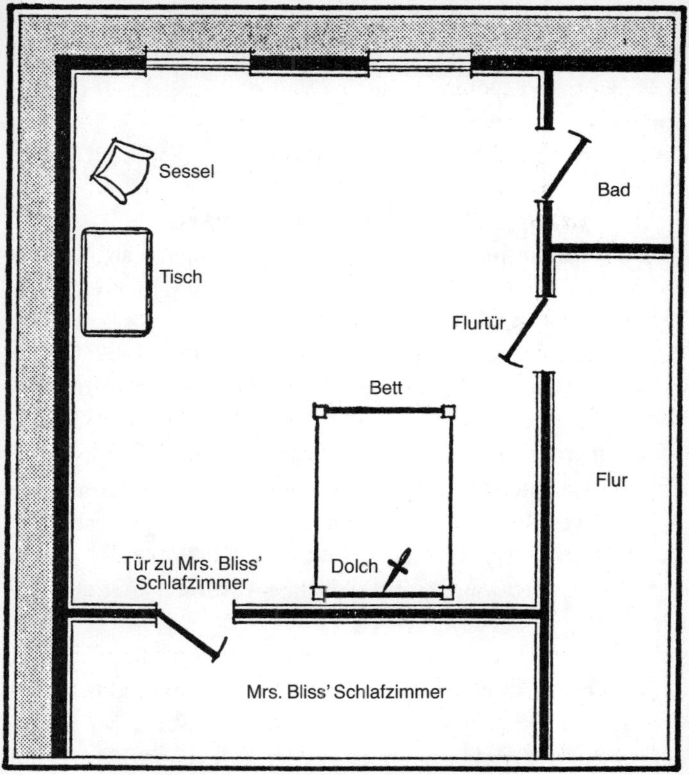

Dr. Bliss' Schlafzimmer

hätten.« Vance warf ihn auf den Tisch. »Und wo bewahren Sie ihn auf?«

»Unter einigen Papieren in einer Schublade im Arbeitszimmer«, antwortete er ohne zu zögern. »Ich habe ihn eher als persönlichen Besitz angesehen; deshalb taucht er im Katalog des Museums nicht auf.«

»Sehr diskret … Wer außer Ihnen wußte von seiner Existenz?«

»Meine Frau natürlich – und …« Er sprach nicht weiter, und ein seltsames Funkeln kam in seine Augen.

»Hören Sie, Doktor«, tadelte Vance. »So geht das nicht. Sprechen Sie Ihren Satz zu Ende.«

»Er war zu Ende. Meine Frau war die einzige, der ich mich anvertraut hatte.«

Vance akzeptierte es und fragte nicht weiter nach.

»Aber jeder im Haus könnte ihn gefunden haben, nicht wahr?«

Bliss nickte nachdenklich.

»Wenn er in meinem Schreibtisch gesucht hätte.«

»Genau das. Wann haben Sie den Dolch zuletzt in Ihrer Schublade gesehen?«

»Heute morgen. Ich wollte einen großen Bogen herausholen, um noch einmal alles für den armen Kyle nachzurechnen …«

»Und wer ist Ihres Wissens im Arbeitszimmer gewesen, seit wir am Nachmittag das Haus verlassen haben?«

Bliss überlegte, und ein verblüffter Ausdruck kam auf sein Gesicht.

»Das möchte ich nicht sagen.«

»Wenn das Ihre Einstellung ist, Doktor«, erwiderte Vance streng, »dann können wir Ihnen nicht helfen. War es Mr. Salveter, der in Ihrem Arbeitszimmer war?«

Bliss hielt einige Sekunden lang inne. Dann biß er die Zähne zusammen.

»Ja!« Er preßte das Wort heraus. »Ich habe ihn nach dem Abendessen hinuntergeschickt, um mir ein Notizbuch zu holen …«

»Und wo hatten Sie das Buch?«

»Im Schreibtisch.« Er sagte es widerwillig. »Aber jeder Versuch, Salveter in Verbindung …«

»Im Augenblick haben wir nicht vor, jemanden in Verbindung mit diesem Vorfall zu bringen«, schnitt Vance ihm das Wort ab. »Wir versuchen nur, soviel Information wie möglich zusammenzutragen … Allerdings müssen Sie zugeben, Doktor«, fügte Vance noch hinzu, »daß der junge Mr. Salveter – wie soll ich es ausdrücken? – recht interessiert an Mrs. Bliss ist …«

»Was soll das heißen?« Bliss richtete sich auf und funkelte Vance wütend an. »Wie können Sie es wagen, solche Andeutungen zu machen? Meine Frau, Sir …«

»Niemand hat Mrs. Bliss etwas vorgeworfen«, entgegnete Vance milde. »Und ein Uhr morgens ist nicht gerade die Zeit für ein Feuerwerk der Entrüstung.«

Bliss sank zurück in seinen Sessel und vergrub das Gesicht in den Händen.

»Vielleicht ist es ja wahr«, gestand er mit verzweifelter Stimme. »Ich bin zu alt für sie – zu vertieft in meine Arbeit … Aber deswegen würde der Junge mich doch nicht umbringen.«

»Das weiß man nie.« Vance sagte es, als sei nichts dabei. »Wüßten Sie denn einen anderen, von dem Sie sich vorstellen könnten, daß er Ihnen die Kehle durchschneidet?«

»Ich weiß es nicht – ich weiß es wirklich nicht.« Er hob klagend die Stimme.

In diesem Augenblick öffnete sich die Tür zum Raum auf der Vorderseite des Hauses, und Mrs. Bliss erschien auf der Schwelle, angetan mit einem langen, fließenden orientalischen Gewand. Sie zeigte keinerlei Anzeichen von Erregung, und ihr Blick war fest, wenn auch die Augen leuchteten, als sie die Szene vor sich sah.

»Was führt die Herren zu so später Stunde noch einmal zurück zu uns?« fragte sie gebieterisch.

»Man hat einen Anschlag auf das Leben Ihres Mannes verübt, Madam«, antwortete Markham finster; »er verständigte uns und bat uns …«

»Ein Anschlag auf sein Leben? Unmöglich!« Sie sprach mit übertriebener Heftigkeit, und ihr Teint war sichtlich bleicher geworden. Dann ging sie zu Bliss und legte in einer liebevoll schützenden Geste die Arme um ihn. Als sie wieder zu Vance aufblickte, schossen ihre Augen Blitze. »Was ist das für eine Absurdität? Wer sollte denn meinen Mann umbringen?«

»Tja, wenn wir das wüßten!« Vance ließ sich von ihrem Blick nicht einschüchtern. »Dann könnten wir den Betreffenden wenigstens wegen tätlichen Angriffs anklagen – das Tatwerkzeug haben wir ja.«

»Was für ein Tatwerkzeug?« fragte sie mit gequälter Miene. »Nun verraten Sie mir doch endlich, was geschehen ist!«

Vance wies auf den Dolch, der auf dem Tisch lag.

»Alles, was wir bisher wissen, ist, daß jenes güld'ne Messer im Kopfende des Bettes steckte, als wir hier eintrafen. Wir waren eben im Begriff, Ihren Mann um einen umfassenden Bericht zu bitten, als Sie – liebreizende Nofretete – an Ihrer Tür erschienen ... Vielleicht« – wandte er sich an Bliss – »wird der Doktor uns nun berichten, was sich zugetragen hat.«

»Viel zu berichten gibt es da nicht.« Bliss setzte sich auf und zog nervös die Falten seines Hausmantels nach. »Bald nach dem Abendessen kam ich hier herauf auf mein Zimmer und legte mich zu Bett. Aber ich konnte nicht schlafen und stand noch einmal auf. Gerade in dem Moment kam Salveter auf dem Weg nach oben vorbei, und ich bat ihn, mir noch ein Notizbuch aus dem Arbeitszimmer zu holen – ich dachte, das könnte meine Gedanken von den Ereignissen des heutigen Tages ablenken ...«

»Einen Moment, Doktor«, schaltete Vance sich ein. »War denn Ihre Tür offen?«

»Ja. Ich hatte sie geöffnet, als ich wieder aufgestanden war, und wollte noch ein wenig mehr Luft hereinlassen – es war sehr stickig im Zimmer ... In dem Notizbuch vertiefte ich mich in einige alte Einträge zur Expedition des vergangenen Winters, aber ich konnte meine Gedanken nicht beisammenhalten, und schließlich schloß ich die Tür, schaltete das Licht aus und legte mich wieder aufs Bett.«

»Können Sie ungefähr sagen, wann das war?«

»Zwischen halb elf und elf, denke ich … Ich lag im Halbschlaf bis Mitternacht – die Uhr dort hat ein Leuchtzifferblatt –, und dann wurde ich unruhig; ich kann nicht erklären warum. Ich mußte an den armen Kyle denken, und da war es mit dem Schlaf endgültig vorbei. Körperlich war ich allerdings hundemüde, und ich blieb liegen und ruhte mich aus … Gegen viertel nach zwölf – inzwischen war alles mäuschenstill, verstehen Sie – hatte ich plötzlich das Gefühl, daß ich auf der Treppe Schritte hörte …«

»Auf welcher Treppe, Doktor?«

»Das konnte ich nicht sagen. Es konnte jemand sein, der aus dem zweiten Stock herunterkam, aber ebensogut konnte er auch von unten heraufkommen. Er ging sehr leise, und wenn ich nicht hellwach und schon angespannt gewesen wäre, hätte ich die Schritte nicht bemerkt. Selbst da war ich mir nicht sicher, ob ich es mir nicht einbildete, aber einmal hatte ich das Gefühl, ich hätte ein leichtes Knarren gehört, als sei eine der Dielen unter dem Teppich lose.«

»Und dann?«

»Ich lag da und überlegte, wer es sein konnte, denn ich wußte, daß alle im Haus früh zur Ruhe gegangen waren. Wirklich Sorgen machte ich mir erst, als ich merkte, daß die Schritte auf meine Tür zukamen und als sie plötzlich innehielten. Ihre Warnung, Mr. Vance, hallte mir in den Ohren, und ich muß gestehen, einen Moment lang war ich starr vor Furcht. Ich spürte, wie meine Haare sich aufrichteten, und mir brach der kalte Schweiß aus.«

Er atmete tief durch, als könne er damit die quälende Erinnerung abschütteln.

»Dann öffnete sich die Tür, leise und langsam. Das Licht auf dem Flur war ausgeschaltet, und hier im Zimmer war es stockfinster – ich konnte nicht sehen, was geschah. Aber ich hörte, wie die Tür sich in den Angeln drehte, und spürte den Lufthauch, der vom Flur hereinkam …«

Ein Schauder lief über seinen Körper, und die Augen leuchteten furchterregend.

»Ich hätte gerufen, aber mein Hals war wie zugeschnürt, und ich wollte auch Mrs. Bliss nicht in Gefahr bringen, die vielleicht zu Hilfe gekommen und der es zum Verhängnis geworden wäre ... Dann blendete mich der Strahl einer Taschenlampe, die mir direkt ins Gesicht schien, und instinktiv drückte ich mich ganz an den Rand des Bettes. Gleich darauf hörte ich einen Laut wie ein Zischen, dann einen dumpfen hölzernen Schlag neben meinem Kopf. Und gleich darauf war mir, als entfernten sich Schritte ...«

»In welche Richtung?« unterbrach Vance ihn wiederum.

»Das kann ich nicht sagen – sie waren sehr leise. Ich hatte nur das Gefühl, daß jemand sich klammheimlich davonmachte ...«

»Was taten Sie danach, Doktor?«

»Zuerst lag ich still, mehrere Minuten lang. Dann schloß ich vorsichtig die Tür und schaltete sämtliche Lichter ein. In dem Augenblick begriff ich auch, woher das Geräusch am Kopfende des Bettes gekommen war, denn das erste, was ich sah, war der Dolch. Da wußte ich, daß es ein Anschlag auf mein Leben gewesen war.«

Vance nickte, griff zum Dolch und wog ihn in der Hand.

»Ja«, sagte er nachdenklich; »die Klinge ist schwerer als der Griff – den hätte auch ein Amateur gut genug werfen können ... Trotzdem eine merkwürdige Methode für einen Mordanschlag«, sinnierte er weiter, mehr zu sich selbst. »Es wäre doch für den Täter viel einfacher und sicherer gewesen, sich ans Bett zu schleichen und seinem Opfer das Messer in die Brust zu stoßen ... Sehr seltsam! Es sei denn, natürlich ...« Er sprach nicht weiter, sondern betrachtete nachdenklich das Bett. Dann zuckte er mit den Schultern und sah Bliss an. »Als Sie den Dolch entdeckt hatten, verständigten Sie mich, nehme ich an?«

»Binnen fünf Minuten. Ich horchte noch eine Weile an der

Tür, dann ging ich hinunter ins Arbeitszimmer und verlangte Ihre Nummer. Danach weckte ich Brush und trug ihm auf, an der Haustür auf Sie zu warten. Ich ging wieder nach oben – im Arbeitszimmer hatte ich mich mit dem Revolver bewaffnet – und blieb hier im Zimmer, bis Sie kamen.«

Mrs. Bliss hatte ihren Mann bei diesem Vortrag mit angespannter Miene beobachtet.

»Ich habe gehört, wie der Dolch das Holz traf«, sagte sie mit leiser, verängstigter Stimme. »Mein Bett steht auf der anderen Seite der Wand. Es muß mich geweckt haben, aber ich dachte nicht weiter darüber nach und schlief wieder ein.« Sie warf den Kopf in den Nacken und blickte Vance finster an. »Eine Schande ist das, ein Skandal! Sie verlangen von meinem Mann, daß er in einem Haus bleibt, in dem ein Mörder umgeht – ein Mörder, der es auf ihn abgesehen hat – und tun nichts, um ihn zu schützen.«

»Aber es ist ihm nichts geschehen, Mrs. Bliss«, erwiderte Vance sanft und doch streng. »Er hat eine Stunde Schlaf verloren, aber eine so große Katastrophe ist das nicht. Und ich kann Ihnen versichern, daß keine weitere Gefahr für ihn besteht.« Er sah der Frau fest in die Augen, und ich spürte, daß in diesem Moment, in dem sie sich gegenseitig studierten, ein Einklang zwischen ihnen entstand, eine Verständigung.

»Ich hoffe, Sie finden den Täter«, sagte sie nachdenklich, mit tragischem Unterton. »Ich kann die Wahrheit ertragen – jetzt schon.«

»Sie sind eine sehr mutige Frau, Madam«, murmelte Vance. »Und in der Zwischenzeit helfen Sie uns am besten, wenn Sie auf Ihr Zimmer zurückkehren und dort warten, bis Sie von uns hören. Sie können mir vertrauen.«

»Oh, das weiß ich!« Einen Moment lang zögerte sie. Dann beugte sie sich vor, hauchte Bliss einen Kuß auf die Stirn und ging ins Nachbarzimmer zurück.

Vance blickte ihr nach mit einem merkwürdigen Ausdruck in den Augen; ich konnte nicht sagen, ob es Kummer oder Bedauern war oder Bewunderung. Als sich die Tür hinter ihr geschlossen hatte, spazierte er zum Tisch und legte den Dolch wieder dort ab.

»Ich überlege, Doktor«, sagte er. »Verschließen Sie Ihre Tür nachts denn nicht?«

»Immer«, antwortete er sofort. »Es macht mich nervös, wenn sie unverschlossen ist.«

»Und wie war das heute nacht?«

»Das habe ich mich auch schon gefragt.« Bliss legte die Stirn in Falten. »Ich bin sicher, ich habe sie abgeschlossen, als ich heraufkam. Aber wie gesagt bin ich ja später noch einmal aufgestanden und habe sie geöffnet, um Luft hereinzulassen. Meine einzige Erklärung ist, daß ich danach vergessen habe, sie wieder zu verschließen. Das wäre denkbar; ich war schließlich sehr durcheinander ...«

»Es hätte niemand von außen aufschließen können?«

»Nein, da bin ich mir sicher. Der Schlüssel steckte im Schloß, so wie Sie ihn jetzt sehen.«

»Was ist mit Fingerabdrücken draußen auf dem Türknauf?« fragte Heath. »Auf dem geschliffenen Glas wären die wunderbar zu sehen.«

»Aber Sergeant!« Vance schüttelte verzweifelt den Kopf. »Glauben Sie mir – wer hinter dieser Intrige steckt, der ist nicht so dumm, daß er, wo er geht und steht, seine Visitenkarte hinterläßt ...«

Bliss sprang auf.

»Mir ist gerade etwas eingefallen!« rief er. »Zu diesem Dolch gehört eine Scheide aus Gold und Cloisonné, und wenn diese Scheide nicht mehr in meinem Schreibtisch ist, dann könnte – dann wäre es doch ...«

»Aber ja.« Vance nickte. »Da haben Sie recht. Die Scheide könnte noch im Besitz des verhinderten Mörders sein. Ein ausgezeichnetes Indiz ... Sergeant, würden Sie so freundlich sein und mit Dr. Bliss hinunter ins Arbeitszimmer gehen und nachsehen, ob mit dem Dolch auch die Scheide entwendet wurde? Wir wollen uns ja nicht unnötig Gedanken machen, und in Wirklichkeit liegt sie in der Schublade.«

Heath begab sich sogleich auf den Flur, und Bliss folgte ihm. Wir konnten hören, wie sie zum Erdgeschoß hinabstiegen.

»Was denken Sie über die Sache, Vance?« fragte Markham, als wir allein waren. »Ich habe das Gefühl, die Lage ist ernst.«

»Ich denke eine ganze Menge«, antwortete Vance finster. »Und die Lage *ist* ernst. Aber der Anschlag war ja zum Glück nicht gerade gelungen. Es war sogar die reine Stümperei.«

»Das ist wahr«, stimmte Markham ihm zu. »Wieso wirft jemand ein Messer über zwei Meter oder mehr, wenn er auch hingehen und zustechen könnte?«

»Ach, das?« Vance hob die Augenbrauen. »An die Technik des Messerwerfers hatte ich nicht gedacht. Es gibt andere Punkte an dieser Affäre, die mir noch unglaubwürdiger vorkommen. Ich verstehe das alles nicht. Vielleicht war die Panik zu groß. Aber vielleicht bringt uns die Idee des Doktors mit der Scheide weiter; vielleicht liefert uns das den Schlüssel zu der ganzen Sache.«

Wir hörten, wie Bliss und Heath wieder die Treppe heraufkamen.

»Also, das Ding ist weg«, informierte der Sergeant uns, als die beiden wieder eintraten.

»Zweifellos zusammen mit dem Dolch gestohlen«, fügte Bliss noch hinzu.

»Wie wär's, wenn ich ein paar von den Jungs kommen lasse«, schlug Heath vor, »und wir sehen uns mal im Haus um?«

»Das wird nicht nötig sein, Sergeant«, erwiderte Vance. »Ich könnte mir vorstellen, daß die Scheide nicht schwer zu finden sein wird.«

Markham verlor allmählich die Geduld mit Vance' ausweichender Art.

»Sie wissen wahrscheinlich ganz genau«, meinte er mit einer Spur Sarkasmus, »wo die Scheide zu finden ist.«

»Ja, ich denke schon.« Vance sagte es nachdenklich und ernst. »Aber die Überprüfung meiner Theorie verschieben wir auf später … In der Zwischenzeit« – wandte er sich an Bliss – »wäre ich Ihnen sehr dankbar, wenn Sie auf Ihrem Zimmer blieben, bis wir mit den Ermittlungen fertig sind.«

Bliss erklärte seine Bereitschaft mit einer Verneigung.

»Wir begeben uns für eine Weile ins Wohnzimmer«, fuhr Vance fort. »Da ist noch eine Kleinigkeit zu tun.«

Er ging in Richtung Tür, dann hielt er inne, als sei ihm etwas eingefallen, ging zum Tisch, nahm den Dolch und steckte ihn in die Tasche. Bliss schloß die Tür hinter uns, und wir hörten, wie der Schlüssel sich im Schloß drehte. Markham, Heath und ich nahmen die Treppe nach unten, Vance bildete die Nachhut.

Wir waren erst wenige Schritte gegangen, als eine ruhige und beherrschte Stimme, die vom Flur des Stockwerks über uns kam, uns innehalten ließ.

»Kann ich von Nutzen sein, Effendi?«

Die unerwartete Stimme in dem stillen, kaum erleuchteten Haus ließ uns zusammenfahren, und instinktiv wandten wir uns um. Am oberen Absatz der Treppe in den zweiten Stock konnten wir die Umrisse der Gestalt Hanis ausmachen, sein langer Kaftan ein schwarzer Fleck vor der schwach erleuchteten Wand dahinter.

»Oh, unbedingt!« antwortete Vance munter. »Wir sind eben auf dem Weg ins Wohnzimmer zu einer kleinen Séance. Leisten Sie uns Gesellschaft, Hani.«

Kapitel 18
Ein Licht im Museum

(Samstag, 14. Juli, 1 Uhr 15 morgens)

Hani ging mit uns nach unten. Er war sehr beherrscht und würdevoll, und sein unergründlicher Blick war fest auf Vance geheftet wie die Augen eines altägyptischen Priesters, der vor dem Schrein des Osiris meditiert.

»Wie kommt es, daß Sie um diese Zeit noch auf den Beinen sind?« fragte Vance beiläufig. »Doch nicht wieder Ihre Gastritis?«

»Nein, Effendi.« Hani sprach in bedächtigem, gemessenem Ton. »Ich stand auf, als ich Sie mit Brush sprechen hörte. Ich schlafe stets bei offener Tür.«

»Dann haben Sie vielleicht auch Sachmet gehört, als sie in der Nacht das Haus von neuem heimsuchte?«

»Sachmet ist zurückgekehrt?« Der Ägypter hob ein wenig den Kopf, milde interessiert.

»So könnte man sagen … Aber von einer Göttin sollte man bessere Arbeit erwarten. Schon zum zweiten Mal hat sie alles verdorben.«

»Und Sie sind sicher, daß sie es nicht mit Absicht verdarb?« So ruhig Hani es auch sagte, lag doch Nachdruck darin.

Vance betrachtete ihn einen Moment lang. Dann sagte er:

»Haben Sie kurz nach Mitternacht Schritte gehört, auf der Treppe oder auf dem Gang im ersten Stock?«

Hani schüttelte bedächtig den Kopf.

»Ich habe nichts gehört. Aber bevor Sie kamen, muß ich etwa eine Stunde lang geschlafen haben, und ein leiser Schritt auf dem schweren Teppich hätte mich kaum geweckt.«

»Dr. Bliss«, erklärte Vance, »ging persönlich nach unten, um mich anzurufen. Haben Sie ihn ebenfalls nicht gehört?«

»Ich habe nichts gehört, bevor die Herren auf den Flur im

Erdgeschoß kamen und mit Brush redeten. Ihre Stimmen oder vielleicht das Öffnen der Tür weckten mich. Später konnte ich Ihre Stimmen dumpf aus Dr. Bliss' Zimmer hören, das direkt unter dem meinen liegt; von Ihrer Unterhaltung war jedoch nichts zu verstehen.«

»Und dann haben Sie auch nicht bemerkt, daß jemand gegen Mitternacht das Licht auf dem Flur des ersten Stocks ausgedreht hatte?«

»Wenn ich nicht geschlafen hätte, hätte ich es gewiß bemerkt, denn ein Lichtschein dringt von unten über das Treppenhaus bis zu meinem Zimmer. Doch als ich erwachte, brannte das Licht wie immer.« Hani runzelte ein wenig die Stirn. »Wer hätte um diese Zeit das Flurlicht ausschalten sollen?«

»Das frage ich mich ...« Vance sah den Ägypter unverwandt an. »Von Dr. Bliss haben wir eben gehört, daß es jemand war, der in der Absicht kam, ihn zu ermorden.«

»Ah!« Der Ausruf kam wie ein erleichterter Seufzer. »Aber der Mordversuch, wenn ich es recht verstehe, schlug fehl.«

»So ist es. Ein regelrechtes Fiasko. Der Mörder stellte es dumm an und gefährlich dazu.«

»Das war nicht Sachmet«, verkündete Hani mit Grabesstimme.

»Nicht?« Vance lächelte. »Sie ruht, darf ich vermuten, nach wie vor an der Seite des großen Westwinds am Himmel?* ... Da bin ich ja froh, daß wir wenigstens eine Verdächtige ausschließen können. Und wenn wir uns einig sind, daß keine Mächte aus dem Jenseits am Werke waren, können Sie mir vielleicht auch sagen, wer ein Motiv gehabt hätte, dem Doktor die Kehle durchzuschneiden.«

* Eine scherzhafte Anspielung auf die Erklärung der Sachmet im Totenbuch der Ägypter, im Kapitel zur Mundöffnung des Osiris Ani:

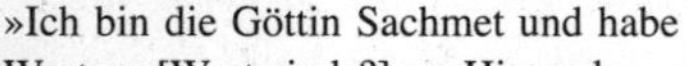

»Ich bin die Göttin Sachmet und habe meinen Platz an der Seite des Großen Westens [Westwinds?] am Himmel.«

»Es gibt viele, die keine Träne vergössen, wenn er dies Leben verließe; aber ich kenne keinen, der es auf sich nehmen würde, den Aufbruch zu beschleunigen.«

Vance zündete sich eine *Régie* an und setzte sich.

»Hani, wie sind Sie auf die Idee gekommen, daß Sie uns von Nutzen sein könnten?«

»Genau wie Sie, Effendi«, antwortete er leise, »rechnete ich damit, daß in der heutigen Nacht hier im Hause etwas Schlimmes, vielleicht sogar Gewalttätiges geschehen würde. Und als ich Sie zurückkommen und in Dr. Bliss' Zimmer gehen hörte, fragte ich mich, ob das Erwartete geschehen war. Deshalb wartete ich am Treppenabsatz, bis Sie herauskamen.«

»Sehr aufmerksam und vorausschauend von Ihnen«, murmelte Vance und nahm mehrere Züge von seiner Zigarette. Nach einer Weile fragte er: »Wenn Mr. Salveter am späten Abend, nachdem Sie zu Bett gegangen waren, aus seinem Zimmer gekommen wäre, hätten Sie das bemerkt?«

Der Ägypter zögerte, und seine Pupillen verengten sich.

»Ich glaube schon. Sein Zimmer liegt genau gegenüber meinem ...«

»Ich bin mit der Lage vertraut.«

»Es scheint mir unwahrscheinlich, daß Mr. Salveter seine Zimmertür öffnen und herauskommen könnte, ohne daß ich es bemerkte.«

»Aber ganz unmöglich ist es nicht, nicht wahr?« beharrte Vance. »Wenn Sie schliefen und Mr. Salveter guten Grund hatte, Sie nicht zu wecken, dann könnte er so leise herausgekommen sein, daß Sie weitergeschlafen und nichts davon bemerkt hätten.«

»Vorstellbar wäre es«, gestand Hani widerstrebend ein. »Aber ich bin mir sicher, daß er sein Zimmer, nachdem er sich zur Ruhe begeben hatte, nicht noch einmal verlassen hat.«

»Da ist der Wunsch, fürchte ich, der Vater Ihrer Überzeugung«, seufzte Vance. »Aber wir wollen nicht zu lange dabei verweilen.«

Hanis Blick war lauernd und besorgt.

»Hat Dr. Bliss Andeutungen gemacht, Mr. Salveter habe sein Zimmer am Abend noch einmal verlassen?«

»Im Gegenteil«, versicherte Vance ihm. »Der Doktor wies ausdrücklich jeden Gedanken weit von sich, der Urheber der Schritte, die er um Mitternacht draußen auf dem Gang vernahm, könne Mr. Salveter gewesen sein.«

»Damit hat Dr. Bliss vollkommen recht«, erklärte der Ägypter.

»Andererseits beharrte der Doktor darauf, Hani, daß ein potentieller Mörder durchs Haus schlich. Wer könnte es denn sonst gewesen sein?«

»Das könnte ich nicht sagen.« Hani wirkte beinahe gleichgültig.

»Sie halten es nicht für möglich, daß es Mrs. Bliss war?«

»Niemals!« Sofort kam Leben in seine Stimme. »Meryt-Amen hätte keinen Grund gehabt, auf den Flur zu gehen. Eine Tür führt von ihrem Zimmer in das ihres Mannes ...«

»Das habe ich vorhin selbst feststellen können – sie schloß sich unserer kleinen Zusammenkunft im Zimmer des Doktors an. Und ich muß sagen, Hani, daß sie sich sehnlich wünschte, daß wir den Übeltäter finden, der den Anschlag auf das Leben ihres Mannes verübte.«

»Sehnlich, Effendi – und bekümmert.« Ein neuer Unterton war in Hanis Stimme gekommen. »Sie versteht die Dinge, die heute geschehen sind, noch nicht. Aber wenn sie begreift ...«

»Solche Spekulationen wollen wir für den Augenblick lassen«, unterbrach Vance ihn brüsk. Er griff in die Tasche und holte den Golddolch hervor. »Haben Sie den schon einmal gesehen?« fragte er und hielt dem Ägypter die Waffe hin.

Der Mann riß die Augen auf, als er das gold- und juwelenglänzende Stück sah. Zuerst war er fasziniert, doch schon im nächsten Augenblick verdüsterte sich seine Miene, und die

Kinnmuskeln spannten sich an. Es war zu spüren, wie die Wut in ihm aufstieg.

»Woher kommt dieser Pharaonendolch?« fragte er, bemüht, seine Gefühle unter Kontrolle zu halten.

»Dr. Bliss hat ihn aus Ägypten mitgebracht«, erklärte Vance.

Hani nahm den Dolch und betrachtete ihn andachtsvoll unter der Tischlampe.

»Er kann nur aus dem Grab des Aja kommen. Auf dem Kristallknauf eingraviert ist, wenn auch nur schwach zu erkennen, die königliche Kartusche. Lesen Sie selbst: Cheper-chepru-Re Iri-Maat ...«

»Ja doch. Der letzte Pharao der 18. Dynastie. Der Doktor fand den Dolch bei seinen Ausgrabungen im Tal der Könige.« Vance beobachtete den Ägypter aufmerksam. »Und Sie sind sicher, daß Sie ihn nie zuvor gesehen haben?«

Hani richtete sich stolz auf.

»Hätte ich ihn gesehen, so hätte ich meiner Regierung Bericht erstattet. Dann wäre er nicht mehr im Besitz eines fremden Grabräubers, sondern würde liebevoll in Kairo gepflegt, im Land, in das er gehört ... Dr. Bliss tat gut daran, daß er ihn verborgen hielt.«

Es klang bitterer Haß aus seinen Worten; doch mit einem Mal änderte sich sein Benehmen.

»Darf ich mir die Frage erlauben, wann Sie diesen Königsdolch entdeckt haben?«

»Vor einigen Minuten«, antwortete Vance. »Im Zimmer des Doktors. Er steckte im Kopfende des Bettes, gerade hinter der Stelle, an der eine Sekunde vorher noch sein Kopf gewesen war.«

Hanis Blick wanderte über Vance hinaus in weite Ferne, und er sah sehr nachdenklich aus.

»Gehörte keine Scheide zu diesem Dolch?«

»Oh doch.« Vance beobachtete den anderen genau. »Gold und Cloisonné – obwohl ich sie bisher nicht gesehen habe. Sie müssen wissen, Hani, wir interessieren uns sehr für diese Scheide. Sie ist verschwunden – *perdu* irgendwo hier im Haus. Für später haben wir uns eine kleine Suchaktion vorgenommen.«

Hani nickte verstehend.

»Und wenn Sie sie finden – sind Sie sicher, daß Sie dann mehr wissen als jetzt?«

»Es könnte mir zumindest meinen Verdacht bestätigen.«

»Wenn jemand die Scheide wirklich verbergen wollte, wäre das nicht schwer«, gab Hani zu bedenken.

»Ich denke nicht, daß es große Mühe machen wird, sie zu finden.« Vance erhob sich und blickte dem Mann ins Gesicht. »Hätten Sie vielleicht einen Vorschlag beizusteuern, wo wir mit unserer Suche am besten beginnen?«

»Nein, Effendi«, erwiderte Hani nach einigem Zögern. »Im Moment nicht. Ich bräuchte Zeit, um darüber nachzudenken.«

»Nun gut. Dann gehen Sie auf Ihr Zimmer und versenken Sie sich in Meditation. Eine große Hilfe sind Sie uns nicht.«

Hani reichte ihm den Dolch zurück und ging zur Tür.

»Und seien Sie so gut«, bat Vance ihn noch, »klopfen Sie an Mr. Salveters Tür und sagen Sie ihm, wir möchten ihn hier unten sehen, und zwar auf der Stelle.«

Hani verneigte sich und verschwand.

»Ich mag diesen Burschen nicht«, brummte Heath, als der Ägypter fort war. »Der ist aalglatt. Und er weiß etwas, was er uns nicht verrät. Auf den würde ich gern mal meine Jungs mit einem Stück Gartenschlauch loslassen – da würde der schon gesprächig … Würde mich gar nicht wundern, Mr. Vance, wenn er das Messer selbst geworfen hätte. Haben Sie gesehen, wie er es gehalten hat, flach auf die Handfläche mit der Spitze zu den Fingern hin? – genau wie die Messerwerfer im Zirkus.«

»Oh, ich kann mir schon vorstellen, daß er weiß, was er gern mit diesem Messer und Dr. Bliss' Kehle anstellen würde«, gestand Vance ihm zu. »Aber die ganze Dolch-Episode macht mir nicht halb so viele Sorgen wie das, was in dieser Nacht *nicht* geschehen ist.«

»Also ich hätte ja gesagt, es ist auch so genug passiert«, meinte Heath.

Markham blickte Vance forschend an.

»Was geht Ihnen durch den Kopf?« fragte er.

»Sehen Sie, das Bild, das sich uns am heutigen Abend bot, war unvollständig. Ich konnte die Stellen erkennen, an denen die Untermalung noch durchschien. Und der Firnis fehlte ganz. Es fehlte noch eine Figur auf dieser Leinwand – die Harmonie stimmte nicht …«

Doch nun hörten wir wieder Schritte auf der Treppe. Salveter, einen zerknitterten Seiden-Hausmantel über dem Schlafanzug, zwinkerte mit den Augen, als er ins Licht des Wohnzimmers trat. Er schien nur halb wach, doch als seine Pupillen sich an die Helligkeit gewöhnt hatten, musterte er uns vier aufmerksam genug und warf einen Blick auf die bronzene Uhr auf dem Kaminsims.

»Was gibt es Neues?« fragte er. »Was ist geschehen?« Er wirkte verwirrt und beklommen.

»Ich erhielt einen Anruf von Dr. Bliss, in dem er mir mitteilte, man habe einen Mordanschlag auf ihn verübt«, erklärte Vance, »und da dachten wir, wir schauen noch einmal vorbei … Wissen Sie etwas über die Sache?«

»Liebe Güte, nein!« Salveter ließ sich in einen Sessel neben der Tür fallen. »Jemand hat versucht, den Doktor umzubringen? Wann? … Wie?« Er suchte in den Taschen seines Mantels, und Vance, der die Bewegungen zu deuten wußte, hielt ihm sein Zigarettenetui hin. Salveter zündete die *Régie* mit zitternden Fingern an und nahm einige tiefe Züge.

»Kurz nach Mitternacht«, antwortete Vance. »Aber der Anschlag scheiterte kläglich.« Er warf Salveter den Dolch in den Schoß. »Haben Sie dieses Prachtstück schon einmal gesehen?«

Salveter betrachtete die Waffe einige Sekunden lang, ohne sie zu berühren. Seine Miene wurde zusehends ungläubiger, und er nahm den Dolch vorsichtig in die Hand und begutachtete ihn.

»Den sehe ich zum ersten Mal«, sagte er ehrfurchtsvoll. »Der muß einen ungeheuren Wert haben – archäologischen Wert, meine ich. Wo um alles in der Welt haben Sie den her? Zur Sammlung Bliss gehört er jedenfalls nicht.«

»Oh, in gewisser Weise schon«, versicherte Vance ihm. »Aus der Privatsammlung, könnte man sagen. Stets verborgen gehalten, damit kein unberufenes Auge es sieht.«

»Ich kann nur staunen. Ich wette, die ägyptischen Behörden wissen davon nichts.« Salveter blickte abrupt auf. »Hat dieser Dolch etwas mit dem Anschlag auf den Doktor zu tun?«

»Er ist das Hauptrequisit«, erwiderte Vance leichthin. »Als wir kamen, steckte er in Dr. Bliss' Zimmer im Kopfteil des Bettes, offenbar mit Macht auf die Stelle geschleudert, an der sein Hals zu vermuten war.«

Salveter legte die Stirn in Furchen und preßte die Lippen aufeinander.

»Hören Sie Mr. Vance«, sagte er schließlich. »Wir haben ja nun keine malaiischen Messerwerfer im Haus ... Es sei denn« – der Gedanke schien ihn zu beschäftigen – »Hani versteht sich auf diese Kunst. Orientalen wissen ja oft die seltsamsten Dinge.«

»Der Auftritt zur heutigen Mitternacht war nicht das, was man ohne Einschränkungen künstlerisch nennen würde. Man könnte sogar sagen, er hatte etwas ausgesprochen Amateurhaftes. Ich bin sicher, ein Malaie mit seinem Kris hätte es besser gemacht. Zunächst einmal konnte Dr. Bliss die Schritte auf dem Flur und das Öffnen der Tür deutlich hören; und zum zweiten zögerte der Täter, nachdem er ihm mit einer Lampe ins Gesicht geleuchtet hatte, bis zum tatsächlichen Wurf so lange, daß der Doktor Zeit hatte, seinen Kopf aus der Wurflinie zu ziehen ...«

Hani erschien wieder in der Tür und hielt etwas in der Hand. Er kam herein und legte es auf den Tisch.

»Hier, Effendi«, sagte er leise, »ist die Scheide für den königlichen Dolch. Ich fand sie im Flur des ersten Stocks an die Wand gelehnt, nicht weit vom Treppenabsatz.«

Vance würdigte sie kaum eines Blickes.

»Tausend Dank«, schnurrte er. »Ich hatte mir schon gedacht, daß Sie sie finden würden. Nur war sie natürlich nicht auf dem Flur.«

»Glauben Sie mir …«

»Aber ja.« Vance blickte Hani fest in die Augen, und nicht lange, und er konnte ein leises Lächeln nicht unterdrücken. »Stimmt es nicht, Hani«, fragte er streng, »daß Sie die Scheide genau da gefunden haben, wo Sie und ich sie auch vermutet hatten?«

Der Ägypter antwortete nicht sogleich. Dann sagte er: »Ich habe meine Geschichte erzählt, Effendi. Nun können Sie selbst Ihre Schlüsse daraus ziehen.«

Vance schien zufrieden und machte eine Handbewegung in Richtung Tür.

»Dann ab ins Bett mit Ihnen, Hani. Wir brauchen Sie heute abend nicht mehr. *Leiltak sa'îda.*«

»Leiltak sa'îda wemubâraka.« Hani verneigte sich und ging.

Vance griff nach der Scheide, nahm Salveter den Dolch aus der Hand, steckte ihn hinein und musterte kritisch die Goldschmiedearbeit.

»Ägäischer Einfluß«, murmelte er. »Hübsch, aber zu verspielt. Die kunstvollen Blumenornamente der 18. Dynastie sind für die frühägyptische Kunst das, was für die klassischen griechischen Säulenordnungen die byzantinische Zuckerbäckerkunst ist.« Er hielt sich die Scheide näher vors Monokel. »Und hier hätten wir ein Ornament, das Sie vielleicht interessiert, Mr. Salveter. Die Schnörkel treffen sich zum Bild eines Schakalkopfs.«

»Anûpu, nicht wahr? Hanis Vorname. Das ist ja kurios.« Salveter erhob sich und betrachtete die Verzierungen. »Das wäre ein Punkt, den wir bedenken sollten, Mr. Vance«, sagte er nach einer Weile. »Diese Kopten aus den niederen Schichten, so christlich sie sich nach außen auch geben, sind ausgesprochen abergläubische Leute. Ihr ganzer Verstand ist von einem einzigen traditionellen Muster geprägt: Sie versuchen alles im Licht ihrer strengen Symbolik zu sehen. In letzter Zeit hat es unter denen, die an den Ausgrabungen in Ägypten beteiligt waren, neun mehr oder weniger zufällige Todesfälle gegeben,* und die Einheimischen glauben, so lächerlich das ist, allen Ernstes, die Dämonen ihrer Vorfahren hätten in den Gräbern Wache gestanden und die Wissenschaftler aus Rache umgebracht. Der Glaube an solche bösen Geister ist weit verbreitet … Und hier haben wir Hani, einen im Grunde seines Herzens abergläubischen Ägypter, der Dr. Bliss und seine Arbeit haßt: – Wäre es nicht denkbar, daß er den Tod des Doktors durch einen Dolch aus dem Schatz eines Pharaos als eine Art mystischer Wiedergutmachung ansehen würde, ganz in der Art all dieser irrationalen Gespenstergeschichten? Und Hani könnte den Schakalkopf auf der Scheide sogar als Aufforderung verstehen – als Zeichen daß er, der seinen Namen nach dem schakalköpfigen Gott Anubis trägt, von den Göttern auserwählt ist, diesen Akt der Rache zu vollziehen.«

»Eine bezaubernde Theorie«, meinte Vance, ein wenig gelangweilt. »Aber zu weit hergeholt, fürchte ich. Ich komme nämlich immer mehr zu dem Schluß, daß Hani nicht halb so dumm und abergläubisch ist, wie er uns weismachen will. Er ist

* Salveter denkt dabei an den Earl of Carnarvon, Colonel the Honourable Aubrey Herbert, General Sir Lee Stack, George J. Gould, Woolf Joel, Sir Archibald Douglas Reid, Professor Lafleur, H. G. Evelyn-White und Professor Georges-Aaron Bénédite. Seither sind zwei Namen zu dieser Todesliste hinzugekommen – the Honourable Richard Bethell, Sekretär Howard Carters, und Lord Westbury.

eine Art Theogonius unserer Tage, der erkannt hat, daß man sich hinter der Maske der Einfalt gut verstecken kann.«*

Salveter nickte nachdenklich.

»Darüber habe ich mir auch schon meine Gedanken gemacht … Aber wer sonst …«

»Ah! Wer sonst?« seufzte Vance. »Sagen Sie, Mr. Salveter, wann sind Sie am Abend zu Bett gegangen?«

»Um halb elf«, erwiderte Salveter bissig. »Und ich bin nicht mehr wach gewesen, bis Hani mich vorhin geweckt hat.«

»Das heißt, Sie gingen auf Ihr Zimmer, unmittelbar nachdem Sie für Dr. Bliss das Notizbuch aus seinem Arbeitszimmer geholt hatten.«

»Oh, das hat er Ihnen erzählt? … Ja. Ich gab ihm das Buch und ging dann nach oben.«

»Das Buch war, wie ich höre, im Schreibtisch.«

»Stimmt. Aber warum soviel Aufhebens wegen eines Notizbuchs?«

»Der Dolch«, erklärte Vance, »befand sich ebenfalls in einer der Schubladen im Schreibtisch des Doktors.«

Salveter sprang auf.

»Ich sehe schon!« Sein Gesicht war fahl.

»Nichts sehen Sie«, versicherte Vance ihm milde. »Und ich wüßte es sehr zu schätzen, wenn Sie Ihr Temperament im Zaum hielten. So stürmisch, wie Sie sind, werde ich ja noch seekrank davon. – Sagen Sie mir lieber, ob Sie heute nacht Ihre Schlafzimmertür verschlossen hatten.«

»Ich schließe sie nachts immer ab.«

»Und bei Tage?«

»Da steht sie offen – damit Luft hereinkommt.«

* Theogonius war ein Freund des Simon Magus, der aus Furcht vor dem Kaiser Caligula den Schwachsinnigen spielte, um seine Weisheit zu verbergen. Sueton nennt ihn Theogonius; bei Scaliger, Casaubon und anderen Historikern lautet der Name Telegenius.

»Und nachdem Sie zu Bett gegangen waren, hörten Sie nichts mehr?«

»Nicht das Geringste. Ich bin sofort eingeschlafen – die Nervenanspannung, nehme ich an.«

Vance erhob sich.

»Nur noch eine letzte Frage: Wo hat die Familie zu abend gegessen?«

»Im Frühstücksraum. Abendessen kann man es eigentlich kaum nennen. Niemand war hungrig. Eher ein leichter Imbiß. Deshalb haben wir unten gegessen. Weniger Aufwand.«

»Und was haben die einzelnen Mitglieder des Haushalts nach dem Essen getan?«

»Hani ging, glaube ich, gleich nach oben. Der Doktor, Mrs. Bliss und ich saßen noch etwa eine Stunde lang hier im Wohnzimmer beisammen, dann entschuldigte der Doktor sich und ging auf sein Zimmer. Ein wenig später folgte Meryt-Amen ihm, und ich blieb noch bis etwa halb elf hier und versuchte zu lesen.«

»Danke, Mr. Salveter. Das wäre alles.« Vance ging zum Flur. »Ich möchte Sie nur noch bitten, Mrs. Bliss und dem Doktor Bescheid zu sagen, daß wir sie heute nacht nicht mehr stören werden. Wahrscheinlich werden wir uns morgen wieder melden … Kommen Sie, Markham. Hier ist jetzt nichts mehr zu tun.«

»Ich hätte hier noch eine ganze Menge zu tun«, protestierte Heath mürrisch. »Aber hier geht es ja zu wie beim Kaffeeklatsch. Jemand im Haus hat diesen Dolch geworfen, und wenn ich tun dürfte, was ich für richtig halte, dann würde ich schon herausbekommen, wer das war.«

Markham bemühte sich diplomatisch, die schlechte Laune des Sergeants zu heben, doch ohne nennenswerten Erfolg.

Inzwischen standen wir vor der Haustür und waren schon im Begriff zu gehen, als Vance noch einmal innehielt, um sich eine Zigarette anzuzünden. Er stand vor der großen Stahltür zum

Museum, und ich sah, wie sein ganzer Körper sich plötzlich spannte.

»Einen Moment noch, Mr. Salveter!« rief er, und Salveter, der schon fast den oberen Treppenabsatz erreicht hatte, machte kehrt und kam noch einmal herunter. »Wieso brennt Licht im Museum?«

Ich sah zum Fußende der Tür, auf das Vance den Blick geheftet hatte, und erst jetzt bemerkte ich den winzigen Lichtstreifen dort. Auch Salveter blickte hinunter und runzelte die Stirn.

»Ich habe keine Ahnung«, sagte er verblüfft. »Wer als letzter das Museum verläßt, schaltet das Licht aus. Aber soviel ich weiß, ist am Abend niemand hier gewesen ... Ich sehe nach.« Er ging auf die Tür zu, aber Vance verstellte ihm den Weg.

»Machen Sie sich nicht die Mühe.« Seine Worte duldeten keinen Widerspruch. »Ich kümmere mich selbst darum ... Gute Nacht.«

Salveter wollte protestieren, doch dann ging er ohne ein weiteres Wort nach oben.

Als er um die Biegung des oberen Absatzes verschwunden war, drehte Vance lautlos den Knauf und schob die Museumstür auf. Unter uns, auf der gegenüberliegenden Seite an dem Schreibtisch neben dem Obelisken, umgeben von Karteikästen, Fotografien und Aktenmappen, saß Scarlett. Jacke und Weste hatte er über die Stuhllehne gehängt, die Augen beschattete ein Schirm aus grünem Zelluloid; in der Hand hielt er eine Feder und trug etwas in eine große Kladde ein.

Er blickte auf, als die Tür sich öffnete.

»Oh, Hallo!« rief er gutgelaunt. »Ich dachte, Sie sind für heute mit dem Bliss-Haushalt fertig.«

»Das war gestern«, entgegnete Vance, ging die Treppe hinab und zu ihm hinüber.

»Was!« Scarlett faßte hinter sich und holte seine Uhr hervor. »Allmächtiger! Sie haben recht. Ich hatte ja keine Ahnung, wie spät es schon ist. Seit acht bin ich hier bei der Arbeit ...«

»Bemerkenswert.« Vance betrachtete einige der aufgestellten Bilder. »Hochinteressant ... Wer hat Sie eigentlich eingelassen?«

»Brush natürlich.« Scarlett schien erstaunt, daß er fragte. »Erklärte mir, die anderen säßen unten beim Essen. Ich habe ihm gesagt, er soll sie nicht stören – ich wolle nur noch eine Arbeit zu Ende bringen ...«

»Er hat uns nichts davon gesagt, daß Sie hier sind.« Vance schien ganz vertieft in eine Aufnahme von vier Amulettarmbändern.

»Warum hätte er das tun sollen, Vance?« Scarlett war aufgestanden und schlüpfte in seine Jacke. »Es kommt oft vor, daß ich am Abend noch einmal herkomme und arbeite. Für ihn ist es selbstverständlich, daß ich komme und gehe. Wenn ich noch spätabends hier bin, schalte ich das Licht aus, wenn ich gehe, und vergewissere mich, daß die Haustür verschlossen ist. Nichts Ungewöhnliches, daß ich nach dem Abendessen noch einmal vorbeischaue.«

»Das wird dann wohl die Erklärung dafür sein, daß Brush uns nichts gesagt hat.« Vance warf die Fotografien wieder auf den Tisch. »Was nicht heißt, daß nicht doch etwas Ungewöhnliches heute abend hier geschehen ist.« Er legte den Dolch in seiner Scheide vor Scarlett auf den Tisch. »Was wissen Sie über dieses bizarre Schmuckstück?«

»Oh, eine ganze Menge.« Scarlett grinste, dann sah er Vance fragend an. »Aber wie kommt er zu Ihnen? Der Doktor sorgt doch sonst dafür, daß er im Giftschrank bleibt.«

»Tatsächlich?« Vance mimte den Überraschten. »Das heißt, Sie kennen den Dolch?«

»Gut genug. Ich war dabei, als der alte Gauner ihn fand und in seinem Khakihemd verschwinden ließ. Ich habe den Mund gehalten – ging mich ja nichts an. Später, als wir hier in New York angekommen waren, erzählte er mir, daß er ihn aus Ägypten herausgeschmuggelt habe, und verriet mir auch, daß er im

Arbeitszimmer versteckt sei. Er machte sich ständig Sorgen, daß Hani ihn finden könnte, und ich mußte ihm schwören, daß ich nichts verrate. Ich war's zufrieden. Was macht ein Dolch mehr oder weniger schon für einen Unterschied? Die schönsten Stücke gehen doch ohnehin an das Museum in Kairo.«

»Er hatte ihn unter einigen Papieren in einer Schreibtischschublade verborgen.«

»Ja, ich weiß. Gutes Versteck. Hani kommt nur selten ins Arbeitszimmer ... Aber jetzt bin ich doch neugierig ...«

»Sind wir alle. Schlechte Angewohnheit, nicht wahr?« Vance ließ ihm keine Zeit zum Spekulieren. »Wer wußte sonst noch von dem Dolch?«

»Niemand, soviel ich weiß. Der Doktor hat es Hani sicher nicht erzählt, und ich würde auch sehr bezweifeln, daß er es Mrs. Bliss gestanden hat. Schließlich ist sie Patriotin, und das respektiert der Doktor. Schwer zu sagen, wie sie reagieren würde, wenn sie erführe, daß er ein so wertvolles Stück gestohlen hat.«

»Und Salveter?«

»Kann ich mir nicht vorstellen.« Scarlett verzog das Gesicht. »Er würde es mit Sicherheit Meryt-Amen weitererzählen, Heißsporn, der er ist.«

»Nun«, entgegnete Vance; »einer im Haus muß aber doch davon gewußt haben. Dr. Bliss rief mich kurz nach Mitternacht an und berichtete, daß er um die sprichwörtliche Haaresbreite einem Mordanschlag entgangen sei; also begaben wir uns her und fanden die Spitze jenes Instrumentes im Kopfende seines Bettes stecken.«

»Donnerwetter! Hätte man das gedacht!« Scarlett schien schockiert und verblüfft. »Das heißt, jemand muß den Dolch gefunden haben ... aber ich kann mir nicht ...« Er sah Vance mißtrauisch an. »Wie erklären Sie das?«

»Ich erkläre es überhaupt nicht. Ein Rätsel ... Die Scheide hat Hani übrigens auf dem Flur entdeckt, nicht weit von der Tür zum Zimmer des Doktors.«

»Das ist ja merkwürdig …« Scarlett schien ganz ins Nachdenken versunken. Dann begann er, seine Papiere und Fotografien zu ordentlichen Stapeln zusammenzuräumen, und verstaute die Karteikästen unter dem Tisch. »Haben Sie aus den anderen Hausbewohnern nichts herausbekommen?« fragte er.

»Oh, eine Menge. Alles Aussagen, die sich widersprechen, und die meisten davon Unsinn. Deshalb gehen wir jetzt auch erst einmal nach Hause. Ich hatte nur den Lichtschein unter der Tür gesehen und konnte meine Neugier nicht bezwingen … Machen Sie auch Feierabend?«

»Ja.« Scarlett griff nach seinem Hut. »Hätte schon lange Schluß gemacht, wenn ich gemerkt hätte, wie spät es ist.«

Wir verließen das Haus gemeinsam. Alle waren mit ihren Gedanken beschäftigt, und erst als Scarlett vor seiner Haustür stehenblieb, brach Vance das Schweigen.

»Gute Nacht«, sagte er. »Und lassen Sie sich nicht von dem Dolch um Ihren Schlaf bringen.«

Scarlett winkte versonnen zum Abschied.

»Danke, Alter«, erwiderte er. »Ich werde mich bemühen.«

Vance war schon einige Schritte weitergegangen, als er sich plötzlich noch einmal umdrehte.

»Hören Sie, Scarlett; ich an Ihrer Stelle würde vorerst nicht mehr zum Hause Bliss gehen.«

Kapitel 19
Eine versäumte Verabredung

(Samstag, 14. Juli, 2 Uhr morgens bis 10 Uhr abends)

Heath verließ uns an der Ecke 19. Straße und Fourth Avenue, und Vance, Markham und ich fuhren im Taxi zurück zu Vance' Wohnung. Es war beinahe zwei Uhr morgens, aber Markham machte keine Anstalten nach Hause zu gehen. Er folgte Vance nach oben in die Bibliothek, öffnete die Glastüren und blickte hinaus in die schwere, schwüle Nacht. Die Ereignisse hatten sich nicht nach seinem Geschmack entwickelt, aber seine Unschlüssigkeit war doch zu groß, als daß er eindeutige Maßnahmen ergriffen hätte, solange nicht besser zu erkennen war, wie die vielen so gegensätzlichen Facetten des Falles zusammengehörten.

Am Anfang war die Sache uns einfach genug vorgekommen, und die Zahl der möglichen Verdächtigen war begrenzt. Aber schon da war etwas Geheimnisvolles an diesem Fall gewesen, etwas Unverständliches, das ihn uns immer wieder durch die Finger schlüpfen ließ und jeden drastischen Schritt unmöglich machte. Alles war ständig in Bewegung, die möglichen Motive waren zu widersprüchlich. Vance war der erste gewesen, dem diese unterschwelligen Ungereimtheiten aufgefallen waren, der erste, der uns auf das Paradoxe unter der Oberfläche aufmerksam gemacht hatte; und er hatte so deutlich den Finger auf die Stellen gelegt, an denen zu spüren war, daß ein Plan dahintersteckte – hatte mit solcher Präzision die jeweils nächste Stufe der Intrige vorausgesagt –, daß Markham sich, im übertragenen wie im tatsächlichen Sinne, im Hintergrund gehalten und ihm gestattet hatte, die Ermittlungen nach seinem eigenen Ermessen zu führen.

Aber ungeduldig und unzufrieden war Markham doch. Mit seiner unprofessionellen, ja geradezu lässigen Art hatte Vance, soweit wir sehen konnten, nichts zutage gefördert, was eindeutig genug war, daß es uns zur Person des Täters führen konnte.

»Wir kommen nicht voran, Vance«, klagte Markham, als er sich wieder zu uns umdrehte, mit finster besorgter Miene. »Ich habe Ihnen den ganzen Tag alle Freiheiten gelassen, damit Sie mit diesen Leuten verfahren konnten, wie Sie es für richtig hielten; ich habe es getan, weil ich dachte, die Tatsache, daß Sie mit ihnen persönlich bekannt sind und daß Sie sich mit der Ägyptologie auskennen, würde Ihnen einen Vorteil gegenüber herkömmlicheren Methoden der Ermittlung verschaffen. Und ich war im Glauben, daß Sie sich eine plausible Theorie zurechtgelegt hatten und es nur noch darum ging, Beweise zu finden. Aber der Mord an Kyle ist von seiner Klärung noch genauso weit entfernt wie heute morgen, als wir zum erstenmal das Museum betraten.«

»Markham, Sie sind ein unverbesserlicher Pessimist«, konterte Vance und schlüpfte in seinen bedruckten Foulard-Hausmantel. »Es sind gerade einmal fünfzehn Stunden, seit wir Kyle mit Sachmet im Schädel gefunden haben; und auch wenn es für einen Bezirksstaatsanwalt nicht leicht sein wird, das zuzugeben, müssen Sie gestehen, daß bei einem gewöhnlichen Mordfall binnen so kurzer Zeit die Ermittlungen nicht einmal angelaufen sind …«

»Bei einem gewöhnlichen Mordfall«, schoß Markham bitter zurück, »hätten wir zumindest eine Fährte oder zwei, wir hätten uns einen vernünftigen Plan zurechtgelegt. Wenn Heath die Sache in die Hand genommen hätte, hätte er längst jemanden in Haft – so vielfältig sind die Möglichkeiten ja nicht.«

»Da haben Sie recht. Wahrscheinlich hätte er sie allesamt hinter Gitter gesteckt – eingeschlossen Brush und Dingle und die Kuratoren des Metropolitan Museum. Das übliche Verfahren: Den Unschuldigen geht es an den Kragen, damit die Presse ihre Sensationen hat. Ich kann nicht sagen, daß ich viel für diese Technik übrig hätte. Ich finde sie unmenschlich – dazu habe ich mir doch zuviel von meinen alten Illusionen bewahrt. Tja! Die Sentimentalität wird noch einmal mein Untergang sein.«

Mit einem Schnauben setzte Markham sich ans Kopfende des Tisches. Ein paar Sekunden lang trommelte er Chopins Trauermarsch auf eine große, in Kalbsleder gebundene Ausgabe des *Malleus maleficarum*.

»Sie haben mir eindeutig zu verstehen gegeben«, sagte er, »daß Sie, wenn die zweite Episode kommt – der Anschlag auf Bliss' Leben –, wüßten, was der Täter vorhat, und womöglich sogar etwas Greifbares zu seiner Überführung vorweisen könnten. Mir scheint aber, daß wir nach den jüngsten Ereignissen weiter davon ab sind denn je.«

Vance schüttelte ernst und bestimmt den Kopf.

»Als der Dolch geworfen und die Scheide versteckt und gefunden war, war auch der letzte Punkt geklärt.«

Markham blickte überrascht auf.

»Soll das heißen, Sie kennen den Plan des Mörders jetzt?«

In aller Ruhe setzte Vance eine *Régie* in eine lange schwarze Zigarettenspitze ein und betrachtete ein kleines Picasso-Stilleben, das er neben dem Kamin hängen hatte.

»Jawohl, Markham«, antwortete er bedächtig, »ich glaube, ich kenne seinen Plan. Und wenn das, was ich für heute nacht erwarte, geschieht, dann werde ich Sie, denke ich, auch davon überzeugen können, daß meine Deutung stimmt. Daß der Dolch geschleudert wurde, war nur der Anfang. Wie gesagt, das Bild ist unvollendet. Der Künstler wurde leider gestört. Aber die letzten Pinselstriche – der zweite Teil dieses Auftritts – werden noch kommen.«

Er sagte es mit großem Nachdruck, und ich sah, wie sehr der ernsthafte Ton Markham beeindruckte.

»Haben Sie denn eine Ahnung«, fragte er, »wie man sich diesen Abschluß vorzustellen hat?«

»Oh, eine Ahnung schon. Nur welche Gestalt er annehmen wird, das kann ich nicht sagen. Das weiß der Täter wahrscheinlich selbst nicht, denn er muß auf die passende Gelegenheit warten. Aber alles wird sich um ein bestimmtes Objekt drehen, ein Indiz – ein falsches Indiz, Markham. Das Indiz selbst ist gut vorbereitet; nur die Art, wie es angebracht wird, ist noch offen … Jawohl, ich warte, daß etwas Bestimmtes auftaucht, und wenn es da ist, werde ich Sie von der ganzen teuflischen Wahrheit überzeugen.«

»Was meinen Sie, wann wird dieses letzte Indiz sich zeigen?« fragte Markham beklommen.

»Das kann jederzeit sein.« Vance sagte es leise und ruhig. »Etwas hat verhindert, daß es heute abend hervorkam – wie zu erwarten gewesen war, denn es gehörte zum geschleuderten Dolch dazu. Indem ich mich weigerte, die Dolch-Episode gar zu ernst zu nehmen, und Hani gestattete, die Scheide zu finden, zwang ich den Täter zu handeln. Er muß sein letztes Indiz jetzt anbringen. Auch diesmal sind wir ihm nicht in die Falle gegangen – wobei allerdings, wie gesagt, nicht aller Köder in der Falle war.«

»Ich bin froh, daß ich damit wenigstens den Anflug einer Erklärung für Ihr Verhalten am heutigen Abend habe.« Es klang ein wenig sarkastisch, aber im Grunde wollte Markham ihm keinen Vorwurf machen. Er wußte nicht, woran er war, und das machte ihn reizbar. »Ihnen lag ja anscheinend nichts daran herauszufinden, wer den Dolch auf Bliss' Bett geschleudert hatte.«

»Aber Markham, mein Alter, ich *wußte*, wer der Messerwerfer war.« Vance unterstrich es mit einer leicht ungeduldigen Bewegung. »Mir ging es ausschließlich um, wie die Zeitungen sagen, die Vorgeschichte des Verbrechens.«

Markham wußte, daß es keinen Zweck hatte, nach dem Namen des Werfers zu fragen, und widmete sich statt dessen weiter Vance' Aktivitäten beim jüngsten Besuch im Hause Bliss.

»Scarlett hätte Ihnen vielleicht noch etwas Nützliches sagen können – er war doch anscheinend die ganze Zeit über im Museum …«

»Aber vergessen Sie nicht, Markham«, entgegnete Vance,

»es sind zwei dicke Mauern zwischen dem Museum und dem Bliss-Wohnhaus, und die Stahltüren sind so gut wie schalldicht. Im Zimmer des Doktors hätte eine Bombe platzen können, ohne daß man es im Museum bemerkt hätte.«

»Da haben Sie wohl recht.« Markham erhob sich und sah Vance nachdenklich an. »Ich setze eine Menge Vertrauen in Sie – Sie verdammter Ästhet. Und ich verstoße gegen alle gängige Praxis meines Amtes, nur weil ich auf Sie baue. Aber gnade Ihnen Gott, wenn Sie mich im Stich lassen … Wie sieht das Programm für morgen aus?«

Vance warf ihm einen dankbaren, freundschaftlichen Blick zu. Aber gleich kam ihm wieder das spöttische Lächeln auf die Lippen.

»Ich bin sozusagen der inoffizielle Strohhalm, an den der ertrinkende Bezirksstaatsanwalt sich klammert, was? Kein großes Kompliment.«

Es war immer das Gleiche mit den beiden alten Freunden: Wenn einer etwas Großzügiges über den anderen sagte, überzog dieser es sogleich mit Spott, damit ja keiner seine Gefühle zeigen mußte.

»Das morgige Programm?« griff er Markhams Frage auf. »Also, genaue Pläne hatte ich noch nicht … Bei Wildenstein ist eine Gauguin-Ausstellung. Vielleicht mache ich eine Stippvisite und sonne mich in den Farben von Pont-Aven. In der Carnegie Hall wird Beethovens Septett gegeben, und dann wären da noch ägyptische Wandmalereien aus den Gräbern von Nacht, Menena und Rechmire …«

»Und eine Orchideenausstellung im Grand Central Palace«, fügte Markham sarkastisch hinzu. »Aber hören Sie, Vance: Wenn wir die Sache noch einen ganzen Tag lang einfach weiterlaufen lassen und nichts unternehmen, kommt vielleicht noch jemand in Gefahr – so wie Bliss heute nacht. Wenn Kyles Mörder so skrupellos ist, wie Sie sagen, und sein Werk noch nicht vollendet ist …«

»Nein, ich glaube nicht.« Vance' Züge verdüsterten sich wieder. »Eine zweite Gewalttat ist in diesem Plan nicht vorgesehen. Ich denke mir, er ist jetzt bei einer stilleren, subtileren – und umso tödlicheren – Phase angelangt.« Eine Weile überlegte er rauchend. »Ausgeschlossen ist es natürlich nicht ... Die Dinge haben sich nicht so entwickelt, wie der Mörder es sich ausgemalt hat. Wir haben ihm bei seinen beiden ehrgeizigsten Zügen den Weg verstellt. Aber ein weiterer ist noch offen, und ich vertraue darauf, daß er ihn versuchen wird ...«

Er ließ den Satz ausklingen, erhob sich und ging langsam zur Terrassentür und zurück.

»Ich werde mich am Morgen um die Sache kümmern«, sagte er. »Wir sollten gegen jede mögliche Gefahr vorbauen. Und gleichzeitig drängen wir den Mörder damit, daß er seine letzte Karte ausspielt.«

»Wie lange soll dieses Katz-und-Maus-Spiel noch dauern?« Markham war nervös, er machte sich Sorgen. »Ich kann nicht unbegrenzt lange warten, daß die nächste Katastrophe geschieht.«

»Geben Sie mir vierundzwanzig Stunden. Wenn wir bis dahin nichts von dem Gentleman, der die Fäden in der Hand hält, gehört haben, können Sie Heath auf den Bliss-Haushalt hetzen.«

Aber es sollte keine vierundzwanzig Stunden mehr dauern, bis es zum großen Höhepunkt kam. Der 14. Juli wird mir für alle Zeiten im Gedächtnis bleiben als einer der entsetzlichsten und aufregendsten Tage meines Lebens, und selbst jetzt, wo ich Jahre später meinen Bericht darüber niederschreibe, überläuft mich ein Schaudern beim Gedanken daran. Ich wage gar nicht mir auszumalen, was hätte geschehen können – welch himmelschreiendes Unrecht im guten Glauben getan worden wäre –, wenn Vance nicht die teuflische Intrige durchschaut hätte, die hinter dem Mord an Kyle steckte, und beharrlich verhindert hätte, daß Markham und Heath das Offensichtliche taten und Bliss verhafteten.

Einige Monate nach der Affäre sagte Vance mir, in seiner ganzen Laufbahn sei ihm nichts so schwer gefallen wie die Aufgabe, Markham zu beschwichtigen und ihn davon zu überzeugen, daß Abwarten das einzig mögliche Mittel war, die Wahrheit an den Tag zu bringen. Fast von dem Augenblick an, in dem Vance auf Scarletts Hilferuf ins Museum kam, begriff er, welch ungeheure Schwierigkeiten vor ihm lagen, denn alles war so geplant, daß Markham und die Polizei kaum anders konnten als genau den Schritt zu tun, gegen den er so hartnäckig ankämpfte.

Es war halb drei, bis Markham sich in der Nacht, in der wir den Dolch fanden, verabschiedete, doch trotzdem war Vance am nächsten Morgen schon vor acht Uhr wieder auf den Beinen. Es drohte wieder ein drückender und schwüler Tag zu werden, und er nahm seinen Kaffee draußen im Dachgarten. Er ließ sich von Currie sämtliche Morgenzeitungen holen und vertiefte sich für eine gute halbe Stunde in die Berichte über den Mord an Kyle.

Heath war sehr diskret mit den Fakten gewesen, und nur die gröbsten Umrisse der Geschichte waren der Presse bekannt. Aber Kyle war ein Prominenter, Dr. Bliss ein bekannter Wissenschaftler, und so machte der Fall trotzdem Schlagzeilen. In jedem Journal der Stadt stand die Meldung in großen Lettern auf der Titelseite, und ausgiebig berichteten sie über Bliss' ägyptologische Arbeit und die finanzielle Unterstützung, die sie durch den ermordeten Philanthropen erfahren hatte. Im wesentlichen schienen sich alle einig – und dahinter erkannte ich die geschickte Hand des Sergeants –, daß jemand von der Straße ins Museum gekommen war und aus Rache oder Wut Kyle mit der erstbesten Waffe erschlagen hatte.

Heath hatte den Reportern von dem Skarabäus erzählt, der sich neben dem Toten gefunden hatte, jedoch keine näheren Erläuterungen gegeben. Die Existenz dieses kleinen Schmuckstücks war das einzige Indiz, das er preisgab, und so nannten die Zeitungen, die stets auf der Suche nach einem einprägsamen

Etikett sind, die Ereignisse den Mordfall Skarabäus, und die Bezeichnung hat sich bis heute gehalten. Selbst jene, denen der Name Benjamin H. Kyle längst nichts mehr sagt, erinnern sich noch an das Aufsehen, das der Mord an ihm erregte, weil alle ihn mit einem uralten Stück Lapislazuli in Verbindung brachten, auf dem der Name eines ägyptischen Pharaos stand, geschrieben im Jahr 1650 vor Christus.

Vance las die Artikel mit einem spöttischen Lächeln.

»Der arme Markham!« murmelte er. »Wenn er nicht bald etwas Eindeutiges vorweisen kann, werden die Kritiker sich auf ihn stürzen wie die wilde Jagd. Wie ich sehe, verkündet Heath aller Welt, die Bezirksstaatsanwaltschaft habe die volle Verantwortung für den Fall übernommen ...«

Eine Weile lang rauchte er nachdenklich. Dann telefonierte er mit Salveter und bat ihn, unverzüglich zu ihm in die Wohnung zu kommen.

»Ich möchte so gut wie möglich ausschließen, daß ein Unglück geschieht«, erklärte er mir, als er einhängte; »auch wenn ich mir recht sicher bin, daß der Mörder zuerst noch einmal versuchen wird, uns an der Nase herumzuführen, bevor er zu drastischeren Mitteln greift.«

Für die nächste Viertelstunde streckte er sich träge aus und schloß die Augen. Ich dachte, er sei eingeschlafen, doch als Currie leise die Tür öffnete, um anzukündigen, daß Salveter eingetroffen sei, forderte er ihn schon auf, ihn hereinzuführen, bevor der alte Diener den Mund aufmachen konnte.

Kurz darauf erschien Salveter und wirkte besorgt und verwirrt.

»Nehmen Sie Platz, Mr. Salveter.« Vance wies ihm träge einen Sessel an. »Ich habe mir Gedanken um Königin Hetepheres und das Museum in Boston gemacht. Sie haben nicht zufällig etwas in Boston zu tun und könnten heute abend noch aufbrechen?«

Salveter blickte noch verwirrter drein als zuvor.

»Ich habe immer Dinge, die ich dort tun kann«, antwortete er mit gerunzelter Stirn. »Gerade im Zusammenhang der Harvard-Boston-Ausgrabungen an den Pyramiden von Giseh. Wegen dieser Ausgrabungen hatte Dr. Bliss mich gestern morgen zum Metropolitan geschickt ... Wäre das eine befriedigende Antwort?«

»Ganz und gar ... Und die Reproduktionen der Grabausstattung der Hetepheres – ließe sich das nicht leichter arrangieren, wenn Sie mit Dr. Reisner persönlich sprechen würden?«

»Mit Sicherheit. Um die Sache perfekt zu machen, müßte ich ohnehin zu ihm. Was ich gestern eingeholt habe, waren ja nur die ersten Informationen.«

»Würde die Tatsache, daß morgen Sonntag ist, Sie daran hindern?«

»Im Gegenteil. Wahrscheinlich wäre es möglich, sich mit Dr. Reisner privat zu treffen und unsere Bitte in aller Ruhe zu besprechen.«

»Ja wenn das so ist – wie wäre es dann, wenn Sie einen Zug heute abend nähmen? Nach dem Abendessen? Seien Sie, sagen wir, morgen abend wieder hier. Spräche etwas dagegen?«

Aus Salveters Verwirrung war nun geradezu Verblüffung geworden.

»N-nein«, stammelte er. »Nichts Konkretes. Aber ...«

»Fände Dr. Bliss es seltsam, wenn Sie sich so plötzlich entschlössen?«

»Das kann ich nicht sagen. Wahrscheinlich nicht. Im Augenblick ist es ja im Museum nicht gerade gemütlich ...«

»Also, Mr. Salveter, ich möchte, daß Sie fahren.« Vance ließ den lässigen Tonfall sein und setzte sich auf. »Und ich möchte, daß Sie es ohne Fragen und ohne Widerworte tun ... Dr. Bliss könnte es Ihnen doch nicht verbieten, oder?«

»Oh nein, das nicht«, versicherte Salveter ihm. »Vielleicht wird er es seltsam finden, daß ich gerade jetzt davonlaufe, aber er macht mir nie Vorschriften, wie ich meine Arbeit tue.«

Vance erhob sich.

»Das wäre also geregelt. Vom Grand Central geht um halb zehn ein Zug nach Boston. Sorgen Sie dafür, daß Sie ihn bekommen … Und vielleicht können Sie mich noch vom Bahnhof aus anrufen«, fügte er hinzu, »damit ich weiß, daß Sie auch tatsächlich fahren. Zwischen neun und halb zehn werde ich hier in meiner Wohnung sein. Nach morgen mittag können Sie zu jedem Zeitpunkt, der Ihnen recht ist, nach New York zurückkehren.«

Salveter sah Vance mit einem verlegenen Grinsen an.

»Das wäre dann wohl ein Befehl, oder?«

»Ein wichtiger und ernstgemeinter Befehl, Mr. Salveter«, bestätigte Vance leise, doch mit Nachdruck. »Und machen Sie sich keine Sorgen um Mrs. Bliss. Ich bin sicher, Hani wird gut auf sie aufpassen.«

Salveter wollte etwas antworten, doch dann überlegte er es sich anders, drehte sich um und ging mit raschen Schritten davon.

Vance gähnte und erhob sich träge.

»Und jetzt, glaube ich, gönne ich mir noch zwei Stunden Schlaf.«

Nach dem Mittagessen bei Marguéry besuchte Vance die Gauguin-Ausstellung, und von dort gingen wir zu Fuß zur Carnegie Hall und hörten uns das Beethoven-Septett an. Bis das Konzert vorüber war, war es zu spät für die ägyptischen Wandgemälde im Metropolitan Museum of Art. Statt dessen holten wir Markham mit Vance' Wagen ab, und zu dritt fuhren wir dann zum Claremont zum Abendessen.

Vance erklärte kurz, welche Maßnahmen er für Salveter getroffen hatte. Markham nahm es fast teilnahmslos zur Kenntnis. Er sah müde und entmutigt aus, aber zugleich war auch etwas Angespanntes in seiner Art, das sichtliche Zeichen, wie sehr er sich auf Vance' Ankündigung verließ, daß sich binnen kurzem etwas Greifbares im Falle Kyle ergeben würde.

Nach dem Essen kehrten wir in Vance' Dachgarten zurück. Die nervenaufreibende Mitsommerhitze hielt nach wie vor an, und es regte sich kaum ein Lufthauch.

»Ich habe Heath versprochen, daß ich mich bei ihm melde …« hob Markham an, als er sich in einen großen Korbsessel sinken ließ.

»Ich wollte eben vorschlagen, daß wir Kontakt mit dem Sergeant aufnehmen«, stimmte Vance ihm zu. »Wissen Sie, ich habe ihn gern um mich. Er hat etwas so Beruhigendes.«

Er läutete nach Currie und ließ das Telefon kommen. Dann rief er Heath an und bat ihn, zu uns herüberzukommen.

»Ich habe so eine übersinnliche Ahnung«, sagte er zu Markham, und die Leichtigkeit klang ein wenig forciert, »daß man uns binnen kurzem von neuem rufen wird, damit wir die untrüglichen Anzeichen bestaunen, die uns beweisen, daß eine bestimmte Person im Hause der Täter ist. Und wenn diese Anzeichen das sind, was ich erwarte …«

Plötzlich lehnte Markham sich in seinem Stuhl vor.

»Gerade geht mir auf, was dieses Etwas ist, von dem Sie die ganze Zeit so geheimnisvoll tun!« rief er. »Es ist der Hieroglyphenbrief, den Sie im Arbeitszimmer gefunden haben!«

Vance zögerte nur einen Augenblick lang.

»Ja, Markham«, bestätigte er. »Der zerrissene Brief ist noch nicht erklärt. Und ich habe mir eine Theorie zurechtgelegt, die ich einfach nicht loswerde – sie paßt zu perfekt zu dem ganzen satanischen Plan.«

»Aber der Brief ist doch jetzt bei Ihnen«, wandte Markham ein, in der Hoffnung, Vance mehr zu entlocken.

»Oh ja. Und ich gebe gut auf ihn acht.«

»Sind Sie denn sicher, daß es wirklich der Brief ist, den Salveter geschrieben hat?«

»Kein Zweifel.«

»Und Sie gehen davon aus, daß er nicht weiß, daß der Brief zerrissen im Papierkorb des Doktors landete?«

»Unbedingt. Er überlegt nach wie vor, was daraus geworden ist – und macht sich Sorgen.«

Markham studierte Vance neugierig.

»Sie haben davon gesprochen, daß der Brief vielleicht zu etwas Bestimmtem gedient hat, bevor er weggeworfen wurde.«

»Auf die Bestätigung dafür warte ich. Um ehrlich zu sein, Markham, ich hatte gestern abend beim Anschlag des Messerwerfers damit gerechnet, daß der Brief auftauchen würde. Und ich gebe auch gern zu, daß ich sehr entmutigt war, als alle im Haus wieder gemütlich unter ihrer Bettdecke lagen und keine einzige Hieroglyphe erschienen war.« Er nahm sich eine Zigarette. »Dafür muß es einen Grund gegeben haben, und ich glaube, ich kenne ihn. Deshalb setze ich mit all meinem Kinderglauben auf das, was für meine Begriffe jetzt jeden Moment geschehen muß ...«

Das Telefon klingelte, und Vance antwortete sofort und persönlich. Es war Salveter, der von der Grand Central Station anrief; und nach wenigen Worten stellte Vance den Apparat zufrieden wieder auf den Tisch.

»Offenbar war der Doktor gern bereit, für heute abend und den morgigen Tag auf seinen stellvertretenden Kustos zu verzichten. Dieser kleine Trick wäre also ohne weiteres gelungen ...«

Nach einer halben Stunde wurde Heath eingelassen, und er kam heraus in den Dachgarten. Er war schweigsam und niedergeschlagen, und sein Gruß war kaum mehr als ein Brummen.

»Lassen Sie den Mut nicht sinken, Sergeant«, begrüßte Vance ihn munter. »Schließlich haben wir den Tag der Bastille.* Wer weiß, was das zu bedeuten hat. Nicht undenkbar, daß Sie noch vor Mitternacht Kyles Mörder hinter Schloß und Riegel bringen.«

* Vance spielt hier natürlich auf die *fête nationale* der Franzosen an, die am 14. Juli begangen wird.

»Ach?« Heath glaubte nicht mehr daran. »Kommt er her und stellt sich, und die Beweise bringt er gleich mit? Zuvorkommender Bursche.«

»Das nun nicht, Sergeant; aber ich denke, daß er nach uns rufen und so großzügig sein wird, uns das Hauptindiz höchstpersönlich zu zeigen.«

»Na, das ist ja ein Goldstück! Mr. Vance, wenn er das tut, dann wird kein Gericht ihn verurteilen. Die stellen ihm eine Bescheinigung aus, daß er plemplem ist, und dann hat er Kost und Logis frei bis an sein Lebensende.« Er warf einen Blick auf seine Uhr. »Zehn Uhr. Wann kommt denn der große Tip?«

»Zehn?« Vance sah selbst nach. »Meine Güte! Später als ich dachte ...« Seine Miene wurde zusehends besorgter. »Ich frage mich, ob ich nicht die ganze Sache falsch gedeutet habe.«

Er drückte seine Zigarette aus und ging im Zimmer auf und ab. Dann blieb er vor Markham, der ihn unruhig beobachtete stehen.

»Als ich Salveter fortschickte«, setzte er zögernd an, »war ich mir sicher, daß das, worauf ich wartete, sich binnen kurzem einstellen würde. Aber ich fürchte, es kommt nicht so, wie ich es mir ausgemalt habe. Deshalb sollte ich Ihnen jetzt wohl doch besser meine Analyse des Falles erläutern.«

Er runzelte die Stirn.

»Allerdings würde ich mir wünschen«, fügte er hinzu, »Scarlett wäre dabei. Er hätte mit Sicherheit zu den noch offenen Punkten etwas zu sagen.«

Markham machte ein überraschtes Gesicht.

»Was weiß denn Scarlett darüber?«

»Oh, eine ganze Menge«, erwiderte Vance nur. Er ging ans Telefon, dann zögerte er. »Er hat kein eigenes Telefon, und die Nummer des Hauses weiß ich nicht ...«

»Das ist nicht schwer.« Heath griff zum Hörer und ließ sich eine bestimmte Stelle beim Nachtdienst der Telefongesellschaft geben. Nach ein paar erklärenden Worten drückte er auf die Gabel und verlangte dann die Nummer, die er erfahren hatte. Es dauerte eine ganze Weile, aber dann nahm am anderen Ende jemand ab. Aus den Fragen des Sergeants konnten wir entnehmen, daß Scarlett nicht zu Hause war.

»Das war die Portiersfrau«, erklärte Heath grimmig, als er den Hörer wieder einhängte. »Scarlett ist um acht Uhr aus dem Haus gegangen – hat ihr gesagt, er ginge für ein Weilchen ins Museum und sei um neun zurück. Für neun Uhr hatte er sich mit jemandem in seiner Wohnung verabredet, und der Bursche wartet immer noch da ...«

»Dann können wir ihn im Museum erreichen.« Vance rief im Hause Bliss an und bat Brush, Scarlett an den Apparat zu rufen. Er wartete mehrere Minuten, dann schob er das Telefon beiseite.

»Im Museum ist Scarlett auch nicht«, erklärte er. »Brush sagt, er sei gegen acht gekommen und müsse wohl unbemerkt wieder gegangen sein. Wahrscheinlich ist er auf dem Weg zurück zu seiner Wohnung. Wir warten ein Weilchen, dann versuchen wir es dort noch einmal.«

»Ist es denn wirklich nötig, daß wir Scarlett hierhaben?« fragte Markham ungeduldig.

»Nötig ist es nicht«, erwiderte Vance ausweichend, »aber wünschenswert wäre es. Wissen Sie noch, wie er mir ganz offen sagte, er könne mir eine Menge über den Mörder verraten ...?«

Er sprach nicht weiter, aber ich spürte seine Anspannung, als er sich eine weitere Zigarette nahm und anzündete. Er starrte zu Boden.

»Sergeant«, sagte er leise, »wenn ich es recht verstanden habe, haben Sie erfahren, daß Mr. Scarlett für neun Uhr eine Verabredung mit jemandem hatte und seiner Portiersfrau gesagt hat, er sei zu diesem Zeitpunkt zurück.«

»Das habe ich von der Lady am Telefon erfahren.«

»Bitte hören Sie noch einmal nach, ob er inzwischen angekommen ist.«

Ohne ein Wort griff Heath wieder zum Hörer und verlangte Scarletts Nummer. Eine Minute darauf wandte er sich wieder um zu Vance.

»Er ist nicht aufgetaucht.«

»Verdammt merkwürdig«, murmelte Vance. »Das gefällt mir gar nicht, Markham …«

Er stand da und überlegte, und ich hatte den Eindruck, daß er ein wenig bleicher geworden war.

»Ich bekomme es allmählich mit der Angst zu tun«, flüsterte er. »Wir hätten längst von diesem Brief hören sollen … Ich fürchte, uns steht etwas Unangenehmes bevor.«

Er sah Markham mit sehr besorgter Miene an.

»Wir können uns keine weitere Verzögerung mehr leisten. Womöglich ist es sogar jetzt schon zu spät.« Er ging zur Tür. »Kommen Sie, Markham. Und Sie auch, Sergeant. Höchste Zeit, daß wir zum Museum fahren. Wenn wir uns beeilen, kommen wir vielleicht gerade noch zurecht.«

Markham und Heath waren bei diesen Worten beide aufgestanden. Die eindringliche Art, in der er sprach, kannte man sonst nicht an ihm, und sein Blick verriet, daß er das Schlimmste befürchtete. Er verschwand sogleich im Haus, und wir anderen, angetrieben von der unterdrückten Erregung, folgten ihm schweigend. Sein Wagen stand vor der Tür, und schon im nächsten Moment nahmen wir in halsbrecherischem Tempo die Ecke 38. Straße und Park Avenue, auf dem Weg zum Bliss-Museum.

Kapitel 20
Der Granitsarkophag

(Samstag, 14. Juli, 10 Uhr 10 abends)

In noch nicht einmal zehn Minuten waren wir am Museum angelangt. Vance lief die steinernen Stufen hinauf, Markham, Heath und ich folgten ihm auf den Fersen. Das Licht im Vorraum brannte, und durch die Milchglasscheiben der Haustür sahen wir, daß alle Flurlampen eingeschaltet waren. Vance drückte energisch die Klingel, aber es dauerte eine ganze Weile, bis Brush uns öffnete.

»Schlafen Sie?« fragte Vance. Er war sichtlich angespannt.

»Nein, Sir.« Brush wich erschrocken zurück. »Ich war in der Küche …«

»Sagen Sie Dr. Bliss, daß wir hier sind und ihn auf der Stelle sprechen wollen.«

»Sehr wohl, Sir.« Der Butler begab sich ans andere Ende des Flurs und pochte an die Arbeitszimmertür. Niemand antwortete, und er pochte noch einmal. Er wartete noch einen Augenblick, dann drehte er den Knauf und sah ins Zimmer. Danach kam er zu uns zurück.

»Der Doktor ist nicht im Arbeitszimmer. Vielleicht ist er schon nach oben gegangen … Ich werde nachsehen.«

Er ging zur Treppe und hatte den Fuß auf der ersten Stufe, als eine ruhige und gleichmäßige Stimme ihm Einhalt gebot.

»Suchen Sie Bliss Effendi nicht im oberen Stock.« Hani schritt bedächtig die Treppe zum Flur herab. »Vielleicht finden Sie ihn im Museum.«

»Ich muß schon sagen!« Vance betrachtete den Ägypter nachdenklich. »Es ist erstaunlich, wie Sie immer wieder auftauchen … Und Sie würden also vermuten, daß er in seiner Schatzkammer am Werke ist, was?« Er drückte die große Stahltür zum Museum auf. »Aber wenn der Doktor hier ist, dann vergnügt er sich im Dunkeln.« Er trat auf den Treppenabsatz jenseits der Tür, schaltete die Lichter ein und sah sich im Museumssaal um. »Offenbar täuschen Sie sich, was den Aufenthalt des Doktors angeht, Hani. Allem Anschein nach ist niemand im Museum.«

Der Ägypter ließ sich nicht beeindrucken.

»Vielleicht ist Dr. Bliss nach draußen gegangen, ein wenig frische Luft schnappen.«

Nach wie vor blickte Vance sorgenvoll drein.

»Denkbar«, murmelte er. »Aber ich wünschte doch, Sie würden sich vergewissern, daß er nicht oben ist.«

»Ich hätte ihn gesehen, wenn er nach dem Abendessen nach oben gegangen wäre«, erwiderte der Ägypter sanft. »Aber Ihr Wunsch soll mir Befehl sein.« Er begab sich auf die Suche nach Bliss.

Vance ging hinüber zu Brush und fragte leise:

»Um welche Zeit hat Mr. Scarlett am Abend das Haus verlassen?«

»Das weiß ich nicht, Sir.« Der Butler konnte sich Vance' Benehmen nicht erklären. »Ich weiß es wirklich nicht. Er kam um acht Uhr – ich habe ihn eingelassen. Vielleicht ist er mit Dr. Bliss ausgegangen. Die beiden gehen oft am Abend gemeinsam spazieren.«

»Ist Mr. Scarlett in das Museum gegangen, als er um acht Uhr hier eintraf?«

»Nein, Sir. Er fragte nach Dr. Bliss ...«

»Ah! Und ist er bei Dr. Bliss gewesen?«

»Ja, Sir ... Das heißt«, korrigierte sich Brush, »ich nehme es an. Ich habe ihm gesagt, Dr. Bliss sei in seinem Arbeitszimmer, und er ging sogleich nach hinten. Ich kehrte in die Küche zurück.«

»Ist Ihnen etwas Ungewöhnliches an Mr. Scarletts Betragen aufgefallen?«

Der Butler überlegte einen Moment lang.

»Nun, Sir, da Sie die Sprache darauf bringen, kann ich sagen, daß Mr. Scarlett mir recht förmlich und kühl vorkam – so als sei er in Gedanken bei etwas anderem.«

»Und das letztemal haben Sie ihn gesehen, als er zur Arbeitszimmertür ging?«

»Ja, Sir.«

Vance entließ ihn mit einem Nicken.

»Bleiben Sie vorerst im Wohnzimmer«, sagte er.

Als Brush durch die Wohnzimmertür verschwand, kam Hani wieder mit bedächtigen Schritten die Treppe herunter.

»Es ist, wie ich vermutet hatte«, verkündete er gleichgültig. »Dr. Bliss ist nicht in den oberen Etagen.«

Vance musterte ihn streng.

»Wissen Sie, daß Mr. Scarlett am Abend hier war?«

»Ja, das weiß ich.« Ein merkwürdiges Leuchten kam in die Augen des Mannes. »Ich war im Wohnzimmer, als Brush ihn einließ.«

»Er kam zu Dr. Bliss«, sagte Vance.

»Ja. Ich hörte, wie er sich bei Brush erkundigte ...«

»Haben Mr. Scarlett und der Doktor sich gesehen?«

Der Ägypter antwortete nicht sofort. Er blickte Vance fest in die Augen, als wolle er dessen Gedanken lesen. Schließlich kam er zu einer Entscheidung und sagte:

»Sie waren – soviel ich weiß – mindestens eine halbe Stunde lang zusammen. Als Mr. Scarlett ins Arbeitszimmer ging, ließ er die Tür einen Spaltweit offen, und ich konnte hören, daß Sie miteinander sprachen. Was gesagt wurde, verstand ich allerdings nicht. Sie sprachen mit gesenkter Stimme.«

»Wie lange haben Sie zugehört?«

»Eine halbe Stunde lang. Dann ging ich nach oben.«

»Sie haben weder Dr. Bliss noch Mr. Scarlett seither gesehen?«

»Nein, Effendi.«

»Wo war Mr. Salveter, als die beiden im Arbeitszimmer zusammensaßen?« Vance konnte nur mit Mühe seine Anspannung im Zaum halten.

»War er denn noch im Haus?« fragte Hani ausweichend. »Beim Abendessen sagte er mir, er fahre nach Boston.«

»Ja doch – mit dem Zug um halb zehn. Da hätte es genügt, wenn er um neun Uhr das Haus verließ. – Wo war er zwischen acht und neun?«

Hani zuckte mit den Schultern.

»Ich habe ihn nicht gesehen. Er verließ das Haus, bevor Mr. Scarlett kam. Mit Sicherheit war er nach acht Uhr ...«

»Sie lügen.« Vance' Ton war kalt wie Eis.

»*Wahyât en-nabi* ...«

»Versuchen Sie nicht, mich zu beeindrucken – dazu bin ich nicht in der Stimmung.« Seine Blicke durchbohrten Hani. »Was ist Ihrer Meinung nach heute abend hier geschehen?«

»Ich könnte mir vorstellen, daß Sachmet noch einmal zurückgekehrt ist.«

Mir war, als sähe ich Vance erbleichen; es mag aber auch nur das Licht der Flurlampe gewesen sein.

»Gehen Sie auf Ihr Zimmer und warten Sie dort«, erwiderte er knapp.

Hani verneigte sich.

»Sie brauchen meine Hilfe nicht, Effendi. Sie verstehen viele Dinge.« Und damit schritt der Ägypter würdig davon.

Vance wartete, bis er fort war. Dann forderte er uns mit einer Handbewegung auf, ihm zu folgen, und eilte den Flur hinunter zum Arbeitszimmer. Er warf die Tür auf und schaltete das Licht ein.

Aus jeder seiner Bewegungen sprachen Furcht und Wut, und die geradezu elektrische Spannung in seinem Benehmen übertrug sich auf uns alle. Wir begriffen, daß die Erwartung, etwas Tragisches und Entsetzliches zu finden, ihn antrieb. Er ging an beide Fenster und lehnte sich hinaus. Im schwachen Lichtschein konnte er den Asphalt des Hinterhofes sehen. Er warf einen Blick unter den Schreibtisch und einen unter den Diwan. Dann ging er zur Tür, die in das Museum führte.

»Ich hatte nicht erwartet, daß wir im Arbeitszimmer etwas finden würden, aber wir mußten uns vergewissern …«

Er sprintete die Wendeltreppe hinunter.

»Dann muß es hier im Museum sein«, rief er uns zu. »Kommen Sie, Sergeant. Hier gibt es Arbeit zu tun. Ein Teufel treibt heute abend hier sein Unwesen …«

Er passierte den Thronsessel und die Regalbretter mit den Uschebti und stand an dem langen Vitrinentisch, die Hände in den Jackentaschen, und sah sich hastig im Museum um. Markham, Heath und ich warteten am Fuß der Treppe.

»Was ist geschehen?« fragte Markham heiser. »Womit rechnen Sie? Und sagen Sie uns doch endlich, wonach wir überhaupt suchen.«

»Ich weiß nicht, was geschehen ist.« Die Art, wie Vance das sagte, ließ mir die Haare zu Berge stehen. »Und ich suche nach etwas Entsetzlichem. Wenn es hier nicht ist …«

Er sprach den Satz nicht zu Ende. Er ging mit raschen Schritten zur großen Kopie der Chephren-Statue und musterte sie von allen Seiten. Dann inspizierte er beim Standbild Ramses' II. den Sockel. Den Unterbau von Tetischeri klopfte er mit den Fingerknöcheln ab.

»Alle drei massiv«, murmelte er. »Wir müssen in den Mumiensärgen nachsehen.« Er ging wieder auf die andere Museumsseite. »Sie fangen an Ihrem Ende an, Sergeant. Die Deckel sollten sich leicht abnehmen lassen. Wenn Sie Schwierigkeiten haben, reißen Sie sie ab.« Er selbst nahm sich den ersten menschenförmigen Sarg rechts neben Chephren vor, faßte unter den Deckel, hob ihn ab und legte ihn zu Boden.

Heath, offenbar vom Tatendrang gepackt, hatte die Suche am anderen Ende der Reihe bereits begonnen. Er ging nicht gerade pfleglich mit den Särgen um – er riß die Deckel ab und warf sie mit übertriebener Vehemenz davon.

Vance, selbst in die Aufgabe vertieft, kümmerte sich nicht darum und blickte nur jeweils kurz auf, wenn einer der Särge sich öffnete. Markham wurde jedoch zusehends unruhiger. Einige Minuten lang beobachtete er den Sergeant mißbilligend, und seine Miene wurde immer finsterer. Dann trat er vor.

»Ich kann das nicht zulassen, Vance«, sagte er. »Das sind wertvolle Kunstgegenstände, und wir haben nicht das Recht ...«

Vance richtete sich auf und sah Markham ins Gesicht.

»Und wenn in einem davon ein Toter steckt?« fragte er mit einer Schärfe, die Markham zusammenfahren ließ.

»Ein Toter?«

»Hineingesteckt heute abend – zwischen acht und neun.«

Vance' Worte waren wie ein finsteres Orakel, und Markham sagte nichts mehr. Er stand dabei, die Züge angespannt, und verfolgte die fiebernde Durchsuchung der letzten Mumiensärge.

Aber nichts Grausiges kam zutage. Heath nahm den Deckel des letzten Sarges mit sichtlicher Enttäuschung ab.

»Scheint, daß Sie doch falsch kombiniert haben, Mr. Vance«, sagte er ohne Bosheit; ja, es lag sogar Bedauern in seiner Stimme.

Vance stand an der Vitrine, den Blick in weite Ferne gerichtet. Er machte einen so niedergeschlagenen Eindruck, daß Markham hinging und ihm die Hand auf den Arm legte.

»Vielleicht können wir die Sache noch einmal ganz neu aufrollen ...« begann er, doch Vance unterbrach ihn.

»Nein; da gibt es nichts aufzurollen. Dazu ist der Fall zu logisch. Heute abend ist hier ein Unglück geschehen – und wir waren zu spät, um es zu verhindern.«

»Wir hätten Vorsorge treffen müssen.« Markhams Ton war bitter.

»Vorsorge! Ich habe vorgebaut, so gut es möglich war. Was heute abend geschehen ist, ist ein neues Element – etwas, das nicht vorherzusehen war. Die Ereignisse des heutigen Abends sind nicht Teil des ursprünglichen Plans ...« Vance wandte sich ab und ging in die Tiefe des Raumes. »Ich muß überlegen. Ich muß hinter die Gedanken des Mörders kommen ...« Er ging eine ganze Runde durch das Museum und blickte nicht ein einziges Mal auf.

Heath paffte unglücklich seine Zigarre. Er hatte seinen Platz vor den Mumiensärgen nicht verlassen und tat, als habe er sich in die bunten Hieroglyphen vertieft. Seit seinerzeit im Fall »Canary« Tony Skeel nicht zu seiner Verabredung im Büro der Bezirksstaatsanwaltschaft erschienen war, hatte er, soviel er auch einzuwenden hatte, doch stets an Vance' Voraussagen geglaubt; und daß Vance sich nun allem Anschein nach getäuscht hatte, verwirrte ihn sehr. Ich beobachtete ihn, selbst ein wenig benommen, und sah, wie er plötzlich überrascht und neugierig die Stirn runzelte. Er nahm die Zigarre aus dem Mund, beugte sich über einen der umgeworfenen Särge und holte einen schlanken Metallgegenstand heraus.

»Das ist ja ein komischer Ort für einen Wagenheber«, meinte er. (Daß er so interessiert danach griff, läßt sich gewiß dadurch erklären, daß ihm das Werkzeug unbewußt eine Ablenkung von der angespannten Stimmung bot.)

Er warf ihn zurück in den Sarg und ließ sich auf dem Sockel von Chephrens Statue nieder. Markham und Vance hatten anscheinend von seiner Entdeckung keinerlei Notiz genommen.

Vance drehte weiter seine Runden durch das Museum. Zum erstenmal seit unserer Ankunft im Haus holte er eine Zigarette aus dem Etui und zündete sie sich an.

»Soviel ich auch überlege, Markham, ich lange doch immer wieder hier an.« Sein Ton war leise und bedrückt. »Es gab keinen Grund, das Opfer fortzuschaffen. Zum einen wäre es zu gefährlich gewesen, und zum zweiten sollten wir ja auch für einen Tag oder zwei keinen Verdacht schöpfen ...«

Seine Stimme stockte, sein ganzer Körper spannte sich an. Er machte mit einem Ruck kehrt, hin zu Heath.

»Ein Wagenheber!« Plötzlich war er wie verwandelt. »Heilige Einfalt! Er wird doch nicht ...«

Er lief zu dem schwarzen Sarkophag unterhalb der vorderen Fensterreihe und studierte ihn aufgeregt.

»Zu hoch«, murmelte er. »Ein ganzer Meter bis zum Boden! Wie hätte er das anstellen sollen … Aber irgendwie *muß* er es getan haben …« Er blickte sich um. »Das Tischchen dort!« Er wies auf einen kleinen hockerartigen Tisch aus massiver Eiche, etwa fünfzig Zentimeter hoch, an der Wand neben der asiatischen Statue. »Der hat gestern abend noch nicht dort gestanden; er stand am Schreibtisch, beim Obelisken – Scarlett hatte seine Bilder darauf.« Er ging zu dem Tisch und hob ihn in die Höhe. »Da ist ein Kratzer auf der Oberseite – und etwas hat sich eingedrückt …« Er stellte das Tischchen vor das Kopfende des Sarkophags. »Rasch, Sergeant! Bringen Sie mir den Wagenheber.«

Im nächsten Augenblick war Heath da, und Vance wuchtete den Wagenheber auf den kleinen Tisch; der Fuß paßte genau zu den Spuren im Holz. Die Zunge des Wagenhebers kam ein winziges Stück unterhalb des Sarkophagdeckels zu stehen, da wo der Deckel einige Zentimeter zwischen den löwenfüßigen Stützen des Sarges vorragte.

Wir hatten uns in angespanntem Schweigen um Vance versammelt; keiner wußte, was wir zu erwarten hatten, aber alle hatten wir das Gefühl, daß eine abscheuliche Enthüllung bevorstand.

Vance steckte den Pumphebel, den Heath ihm reichte, in das Anschlußstück ein und bewegte ihn vorsichtig auf und ab. Der Wagenheber griff. Jedesmal wenn Vance den Hebel nach unten drückte, war ein metallisches Klicken zu hören, wenn der Stift in die nächste Kerbe der Zahnstange griff. Zentimeter um Zentimeter hob sich der schwere Granitdeckel (der sicher seine halbe Tonne wog).*

* Auf eine halbe Tonne schätzte ich ihn, als Vance ihn hob. Später habe ich das Gewicht des Deckels überschlagen. Er war etwa drei Meter lang und eins zwanzig breit, geschmückt mit einer großen gemeißelten Figur. Ich würde die Masse

Heath trat plötzlich erschrocken einen Schritt zurück.

»Haben Sie denn keine Angst, daß der Deckel am anderen Ende des Sargs abrutscht, Mr. Vance?«

»Nein, Sergeant«, versicherte Vance ihm. »Die Reibung ist bei einer solch gewaltigen Masse so groß, daß er, selbst wenn wir ihn weit mehr neigen würden, als wir mit diesem Wagenheber tun können, an Ort und Stelle bliebe.«

Das Kopfende des Deckels ragte nun schon zwanzig Zentimeter in die Höhe, und Vance mußte den Hebel mit beiden Händen drücken. Er mußte sehr vorsichtig arbeiten, damit der Wagenheber nicht von der glatten Unterseite des Granits abrutschte. Vierundzwanzig Zentimeter … sechsundzwanzig … achtundzwanzig … Der Wagenheber hatte nun fast das Ende seiner Zahnstange erreicht. Mit einem letzten Hebeldruck rastete Vance ihn ein, zog den Hebel ab und rüttelte an dem Gerät, um zu prüfen, ob es fest genug stand.

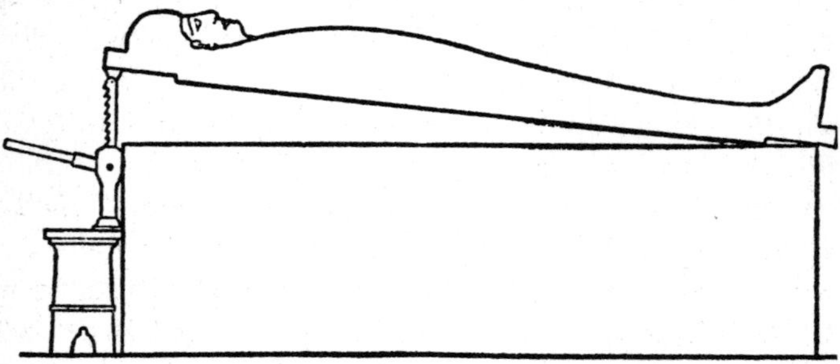

»Ich glaube, wir können es riskieren …«

Heath hatte schon seine Taschenlampe hervorgezogen und leuchtete in das finstere Innere des Sarkophags hinein.

»Heilige Muttergottes!« hauchte er.

vorsichtig auf einen Drittel Kubikmeter Stein schätzen; Granit hat eine Dichte von 2,7 Gramm pro Kubikzentimeter, was ein Gewicht von mindestens 900 Kilogramm ergibt.

Ich stand hinter ihm und beugte mich über seine breiten Schultern, und der Lichtstrahl erleuchtete, was ihm diesen Ruf entlockte. Am Boden des Sarkophags lag ein zusammengekrümmter Menschenleib, den Rücken nach oben, die Beine gräßlich verrenkt, als hätte jemand ihn achtlos durch die Öffnung geschoben, mit dem Kopf zuerst.

Markham stand vorgebeugt, wie mitten in der Bewegung erstarrt.

Vance' leise, doch feste Stimme brach den Bann des Entsetzens.

»Sergeant, Sie leuchten uns. Und Sie, Markham, helfen mir. Aber seien Sie vorsichtig. Wenn wir den Wagenheber berühren ...«

Mit äußerster Vorsicht faßten Sie in den Sarkophag und drehten den Körper, bis sie den Kopf an der Stelle hatten, an der die Öffnung am weitesten war. Mir standen die Haare zu Berge, denn ich wußte, daß der kleinste Ruck, die leiseste Berührung des Wagenhebers genügen würde, und der schwere Granitdeckel würde sie zermalmen. Auch Heath wußte das – ich sah, wie ängstlich seine Augen die gefährliche Operation verfolgten. und die Schweißperlen glitzerten ihm auf der Stirn.

Stück für Stück kam der Körper durch die kleine Öffnung hervor, und als sie auch die Füße glücklich über die Kante des Sarkophags hatten und die Absätze mit einem Klacken auf dem Boden ankamen, ging die Taschenlampe aus, und Heath ließ sich mit einem Stoßseufzer aufs Hinterteil fallen.

»Hoppla, Mr. Vance«, murmelte er. »Muß gestolpert sein.« (Und nach dieser Episode war mir der Sergeant sympathischer denn je.)

Markham blickte benommen hinunter auf den leblosen Leib.

»Scarlett!« rief er, ganz und gar fassungslos.

Vance nickte nur und beugte sich über die Gestalt am Boden. Scarletts Gesicht war durch den Luftmangel blau angelaufen, die starren Augen waren weit vorgetreten, und an den Nasenlöchern stand geronnenes Blut. Vance legte ihm das Ohr auf die Brust und horchte, dann nahm er sein Handgelenk und fühlte den Puls. Er holte sein goldenes Zigarettenetui hervor und hielt es Scarlett vor die Lippen. Er warf einen Blick darauf und drehte sich aufgeregt um zu Heath.

»Die Ambulanz, Sergeant! Schnell! Scarlett ist noch am Leben …«

Heath stürmte die Treppe hinauf und verschwand auf dem Flur.

Markham sah Vance eindringlich an.

»Ich verstehe das nicht«, sagte er heiser.

»Ich auch nicht – nicht ganz.« Vance' Blick blieb auf Scarlett geheftet. »Ich hatte ihm noch geraten, daß er nicht hierhergehen soll. Er muß auch selbst gewußt haben, wie gefährlich es ist. Und trotzdem … Erinnern Sie sich an Rider Haggards *Allan Quartermain* – die Widmung an seinen Sohn, in der er schreibt, das höchste Ideal, nach dem man streben könne, seien der Charakter und die Würde eines englischen Gentlemans?* … Scarlett war ein englischer Gentleman. Obwohl er wußte, wie gefährlich es war, kehrte er heute abend hierher zurück. Er glaubte, er könne der Tragödie ein Ende setzen.«

Markham war wie gelähmt.

»Wir müssen etwas unternehmen – und zwar jetzt.«

»Gewiß …« Vance sagte es bekümmert. »Aber wie sollen wir das tun? Wir haben keine Beweise. Wir stehen hilflos da … Es sei denn …« Er überlegte. »Der Hieroglyphenbrief! Vielleicht ist er irgendwo hier. Heute abend hätte der Brief auftau-

* Der Text lautet: »Ich widme dieses Buch voller Abenteuer meinem Sohn Arthur John Rider Haggard, in der Hoffnung, daß in zukünftigen Tagen er und viele andere Jungen, die ich nie kennen werde, in den hier festgehaltenen Taten und Gedanken des Allan Quartermain und seiner Gefährten etwas finden mögen, das ihnen helfen kann, das zu erreichen, was ich mit Henry Curtis für das höchste Ideal halte, nach dem man streben kann – den Charakter und die Würde eines englischen Gentlemans.«

chen sollen; aber Scarlett kam dazwischen. Ich frage mich, ob er auch davon wußte ...« Vance blickte versonnen in die Ferne, und einen Moment lang stand er reglos da. Dann ging er plötzlich zum Sarkophag, riß ein Streichholz an und sah hinein.

»Nichts.« Er klang tief enttäuscht. »Aber er müßte doch hier sein ...« Er richtete sich auf. »Vielleicht ... ja! Auch das wäre nur logisch.«

Er kniete sich neben den Bewußtlosen und durchsuchte seine Taschen. Scarletts Jacke war zugeknöpft, und erst als er in die Innentasche faßte, fand er, was er suchte. Er zog ein zerknittertes Blatt gelbes Notizpapier hervor, von derselben Art, in der Salveter seine ägyptischen Übungen geschrieben hatte, und nach einem einzigen Blick darauf steckte er es in die Tasche.

Heath erschien an der Tür.

»O. K.«, rief er nach unten. »Hab' ihnen gesagt, daß sie sich beeilen sollen.«

»Wie lange wird es dauern?« fragte Vance.

»Höchstens zehn Minuten. Ich habe im Präsidium angerufen, und die machen der hiesigen Wache ordentlich Dampf. Meistens nehmen sie auf dem Weg noch den Streifenpolizisten mit – aber das kostet keine Zeit. Ich warte an der Tür, bis sie kommen.«

»Einen Moment noch.« Vance schrieb etwas auf einen alten Briefumschlag und reichte ihn Heath. »Geben Sie dieses Telegramm bei Western Union durch.«

Heath nahm den Umschlag, las die Nachricht, stieß einen leisen Pfiff aus und ging hinaus auf den Flur.

»Ich schicke es Salveter nach New Haven, Markham«, erklärte Vance. »Er soll in New London aussteigen und zurückkommen. In New London bekommt er den Nachtexpreß nach New York, damit sollte er am frühen Morgen wieder hier sein.«

Markham sah ihn verschwörerisch an.

»Meinen Sie, er kommt?«

»Oh ja.«

Als die Ambulanz eintraf, führte Heath den Sanitäter, einen blau uniformierten Fahrer und einen Polizisten ins Museum. Der Sanitäter, ein rotgesichtiger junger Assistenzarzt mit ernster Miene, verneigte sich vor Markham und kniete sich dann neben Scarlett nieder. Nach einer ersten Untersuchung winkte er den Fahrer heran.

»Vorsicht mit dem Kopf.«

Mit Unterstützung des Polizeibeamten hob der Mann Scarlett auf eine Trage.

»Wie schlimm ist es, Doktor?« fragte Markham ängstlich.

»Ziemlich schlimm, Sir.« Der Arzt schüttelte vielsagend den Kopf. »Ein gesplitterter Schädelbasisbruch. Atmung unregelmäßig. Wäre ein Wunder, wenn er durchkommt.« Er zuckte mit den Schultern und folgte der Trage nach draußen.

»Ich werde mich später im Krankenhaus erkundigen«, sagte Markham zu Vance. »Wenn Scarlett es überlebt, wird er wertvolles Beweismaterial liefern.«

»Seien Sie sich da nicht zu sicher«, baute Vance vor. »Dieser Vorfall hatte nichts mit dem eigentlichen Plan zu tun.« Er ging zum Sarkophag und ließ den Wagenheber wieder herunter. Langsam senkte sich der Deckel, bis er wieder in seiner ursprünglichen Lage war. »Wäre ja doch ein wenig gefährlich, den oben zu lassen.«

Markham stand mit gerunzelter Stirn daneben.

»Vance, was war das für ein Blatt, das Sie in Scarletts Tasche gefunden haben?«

»Ich nehme an, es war ein belastendes Dokument, geschrieben in ägyptischen Hieroglyphen. Lassen Sie uns nachsehen.« Er legte das Blatt auf den Sarkophagdeckel und strich es glatt. Es sah genau aus wie der Brief, den Vance in Bliss' Arbeitszimmer aus den Schnipseln zusammengesetzt hatte. Auf dem gelben Notizpapier standen vier Zeilen Schriftzeichen in grüner Tinte.

Vance studierte sie, und Markham, Heath – der inzwischen ins Museum zurückgekehrt war – und ich sahen zu.

Der Hieroglyphenbrief

»Lassen Sie uns sehen, wieviel von meinem Ägyptisch ich behalten habe«, murmelte er. »Es ist Jahre her, daß ich meine letzten Hieroglyphen gedeutet habe ...«

Er klemmte sein Monokel ein und beugte sich über das Blatt.

»*Meryet-Amûn, ahai o er iu son mauti en mariai men seschem pen diai em iebi erai en marwet maren iu rechat chet nibet hirsa hetpat nai cheft schewan em debat nefran entot henai* ... Da war jemand am Werk, der sich auskannte, Markham. Die Geschlechter von Nomen und Adjektiven stimmen überein, und die Endungen der Verben ...«

»Darum geht es jetzt nicht«, unterbrach Markham ihn ungeduldig. »Was steht in dem Brief?«

»Markham, mein Alter!« protestierte Vance. »Das Ägyptische des Mittleren Reiches ist eine hochkomplizierte Sprache. Koptisch und Assyrisch, Griechisch und Sanskrit sind ein Kinderspiel dagegen. Aber ich kann eine wörtliche Übersetzung versuchen.« Er formulierte sie, während er die Zeichen entzifferte: »Geliebte des Amun, hier verweile ich, bis eintrifft der Bruder meiner Mutter. Nicht ich wünsche daß ertragen sollst diese Lage. Ich in meinem Herzen habe, daß ich handeln soll, damit es uns gutgeht. Du sollst alles erfahren später. Du wirst zufrieden sein, wenn fort ist, was im Wege steht, glücklich wir sind, du zusammen mit mir ... Nun, Poesie ist es nicht. Aber die

Wortstellung des Altägyptischen ist nun einmal anders als die unsere.«

»Also für mich ist das reiner Unsinn«, schnaubte Heath. »Das nützt keinem was.«

»Aber formulieren Sie es ein wenig um, Sergeant, und es hat für den, der es verfaßt hat, einen enormen Nutzen. In einfachen Worten hieße es: ›Meryt-Amen, ich warte hier auf meinen Onkel. Ich halte es nicht mehr aus und habe beschlossen, drastische Maßnahmen für unser Glück zu ergreifen. Später wirst Du alles verstehen, und Du wirst mir verzeihen, wenn wir uns erst von allen Hindernissen befreit haben und zusammen glücklich sein können.‹ … Das klingt doch schon nicht mehr so unsinnig, oder, Sergeant?«

»Das ist ja unglaublich!« Heath sah Vance mit verächtlicher Miene an. »Und Sie schicken ihn auch noch nach Boston!«

»Morgen ist er wieder hier«, tröstete Vance ihn.

»Aber woher kam denn dann der andere Brief – der, den Sie wieder zusammengesetzt haben?« Markhams Blick war auf das gelbe Papier geheftet. »Und wie ist dieser hier in Scarletts Tasche gekommen?«

Vance faltete das Blatt sorgsam zusammen und steckte es in seine Brieftasche.

»Die Zeit ist gekommen«, sagte er nachdenklich, »Ihnen alles zu enthüllen. Vielleicht kommt Ihnen, wenn Sie die Fakten kennen, eine Idee, wie Sie weiter vorgehen können. Ob es vor Gericht reicht, würde ich bezweifeln, aber ich habe jetzt alles Beweismaterial beisammen, auf das wir hoffen konnten.« Er war unruhig und bekümmert. »Scarletts Eingreifen am heutigen Abend zwang den Mörder, seine Pläne zu ändern. Aber ich glaube, jetzt kann ich Sie davon überzeugen, wie die ganze unglaubliche und abscheuliche Wahrheit wirklich ist.«

Markham studierte ihn einen Moment lang, und plötzlich trat ein ungläubiges Leuchten in seine Augen.

»Allmächtiger!« hauchte er. »Ich glaube, ich weiß, was Sie

sagen wollen.« Er biß die Zähne zusammen. »Aber zuerst muß ich im Krankenhaus anrufen. Vielleicht kann Scarlett uns ja doch noch helfen – wenn er es überlebt.«

Er ging ans Hinterende des Museums und stieg die Wendeltreppe zum Arbeitszimmer hinauf. Ein paar Minuten darauf kehrte er zurück, sein Gesicht finster und hoffnungslos.

»Ich habe mit dem Arzt gesprochen«, sagte er. »Scarletts Chancen stehen nicht einmal eins zu tausend. Hirntrauma und akute Sauerstoffnot. Sie haben ihn am Beatmungsgerät. Und selbst wenn er durchkommt, wird er ein oder zwei Wochen im Koma liegen.«

»Genau was ich befürchtet hatte.« So unglücklich hatte ich Vance selten gesehen. »Wir sind zu spät gekommen. Aber lieber Himmel, ich konnte doch nicht voraussehen, daß er so unvernünftig ist! Ich hatte ihn gewarnt …«

»Kommen Sie, mein Alter.« Markham sagte es mit väterlicher Wärme. »Es ist nicht Ihre Schuld. Sie hätten es nicht verhindern können. Und ich verstehe jetzt auch, warum Sie die Wahrheit für sich behalten mußten …«

»Ich wünschte ja nur, *ich* verstünde es auch«, brummte Heath. »*So* schlimm finde ich das nicht, wenn jemand den anderen sagt, was er weiß. Warum kann ich denn nicht endlich auch erfahren, was los ist?«

»Das können Sie, Sergeant.« Vance legte ihm die Hand auf die Schulter. »Lassen Sie uns ins Wohnzimmer gehen. ›Alle Täler sollen erhöht werden und alle Berge und Hügel erniedrigt, und was uneben ist, soll gerade, und was hügelig ist, soll eben werden.‹«

Er ging zur Treppe, und wir folgten ihm.

Kapitel 21
Der Mörder

(Samstag, 14. Juli, 10 Uhr 40 abends)

Brush erhob sich, als wir ins Wohnzimmer eintraten. Er war bleich, und die Furcht stand ihm ins Gesicht geschrieben.

»Was macht Ihnen solche Sorgen?« fragte Vance.

»Ich fürchte, Sir, ich bin an allem schuld!« brach es aus ihm heraus. »Ich habe gestern früh die Haustür offengelassen – ich wollte doch nur ein wenig frische Luft. Und dann kamen Sie und sagten, Mr. Kyle sei etwas zugestoßen. Ich weiß, es war unverantwortlich; ich hätte nie die Tür offenlassen dürfen.« (Das, begriff ich nun, war die Erklärung für die Angst, die ihn die ganze Zeit über geplagt hatte.)

»Dann können Sie aufatmen«, sagte Vance zu ihm. »Wir wissen, wer Mr. Kyle umgebracht, und ich kann Ihnen versichern, Brush, der Mörder kam nicht durch die offene Tür.«

»Danke, Sir.« Die Worte kamen wie ein Stoßseufzer.

»Jetzt holen Sie uns noch Hani her, und dann können Sie auf Ihr Zimmer gehen.«

Brush war kaum gegangen, da hörten wir, wie in das Schloß der Haustür ein Schlüssel gesteckt wurde. Einen Augenblick darauf erschien Dr. Bliss am Eingang zum Wohnzimmer. »Guten Abend, Doktor«, begrüßte Vance ihn. »Ich hoffe, wir kommen nicht ungelegen. Aber es gibt noch einige Fragen, die wir Hani stellen möchten, solange Mr. Salveter verreist ist.«

»Verstehe«, entgegnete Bliss mit einem kummervollen Nicken. »Das heißt, Sie wissen von Salveters Ausflug nach Boston.«

»Er rief mich an und fragte, ob er fahren könne.«

Bliss sah Vance mit müden, fragenden Augen an.

»Der Wunsch zu dieser Reise kam sehr unerwartet«, sagte er, »aber ich habe es ihm nicht verwehrt. Die Stimmung im Hause ist bedrückend, und ich konnte es ihm nicht verdenken, daß er fortwollte.«

»Wann hat er das Haus verlassen?« fragte Vance wie beiläufig.

»Gegen neun. Ich hatte angeboten, ihn zum Bahnhof zu fahren, aber er …«

»Um neun, was? Und wo war er zwischen acht und neun?«

Bliss machte ein unglückliches Gesicht.

»Er war bei mir im Arbeitszimmer. Wir hatten noch Details wegen der Reproduktionen von Hotepheres' Grabausstattung zu besprechen.«

»War er bei Ihnen, als Mr. Scarlett kam?«

»Ja.« Bliss blickte düster. »Höchst merkwürdig, dieser Besuch von Scarlett. Er wollte Salveter offenbar allein sprechen. Benahm sich äußerst geheimnisvoll – sehr kühl und reserviert gegenüber Salveter. Doch ich ließ mich von den Besprechungen für Salveters Ausflug nicht abbringen …«

»Mr. Scarlett wartete?«

»Ja. Er ließ Salveter keine Sekunde lang aus den Augen. Und als Salveter mich verließ, ging Scarlett mit hinaus.«

»Ah! Und Sie, Doktor?« Vance schien ganz damit beschäftigt, eine Zigarette aus seinem Etui auszuwählen.

»Ich blieb im Arbeitszimmer.«

»Und das war das letzte, was Sie von Scarlett und Salveter gesehen haben?«

»Ja … Gegen halb zehn habe ich einen Spaziergang gemacht. Auf dem Weg nach draußen warf ich einen Blick ins Museum, weil ich dachte, Scarlett ist vielleicht noch da und leistet mir Gesellschaft; aber es war alles dunkel. Ich ging dann die Avenue hinunter zum Washington Square …«

»Danke, Doktor.« Vance hatte seine Zigarette entzündet und rauchte versonnen. »Wir werden Sie heute abend nicht mehr belästigen.«

Hani trat ein.

»Sie wünschen mich zu sprechen?« Er wirkte distanziert und, hatte ich den Eindruck, ein wenig gelangweilt.

»Ja.« Vance wies auf einen Sessel gegenüber dem Tisch. Dann wandte er sich noch einmal rasch zu Bliss um, der im Begriff war zu gehen.

»Ich überlege, Doktor – es wird vielleicht doch erforderlich sein, Ihnen später noch einige Fragen zu Mr. Salveter zu stellen. Würde es Ihnen etwas ausmachen, wenn Sie im Arbeitszimmer warteten?«

»Nicht das mindeste.« Bliss warf ihm einen wissenden Blick zu und ging dann auf den Flur. Gleich darauf hörten wir, wie die Arbeitszimmertür sich schloß.

Vance betrachtete Hani mit einem seltsamen Blick, den ich nicht verstand.

»Ich habe Mr. Markham einiges zu erklären«, sagte er. »Würden Sie wohl so freundlich sein und auf dem Flur Wache halten, damit niemand uns stört?«

Hani erhob sich.

»Mit Freuden, Effendi.« Und damit bezog er seinen Posten.

Vance schloß die Schiebetür und ließ sich dann in einem bequemen Sessel am Couchtisch nieder.

»Sie, Markham – und Sie ebenfalls, Sergeant –, Sie hatten beide vollkommen recht, als Sie gestern morgen zu dem Schluß kamen, daß es Dr. Bliss war, der Kyle ermordet hatte ...«

»Ja, ist denn das ... !« Heath sprang auf. »Was zum Teufel ... !«

»Nicht doch, Sergeant. Haben Sie noch ein wenig Geduld.«

»Ich habe doch *gesagt*, daß er ihn umgebracht hat! Und *Sie* haben ...«

»Beruhigen Sie sich, Sergeant! Sie bringen ja alles durcheinander!« Vance machte eine verzweifelte Handbewegung. »Ich habe Ihre unschöne Formulierung noch gut im Ohr, daß Bliss Mr. Kyle ›kaltgemacht‹ habe. Und Sie haben hoffentlich nicht vergessen, was ich gestern abend gesagt habe – nämlich daß wir beide oft zur selben Zeit am selben Ziel anlangen, nur aus entgegengesetzten Richtungen.«

»Das haben Sie also damit gemeint?« Mürrisch kehrte Heath an seinen Platz zurück. »Aber warum haben Sie mich ihn denn dann nicht verhaften lassen?«

»Weil das genau das war, was er wollte.«

»Mir platzt der Kopf!« stöhnte Heath. »Die ganze Welt ist verrückt geworden!«

»Nicht so eilig, Sergeant!« rief Markham ihn zur Ordnung. »Allmählich verstehe ich diese ganze Sache, und sie ist alles andere als verrückt. – Lassen Sie Mr. Vance weitersprechen.«

Heath wollte etwas einwenden, doch dann machte er nur eine resignierte Miene und kaute an seiner Zigarre.

Vance sah ihn mitfühlend an.

»Sergeant, schon fünf Minuten nach meiner Ankunft gestern morgen im Museum wußte ich – oder sagen wir: hatte ich den starken Verdacht –, daß Bliss der Täter war. Ich wurde mißtrauisch, als Scarlett von der Verabredung mit Kyle erzählte. Daß Bliss ihn so ausdrücklich in der Gegenwart aller anrief und daß er eigens darauf hinwies, daß die neuen Stücke eingetroffen waren, ließ mich vermuten, daß eine bestimmte Absicht dahintersteckte. Als ich dann die vielen Indizien sah, war ich mir sicher, daß sie von Bliss selbst stammten. Sie sollten nicht nur Verdacht auf ihn lenken, sondern – auf den zweiten Blick – auf einen anderen. Zum Glück ging er über die Grenzen des Wahrscheinlichen weit hinaus – denn wäre tatsächlich ein anderer der Täter gewesen, dann wären die Indizien längst nicht so zahlreich und offensichtlich gewesen. Das brachte mich auf den Schluß, daß Bliss der Mörder Kyles war, daß er es aber so einrichten wollte, daß wir glauben sollten, er sei das Opfer einer Intrige ...«

»Aber Mr. Vance«, unterbrach ihn Heath, »Sie haben doch gesagt ...«

»*Zu keinem Zeitpunkt habe ich Bliss vom Kreis der Verdäch-*

tigen ausgenommen. Nicht ein einziges Mal habe ich gesagt, daß er unschuldig ist ... Überlegen Sie. Ich habe nur gesagt, daß die Indizien nicht echt wirken – daß etwas anderes dahintersteckt als man auf den ersten Blick denkt. Ich wußte, daß es falsche Fährten waren, die Bliss gelegt hatte, um uns zu verwirren. Und mir war auch klar – genau wie es Mr. Markham klar war –, daß kein Gericht auf der Grundlage dieser Indizien Bliss schuldig sprechen würde.«

Markham nickte nachdenklich.

»Das ist wahr, Sergeant. Mr. Vance hat vollkommen recht. Ich kann mich an kein einziges Wort von ihm erinnern, das sich mit einer Überzeugung, daß Bliss der Täter war, nicht vereinen ließe.«

»Zwar wußte ich, daß Bliss dahintersteckte«, fuhr Vance fort, »aber ich wußte nicht, worauf sein Plan hinauslief und wem er den Mord in die Schuhe schieben wollte. Ich hatte den Verdacht, daß es Salveter war – aber es hätten ebensogut Scarlett oder Hani oder Mrs. Bliss sein können. Ich begriff sofort, wie wichtig es war, daß ich herausfand, wer das wahre Opfer dieses Planes sein sollte. Deshalb tat ich, als fiele ich auf das Offensichtliche herein. Bliss durfte ja nicht merken, daß ich ihn verdächtigte – also mußte ich tun, als glaubte ich an die Schuld eines anderen. Aber ich habe die Fallen vermieden, die er für uns aufgestellt hatte. Ich wollte, daß Bliss weitere falsche Indizien, die auf sein Opfer wiesen, ausstreute und uns damit vielleicht etwas lieferte, was wir gegen ihn verwenden konnten. Deshalb habe ich Sie immer wieder gebeten zu warten, bis ich soweit war.«

»Aber wieso wollte Bliss sich verhaften lassen?« fragte Markham. »Das war doch eine Gefahr für ihn.«

»Keine große. Wahrscheinlich verließ er sich darauf, daß er oder sein Anwalt Sie, noch bevor Anklage erhoben würde, von seiner Unschuld und Salveters Schuld überzeugen könnte. Wäre es zur Verhandlung gekommen, hätte er so gut wie sicher sein können, daß er freigesprochen würde, und dann wäre er durch das schöne Prinzip des *autrefois acquit* doppelt sicher gewesen … Nein, ein großes Risiko wäre es für ihn nicht gewesen. Und sehen Sie es im Zusammenhang. Hätten Sie ihn verhaftet, wäre es nur logisch gewesen, daß er auf Salveter als den wahren Täter gezeigt hätte, der ihm den Mord in die Schuhe schieben will. Deshalb habe ich so dagegen gekämpft, daß Sie ihn verhaften, *weil es nämlich genau das war, was er wollte.* Wenn man ihn hingegen im Glauben ließ, er werde gar nicht verdächtigt, konnte er sich auch nicht verteidigen und dabei den Verdacht auf Salveter lenken. Er mußte also, um Salveter zu belasten, weitere Indizien schaffen – er mußte sich etwas Neues einfallen lassen. Und unsere Hoffnung war, daß er dabei einen Fehler machte.«

»Nicht zu fassen!« Heath war die Asche seiner Zigarre auf die Weste gefallen, aber er hatte es gar nicht bemerkt.

»Und doch habe ich es Ihnen mehr als nur einmal zu verstehen gegeben, Sergeant. Hinzu kommt das Motiv. Ich bin mir sicher, daß Bliss wußte, daß von Kyle keine weitere finanzielle Unterstützung mehr zu erwarten war; und er hätte alles getan, um den Fortgang seiner Arbeit zu sichern. Außerdem war er zutiefst eifersüchtig auf Salveter: Es blieb ihm ja nicht verborgen, daß Mrs. Bliss in den jungen Spund verliebt war.«

»Aber warum hat er dann nicht einfach Salveter umgebracht?« fragte Markham.

»Das liegt doch auf der Hand! Das Entscheidende war das Geld – er wollte, daß Meryt-Amen Kyles Vermögen erbte. Zum zweiten wollte er Salveter aus Meryt-Amens Herzen vertreiben – und dazu mußte er ihn nicht umbringen. Es genügte, wenn er es so hinstellte, als habe Salveter nicht nur seinen Onkel getötet, sondern habe dazu noch einen anderen dafür auf den elektrischen Stuhl bringen wollen.«

Vance zündete sich bedächtig eine neue Zigarette an.

»Bliss schlug drei Fliegen mit einer Klappe. Er machte sich

zum Märtyrer in Meryt-Amens Augen; er wurde Salveter los; er verschaffte seiner Frau ein Vermögen, mit dem er seine Ausgrabungen fortsetzen konnte. Selten kann ein Mörder ein so mächtiges dreifaches Motiv gehabt haben ... Und das Tragische daran ist, daß Mrs. Bliss mehr als nur halb an Salveters Schuld geglaubt hat. Sie litt Höllenqualen. Sie werden sich erinnern, mit welcher Vehemenz sie sagte, daß der Mörder seiner gerechten Strafe nicht entgehen solle. Und das, obwohl sie die ganze Zeit über befürchtete, daß es Salveter war ...«

»Gut und schön«, sagte Heath, »aber ich hatte nicht das Gefühl, daß Bliss versucht hat, den Verdacht auf Salveter zu lenken.«

»Oh doch, Sergeant. Er hat getan, als tue er es nicht, aber in Wirklichkeit hat er ständig darauf hingearbeitet, Salveter zu belasten. Er tat, als sträube er sich, aber das war gespielt. Es durfte ja nicht zu offensichtlich sein – sonst hätte er sich verraten ... Denken Sie zum Beispiel an meine Frage, wer für die Hausapotheke zuständig ist. Bliss zögerte, als wolle er jemanden schützen. Sehr raffiniert, das muß ich schon sagen.«

»Aber wenn Sie das wußten ...« hob Heath an.

»Ich wußte ja nicht *alles*, Sergeant. Für mich stand fest, daß Bliss der Schuldige war. Aber ich hatte bisher keinen Beleg dafür, daß Salveter das Opfer seiner Intrige sein sollte. Deshalb mußte ich weiter nachforschen und mir Gewißheit verschaffen.«

»So oder so«, beharrte Heath, »ich hatte von Anfang an recht, als ich gesagt habe, Bliss ist der Mörder.«

»Natürlich hatten Sie recht, Sergeant!« Vance sagte es geradezu freundschaftlich. »Und es ist mir nicht leichtgefallen, daß ich die ganze Zeit über tun mußte, als glaubte ich etwas anderes.« Er stand auf, ging zu Heath und streckte ihm die Hand hin. »Können Sie mir verzeihen?«

»Na ... vielleicht.« Heath' Augen sagten etwas ganz anderes als sein rauher Ton, als er Vance' Hand ergriff. »Fest steht jedenfalls, daß ich recht hatte!«

Mit einem Grinsen nahm Vance wieder Platz.

»Der eigentliche Plan war einfach genug«, fuhr er fort, als er seine Gedanken gesammelt hatte. »Bliss rief Kyle an und verabredete sich, so daß alle es hören konnten, für elf Uhr mit ihm. Er wies ausdrücklich darauf hin, daß die neuen Stücke angekommen seien, und fragte, ob Kyle nicht früher kommen wolle. Denn als er die schicksalhafte Verabredung traf, da hatte er den Mord – ja, die ganze Intrige – schon fertig geplant. Die Krawattennadel mit dem Skarabäus ließ er mit Absicht auf dem Tisch im Arbeitszimmer. Nach dem Mord legte er die Nadel neben die Leiche und drückte ihr den Rechenschaftsbericht in die Hand. Und bedenken Sie, Markham, zu beidem hätte Salveter Zugang gehabt. Bliss wußte, daß es Salveters Gewohnheit war, nach dem Frühstück einen Blick ins Museum zu werfen, und er legte die Verabredung so, daß Salveter und sein Onkel sich aller Wahrscheinlichkeit nach begegnen würden. Er schickte Salveter ins Metropolitan, damit er aus dem Haus war, wenn er Kyle erschlug. Außerdem machte er alles so zurecht, als habe es eine tödliche Falle gegeben, bei der die Sachmet-Statue vom Regal gestürzt sei. Denn dann hätte der Mörder zu jedem Zeitpunkt vor unserem Eintreffen zurückkehren können, Krawattennadel und Bericht anbringen und die Fußspuren legen – vorausgesetzt natürlich, daß Bliss vom Opium betäubt war …«

Heath setzte sich auf und sah Vance mit zusammengekniffenen Augen an.

»Soll das heißen, die Sache mit der Statue stimmt überhaupt nicht?« fragte er empört.

»Genau das, Sergeant. Die Spuren wurden erst nach dem Mord gelegt, damit Salveter selbst dann noch als Täter dastand, wenn er ein Alibi vorweisen konnte. Außerdem war die Tatsache, daß der Mörder gar nicht persönlich anwesend sein mußte, als der Mord geschah, ein weiteres Argument zugunsten von Bliss. Warum hätte Bliss eine Falle aufstellen sollen, wo er, wenn er Kyle erschlagen wollte, doch auch direkt zuschlagen konnte? Auch Sachmet war nur eine falsche Fährte.«

»Aber der Bleistift, der als Stütze diente«, wandte Markham ein. »Das war nicht die Marke, die Salveter immer nimmt.«

»Aber Markham, mein Lieber! Bliss benutzte einen von seinen eigenen Bleistiften, damit er ein weiteres Indiz gegen sich hatte. Ein Mann, der eine solche Falle aufstellt, nimmt doch nicht seinen eigenen Stift – er nimmt ihn vom Schreibtisch desjenigen, den er belasten will. Der Doktor nahm also seinen eigenen Bleistift – *damit der Verdacht auf jemand anderen fiel.* Aber die Falle konnte mich nicht täuschen. Sie war zu unsicher. Ein Mörder wäre kein solches Risiko eingegangen. Die Statue hätte Kyle vielleicht nicht genau am Kopf getroffen. Dazu kommt, daß ein Mann, der von oben erschlagen worden wäre, vermutlich nicht so zu Boden gestürzt wäre, wie wir Kyle gefunden haben – den Kopf an der Stelle, an der die Statue ihn getroffen hätte, die Arme ausgestreckt. Als ich mein Experiment machte und die Statue genau da aufschlug, wo Kyles Kopf gewesen war, ging mir auf, wie unwahrscheinlich es war, daß ihn tatsächlich die fallende Statue erschlagen hatte.« Vance' Augen funkelten. »Ich habe nichts gesagt, weil ich zu jenem Zeitpunkt wollte, daß Sie an die tödliche Falle glauben.«

»Daß ich das nicht gesehen habe!« Heath schlug sich dramatisch mit der flachen Hand an die Stirn. »Und natürlich verzeihe ich Ihnen, Mr. Vance!«

»Um ehrlich zu sein, Sergeant, ich habe alles getan, damit Sie nicht merkten, wie unwahrscheinlich es ist. Mr. Markham hat es ebenfalls nicht bemerkt.* Kyle muß erschlagen worden sein, als er in das Regal hineinblickte, von hinten. Ich könnte mir vorstellen, daß der Schlag mit einem der schweren Feuer-

* Und ich ebensowenig. Als der vorliegende Bericht jedoch vorab im *American Magazine* in Fortsetzungen erschien, schrieben mehrere Leser, um mich auf die Unstimmigkeit aufmerksam zu machen.

stein- oder Porphyrkolben geführt wurde. Der Leichnam wurde in der Stellung arrangiert, in der wir sie gefunden haben, und dann ließ der Täter die Sachmet-Statue auf den Hinterkopf fallen, um die Spuren des ersten Schlags zu verdecken.«

»Aber was wäre gewesen«, gab Markham zu bedenken, »wenn Ihnen der Ring, der am Vorhang herabhing, nicht aufgefallen wäre?«

»Die Falle war offensichtlich genug, daß wir sie finden würden. Wenn wir sie übersehen hätten, hätte Bliss unsere Aufmerksamkeit darauf gelenkt.«

»Aber die Fingerabdrücke …« hob Heath an, wie benommen.

»Die hat er mit Absicht auf der Statue hinterlassen. Noch mehr Beweismaterial gegen sich selbst. Er hatte ja noch ein Alibi in Reserve. Die erste Antwort war einfach und nicht allzu glaubwürdig: Er hatte nur Sachmet geradegerückt. Aber die weitere Erklärung – die, warum keine anderen Fingerabdrücke auf Sachmet waren – sollte erst nach der Festnahme kommen: Nämlich daß überhaupt niemand die Statue in der Hand gehabt hatte, sondern daß es eine tödliche Falle gewesen war, aufgestellt von Salveter!«

Vance zeigte die offenen Hände.

»Jedes Indiz, das auf ihn wies, überdeckte Bliss mit einem stärkeren gegen Salveter … Nehmen Sie zum Beispiel die Fußspuren. Auf den ersten Blick wiesen sie auf Bliss. Aber sofort kam, wie überall, das Gegenindiz: Er trug am gestrigen Morgen Pantoffeln, und nur ein Tennisschuh fand sich im Arbeitszimmer. Der andere Tennisschuh war in seinem Zimmer, *genau da, wo er ihn am Vorabend gelassen hatte*. Bliss brachte einfach nur einen Schuh mit nach unten, fabrizierte die Blutspuren und versteckte den Schuh dann im Papierkorb. Er wollte, daß wir die Spuren und dann den Schuh finden. Und das haben wir auch – der Sergeant, genauer gesagt. Nach der Verhaftung hätte Bliss nur sagen müssen, jemand, der Zugang zu seinem Zimmer hatte, habe den Schuh von oben geholt und die Spuren gelegt, um ihn zu belasten.«

Markham nickte.

»Ja«, sagte er; »ich hätte es ihm geglaubt. Gerade nachdem wir auch noch das Opium in seiner Kaffeetasse gefunden hatten.«

»Ah ja, das Opium! Das perfekte Alibi! Welcher Geschworene hätte ihn noch schuldig gesprochen, wo er doch Opium im Kaffee hatte! Alle wären sich einig gewesen, daß er das arme Opfer eines anderen Übeltäters war. Und alle hätten der Bezirksstaatsanwaltschaft vorgeworfen, daß sie ihn überhaupt verhaftet hatte ... Und wie einfach diese Episode war! Bliss holte die Opiumdose aus dem Medizinschrank, nahm eine Prise heraus und streute sie auf den Boden seiner Kaffeetasse.«

»Sie meinen, er war gar nicht betäubt?«

»Nein. Das habe ich gleich gesehen. Wer unter Drogen steht, dessen Pupillen verengen sich; bei Bliss waren sie weit offen vor Erregung. Ich sah, daß er uns etwas vorspielt, und deshalb rechnete ich schon damit, daß ich ein Betäubungsmittel im Kaffee finden würde.«

»Aber was war mit der Dose?« fragte Heath. »Das habe ich nie verstanden. Sie haben Hani hochgeschickt ...«

»Also, Sergeant!« sagte Vance gutmütig. »Ich war mir sicher, wo die Dose war, und wollte mich nur vergewissern, wieviel Hani wußte.«

»Aber ich finde, der Sergeant hat recht«, wandte Markham ein. »Wir wissen nicht, ob die Opiumdose wirklich in Salveters Zimmer war.«

»Ach, tatsächlich?« Vance ging an die Tür. »Hani!«

Der Ägypter zog die Schiebetür auf.

»Sagen Sie« – Vance blickte ihm fest ins Auge –, »ich bewundere ja Ihre Verstellungskünste, aber zur Abwechslung könnten wir auch einmal die Wahrheit vertragen. – Wo haben Sie die Opiumdose gefunden?«

»Effendi, es gibt keinen Grund mehr auszuweichen. Sie sind

ein Mann von großer Weisheit, und ich vertraue Ihnen. Die Dose war in Mr. Salveters Zimmer versteckt.«

»Tausend Dank.« Vance sagte es fast schroff. »Und jetzt gehen Sie wieder auf Ihren Posten.«

Hani ging hinaus und schloß sanft die Tür hinter sich.

»Bliss ging gestern morgen nicht zum Frühstück«, fuhr Vance fort, »weil er wußte, daß dann Salveter und seine Frau allein im Frühstücksraum sein würden, und für Salveter wäre es ein Leichtes gewesen, das Opium in den Kaffee zu mischen ...«

»Aber wenn Sie wußten, daß Bliss das Opium selbst in seinen Kaffee getan hatte«, fragte Markham, »warum waren Sie dann so interessiert an dem Samowar?«

»Ich mußte mir Gewißheit verschaffen, gegen wen Bliss' Intrige sich richtete. Er wollte es so einrichten, als sei *er* das Opfer eines abgefeimten Spiels; und da er ja die Schuld jemand anderem zuschieben wollte, wußte ich, daß sein wahres Opfer nur jemand sein konnte, der gestern früh Zugang zu dem Kaffee hatte.«

Heath nickte heftig.

»Das leuchtet ein. Der Bursche wollte tun, als hätte ihm jemand K.O.-Tropfen gegeben, aber wenn der, der's gewesen sein sollte, überhaupt nicht an die Tasse rangekommen wäre, wäre der ganze Plan für den Ofen gewesen ... Aber sagen Sie, Mr. Vance« – ihm war plötzlich etwas eingefallen –, »wozu sollte das denn gut sein, daß der Doc sich aus dem Staub machen wollte?«

»Eine vollkommen logische Folge dessen, was vorausgegangen war«, erklärte Vance. »Als wir ihn nicht verhafteten, wurde er allmählich nervös. Denn sehen Sie, er sehnte sich ja danach verhaftet zu werden, und wir hatten ihn schwer enttäuscht. Er ging auf sein Zimmer und überlegte. Wie konnte er uns dazu bringen, daß wir ihm doch wieder die Handschellen anlegten, so daß er uns dann all die Indizien zeigen konnte, die auf Salveters schändliche Intrige gegen ihn wiesen? Er entschied sich für einen Fluchtversuch. Danach, malte er sich aus, mußten wir ihn doch gewiß wieder verdächtigen. Also ging er aus dem Haus, hob in aller Offenheit sein Geld von der Bank ab, fuhr mit dem Taxi zur Grand Central Station, fragte laut nach Zügen nach Montreal und stellte sich dann mitten auf den Bahnsteig und wartete auf seinen Zug … Er wußte, daß Guilfoyle ihm folgte; glauben Sie mir, wenn er wirklich fortgewollt hätte, dann hätte er Guilfoyle schon abgeschüttelt. Sie haben Bliss seinen gespielten Fluchtversuch abgenommen, Sergeant, und ich mußte befürchten, daß er genau das erreichte, was er damit bezwecken wollte – nämlich daß er doch noch verhaftet wurde. Deshalb habe ich Sie mit solcher Heftigkeit daran gehindert.«

Vance lehnte sich zurück, entspannte sich jedoch nicht. Seine ganze Haltung kündete von größter Konzentration.

»Und da Sie ihn nicht in Eisen legten, Sergeant«, fuhr er fort, »war er zu einem weiteren Schritt gezwungen. Er mußte sich etwas einfallen lassen, um Salveter zu belasten. Deshalb inszenierte er das Drama mit dem Dolch. Er schickte Salveter mit Absicht nach unten, um ihm das Notizbuch aus dem Schreibtisch zu holen – wo der Dolch aufbewahrt war …«

»Und die Scheide!« rief Markham.

»Aber ja. Das war das eigentliche Indiz gegen Salveter. Bliss hatte die Scheide in Salveters Zimmer versteckt und wollte uns dann weismachen, wir könnten den verhinderten Attentäter finden, wenn wir die Scheide fänden. In dem Augenblick, in dem er so hilfsbereit die Sprache darauf brachte, wußte ich, wo sie war; deshalb konnte ich Hani auch gestatten, uns etwas Falsches zu erzählen …«

»Sie meinen, Hani hat die Scheide gar nicht auf dem Flur gefunden?«

»Natürlich nicht.«

Wieder rief Vance Hani an die Tür.

»Wo haben Sie die Scheide des Königsdolches gefunden?« fragte er.

Hani antwortete, ohne auch nur eine Sekunde zu zögern.

»In Mr. Salveters Zimmer, Effendi – wie Sie gut wissen.«

Vance nickte.

»Hat eigentlich jemand versucht, sich dieser Tür zu nähern, Hani?«

»Nein, Effendi. Der Doktor ist nach wie vor im Arbeitszimmer.«

Vance entließ ihn mit einer Handbewegung und fuhr fort:

»Bliss versteckte die Scheide also in Salveters Zimmer, Markham, und schleuderte dann den Dolch ins Kopfende seines Bettes. Er verständigte mich, und als wir eintrafen, erzählte er eine dramatische, aber plausible Geschichte von einem Unbekannten, der es auf sein Leben abgesehen hatte.«

»Ein verdammt guter Schauspieler«, meinte Heath.

»Das ist wahr – die meiste Zeit jedenfalls. Aber einen psychologischen Aspekt hatte er doch übersehen. Wenn er tatsächlich mit knapper Not einem Mordanschlag entgangen wäre, dann wäre er nicht im Dunkeln allein die Treppe hinuntergegangen, um mich anzurufen. Er hätte zuerst Alarm geschlagen.«*

»Klingt vernünftig.« Markham wurde ungeduldig. »Aber Sie haben gesagt, das Bild sei noch nicht ganz vollständig gewesen …«

»Der Brief!« Vance richtete sich auf und warf den Zigarettenstummel in den Aschenbecher. »Das war das Element, das noch fehlte. Ich verstand nicht, warum der falsche Hieroglyphenbrief gestern abend nicht auftauchte – das wäre doch die perfekte Gelegenheit dazu gewesen. Aber er war nirgends zu sehen, und das beschäftigte mich … Als ich jedoch sah, daß Scarlett noch im Museum war, verstand ich es. Ich bin sicher,

* Der Leser wird sich vielleicht erinnern, daß sich im Mordfall Greene der Mörder durch eine ähnliche psychologische Ungereimtheit verriet: Er tat, als versetze ihn eine sinistre Gefahr, die auf dem Flur des alten Greene-Hauses lauerte, in Angst und Schrecken, ging aber dann mitten in der Nacht hinunter zur Speisekammer, nur weil er einen leichten Hunger verspürte.

der Doktor hatte den gefälschten Brief – den er bis dahin in der Schreibtischschublade deponiert hatte – in Meryt-Amens Zimmer oder sonst an einen Ort bringen wollen, an dem wir ihn gefunden hätten. Doch als er durch die Arbeitszimmertür ins Museum blickte, sah er, daß Scarlett an dem Schreibtisch saß und arbeitete. Also stellte er den Brief zur späteren Verwendung zurück – für den Fall, daß wir Salveter selbst nach der Dolch-Episode noch nicht verdächtigten. Und als ich den Indizien, die er gegen Salveter vorbereitet hatte, bewußt aus dem Wege ging, konnte ich mir denken, daß es nicht lange dauern würde, bis der Brief auftauchte. Ich befürchtete, daß Scarlett Bliss' Pläne durchkreuzen könnte; deshalb warnte ich ihn, er solle vom Haus fortbleiben. Ich weiß nicht, was ich sonst noch hätte tun können.«

»Nichts«, tröstete Markham ihn. »Scarlett hätte Ihren Rat beherzigen sollen.«

»Aber das hat er nicht«, klagte Vance.

»Und Sie meinen, Scarlett war der Wahrheit auf die Spur gekommen?«

»Keine Frage. Den Verdacht muß er schon früh geschöpft haben. Aber er war sich nicht sicher genug, um etwas zu sagen. Er wollte dem Doktor kein Unrecht tun – und als englischer Gentleman schwieg er lieber. Die Sache ließ ihm keine Ruhe, und schließlich ging er hin, um mit Bliss zu sprechen ...«

»Aber etwas muß ihn doch überzeugt haben.«

»Der Dolch, Markham. Da hat Bliss einen schweren Fehler begangen. Scarlett und Bliss waren die beiden einzigen, die von dieser ins Land geschmuggelten Waffe wußten. Und als ich sie Scarlett zeigte und ihm erzählte, daß damit ein Anschlag auf Bliss' Leben verübt worden sei, war das für ihn praktisch der Beweis, daß Bliss sich die ganze Geschichte ausgedacht hatte.«

»Und am Abend kam er her und stellte Bliss zur Rede ...?«

»Genau das. Er hatte verstanden, daß Bliss den Verdacht auf Salveter lenken wollte, und er kam, um Bliss zu verstehen zu geben, daß er sein Spiel durchschaute. Er kam, um einen Unschuldigen zu schützen – und das, obwohl Salveter ja, könnte man sagen, sein Rivale um die Gunst Meryt-Amens war. Aber so war Scarlett nun einmal …« Vance blickte traurig. »Ich dachte, ich hätte alle Gefahren ausgeschlossen, als ich Salveter nach Boston schickte. Doch Scarlett fühlte sich verpflichtet, etwas zu unternehmen. Es war eine tapfere Tat, aber unvernünftig. Denn in Wirklichkeit lieferte er Bliss nur die Gelegenheit, auf die dieser gewartet hatte. Als er gestern abend seinen gefälschten Brief nicht aus dem Museum holen konnte und wir partout nicht die Scheide, die er in Salveters Zimmer praktiziert hatte, finden wollten, blieb ihm nichts anderes übrig, als das As aus dem Ärmel zu holen – den falschen Brief.«

»Ja, sicher. Das verstehe ich. Aber wie paßt Scarlett da hinein?«

»Als Scarlett am Abend herkam, hat Bliss sich seine Anschuldigungen gewiß geduldig angehört, und dann lockte er ihn unter diesem oder jenem Vorwand ins Museum. Als Scarlett abgelenkt war, versetzte Bliss ihm einen Schlag auf den Kopf – vermutlich mit einer der Keulen aus dem Regal an der Stirnwand – und steckte ihn in den Sarkophag. Es war keine Mühe für ihn, den Wagenheber aus seinem Wagen zu holen – wenn er Salveter angeboten hat, ihn kurzerhand zum Bahnhof zu fahren, muß er draußen vor der Tür stehen …«

»Aber der Brief?«

»Sehen Sie denn nicht, wie alles zusammenpaßte? Er schlug Scarlett zwischen acht und halb neun nieder. Salveter war vermutlich oben und nahm Abschied von Mrs. Bliss. Jedenfalls war er im Haus und hätte später als Scarletts Mörder gelten können. Und *zum Beweis, daß Salveter der Täter war*, zerknüllte Bliss den verräterischen falschen Brief und steckte ihn Scarlett in die Tasche. Es sollte so aussehen, als sei Scarlett heute abend gekommen, um mit Salveter zu sprechen, habe auf den Brief angespielt, den er in der Schreibtischschublade gefunden habe, und sei daraufhin von Salveter erschlagen worden.«

»Warum hätte Salveter den Brief dann bei ihm lassen sollen?«

»Alle wären davon ausgegangen, daß Salveter nicht wußte, daß Scarlett den Brief in der Tasche hatte.«

»Ich wüßte ja gerne«, schaltete Heath sich ein, »wie Bliss überhaupt darauf gekommen ist, daß es einen Brief von Salveter gab. Den echten, meine ich.«

»Das ist leicht erklärt, Sergeant.« Vance holte sein Zigarettenetui hervor. »Zweifellos kehrte Salveter gestern morgen in das Museum zurück, wie er es uns erzählt hat, und schrieb an seinem Brief, als Kyle eintraf. Er steckte den Brief dann in die Schublade und ging ins Metropolitan Museum, seinen Auftrag erfüllen. Bliss, der ihn vermutlich durch einen Spalt in der Arbeitszimmertür beobachtete, sah, wie er ein Blatt hineinsteckte, und schaute später nach, was es war. Daß es ein indiskreter Brief an Meryt-Amen war, brachte Bliss auf eine Idee. Er nahm ihn mit in sein Arbeitszimmer und schrieb ihn neu, so daß er Salveter nun unmittelbar belastete; das Original zerriß er dann. Als ich hörte, daß der Brief verschwunden war, machte ich mir Sorgen, denn ich konnte mir denken, daß Bliss ihn genommen hatte. Und als ich die Schnipsel im Papierkorb fand, war ich mir sicher, daß ein weiterer Brief auftauchen würde. Aber ich besaß ja nun das Original, und ich hoffte, daß der falsche Brief, wenn er auftauchte, uns etwas gegen Bliss in die Hand geben würde.«

»Deshalb waren auch diese drei Wörter so wichtig?«

»Genau, Sergeant. Ich konnte mir nicht vorstellen, daß *tem, wesch* und *anch* in dem neu geschriebenen Brief auftauchen würden, denn Bliss konnte nicht wissen, daß Salveter uns von dem Brief erzählt und dabei diese drei Wörter erwähnt hatte. Und keines von den dreien taucht in dem falschen Brief auf.«

»Aber ein Handschriftenexperte …«

»Ach Sergeant, seien Sie doch nicht so naiv! Ein Handschriftenexperte ist ein romantischer Wissenschaftler, selbst wenn seine Proben in einer Schrift und Sprache geschrieben sind, mit der er vertraut ist. Alles, was er vergleichen kann, sind die Eigenheiten, mit denen jemand die Feder führt. Aber kein Kunstexperte kann mit Sicherheit sagen, von wem ein unbekanntes Bild stammt – und die ägyptische Schrift besteht ja zum guten Teil aus Bildern. Falsche Michelangelo-Zeichnungen zum Beispiel werden von cleveren Kunsthändlern laufend an den Mann gebracht. Die einzige Grundlage ist in einem solchen Fall das ästhetische Urteil – aber ägyptische Hieroglyphen sind immer gleich.«

Heath verzog das Gesicht.

»Wenn der falsche Brief sowieso nicht als Beweismaterial zu gebrauchen war, wieso hat der Doktor ihn dann geschrieben?«

»Selbst wenn nicht eindeutig zu beweisen war, daß der Brief von Salveter stammte, Sergeant, wären alle davon ausgegangen, daß Salveter der Täter war und nur durch eine Masche des Gesetzes geschlüpft war. Meryt-Amen hätte mit Sicherheit geglaubt, daß der Brief von Salveter war, und darauf kam es Bliss an.«

Vance wandte sich an Markham.

»Im Grunde spielt die legale Seite gar keine Rolle. Selbst wenn Salveter nicht verurteilt worden wäre, hätte Bliss mit seiner Intrige Erfolg gehabt. Mit Kyles Tod hätte Bliss – über seine Frau – Zugang zur Hälfte von dessen Vermögen gehabt, und Meryt-Amen hätte Salveter verstoßen. Bliss hätte also sämtliche Partien gewonnen. Und vielleicht wäre Salveter sogar für schuldig befunden worden, hätte Hani nicht zwei unmittelbar belastende Indizien aus seinem Zimmer entfernt – die Opiumdose und die Scheide des Dolches. Und der Brief in Scarletts Tasche hätte ein Übriges getan.«

»Aber, Vance, wäre der Brief denn je gefunden worden?« fragte Markham. »Wenn Sie nicht Ihren Verdacht gehabt und nach Scarletts Leiche gesucht hätten, hätte sie praktisch für immer in dem Sarkophag bleiben können.«

»Nein.« Vance schüttelte den Kopf. »Scarlett sollte nur für ein oder zwei Tage dort bleiben. Morgen hätten wir erfahren, daß er vermißt wurde, und Bliss hätte wahrscheinlich den Toten höchstpersönlich für uns gefunden, samt Brief.«

Er sah Markham fragend an.

»Wie können wir belegen, daß Bliss der Täter war, obwohl Salveter zur Tatzeit im Hause war?«

»Wenn Scarlett durchkommt ...«

»Wenn! ... Dann vielleicht. Aber wenn nicht – und die Aussichten sind nicht gut. Was dann? Bestenfalls könnte Scarlett bezeugen, daß Bliss ihn angegriffen hat. Gut, dann könnten Sie ihn wegen Körperverletzung verurteilen, aber das Verbrechen an Kyle bliebe ungeklärt. Und wenn Bliss behauptete, Scarlett habe ihn angegriffen und er habe ihn in Notwehr niedergeschlagen, bekämen Sie ihn nicht einmal dafür hinter Gitter.«

Markham erhob sich und ging im Zimmer auf und ab. Dann fiel Heath noch etwas ein.

»Welche Rolle spielt denn dieser Ali Baba bei der Sache, Mr. Vance?«

»Hani begriff sofort, was geschehen war, und war klug genug, die Intrige, die Bliss gegen Salveter spann, zu durchschauen. Er liebte Salveter und Meryt-Amen und wollte, daß die beiden glücklich werden. Was konnte er tun außer sich mit all seiner Kraft für ihren Schutz einsetzen? Und genau das hat er getan, Sergeant. Ein Ägypter hat andere Ideale als wir Abendländer. Es wäre nicht seine Art gewesen, einfach zu uns zu kommen und uns anzuvertrauen, was er vermutete. Hani hat klug sein Spiel gespielt – das einzige, das es für ihn gab. Er hat nie an die Rache der Sachmet geglaubt. Mit seinen abergläubischen Reden hat er nur die wahren Verhältnisse verschleiert. Er hat mit Worten für Salveters Sicherheit gekämpft.«

Markham blieb stehen und blickte Vance an.

»Die Sache ist unglaublich! In meinem ganzen Leben habe ich keinen Mörder wie Bliss gesehen!«

»Oh, tun Sie ihm nicht zuviel Ehre an.« Vance zündete die Zigarette an, die er schon seit fünf Minuten in der Hand hielt. »Seine Indizien waren lächerlich übertrieben, grell geradezu. Das war sein größter Fehler.«

»Aber wenn Sie nicht dabeigewesen wären«, sagte Markham, »hätte ich Anklage wegen Mordes gegen ihn erhoben.«

»Und damit genau das getan, was er wollte. Und weil ich das verhindern wollte, mußte ich tun, als hielte ich ihn für unschuldig.«

»Ein Palimpsest!« rief Markham schließlich.

Vance nahm einen tiefen Zug.

»Genau das. *Palimpsestos* – ›neu geglättet‹. Zuerst kam in sorgfältiger Reinschrift die wahre Geschichte des Verbrechens. Dann wurde sie ausgekratzt, und das Pergament wurde neu geglättet und dann beschrieben mit einer Fassung, in der Salveter der Bösewicht war. Dann wurde auch diese wieder getilgt und die originale Geschichte – in grotesker Verzerrung und voller Ungereimtheiten – darübergeschrieben. Wir sollten die dritte Fassung lesen, sollten mißtrauisch werden und zwischen den Zeilen die Reste der zweiten finden, die Geschichte von Salveters Schuld. Meine Aufgabe war es, hinter dieser die erste, echte Fassung freizulegen – die zweimal überschriebene Wahrheit.«

»Und das ist Ihnen gelungen, Mr. Vance!« Heath hatte sich erhoben und ging zur Tür. »Der Doc ist im Arbeitszimmer, Chef. Ich bringe ihn persönlich auf die Wache.«

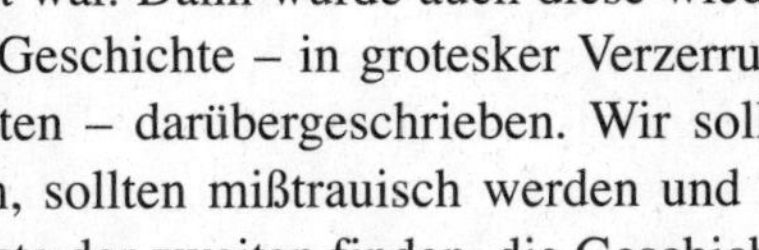

Kapitel 22
Das Urteil des Anubis

(Samstag, 14. Juli, 11 Uhr abends)

»Warten Sie, Sergeant! Nichts überstürzen.« So leise Vance es auch sagte, hielt Heath doch sofort inne. »Ich an Ihrer Stelle würde mich von Mr. Markham über die rechtliche Seite beraten lassen, bevor ich den Doktor verhaftete.«

»Die rechtliche Seite kann mir gestohlen bleiben!«

»Oh, unbedingt! Im Prinzip bin ich ganz Ihrer Meinung. Aber Ungestüm in diesen Dingen zahlt sich nicht aus. Man sollte vorsichtig sein.«

Markham, der noch immer neben Vance stand, hob den Kopf.

»Setzen Sie sich, Sergeant!« kommandierte er. »Wir können einen Mann nicht einfach verhaften, nur weil wir von seiner Schuld überzeugt sind.« Er ging zum Kamin und zurück. »Wir müssen überlegen, wie wir es anstellen. Schließlich haben wir keine Beweise gegen Bliss. Wir könnten ihn keine Stunde lang festhalten, wenn ein gerissener Anwalt die Sache in die Finger bekommt.«

»Und Bliss weiß es«, fügte Vance hinzu.

»Aber er hat Kyle umgebracht!« rief Heath.

»Das ist wahr.« Markham ließ sich am Tisch nieder und stützte das Kinn in beide Hände. »Aber ich habe nichts Greifbares, das ich einem Schwurgericht vorlegen könnte. Und wie Mr. Vance schon sagt – selbst wenn Scarlett es übersteht, kann ich Bliss bestenfalls wegen tätlichen Angriffs anklagen.«

»Das macht mich rasend, Sir«, stöhnte Heath, »daß so ein Bursche praktisch vor unseren Augen einen Mord begehen kann und damit davonkommt. Sowas ist doch nicht vernünftig!«

»Ach, Sergeant«, meinte Vance, »was ist denn schon vernünftig in dieser albernen und fantastischen Welt?«

»Na jedenfalls hätte ich den Burschen längst eingelocht, und dann hätten wir eben weitergesehen.«

»Wie gern würde ich das tun«, pflichtete Markham ihm bei. »Aber so überzeugt wir von seiner Schuld auch sind – wir müssen Beweise vorlegen. Und dieser Teufel hat seine Spuren so raffiniert verwischt, daß jedes Gericht im Land ihn freisprechen würde – wenn es überhaupt zu einem Verfahren käme.«

Mit einem Seufzen erhob Vance sich.

»Und das nennt sich dann Gerechtigkeit!« So vehement hatte ich ihn selten gehört. »Allen Ernstes nennt sich das, was an den Gerichtshöfen vorgeht, *Recht*sprechung! Heilige Einfalt! *Summum jus, summa injuria* ... Da sitzen wir drei nun – ein Bezirksstaatsanwalt, ein Sergeant bei der Mordkommission und ein Liebhaber von Brahms' Klavierkonzert in B –, zwei Türen weiter sitzt ein Mann, von dem wir wissen, daß er ein Mörder ist, und wir können nichts tun! Und warum? Weil diese Ausgeburt der Unfähigkeit, die Justiz, keine Vorsorge dafür getroffen hat, daß man einen gefährlichen und gewissenlosen Verbrecher beseitigen kann, der nicht nur kaltblütig seinen Wohltäter ermordet, sondern dazu noch versucht hat, einem weiteren guten Menschen das Leben zu nehmen und beide Verbrechen einem unschuldigen Dritten anzuhängen, nur damit er weiter Leichen ausgraben kann, die anderen heilig sind! ... Kein Wunder, daß Hani ihn verabscheut. Bliss ist ein Blutsauger, und Hani ist ein kluger und ehrenwerter Mann.«

»Ich gebe ja zu, unsere Justiz ist nicht vollkommen«, fiel Markham ihm ärgerlich ins Wort. »Aber Ihre Tirade ist nicht gerade hilfreich. Wir stehen vor einem schwierigen Problem, und wir müssen uns etwas einfallen lassen, um es zu lösen.«

Vance stand noch immer am Tisch, die Augen auf die Tür fixiert.

»Ihre Justiz wird diese Lösung niemals finden«, sagte er. »Sie können Bliss nicht verurteilen; Sie trauen sich ja nicht einmal, ihn zu verhaften. Er könnte Sie zum Gespött des ganzen

Landes machen, wenn Sie es versuchten. Er wäre der zu unrecht verfolgte Held, gehetzt von einer unfähigen und schwachköpfigen Polizei, die sich in ihrer Verzweiflung auf ihn gestürzt hatte, nur um ihr Gesicht zu wahren.«

Vance nahm einen weiteren tiefen Zug.

»Markham, mein Alter, ich habe das Gefühl, die altägyptischen Götter waren klüger als Solon, Justinian und all ihre anderen Gesetzgeber zusammen. Als Hani von der Rache der Sachmet sprach, war es nur bildlich gesprochen; aber weniger als Sie mit Ihren dummen Gesetzen bezweckt die Dame mit der Sonnenscheibe auch nicht. Die meisten mythologischen Vorstellungen sind schierer Unsinn; aber sind sie unsinniger als die Absurditäten unserer heutigen Justiz? …«

»Nun seien Sie doch endlich still«, brummte Markham.

Vance sah ihn kummervoll an.

»Ihnen sind durch ein zu starres Justizsystem die Hände gebunden, und deshalb soll ein Scheusal wie Bliss weiter frei herumlaufen dürfen. Salveter, ein harmloser Bursche, wird den schlimmsten Verdächtigungen ausgesetzt, sein Leben ruiniert. Ganz zu schweigen von Meryt-Amen – einer mutigen jungen Frau …«

»Das weiß ich.« Markham richtete sich in seinem Sessel auf. »Aber, Vance, wir haben nicht ein einziges Indiz gegen Bliss.«

»Es ist ein Trauerspiel. Man hat den Eindruck, Ihre einzige Hoffnung ist, daß dem hochgelehrten Doktor ein plötzlicher und tödlicher Unfall widerfährt. So etwas ist schon vorgekommen.«

Vance nahm noch einmal einen Zug.

»Wenn nur Hanis Götter wirklich die Macht hätten, die man ihnen zuschreibt!« seufzte er. »Wie einfach wäre alles! Und Anubis hat seinem Namen bisher ja keine große Ehre gemacht. Ich hätte mehr von ihm erwartet. Als Gott der Unterwelt …«

»Genug jetzt!« Markham erhob sich. »Wir kommen nicht vom Fleck. Schön und gut, wenn man ein Ästhet ist, der für nichts Verantwortung übernehmen muß, aber die Arbeit der Welt muß getan werden …«

»Aber ja doch.« Vance schien gänzlich unbeeindruckt von Markhams Ausbruch. »Vielleicht könnten Sie einfach einen Gesetzentwurf auf den Weg bringen, der auch eine logische Beweisführung ohne Indizien ermöglicht. Der einzige Haken an dieser Idee ist, daß Sie und ich und der Sergeant und Bliss wahrscheinlich längst zu unseren Vorvätern gegangen sind, bis unsere wackeren Volksvertreter es gebührend debattiert und schließlich verabschiedet haben.«

Markham drehte sich langsam zu Vance um, die Augen schmal wie Schlitze.

»Was bezwecken Sie mit diesem Geschwätz?« fragte er. »Sie führen doch etwas im Schilde.«

Vance setzte sich auf die Tischkante, drückte seine Zigarette aus und steckte die Hände tief in die Taschen.

»Markham«, sagte er und zog es bedächtig in die Länge, »Sie wissen ebensogut wie ich, daß Bliss sich dem Zugriff der Justiz entzogen hat und daß nichts auf der Welt ihn seiner gerechten Strafe zuführen kann. Wenn wir ihn doch noch zu fassen bekommen wollen, dann müssen wir es mit einem Trick tun.«

»Einem Trick?« fragte Markham mißtrauisch.

»Oh, nichts Schlimmes«, versicherte Vance ihm heiter und nahm sich eine weitere Zigarette. »Führen Sie sich noch einmal vor Augen, Markham, wo wir stehen …« Und dann rekapitulierte er in allen Einzelheiten noch einmal die bisherige Entwicklung des Falles. Ich konnte mir nicht erklären, wozu diese wortreichen Wiederholungen gut sein sollten, denn zur Frage, die uns beschäftigte, trugen sie für meine Begriffe nicht das Geringste bei. Auch Markham schien ratlos. Mehrere Male versuchte er, Vance das Wort abzuschneiden, doch dieser hielt nur gebieterisch die Hand in die Höhe und fuhr mit seiner Zusammenfassung fort.

Nach zehn Minuten wurde es Markham zuviel.

»Kommen Sie endlich zur Sache, Vance«, schnauzte er ihn an. »Das haben Sie uns doch alles längst erzählt. Haben Sie nun noch einen Vorschlag zu machen oder nicht?«

»Doch, das habe ich«, entgegnete Vance ernst. »Es ist ein psychologisches Experiment, und ich rechne mir Chancen aus, daß es gelingt. Ich könnte mir vorstellen, daß Bliss, wenn er urplötzlich mit dem konfrontiert wird, was wir wissen, und wenn wir ihn womöglich noch ein klein wenig schikanieren, vielleicht in einem unachtsamen Moment etwas sagt, was uns einen Angriffspunkt gibt. Er weiß ja nicht, daß wir Scarlett im Sarkophag gefunden haben, und wir können behaupten, der arme Bursche habe eine Aussage gemacht, die ihn belastet. Wir können sogar sagen, Mrs. Bliss sei von der Wahrheit dieser Aussage überzeugt – wenn er das Gefühl bekommt, daß sein Plan gescheitert ist und daß es keine Hoffnung mehr gibt, seine Ausgrabungen fortzusetzen, gesteht er vielleicht alles. Bliss ist ein kolossaler Egozentriker, und wenn wir ihn in die Ecke treiben, plaudert er womöglich alles aus, nur um damit zu prahlen, wie klug er ist. Und Sie müssen zugeben, Ihre einzige Chance, den alten Gauner doch noch zur Hölle zu schicken, wäre ein Geständnis.«

»Chef, könnten wir ihn denn nicht mit den Indizien drankriegen, die er gegen sich selber ausgestreut hat?« fragte Heath verzweifelt. »Da waren doch die Krawattennadel und die blutigen Fußspuren und die Fingerabdrücke …«

»Nein, Sergeant, nein.« Markham verlor die Geduld. »Er hat an alles gedacht. Und im Moment, in dem wir ihn verhafteten, wäre Salveter dran. Wir würden nur das Leben eines Unschuldigen zerstören und das Glück von Mrs. Bliss.«

Heath gab es auf.

»Ich seh's ja ein«, sagte er bitter, nach kurzem Zögern. »Aber ich komme da einfach nicht drüber weg. Ich habe ja schon manchen gerissenen Ganoven gesehen, aber dieser Bliss, der steckt sie alle in die Tasche ... Dann sollten wir Mr. Vance' Vorschlag annehmen, oder?«

Markham hielt inne in seinem nervösen Auf und Ab und biß die Zähne zusammen.

»Wird uns wohl nichts anderes übrigbleiben.« Er blickte Vance an. »Aber fassen Sie ihn nicht mit Samthandschuhen an.«

»Haben Sie mich schon einmal mit Samthandschuhen gesehen? Nie im Leben! Chamoisleder, das schon – bei gewissen Anlässen. Und im Winter Schweinsleder oder Rentier. Aber Samt! Liebe Güte! ...«

Er ging zur Tür und zog sie auf. Hani stand davor, die Arme verschränkt, ein stiller, aufmerksamer Wächter.

»Hat der Doktor sein Arbeitszimmer verlassen?« fragte Vance.

»Nein, Effendi.« Hani blickte starr vor sich hin.

»Gut.« Vance schritt den Flur hinunter. »Kommen Sie, Markham. Mal sehen, was ein wenig Überredung abseits der amtlichen Pfade ausrichten kann.«

Markham, Heath und ich folgten ihm. Er klopfte nicht an, sondern warf die Arbeitszimmertür achtlos auf.

»Aber was ist denn das! Da stimmt doch etwas nicht.« Im selben Moment, sahen auch wir, daß niemand im Raum war. »Verdammt merkwürdig.« Er öffnete die Stahltür, die zur Wendeltreppe führte. »Zweifellos hält der Doktor Zwiesprache mit seinen Preziosen.« Er schritt die Treppe hinab, und wir anderen folgten ihm.

Am Fuße der Treppe blieb Vance plötzlich stehen und fuhr sich mit der Hand über die Stirn.

»In dieser Welt werden wir Bliss keine Fragen mehr stellen«, sagte er leise.

Er brauchte es nicht zu erklären. In der Ecke links von uns, fast genau an der Stelle, an der wir am Vortag Kyles Leiche gefunden hatten, lag Bliss, mit dem Gesicht nach unten, in einer

Blutlache, quer über dem zerschmetterten Schädel die große Statue des Anubis. Allem Anschein nach war die schwere Figur des Unterweltgottes auf ihn gestürzt, als er sich über die Schmuckstücke jenes Regals gebeugt hatte, vor dem er Kyle erschlagen hatte. Die Gleichartigkeit der Vorfälle war so verblüffend, daß eine ganze Weile lang keiner von uns ein Wort sprach. Wir standen nur da, ehrfürchtig starr, und blickten hinunter auf den Leichnam des großen Ägyptologen.

Markham brach das Schweigen.

»Unglaublich ist das.« Seine Stimme klang gepreßt und unnatürlich. »Das ist göttliche Gerechtigkeit.«

»Oh, zweifellos.« Vance ging hinüber und besah sich den Sockel der Statue. »Ich persönlich habe ja nie viel für Mystizismus übrig gehabt. Ich bin Empiriker – genau das, was Weininger den Engländern vorwirft.«* Er klemmte sein Monokel ein. »Ah! … Ich enttäusche Sie ungern, aber am Ableben des Doktors ist nichts Übernatürliches. Sehen Sie hier, Markham, Anubis' Fußgelenke waren gebrochen … Die Situation ist eindeutig. Der Doktor beugte sich vor dem Regal hinunter und stieß dabei an die Statue, und diese stürzte um und erschlug ihn.«

Alle besahen es sich genauer. Der schwere Sockel der Anubisstatue stand noch, wo wir ihn zuvor gesehen hatten, aber die Figur war an den Fußgelenken abgebrochen.

»Sie sehen, wie schlank die Fesseln sind«, sagte Vance und wies auf den Sockel, »und das Standbild ist aus Kalkstein – ein leicht zerbrechliches Material. Vermutlich entstand beim Trans-

* Vance denkt dabei an die bekannte Passage aus Otto Weiningers *Geschlecht und Charakter*, im Kapitel »Das Judentum«: »Der Engländer hat dem Deutschen als tüchtiger Empiriker, als Realpolitiker im Praktischen wie im Theoretischen, imponiert, aber damit ist seine Wichtigkeit für die Philosophie auch erschöpft. Es hat noch nie einen tieferen Denker gegeben, der beim Empirismus stehengeblieben ist; und noch nie einen Engländer, der über ihn selbständig hinausgekommen wäre.«

port ein Riß, der durch das enorme Gewicht der Figur nicht zu sehen war.«

Heath inspizierte die Statue seinerseits.

»Genauso war es«, sagte er, als er sich wieder aufrichtete. »Sonst ist es ja nie gut, wenn einer umfällt, Chef«, mühte er sich um eine launige Bemerkung, »aber bei dem hier war es doch wirklich ein Segen. Vielleicht hätte Mr. Vance ein Geständnis aus dem Doc rausgekitzelt – vielleicht aber auch nicht. Und jetzt kann uns das egal sein.«

»Das ist wahr.« Markham nickte unschlüssig. Er hatte die plötzliche Veränderung der Lage noch nicht ganz verarbeitet. »Sie übernehmen hier, Sergeant. Lassen Sie die Ambulanz kommen und verständigen Sie den Polizeiarzt. Rufen Sie mich zu Hause an, sobald die Routinearbeiten erledigt sind. Ich kümmere mich dann am Morgen um die Reporter ... Damit wäre der Fall erledigt, Gott sei Dank!«

Er stand noch eine ganze Weile lang da und blickte hinab zu dem Toten. Er wirkte fast ein wenig bitter, aber ich wußte, daß mit Bliss' jähem Tod eine schwere Last von ihm genommen war.

»Ich werde mich um alles kümmern, Sir«, versicherte Heath ihm. »Aber was ist mit Mrs. Bliss? Wer überbringt die Nachricht?«

»Das überlassen wir Hani«, sagte Vance. Er legte Markham die Hand auf den Arm. »Kommen Sie, mein Alter. Zeit, daß wir Sie zu Bett bringen ... Lassen Sie uns zu meiner bescheidenen Bleibe schwanken und noch einen Brandy mit Soda trinken. Ein wenig vom 48-er *Napoléon* habe ich noch.«

»Danke.« Markham seufzte tief.

Als wir auf den Flur kamen, winkte Vance Hani herbei.

»Wir sind tief betrübt, aber Ihr geliebter Dienstherr ist ins Reich Amentet entschwunden, wo er nun unter den Schatten der Pharaonen weilen wird.«

»Er ist tot?« Der Ägypter hob kaum merklich die Augenbrauen.

»Oh, mausetot, Hani. Anubis begrub ihn unter sich, als er vor dem hintersten Regal kniete. Ein äußerst wirksamer Schlag. Aber es lag eine gewisse Gerechtigkeit darin. Dr. Bliss war Kyles Mörder.«

»Sie und ich wußten es von Anfang an, Effendi.« Er lächelte Vance wehmütig an. »Aber ich fürchte, der Tod des Doktors könnte mein Verschulden sein. Als ich das Standbild des Anubis auspackte und in der Ecke aufstellte, fiel mir auf, daß es Risse in den Fußgelenken hatte. Ich habe es dem Doktor verheimlicht, denn ich fürchtete den Vorwurf, es sei meine Fahrlässigkeit gewesen oder ich hätte das Stück gar mit Absicht beschädigt.«

»Niemand wird Sie für Dr. Bliss' Tod verantwortlich machen«, versicherte Vance ihm. »Wir überlassen es Ihnen, Mrs. Bliss von dem tragischen Vorfall zu berichten. Und Mr. Salveter dürfte morgen früh zurück sein … *Es-salâmu alei-kum.*«

»*Ma es-salâm,* Effendi.«

Vance und Markham und ich gingen hinaus an die schwere Nachtluft.

»Lassen Sie uns zu Fuß gehen«, schlug Vance vor. »Es ist nur eine gute Meile bis zu meiner Wohnung, und ich brauche ein wenig Bewegung.«

Markham war einverstanden, und wir schlenderten schweigend zur Fifth Avenue. Als wir den Madison Square überquert hatten und eben am Stuyvesant-Club vorüberkamen, ergriff Markham wieder das Wort.

»Es ist doch wirklich unglaublich, Vance. Ein solcher Vorfall läßt einen an die Macht des Schicksals glauben. Da stehen wir in einem unlösbaren Dilemma, und die Hände sind uns gebunden. Wir wissen, daß Bliss der Mörder ist, und können ihn trotzdem nicht dafür belangen. Und während wir noch beratschlagen, was wir tun sollen, geht er ins Museum, eine Statue stürzt um und erschlägt ihn praktisch an derselben Stelle, an der er Kyle umgebracht hatte … Teufel nochmal! So etwas geschieht doch nicht einfach so. Und noch verrückter ist ja, daß Sie gerade kurz vorher gesagt hatten, daß ihm womöglich ein Unglück zustieße.«

»Tja, es gibt schon merkwürdige Zufälle.« Vance hatte offenbar kein Interesse daran, das Thema weiterzuverfolgen.

»Und dann dieser Ägypter.« Die Sache ließ Markham nicht los. »Er war nicht im mindesten überrascht, als Sie ihm von Bliss' Tod berichteten. Er benahm sich, als habe er es längst gewußt ...«

Mit einem Ruck blieb er stehen. Vance und ich hielten ebenfalls inne und sahen ihn an. Seine Augen schossen Blitze.

»Das war Hanis Werk!«

Vance seufzte und zuckte mit den Schultern.

»Natürlich war es das, Markham. Liebe Güte! Ich hätte doch gedacht, daß Sie das verstanden haben.«

»Verstanden?« stotterte Markham. »Wie meinen Sie das?«

»Aber es lag doch auf der Hand«, tadelte Vance ihn nachsichtig. »Genau wie Sie war auch ich zu dem Schluß gekommen, daß wir keine Hoffnung hatten, Bliss zu verurteilen; deshalb habe ich Hani zu verstehen gegeben, wie er die ganze lästige Angelegenheit zu Ende bringen konnte ...«

»*Sie* haben es *Hani* zu verstehen gegeben?«

»Als wir im Wohnzimmer darüber sprachen. Markham, mein Alter, es ist doch nun wirklich nicht meine Art, mich ellenlang über Mythologie und dergleichen Dinge zu verbreiten, wenn ich keine Absicht damit verfolge. Ich habe einfach nur Hani wissen lassen, daß wir nicht mit legalen Mitteln dafür sorgen können, daß Bliss seine gerechte Strafe bekommt, und habe ihm angedeutet, wie er diese Schwierigkeit aus dem Wege räumen und ganz nebenbei noch Ihnen aus einer sehr unangenehmen Notlage helfen könnte ...«

»Aber Hani stand auf dem Flur, und die Tür war geschlossen.« Markhams Empörung wuchs.

»Allerdings. Ich hatte ihm ja aufgetragen, draußen Wache zu stehen. Ich wußte genau, daß er horchen würde ...«

»Sie haben mit Absicht ...«

»Oh, entschieden mit Absicht.« Vance breitete die Hände, wie zum Zeichen, daß er sich geschlagen gab. »Sie haben sich gewiß gewundert, was ich Ihnen alles erzählt habe, aber in Wirklichkeit sprach ich zu Hani. Ich konnte natürlich nicht wissen, ob er die Gelegenheit ergreifen würde oder nicht. Aber er tat es. Er holte sich eine Keule aus dem Museum – und ich hoffe sehr, daß es dieselbe war, mit der Bliss Kyle erschlagen hatte – und versetzte Bliss einen Hieb auf den Kopf. Dann zerrte er ihn die Treppe hinunter und legte ihn Anubis zu Füßen. Er griff noch einmal zur Keule und zerschlug der Statue die Fesseln, und die Figur stürzte und zerschmetterte Bliss den Schädel. So einfach war das.«

»Und all Ihre umständlichen Reden im Wohnzimmer ...«

»Waren nur dazu da, Sie und Heath fernzuhalten, für den Fall, daß Hani sich zur Tat entschlossen hatte.«

Markham kniff die Augen zusammen.

»Damit kommen Sie nicht durch, Vance. Ich werde Hani des Mordes anklagen. Man wird Fingerabdrücke finden ...«

»Oh nein, das wird man nicht, Markham. Sind Ihnen die Handschuhe auf der Hutablage nicht aufgefallen? Hani ist kein Dummkopf. Er wird sie angezogen haben, bevor er ins Arbeitszimmer ging. Sie werden ihm noch weniger etwas nachweisen können als Bliss. Ich muß sagen, ich bewundere Hani. Der Mann hat Mut.«

Eine Weile lang war Markham zu wütend, um etwas zu sagen. Schließlich stieß er aber dann doch noch ein letztes Wort hervor.

»Das ist ungeheuerlich!«

»Natürlich ist es das«, stimmte Vance ihm munter zu. »So ungeheuerlich wie der Mord an Kyle.« Er zündete sich eine Zigarette an und blies gutgelaunt seine Rauchwolken in die Luft. »Das Schlimme an Juristen wie Ihnen ist, daß Sie so eifersüchtig und blutrünstig sind. Sie wollten Bliss persönlich auf den elektrischen Stuhl bringen, aber die Hände waren Ihnen gebunden; Hani hat die Sache für Sie gelöst. Soweit ich sehe, sind Sie einfach nur neidisch, daß ein anderer dafür gesorgt hat, daß Bliss seiner Strafe nicht entgeht, und Ihnen zuvorgekommen ist … Ich muß schon sagen, Markham, das finde ich sehr selbstsüchtig von Ihnen.«

Ich glaube, ein kleines Postskriptum wäre nicht unangebracht. Markham hatte, wie der Leser sich gewiß erinnern wird, keine Mühe, die Presse davon zu überzeugen, daß Bliss der Mörder von Benjamin H. Kyle war und daß sein tragischer »Unfalltod« viel von dem hatte, was man göttliche Gerechtigkeit nennt.

Scarlett blieb entgegen der Prophezeiung des Arztes am Leben, auch wenn es Wochen dauerte, bis er wieder bei klarem Verstand war. Ende August besuchten Vance und ich ihn im Krankenhaus, und er bestätigte, was Vance sich über den schicksalhaften Abend im Museum zurechtgelegt hatte. Anfang September ging Scarlett nach England zurück – sein Vater war gestorben und hatte ihm einen großen Besitz in Bedfordshire hinterlassen.

Mrs. Bliss und Salveter heirateten im späten Frühling des folgenden Jahres in Nizza, und die Arbeit an Intefs Grab schreitet, wie ich dem Bulletin der Archäologischen Gesellschaft entnehme, voran. Salveter leitet die Ausgrabungen nun, und zu meiner Freude sehe ich, daß Scarlett für die technische Seite der Expedition verantwortlich ist.

Hani hat, wie Salveter kürzlich in einem Brief an Vance schrieb, mit der Arbeit der »Grabräuber« seinen Frieden gemacht. Er ist nach wie vor bei Meryt-Amen und Salveter, und ich könnte mir vorstellen, daß seine große Liebe zu diesen beiden jungen Leuten am Ende doch mächtiger war als aller ägyptische Stolz.

Nachwort

Nach Edgar Allan Poes Auguste Dupin ist Philo Vance Amerikas erster ›Großer Detektiv‹, der bis heute lebendig geblieben ist – die auch in Deutschland in ihrer Zeit überaus erfolgreiche Anna Katherine Green (1846–1935) vermag samt ihren Helden heute nur noch historisches Interesse auf sich zu ziehen. Vance' Debüt 1926 folgten bald sein gemäßigterer Kopist Ellery Queen in der klassischen Tradition und Dashiell Hammetts Helden als Begründer der revolutionären amerikanischen Schule – neunzig Jahre nach Poe war Amerika endgültig zum gleichwertigen Rivalen der britischen Vettern und Cousinen geworden.

Dabei heißt Philo Vance gar nicht wirklich so – sein Begleiter S. S. van Dine, Vance' John Watson und Conan Doyle in einer Rolle, hat ihm diesen Decknamen gegeben, weil das Original aus einer so berühmten amerikanischen Familie stamme, daß der Name nicht preisgegeben werden könne.

So ist es legitim, über die Etymologie des Pseudonyms zu spekulieren. Bei Vance kann man durchaus an eine Verwandtschaft mit ›vain‹, ›vanity‹ und dem lateinischen ›vanus‹ denken, ist unser Detektiv doch ohne jeden Zweifel von monströser Eitelkeit. Berühmt ist der Vers aus der Zeit seiner ästhetischen Geringschätzung »Philo Vance/needs a kick in his pants« – er verdiene einen Tritt an den Hosenboden. Aber selbst der jüngste Chronist des Genres, der früh verstorbene William L. DeAndrea (als Autor verdanken wir ihm die Romane »Schneeblind«, »Im Netz der Quoten« und »Mord Live«, DuMonts Kriminal-Bibliothek Bd. 1083, 1091, 1098), nennt ihn trotz seiner erkennbaren Vorliebe für den klassischen Detektivroman in seiner »Encyclopedia Mysteriosa« einen Charakter, für den man im wirklichen Leben die Straßenseite wechseln würde.

Eindeutig klar scheint die Herleitung des auch in Nordamerika völlig ungebräuchlichen Vornamens »Philo« zu sein.

Es gab nur einen berühmten Träger dieses Namens, den alexandrinischen Juden Philo, einen etwas älteren Zeitgenossen Jesu von Nazareth aus dem ägyptischen Alexandria. Neben der Zugehörigkeit zu einer reichen und mächtigen Familie – sein Bruder Alexander war Bankier Herodes Agrippas I., Freund des Kaisers Claudius und Vermögensverwalter der Kaiserinmutter – liegt die Verwandtschaft des Alexandriners mit dem New Yorker über neunzehnhundert Jahre hinweg wohl in beider im Wortsinne wie übertragenen ›alexandrinischen‹ Gelehrsamkeit. War das Urbild reich, gebildet und ein wacher Bürger der Hauptstadt des Hellenismus, so ist der amerikanische ›Philo‹ ein immens reicher Müßiggänger, der aber die Muße im positiven antiken Sinne als höchsten Wert des freien Mannes begreift und nutzt. Er hat seinen Geist im englischen Oxford und im neuenglischen Cambridge ausgebildet und geschult und dilettiert – im alten positiven Sinne – gleichermaßen als klassischer Philologe, Musikliebhaber, Kenner der Kunstgeschichte und Sammler zeitgenössischer Kunst von exquisitem Geschmack, finden sich doch schon in den zwanziger Jahren ebenso Cézannes wie Picassos in seiner Sammlung.

Damit hat er Züge seines Schöpfers übernommen – Willard Huntington Wright (1888–1939) war ein hochgebildeter Autor als Kunstkritiker u. a. der *Los Angeles Times* und als Herausgeber des in New York erscheinenden Magazins *Smart Set* ein engagierter Vorkämpfer der Avantgarde und ein Bewunderer Deutschlands und des Deutschen und als solcher ein Propagator Nietzsches in den USA. Für einen deutschen Leser ist es wohltuend, einem amerikanischen Autor zu begegnen, der das Deutsche nicht so malträtiert, wie es in Großbritannien und den USA gang und gäbe ist. Wo sonst außer bei Vance-van Dine-Wright begegnen einem entlegene Goethe-Zitate oder Originalpassagen aus Weiningers legendärem »Geschlecht und Charakter« in einwandfreier deutscher Rechtschreibung, die sogar die Unkenntnis der amerikanischen Setzer überlebt hat? Wieso allerdings der fiktive Verfasser der gesamten Vance-Chronik, der Rechtsanwalt und Vermögensberater von Vance, S. S. van Dine, dieselben Sprachkenntnisse hat, wird nicht recht plausibel – vielleicht hat er ja Vance gebeten, diese Teile im Manuskript zu überprüfen.

Alkoholismus und Drogenmißbrauch ruinierten Wright gesundheitlich wie finanziell, und die Idee, niveauvolle Krimis à la D.L. Sayers zu schreiben, war sein letzter Strohhalm. Hier versagt die Metapher, denn der Strohhalm rettete ihn tatsächlich. Sein Verlag Scribner soll vor allem dank seiner Werke die Rezession überlebt haben, Wright selbst ermöglichte deren Multi-Media-Erfolg schon bald die feudale Penthouse-Existenz, die sein Detektiv ihm vorgelebt hatte.

Gewidmet ist das vorliegende Werk, Wright-van Dines fünftes, den Ägyptologen vom Metropolitan Museum in New York. Bei ihnen hat sich Wright wohl die Kenntnisse geholt, die für einen Philo Vance selbstverständlich und in diesem speziellen Fall unerläßlich sind, spielt er doch in einem der Kunst und Kultur Ägyptens gewidmeten Privatmuseum und im Kreis der Archäologen und Kuratoren, die die Schätze aus Ägyptens Erde geholt haben. Der Financier der Expeditionen und Mäzen des Museums wird eines Morgens von einem britischen Mitarbeiter im Museum erschlagen aufgefunden. Da dieser Vance vom gemeinsamen Studium in Oxford her kennt, ruft er ihn in Panik zu Hilfe, so daß der Privatdetektiv diesmal den Staatsanwalt infomiert und selbst noch vor der Polizei am Tatort ist.

Als geschulter Philologe erkennt er sofort, daß er es mit einem Fall der multiplen ›Wahrheiten‹ und der heterogenen Lesarten zu tun hat. Wie schon in den unmittelbar vorangehenden Mordfällen »Bischof« und »Greene« (DuMonts Kriminal-Bibliothek Bd. 1006 und 1029) erkennt er, daß der Täter von Anfang an die polizeilichen Ermittlungen in sein Kalkül einbezogen hat – der Täter eröffnet gleichsam mit Weiß ein Schachspiel, das von vornherein für den Schwarz spielenden Opponenten Fallen und Finten bereithält. Scheinangriffe maskieren reale Attacken, es scheint zwei Opfer zu geben, neben dem Erschlagenen den, dem die Tat in die Schuhe geschoben werden soll. Die Motive kreuzen sich wie Unterströmungen in einem tückischen Meer – der Ermordete ist Mäzen und doppelter Erbonkel in einem, der Hauptverdächtige Archäologe und älterer Ehemann einer jungen und überaus schönen Frau, umgeben von jungen Rivalen.

Durch das koptische Faktotum Anûpu Hani mit dem anheimelnden Namen des ägyptischen Totengottes und Seelengeleiters wird ein populäres Thema der zeitgenössischen Sensationspresse und -literatur angesprochen – der ›Fluch der Pharaonen‹. Angeblich häuften sich in der Zeit die unerklärlichen Todesfälle unter ägyptologischen Archäologen, störten sie doch die Totenruhe, die den Ägyptern so heilig war, daß sie sie mit dem Weltwunder der Pyramiden zu schützen trachteten. Und der Geldgeber der Grabschänder wurde mit – oder besser von? – einer Statue der ägyptischen Rachegöttin erschlagen – für den Ägypter ein klarer Fall göttlicher Rache. Neben dem sinistren Orientalen fehlt auch der bleiche Butler nicht, der ein Geheimnis zu verbergen scheint. Beide tragen das Ihre dazu bei, aus dem Fall den Irrgarten, das Labyrinth zu machen, das Lesern von Detektivromanen so vertraut ist – van Dine spielt als Kenner bewußt mit Versatzstücken der Gattung.

Das Motto, das van Dine dem Buch voranstellt, entstammt der »L'art poétique« des französischen Klassizisten Nicolas Boileau und besagt sinngemäß, daß die Wahrheit einem nicht immer gleich ins Auge springt. Entsprechend verkündet Philo Vance mehrfach, »das Offenkundige« sei »oft genug das Falsche«, »offensichtliche Spuren« seien albern und er nennt sich »Feind alles Offensichtlichen und Trivialen« – wie einst Sherlock Holmes, dessen letzte Fallsammlung ein Jahr nach Vance' Debüt erschienen ist. Holmes liebte Verbrechen geradezu, weil sie die Trivialität und Banalität des Alltags durchbrachen, und seine Devise lautete entsprechend: Nichts ist irreführender als eine offenkundige Tatsache.

In diesem Fall sieht für Vance alles so aus, als ob das auf der Hand Liegende gerade das Falsche ist, weil dies der Täter von der Polizei erwartet und regelrecht darauf spekuliert. In fast verzweifelt zu nennender Weise bemüht er sich deshalb immer wieder darum, daß Polizei und Staatsanwaltschaft nicht das Gebotene tun, ohne sagen zu können, was er seinerseits für das Gebotene hält. Dafür ist das Gemälde für den Kunstkenner noch nicht vollendet genug, um aus der Handschrift den Urheber erkennen zu können. Die Lösung findet er, als er die Tat als Palimpsest erkennt – was könnte besser zu dem antiquarischen Inhalt passen, als ein wegen der Kostbarkeit des Materials immer wieder abgeschabtes antikes Pergament, auf dem die Schichten sich so überlagern und verdecken, daß sie nur noch für den Kenner Vance kenntlich und lesbar sind.

Dennoch droht der Täter den an rechtsstaatliche Grundsätze gebundenen Strafverfolgungsbehörden durch die Maschen zu gehen, gäbe es nicht die im Detektivroman gerade von van Dine so oft bemühte poetische Gerechtigkeit. Die siegt – wenn man in Rechnung stellt, daß in ›poetisch‹ das Wort ›poiein‹ steckt, und das heißt ›machen, herstellen‹.

Volker Neuhaus

DuMonts Kriminal-Bibliothek

»Knarrende Geheimtüren, verwirrende Mordserien, schaurige Familienlegenden und, nicht zu vergessen, beherzte Helden (und bemerkenswert viele Heldinnen) sind die Zutaten, die die Lektüre zu einem Lese- und Schmökervergnügen machen. Der besondere Reiz liegt in der Präsentation von hier meist noch unbekannten anglo-amerikanischen Autoren.« *Neue Presse/Hannover*

Band 1002	John Dickson Carr	**Tod im Hexenwinkel**
Band 1006	S. S. van Dine	**Der Mordfall Bischof** (März 2002)
Band 1011	Mary Roberts Rinehart	**Der große Fehler** (Mai 2002)
Band 1016	Anne Perry	**Der Würger von der Cater Street**
Band 1022	Charlotte MacLeod	**Der Rauchsalon**
Band 1025	Anne Perry	**Callander Square**
Band 1033	Anne Perry	**Nachts am Paragon Walk**
Band 1035	Charlotte MacLeod	**Madam Wilkins' Palazzo**
Band 1040	Ellery Queen	**Der Sarg des Griechen**
Band 1050	Anne Perry	**Tod in Devil's Acre**
Band 1052	Charlotte MacLeod	**Ein schlichter alter Mann**
Band 1063	Charlotte MacLeod	**Wenn der Wetterhahn kräht**
Band 1070	John Dickson Carr	**Mord aus Tausendundeiner Nacht**
Band 1071	Lee Martin	**Tödlicher Ausflug**
Band 1072	Charlotte MacLeod	**Teeblätter und Taschendiebe**
Band 1073	Phoebe Atwood Taylor	**Schlag nach bei Shakespeare**
Band 1074	Timothy Holme	**Venezianisches Begräbnis**
Band 1075	John Ball	**Das Jadezimmer**
Band 1076	Ellery Queen	**Die Katze tötet lautlos**
Band 1077	Anne Perry	**Viktorianische Morde** (3 Romane)
Band 1078	Charlotte MacLeod	**Miss Rondels Lupinen**
Band 1079	Michael Innes	**Klagelied auf einen Dichter**
Band 1080	Edmund Crispin	**Mord vor der Premiere**
Band 1081	John Ball	**Die Augen des Buddha**
Band 1082	Lee Martin	**Keine Milch für Cameron**
Band 1083	William L. DeAndrea	**Schneeblind**
Band 1084	Charlotte MacLeod	**Rolls Royce und Bienenstich**
Band 1085	Ellery Queen	**... und raus bist du!**

Band 1086	Phoebe Atwood Taylor	**Kalt erwischt**
Band 1087	Conor Daly	**Mord an Loch acht**
Band 1088	Lee Martin	**Saubere Sachen**
Band 1089	S. S. van Dine	**Der Mordfall Benson**
Band 1090	Charlotte MacLeod	**Aus für den Milchmann**
Band 1091	William L. DeAndrea	**Im Netz der Quoten**
Band 1092	Charlotte MacLeod	**Jodeln und Juwelen**
Band 1093	John Dickson Carr	**Die Tür im Schott**
Band 1094	Ellery Queen	**Am zehnten Tage**
Band 1095	Michael Innes	**Appleby's End**
Band 1096	Conor Daly	**Tod eines Caddie**
Band 1097	Charlotte MacLeod	**Arbalests Atelier**
Band 1098	William L. DeAndrea	**Mord live**
Band 1099	Lee Martin	**Hacker**
Band 1100	**Jubiläumsband**	**Mord als schöne Kunst betrachtet – Noch mehr Morde**
Band 1101	Phoebe Atwood Taylor	**Zu den Akten**
Band 1102	Leslie Thomas	**Dangerous Davies und die einsamen Herzen**
Band 1103	Steve Hamilton	**Ein kalter Tag im Paradies**
Band 1104	Charlotte MacLeod	**Mona Lisas Hutnadeln**
Band 1105	Edmund Crispin	**Heiliger Bimbam**
Band 1106	Steve Hamilton	**Unter dem Wolfsmond**
Band 1107	Conor Daly	**Schwarzes Loch siebzehn**
Band 1108	S. S. van Dine	**Der Mordfall Skarabäus**
Band 1109	Ellery Queen	**Blut im Schuh** (März 2002)
Band 1110	Charlotte MacLeod	**Der Mann im Ballon** (Mai 2002)
Band 1111	Steve Hamilton	**Der Linkshänder** (Mai 2002)
Band 2001	Lee Martin	**Neun mörderische Monate** (3 Romane)
Band 2002	Charlotte MacLeod	**Mord in stiller Nacht** (Sonder-Doppelband)
Band 2005	Anne Perry	**Mehr viktorianische Morde** (2 Romane) (März 2002)

Neuausgabe, erscheint März 2002

Band 1006

S. S. van Dine

Der Mordfall Bischof

»Müsste man jemanden nennen, der Sherlock Holmes ebenbürtig ist, dann könnte das nur Philo Vance sein, der in den Büchern von S. S. van Dine auf der anderen Seite des Atlantik selbst den durchtriebensten Verbrechern auf die Spur kommt. In diesem Band stellen wir den berühmtesten Fall dieses Klassikers unter den amerikanischen Detektiven vor... Ein Mord unter kühl kalkulierenden Mathematikern; unmöglich! Doch was zunächst wie ein Unglücksfall im Haus von Professor Dillard ausieht, stellt sich bald als raffiniert geplanter Mord heraus. Noch unheimlicher: die Handlungsvorlage ist ein bekannter Kinderreim...«

Mittelbayerische Zeitung

Band 1089

S. S. van Dine

Der Mordfall Benson

Die Wall Street ist erschüttert, als der Börsenmakler und Playboy Alvin Benson tot in seiner Villa aufgefunden wird. Amateurdetektiv Philo Vance ist als erster vor Ort. Er macht sich auf die rastlose Suche nach einem schwer fassbaren Mörder, bei der er auf einige Gerippe und einen ganzen Haufen Verdächtiger stößt.

Band 1100

Mord als schöne Kunst betrachtet – Noch mehr Morde

DuMonts Kriminal-Bibliothek wird 100! Nicht nach Jahren, aber nach der Titelzahl. Als hundertster Band erscheint die Fortsetzung der überaus erfolgreichen Anthologie *Mord als schöne Kunst betrachtet*: Erstmals auf Deutsch vorgelegte Kriminalerzählungen der Kriminal-Bibliotheks-Klassiker von Ellery Queen und Mary Roberts Rinehart bis Michael Innes und John Dickson Carr ebenso wie neue Geschichten von James Yaffe.

Elena MacKenzie – Verliebt in einen Bad Boy

Ein bisschen Bonnie.
Ein bisschen Clyde.
Eine verrückte Flucht durch Europa.
Ein klein bisschen kriminell gibt es nicht.
Die etwas andere Bonnie und Clyde Story.

Als Tochter eines Mafiabosses hat man es nicht einfach, das weiß Phoebe McCraw schon lange. Aber jetzt ist sie endlich volljährig und will das gebührend feiern. Leider hat sie da die Rechnung ohne ihren Vater gemacht. Der halst ihr nämlich Andrew als Bewacher auf. Andrew ist fast so etwas wie ein Bruder für sie. Die beiden sind zusammen aufgewachsen, weil er der Adoptivsohn ihres Onkels Ronny ist. Mittlerweile arbeitet Andrew im Familienunternehmen und ist ein echter Mistkerl geworden. Und ausgerechnet er soll jetzt auf sie aufpassen. Phoebe bleibt nichts anderes übrig, als sich zu fügen. Doch statt der wilden Geburtstagsfeier in einem Glasgower Club, findet sich Phoebe in einem geklauten Auto auf der Flucht wieder. Und ihr Entführer ist ausgerechnet Andrew.

Weitere Titel von Elena MacKenzie:

„Highland Secrets 1"
„Highland Secrets 2"
„Highland Secrets 3"
„Buchverliebt"
„Hopeless" (Destiny 1)
„Hopeless 2" (Destiny 2)
„Highland Warrior: Caileans Fluch"

Elena MacKenzie

Verliebt in einen Bad Boy

Roman

Latos-Verlag
Calbe/Saale

Lektorat: Latos-Verlag
Korrektorat: Sandra Latoscynski, Romy Güntner
Coverfoto: © shutterstock.com
Umschlaggestaltung: Nicole Döhling, Plauen
Satz: Latos-Verlag, Calbe/Saale
Druck und Bindung: PRESSEL Digitaldruck, Remshalden

1. Auflage 02/2016

ISBN: 978-3-945766-19-4

www.latos-verlag.de

Liebe Leser,

im Laufe meiner Recherche über Bonnie und Clyde, bin ich auch über das nachfolgende Gedicht gestolpert. Bonnie Parkers Traum war es immer, Schriftstellerin zu werden. Sie hat Gedichte geschrieben, veröffentlicht wurde aber nur dieses eine. Es erschien damals in vielen großen Zeitungen in den USA. Im Internet gibt es eine Übersetzung eines Bloggers, die sich aber leider in einigen Teilen nicht so gut an das Original hält, weil der Übersetzer wert darauf gelegt hat, die einzelnen Verse wie im Original, in Reimen zu verfassen. Mir war eine weitestgehend wortgetreue Übersetzung wichtig, weswegen hier im Buch meine eigene Übersetzung abgebildet wird.

In diesem Buch geht es auf gar keinen Fall darum, kriminelle Handlungen zu verherrlichen, es soll einfach nur unterhalten. Sollte sich jemand also daran stören, dass die beiden Protagonisten, das eine oder andere Gesetz übertreten, dann ist dieses Buch nicht für ihn geeignet.

Allen anderen Lesern wünsche ich viel Spaß mit einer etwas anderen Bonnie und Clyde-Story.

Du hast die Story von Jessie James gelesen,
Darüber, wie er lebte und starb.
Du brauchst noch mehr zum Lesen,
Hier ist die Story von Bonnie und Clyde.

Jetzt Bonnie und Clyde sind die Barrow Gang.
Ich bin sicher, ihr alle habt es gelesen,
Wie sie raubten und stahlen,
Und diejenigen, die schrien,
fand man sterbend oder tot.

Da sind viele Unwahrheiten geschrieben.
Sie sind nicht so rücksichtslos,
Sie sind von Natur aus rau,
Sie hassen das Gesetz,
Die Spitzel, Spotter und Ratten.

Sie nennen sie kaltblütige Mörder
Und sagen sie sind herzlos und gemein.
Aber ich sag es mit Stolz,
Dass ich einmal kannte Clyde,
Als er noch ehrlich war, aufrecht und rein.

Aber die Gesetze täuschten ihn immer wieder,
Warfen ihn unaufhörlich nieder,
Sperrten ihn ein in eine Zelle.
Bis er sagte zu mir:
„Frei sein werde ich nie,
Bis ich einige von ihnen in der Hölle wiederseh."

Die Straße war schwach beleuchtetet,
Nirgends Schilder, die könnten leiten.
Doch sie wuchsen an ihren Willen,
Selbst wenn alle Straßen unsichtbar wären.
Bis zu ihrem Tod würden sie nicht aufgeben.

Die Straße wurde dunkler und dunkler,
Manchmal kannst du sie nicht mehr sehen.
Aber es ist ein Kampf, Mann gegen Mann.
Und du gibst alles, was du kannst,
Obwohl du weißt, du wirst nie mehr frei sein.

An gebrochenen Herzen manche Menschen litten,
An Verdrossenheit manche Menschen starben.
Alles in allem lässt sich jedoch sagen:
Unsere Probleme sind klein.
Bis wir so werden wie Bonnie und Clyde.

Wenn ein Polizist wird getötet in Dallas
Und sie haben keine Antwort noch einen Plan.
Und wenn sie keinen Teufel finden,
Dann waschen sie ihre Hemden rein
Und hängen es Bonnie und Clyde an.

Da gibt es zwei Verbrechen in Amerika,
Nicht verübt vom Barrow-Clan.
Sie hatten nicht ihre Hand im Spiel,
Weder in diesem Kidnapping-Deal,
Noch im Kansas City Depot Job.

Ein Zeitungsjunge sagte einmal zu seinem Freund:
„Ich wünschte, der alte Clyde würde es tun.
In diesen schrecklich harten Zeiten
Würden wir ein paar Groschen machen,
Wenn fünf oder sechs Bullen erschossen würden."

Die Polizei hat den Bericht noch nicht erhalten,
Aber Clyde rief mich heute herbei.
Er sagte: „Starte keine Schlacht,
Wir arbeiten nicht bei Nacht.
Wir treten ein in die NRA.

Zwischen Irving und dem West Dallas Viadukt
Ist sie bekannt als die große Schneise,
Wo die Frauen zusammenhalten
Und die Männer noch Männer sind.
Und sie nicht hocken wollten auf Bonnie und Clyde.

Wenn sie versuchten, wie Bürger zu handeln,
Und sich eine kleine Wohnung würden mieten.
Schon in der dritten Nacht
Würden sie eingeladen zum Kampf
Mit einem Maschinengewehr-Ratatat.

Sie denken nicht, dass sie zu schlau oder verzweifelt sind.
Sie wissen, dass das Gesetz immer gewinnt.
Sie würden vorher erschossen.
Sie würden nie ignorieren,
Dass der Tod der Preis ist für ihre Sünd.

Eines Tages gehen sie zusammen unter.
Und sie werden sie begraben Seite an Seite.
Einige werden traurig sein,
Dem Gesetz wird es eine Erleichterung sein,
Jedoch der Tod für Bonnie und Clyde.

Englisches Original von Bonnie Parker
Übersetzung ins Deutsche von Elena MacKenzie

1. Kapitel

Das Leben ist wie eine Schachtel Pralinen,
man weiß nie, was man kriegt.
- Forrest Gump -

Phoebe

»Du wirst nicht alleine ausgehen!« Mein Vater sieht mich mit wutverzerrtem Gesicht an. Sein Gesicht leuchtet wie eine Tomate und stützt sich schwer atmend auf der Tischplatte seines Schreibtisches ab. Heute ist er besonders schlecht gelaunt, und ich glaube nicht, dass es daran liegt, dass ich nur einmal ohne Wachhund ausgehen will. Aus Gründen, die offensichtlich sind, die ihn aber genauso wenig interessieren wie meine Existenz. Für ihn war ich immer schon nur etwas, das ihm im Weg steht und das er nach Möglichkeit ignorieren kann, außer es gilt, mir seine Macht über mich zu demonstrieren. In solchen Momenten weiß er sehr wohl, dass er eine Tochter hat.

»Ich bin jetzt achtzehn! Muss ich dich erst daran erinnern, dass ich allein hingehen darf, wohin auch immer ich will?«, keife ich zurück.

Seit meine Mutter vor vierzehn Jahren spurlos verschwunden ist, scheint er zum Kontrollfreak geworden zu sein. Ich habe mich nie der Illusion hingegeben, dass mein Vater sich dazu durchringen würde, mir mehr Freiheiten einzugestehen, wenn ich erst volljährig bin. Aber dass er wirklich keinen Zentimeter von seinem bisherigen Verhalten abrückt, habe ich auch nicht erwartet.

»Dir muss doch klar sein, dass ich jetzt das Recht habe, einfach auszuziehen. Wie willst du mich dann noch rund um die Uhr von deinen Rottweilern bewachen lassen?«

Rottweiler nenne ich seine Bodyguards, die mich schon mein Leben lang umgeben. Wozu mein Vater durchschnittlich zehn Muskelprotze um sich herum braucht, darüber mache ich mir auch keine Illusionen. Schon seit meinem vierzehnten Lebensjahr habe ich eine Ahnung von dem, womit er sein Geld verdient.

Nichts davon scheint der Weg zu sein, den Menschen nehmen, die nicht im Konflikt mit dem Gesetz stehen. Aber ich versuche mein Möglichstes, nichts zu hinterfragen. Der Grund ist wohl der, dass ich in ihm einfach keinen Kriminellen sehen will.

Und ich will nicht, dass er mich noch weiter von sich stößt, wenn er erst bemerkt, dass ich mehr von dem mitbekomme, was in diesem Haus passiert, als ihm lieb ist. Und er ist mein Vater, mehr als ihn habe ich nicht, also muss ich mich an ihm festhalten, so gut ich kann. Auch, wenn in den letzten Jahren meine Gewissensbisse gewachsen sind, ich mich schuldig fühle für das, was mein Vater tut, was auch immer es ist. Und manchmal erlaube ich mir deswegen, ihn zu hassen, weil er Dinge tut, die er nicht tun sollte.

Meine größte Angst ist dabei, dass er anderen Menschen wehtut. Und dass seine Geschäfte Opfer fordern, so wie das von Onkel Ronny, der jetzt tot ist. Und ich weiß nicht einmal warum, weil Ronnys Tod wohl zu den Dingen gehört, die ich nicht wissen darf. Alles, was ich wissen darf, ist, dass es so ist. Wenn ich das Gespräch zwischen ihm und einem Polizeibeamten nicht zufällig mitbekommen hätte, wüsste ich nicht einmal, dass mein Onkel tot ist.

»Deine Einwände interessieren mich nicht. Meine Tochter geht nicht ohne Schutz auf die Straße. Und wenn du nur in die Kirche willst, du nimmst einen meiner Männer mit. Heute lässt du dich von Andrew begleiten.«

Erschrocken erstarre ich. Hat er wirklich Andrew gesagt? Mein Herz beginnt so heftig zu klopfen, dass es vor meinen Augen anfängt zu flimmern. Ist Andrew wirklich zurück? Aber ich darf mir nichts anmerken lassen, weswegen ich meine Gesichtszüge sofort versteinern lasse und tief einatme, um die Kontrolle über meinen Körper zurückzubekommen. Mein Vater ist in den letzten Jahren immer komischer geworden, was mich und den Kontakt zum anderen Geschlecht betrifft. Männer dürfen sich mir nicht auf zehn Fuß nähern. Nicht einmal, wenn ich ausgehen darf. Was selten genug vorkommt.

»Ich hasse Andrew!« Eigentlich tue ich das ganz und gar nicht und das darf mein Vater nicht wissen, sonst würde er sofort dafür sorgen, dass ich Andrew niemals wiedersehen darf. Mein Vater mag nicht viel Interesse an mir haben, aber seit einiger Zeit arrangiert er immer wieder Treffen zwischen mir und dem Sohn eines Geschäftspartners. Und da er mich sonst von jedem anderen seiner Geschlechtsgenossen fernhält, habe ich ein ganz dumpfes Gefühl im Magen.

Ich würde niemals jemand anderen lieben können. Ich bin in Andrew verliebt, seit ich begriffen habe, dass er gar nicht mein Bruder ist, sondern nur bei uns lebte, solange Onkel Ronny im Knast gesessen hat. Und zu meinem Glück ist Andrew auch nicht Ronnys leiblicher Sohn, also durfte ich mich ohne schlechtes Gewissen in ihn verlieben - und ohne gegen irgendwelche Gesetze zu verstoßen.

Erst war es nur Schwärmerei, weil er unglaublich gut aussieht. Er ist zehn Jahre älter als ich, aber wen interessiert das schon? Andrew war der erste Mensch in meiner Nähe, der sich die Zeit genommen hat, mich als Person wahrzunehmen und nicht als lästiges Anhängsel des gefürchteten, aber gut zahlenden Ragnarök.

Mein Vater streicht sich durch das ergraute kurze Haar und lässt sich in seinen Ledersessel fallen. »Andrew!«, brüllt er mit heftig zitternder Stimme.

In meinem Magen beginnt es zu flattern. Seit Ronny vor ein paar Monaten aus dem Knast kam, war er ständig für ihn unterwegs. Und davor habe ich ihn fast zwei Jahre nicht gesehen, weil er selbst auch im Gefängnis saß. Das sind jetzt fast sechsundzwanzig Monate ohne ihn. Eine lange Zeit. Ich hatte die Hoffnung schon aufgegeben, als ich erfahren habe, dass er längst wieder frei ist und nicht bei mir vorbeigesehen hat. Dass er jetzt doch wieder da ist, fühlt sich beängstigend und aufregend zugleich an. Und es macht mich ganz nervös. Ich brauche jedes Quäntchen Kraft, um das Zittern zu unterdrücken, das sich durch meinen Körper arbeiten will. Andrew!

Jeden Moment werde ich Andrew zum ersten Mal seit so langer Zeit wiedersehen. In meinen Zorn mischt sich auch Aufregung und mein Herzschlag fällt in die schnell näherkommenden, hallenden Schritte ein, die sich uns durch die große Halle mit Marmorboden nähern. Ich schlucke schwer und sehe nicht über die Schulter zurück, als hinter mir Andrews dunkle rauchige Stimme ertönt.

Ich schließe die Augen und ein Teil von mir betet schon fast, dass er noch immer so umwerfend aussieht wie in meiner Erinnerung. Ein anderer Teil hat plötzlich Zweifel, ob ich überhaupt noch etwas für ihn empfinden werde, wenn ich ihn gleich ansehe. Seit Jahren ist mein ganzes Sein auf diesen einen Menschen fixiert. In meinem Leben gab es immer nur ihn. Erst als mein bester Freund und Vertrauter, später dann als die heimliche Liebe meines Lebens. Was, wenn sich die Realität nicht mehr mit meiner Fantasie deckt und Andrew nicht mehr der Mensch ist, der alles für mich bedeutet? Wird dann mein Leben von einer Sekunde auf die andere ein leeres schwarzes Loch sein? Vielleicht sind meine Gefühle ja nichts weiter als die Träumereien eines Teenagers und in Wirklichkeit ist er alles andere als der heißeste Kerl aller Zeiten? Der beste Freund, den ich je hatte?

Ich schließe die Augen für eine Sekunde und gestatte mir, ihn mir so vorzustellen, wie er noch vor zwei Jahren aussah. So wie ich ihn als Sechzehnjährige gesehen habe. Der sechsundzwanzigjährige Andrew war schlank, groß und sehr attraktiv. Seine honigfarbenen Haare trug er stets kurz und ordentlich zurückgekämmt. Und seine blaugrünen Augen, von denen man nie sagen konnte, welche Farbe sie nun wirklich hatten, weil sie je nach Lichteinfall ihre Farbe änderten, verbargen sich hinter einer Traurigkeit, die ich mir nie erklären konnte. Aber er hat nie über den Grund für diese Traurigkeit gesprochen. Ihm war es immer wichtiger, mich zu beschützen und für mich da zu sein, als an sich zu denken.

Ich beiße mir auf die Unterlippe und sehe langsam über meine Schulter zurück. Verdammt! Wie kann er denn noch heißer als in meinen Erinnerungen sein? Ich drehe mich etwas weiter zu ihm um und mein Herz hämmert so schnell wie noch nie. Der alte Andrew ist noch da, aber er hat sich auch verändert. Nicht nur ein bisschen. Und an der Heftigkeit, mit der mein Herz rast und sich alles in mir zusammenzieht, bemerke ich, dass dieser neue Andrew mich regelrecht umhaut. Er ist groß und breitschultrig. Seitlich an seinem Hals trägt er das Tattoo eines Thorhammers. Sein markanter Unterkiefer wirkt sehr erotisch. Am besten aber finde ich seine volle, scharfkantige Unterlippe, die zum Küssen einlädt. Und ich liebe sein kurzes dunkelblondes Haar und die leicht schrägstehenden Augen. Alles an ihm wirkt gefährlicher und rauer als noch vor zwei Jahren. Das jungenhaft Unschuldige an diesem Mann ist ausgelöscht worden im Gefängnis. Vor mir steht ein Mann, der mit jeder Zelle seines Körpers ein Bad Boy ist. Und ich steh drauf, so sehr, dass ich kaum bemerke, dass ich aufgehört habe zu atmen.

Selbst die Traurigkeit seiner Augen ist einer Kälte gewichen, die mich erschreckt und gleichzeitig innerlich erbeben lässt. Andrew strahlt eine Härte und Rauheit aus, die nur jemand ausstrahlen kann, der im Gefängnis gewesen ist oder Schlimmes durchgemacht hat.

Er lehnt im Türrahmen, die Arme vor der breiten Brust verschränkt. Mein Vater besteht darauf, dass all seine Männer schwarze Anzüge tragen. Er hat seinen wohl vergessen, denn er hat eine ausgewaschene Jeans und ein schwarzes Shirt an, dessen Ärmel sich um die kräftigen Muskeln seiner Oberarme spannen. In der Hand hält er eine schwarze Anzugjacke. Ich unterdrücke ein Seufzen, als sein dunkler Blick auf mir hängenbleibt und dabei noch ein wenig dunkler wird, bevor er sich von mir abwendet und meinen Vater ansieht.

Innerlich stöhne ich schmerzvoll auf. Ich weiß, dass er mich nicht vergessen hat. Er war mein bester und einziger Freund, ihm habe ich vertraut wie niemandem sonst. Wir sind zusammen aufgewachsen. Dass ich nicht mehr von ihm bekomme, als diesen eiskalten, abschätzigen Blick, reißt eine tiefe Wunde in mein Herz. Ich drehe mich wieder um und presse die Lippen aufeinander. Ich bin mir Andrews Nähe nur allzu bewusst. Mein Rücken kribbelt und in meinem Körper vibriert es vor Aufregung, weil ich endlich wieder in seinem Leben sein darf. Aber ich spüre auch diese Angst davor, dass er mich dort nicht mehr haben will. Es war, als hätte sein Blick mir zugeflüstert: »Wir sind keine Freunde mehr, bleib auf Abstand.«

In meinem Hals bildet sich ein übergroßer Knoten. Was auch immer ihn hat so werden lassen, ich muss versuchen, es wiedergutzumachen. So sehr kann das Gefängnis ihn nicht verändert haben, dass er nicht das für ihn typische Zwinkern für mich übrighat. Mit diesem Zwinkern hat er mir immer Hallo gesagt, ohne Worte benutzen zu müssen. Und irgendwann hat es an Bedeutung für mich gewonnen und hat flattrige aufregende Gefühle in mir ausgelöst. Ungefähr zu diesem Zeitpunkt habe ich begriffen, dass Andrew der Mann ist, mit dem ich alles teilen will: den ersten Kuss, den ersten Sex ... mein ganzes Leben. Und es war auch der Zeitpunkt, ab dem jedes Mal, wenn wir uns gesehen haben all diese Dinge in meinem Körper passiert sind, über die ich mich nicht gewagt habe, mit ihm zu sprechen.

»Meine Tochter möchte heute mit ihrer Freundin ins Vallhall.«

Ich schnappe nach Luft. »Wir wollten ins Black Widdow.«

»Du gehst ins Vallhall!«, donnert mein Vater.

Das Vallhall gehört ihm und mich nur dorthin zu lassen, ist eine Möglichkeit mehr für ihn, mich kontrollieren zu können. Denn alles, was die Kameras im Club aufzeichnen, wird auch hier ins Haus übertragen

Mein Vater hat in der oberen Etage der gregorianischen Villa eine riesige Überwachungsanlage, mit deren Hilfe er halb Glasgow überwachen kann. Es gibt kaum etwas, das ihm entgeht. Das verdankt er Steve und Alan, die beiden hacken sich in jedes computergesteuerte System.

»Ins Vallhall«, sagt Andrew. Seine Stimme klingt ungerührt, kalt, kontrolliert. So wie immer, seit er alt genug war, um für Vater zu arbeiten. Anders habe ich sie nur erlebt, wenn er mit mir zusammen war. In meiner Kindheit war Andrew die einzige Konstante, die ich kannte.

»Lass sie nicht aus den Augen!« Vater mustert Andrew und brummt etwas, bevor er sagt: »Dein Aufzug passt zumindest.«

Ich weiß, er ärgert sich, dass Andrew keinen Anzug trägt. Aber Andrew hat etwas an sich, das meinen Vater immer wieder über seinen Ungehorsam hinwegblicken lässt. Jeder andere Rottweiler würde seine Faust zu spüren bekommen. Vater mag Ungehorsam nicht. Aber in Andrew sieht er so etwas wie den Sohn, den er sich gewünscht hat, den er aber nicht bekommen hat.

Vielleicht auch doch, als Andrew zu uns kam, war ich noch nicht einmal geboren und er noch ein Kleinkind. Mein Vater ist wahrscheinlich vielmehr Vater für ihn, als Ronny es je sein konnte. Mein Vater ist sogar immer mehr Vater für Andrew gewesen, als er es je für mich war. Er hat Andrew Dinge gelehrt, über die ich nichts wissen durfte. Aber das Was ist gar nicht so wichtig. Wichtig ist, dass er mit ihm Zeit verbracht hat. Mehr als mit mir. Ja, ich würde sagen, in Andrew sieht er seinen Sohn. Aber ich war nie eifersüchtig, weil Andrew und ich viel gemeinsam hatten, das uns zusammengefügt hat.

»Wird erledigt.«

Ich schnaube abfällig, nehme meine Handtasche und mein Handy von dem kleinen Sessel, neben dem ich gestanden habe, und gehe an Andrew vorbei aus dem Büro, ohne ihn auch nur anzusehen. Aber als ich an ihm vorbeigehe, atme ich tief sein würziges Aftershave ein: Cool Davidoff, er verwendet es schon immer. Ich habe diesen Duft vermisst: kühl und männlich, ein bisschen wilde unbändige Natur und Andrew.

»Komm, Hündchen«, sage ich und klopfe auf meinen nackten Oberschenkel. Ich trage heute nur ein kurzes türkisgrünes Kleid, das sich ganz eng an meinen Körper schmiegt. Das einzige, das an diesem Kleid lang ist, sind die Ärmel. Es passt perfekt zu meinem kupferfarbenen Haar und seinen Augen. Es sind seine Augen, die mich dazu gebracht haben, die Farbe Türkis heiß und innig zu lieben. Meine geschlossenen High Heels sind silberfarben und passen wiederum sehr gut zur Tasche und zu meinen silbrig-grauen Augen. Ich schlage kein bisschen nach meinem Vater, wahrscheinlich eher nach meiner Mutter. Leider gibt es von ihr keine Fotos. Mein Vater sagt, er hat sie alle verbrannt, weil der Schmerz zu groß war. Vielleicht sieht er mich deswegen nie an, gibt sich kaum mit mir ab, nur, wenn er mir Dinge verbieten will.

Ich gehe vor Andrew durch die große Halle auf die doppelflügelige Haustür zu, neben der ein Rottweiler steht und mich zwar ansieht, sich aber nicht wagt, seinen Blick zu vertiefen. Jeder, der für meinen Vater arbeitet, weiß, dass ich verboten bin, weswegen sie es sich nicht wagen würden, mich zu genau anzusehen. Oder auch nur einen winzigen schlüpfrigen Gedanken an mich zu verschwenden. Ich bleibe neben dem dickbäuchigen Mann stehen, dessen Namen ich nicht einmal kenne und ziehe den breiten Schal enger um meine

Schultern. Ich kenne die wenigsten Rottweiler mit Namen. Sie reden nur mit mir, wenn es sich nicht vermeiden lässt. Mein Vater streitet es zwar ab, aber ich bin mir sicher, dass es ihnen verboten ist. Ich lege lasziv eine Hand auf seine Brust und schaue ihn unter schweren Lidern hervor an.

»Ich darf heute ausgehen«, setze ich ihn in Kenntnis.

Sein Blick fällt fragend auf Andrew, der hinter mir steht, weit genug entfernt, dass nicht mal sein Duft mich streift. Andrew muss wohl bestätigt haben, dass ich das Haus verlassen darf, denn die Muskeln unter meiner Hand setzen sich in Bewegung. Der Mann beugt sich an mir vorbei und öffnet mir die Tür. Kalte feuchte Herbstluft schlägt mir entgegen und legt sich wie ein feiner Film auf mein Gesicht. Für dieses Wetter bin ich nicht passend angezogen, aber das macht nichts. Die paar Meter zum Auto hin und vom Auto weg werde ich schon aushalten.

Vor der Villa wartet die Limousine meines Vaters. Sie ist immer fahrbereit, für den Fall, dass Ragnarök irgendwo irgendetwas zu erledigen hat. Deswegen wird sie Andrew und mich jetzt an unseren Zielort fahren und danach sofort wieder hier vor der Tür auf weitere Befehle warten. Bis es Zeit wird, dass ich nach Hause muss.

Bei dem Gedanken kann ich die Wut in meinem Magen spüren. Ich werde nie frei sein. Dieser Illusion habe ich mich umsonst hingegeben. Mir hätte klar sein müssen, dass ich immer die Gefangene des großen Ragnarök sein werde. Und schuld daran ist meine Mutter, die einfach weggelaufen ist. Ich glaube, das hat ihn verändert. Ihn hart gemacht. Natürlich kann ich mich kaum an die Zeit erinnern, als meine Mutter noch da war. Aber ich kann mich erinnern, auf seinem Schoß gesessen zu haben, während er ein Buch mit mir angeschaut hat und meine Mutter uns zugesehen hat. Das ist die einzige Erinnerung, die ich an uns alle zusammen habe. Ein paar verschwommene Bilder mit gesichtslosen Menschen. Ich weiß nicht einmal, ob es überhaupt eine Erinnerung ist oder einfach nur eine Szene, die die Wunschträume eines Kindes zeigt.

Sein Eigentum, das bin ich für ihn. Und wenn ich dem Grummeln in meinem Bauch vertrauen kann, werde ich demnächst genau wie meine Cousine geschäftlich verheiratet werden.

In letzter Zeit häufen sich die merkwürdigen Treffen zwischen meinem Vater und Liam Ashworth, einem Geschäftspartner von ihm. Treffen und offizielle Anlässe, auf die er mich mitnimmt und Liam mit seinem Sohn Camden an seiner Seite auftaucht. Wahrscheinlich würde ich es nicht einmal ahnen, wenn Kera mir nicht erzählt hätte, dass sie geschäftlich verheiratet wurde. Ein Schauer durchläuft mich bei dem Gedanken. Camden mag vielleicht eine nette und sexy Partie sein, aber er ist nicht meine Partie. Die steht hinter mir. Für nichts, auch nicht für meinen Vater, werde ich jemanden heiraten, den ich nicht liebe.

Ich tätschle dem Rottweiler noch einmal die Brust. »Ich geh dann mal etwas Spaß haben«, sage ich im Vorbeigehen.

Der Chauffeur öffnet mir die hintere Autotür, sobald ich die untere Stufe erreicht habe, und setzt ein bedeutungsloses Lächeln auf. Ich nenne ihm die Adresse meiner Freundin Ellie und setze mich mit gerümpfter Nase in den Rolls-Royce. Ich habe meinem Vater schon unzählige Male vorgeschlagen, sich ein weniger protziges Auto zuzulegen, aber Ragnarök ist niemand, der bescheiden ist. Alle Welt soll wissen, wie wohlhabend er ist. Irgendwann wird diese offensichtliche Zurschaustellung seines Kontostandes ihm das Genick brechen.

Ich rutsche auf die andere Seite, als Andrew sich neben mich auf die Rücksitzbank schiebt. Meine Clutch lege ich als kleine Barriere zwischen uns. Ich presse die Lippen fest aufeinander und versuche, so ruhig wie möglich zu atmen, aber mein Herz rast so heftig, dass ich bei dem Versuch fast ersticke. Vorsichtig sehe ich zur Seite, als der Fahrer die Tür schließt. Andrews Blick ist nach vorn gerichtet und er wirkt irgendwie unzufrieden. Wahrscheinlich ärgert er sich, weil man ausgerechnet ihm diesen Babysitterjob aufgehalst hat.

»Du musst mich nicht begleiten«, sage ich möglichst beiläufig. »Nimm dir ein paar Stunden frei, ich komm schon zurecht.«

Andrew wendet sich mir zu und in meinem Magen steigt ein nervöses Brennen auf. Sein Blick ist kühl, als er mir ins Gesicht sieht, dann verengen sich seine Lider und fast schon wütend funkelt er meine nackten Oberschenkel an.

»Was denkst du, wie lange es dauert, bis irgendein Kerl dich in diesem Aufzug entdeckt und dein Vater das dank der Kameras im Club mitbekommt und mich umbringt, weil ich dich unbeaufsichtigt gelassen habe?«, fragt er mich mit ruhiger kontrollierter Stimme. Er wendet seinen Blick wieder ab und sieht zum Seitenfenster raus. »Aber eigentlich hast du recht, ich habe Besseres zu tun, als auf kleine Mädchen aufzupassen. Wie dir nicht entgangen sein sollte, ist dein Onkel Ronny erst vor zwei Tagen ums Leben gekommen.«

Ich zucke schuldbewusst zusammen. Für Andrew war Ronny so etwas wie sein Vater, wenn auch nicht sein leiblicher. Aber ich mochte diesen Kerl nie. Eigentlich habe ich ihn sogar immer verachtet. All die Dinge, die man meinem Vater vorwirft, die hat er nachweislich getan. Und noch vieles mehr. Dieser Mann hat den Tod verdient, weswegen ich ihm auch keine Sekunde nachtrauere. Andrew sollte das auch nicht.

Ich schnaube und beuge mich näher zum Fahrer. »Nun fahren Sie schon schneller. Ellie wartet bestimmt schon. Sie wird noch ganz nass werden und dann muss ich mir den ganzen Abend anhören, dass ihre Frisur versaut ist.«

Der Fahrer antwortet, indem er mir einen scharfen Blick im Rückspiegel zuwirft, der mich nicht beeindruckt. Ich hasse die Männer meines Vaters. Indirekt gebe ich auch ihnen die Schuld an meiner Gefangenschaft. Noch mehr als jemals zuvor ersehne ich mir heute Abend ein Stück mehr Freiheit. Ich möchte raus aus diesem goldenen Käfig. Für manch einen klingt ein goldener Käfig vielleicht wie die Erfüllung all seiner Träume. Aber was kann man mit Reichtum und einem Leben in Prunk und Schönheit schon anfangen, wenn man eigentlich gar kein eigenes Leben hat?

Ich bin so enttäuscht darüber, dass mein Vater mir sogar an dem Tag, an dem ich endlich und lang ersehnt, volljährig geworden bin, sagt, was ich zu tun und zu lassen habe. All meine Hoffnung darauf, dass sich nun etwas für mich ändern wird, hat er mit Füßen getreten. Der Zorn in mir brodelt nah an der Oberfläche und ich möchte am liebsten jemandem wehtun, um mich dadurch wieder besser zu fühlen.

»Der Mann kann nichts daran ändern, dass es nicht nach dir geht«, sagt Andrew leise, ohne mich anzusehen. »Ich bin vielleicht nicht dein leiblicher Bruder, aber ich komme dem wohl am nächsten, und deswegen muss ich deinem Vater recht geben, wenn er nicht will, dass du unbeaufsichtigt dort draußen rumläufst. Schon gar nicht jetzt, wo alles auseinanderzubrechen droht, was Ronny und er aufgebaut haben. Das Machtgleichgewicht ist durch Ronnys Tod ins Wanken geraten und es gibt den Einen oder Anderen dort draußen, der jede Chance nutzen würde, um deinen Vater vom Thron zu stoßen.«

Ich kneife die Augen zusammen und hole tief Luft. Ich weiß, dass Andrew nicht unrecht hat. Und es ist auch gar nicht, das, was er sagt. Zumindest nicht alles davon. Nur ein Teil von dem macht mich noch wütender und lässt mich fast explodieren. Der Teil, in dem er sagt, er wäre mein Bruder. Dieser Teil schmerzt, als würde Andrew selbst mir mein Herz aus der Brust reißen, es in seiner Faust zerdrücken und es dann wieder zurückstecken.

Als ich klein war, war es okay, dass er in mir die kleine Schwester gesehen hat, die er unbedingt beschützen musste. Als ich dann älter wurde, habe ich angefangen, es zu hassen, dass ich für ihn nicht mehr als das war. Solange er seine Schwester in mir sieht, habe ich nicht die geringste Chance, von diesem Mann zu bekommen, was ich mir so sehr wünsche.

»Was mein lieber Herr Vater so treibt, interessiert mich nicht. Dieser kriminelle Mist, von dem ich nichts wissen darf, bestimmt mein ganzes verdammtes Leben. Ich werde noch als Jungfrau sterben«, platzt es aus mir heraus, noch bevor ich es zurückhalten kann.

Andrews Blick wirkt genauso schockiert, wie ich mich fühle. Sein Mund steht offen, dann schluckt er so heftig, dass ich die Bewegung seines Adamsapfels deutlich sehen kann. Er sieht hastig zur Seite und ich spüre, wie Hitze sich über meine Wangen, meinen Hals und meine Brust ausbreitet.

Frustriert und beschämt stöhne ich auf und verstecke mein brennendes Gesicht in meinen Handflächen. Wie konnte das nur passieren? Wie blöd von mir, ihm das zu sagen! Gerade Andrew! Aber ich habe es ja nicht freiwillig getan. Manchmal hasse ich mein Temperament, das ich wohl von meiner Mutter geerbt haben muss, denn mein Vater ist immer ruhig, gelassen und geradezu emotionslos. Emotionslosigkeit hätte mich eben vor diesem dummen Fehler bewahrt.

Jetzt wird er wohl noch mehr ein Kind in mir sehen, als er das ohnehin schon tut. Phoebe, das kleine dumme Mädchen, das total verknallt in den heißen Typen ist, der wirklich jede haben kann. Wenn ich je eine Chance bei ihm hatte, habe ich die jetzt verspielt. Ich stoße ein weiteres frustriertes Stöhnen aus. »Vergiss einfach, dass ich das jemals gesagt habe«, sage ich heiser vor Scham.

»Bin schon längst dabei«, sagt er, grinst mich aber breit an. Zum ersten Mal, seit er wieder zurück ist, bringt ihn etwas zum Lächeln und das ist ausgerechnet das peinlichste Geständnis, das meinen Mund je verlassen hat.

Meine Hand ballt sich zur Faust und ich muss wirklich an mich halten, sie ihm nicht ins Gesicht zu trümmern. Und dass ich zuschlagen kann, sollte selbst er wissen, denn er hat es mir beigebracht, als er noch bei uns gewohnt hat und ich noch viel zu jung war, um diese Gefühle, die ich immer in seiner Nähe hatte, haben zu dürfen.

Aber warum winde ich mich eigentlich so heftig? Ihm müsste klar sein, dass ich nie einen Freund hatte, mein Vater hätte es gar nicht zugelassen. Ich hatte gar nicht die Möglichkeit, auf Jungs zu treffen, immerhin hat man mich in eine Mädchenschule abgeschoben. Eine katholische!

Die Limousine hält am Straßenrand und ich könnte vor Erleichterung anfangen zu heulen, als meine Freundin Ellie sich mir gegenüber auf die Rücksitzbank setzt.

Sie trägt eine knallenge schwarze Lacklederhose und ein weißes Top, auf dessen Brust mit glitzernden schwarzen Perlen »Zu allem bereit« steht. Ihr Top ist so eng und der Kragen so weit ausgeschnitten, dass ihr praller Busen fast aus dem Ausschnitt springt. Ellie war noch nie schüchtern. Und trotz katholischer Mädchenschule, lässt sie nichts anbrennen. Und ihre Eltern verschaffen ihr mir gegenüber einen wichtigen Vorteil: Sie sind ständig unterwegs und lassen ihre Tochter immer allein zu Hause. Ellies Leben ist so komplett anders als meins. Wenn ich nur ein winziges Stück von ihrem Glück abhaben könnte ...

»Hallo Andrew«, säuselt sie, nachdem sie mich begrüßt und mir ein kleines Päckchen in die Hand gedrückt hat. »Wie gefällt dir die frische Luft in der knastfreien Welt?«

Andrew mustert sie genau, angefangen bei ihren langen, gewellten blonden Haaren, die locker bis über ihre Schultern fallen, über ihre dunklen, vollen Lippen und ihr freizügiges Äußeres. Um seine Mundwinkel zuckt ein winziges Lächeln und in seinen Augen blitzt etwas zufrieden auf. Ich stoße ein geistiges Knurren aus. Natürlich sieht er in ihr nicht seine kleine Schwester. Das tun die Männer nie. Warum sollte das bei Andrew anders sein?

»Sie ist eindeutig östrogenhaltiger.« Andrew sagt das und lässt dabei fast seine Augen in Ellies Ausschnitt fallen.

Ich fummele an dem Geschenkpapier herum, während ich zusehe, wie Andrew jeden Zentimeter von Ellies Körper unter die Lupe nimmt. Meine Finger zittern und etwas sticht in meiner Brust. Ich war nie wegen eines Mannes auf Ellie eifersüchtig. Wir waren schon des Öfteren gemeinsam aus. Sie hat die Kerle angegraben und ich habe brav neben einem meiner Hündchen gestanden und zugesehen. Aber jetzt zuzusehen, fühlt sich an, als fresse sich ein Wurm durch meine Eingeweide. Als brenne sich Säure durch mein Herz.

»Dann wollen wir mal sehen, was du mir mitgebracht hast«, werfe ich mit viel zu hoher Stimme ein und unterbreche den Blickkontakt der beiden. Angespannt reiße ich das bunte Papier mit den kitschigen Hello Kittys ab, die mich gerade noch mehr ärgern, weil ich das Gefühl habe, dass sie Andrew erst recht glauben lassen, ich wäre noch ein Kind. Unter dem Papier kommt eine weiße Schachtel zum Vorschein.

»Du schenkst mir ein iPhone?«, frage ich verwirrt, weil ich den Sinn hinter diesem Geschenk nicht verstehen kann. Ich habe dieses Model schon längst. Auch wenn ich das iPhone hasse, weil Vater die Ortungsfunktion von Apple dafür benutzt, mich ständig zu verfolgen, aber ein anderes Handy darf ich nicht haben.

»Nein, ich hatte nur keine andere Schachtel. Du musst sie aufmachen«, sagt Ellie grinsend, dann gleitet ihr Blick wieder zu Andrew und was ich in dem Blick sehe, lässt mich für einen Moment bereuen, dass sie meine Freundin ist.

Aber natürlich weiß Ellie gar nicht, was ich für Andrew empfinde. Ich habe es ihr nie gesagt. Warum auch, wir beide waren noch nicht alt genug für ein solches Gespräch, bevor Andrew ins Gefängnis kam. Und danach gab es keinen Grund mehr für ein solches Gespräch. Obwohl wir natürlich auch Gespräche über Männer hatten. Aber meist war es so, dass Ellie mir von ihren Erlebnissen erzählt hat und ich sie durch sie erlebt habe. Ich ziehe den Deckel von der Schachtel und erstarre mit Hitze im Gesicht, als ich leuchtend rote Spitze sehe. Ich will den Deckel sofort wieder über die Schachtel schieben, doch Ellie ist schneller. Sie schnappt sich Babydoll und Tanga und hält sich beides mit wackelnden Augenbrauen vor den Körper.

»Und, wie gefällt es dir?«, fragt sie und sieht dabei nicht mich, sondern Andrew an, der zum zweiten Mal breit grinst. Ellie kichert wie wild drauf los, dann kramt sie in ihrer Handtasche und zieht ein paar Plüschhandschellen heraus. »Bevor ich die vergesse. Die haben nicht in die Schachtel gepasst, aber ich dachte, das rote Kuschelfell passt perfekt zur Unterwäsche.«

Ich entreiße Ellie die rote Seide und stopfe sie wieder in die kleine Schachtel. Dass beides darin Platz findet, zeigt aus wie verdammt wenig Stoff Ellies Geschenk besteht. Wahrscheinlich werde ich es niemals tragen. Oder aber, ich werde es tragen und kein Mann wird es jemals zu Gesicht bekommen.

Erleichtert registriere ich, dass der Wagen vor dem Club hält. Der Fahrer steigt aus und öffnet uns die Tür. Zuerst steigt Andrew aus, dann folge ich ihm und zum Schluss nimmt Andrew Ellies Hand und hilft ihr beim Aussteigen. Die Frustration darüber, dass er mir nicht geholfen hat, stoße ich zwischen zusammengepressten Lippen hervor. Ellie hält mich auf dem Fußweg zurück. In ihrer Hand hält sie die weiße Schachtel.

»Clutch auf!«, befiehlt sie.

Ich sehe sie mit gerunzelter Stirn fragend an.

»Du kannst nie wissen, wer dir heute über den Weg läuft.«

Niemand? Wer sollte mir schon über den Weg laufen?, versuche ich ihr mit einem Kopfnicken in Richtung meines Bodyguards zu bedeuten.

Sie nähert sich mit ihrem Gesicht meinem Ohr. »Was glaubst du, wieso ich eben im Auto diese Show aufgeführt habe? Bestimmt nicht, weil mir heute mal nach Ex-Knasti ist. Ich lenke ihn ab und du verschwindest«, flüstert sie leise. Gleichzeitig öffnet sie meine Handtasche und lässt die rote Seide und die Plüschhandschellen hineingleiten, danach zwinkert sie mir vielsagend zu, wirft die Schachtel auf die Rücksitzbank und hakt sich bei Andrew unter.

»Dann lass uns mal etwas Spaß haben, Andrew. Ich hoffe, dir macht der Altersunterschied nichts aus, aber ich kann dir versprechen, dass es nichts gibt, was du nicht mit mir anstellen darfst«, verspricht sie mit lüsternem Blick und leckt sich übertrieben aufreizend über die Lippen.

Ich stöhne innerlich auf, muss ihr aber zugutehalten, dass sie sich nur für mich an Andrew ranschmeißt. Vielleicht sollte ich Andrew wenigstens für heute Abend vergessen und tun, was Ellie mir vorgeschlagen hat. Andererseits weiß ich nur zu genau, dass ich alles, was ich will, direkt vor meiner Nase habe. Ich laufe neben den beiden an der Warteschlange vorbei auf den Einlasser zu, der die rote Absperrung für uns öffnet und uns mit einem Nicken in den Club lässt, aus dem warme, dicke Luft und wummernde Bässe quellen.

Das Vallhall ist immer gut besucht. Aber meistens wird es erst dann richtig voll, wenn ich wieder nach Hause muss. Heute wird das nicht so sein. Ich bin jetzt 18 und ich werde auf keinen Fall vor Mitternacht diesen Club verlassen. Dann muss Andrew mich schon hier raustragen, wenn er diesen Befehl meines Vaters befolgen will. Und dazu muss er Ellie erstmal loswerden, die ihn sofort in Richtung Bar abschleppt.

Ich folge den beiden brav, aber beschließe, die erst beste Gelegenheit zu nutzen, um mich allein im Club umzusehen. Soweit das möglich ist. Ich lasse den Blick über die Köpfe der tanzenden Gäste gleiten. Noch ist die Tanzfläche nicht allzu voll, deswegen kann ich die im Club verteilten Rottweiler gut sehen. Ich rümpfe angewidert die Nase. Aber am schwierigsten wird es werden, Andrews Aufmerksamkeit abzuschütteln. Nicht nur, weil es sein Auftrag ist, explizit auf mich achtzugeben, sondern auch, weil tief in mir mich etwas zu ihm hinzieht. Ein Teil von mir würde gerne auf jede Freiheit verzichten, wenn ich nur bei ihm sein kann. Aber ich weiß, dass er nie das Gleiche empfinden würde, weswegen ich dieses bohrende Gefühl von mir schüttle und mich nur auf dieses eine Ziel konzentriere: den Männern meines Vaters zu entkommen und diese eine Nacht einfach genießen und mir nehmen, was ich bereit bin zu geben.

Wenn ich es heute Abend nicht schaffe, mir ein Stückchen Unabhängigkeit zu erkämpfen, dann werde ich es nie schaffen. Dann wird mein Vater mir immer im Nacken sitzen. Ich muss ihm beweisen, dass für mich auch ein Leben ohne ihn möglich sein könnte. Ich muss ihm zeigen, dass die Gefahr nicht hinter jeder Ecke auf mich lauert.

Mein Vater und Onkel Ronny haben sich bewusst für dieses Leben entschieden. Ich bin hier hineingeboren worden und habe keineswegs vor, mich darin einweben zu lassen. Ich will selbstbestimmen dürfen, sonst wache ich eines Tages auf und muss mir eingestehen, dass ich schuld daran habe, dass mein Vater mich an einen seiner Geschäftspartner verkauft hat. Von heute an werde ich mir jeden Tag ein Stück mehr Freiheit nehmen. Nur so kann ich dem großen Ragnarök zeigen, dass ich mir nicht alles von ihm gefallen lasse. Ich bin jetzt volljährig, er hat kein Recht mehr, mich weiter besitzen zu wollen.

Ich beobachte eine Weile die tanzenden Paare, die sich zu einem langsamen Song aneinanderschmiegen, und seufze frustriert. Bisher gab es keinen Mann bei dem ich den Wunsch hatte, ihm so nahe zu kommen. Nur Andrew weckt solche Träume in mir. Den Wunsch ihn zu berühren, meinen Körper an seinem zu reiben und ihn mit jeder Faser in mich aufnehmen zu können. Vielleicht muss ich ihm zeigen, dass ich kein kleines Kind mehr bin, damit er mich mit anderen Augen sieht. Vielleicht muss er genauso wie mein Vater begreifen, dass ich nicht mehr zulassen werde, dass andere über mein Leben bestimmen.

So sehr ich mich darüber freue, dass er endlich zurück ist, Andrew muss auch verstehen, dass ich es immerhin zwei Jahre ohne ihn geschafft habe. Dass er die Befehle meines Vaters genauso blind befolgt, wie die anderen Männer, muss ich verhindern. Andrew könnte mein einziges Schlupfloch sein, wenn auch kein großes. Aber früher hat er mir auch schon Dinge besorgt oder mal weggeschaut. Warum sollte das jetzt vorbei sein?

Ellie bestellt für uns beide einen *Sex on the Beach* und zwinkert Andrew lüstern zu, als sie das Wort Sex formuliert. Andrew kann sich ein Grinsen wohl nicht verkneifen, was meiner Kehle ein leises Stöhnen entlockt. Zum Glück ist die Rock-Musik so laut, dass nur ich dieses Stöhnen bemerke, weil es meine Kehle vibrieren lässt.

Ellie nimmt unsere Gläser von der Theke, beugt sich um Andrew herum, der zwischen uns steht, und hält mir das Glas mit dem kitschigen Schirmchen hin. Für einen Augenblick stockt mir der Atem und Schweiß tritt auf meine Stirn, als mir klar wird, dass ich Andrew recht nahekommen muss, wenn ich Ellie meinen Drink abnehmen will. Ich atme tief ein und mache mir selbst Mut, denn das ist es doch, was ich will. Ihm nahekommen und ihm zeigen, dass ich existiere. Ich, Phoebe. Und nicht sie, das Mädchen, das er immer Engelchen genannt hat und dem er an den Zöpfen gezogen hat. Dem er die Tränen getrocknet hat und deren Hausaufgaben er gemacht hat. Das Mädchen hat jetzt keine Zöpfe mehr, läuft dafür aber auf High Heels durchs Leben.

Mein Herz macht einen deutlichen Satz, als ich beschließe, etwas zu tun, was ich nicht tun sollte. Aber etwas treibt mich dazu an, so mutig zu sein, wie Ellie. Ich will, dass Andrew mir auch so ein Grinsen zuwirft, dass er mich auch mit dieser bewundernden Hitze im Blick ansieht. Dass er vielleicht bemerkt, dass ich nicht seine Schwester bin. Also schiebe ich mich nahe an Andrew heran und biege meinen Oberkörper um ihn herum, um Ellie mein Glas abnehmen zu können. Mein ganzer Körper kribbelt, als ich Andrew so nahekomme, dass meine Brüste seinen Bauch streifen. In meinen Ohren rauscht aufgeregt das Blut und mir wird so schwindlig, dass ich mir selbst nicht mehr traue.

Mit einem unsicheren Keuchen, richte ich mich so schnell wieder auf, dass Flüssigkeit aus meinem Glas schwappt und in einem Schwall auf Andrews Shirt landet. Beschämt sehe ich zu ihm auf, mein Herz rast jetzt nicht nur wegen der Nähe zu seinem Körper, sondern auch wegen des abschätzigen Blicks, den Andrew mir zuwirft.

Für eine Sekunde erstarre ich, doch bevor ich mich in mich zurückziehe, ermahne ich mich selbst, dass ich ihm so nicht beweisen werde, dass ich kein unschuldiges Mädchen mehr bin. Also sehe ich mit gespitzten Lippen unter schweren Lidern zu ihm auf, lecke mir hoffentlich verführerisch über die Unterlippe und nehme eine Serviette von der Bar. Dann stelle ich mich nahe vor ihn, die eine Hand flach auf seiner Brust, die andere tupft die Flüssigkeit von seinem Shirt. Dabei sehe ich ihm tief in die Augen und hauche noch einmal eine Entschuldigung. Andrews Mundwinkel beginnen zu zucken und er grinst auf mich herab. Seine Finger legen sich um meine Oberarme und bringen mich auf Abstand. Er beugt sich zu mir herunter, sein Atem streift meine Wange.

»Was auch immer du hier vorhast, das läuft nicht«, sagt er, richtet sich wieder auf und grinst noch breiter.

Ich verenge meine Augen zu wütenden Schlitzen, mein Mund fühlt sich ganz trocken an. »Was auch immer du gedacht hast, deine Fantasie geht wohl mit dir durch«, keife ich.

Ich kippe den Drink runter, ohne ihn wirklich zu schmecken, und bestelle gleich noch einen. Die Bedienung lächelt mich an. Es ist diese Art Lächeln, die ich von allen Angestellten meines Vaters bekomme: mitleidig, schüchtern und ein bisschen ängstlich.

Noch bei meinem letzten Besuch habe ich nur Cola bekommen, aber natürlich hat man die Bedienung darüber informiert, dass ich ab heute, wenn auch in Maßen, Alkohol bekommen darf. Das sind die kleinen Gefälligkeiten, die mein Vater mir zukommen lässt. Bestechungen für eine Tochter, die hoffentlich ihr Gemüt beruhigen. Ich runzle die Stirn, als sie mir mein Glas gibt und wieder dieses distanzierte Lächeln für mich übrighat. Wann hören die Leute endlich auf, mich so zu behandeln? Wann sehen sie endlich durch diese Wand hindurch, die Ragnarök um mich herumgezogen hat, und behandeln mich wie eine von ihnen? Ich nehme das Glas, werfe den Schirm auf den Tresen und stürze auch diesen Drink runter.

Ellie grinst mich zufrieden an und zwängt sich zwischen Andrew und mich. »Und jetzt holst du tief Luft, lockerst dich etwas auf und gehst zwei Schritte rückwärts. Dann drehst du dich um und wirfst dem süßen Kerl hinter dir ein strahlendes Lächeln zu.«

Ich lächle hinterhältig. »Hinter mir steht ein Typ?«

»Und was für einer«, brüllt Ellie mir ins Ohr. »Und definitiv interessiert. Er beobachtet dich schon eine Weile.«

Ich drehe mich etwas zu schnell um, denn in meinem Kopf dreht sich alles für einen Augenblick. Zwei Gläser auf einmal machen sich schnell bemerkbar, wenn man es nicht gewohnt ist. Der dunkelhaarige Kerl sieht wirklich gut aus und sein Blick ist intensiv auf mich gerichtet. Nervös sehe ich wieder Ellie an. Eigentlich war es bisher so, dass wenn die Typen mich überhaupt angesprochen haben, sie recht schnell von einem Rottweiler für diese Frechheit aus dem Club geworfen worden sind. Deswegen habe ich es bisher gar nicht erst versucht, mich an einen Kerl ranzumachen, weil es ohnehin wenig Sinn gehabt hätte. Aber heute hätte es einen Sinn, und der steht direkt hinter mir. Es geht mir nicht darum, diesen Kerl anzumachen, sondern darum, Andrew hoffentlich damit so etwas wie eine Emotion zu entlocken. Und wenn es nur Wut ist. Die Hauptsache ist doch, er bemerkt mich und tut nicht weiter so, als wären wir nie befreundet gewesen. Diese Distanziertheit mir gegenüber geht mir an die Nieren, weil er so nie zu mir war. Er spricht nicht mit mir, sieht mich kaum an, während ich mich so sehr nach seiner Aufmerksamkeit sehne, dass mein Herz sich zusammenzieht.

»Was soll ich sagen?«

Ellie sieht zu Andrew auf, der nahe hinter ihr am Tresen lehnt. In seinen Augen kann ich genau die Sekunde ablesen, in der sein Blick auf den von Ellie trifft und dann weiter zu ihrem Dekolleté wandert.

Ich schnaube. »Schon gut, ich bekomme das hin«, sage ich in meinem alkoholgeschwängerten Übermut mit Wut im Bauch. Ich wende mich von Ellie und Andrew ab und gehe die zwei Schritte auf den dunkelhaarigen Kerl zu, der etwa in Andrews Alter sein dürfte und dessen Augen nichts für das Dekolleté meiner Freundin übrighaben. Mit einem breiten Lächeln und wackligen Beinen lege ich meine Hand in seine Armbeuge, so, wie Ellie es immer tut, wenn sie die ungeteilte Aufmerksamkeit eines Typen haben möchte. Ohne eine Erklärung ziehe ich ihn hinter mir her zur Tanzfläche und lächle ihn ohne Pause die ganze Zeit über meine Schulter hinweg an. Auf der Tanzfläche schmiege ich mich sofort an ihn und sehe verführerisch zu ihm auf.

»Du tanzt doch mit mir?«

Er antwortet mir grinsend, indem er seine Hände auf meine Taille legt und mich fest gegen seinen Körper zieht.

Diese Nähe fühlt sich fremd für mich an. Und das Kribbeln, das ich bei Andrew gespürt habe, bleibt auch aus, aber ich konzentriere mich trotz des unangenehmen Gefühls, das sein Körper an meinem auslöst, nur auf das, was ich hier tue. Ich wiege die Hüften im Takt der Musik, lege meine Hände auf seine schmalen Schultern, und obwohl ich Andrew noch nie so nahegekommen bin, weiß ich, dass er sich härter anfühlen würde unter meinen Fingern.

Als die Hände des Typen über meinen Körper gleiten und auf meinem Hintern zu liegen kommen, sehe ich mich unsicher um. Ich habe keine Ahnung, wie ich mich richtig verhalten muss. Soll ich es ihm erlauben, ihn auf Abstand halten?

Ich mustere ein Paar links von uns. Sie schmiegt sich aufreizend an seinen Körper und scheint ihn mit ihren Bewegungen auf der Tanzfläche verführen zu wollen. Mein Blick fällt auf Andrew, der mich genau im Blick hat, die Arme vor der Brust verschränkt. Kein Zeichen einer Reaktion auf dem Gesicht. Das macht mich wütend. Weil es ihn überhaupt nicht zu interessieren scheint, dass ein Mann seine Hände auf meinem Körper hat.

Ich will wissen, bis wohin sein Desinteresse reicht, also drehe ich mich in den Armen des Fremden und lasse mich auf die gleiche Art lasziv an seinem Körper nach unten und wieder hinaufgleiten, wie es eben die Frau neben mir auch getan hat. Dabei sehe ich Andrew die ganze Zeit über provokativ an. Sauge meine Unterlippe zwischen meine Zähne, kaue darauf herum und lasse meine Hände aufreizend an meinen Seiten nach unten gleiten.

Ich tue all das, was ich auch von einer Stripperin erwarten würde, die an ihrer Tanzstange versucht, die Männer im Publikum mit ihrem Tanz zu verführen und sie dazu zu bringen, auch noch das letzte bisschen Verstand in Form von Pfundnoten vor ihre Füße zu werfen. Dann bewege ich meinen Hintern schaukelnd am Unterleib meines Tanzpartners. Der zieht mich fest gegen seinen Körper und ich kann deutlich spüren, dass, was auch immer ich hier tue, nicht spurlos an ihm vorbeizieht.

Diese unerwartet körperliche Reaktion eines fremden Mannes auf meinen Körper holt mich ganz schnell auf die Tanzfläche zurück. Hämmernd schießt Hitze durch meine Venen und ich will mich panisch von ihm zurückziehen, aber er hält mich unnachgiebig fest. Was hatte ich denn gedacht, was passieren würde, wenn ich solche Dinge mit einem Mann tue? Ich drehe mich in seiner Umklammerung und presse die Hände auf seine Brust. Der Mann beugt sich zu mir nach unten. Seine Lippen streichen über meine Ohrmuschel.

»Nicht so eilig. Lass uns das noch ein bisschen auskosten, bevor wir uns in eine dunkle Ecke zurückziehen.«

»Nein ... so war das nicht gemeint«, stammle ich erschrocken, aber er lacht nur und reibt seine Erektion mit noch mehr Nachdruck an meinem Bauch.

Ganz unvermittelt, während ich noch immer mit ihm und meiner Angst ringe, wird er von mir weggerissen und landet auf seinem Hintern. Ich blinzle hektisch, stolpere rückwärts und werde von groben Fingern um meinen Oberarm vor einem Sturz bewahrt.

»Bist du fertig?«, brüllt Andrew mich mit mörderischem Blick an. »Wenn du willst, dass dein Vater mich umbringt, dann mach weiter so.«

Ich blinzle, dann reiße ich mich von ihm los. »Ich bin nicht fertig. Was bildest du dir eigentlich ein?«

»Für mich sah es so aus, als wärst du fertig.«

»Dann hast du dich getäuscht«, sage ich und werfe einen Blick auf den Typen am Boden, der mit ängstlich geweiteten Augen von uns wegrobbt und erst vom Boden aufsteht, als er mehrere Meter zwischen sich und Andrew gebracht hat, der mit verschränkten Armen und breiten Schultern wie ein Dämon auf einem Feldzug vor mir aufragt. Eigentlich war es genau das, was ich wollte. Andrew eine Reaktion abringen. Aber nicht diese. Nicht die Angst-vor-meinem-Vater-Reaktion. Was ich sehen wollte, war Eifersucht und die habe ich nicht bekommen, weswegen ich stinksauer bin.

»Na klasse«, keife ich, dann schubse ich Andrew und versuche, an ihm vorbeizukommen. Als ich zur Seite sehe, um mir einen Fluchtweg zu suchen, der mich weit weg von Andrew führt und möglichst raus aus diesem Club, erkenne ich mehrere schwarze Anzüge, die sich durch die Gästemenge auf uns zuschieben. Ich sehe zur anderen Seite, auch dort arbeiten sich Rottweiler auf die Tanzfläche zu.

Wunderbar, denke ich wütend. Nichts hat sich geändert. Ein Kerl hat seine Hände auf mir und sechs andere schwingen sich zu schwarzen Rächern auf.

»Mein Vater bringt keine Leute um«, sage ich zu Andrew, als der wieder meinen Arm packt. »Er lässt ihnen ein paar Rippen brechen, mehr nicht. Er ist kein Mörder.«

Andrews Blick verdunkelt sich auf eine Art, die mich schwer schlucken lässt. Er löst seinen Blick in genau dem Moment von mir, in dem einer der Männer eine Waffe zieht und auf Andrew richtet. Mit weit aufgerissenen Augen sehe ich Andrew an, der die Stirn runzelt und nur eine Sekunde lang zögert, bevor er nach mir greift und mich vor seinen Körper schiebt. Alles passiert ganz schnell und doch wie in Zeitlupe. Um uns herum tanzen Menschen, Bässe dröhnen, es riecht nach Parfüm und Schweiß. Die Männer meines Vaters bewegen sich weiter auf uns zu. Ein weiterer zieht eine Waffe. Ich drehe den Kopf, als neben mir eine Frau aufschreit und sehe, dass sich aus dieser Richtung Polizisten auf uns zu arbeiten. Ohne Rücksicht stoßen sie Gäste von sich. Andrews Finger bohren sich grob in meinen Oberarm, er sieht auf mich runter, formt mit seinen Lippen »los«, dann reißt er mich mit und rennt mit mir durch die Menge der Tanzenden hindurch noch bevor ich überhaupt realisiert habe, was hier gerade passiert.

Warum richtet jemand eine Waffe auf Andrew? Habe ich es zu weit getrieben? Was passiert hier gerade? Mein Herz hämmert so schnell, dass meine Brust brennt und ich kaum atmen kann. Nur meine Beine arbeiten ganz ohne meine Hilfe und rennen hinter Andrew her, der mich auf den Ausgang zu zerrt und sich genauso rücksichtslos durch die Menge arbeitet wie die Männer hinter uns. Ich stemme mich gegen ihn, aber er lässt nicht los, sondern drängt mich weiter in Richtung Straße. Ich versuche, seine Finger von meinem Arm zu lösen, aber als ich seinen wütenden Blick sehe, gebe ich das Vorhaben auf. Stattdessen sehe ich über die Schulter zurück, wo sechs Männer immer näherkommen. Zwei davon tragen Polizeiuniformen.

»Was ist los?«, schreie ich heftig atmend, als wir vor dem Club auf die Straße rennen, wo gegenüber gerade ein Chauffeur einer Frau die Tür zu einer schwarzen Limousine aufhält. Andrew zerrt mich grob weiter hinter sich her. In meinem Rücken höre ich den peitschenden Knall eines Schusses. Ohne sich umzusehen, schubst Andrew den Chauffeur und die Frau vom Auto weg, stößt mich auf den Rücksitz, umrundet das Auto, während ein weiterer Schuss fällt, und lässt den Wagen an, noch bevor er richtig sitzt.

»Was zur Hölle soll das?«, schreie ich ein weiteres Mal und werfe einen Blick zum Club hin, wo jetzt die Männer auf der Straße stehen. Einer von ihnen hält seine Pistole in die Luft und feuert in den nachtschwarzen Himmel.

2. Kapitel

Bitte anschnallen, meine Herrschaften!
Ich glaube, es wird eine stürmische Nacht.
- Alles über Eva -

Andrew

Nervös werfe ich einen Blick in den Rückspiegel, als Schüsse fallen. Zwei uniformierte Männer stehen auf der Straße und starren dem 5er BMW hinterher, den ich gerade gestohlen habe. Was für ein Glück, dass Chauffeure sich selten die Zeit nehmen, den Schlüssel aus dem Schloss zu ziehen. Ich werfe Phoebe einen kurzen Blick zu. Sie sitzt wie ein verwirrtes Häufchen auf der Rücksitzbank. Ihre Hände liegen im Schoß. Sie sieht mich verängstigt an und fragt immer wieder, was gerade passiert ist. Ich muss etwas sagen, um sie zu beruhigen. Aber alles, was ich ihr sagen könnte, würde ihr nur noch mehr Angst machen, denn obwohl die Männer hinter uns Polizisten waren, gehören sie auch zu ihrem Vater. Ich hätte sie nicht mitnehmen dürfen, aber mir blieb keine andere Wahl. Hätte ich sie nicht in meinem Rücken gehabt, hätte die Männer nichts davon abgehalten, im Club wie wild herumzuballern. Die Tochter des Bosses würde niemals jemand verletzen, alle anderen sind entbehrlich.

Ich behalte die Straße hinter uns im Auge, aber bisher folgt uns kein Auto, das sich durch eine zu hohe Geschwindigkeit verdächtig machen würde. Aber darauf kann ich mich nicht ausruhen, weswegen ich in eine Seitenstraße einbiege, danach noch zwei weitere kleine Straßen nehme und dann über die Glasgow Road auf die A725 in Richtung Hamilton weiterfahre. Eigentlich sind wir nur wenige Minuten unterwegs, aber mit der zitternden Frau hinter mir, die mich aus schreckgeweiteten Augen ansieht und mit ihren Händen ihre Tasche gerade zum einhundertsten Mal erwürgt, fühlen sich die Minuten wie Stunden an.

Ich strecke eine Hand nach ihr aus, lege sie auf ihr nacktes Knie und streichle sie zärtlich, während ich mit einer Hand das Auto weiter aus der Stadt heraus steuere. Der Hautkontakt ist es wohl, der Phoebe aus ihrer Starre erlöst. Sie entzieht mir ihr Knie und sieht mich jetzt zornig an. Sie schiebt meine Hand weg, steht auf und klettert zwischen den Vordersitzen nach vorne. Dabei kommt sie mir so nah, dass ich den fruchtig süßen Mangoduft an ihr wahrnehmen kann. Für einen Augenblick muss ich daran denken, wie sie versucht hat, mich eifersüchtig zu machen und wie wütend ihre Augen gefunkelt haben, wenn ich ihrer Freundin in den Ausschnitt geschaut habe. Als ich das bemerkt habe, habe ich sie provoziert und erst recht gestarrt. Dabei sollte es mir weder Spaß machen, dass sie eifersüchtig ist, noch sollte ich es bemerken und gut finden.

»Ich will sofort wissen, was gerade los war«, sagt sie mit vor Wut zitternder Stimme. Ich drossle die Geschwindigkeit und atme tief ein. Weder kann ich ihr sagen, dass ihr Vater mich umbringen will, noch kann ich ihr sagen, dass ich sie gerade als Schutzschild missbraucht habe, weil ich mich darauf verlassen habe, dass Ragnaröks Männer ihr nichts tun würden. Wenn ich sie jetzt ansehe, dann muss ich zugeben, dass ich hoch gepokert habe. Was, wenn ich falsch gelegen hätte? Aber etwas muss ich ihr sagen.

»Dein Vater hat wohl herausgefunden, dass ich eine Ratte bin.«

Ich sehe sie an und sie blinzelt verwirrt. »Was meinst du damit?«

»Dass ich ein Verräter bin.« Ja, vielleicht ist es ganz gut, wenn ich die Schuld auf mich nehme. Lieber lasse ich sie glauben, ich wäre hier der Böse, als ihr erklären zu müssen, dass ihr Vater nicht der ist, für den sie ihn hält.

»Ich weiß, was eine Ratte ist«, keift sie ungeduldig und dreht sich mit dem Oberkörper zu mir. Ich kann aus den Augenwinkeln sehen, dass sie mich mit gerunzelter Stirn ungläubig mustert.

»Ich arbeite für Interpol.« Vor ein paar Tagen hat Scotland Yard zusammen mit einer Gruppe Männer von Logan Security eins der Verstecke von Ronny McCraw gestürmt, um Hope zu befreien, von der sich rausgestellt hat, dass sie nach Phoebe einer Schwester am nächsten kommt. Einer Schwester, mit der ich geschlafen habe.

In Gedanken verziehe ich das Gesicht und muss mich daran erinnern, dass ich sie weder kannte noch wirklich blutsverwandt mit ihr bin. Sie ist die Tochter der besten Freundin meiner leiblichen Mutter, der Ronny mich weggenommen hat, bevor ich überhaupt dazu in der Lage gewesen wäre, mir ihr Gesicht einzuprägen. Und sie ist Ronnys leibliche Tochter. Da nur mein Kontaktmann und ein paar wenige andere wissen, dass ich für Interpol arbeite, blieb mir nur die Flucht aus Ronnys Haus. Aber wieso bin ich aufgeflogen? Wer hat mich verraten können, wenn niemand Bescheid wusste?

Sie schnappt nach Luft, dann schüttelt sie den Kopf. »Das glaube ich dir nicht.«

»Vertrau mir«, sage ich. Ich kneife die Augen zusammen, als uns ein Auto entgegenkommt und das

Licht mich blendet. »Ich bin einen Deal mit ihnen eingegangen, bevor ich aus dem Knast kam.«

Sie sieht mich noch immer ungläubig an. Ich fahre das Auto an den Straßenrand und lasse den Motor im Leerlauf laufen. Mit zusammengekniffenen Lippen wende ich mich ihr zu. Sie wirkt deutlich ruhiger als noch vor Minuten. Im Licht der Armaturen kann ich sogar sehen, dass ihre Wangen wieder Farbe bekommen haben. Ihre volle Unterlippe zittert, als sie tief einatmet. Ihre Augen hat sie verengt und starrt geradeaus. Das verrät mir, dass in ihrem hübschen Kopf alle Rädchen arbeiten und analysieren, was ich eben gesagt habe und dass sie innerlich sehr aufgeregt ist, aber darum kämpft, es mich nicht sehen zu lassen.

Die Unschuld in ihrem Blick ist alles, was von dem Mädchen geblieben ist, das sie gewesen ist, bevor ich im Knast gelandet bin. Ich bin versucht meinen Daumen über ihre Unterlippe gleiten zu lassen, aber sie auf diese Art zu berühren, steht mir nicht zu. Sie ist zu einhundert Prozent rein und ich bin verdorben. Und sie ist das Mädchen, dem ich Gutenachtgeschichten vorgelesen habe und die mir vorgelesen hat. Das darf ich nicht vergessen.

»Du musst hier aussteigen«, sage ich trocken und balle meine Hände zu Fäusten, um dem Wunsch, sie zum Abschied zu berühren, nicht nachzugeben.

»Was?«

»Du musst zurück zu deinem Vater«, sage ich bestimmt.

Sie sieht sich um, dann schnappt sie nach Luft. Gleich wird sie mich fragen, ob ich noch bei Verstand bin. Sie war schon immer ziemlich direkt und streitlustig. »Wir sind mitten im Nirgendwo. Wenn du willst, dass ich zu meinem Vater gehe, dann fahr mich nach Hause.«

»Das geht nicht«, sage ich ruhig und lasse meinen Blick über ihre hohen Wangenknochen, die mandelförmigen Augen und das trotzige Kinn gleiten. Das Älterwerden hat sie hübscher gemacht, aber ihr nichts von dem Starrsinn genommen, der ihr schon damals ins Gesicht geschrieben stand. »Dein Vater wird mich nicht davonkommen lassen.«

»Wahrscheinlich will er nur mit dir reden.«

Diese Blindheit habe ich verursacht. Ich habe sie immer von allem ferngehalten. In ihren Augen ist ihr Vater vielleicht ein Geschäftsmann mit Fehlern, aber kein Mörder, Vergewaltiger und Sklavenhändler. Von diesen Dingen weiß sie nichts. Ich ziehe eine Augenbraue hoch und sehe sie an, als würde ich sagen: Glaubst du das wirklich? Aber natürlich ist es das, was sie glaubt.

»Er wird Verrat nicht ungestraft lassen.«

»Aber warum hast du es dann getan?«

Weil ich nicht länger zusehen konnte. Und aus Rache. Nichts ist schmutziger als persönliche Rache, aber darüber denke ich längst nicht mehr nach. »Ich hatte meine Gründe.«

Es wäre so leicht, ihr Bild von ihrem Vater zu zerstören, damit nicht das Letzte, was sie von mir sieht, ein Verräter ist. Aber das lässt mein Gewissen nicht zu. Ich will diese Unschuld in ihr nicht zerstören. Ihr Unwissen und die damit verbundene Sorgenfreiheit. Obwohl es eine Zeit gab, in der ich sie unweigerlich mitgenommen, vielleicht sogar entführt hätte, um sie vor einer Zwangsheirat und einem Leben als Besitz zu retten. Für heute gilt, überall ist sie sicherer als in meiner Nähe. Selbst im Bett eines Mannes, den sie wahrscheinlich nicht einmal kennt.

Es ist besser, sie glauben zu lassen, ich wäre der Böse im Spiel. »Jetzt steig aus! Ich muss hier weg«, sage ich ernst.

»Du wirst mich nicht hier draußen im Nirgendwo zurücklassen«, sagt sie und verschränkt die Arme vor der Brust.

Ungeduldig sehe ich in den Rückspiegel. »Jeden Moment kommt ein Auto deines Vaters. Du wirst nicht lange allein hier stehen.« Ich beuge mich über sie, dabei halte ich den Atem an, um nicht diesen Mangoduft, der sie umgibt, einzuatmen, und öffne die Beifahrertür für sie. Ich ignoriere auch die Hitze, die mich flutet, als ich ihr so nahekomme. Stattdessen ziehe ich mich schnell zurück und bemühe mich, ihre nackten Oberschenkel nicht zu bemerken. Verdammt, wann hat sie sich so verändert, dass sie so etwas in mir wecken kann?

»Raus«, befehle ich hart. Härter, als ich es beabsichtigt hatte, und zucke schmerzhaft zusammen, als ich die Tränen in ihren Augen glitzern sehe.

»Vater lässt mit sich reden, ich weiß es genau. Er liebt dich wie einen Sohn«, bettelt sie. Ich verstehe gar nicht, warum es ihr so wichtig ist, mich davon zu überzeugen, mit ihr zurückzukehren, aber sie sieht mich flehend an. Sie kam die letzten Jahre gut ohne mich klar.

»Das wird er nicht. Er wird mich bestrafen.« Ich zeige gnadenlos auf die Tür und möchte mich am liebsten selbst dafür schlagen, dass ich sie so behandle. Hier draußen gibt es weit und breit nur Felder und Wälder. Es ist nicht richtig, sie hier rauszuwerfen. Aber sie mitzunehmen wäre noch viel falscher.

Auch wenn mich eine leise Stimme in meinem Kopf drängt, die Tür des Autos zu schließen und sie einfach zu entführen. Weil ich weiß, wer ihr Vater wirklich ist.

Und weil ich weiß, dass das, was er ihr bietet, keine Zukunft für sie ist. Aber er beschützt sie, weil sie von Wert für ihn ist, das ist das einzig Gute an diesem Mann. Er würde nie zulassen, dass ihr etwas passiert. Und deswegen ist sie bei ihm besser aufgehoben als bei mir. Außerdem, was würde ich ihr denn bieten können? Wenn ich fertig bin mit Ragnarök, wird es keinen Menschen geben, den Phoebe mehr verabscheut als mich. Und ich werde für den Rest meines Lebens ein Gejagter sein.

»Geh schon!«, sage ich und stoße ihr gegen den Oberarm. Ihre Augenbrauen ziehen sich unwillig zusammen, aber sie richtet sich im Sitz auf und rückt näher an die Tür heran. Sie öffnet ihre Handtasche, kramt darin herum. Wahrscheinlich sucht sie nach ihrem Handy, um jemanden anzurufen, der sie hier abholt. Dann überrascht sie mich.

Sie wirft mir rote Seide ins Gesicht. Mir stockt der Atem, so unerwartet trifft mich das. Als ich die Unterwäsche endlich von meinem Gesicht gepflückt habe, sieht sie mich grinsend an und hebt ihre linke Hand ein Stück. Sie hat sich mit den roten Plüschhandschellen am Türgriff festgebunden. Demonstrativ zieht sie die Tür zu und grinst mich herausfordernd an. »Bitte anschnallen, meine Herrschaften! Ich glaube, es wird eine stürmische Nacht!«, zitiert sie aus dem Film *Alles über Eva*. Das ist irgendwie unser gemeinsames Ding: Aus Filmen zitieren, die wir beide abends zusammen in ihrem Zimmer angesehen haben, als sie noch jünger war. Bevor ich dank ihres Vaters im Knast gelandet bin.

»Gib mir den Schlüssel«, fordere ich sie auf und schnappe mir ihre kleine Tasche von ihrem Schoß. Ich durchsuche sie, schütte den Inhalt auf den kurzen Rock über ihren Schenkeln und fluche. »Wo ist er?«

»Ellie hat vergessen, ihn mir zu geben. Oder es war Absicht. Wer weiß schon, was Ellie so durch den Kopf geht. Aber du kannst es ja mal mit dem Tampon versuchen. Oder benutz doch das Kondom, das ich nie gebraucht habe. Auch so ein nutzloses Geschenk von Ellie«, sagt sie und starrt mich stur an.

Frustriert beuge ich mich über sie, rüttle an der Handschelle um ihr Handgelenk, dann durchsuche ich das Handschuhfach des Autos nach etwas, mit dem sich das kleine Schloss aufknacken lassen könnte, aber ich finde nichts. »Ich kann dich nicht mitnehmen.«

»Dann fahren wir jetzt zurück und klären das mit meinem Vater.«

Ich spüre deutlich, als der Zorn die Oberhand gewinnt und sich meine Speiseröhre nach oben frisst. Mit zitternden Händen umklammere ich das Lenkrad und starre auf die schmale Straße vor uns, von der wir nicht viel sehen können. Nur den Lichtkegel vor dem Auto, den Rest verschluckt die Schwärze. Genau so fühle ich mich jetzt, denn es frisst mich auf, dass sie mich zwingt, ihr Dinge zu sagen, die sie verletzen könnten. Aber sie lässt mir keine andere Wahl, also wende ich mich ihr wieder zu und sehe sie so ernst an, wie ich nur kann.

»Dein Vater wird das Einzige tun, das er tun kann. Er ist sogar verpflichtet, es zu tun, wenn er sein Gesicht wahren will. Er wird mich töten.«

Ihre Augen weiten sich nur leicht, dann schüttelt sie entschlossen den Kopf. »Das tut er nicht. Er tötet niemanden.«

Ich seufze frustriert. Nicht, weil sie mir nicht glauben will. Etwas in mir reagiert sogar erleichtert, weil sie mir nicht glaubt, denn das bedeutet, ich habe ihr nicht wehgetan. Ich seufze, weil ich keine andere Wahl habe, ich muss sie mit in mein Versteck nehmen und sie dort von den Handschellen befreien. Dann überlasse ich ihr das Auto und fahre mit dem Motorrad weiter. »Wie du willst.«

Ich lenke das Auto zurück auf die Straße, zehn Minuten später sehe ich erleichtert die beleuchtete Werbetafel, die vor dem B&B steht, in dem ich ein kleines Zimmer gemietet habe, von dem niemand außer mir weiß. Ich reiße die Autotür auf, sehe über die Schulter zurück und stoße die Atemluft laut aus, so dass die kalte Luft des herannahenden Winters in einer Wolke vor meinem Gesicht aufsteigt.

»Ich bin gleich wieder zurück. Mach keine Dummheiten.«

»Wie kommst du nur darauf?«, fragt sie schnippisch. »Selbst wenn ich wollte, mit denen um meinem Handgelenk wird es mir schwerfallen, mich meines kindlichen Alters gerecht zu erweisen.« Ihre Augen funkeln mich wütend an.

Ich weiß, dass sie noch immer sauer ist, weil ich behauptet habe, in ihr meine kleine Schwester zu sehen. Zur Hölle noch mal, wie könnte ich in dieser Frau noch das kleine Mädchen von damals sehen? Wann hat sie sich denn zuletzt im Spiegel angeschaut? Sie sieht so sexy aus, dass mir ihr Anblick schon in Ragnaröks Büro in die Lenden geschossen ist und ich mich fast an meinem eigenen Speichel verschluckt hätte. Aber ich weiß auch, dass ich so nicht über sie denken darf.

Ich ziehe eine Augenbraue hoch. »Erklär mich nicht für blöd, du vergisst, dass ich dich besser kenne als dein eigener Vater.« Das ist nicht übertrieben. Zumindest das Kind in ihr kenne ich gut, denn ich war so ziemlich der Einzige, der Zeit mit ihr verbracht hat. Innerlich schüttle ich mich, weil dieser Gedanke und der, den ich davor hatte, so überhaupt nicht zusammenpassen.

Ich versuche schon den ganzen Abend diese Frau und das Mädchen in meinen Gedanken zu einer Person zusammenzufügen, um mich vor Dummheiten zu bewahren. Aber es ist unmöglich, der Kerl in mir lässt das einfach nicht zu. Und sie auch nicht. Ein kleines Mädchen bewegt sich nicht so aufreizend erotisch am Körper eines Kerls, wie sie das getan hat. Das machen nur Frauen, die sich ihres Körpers sehr bewusst sind.

Zuerst war ich so fasziniert von diesem Spiel und der Tatsache, dass sie zwar den anderen berührt hat, mich aber mit ihren hellen Augen angesehen hat. Und dann war ich nur noch wütend und wollte den anderen umbringen, als er seine dreckigen Pfoten auf ihrem sauberen Körper hatte.

Mit einem Brummen werfe ich die Autotür zu und gehe auf die Tür des B&B zu. Ich ziehe den Schlüssel aus meiner Hosentasche und schließe auf, weil um diese Uhrzeit der Empfang nicht mehr besetzt ist. Eilig laufe ich die Treppe in die obere Etage hoch, den bei jedem Schritt knarrenden Gang zum letzten Zimmer entlang und schlüpfe hinein. Im oberen Schubfach meines Schreibtisches finde ich mein Spezialwerkzeug mit dem ich so gut wie jedes Schloss knacken kann. Es gibt Augenblicke in meinem Leben, da bin ich Ragnarök für die spezielle Ausbildung, der er mich unterzogen hat, dankbar. Dieser Augenblick ist so einer.

Oder auch nicht. Ich lasse die kleine schwarze Tasche wieder sinken, als ich hinter mir das leise Knarren der Dielen höre, und drehe mich zur Tür um. Phoebe grinst mich breit an, in der einen Hand die Handschellen, in der anderen ein winziger Schlüssel, der im Licht der Deckenlampe verhöhnend aufblitzt.

»Ich hatte ihn in meinem BH. Du hättest nur nachsehen müssen.«

»Ich gehe kleinen Mädchen nicht an die Wäsche«, sage ich eiskalt und ergötze mich innerlich an der Verärgerung, die auf ihr Gesicht tritt. Es macht sie ziemlich wütend, wenn ich ihr unseren Altersunterschied unter die Nase reibe. Und mich freut es ungemein, sie zu ärgern. Darüber sollte ich mir wohl Gedanken machen, aber dafür ist jetzt keine Zeit. »Ich muss telefonieren. Der Autoschlüssel steckt. Nimm den Wagen und fahr nach Hause.«

»Werde ich nicht«, wirft sie ein. »Nicht, bevor du mit meinem Vater gesprochen hast. Ich weiß genau, er liebt dich. Und er ist kein solches Scheusal, wie du glaubst.«

»Ich habe jetzt für so was keine Zeit«, sage ich gedankenlos und gehe auf die Badtür zu. »Es gibt ein paar Sachen, die ich erledigen muss, bevor ich mir die Zeit nehmen kann, mich deinem Vater zu stellen und mich erschießen zu lassen. Ich würde es hassen, unerledigte Dinge zurückzulassen, wenn ich sterbe.«

Erst reißt sie die Augen schockiert auf, dann stemmt sie die Fäuste in die Hüften. »Ehrlich, ich versteh dich nicht!«

Ich ignoriere sie, schnappe mir meine Reisetasche, die immer griffbereit neben der Tür liegt, und gehe ins Bad, um meine Bargeldreserven zu plündern, bevor ich das Zimmer für immer verlasse. Ich hole die dicke Geldrolle aus ihrem Versteck im Kopf der Brause, drei weitere hole ich aus einem Loch hinter einer Fliese in der Wand hinter dem Spiegel. Danach wähle ich mit dem Interpol-Handy die Nummer meines Kontaktes. Houseman geht auch nach dem dritten Versuch nicht an sein Telefon. Eine Nachricht hinterlasse ich aus Sicherheitsgründen nie. Nicht bei ihm und auch bei sonst niemand anderem - außer Charlie. Ich wechsle das Telefon und rufe Charlie an, einen alten Freund aus dem Gefängnis Dem einzigen Menschen, dem ich blind vertraue.

»Andrew?«, fragt er heiser. Er hat offensichtlich schon geschlafen.

»Kannst du die Hütte für mich vorbereiten? Und ich brauche meine Tasche«, sage ich. Mehr Erklärung braucht es nicht. Charlie weiß genau, was ich von ihm will. Er antwortet auch nicht, sondern legt gleich auf.

Jedes Telefongespräch birgt Gefahren, das weiß er so gut wie ich auch. Ich stecke beide Telefone zurück in die Taschen meiner Jeans und räume den Badschrank leer. Viel habe ich nicht hier, nur die Dinge, die ich weder bei Ronny, noch bei Ragnarök aufbewahren konnte. Als ich zurück in das Schlafzimmer komme, sitzt Phoebe auf meinem Bett und tippt auf ihrem Handy herum. Ich stöhne laut auf.

»Was tust du da? Warum bist du noch hier?«

»Ich habe doch wohl ziemlich deutlich klargemacht, dass ich bleibe.«

Ich trete auf sie zu und entreiße ihr das Telefon. »Wem hast du geschrieben?«

»Vater, er hat versprochen, er will nur mit dir reden.«

»Verdammt«, sage ich. »Er wird nicht mit mir reden. Er wird mich erschießen, wenn ich Glück habe. Wenn ich keins habe, wird er mich erst foltern und dann erschießen.« Sie sieht mich mit weinerlichen Augen an. Sie kann mir nicht glauben, wahrscheinlich denkt sie nicht einmal darüber nach, was ich sage. Diese Tränen weint sie nur wegen mir, weil ich diese Dinge über ihren Vater sage, die in ihren Augen eine Lüge sind. Ich packe sie am Arm und zerre sie vom Bett.

»Egal«, sage ich. »Du nimmst jetzt das Auto und ich fahre mit dem Bike. Du fährst in die eine Richtung und ich in die entgegengesetzte.«

Ich werfe in meine Tasche, was ich noch herumliegen habe, zehn Minuten später verlasse ich das Zimmer, Phoebes Arm in der einen Hand, meine Tasche in der anderen. Unten werfe ich den Schlüssel und ein paar Scheine auf den Tresen, dann ziehe ich die Tür hinter mir zu. Es ist kalt und nieselt. Die Luft riecht nach Frost. Ich sehe mich um, alles liegt im Dunkeln, nur wir stehen im Licht der Reklameleuchte. Ich lasse Phoebe los, zögere einen Augenblick, dann trete ich auf sie zu und umarme sie. Ich erlaube mir, an ihrem Haar zu riechen, bevor ich von ihr zurücktrete, meine Hände auf ihre Wangen lege und ihr einen sehr flüchtigen Kuss auf die Stirn hauche.

»Vielleicht sehen wir uns irgendwann mal wieder.«

Sie legt die Arme um meine Schultern und hält mich ganz fest, es fühlt sich fast verzweifelt an und ich muss mit mir kämpfen, nicht weich zu werden. Ihr Körper so nah an meinem bringt mich dazu, Dinge zu glauben, die nicht wahr sind. Niemals würde Ragnarök mir verzeihen, nur weil seine Tochter mich vielleicht lieben könnte. Ich löse mich von ihr, öffne die Fahrertür des BMW, werfe meine Tasche nach hinten, um sie nicht auf den schlammigen Boden werfen zu müssen, und schlüpfe aus meiner Anzugjacke.

Der wässrige Blick, mit dem Phoebe mich ansieht, sorgt dafür, dass mein Herz sich zusammenzieht. Ich lege ihr meine Jacke um die Schultern, weil sie nur dieses viel zu dünne Kleid trägt. Ein Schuss zerreißt die Stille. Ich erlaube mir nur den Bruchteil einer Sekunde zu erstarren, dann stoße ich Phoebe in das Auto und springe hinterher. Unsere Glieder sind ein einziges Durcheinander, bis sie es schafft, sich unter mir zu befreien und auf den Beifahrersitz zu klettern.

Ein weiterer Schuss, Glas splittert und verteilt sich im gesamten Innenraum des Autos, als das Fenster der Beifahrerseite zerspringt. Ich fluche, fummle umständlich den Schlüssel in das Schloss des Autos und drücke mit der freien Hand Phoebes Kopf nach unten in meinen Schoß. Die Intimität verdränge ich komplett aus meinen Gedanken. Ich habe nur Augen für ihren Vater, der mit gezogener Waffe näherkommt.

»Du und meine Tochter also. Zwei Ratten in meinem Nest«, brüllt er und feuert ein weiteres Mal. »Hätte mir schon vor Jahren klar sein müssen, dass ihr zwei die Finger nicht voneinander lassen könnt.«

Die Scheibe neben meinem Kopf zerspringt. Glas verteilt sich in Phoebes Haar, ein Splitter zerschneidet meine Wange. Ich gebe Gas, die Räder drehen durch, dann macht das Auto einen kräftigen Satz und fährt endlich los. Phoebe will den Kopf heben, aber ich halte sie weiter unten. Noch ein Schuss fällt, und verfehlt sein Ziel. Als ich auf die schmale Straße biege, sehe ich Ragnaröks RR unter einem Baum stehen. Der Fahrer steht daneben, springt auf die Straße und schießt ein weiteres Mal auf uns. Er muss das Auto hier abgestellt haben, damit uns das Motorengeräusch nicht warnen kann.

Erst als wir den RR hinter uns gelassen haben, lasse ich Phoebes Kopf los. Ihre Wangen sind feucht von den Tränen, die sie in ihrer Panik vergossen hat. Am liebsten würde ich umdrehen und Ragnarök das Eisen seiner eigenen Waffe in den Mund schieben.

»Mein Vater hat auf mich geschossen«, keucht sie und ich kann ihr die Fassungslosigkeit ansehen. »Warum schießt er auf mich?« Ihre Stimme zittert. Ich lege eine Hand auf ihre und drücke sanft zu.

»Es tut mir leid«, sage ich mit hohler Stimme. Ich weiß, dass jetzt der Augenblick gekommen ist, in dem sie die Wahrheit erfahren muss, aber ich ringe mit mir, weil ich sie nicht noch mehr verletzen will. Trotzdem muss ich mit ihr reden, um ihr die Chance zu geben, die Geschehnisse zu verarbeiten. »Dein Vater und Ronny sind in ganz miese Sachen verwickelt. Er kann nicht zulassen, dass jemand Beweise dafür findet, dass er da drinsteckt.«

»Was für Sachen?«, will sie wissen. Langsam wärmen sich ihre Hände unter meinen Fingern wieder auf. Sie wirkt ruhiger und die Tränen strömen nicht mehr über ihr Gesicht.

»Kunsthandel, Drogen, Menschenhandel, Zwangsprostitution und Mord, wenn es ihren Plänen dient. Interpol hat eine Menge Beweise gegen Ronny. Aber Ronny war nur der, der ausgeführt hat, was dein Vater befohlen hat. Ragnarök ist der Mann, der hinter allem steckt. Und er ist so gefährlich, dass Ronny selbst solche Angst vor ihm hatte, dass er die Mutter seiner Tochter erpresst hat.«

Phoebe schüttelt den Kopf und starrt aus dem offenen Seitenfenster. Ich lege meine Hand auf ihr Haar, dann beginne ich nach den Glassplittern zu tasten und zupfe sie aus den Strähnen.

»Ich kann das nicht glauben. Ronny, ja. Ich habe ihn schon immer gehasst. Er war wie ein Wiesel, falsch und ekelhaft. Aber nicht mein Vater. Er war immer nett zu mir. Auf seine distanzierte und besitzergreifende Art«, fügt sie murmelnd an. Ihre Hände gleiten in ihre kupferne Lockenmähne und helfen mir dabei, die Splitter herauszulösen. »Nein, ich kann es nicht glauben.« Sie schüttelt den Kopf und schnieft. Ich nehme ihre Hand in meine, werfe immer wieder Blicke in den Rückspiegel, aber es tauchen keine Lichter auf.

»Er wollte reden«, sagt sie. »Warum hat er geschossen? Ich weiß doch gar nichts, vor mir muss er keine Angst haben.« Ihre Verzweiflung und die Verwirrtheit kann ich deutlich in ihrer Stimme hören. Aber wie kann ich ihr glaubhaft machen, dass ihr Vater noch viel schlimmer ist, als sie je vermutet hat?

»Dein Vater redet nicht. Und eigentlich lässt er den Dreck Andere erledigen. Aber er hat wohl gedacht, wenn er persönlich kommt, könnte er über dich mich bekommen.« Weil er weiß, dass ich mein Leben für sie geben würde. Ich habe es ja schon einmal für sie aufgegeben.

Sie sieht mich noch immer ungläubig an, aber das Zittern hat aufgehört. Eine Weile schweigt sie und ich lasse sie. Sie muss über vieles nachdenken. Man erfährt nicht jeden Tag, dass der eigene Vater keine Grenzen kennt und ihm auch das Leben seiner Tochter nichts bedeutet.

»Was machen wir jetzt?«, will sie nach einer Weile wissen.

Wenn ich das so genau wüsste. Eigentlich habe ich nur eine Wahl, ich muss sie in Sicherheit bringen. Irgendwohin, wo Ragnarök sie nie erwarten würde. Da kenne ich nur einen Ort. Vielmehr eine Person, die schon so lange aus unser aller Leben verschwunden ist, dass Ragnarök sie dort nie vermuten würde. »Ich bringe dich zu deiner Mutter.«

3. Kapitel

Wissen Sie ... wissen Sie auch, was das hier für ein Auto ist?
Das ist ein 4-Zylinder Ford Cabrio.
Nein, das ist ein geklautes 4-Zylinder Ford Cabrio.
- Bonnie und Clyde -

Phoebe

»Zu meiner Mutter?«, quieke ich erschrocken und starre Andrew fassungslos an, der seelenruhig weiter das Auto durch die Nacht lenkt. »Du weißt, wo meine Mutter ist?«

Er nickt, dabei spiegelt sich nicht die kleinste Emotion in seinem Gesicht. »Nicht direkt, aber ich weiß, wer es herausfinden kann.«

»Dann ruf ihn an und sag ihm, er soll rausfinden, wo sie jetzt lebt«, flehe ich hoffnungsvoll und klammere mich an seinen Unterarm. Ich kann kaum glauben, dass er einfach so eine so wichtige Information fallen lässt, als wüsste er nicht, wie viel mir das bedeutet. Wie lange ich schon nach meiner Mutter suche? Wie oft ich meinen Vater angebettelt habe, mir zu sagen, ob er auch nur die geringste Ahnung hat, wo sie stecken könnte? Denn es gibt eine Frage, die ich ihr unbedingt stellen muss. Ich muss wissen, warum sie uns verlassen hat. Ob sie mich so wenig geliebt hat, dass sie einfach gehen konnte? Vater, mich, ja sogar Andrew, dem sie viel länger eine Mutter war als mir.

Wir nähern uns einer kleinen Ortschaft, direkt vor uns kann ich ein paar Lichter sehen. Hinter uns ist die Straße noch immer leer. Es ist mitten in der Nacht und wir befinden uns irgendwo zwischen Glasgow und Dumbarton. Und unser Auto hat keine Fenster mehr. Fröstelnd reibe ich mir über die Arme und Schenkel.

Vor ein paar Jahren sind Ellie und ich in der Nähe ausgeritten. Damals waren wir beide etwa vierzehn und total verrückt nach Pferden. Im Augenblick kommt mir nichts kindischer vor als diese Erinnerung. Ellie und ich hatten Spaß auf Pferden, während mein Vater Verbrechen begangen hat, von denen ich keine Vorstellung habe. Aber all das, was Andrew aufgezählt hat, jagt Abscheu und Angst durch meinen Körper.

Diese Angst ist es auch, die mich davon abhält, Andrew zu bitten, mir mehr zu erzählen. In mir blockiert sich alles gegen das, was mein Vater vielleicht getan hat. Noch bin ich nicht bereit, diesen fremden Menschen in ihm zu sehen. Ich kann ja kaum glauben, dass er auf mich geschossen hat, obwohl ich dabei war. Das alles ist so unwirklich, dass sich mein Verstand dagegen sperrt. Das muss er auch, wenn ich nicht zerbrechen will. Und Andrew braucht jetzt nichts weniger als eine weinerliche Zicke, schließlich kämpft er um unser Überleben. Ich kann ihm nur helfen, wenn ich ruhig bleibe, das Chaos nicht an mich ranlasse und ihn unterstütze.

Meine Finger drücken sich grob in die kühle Haut von Andrews Arm. Erst jetzt wird mir bewusst, dass er frieren muss, weil ich seine Jacke trage. »Wir brauchen ein anderes Auto, wenn wir noch länger unterwegs sein werden«, sage ich leise, löse meine Finger von seinem Arm und lasse mich erschöpft gegen die Rücklehne sinken. Der Fahrtwind bläst mir mein Haar um die Ohren, als befänden wir uns in einem Orkan. Ich stelle die Füße auf die Sitzfläche und ziehe meine Beine unter das Jackett, um zu verhindern, dass ich Erfrierungen davontrage, so kalt ist es im Auto. »Glaubst du, mein Vater hat etwas damit zu tun, dass meine Mutter gegangen ist?«

Andrew sieht zur Seite. Er versucht das Mitleid vielleicht zu verbergen, aber das kann er nicht. Ich habe ihn ein paar Jahre nicht mehr gesehen, trotzdem kenne ich ihn besser als er glaubt. Ich habe jahrelang Zeit gehabt, jede Regung in seinem Gesicht zu studieren, sie in mich aufzusaugen und zu lieben. Und in den Jahren, während derer er im Gefängnis war, habe ich meine Nächte damit verbracht, jede Erinnerung an ihn wieder und wieder in meinem Kopf abzuspielen. Deswegen weiß ich auch, dass er mich gleich anlügen wird, denn sein Blick geht nervös zur Seite und er klammert seine Finger fester um das Lenkrad.

»Wahrscheinlich nicht direkt. Vielleicht hat die Art, wie er sein Geld macht, sie verjagt.«

»Wenn ich dich das nächste Mal frage, sagst du mir dann die Wahrheit?«, frage ich und lächle ihn vorsichtig an.

»Lass uns erstmal ein Auto klauen«, sagt er und deutet mit einem Finger vor uns, wo die Werbung eines Autohändlers sich aus der Dunkelheit schält.

»Ich habe noch nie etwas gestohlen«, sage ich und grinse Andrew breit an, als er das Auto vor der Werkstatt des Händlers parkt. »Außer, ich habe dir dein Herz gestohlen?«

»Dieses Auto.« Sein Blick wird für einen winzigen Augenblick weich, dann wendet er sich kopfschüttelnd ab und steigt aus dem BMW. Er greift nach hinten und holt seine Reisetasche. Ich nehme meine Handtasche und gehe zu Andrew, der das breite Tor der Werkstatt mustert. In seiner Hand hält er die kleine schwarze Tasche, die er vorhin in seinem Zimmer aus dem Schreibtisch geholt hat, bevor ich ihn überrascht habe. Die kalte Luft streicht um meine nackten Oberschenkel und lässt mich erschauern. Ich trete von einem Fuß auf den anderen und meine Absätze klacken dadurch leise auf die Teeroberfläche. Andrew holt etwas aus der kleinen Tasche und steckt es in das Schloss der Werkstatttür.

»Warum nehmen wir nicht eins der Autos hier draußen?«, frage ich nervös und reibe mir die Arme. Ich kann nicht sagen, ob es mich gerade mehr wegen der Kälte oder des unangenehmen Gefühls wegen dem, was wir hier tun, fröstelt. Aber es liegt wohl ein bisschen an beidem. Ich kann nicht glauben, dass ich wirklich gerade hier stehe und Andrew dabei zusehe, wie er in eine Werkstatt einbricht. Das Schlimmste, was ich bisher getan habe, war ... Eigentlich habe ich nichts Schlimmes getan. Ich hatte ja keine Möglichkeit.

»Wir haben eine größere Chance dort drinnen ein Auto zu finden, in dessen Nähe sich ein passender Schlüssel befindet, als hier draußen.«

»Was?«, stöhne ich auf, weil ich einfach nur schnell hier weg will, bevor uns jemand hier herumlungern sieht. »Du kannst ein Schloss aufknacken, aber kein Auto kurzschließen?«

Andrew richtet sich auf und zieht eine Augenbraue hoch. »Was schätzt du, wie alt diese Autos hier sind?«, will er mit einer auslandenden Geste in Richtung der parkenden Autos wissen.

»Woher bitte soll ich das wissen?«, schnaube ich ungläubig. Sind sie ihm etwa zu alt? Können wir es uns jetzt schon leisten, wählerisch zu sein beim Klau eines Fluchtfahrzeugs?

»Nicht älter als ein paar Jahre. Die schließt man nicht einfach mal so kurz. Du solltest nicht alles glauben, was Hollywood uns weismachen will.« Er grinst mich an und stößt die Tür auf. »Prinzessinnen zuerst.«

»Es gibt nicht nur in Hollywood Autodiebe«, sage ich und gehe an ihm vorbei in die dunkle Werkstatt.

»Nun, dann bin ich vielleicht ein mieser Autodieb.« Irgendwo hat Andrew einen Lichtschalter gefunden, denn neben mir flackert eine Neonröhre, bevor sie endlich aufleuchtet und mich erschrocken zurückspringen lässt, weil direkt vor meiner Nase ein Auto auf einer Rampe steht. Einen Schritt weiter und mein Auge hätte in der Dunkelheit Bekanntschaft mit einem überdimensional großen, chromblitzenden Auspuff gemacht.

Andrew stößt einen leisen Pfiff aus und läuft bewundernd um das Auto herum. »Mit dem hätte Vin Diesel seinen Spaß gehabt«, kommentiert er den Honda Civic, dem wohl alles geschenkt wurde, was ein Männerherz höherschlagen lässt. Ganz bestimmt lässt dieses Auto Andrews Herz höherschlagen. Und deswegen kann ich es nicht leiden. Der Mann ist mir gegenüber kalt wie Trockeneis, aber ein aufgemotzter Wagen mit viel Chrom und giftgrünen Streifen auf schwarzem Untergrund lässt ihn auftauen. »›Wissen Sie ... wissen Sie auch, was das hier für ein Auto ist?‹

›Das ist ein 4-Zylinder Ford Cabrio.‹ ›Nein, das ist ein geklautes 4-Zylinder Ford Cabrio.‹« Er kennt das Spiel mit den Zitaten also auch noch, stelle ich zufrieden fest.

»Du kannst das Auto noch eine Weile bewundern und der Polizei dann erklären, wie scharf dich der Anblick macht oder du suchst den verdammten Schlüssel und sorgst dafür, dass ich diese Nacht nicht in einer Gefängniszelle verbringen muss.« Ich gehe um das Auto herum und trete auf einen Schreibtisch zu, über dem es ein Brett mit Schlüsseln gibt. Da nur einer der Schlüssel ein Autoschlüssel ist, finde ich den richtigen sofort. Als ich ihn abnehme, fällt mein Blick auf eine Akte, die wohl die Krankenakte des Patienten ist. Ich drehe mich zu Andrew um, wedele mit dem Schlüssel und zeige auf die Akte. »Ist es schlimm, wenn der Zylinderkopf gerissen ist?«

Andrew verzieht schmerzhaft das Gesicht. »Hoffen wir, dass die OP am offenen Herzen geglückt ist.« Er drückt einen Knopf hinter sich an der Hebebühne und fährt das Auto nach unten. Als er mir winkt, werfe ich ihm den Schlüssel zu und Andrew verzieht wieder das Gesicht.

»Was?«, frage ich genervt.

»Wir klauen dieses Auto vielleicht, aber wir müssen es nicht kaputtmachen.« Er zieht die Tür auf, im Inneren leuchten zahllose hellgrüne Lichter auf, der Honda ist eine Discokugel.

Ich verdrehe verständnislos die Augen, als Andrews Gesicht genauso aufleuchtet wie das Innere des Autos. Er steigt in den Wagen, dabei streicht er ehrfürchtig über das dunkle Leder des Fahrersitzes und wirkt wie ein kleiner Junge an Weihnachten. Das entlockt mir nun doch ein Lächeln und ich vergesse für eine Sekunde die Anspannung, die mich bei meinem ersten Verbrechen befallen hat. Leider kommt sie mit einem Schlag zurück und versetzt mich sogar in Schockstarre, als Andrew den Motor startet und der Auspuff laut röhrend kundtut, dass der Honda die OP wohl überstanden hat.

»Steig ein«, befiehlt Andrew mir. Ich schnappe mir schnell Andrews Reisetasche und meine Clutch, reiße die Beifahrertür auf, werfe die Tasche nach hinten auf die Rücksitzbank und lasse mich auf den Beifahrersitz fallen. »Anschnallen, das wird eine rasante Fahrt«, murmelt Andrew gut gelaunt. »Hoffen wir, dass das Schmuckstück keinen GPS-Sender unter der Haube hat.«

»GPS?«, frage ich. Andrew fährt rückwärts aus der Garage, den Blick konzentriert durch die Rückscheibe gerichtet.

»Ja, damit lässt sich ein Auto orten, das wäre ziemlich blöd, weil es dann nicht lange dauert, bis entweder die Polizei oder dein Vater uns gefunden haben.«

»Du meinst, man könnte das Auto orten, so wie Vater es mit meinem Handy macht?« Ich krame mein iPhone aus der Tasche. Die verdammte Ortung habe ich ganz vergessen.

»Er ortet dein Handy?«, will Andrew harsch wissen, fährt auf die Hauptstraße und sieht mich an, als wäre er wütend.

»Was glaubst du, wie er uns gefunden hat? Die iPhones haben da so eine App ...«, setze ich an. Weiter komme ich nicht. Andrew schnappt sich mein Handy mit einem tiefen Grollen, lässt das Seitenfenster runter und wirft es raus.

»Ich dachte, du hast es ihm geschrieben. Beschissene moderne Technik. Ich hasse diesen Kram«, schimpft er. »Du kannst von Glück reden, dass wir noch lange nicht am Ziel sind. Aber zumindest weiß er jetzt, wo er ansetzen muss. Und sie werden wissen, dass wir dieses Auto geklaut haben.«

»Ich habe es ihm nicht geschrieben. Er war längst auf dem Weg in dein kleines Versteck. Und dieses Auto ist sowieso nicht gerade unauffällig«, sage ich und kann nicht fassen, dass er mein Handy weggeworfen hat. Ellie wird durchdrehen vor Sorge und ich kann sie nicht einmal mehr anrufen, weil ich nicht gerade ein Zahlengenie bin. Ich kann mir kaum meine Handynummer merken - was jetzt ohnehin egal ist -, die von Ellie weiß ich schon gar nicht. »Denkst du, ich kann irgendwann zurück? Vielleicht wird er ja in ein paar Tagen nicht mehr wütend auf mich sein.« Ellie wird wahrscheinlich wütender sein, wenn ich mich nicht bei ihr melde.

»Er hat vor nicht einmal dreißig Minuten auf dich

geschossen, weil er denkt, du und ich würden gemeinsame Sache machen. Dein Vater ist gefährlich, wenn es darum geht, dass er sich in irgendeiner Weise bedroht fühlt. Er wird alles tun, um zu verhindern, dass er ins Gefängnis muss. Das muss er sogar, weil er keine Woche überleben würde im Knast. Er hat zu viele Konkurrenten betrogen oder auf dem Gewissen. Und er wird nicht gern verlassen, darauf reagiert er empfindlich. Empfindlich ist nicht das richtige Wort, paranoid trifft es besser.«

»Aber ich bin seine Tochter!«, protestiere ich. Kein Vater bringt sein Kind um. Okay, vielleicht doch. Aber nicht meiner. Nein, ich kann es nicht akzeptieren. Er war wütend, da kann man schon mal komisch reagieren. Machen wir doch alle mal. Und warum sitze ich dann noch hier, wenn ich so überzeugt davon bin, dass mein Vater kein Scheusal ist? Weil ich es tief in mir drin schon immer geahnt habe.

Andrew schüttelt bedauernd den Kopf. »Ich denke nicht, dass das in seinen Augen mehr zählt, als sein eigenes Leben zu schützen.«

Ich sehe nach draußen, wo es nichts als Nacht gibt. Ich muss nicht einmal tief in mich hineinhorchen, um die Wahrheit zu finden. Ich weiß, dass Andrew die Wahrheit sagt. Ich habe mein ganzes Leben lang vor dem die Augen verschlossen, was sich um mich herum abgespielt hat. Aber eigentlich habe ich immer gewusst, dass die Dinge, die mein Vater tut, schlimme Dinge sind. Warum sonst würde er eine kleine Armee benötigen, um sich zu schützen? Da Andrew schweigend den Honda durch die Nacht steuert, habe ich genug Zeit, um über meinen Vater nachzudenken.

War seine Überfürsorglichkeit, seine ständige Überwachung am Ende kein Zeichen von Liebe, sondern einfach nur seine Art, seinen Besitz zu kontrollieren? Mein Vater hat mich in all den Jahren nie auf den Schoß genommen, mich umarmt oder sich auch nur die Zeit genommen, mit mir etwas zu unternehmen. Andrew war lange Zeit die einzige Person zu Hause, die für mich da war. Als Andrew im Gefängnis war, hatte ich niemanden mehr, weil ich keine Freunde mitbringen durfte.

Wohin auch immer ich gehen durfte, mich haben Rottweiler begleitet. Ich habe nie Fragen gestellt und auch Ellie hat die Dinge akzeptiert, wie sie waren. Ich habe die Distanz zwischen meinem Vater und mir nie hinterfragt, weil ich glaubte, dass er einfach zu viel arbeiten musste. Jetzt wird mir klar, dass ich hätte hinterfragen müssen, dann wäre mir viel früher aufgefallen, dass mein Leben nicht richtig lief. Aber vielleicht habe ich mit Absicht das Offensichtliche verdrängt, weil ich es nicht sehen wollte.

Obwohl ich mit jedem Meter weg von Glasgow begreife, dass stimmt, was Andrew mir erzählt hat, kann ich nicht akzeptieren, dass er mich nicht geliebt haben soll. Aber kann man seiner Tochter nicht deutlicher als durch eine Pistolenkugel erklären, dass man nichts für sie empfindet? Hat mein Vater gelogen, als er mich in einen goldenen Käfig gesperrt hat und mich hat glauben lassen, er würde mich lieben oder habe ich selbst mich belogen? Ich schließe die brennenden Augen und lasse mich vom sanften Schaukeln des Autos einlullen. Ich mag nicht länger darüber nachdenken, ob mein Vater mich je geliebt hat. Alles, was ich wissen muss, ist, dass er bereit war, mich zu töten und dass er wohl gerade hinter uns herjagt. Ich lehne meinen Kopf gegen Andrews Schulter, weil ich seine Nähe spüren muss.

4. Kapitel

Das einzige, was mich erschreckt, Mr. O'Connell,
sind Ihre Manieren.
- Die Mumie -

Andrew

Phoebes Kopf an meiner Schulter sollte ein bekanntes Gefühl sein. Als Kind hat sie das oft getan, sich einfach an mich gelehnt, mir von der Schule erzählt, von ihrem Traum, eines Tages ihre Mutter zu treffen. Aber es ist ein anderes Gefühl von Wärme, das mich jetzt durchströmt. Es macht mich nervöser, gleichzeitig strömt es heiß durch meine Venen und legt sich schwer auf meine Lenden. Dort, wo es nicht hingehört. Es scheint, als würden die Grenzen mit jeder Minute, die wir zusammen verbringen, verwischen. Ich zwinge mich dazu, meine Gedanken in eine weniger prekäre Richtung zu lenken. Eine, die mir nicht das Gefühl gibt, etwas Verbotenes zu tun.

Ich würde Phoebe gerne etwas Anderes über ihren Vater sagen, etwas, das ihr weniger Schmerzen verursacht. Es tut mir weh, sie mit der Wahrheit zu konfrontieren, nach all den Jahren in denen ich sie davor beschützt habe, damit sie in ihrem Vater nicht den Mann sehen muss, der er ist. Ich hatte schon immer das Bedürfnis sie vor allem beschützen zu müssen. Vielleicht, weil wir als Kinder das gleiche Schicksal haben teilen müssen. Eine Kindheit ohne Mutter. Zweifellos war es ganz anders für mich bei Ragnarök aufzuwachsen als für sie. Meine ersten Jahre bei Ronny aufzuwachsen bedeutete, schon in jüngsten Jahren unvorstellbare Szenen miterleben zu müssen. Mit nicht ganz fünf Jahren kam ich dann zu Ragnarök. Für ihn war es wichtig, mich für meine Aufgaben abzuhärten, die er mir erteilen wollte, sobald ich alt genug war. Deswegen waren meine Jahre in Ragnaröks Obhut deutlich anders verlaufen als Phoebes. Während ich zum Einbrecher, Geschäftsführer und Drogendealer ausgebildet wurde, Vergewaltigungen, Misshandlungen und Foltern beiwohnen durfte und schon mit fünf Jahren meine erste Waffe geschenkt bekam, wuchs Phoebe weitestgehend normal auf.

Dennoch hatten wir eine Gemeinsamkeit, wir beide kannten unsere Mütter nicht und das hat uns zusammengeschweißt. Und schon damals habe ich mir geschworen, dass ich Phoebes Mutter irgendwann für sie finden würde. Und jetzt war die Zeit gekommen, denn es gibt im Augenblick wohl keinen Ort, an dem sie sicherer wäre, denn was auch immer damals genau passiert, irgendetwas hat Ragnarök all die Jahre davon abgehalten, sie zu suchen. Sie muss etwas gegen ihn in der Hand haben. Vielleicht etwas, das ich Interpol liefern kann.

Für ihren Vater schien sie mehr Besitz als Tochter zu sein. Er holte sie aus ihrem Zimmer, wenn ihm danach war, ansonsten vergaß er sie gerne auch mal für mehrere Wochen. Wenn ich für Ragnarök nicht das ein oder andere Kunstobjekt beschaffen musste, durfte ich meine Zeit mit Phoebe verbringen. Ich denke, er hat es zugelassen, dass ich Zeit mit ihr verbringe, weil es sonst keiner tat. Und weil es mich für ihn erpressbar gemacht hat.

Mich um Phoebe zu kümmern, für sie da zu sein, hatte etwas Heilendes für mich. Ihr zuzuhören, wenn sie mir vorgelesen hat, hat mir dabei geholfen, das zu verarbeiten, das ich habe sehen müssen. Die Erinnerung an ihre Stimme, wenn sie laut vorgelesen hat, hat mich nachts im Knast davor bewahrt durchzudrehen. Ihre Stimme war es, die mir die Kraft gegeben hat, all die Faustschläge, Fußtritte und die permanente Lebensgefahr durch Ronnys Konkurrenten zu ertragen. Ihre Stimme und Charlie, damals noch Präsident des Glasgow Chapter der Helldogs. Er hat mir das beigebracht, was Ragnarök mir nicht gezeigt hat: zu überleben. Er und Rogue, sein Sohn, der zusammen mit uns seine Zeit absaß und in dem meinen besten Freund sehe.

Die Lampe der Tankanzeige leuchtet auf, als wir noch etwa zwei Stunden von Applecross entfernt sind. In Inverness sind die Straßen noch ruhig. Die Stadt mit ihren kleinen Häusern und Läden beginnt gerade erst aufzuwachen. Ich folge den Hinweisschildern auf der Milburn Road zu einer kleinen Tankstelle, die alles andere als modern ist. Phoebe wacht gähnend auf, als ich den Motor ausschalte. Sie sieht sich verschlafen um, dann sieht sie zu mir auf und ich muss grinsen, als Hitze in ihre Wangen steigt, als sie beschämt feststellt, dass sie mir während des Schlafens auf die Schulter gesabbert hat. Sie macht so ein merkwürdiges Gesicht, dass ich mir ein Lachen nicht verkneifen kann. Dass ich lache, lässt sie sofort hochrot und wütend werden und sie wendet sich schmollend von mir ab.

»Wozu die Scham?«, frage ich noch immer lachend. »Ist ja nicht so, dass du mich früher nicht auch im Schlaf angesabbert hast.«

»Ich nehme an, wir stehen hier, weil du dieses röhrende, blinkende Ungetüm betanken willst?«, schnappt sie und steigt aus dem Auto aus.

Durch das Seitenfenster kann ich sehen, wie sie sich streckt, dabei rutscht der Saum ihres kurzen Kleides noch höher und ich fluche innerlich, weil ich mir eine Sekunde lang vorgestellt habe, wie er weit genug nach oben rutscht, damit ich sehen kann, was sie unter diesem Kleid trägt.

»Verdammt, welche Jungfrau rennt so rum?« Ich lehne mich für mehrere Atemzüge zurück und schließe die Augen. Es ist wirklich schwer, nicht ständig daran zu denken, wie sexy sie ist, wenn sie ganz offensichtlich so sexy ist. Ich schüttle über meine wirren Gedanken den Kopf. Wie soll ein Mann bei diesem Anblick auch klar denken können? Ich steige aus dem Honda und nehme die Zapfpistole für Diesel. Phoebe sieht sich um und lächelt einen Mann an der Zapfsäule gegenüber an, der sie ganz unverhohlen anstarrt.

»Wenn du ihn dazu auffordern willst, dich zu ... mit dir zu schlafen, dann musst du ihn nur weiter so anlächeln«, gifte ich sie an. Ist das Eifersucht?

Unmöglich! Selbst wenn ich über den Altersunterschied hinwegsehen kann, darüber, dass ich sie praktisch aufgezogen habe, kann ich nicht hinwegsehen. Und selbst wenn ich das könnte ... nur mal rein hypothetisch. Also wenn ich diese zwei nicht unwichtigen Punkte aus meinem Kopf lösche, dann bleibt noch immer einer übrig: Sie und ich passen nicht zusammen. Sie ist ein unschuldiger Engel, der nie etwas Schlechtes tun würde. Der von jedem immer nur das Beste denkt. Und ich bin ein Kunstdieb, Einbrecher, brutaler Geldeintreiber und ein Mörder. Meine Hände haben auf ihr nichts zu suchen. Eigentlich dürfte ich nicht einmal ihren Namen aussprechen und ihn damit beschmutzen.

»Vielleicht will ich ja genau das«, sagt sie und sieht dafür nicht einmal über ihre Schulter zurück. Sie nimmt ihre Tasche aus dem Auto und geht in den Shop. Als ich sehe, wie der Kerl ihr hinterher starrt, krampft mein

Magen und ich muss wirklich mit mir kämpfen, nicht rüber zu gehen und ihm meine Faust in sein Gesicht zu rammen. Der Kerl hat doch noch Pickel!

»Wenn du sie weiter so ansiehst, muss ich dir wehtun. Sehr«, sage ich, als er sich lächelnd über die Lippen leckt.

»Wieso, bist du ihr Vater?«, brüllt das dünne Hemd rüber und an den Rändern meines Sichtfeldes beginnt es gefährlich zu flackern.

»So in etwa«, brumme ich, hänge die Zapfpistole zurück und gehe mit großen Schritten hinter Phoebe her.

Sie sieht sich gerade abgepackte Sandwiches an. Ich werfe dem Kerl von eben einen warnenden Blick zu, als er in den Shop kommt. Er dreht ab, als ich meinen Kopf zur Seite lege, den Saum meines Shirts über meiner Hüfte etwas hochziehe und ihn das Messer sehen lasse, das im Bund meiner Jeans steckt. Sein verstörter Gesichtsausdruck lässt mich zufrieden lächeln. Die meisten Kerle haben doch keine Ahnung davon, wie das Leben außerhalb eines perfekten Zuhauses aussieht, also rechnen sie auch nicht damit, dass in einer Tankstelle ein Kerl mit einem großen Messer vor ihnen stehen könnte. Ich gehe zu Phoebe und stelle mich neben sie.

»Hast du was gefunden?«, frage ich und wundere mich über den sanften Tonfall in meiner Stimme. Ich fühle mich gezwungen, das gleich wieder zu korrigieren und sage deshalb härter: »Dann los jetzt, ich will hier keine Wurzeln schlagen.«

Sie verzieht das Gesicht und presst die Lippen aufeinander. Wenn sie schmollt, gefallen mir ihre Lippen noch besser. Ihre Oberlippe ist deutlich schmaler als ihre Unterlippe. Das lässt sie unschuldig und trotzig zugleich wirken. Ich schüttle den Kopf. Ihre Lippen interessieren mich absolut gar nicht.

An der Kasse bestelle ich zwei Kaffee, sie gibt Zucker in ihren. Nachdem wir schon bezahlt haben, entdecke ich das Regal mit den Schokoriegeln und gehe darauf zu, während sie ihren Kaffee fertigmacht. Ich nehme zwei Riegel mit Kokos, die mochte Phoebe früher immer gerne. Sie hat mich immer gebeten, ihr welche mitzubringen, weil sie selbst nirgends allein hindurfte und die Bodyguards kein Interesse hatten, sie irgendwo anders hin als zur Schule oder nach Hause zu bringen.

Als ich mich zu ihr umdrehe, sehe ich, wie der Typ sich von hinten über Phoebes Schulter beugt und ihr dabei ziemlich nahekommt. Entweder hat er mein Messer schon wieder vergessen oder er hat den Schreck überwunden und ist zu der Ansicht gekommen, dass ich es nicht benutzen würde. Ich hasse es, wenn die Menschen unbelehrbar sind.

Ich gehe gemächlich auf den Typen zu und fixiere sein weißblondes Haar und die ausgewaschenen Jeans, die so locker auf den schmalen Hüften sitzen, dass der weiße Bund seiner Unterhose zu sehen ist. Ich kann deutlich sehen, dass Phoebe sich verspannt, als er ihr etwas ins Ohr flüstert. Weil ich keine unnötige Aufmerksamkeit will, lasse ich das Messer stecken und hole meine Faust raus. Mit der einen Hand tippe ich ihm auf die Schulter, die andere balle ich zur Fast und schmettere sie gegen seinen Unterkiefer.

»Ich hab dir doch gesagt, du sollst deine dreckigen Pfoten von ihr nehmen.« Er taumelt. Der Kassierer macht einen Schritt vom Tresen zurück und sieht mich schockiert an. Ich fasse nach Phoebes Handgelenk und zerre sie hinter mir her aus der Tankstelle.

»Steig ein«, fahre ich sie an. Sie tut sofort, was ich verlange, aber ich fange noch ihren belustigt erstaunten Gesichtsausdruck auf.

»Deine Klamotten sind nicht fluchtgeeignet«, sage ich, starrte wütend den Motor und fahre zurück auf die Straße.

»Wenn ich gewusst hätte, dass ich erst entführt, dann fast erschossen und auf der Flucht sein werde, dann hätte ich mir etwas Passenderes angezogen. Ich habe eine Jeans, die liegt so eng an meinem Arsch, dass ich damit über Stacheldraht klettern könnte und ich würde nicht hängenbleiben.«

Ich schlucke heftig, als ich sie mir in so engen Hosen vorstelle. »Trainingsanzug, schön weit. Am besten in hässlichem Dunkelgrün, das nenne ich passend.«

»Was sollte das gerade?«, will sie wissen und mustert mich neugierig.

Ich werfe ihr die Schokoriegel in den Schoß. »Solange du in meiner Obhut bist, werde ich nicht zulassen, dass geile Kerle Hand an dich legen.«

»Weil du denkst, dass du mein Bruder bist und das deine Aufgabe ist? Oder warst du ein ganz klein bisschen eifersüchtig?«

Ich schlucke angestrengt. Wie kann sie mich besser durchschauen als ich mich selbst? »Es war schon immer meine Aufgabe, auf dich achtzugeben. Mit Eifersucht hat das nichts zu tun.«

Sie lächelt wissend, dann sieht sie mich herausfordernd an. »Es ist mir egal, was du davon hältst, ich bin alt genug, um selbst zu entscheiden, wer mich anfassen darf und wer nicht. Und er wollte mich nur vor deinem Messer warnen. Er wollte wissen, ob du vielleicht irre bist, oder so etwas.«

Ich schnaube. »Vergiss es einfach.« Ich möchte ihr noch sagen, dass mich ihr Alter nicht interessiert. Dass, wenn ich sage, dass keiner sie anfasst, es auch so sein wird. Aber ich weiß, dass ich nicht darüber zu entscheiden habe. Sie hat recht, sie ist alt genug, diese Entscheidung selbst zu treffen. Aber warum macht es mich dann so aggressiv, nur daran zu denken, dass irgendein Kerl sie mit seinen Fingern berühren könnte? Sie fängt an zu lachen und packt mir ein Sandwich aus.

»Weißt du noch, wie oft du mit mir Picknicken musstest im Garten? Danke übrigens für die Riegel. War nett von dir, auch wenn das bedeutet, dass wir jetzt nicht nur zwei Autos geklaut haben, wir haben auch noch eine Tankstelle bestohlen.«

»Sie werden die Riegel verschmerzen können«, werfe ich ein und lasse meinen Blick über sie gleiten. Ihre Brüste heben und senken sich hektisch. Sie ist aufgeregt. Vielleicht ist sie wütend auf mich, will es mir aber nicht zeigen, denn sie schaut trotz der erhöhten Atmung stur zum Fenster hinaus.

Ihre Lippen sind leicht geöffnet, und als sie zu mir rüber sieht und bemerkt, dass ich sie beobachte, steigt Farbe in ihre Wangen, was einen ganz besonderen Zauber in ihr Gesicht legt. Einen, bei dem mir der Gedanke kommt, dass sie in etwa so aussehen muss, wenn sie unter mir kommt. Ich konzentriere mich wieder auf die Straße. An so was darf ich nicht denken. Eben beschütze ich sie noch vor den dreckigen Fantasien eines Mannes und jetzt gehen mir selbst die erotischsten Szenen durch den Kopf, die ich je gedacht habe.

»Ja, du hast mit Absicht immer Fruchttorten eingepackt, damit ich panisch herumspringe, wegen meiner Phobie vor Wespen.«

»Stimmt«, sagt sie.

»Ich habe gar keine Phobie«, sage ich und sehe sie kurz an. »Ich habe es einfach nur geliebt, wie du gelacht hast.«

Sie sieht mich erstaunt an, dann wendet sie ihren Blick zum Seitenfenster. »Wie lange fahren wir noch und wohin fahren wir?«

»Etwa zwei Stunden, bis nach Applecross.«

»Applecross! Ich wollte schon immer mal dorthin. Es soll einfach wunderbar dort sein.« Ihr Gesicht strahlt vor Begeisterung, als sie mich jetzt wieder ansieht.

»Unser Ziel liegt etwas außerhalb. Eine kleine Blockhütte in den Bergen.«

»Und warum fahren wir dorthin?«

»Ich muss meinen Kontakt bei Interpol erreichen, dann kann ich die Lage besser einschätzen. Bis dahin verschwinden wir erstmal vom Radar deines Vaters. Er wird alles versuchen, um uns zu finden.«

Phoebe

Nach außen wirke ich vielleicht so, als würde es mich nicht völlig wütend machen, dass Andrew mich behandelt, als wäre ich noch ein Kind. Aber diese Scharade ist nur für ihn. Innerlich brodelt ein Vulkan in mir. Ich möchte ihn am liebsten schütteln. Sehe ich wirklich aus, als wäre ich noch ein Kind? Unmöglich kann ihm entgangen sein, dass ich Brüste bekommen habe. Meine Brüste sind vielleicht nicht riesig, aber übersehen kann man sie auch nicht.

Wenn ich gewollt hätte, dass er mich vor Männern rettet, dann hätte ich ihn darum gebeten. Ich möchte am liebsten etwas kaputtmachen, aber das wäre nicht gerade hilfreich dabei, ihm zu beweisen, dass ich erwachsen geworden bin. Und dass ich selbst entscheiden kann, ob ich zulasse, dass ein Mann mich berührt oder nicht. Und ganz sicher wäre ich mit dem Kerl klargekommen. Ganz anders als der im Club.

Als der mich nicht mehr loslassen wollte, hatte ich wirklich Angst. So sehr, dass ich ganz gelähmt war und erst meine Füße bewegen konnte und realisiert habe, was gerade geschieht, als Andrew begonnen hat, mich hinter sich herzuzerren. Ich habe vielleicht keine Erfahrung, was das Flirten und Männer betrifft, aber ganz hilflos bin ich auch nicht. Und gerade Andrew sollte das wissen. Er war es doch, der mir gezeigt hat, wie man sich als Frau gegen einen Mann zur Wehr setzen kann.

Okay, ich hab davon im Club nichts sehen lassen, aber ich stand auch unter Schock. Ein paar Sekunden mehr und ich hätte dem Kerl mein Knie zwischen die Beine gerammt. Ich hole tief Luft. Ich darf nicht zulassen, dass Andrew mich zornig macht. Wir müssen zusammenhalten. Er ist alles, was ich noch habe, jetzt, wo mein Vater mich lieber beseitigen möchte, als mit mir zu reden.

»Was willst du machen, wenn wir deine Mutter gefunden haben?« Andrew will mich ablenken, also lasse ich mich auf ihn ein, drehe mich in meinem Sitz in seine Richtung und packe einen der geklauten Schokoriegel aus. Ich beiße ab und stöhne wohlig, um Andrew vorzuspielen, dass es mir besser geht, als es mir tatsächlich geht. Seufzend halte ich ihm den Riegel vor den Mund, er öffnet seine Lippen, legt sie um den Riegel und beißt ab. »Nichts geht über Zucker«, sagt er kauend.

Ich betrachte die Stelle, von der Andrew abgebissen hat, und genieße für einen Moment die Vorfreude, die mich überkommt, meine Lippen um diesen Riegel zu legen. Genau dort, wo seine waren. Fast als hätte er mich geküsst. Ich beiße mit geschlossenen Augen ab und ziehe es unnötig in die Länge. Als ich sie wieder öffne, bemerke ich Andrews Blick auf mir. Er leckt sich über die Lippen und grinst belustigt. »So gut schmeckt er nun auch wieder nicht.«

»Du kannst nicht wissen, wie gut er mir schmeckt. Wahrscheinlich schmeckt er mir besser als dir«, verteidige ich mich. »Zufällig wurde dieser Riegel gestohlen. Damit ist er kostenlos. Kostenlose Dinge schmecken bekanntlich besser, das weiß doch jeder.«

Andrew lacht laut auf und schüttelt den Kopf. »Und ich dachte, das teure Zeug schmeckt besser.«

»Hast du schon mal in einem 5-Sterne-Restaurant gegessen? Ich verspreche dir, das wiederholst du bestimmt kein zweites Mal.«

Er zieht erstaunt die Brauen hoch. »Warum?«

»Ich war mit Ellie vor zwei Jahren in einem, danach lag ich die halbe Nacht mit Schweißausbrüchen im Bett.«

»Dann hast du etwas nicht vertragen?«

»Möglich, aber mir war das Lektion genug.«

»Zum Glück bin ich eher der Junkfood-Typ«, murmelt Andrew nachdenklich. »Ein Adler«, sagt er und weist nach oben. Ich folge seinem ausgestreckten Finger mit den Augen. Vor uns schwebt einer dieser majestätischen Raubvögel. Er fliegt über die Single Track Road - eine der engen schmalen Straßen, die durch die Highlands führen und die gerade mal breit genug für ein Auto sind, weswegen es alle paar Meter eine Ausbuchtung gibt, damit ein entgegenkommendes Auto ausweichen kann. Aber ein anderes Auto habe ich schon eine Weile nicht mehr gesehen. Dafür links und rechts von uns grün-braune Hügel, schroffe graue Felsen und immer wieder kleine Wälder und Lochs.

Die Highlands ziehen mich mit ihrer wilden Romantik in ihren Bann und ich kann kaum die Augen vor so viel Ursprünglichkeit verschließen. Als Stadtkind habe ich die Natur Schottlands nur zu seltenen Anlässen zu Gesicht bekommen. Einer dieser Anlässe war eine Hochzeit eines Geschäftspartners meines Vaters. Oder die Treffen, bei denen ich auf Camden gestoßen bin – oder worden bin -, die mir mehr und mehr das Gefühl gegeben haben, dass mein Vater wollte, dass sich da etwas zwischen uns entwickelt.

»Es ist wunderschön hier«, sage ich ernst.

»Ja, das ist es. Deswegen versuche ich hierher zu kommen, so oft ich kann. Was leider nicht oft ist«, sagt er mit Bedauern in der Stimme.

Ich lege ihm meine Hand tröstend auf den Oberschenkel und wäre vor dem unerwarteten Kribbeln, das diese Berührung in mir auslöst, fast zurückgezuckt. Aber ich verdränge dieses verwirrende Gefühl. Ich schiebe es einfach darauf, dass wir so lange getrennt waren und sich jetzt selbst so gewöhnliche Berührungen wie diese, plötzlich fremd anfühlen.

»Nun ja, jetzt wirst du öfters hier sein können. Du bist definitiv arbeitslos, raus aus dem Knast und es gibt nichts mehr, was dich davon abhalten könnte, hier zu leben.«

»Eine Kleinigkeit wäre da schon noch: Mein Deal mit Interpol: Ich liefere ihnen Beweise gegen deinen Vater und sie ...« Er bricht ab und kneift die Lippen zusammen.

»Und sie was?«, hake ich nach.

»Es ist besser, du weißt es nicht.«

»Oh nein, diesmal lasse ich dich nicht davonkommen.«

»Das wirst du müssen, weil ich nicht darüber reden werde.«

Wir kommen an ein paar vereinzelten Häusern vorbei und am Horizont schält sich das Meer aus der Landschaft. Er sieht mich mit einer Entschlossenheit an, dass ich mich füge und beschließe, der Sache später noch einmal nachzugehen. Irgendwann wird er mir alles sagen müssen. Nicht nur den Teil der Wahrheit, von dem er glaubt, dass er für mich ertragbar ist.

5. Kapitel

Wenn du dich mit dem Teufel einlässt,
verändert sich nicht der Teufel, der Teufel verändert dich.
- 8MM -

Phoebe

Ich habe schon viele wunderbare Sachen über Applecross gehört. Es ist eine malerische Halbinsel an der Westküste und wahrscheinlich einer der am frühesten besiedelten Flecken Schottlands. Viele Touristen denken, dass Applecross eine Ortschaft bezeichnet, aber es ist die Halbinsel, die so heißt. Aber die meisten denken bei Applecross an diese romantische Häuserzeile, die fast schon verschlafen an der Küste steht und auf das Wasser hinausblickt. Genau hier spielt sich auch das Touristenleben ab.

Als wir die Straße hinunterkommen, stehen auf den Parkplätzen und jedem freien Platz Motorräder und Autos. Die meisten der etwa zwanzig kleinen Häuser sind weiß, aber hier und da gibt es auch graue Steinmauern. Der Himmel ist grau und wolkenverhangen und die Luft ist feucht und neblig. Der salzige Geruch von Meerwasser liegt überall in der Luft und der Wind weht so heftig, dass sich eine Frau, an der wir vorbeifahren, mit aller Kraft gegen ihn stemmen muss. Überall gibt es Sitzbänke zu beiden Seiten der Straße. Im Sommer, wenn es hier weniger grau und braun ist, muss dieser Ort atemberaubend schön sein, mit dem Meer vor der Nase und den Highlands im Rücken. Andrew parkt das Auto vor einem Pub, aus dem gerade eine Gruppe mit Rucksäcken kommt und sich lachend unterhält.

»Lass uns etwas essen, bevor wir das Auto verstecken und uns zur Hütte aufmachen«, schlägt er vor und steigt aus. Ich öffne die Wagentür und schlüpfe in meine High Heels, die ich irgendwann ausgezogen habe, um meine Füße zu erlösen. Als ich fertig bin, steht Andrew vor mir und hält mir mit einem verschmitzten Grinsen eine Hand hin. »My Lady.«

Ich verziehe bissig das Gesicht, nehme aber seine Hand und lasse mich von ihm aus dem Auto ziehen. Seufzend bewege ich meine angespannten Schultern und den Kopf. Ich fühle mich, als hätte ich die ganze Nacht gefeiert, dabei saß ich nur im Auto und musste nichts tun, außer die Landschaft in mich aufzusaugen, Andrew heimlich anzuschmachten und meinem Vater sämtliche Verwünschungen an den Hals wünschen, die mir eingefallen sind. Und das waren nicht wenige.

Das Pub unterscheidet sich kaum von anderen Pubs. Soweit ich das beurteilen kann, denn viele habe ich noch nicht von innen gesehen, aber man hört und sieht ja so Einiges. Es gibt rechts vom Eingangs einen offenen Raum und links auch. Vor der Fensterfront steht eine lange Bank, davor gibt es kleine Tische und Stühle. Die einzelnen Tische trennen nur Zentimeter, so dass es wirkt, als säßen die Gäste an einer langen Tafel, was der Geselligkeit zugutekommt, aber ein Tiefschlag für die Privatsphäre sein dürfte.

Andrew hält noch immer meine Hand und zieht mich ganz ans Ende der Tafel, dorthin, wo die Bank um die Ecke geht und er neben mir sitzen kann. Aber als mir auffällt, dass er von dieser Position aus den ganzen Pub und besonders den Eingang gut beobachten kann, verdränge ich den Gedanken, der sich kurz in mir einnisten wollte. Er hat sich nicht neben mich gesetzt, um näher bei mir sein zu können.

Ich werfe einen Blick zur gegenüberliegenden Seite des Raums, die von der Bar dominiert wird. Über der Bar hängt ein kleiner Fernseher, in dem ein Nachrichtenkanal läuft. Der Ton ist nicht laut, aber ich kann verstehen, was die Sprecherin sagt, weil wir direkt vor dem Fernseher sitzen. Sie berichtet über einen offiziellen Besuch von Prinz William in einem Kinderkrankenhaus. Freudestrahlende Kinderaugen werden eingeblendet. William, der einem kleinen blonden Mädchen über das Haar streicht, bevor er sich aus der Hocke aufrichtet und interessiert dem zuhört, was ein Arzt ihm erklärt.

Eine etwas ältere rundliche Bedienung kommt zu uns an den Tisch, sie begrüßt uns freundlich, übergibt uns die Speisekarten und fragt, was wir gerne zu trinken hätten. Da ich mich noch immer etwas zerknittert fühle, bestelle ich einen Kaffee. Andrew sieht mich ernst an und bestellt zwei Gläser Wasser. »Du trinkst noch immer viel zu wenig«, sagt er.

Andrew hat mich schon immer darauf hinweisen müssen, mehr zu trinken. Von selbst denke ich kaum daran, was eine zugegeben unkluge Angewohnheit von mir ist. Aber ich komme wirklich lange und gut durch den Tag, ohne dass ich auch nur ein bisschen Durst verspüre. Und wenn man keinen Durst hat, warum soll man dann trinken?

»Du warst ja nicht da, um mich daran zu erinnern«, sage ich und setze mein unschuldigstes Lächeln auf.

»Jetzt bin ich da.« Er schiebt mir die Karte hin. »Essen.«

»Gut, dass du mich daran erinnerst, ich hätte doch wirklich vergessen, warum wir hier sitzen.« Ich schlage die Karte auf und zeige auf den warmen Salat auf Schweinebrust mit Speck und Pinienkernen. Andrew beugt sich zu mir rüber, um mit in die Karte sehen zu können. Seine Haare berühren meine ganz leicht und mir wird sofort viel heißer. Ich kann seinen Atem spüren. Ich kann seinen Davidoff-Geruch trotz der langen Nacht noch immer schwach wahrnehmen. Ich möchte am liebsten frustriert stöhnen, weil es mich so elektrisiert, wenn er mir so nahe ist.

»Nimm was anderes«, befiehlt er und richtet sich wieder auf.

»Was, warum?«, will ich verstört wissen.

»Davon wird keiner satt.«

Ich verenge die Lider und knurre ihn leise an. »Das habe ich auch nicht behauptet. Das ist nur die Vorspeise«, erwidere ich, zerre die Karte wieder vor mich und tippe auf das nächstbeste Gericht. Eigentlich wollte ich wirklich nur den Salat, aber wenn Andrew es unbedingt so will und er glaubt, er muss mich noch stärker kontrollieren als mein Vater, dann soll er es so haben. »Ich nehme noch den Beefburger mit Käse dazu.«

Er legt den Kopf schief, mustert mich einen Augenblick und nickt dann. »Schon besser.«

Als die Bedienung kommt, bestellt er für mich den Salat und für uns beide jeweils einen Burger. Danach zieht er sein Handy aus der Tasche seiner Jeans und tippt eine Nachricht.

»Noch nichts von Interpol?«, hake ich besorgt nach.

»Nein, noch nichts. Aber das hier ist für Charlie. Ich habe ihm nur geschrieben, dass wir hier sind und nicht mehr lange brauchen werden. Er ist in der Hütte und hat dafür gesorgt, dass wir da oben haben, was wir für ein paar Tage so brauchen werden.«

»Ohh«, stöhne ich. »Hat er auch an heißes Wasser und eine Dusche gedacht?«

Andrew zwinkert mir zu und verursacht damit einen Brand in meinem Magen. Oh dieses Zwinkern habe ich schon immer geliebt. Es ist wirklich sexy und unwiderstehlich und er hat es in den letzten Jahren wohl noch perfektioniert, denn jetzt kann es sogar Blitze in den tiefen Regionen meines Körpers verursachen.

»Keine Dusche aber ein Vollbad wartet auf dich. Ich werde Charlie gleich schreiben, dass er Feuer im Boiler machen soll.«

Feuer im Boiler, das klingt sehr altertümlich, aber mir soll alles recht sein, wenn ich nur warmes Wasser auf meiner Haut spüren darf. Ich habe das dringende Bedürfnis, die letzte Nacht von mir abwaschen zu müssen. So, als könne ich damit auch die Dinge wegwaschen, die ich über meinen Vater gehört habe.

»Wer ist dieser Charlie, dem du scheinbar so sehr vertraust, dass er im Moment der Einzige auf diesem Planeten ist, der weiß, wo wir sind?«

»Ich habe ihn im Gefängnis kennengelernt. Er hat sich hierher zurückgezogen, als er rauskam. Er hat mir da drin das Leben gerettet«, sagt er, zieht eine Augenbraue hoch und scheint in seinen Erinnerungen zu versinken. So sehr, dass er gar nicht bemerkt, dass die Kellnerin neben ihm steht und unser Essen gebracht hat. Ich stoße ihn an, damit er seine Arme vom Tisch nimmt, weil die arme Kellnerin sonst ihre Last nicht loswird. Andrew zuckt zusammen, sieht erst mich an, dann die Bedienung und entschuldigt sich mit einem Lächeln bei ihr, das nicht spurlos an ihr vorbeizieht. Selbst Frauen, die viel älter als er sind, sind ihm schutzlos ausgeliefert.

»Erzähl mir davon«, fordere ich ihn besorgt auf, nachdem die Kellnerin uns alleingelassen hat.

»Nein, besser nicht.«

Unter dem Tisch trete ich ihn. »Sieh mich an«, zische ich ihn an. »Was siehst du?« Ich deute auf meinen Oberkörper und strecke meine Brüste vor.

Er zuckt ratlos mit den Schultern und wirkt jungenhaft bedröppelt, weil er wohl nicht weiß, worauf ich hinauswill.

»Ich bin kein Kind mehr, die Dinger hier beweisen es«, sage ich.

Er verdreht die Augen, wendet sich ab und rutscht nervös etwas von mir ab. »Danke, ich versuche sie eigentlich schon die ganze Zeit zu ignorieren.«

»Dann hast du also mitbekommen, dass ich kein Kind mehr bin? Dann hör auf, mich wie eins zu behandeln. Das macht mich ganz irre. Du beschützt mich vor dem, was mein Vater tut, du sagst mir, dass ich trinken soll, essen soll ... Hör auf damit!«

Andrew zieht einen Mundwinkel zu einem schiefen Grinsen nach oben und schüttelt den Kopf. »Ich versuch es.«

»Dann erzähl mir jetzt von Charlie und warum er dir überhaupt das Leben retten musste. Ich will wissen, was du durchmachen musstest, damit ich besser verstehen kann, warum du dich verändert hast und warum du die Dinge tust, die du tust. Ich muss das alles wissen, weil ich nicht nur den Andrew von damals kennen will, ich will auch den von heute kennen.«

Er atmet tief ein, zögert einen Moment und nickt dann. »Als ich im Vollzug war, waren da auch Männer deines Vaters. Dein Vater hatte noch diese Rechnung mit mir offen. Und die wollte er beglichen haben. Nicht auf die übliche schnelle Tour. Er wollte mir eine Lektion erteilen, die ich nicht vergessen würde.« Andrew sieht mich fragend an, als wolle er sich noch einmal versichern, dass ich das alles hören will.

Und ich muss wirklich zögern, denn die wenigen Worte, die er eben benutzt hat, bohren sich auf schmerzhafte Art in meinen Magen. Die Warnung in seinen Augen, die jetzt grün sind, was am düsteren Licht im Pub liegen kann, vielleicht aber auch an der Stimmung in seinem Inneren, reißt an meinem Herzen. Aber ich muss es erfahren, denn je mehr ich über meinen Vater erfahre, desto mehr hilft es mir, zu verstehen und mich und meine Seele von ihm zu lösen. Also nicke ich und beiße von meinem Burger ab, so als wäre ich völlig entspannt und nichts könnte mich umhauen.

»Er wollte mir also diese Lektion erteilen, weil er glaubte, das wäre sein Recht, immerhin bin ich bei ihm aufgewachsen. Wegen einer Frau aussteigen zu wollen, war für ihn Verrat, nachdem er mich wie einen Sohn aufgezogen hat. In seiner Welt bin ich ihm mein Leben schuldig.«

»So wie jetzt auch?«, frage ich und meine Stimme klingt viel zu dünn, um meine ungerührte Fassade weiter glaubhaft rüberbringen zu können. Er wollte wegen einer Frau aussteigen?

»Ja, nur dieses Mal wird er mich nicht mit einer Lektion davonkommen lassen. Ich habe ihn jetzt zum zweiten Mal verraten. Drei Mal, wenn man bedenkt, dass ich ihm auch noch seine Tochter weggenommen habe.«

»Aber das hast du nicht. Du würdest mich gehen lassen, wenn ich das will.«

Andrew rückt wieder näher und legt eine Hand auf meine Wange. Sein Daumen streicht über meine Unterlippe und sein Blick fixiert mich. Kleine Schauer laufen über meinen Körper und mein Herz rast panisch in meiner Brust. »Willst du das denn?«

Ich schüttle den Kopf, weil ich meiner Stimme nicht mehr traue. Er nimmt seine Hand von meiner Wange, nimmt sich eine Serviette und wischt seinen Daumen daran ab. »Da war Senf an deiner Lippe«, sagt er mit funkelnden Augen.

Ich kneife die Augen zusammen. »Schön, netter Versuch. Aber ich will es trotzdem wissen. Was hat er dir angetan?«

Andrew lacht leise, beißt in seinen Burger und kaut in aller Ruhe. »Als ich damals Nancy getroffen habe, da wollte ich sie so weit weg von diesem Mist bringen, wie ich nur konnte. Ich habe alles vorbereitet und mir Gründe einfallen lassen, die ich ihm vortragen kann, um ihn davon zu überzeugen, mich gehen zu lassen. Ich wusste, er würde mich nicht einfach gehen lassen. Aber solange Ronny im Knast saß, hatte ich zumindest eine winzige Chance. Dachte ich. Ich habe also mit ihm gesprochen und er hat mich ausgelacht. Man kann sich nicht von der Familie absetzen, hat er gesagt. Also wollte ich ohne seine Erlaubnis weg. Aber dazu ist es nicht mehr gekommen, denn plötzlich saß ich wegen Dealens mit Drogen im Gefängnis. Dein Vater hat das eingefädelt. Und damit es mir da drin nicht zu gut ging, hat er dafür gesorgt, dass ich jeden Tag lernen würde, was Verrat für Konsequenzen hat. Ich weiß nicht, wie viele solcher täglichen Unterrichtsstunden ich einstecken musste, bis der alte Charlie und sein Freund Rogue, mich unter ihren Schutz gestellt haben.« Er holt tief Luft. »Wenn du dich mit dem Teufel einlässt, verändert sich nicht der Teufel ... der Teufel verändert dich.«

»Rogue?«

»Eigentlich heißt er Adrian, aber nenn ihn bloß nicht so, wenn du ihn mal treffen solltest. Charlie ist sein

Vater. Rogue ist wie Charlie Mitglied der Helldogs von Glasgow.«

»Der Motorcycleclub?«

»Ja. Mittlerweile ist das Chapter nach Spanien weitergezogen. Charlie ist hiergeblieben und die Führung seinem Sohn übergeben.«

»Und was ist mit ... Oh mein Gott!« Eben wollte ich Andrew nach Nancy fragen. Er ist wieder aus dem Gefängnis und nicht bei ihr. Auch, wenn sich ein eifersüchtiger Stachel beim Gedanken an sie in mein Herz bohrt, wundert es mich, dass er jetzt neben mir sitzt und nicht neben ihr. Und warum wusste ich gar nicht, dass er eine Freundin hat und mit ihr fort wollte? Das hätte bedeutet, er wollte auch mich verlassen.

Hat mein Vater gesiegt und Andrew hat die Frau, für die er ins Gefängnis gegangen ist, verlassen? Hat sie ihn verlassen? Aber all diese Fragen haben sich in einem Wimpernschlag aus meinem Kopf verflüchtigt, als mein Blick auf den Fernseher gefallen ist, wo Fotografien von Andrew und mir eingeblendet werden. Das Foto von Andrew muss aus seiner Polizeiakte stammen, im Hintergrund sieht man schwarze Streifen und Zahlen an einer weißen Wand. Meins ist das, das auch auf meinem Ausweis zu sehen ist. Andrew wendet den Kopf bei meinem Aufschrei ruckartig zum Fernseher und erstarrt.

Durch das Rauschen in meinen Ohren hindurch versuche ich zu verstehen, was die Nachrichtensprecherin sagt. Ich kann die Worte auch hören, kann die Kamerabilder sehen, die eingeblendet werden und uns beim Einbruch in die Werkstatt zeigen, aber die Bedeutung dringt erst zu mir durch, als die Moderatorin am Ende des Berichts wieder eingeblendet wird und anklagend in die Kamera sieht.

»Nachdem die beiden Gesuchten in die Werkstatt eingebrochen sind und ein Auto gestohlen haben, hat ihr Weg sie nach Inverness geführt, wo sie eine Tankstelle ausgeraubt haben.«

Der Mann wird eingeblendet, wegen dem Andrew so wütend gewesen ist, als wir in der Tankstelle waren. Obwohl ich ihn nur kurz gesehen habe, erkenne ich ihn sofort wieder. Dabei habe ich kein gutes Gedächtnis für Gesichter.

Ein Reporter hält ihm ein Mikrofon vor die Nase. »Der Kerl hatte ein Messer dabei, damit hat er mir gedroht. Einfach so, ohne Grund. Der Mann ist irre und gefährlich.«

Ich sehe schockiert zu Andrew, der mit eisiger Miene Geld aus einem Bündel zieht und es auf den Tisch knallt. Er sieht mich an und bedeutet mir, dass wir hier verschwinden werden, indem er mit dem Kinn in Richtung Tür nickt. Dann schnappt er sich meine Hand und zieht mich hinter dem Tisch hervor und aus dem Pub. »Du hast ein Messer?«, keuche ich fassungslos. »Ich dachte, der Kerl macht Witze, als er mir das erzählt hat.«

»Ins Auto, bevor jemand kapiert, dass wir gerade zu den Hauptnachrichten des Tages geworden sind.«

»Aber wir haben die Tankstelle nicht ausgeraubt«, protestiere ich, steige aber in den auffälligen Honda ein, um den herum mehrere junge Männer stehen und staunend Bilder mit ihren Handykameras machen. Ich werfe ihnen verwirrte Blicke zu und ziehe schnell die Tür zu. Andrew verzieht das Gesicht zu einer grimmigen Maske, schüttelt den Kopf und startet den Motor. »Wegen zwei Schokoriegeln hat man doch keine Tankstelle ausgeraubt, oder doch?«

»Nein hat man nicht, da steckt dein Vater dahinter«, knurrt er und fährt die Straße zurück in Richtung Bealach na Bá, das ist der Pass, durch den die Road führt, die wir vorhin gekommen sind.

»Aber die können doch nicht einfach behaupten ...« Ich verknote meine Finger in meinem Schoß und wringe sie nervös, als würde ich etwas oder jemanden erwürgen. Auf meiner Brust muss ein Fels liegen, denn ich bekomme nicht genug Luft. Ich schniefe und blinzle gegen die Tränen an, die in meinen Augen brennen. Ich will einfach nicht glauben, dass mein Vater das getan hat. »Das war nicht er, bestimmt war das die Polizei.«

»Er, glaub mir. Ich habe nie mit Drogen gedealt, jedenfalls nicht direkt, und saß trotzdem zwei Jahre dafür. Die Polizei lässt normalerweise nicht nach jemanden fahnden, der ein Auto und Schokoriegel klaut.«

Ich schlucke schwer. In den letzten Stunden habe ich eine heftige Wandlung durchmachen müssen: Schock, als mein Vater auf uns geschossen hat, Unglaube, wegen der Dinge, die Andrew mir zuerst erzählt hat, obwohl sie nur die Spitze des Eisbergs gewesen sind, und jetzt Wut, weil er Andrew so viel angetan hat und es jetzt wieder tut. Ja, und Scham. Denn es ist mein Vater, der all das tut.

»Es tut mir leid«, sage ich zu Andrew und lege meine Hand auf seinen Arm.

»Nichts davon ist deine Schuld«, sagt er hart. Er biegt in eine Schotterstraße ein, die in eine kleine Siedlung führt. »Und ich will nie wieder hören, dass du dich für etwas entschuldigst, das er getan hat.«

»Nie wieder, weil du mich jetzt für immer am Hals hast? Immerhin bin ich eine gesuchte Kriminelle und ohne dich würden die mich bald finden. Ich bin nicht so gut im Fliehen vor dem Gesetz.«

»Nicht für immer, nur bis wir deine Mutter gefunden haben, dann kümmere ich mich um dieses Chaos«, erinnert er mich. Er hält vor einer kleinen Blechhütte, steigt aus und öffnet das Tor zu einer Garage.

Ich steige aus dem Auto und sehe mich um. Er hat von einer Hütte gesprochen, die ihm gehört. Die Häuser um uns herum wirken auf mich viel mehr wie Bauernhöfe und haben so gar nichts von einer Hütte. Die kleine Siedlung liegt in einer Senke. Vorhin, als wir hier vorbeigefahren sind, habe ich nur die grauen Dächer sehen können. Die Road sieht man von hier aus gar nicht. Sie liegt versteckt auf der anderen Seite des Hügels und führt in einem weiten Bogen um diese winzige Ortschaft herum und dann durch den Pass durch. Der Himmel über uns ist noch immer grau, aber da das Meer jetzt ein paar Minuten entfernt ist, ist es hier nicht mehr so windig und feucht.

Andrew schließt das Tor und schiebt einen Stein davor, der verhindert, dass es sich wieder nach oben öffnet.

»Denkst du, dass das Auto hier gut versteckt ist?«, frage ich zweifelnd und mustere abschätzend den Stein. »Ein richtiges Schloss würde bestimmt hilfreicher sein.«

»Hier draußen kannst du deine Haustür offen stehen lassen und keiner wird in Haus kommen.« Er sieht an mir runter, hält mir seine Anzugjacke hin, die ich im Auto habe liegen lassen und schmunzelt teuflisch. »Nicht einmal, wenn du nackt unter der Dusche stehen würdest.«

»Oh, na danke«, schimpfe ich und ziehe die Jacke über, weil es trotz der etwas ruhigeren Wetterverhältnisse noch immer empfindlich kalt ist. »Du musst mich nicht darauf hinweisen, dass Männer einen Bogen um mich machen.«

Er zieht verdutzt eine Augenbraue hoch. »So war das nicht gemeint.« Ohne einen weiteren Blick auf mich geht er einen kleinen Weg entlang, der direkt zwischen den im U angeordneten Häusern hindurchführt.

»Wie war das dann gemeint?« Ich haste hinter ihm her, was nicht einfach ist, denn meine Absätze rutschen und wackeln bei jedem Schritt über den mit Kies ausgelegten Weg.

»Vergiss es einfach.« Andrew taucht in die schmale Gasse zwischen zwei Häusern ein. An einem Nagel hängt eine völlig verschmutzte blaue Arbeitsjacke, die er im Vorbeigehen einfach mitnimmt und anzieht.

»Ja«, stöhne ich. »Nimm die Jacke auch noch mit, dann können sie in den Nachrichten darüber berichten, dass wir eine ganze Siedlung überfallen und ausgeraubt haben.« Ich habe zu tun, hinter ihm herzukommen. »Ich will wissen, wie das gemeint war.«

Ruckartig bleibt Andrew inmitten der Gasse stehen und dreht sich zu mir um. »Es war etwas, das mir nicht zusteht, zu sagen oder zu denken.«

»Was?«, nerve ich weiter. Ich habe nicht vor, ihn vom Haken zu lassen. Ich will wissen, was Andrew über mich denkt, will selbst hören, wie er mir sagt, dass Männer - dass er - sich nie auf ein unschuldiges Mädchen einlassen würden, wenn dort draußen doch richtige Frauen zu bekommen sind. Vielleicht habe ich dann die Kraft, ihn aus meinen Gedanken zu verdrängen, wo er sich in den letzten Stunden noch breiter gemacht hat, als es früher der Fall war.

Ständig ertappe ich mich dabei, wie ich jede Regung in seinem Gesicht, jede Nuance seiner Stimme und jede Farbe in seinen Augen in mich aufsauge. Wie ich mich danach sehne, ihn zu berühren und von ihm berührt zu werden. Wie sehr ich will, dass er mehr als ein Kind in mir sieht. Wenn ich diese Qual endlich von mir streifen will, mit dem Wunsch, ihm zu gehören und zu gefallen, abschließen will, dann muss ich es aus seinem Mund hören. Dann muss er sagen, dass er und ich niemals mehr als Freunde sein können, weil er in mir keine Frau sieht. Höchstens eine Schwester, die er gezwungen ist zu beschützen, weil er sich schuldig fühlt. Dabei müsste ich die Schuldgefühle haben.

Die Farbe seiner Augen ist jetzt die von blassgrünem Wasser. Er hat die Stirn gerunzelt und sieht mir direkt in die Augen. Das tut er, wenn er etwas sagen will, dass er vollkommen ernst meint. Eigentlich würde ich jetzt panisch die Luft anhalten, weil ich damit rechnen würde, dass er etwas sagt, das mir nicht gefällt. Als wir Kinder waren, hat er mich so angesehen, wenn ich mich in Gefahr gebracht habe und er mich belehren wollte, so etwas nie mehr zu tun. Aber das hier ist eine andere Situation. Ich habe nichts Dergleichen getan. Und in seinem Blick schwingt auch noch etwas anderes mit. Etwas, das mein Herz einen Satz machen lässt.

»Denke nicht, dass Männer dich nicht begehren, sie tun es. Du bist wunderschön, selbst, wenn du gerade nervig bist.«

»Du hast meine Frage nicht beantwortet.«

»Weil irrelevant ist, was mir durch den Kopf ging, als ich es gesagt habe. Und jetzt komm, wir haben noch etwa zwanzig Minuten Fußmarsch vor uns.« Er wirft einen Blick auf meine Schuhe. »Mach vierzig daraus.«

Er nimmt meine Hand und zieht mich aus der Gasse raus auf ein Feld. Hinter diesem Feld gibt es einen Hügel, auf den noch einer folgt und dann der Horizont. Eine schlimme Ahnung steigt in mir auf. »Deine Hütte ist also nicht hier?«

»Nein, sie ist dort, wo niemand daran glaubt, dass es eine Hütte gibt.« Er zeigt auf einen kleinen Wald, den ich nur mit zusammengekniffenen Augen erkennen kann. »Ich wollte mich mit Nancy eine Zeitlang verstecken können, bis dein Vater sich hoffentlich beruhigt hat. Dort oben hat ein Einsiedler gewohnt. Es gibt einen Ofen, einen kleinen Gaskocher, aber keinen Strom.«

»Keinen Strom, aha«, entfährt es mir. »Eine Hütte am Arsch der Welt, wie passend für zwei flüchtige Kriminelle.« Keuchend laufe ich hinter Andrew her. Die kalte Luft umspielt meine nackten Beine. Ich friere. »Wehe die Badewanne war nur eine Erfindung.«

Andrew dreht sich grinsend zu mir um. »Es gibt sie wirklich.«

Mit wackeligen Schritten stolpere ich hinter Andrew her, der irgendwie immer schneller zu werden scheint. Wahrscheinlich kommt es mir nur so vor, weil ich schon nach wenigen Schritten außer Atem bin und immer langsamer werde. Aber das Laufen in den High Heels auf diesem Untergrund ist anstrengender als eine Stunde Walken im Wasser. Im Schwimmunterricht hatten wir mal ein paar Stunden Workouts im Wasser, was wirklich höllisch anstrengend war. Meine Beinmuskeln habe ich danach mindestens eine Woche gespürt. Keuchend bleibe ich stehen, stemme die Hände auf die Knie und schnappe verzweifelt nach Luft. Andrew bemerkt meine Verschnaufpause nicht einmal, sondern geht immer weiter und weiter und ...

»Verdammt«, stöhne ich und rapple mich wieder auf. Ich ziehe meine Schuhe aus. Kalte Beine, kalte Füße, was soll´s? Mit meinen Schuhen in der Hand, meiner Clutch um den Hals - sie hüpft bei jedem Schritt auf meinem Hintern - haste ich hinter Andrew her. Ich will nach ihm rufen, aber das würde zu viel Sauerstoff beanspruchen, also zwinge ich mich, schneller zu gehen. Dieser Hügel ist doch viel mehr ein Berg, stelle ich fest. Fitnesstraining, das sollte ich machen, aber wer ahnt denn, dass er mal auf der Flucht vor dem eigenen Vater die Hebriden besteigen muss?

Andrew bleibt oben auf der Kuppe stehen und dreht sich zu mir um. Ich bin noch ein paar Schritte entfernt, aber ich kann das Grinsen in seinem Gesicht genau sehen. »Ist das deine Lunge, die du da in den Händen trägst?«

»Meine Lunge?« Ich werfe einen der Schuhe nach ihm. Ich bin kein besonders treffsicherer Mensch, aber Andrews breite Brust kann nicht einmal ein Maulwurf verfehlen. »Deine Beine sind mindestens einen halben Meter länger als meine, also drossle gefälligst deine Geschwindigkeit.«

»Das sind höchstens zwanzig Zentimeter. Miss noch mal nach.«

Ich komme bei ihm auf dem Hügel an, schnaufe ein paar Mal durch und bücke mich nach meinem Schuh. Andrew nimmt ihn mir breit grinsend aus der Hand. Er scheint rundum zufrieden zu sein. Ich würde dazu gerne ein paar Worte sagen, aber dazu fehlt mir im Moment die Kraft.

»Du kannst hier nicht barfuß rumlaufen«, wirft er mir vor.

»Dann nimm mehr Rücksicht.«

»Du hast recht. Das sollte ich wirklich tun. Andererseits liebe ich das Geräusch, das du von dir gibst, wenn du hinter mir her schnaufst.«

»Ach ja? Wie klingt das denn für dich?«

Er beugt sich mit funkelnden Augen zu mir nach unten. »Als würdest du mir ins Ohr stöhnen«, flüstert er in mein Ohr und die Hitze seines Atems auf meiner Haut schickt Blitze durch meinen Körper.

»Hmm, ist das eher ein kleines Mädchen-Stöhnen oder ein Du-vögelst-mich-Stöhnen?« Ich verziehe den Mund und lege den Kopf schief. »Sag mir ruhig, wenn du dich entschieden hast, ob ich nun deine Schwester oder potentiell fickbares Material bin.«

Er weicht einen Schritt zurück und wirft mir einen Blick zu, der jeden Feind im Umkreis von 200 Meilen in die Knie zwingen würde, aber nicht mich. Dazu bin ich im Moment viel zu wütend über dieses Heiß und Kalt-Spiel, das er mit mir spielt. Ihm rutscht etwas heraus, so wie vorhin, dass ich nackt duschen würde, und dann schwenkt er sofort wieder um. So, als wäre er über sich selbst erschrocken.

Ich hätte ihn nicht für unsicher gehalten. Wahrscheinlich ist er das auch nicht, nur in Bezug auf mich. Was bitte schön ist denn daran so schwer? Ich habe schon mit vierzehn gewusst, was ich von ihm will. Okay, so genau habe ich das damals nicht gewusst. Ich hatte nur eine ungefähre Vorstellung von dem, was mit meinem Körper passierte, wenn Andrew in meiner Nähe war. Mittlerweile weiß ich den Signalen auch Bilder zuzuordnen, die sich in meinem Kopf abspielen, wenn ich nur an ihn denke.

Andrew knurrt etwas, bricht den Absatz von meinem Schuh ab und gibt ihn mir zurück. »Den anderen.«

Mein Mund klappt auf und ich sehe ungläubig auf meinen High Heel. »Ich habe keine Ahnung, wann ich das nächste Mal an neue Schuhe komme. War schon schwer genug, meinen Vater davon zu überzeugen, mich online Shoppen zu lassen, aber jetzt befinde ich mich auf der Flucht. Und du machst das einzige Paar Schuhe kaputt, das ich noch besitze«, keife ich.

Andrew schnappt sich den anderen Heel und bricht auch ihm das Designergenick. Carrie Bradshaw würde Mr. Big glatt erwürgen, wenn er so was machen würde. Ich ziehe die kaputten Schuhe an und trample unbeholfen an Andrew vorbei. Zumindest kann ich die Hütte schon sehen. Und es kommt Rauch aus dem Schornstein. Bis eben habe ich nicht die Zeit gehabt, es zu bemerken, aber meine Füße und Beine sind so kalt, dass sie sich taub anfühlen.

Ich muss es Andrew ja nicht sagen, aber es war wohl richtig, die Schuhe wieder anzuziehen. Und Gott sei Dank habe ich keine Sandalen angezogen, als ich gestern Abend mein Zuhause verlassen habe. Hätte ich geahnt, dass ich es wahrscheinlich nie wiedersehen würde und mit einem Tyrannen durch die Highlands wandern muss, dann hätte ich mich für einen Wintermantel und dicke Hosen entschieden.

6. Kapitel

Auch wenn es dein Ego erschüttert,
aber das ist nicht das erste Mal,
dass ich eine Knarre vor der Nase habe.
- Pulp Fiction -

Andrew

Ich kämpfe gegen das Grinsen an, das versucht, sich auf meine Lippen zu legen, als die kleine Furie unbeholfen an mir vorbeitrampelt. Mit dem Mädchen aus meinen Erinnerungen hat sie nicht mehr viel gemein. Habe ich sie wirklich für unschuldig gehalten? Ich schüttle den Kopf und gehe hinter ihr her.

Sie mag vielleicht unerfahren sein, aber unschuldig ist sie auf keinen Fall. Ich bin mir sicher, dass sie irgendeine Reaktion von mir erwartet hat, auf die schmutzigen Worte, die sie eben über ihre Lippen hat kommen lassen. Vielleicht ist es Zeit, mich davon zu verabschieden, in ihr meine kleine Schwester zu sehen, sonst überstehe ich die nächsten Tage nicht.

Ich fühle mich wie ein Hochofen. Sie hat recht, ich bin hin- und hergerissen zwischen dieser verbotenen Anziehung und meinem Pflichtgefühl. Wie kann ich an der Vernunft festhalten, wenn sie wie eine Sirene aussieht, selbst in meinem Jackett, das wie ein übergroßer Sack an ihr hängt und bei jedem wütenden Schritt um ihre nackten Oberschenkel herum schwingt?

Ich kann nur hoffen, dass der alte Charlie den Ofen im Bad eingeheizt hat, damit ich sie in die Wanne stecken kann. Ich muss sie unbedingt aus meinem Kopf bekommen, nur für ein paar Minuten, bevor ich Gefahr laufe, diesem ziehenden Verlangen nachzugeben. Mein Wille, sie als meine Schwester und nichts anderes zu sehen, gerät mit jeder Minute in ihrer Nähe mehr und mehr ins Wanken.

»Verdammt«, fluche ich, als sie ohne zu warten die Tür zu der kleinen Blockhütte aufreißt und stürze hinterher. Ich schlinge einen Arm um ihren Bauch, ziehe sie von der Türschwelle und drehe mich mit ihr um, so dass mein Körper ihren verdeckt. »Charlie, ich bin es«, rufe ich in die Hütte.

Phoebe strampelt in meinen Armen. »Was soll das?«

»Stürme nie wieder einfach in das Haus eines Kriminellen.«

»Was?« Sie reißt an meinem Unterarm. »Lass mich sofort los, du Hilfs-Bad Boy.«

Ich setze sie ab, obwohl jede Zelle in mir sich danach sehnt, sie noch näher zu ziehen. »Gern geschehen.«

»Hilfs-Bad Boy?«, brüllt Charlie von drinnen und verfällt in schallendes Gelächter.

War ja klar. Ich stöhne laut auf und versuche, Phoebe mit meinen Augen zu erdolchen. Die zuckt nur mit den Schultern, stößt mich zur Seite und tritt in die Hütte ein.

»Was soll schon ...« Sie erstarrt vor mir, macht einen Schritt zurück und stößt gegen meinen Körper. In einem schnellen Reflex schlinge ich einen Arm um sie und bewahre sie davor zu stürzen. »Der richtet eine Waffe auf mich«, krächzt sie heiser, dann strafft sie die Schultern. »Auch wenn es dein Ego erschüttert, aber das ist nicht das erste Mal, dass ich eine Knarre vor der Nase habe.«

Ich grinse, als sie in dieser Situation aus Pulp Fiction zitiert. Ich halte sie noch ein paar Sekunden, kann es nicht einmal verhindern, dass ich sie noch enger an mich ziehe. Sie zittert und selbst durch die Kleidung hindurch kann ich spüren, dass ihr Körper kalt ist. Ich trete die Tür hinter mir zu und sehe mich zufrieden in der kleinen Hütte um, die nur aus einem großen Raum besteht, in dem sich ein offener Kamin, ein altes Ledersofa, ein Tisch und ein Schrank befinden. In der Ecke gibt es eine winzige Küche, die eigentlich nur aus einem Hängeschrank, einer Spüle und einem Campinggaskocher besteht. Direkt darüber, auf dem Zwischenboden unter dem Spitzdach, befindet sich ein Bett. Im Kamin brennt ein Feuer. Die Wärme legt sich sofort wie eine schützende Decke um mich. Ich grinse Charlie an, der noch immer eine Schrotflinte auf uns gerichtet hält.

»Charlie«, sage ich fröhlich. »Darf ich dir Ragnaröks Tochter vorstellen?«

Charlie brummt, nimmt die Flinte runter, lehnt sie neben sich an das Sofa und zieht eine seiner buschigen Augenbrauen so weit hoch, dass sie unter seinem Haaransatz verschwunden wäre, wenn er noch Haare auf dem Kopf hätte. Aber alles, was er da oben noch hat, ist ein sehr dünner Kranz grauer Haare, die ihm aber immerhin noch bis über die Schultern fallen.

»Die Prinzessin von Glasgow persönlich. Da hast du dir was aufgehalst.«

Phoebe legt ihre Hände auf meinen Unterarm und drängt mich, sie loszulassen, dann macht sie einen Schritt auf Charlie zu.

»Und du bist?«, fragt sie schnippisch?

»Der alte Mann, der dir dein Bad eingelassen hat, Prinzessin.«

»Das Bad nehme ich, die Prinzessin kannst du dir sonst wohin stecken.«

Charlie reißt erstaunt die Augen auf, dann fängt er an zu lachen. »Für eine Prinzessin hat sie ein großes Mundwerk.«

Ich verziehe das Gesicht. »Ich kann nicht behaupten, dass sie nachdenkt, bevor sie ihren Mund aufmacht.«

Charlie geht zur schmalen Tür, die in den kleinen Anbau führt, in dem sich das Bad versteckt. Er öffnet die Tür weit und winkt Phoebe auffordernd in den Raum. »Du bist bestimmt mächtig durchgefroren, Kleine. Nicht gerade die beste Jahreszeit, um mit so wenig am Leib draußen rumzurennen.« Er lässt seinen Blick über Phoebes Kleidung wandern und zieht grinsend eine Augenbraue hoch, als er die kaputten Schuhe entdeckt, wegen denen sie läuft wie auf Eiern.

Phoebe sieht mich über ihre Schulter zurück an. In ihren Augen funkelt es zornig, aber sie wirkt auch erschöpft und müde. »Ich geh da jetzt rein, wäre nett, wenn du dem alten Kauz erklärst, wie ich wirklich heiße.«

Ich beuge mich grinsend zu ihr runter und sehe ihr direkt in die Augen. »Es gab Zeiten, da hast du darauf bestanden, die Prinzessin zu sein und ich sollte immer dein Ritter sein, der dich aus dem Schloss des Drachen befreit«, flüstere ich leise. Ihr Blick ist auf meine Lippen gerichtet, huscht nervös zu meinen Augen zurück, und als sie sich über ihre volle Unterlippe leckt, weiß ich, dass ich ihr schon wieder viel zu nahe bin. Ich gehe einen Schritt zurück, um Abstand zwischen uns zu bringen.

»Ich wollte aber auch immer die Polizistin sein, die den Räuber - dich - zur Strecke bringt.« Sie wendet sich ab, geht mit einem Grunzen an Charlie vorbei ins Bad und wirft die Tür hinter sich zu. »Das Wasser ist kalt«, brüllt sie von drinnen.

»Dann lass heißes nach«, brülle ich zurück. Charlie beginnt zu lachen und schüttelt den Kopf.

»Ich mag sie, und du magst sie mehr, als du solltest.«

»Falsch, ich habe sie großgezogen.«

»Hast du nicht, nicht wirklich. Du warst zu jung, um auf ein Kind aufzupassen. Das ist Sache von Erwachsenen.« Charlie lässt sich auf das Sofa fallen und reibt sich die Glatze. »Also, erzähl. Wie kommt es, dass du mit der Tochter des Kings auf der Flucht bist?«

Ich setze mich neben ihn und starre in die Flammen im Kamin. Die Wärme ist verführerisch, sie macht meine Augenlider schwer. Ich habe seit mehr als 24 Stunden nicht geschlafen. Und davor auch nicht wirklich viel. Erst stürmt Scotland Yard Ronnys Haus und befreit die Mädchen, die Ronny dort seinen Geschäftspartnern angeboten hat. Dann ergreife ich die Chance, die ich durch Ronnys Tod bekomme, und kehre zurück in das Haus von Ragnarök, den ich mehr noch tot sehen will als Ronny, meinen angeblichen Vater, der mich meiner Mutter weggenommen hat. Nur um fast sofort aus unbekannten Gründen als Verräter aufzufliegen, während ich gerade den Beschützer für seine Tochter spiele.

»Die Kurzfassung: Ich bin aufgeflogen und hab keine Ahnung warum. Meinen Kontakt erreiche ich nicht, was wohl bedeutet, dass er tot ist. Beweise, die mich reinwaschen können, habe ich keine. Und als ich denke, mit der Tochter des Kings in meinem Rücken schießt keiner auf mich, da muss ich feststellen, dass Ragnarök sich noch weniger für seine Tochter interessiert, als ich immer gedacht habe. Er hat auf sie geschossen, einfach so«, sage ich noch immer verwundert.

Charlie runzelt die Stirn. »Warum sollte er das tun? Sie ist sein einziger Trumpf gegen Ashcroft, wenn er einen Krieg zwischen Edinburgh und Glasgow verhindern will, den er unweigerlich verlieren wird.«

Ich seufze, lehne den Kopf gegen die Rücklehne und schließe die Augen. Aus dem Bad höre ich das leise Plätschern von Wasser und sofort schießen Bilder durch meine Gedanken, die dort nicht sein dürften. Ich sehe Phoebe vor mir, wie sie sich nackt im warmen Wasser rekelt und weißer Schaum ihre Rundungen weich umspielt. Genervt reiße ich die Augen wieder auf und sehe Charlie an.

»Ashcrofts Sohn war in Ronnys Haus, als die Kavallerie es gestürmt hat. Soweit ich weiß, hat einer der Bullen ihn mit seinem Schwanz in einem viel zu jungen Mädchen erwischt. Er hat gemacht, was ich auch gerne unzählige Male getan hätte. Er hat ihn abgeknallt.«

»Einfach so? Der arme Gesetzeshüter«, murmelt Charlie, weil er genauso gut wie ich weiß, was Bullen blüht, wenn sie im Knast landen.

Ich schüttle den Kopf. »Ich bin mir ziemlich sicher, es geht als Notwehr durch. Dieses Dreckschwein hat es geliebt, den Mädchen eine geladene Waffe an den Kopf zu halten, während er sie vergewaltigt hat.«

»Verdammt«, flucht Charlie und verzieht schmerzhaft das Gesicht. Er sieht zur Badtür und schüttelt den Kopf. »Und diesem Kerl wollte Ragnarök seine Tochter geben? Entweder ist es mit der Liebe zu seinem Kind wirklich nicht weit her oder der King hat mehr Angst vor Edinburgh, als wir gedacht haben.«

Ich lache düster auf. »Die Liebe zum Geld und zur Macht ist einfach stärker als die zum eigenen Kind, das ist alles.«

»Weiß sie davon?«

»Dass sie ein perverses Schwein heiraten und in seinen Besitz übergehen sollte? Nein, ich denke nicht.«

Ich werfe einen Blick zur Badtür. Ich will das Geschäftliche erledigt haben, bevor Phoebe aus dem Bad kommt. Ich kann unmöglich zulassen, dass der alte Charlie wegen mir im Knast landet, also muss ich etwas richtigstellen, bevor es zu spät ist. Für den Fall, dass ich das hier nicht überlebe, muss ich den Gefallen, den er mir getan hat, rückgängig machen. Möglichst, ohne dass er ahnt, was ich vorhabe, weil er es nie zulassen würde, dass ich mich in Gefahr bringe, um die Dinge für ihn wieder in Ordnung zu bringen. Aber Charlie hat genug für mich getan. Ich werde nicht zulassen, dass er noch einmal im Knast landet. »Du hast meine Sachen noch?«

Er sieht mich misstrauisch an. »Du planst einen Bruch?«

»Nein«, lüge ich und sehe ihm dabei fest in die Augen, damit er nichts ahnt. »Ich will das Zeug nur mitnehmen, weil ich nicht weiß, ob ich es in nächster Zeit noch mal hierher schaffe. Du hast die Nachrichten gesehen?«

»Ja, ihr werdet gesucht. Hübsches Auto, übrigens.«

Ich grinse. »Gehört dir. Steht unten in der Garage.«

»Da wird es wohl auch bleiben müssen. Ist das derzeit berühmteste Auto Schottlands. Aber danke.«

»Also, ich brauche meine Sachen, ein paar falsche Ausweise für sie und mich ...«, ich zögere, »... und ein wenig Recherche. Ihre Mutter, sie muss irgendwo unter falschem Namen leben. Ich ziehe einen Zettel aus der Tasche meiner Jeans und gebe ihn Charlie. »Das ist die Telefonnummer von Hope.«

»Deiner anderen Schwester? Ich wüsste zu gerne, wie viele sich davon in Schottland noch verstecken.«

»Sie ist nicht meine Schwester, unsere Mütter waren eng befreundet.«

»Und du hattest Sex mit ihr.«

»Bevor ich wusste, wer sie ist«, erinnere ich Charlie, der nur breit grinst. »Ruf sie an. Ihr durchgeknallter Freund hat Kontakte zu Scotland Yard. Er soll rausfinden, wo die Mutter wohnt. Sobald wir die Adresse haben, bringe ich Phoebe dorthin. Und er soll zusehen, dass er was über Houseman rausfindet. Wenn der Kerl wirklich tot ist, ist mein Deal mit Interpol wohl geplatzt und ich bleibe auf einer Liste Verbrechen hängen, die ich Ragnarök zu verdanken habe.« Was ich danach plane, verschweige ich Charlie lieber, weil er nur versuchen würde, mich davon abzuhalten, ihm seinen Arsch zu retten und Ragnarök persönlich eine Kugel in den Schädel zu jagen. Wenn mein Deal mit Interpol geplatzt ist, kann mich nichts davon abhalten, den Kerl umzubringen.

»Deine Tasche, die Adresse, Ausweise. Brauchst du Geld?«

Ich schüttle den Kopf. »Ich hab genug gespart.«

»Mafiageld?«

»Ehrliche Arbeit ist rar, wenn man zur Familie gehört. Aber sei beruhigt, ich hab es mit der Bar verdient.«

Charlie legt den Kopf schief und sieht mich vorwurfsvoll an. »Die, in der Mädchen ihre Beine für die Stammkundschaft breitgemacht haben?«

Ich knurre wütend. »Genau die. Zumindest waren die Mädchen freiwillig da. Nicht wie die, die Ronny an seine Leute verheizt hat und mit Drogen gefügig gemacht hat. Du weißt genauso gut wie ich, dass ich keine andere Wahl hatte, als diese blöde Bar zu übernehmen, als ich rauskam. Ich musste das Spiel weiterspielen.«

»Du hast recht«, sagt Charlie und legt mir beschwichtigend eine Hand auf die Schulter. Eigentlich hat er recht, denn alles, was ich verdient habe, ist Geld, das dreckig ist. Aber im Moment bleibt mir nichts anderes übrig, als es zu benutzen. Etwas anderes habe ich nicht.

Egal wie die Sache ausgeht, ob am Ende Ragnarök tot sein wird oder ich, in der Hölle lande ich so oder so. So sehr ich versucht habe, nicht zu tief in den Verbrechersumpf der Familie gezogen zu werden, ganz raushalten konnte ich mich nicht. Hätte ich mich verweigert, wäre ich jetzt nicht hier. Charlie erhebt sich, die Hand noch immer auf meiner Schulter.

»Wenn die Kleine dir warmes Wasser übriggelassen hat, dann nimm ein Bad und geh schlafen. Du siehst fertig aus. Ach ja, und streich sie dir aus dem Kopf. Du kannst Ablenkung jetzt nicht gebrauchen.«

»Sie ist kein bisschen da drin«, sage ich und tippe gegen meine Stirn.

»Wohl nicht, aber ein paar Etagen tiefer.« Charlie geht auf die Tür zu und dreht sich noch mal um. »Ich hoffe, die Prinzessin kann kochen, ich hab für etwa eine Woche eingekauft.«

Eine Woche mit ihr hier in dieser Hütte auf engstem Raum, bei dem Gedanken bekomme ich Panik. Ich kann jetzt schon kaum verhindern, dass einige Regionen meines Körpers völlig unangebracht auf sie reagieren. Wie soll ich sie da eine Woche lang um mich leben lassen, ohne dass mein Verstand sich abschaltet? »Du hast zwei Tage.«

Charlie verlässt mit einem breiten Grinsen die Hütte und es fühlt sich an, als würde er damit den letzten Nagel in meinen Sarg klopfen. Ich starre mit krampfendem Magen auf die Badtür, hinter der das Wasser laut gurgelnd den Abfluss runtergesaugt wird, der draußen in einen kleinen Bachlauf führt. Dieser Bachlauf speist diese Hütte auch mit fließendem Wasser. Eine Konstruktion, die ich Charlie zu verdanken habe.

Das alles hat er für den Fall gebaut, dass ich irgendwann meine Rache hinter mich gebracht habe und einen Ort brauche, an den ich mich zurückziehen kann. Charlie hatte viel Zeit, seit er vor acht Monaten aus dem Knast kam. Er hat hier gelebt und darauf gewartet, dass ich nachkomme. Von all den Vätern in meinem Leben, ist Charlie der Einzige, der diesen Titel verdient hätte. Ronny hatte nie die Gelegenheit mein Vater zu sein. Und das bereue ich keine Sekunde. Ich möchte nicht darüber nachdenken, wer ich jetzt wäre, wenn er die Gelegenheit gehabt hätte. Wahrscheinlich habe ich noch Glück gehabt, bei Ragnarök gelandet zu sein, der mich die meiste Zeit ignoriert hat. Außer es ging darum, mir beizubringen, wie man Schlösser knackt, Alarmanlagen ausschaltet und Überwachungssysteme lahmlegt.

Ein gellender Schrei reißt mich aus meinen Gedanken. Mit hämmerndem Herzen springe ich auf, reiße die Tür zum Badezimmer auf und erstarre mit der Hand noch immer am Türknauf. Alles, was mich ausmacht, ist nur noch auf einen Punkt fixiert, den nackten Arsch von Phoebe, die mit dem Rücken zu mir steht und an die Decke starrt. Ich schlucke schwer. Meine Augen folgen der geschwungenen Linie ihres Rückens nach unten, bleiben kurz an den sexy Vertiefungen über dem Ansatz ihres Hinterns hängen und registrieren dann die sanfte Röte ihrer Backen, die vom heißen Wasser stammen muss, von der ich mir aber ausmale, dass sie von meinen Händen stammen könnte, wenn ich sie auf ihre Haut klatschen lasse, während ich sie von hinten nehme. Die Frau hat wohlgeformte Schenkel und eine Taille. Genau so mag ich Frauen.

»Verdammt«, stöhne ich.

Phoebe wendet ihr Gesicht in meine Richtung, greift hastig nach dem Handtuch, das über dem Wannenrand hängt, und wickelt es sich um ihren Körper. »Was machst du hier drin?«, fährt sie mich an. Ihr Blick zuckt immer wieder nervös zur Decke.

»Du hast geschrien«, werfe ich ihr vor.

»Nur, weil du eine Spinne in deinem Bad hast, die zehn Zentimeter groß ist.«

Ich folge ihrem Blick und muss grinsen. Phoebe hatte schon immer Angst vor allem, was kleiner als ein Tennisball ist und mehr als zwei Beine hat. »Ihr Frauen habt irgendwie ein Problem mit dem Einschätzen von Größen- und Längenverhältnissen. Die ist höchstens drei Zentimeter groß.«

»Hah!«, stößt sie hervor. »Wir haben ein Problem? Wenn jemand ein Problem mit Längen hat, dann doch wohl ihr Männer.«

Ich lehne mich gegen den Türrahmen und verschränke die Arme vor der Brust. Phoebes Haar hängt glatt und nass herunter und umspielt auf erotische Weise ihren Hals. Wasser tropft von den Spitzen und wird über ihrem Brustansatz vom Stoff des Handtuchs aufgesaugt, das ihren Körper bis zu den Oberschenkeln verdeckt. Die Vorstellung, dass sie darunter nackt ist, macht mich fast wahnsinnig. Ich atme zitternd ein und versuche, mich auf das zu konzentrieren, was Phoebe gesagt hat.

»Welches?«, hake ich trocken und gelassen nach, dabei fühle ich mich alles andere als gelassen. Genau genommen spüre ich, wie sich das Blut in meiner Hose sammelt.

Sie lacht hochnäsig auf. »Ihr behauptet zwölf Zentimeter wären zwanzig. Was ja wohl eine glatte Lüge ist.« Sie zieht eine Augenbraue hoch und nickt in Richtung meines Schwanzes, der noch weiter anschwillt, als er ihren Blick auf sich spürt. Ich bete, dass sie nicht sehen kann, was sich da unten tut. »Und das weißt du woher?«, kontere ich grinsend.

Sie schnaubt und verzieht das Gesicht.

Ich stoße mich vom Türrahmen ab und hole tief Luft, während ich desinteressiert auf sie zugehe, nach ihrem Handtuch greife und es von ihrem Körper reiße, ohne sie anzusehen. Ich drehe es fest zusammen und lasse es mit Schwung gegen die Decke knallen.

Phoebe springt neben mir kreischend zur Seite, ich tue weiter so, als würde ihre Nacktheit mich absolut kalt lassen, sehe zur Decke, wo die Spinne einen Fleck hinterlassen hat, reiche ihr ungerührt das Handtuch und verlasse das Bad. Erst als ich die Tür hinter mir ins Schloss klicken höre, atme ich aus und stoße einen leisen Fluch zwischen den Zähnen hervor.

Was habe ich mir nur dabei gedacht, ihr das Handtuch wegzureißen? Habe ich wirklich geglaubt, dass ich meine Augen dazu zwingen kann, zu übersehen, wie perfekt sie ist? Selbst dieser Bruchteil einer Sekunde, den es gedauert hat, von ihr zur Decke zu sehen, hat sich in mein Gehirn gebrannt: kleine, feste Brüste, blasse Alabasterhaut und kupferrote Locken zwischen ihren schmalen Schenkeln. Ihr Anblick brennt sich durch meine Venen, gleichzeitig wie Säure und Hitze.

Wir sind wie Bruder und Schwester aufgewachsen, ich sollte so nicht empfinden. Aber mir das immer wieder zu sagen, bringt gar nichts. Mein Körper hat ganz eindeutig seine eigene Meinung zu dem Thema. Und mein Verstand scheint diese Meinung zu teilen, denn er wiederholt immer wieder: Sie ist 18 und nicht deine Schwester. Ihr seid nicht verwandt. Und ich weiß, dass das richtig ist. Aber ich will nicht loslassen von meiner

Haltung, weil ich Angst habe, dass wenn ich loslasse, ich nicht mehr zurückkann. Je näher ich sie an mich heranlasse, desto größer wird die Gefahr für sie. Ich kann unmöglich zulassen, dass mein Fehler mit Nancy sich noch einmal wiederholt. Meine Nähe ist Gift für Frauen.

Als sie aus dem Bad kommt, kann ich sie kaum ansehen. Ich gehe an ihr vorbei und schließe die Tür hinter mir. Mit zitternden Fingern entledige ich mich meiner Kleidung und steige in die Wanne, halte die Brause über meinen Kopf und drehe das Wasser auf. Dass nur noch kühles Wasser aus der Dusche kommt, merke ich nur deshalb, weil es meinen überhitzten Körper wieder auf Normaltemperatur bringt. Ich kann nur hoffen, dass Charlie so schnell wie möglich findet, was ich brauche, bevor ich die Kontrolle verliere.

Phoebe

Ich bin wütend auf Andrew. Vielleicht auch enttäuscht. Warum hält er so verzweifelt an dieser einen Ausrede fest, nur um sich selbst nicht eingestehen zu müssen, dass er sich genauso zu mir hingezogen fühlt, wie ich mich zu ihm? Glaubt er wirklich, ich hätte den Unterschied nicht gemerkt: Die Art, wie er mich jetzt ansieht, wie seine Stimme manchmal rauer, sein Blick manchmal glühender wird?

Er kann behaupten, dass er in mir ein Kind sieht, aber ich weiß es besser. Etwas hält ihn zurück und ich will den Grund wissen, denn ich werde nicht aufgeben. Nicht jetzt, wo ich endlich alt genug bin, um mit ihm all die Dinge tun zu können, die ich mir nachts heimlich vorstelle, seit ich vierzehn bin und mein Körper angefangen hat, auf diese besondere Art auf ihn zu reagieren, die mich dazu gebracht hat, mich selbst zu erkunden und mir zu wünschen, er wäre es, der mich streichelt. Ich mag vielleicht noch Jungfrau sein, das heißt aber nicht, dass ich nicht weiß, wie die Dinge laufen. Meine langweiligen einsamen Stunden unter dem Dach meines Vaters habe ich mit dem Lesen sehr deutlicher Liebesromane verbracht. Und ich bin mehr als bereit jede einzelne Szene mit dem Mann meiner Träume nachzuspielen.

Ich weiß, er hat vor, mich loszuwerden, sobald es geht, aber das werde ich nicht zulassen. Die Jahre ohne ihn waren die traurigsten meines Lebens. Ich will das nicht noch einmal.

Im Bad ist das Wasser abgedreht worden. Ich muss daran denken, dass Andrew in diesem Moment nackt hinter dieser Tür steht. Ich habe natürlich schon nackte Männer gesehen, nur nicht live. Höchstens Bilder im Internet. Aber wenn ich mir einen nackten Mann vorgestellt habe, dann immer Andrew.

Ich wüsste zu gern, ob die Realität meiner Fantasie entspricht. Ich verziehe meinen Mund zu einem breiten Grinsen, als ich daran denke, wie er plötzlich hinter mir stand. Ich habe die Nervosität und Hitze in seinem Gesicht genau sehen können, als ich mich umgedreht habe. Sein Blick, der von meinem Hintern zu meinem Gesicht gehuscht ist. Er hat mich angesehen. Bei dem Gedanken laufen Hitzeschauer durch meinen Körper und ich spüre, wie meine Brustwarzen sich zusammenziehen und meine Brüste ganz schwer werden. Es fühlt sich fast wie in einer meiner Fantasien an und ich würde gerne meine Hand auf meine Brüste legen, aber jeden Moment kann diese Tür aufgehen.

Meine Atmung geht viel zu schnell, weswegen ich aufstehe, in die kleine Küche gehe und den Küchenschrank öffne. Ich muss mich unbedingt ablenken. Ich öffne den Schrank und entdecke eine Flasche Rotwein. Es ist jetzt kurz nach Mittag, für uns eigentlich längst Nacht. Ich habe kaum geschlafen, Andrew noch viel länger. Rotwein wird uns beiden helfen, zu entspannen, also nehme ich die Flasche und zwei Metalltassen aus dem Schrank.

Die Flasche hat einen Schraubverschluss, was gut ist, denn einen Korkenzieher werde ich in einer so spärlich eingerichteten Küche bestimmt nicht finden. Ich gehe mit der Flasche zurück zum Sofa, das recht bullig wirkt, aber eigentlich nur Sitzfläche für zwei Personen bietet. Was gut ist, dann muss er mir nahekommen, wenn er sich zu mir setzt. Ich mache die Flasche auf und schenke uns ein, in dem Moment öffnet sich die Tür.

Andrew trägt nur seine Jeans, sein Oberkörper ist nackt. Sein Shirt trägt er zusammengeknüllt in der Hand. Ein wundervoller, muskulöser Oberkörper mit breiten Brustmuskeln, gut definierten Bauchmuskeln und einem V, das im Bund seiner Jeans verschwindet. Ich möchte aufstöhnen, weil er noch viel heißer ist als in meiner Fantasie. Ich möchte den schmalen Pfad aus Haaren anbeten, der sich von seinem Nabel bis in seine Hose zieht, möchte mit meiner Zunge darüber lecken dürfen und rausfinden, wie es sich anfühlt und wie es schmeckt. Als er sieht, dass ich ihn atemlos anstarre, schlüpft er fast schon hektisch in sein Shirt. Ich befreie mich blinzelnd von der Sogwirkung, die er auf mich ausübt, und schenke uns weiter Wein ein.

»Ich habe den im Küchenschrank gefunden und dachte, der tut uns beiden gut.«

Er kommt rüber und setzt sich neben mich auf das Sofa. Er nimmt die Tasse, die ich ihm reiche und starrt den Inhalt an. »Den habe ich für Nancy gekauft. Der war für unseren ersten Abend in Freiheit gedacht. Sie hat diesen Wein geliebt«, sagt er nachdenklich.

»Das tut mir leid, wenn ich das gewusst hätte …«

»Nein, schon okay. Irgendwie ist es ja auch dein erster Abend in Freiheit«, unterbricht er mich und sieht mich einen Moment mit einem unergründlichen Lächeln an. Er hält mir die Tasse hin und ich stoße mit ihm an. »Auf deine Freiheit, auch wenn es keine richtige Freiheit ist, solange dein Vater hinter uns her ist, und auf deinen Geburtstag.«

»Glaubst du, er will mich wirklich töten? Ich kann es mir nicht vorstellen. Vielleicht war er einfach nur überhitzt.«

Andrew schüttelt den Kopf. »Ich weiß, du willst hoffen, aber dein Vater macht keine Fehler. Wenn er welche machen würde, wäre er längst seiner gerechten Strafe überführt worden.«

»Was denkst du, ist seine gerechte Strafe?« Ich will nicht wissen, was er glaubt, welche Strafe Ragnarök in den Augen des Gesetzes verdient hat. Ich will wissen, was er in Andrews Augen verdient hat.

Vielleicht sollte ich das lieber nicht rausfinden, aber wenn ich wissen will, was in Andrew vorgeht, wie tief er verletzt wurde von meinem Vater, dann sollte ich diese Antwort kennen. Ich trinke von meinem Wein, er schmeckt sehr süß und schwer, und sehe in das Flammenspiel im Kamin.

Diese Hütte, das Feuer, der Kamin, das alles hier könnte sehr romantisch sein, aber ich spüre, dass etwas auf Andrew lastet, seit er gestanden hat, dass er den Wein für seine Freundin gekauft hat. Er wirkt bedrückt, war nur in den Sekunden fast schon zornig, in denen er mir erklärt hat, dass mein Vater keine Fehler macht. Ich weiß, dass er versteht, dass ich noch immer hoffe und nicht einfach so meinen eigenen Vater aufgeben kann, auch wenn ich entsetzt über das bin, was er Andrew angetan hat. Aber er weiß auch, dass ich die Wut in ihm verstehen muss, da bin ich mir sicher.

Deswegen wird er mir hoffentlich nicht verübeln, wenn ich jetzt alles hören muss. Auch das, das er mir bisher verschwiegen hat. Und etwas sagt mir, dass dieses Etwas gewaltig sein muss, wenn er versucht, es von mir fernzuhalten. Ich werde jetzt also nicht nachgeben, bis ich weiß, wovor er versucht, mich zu beschützen. Selbst, wenn das bedeutet, dass ich an der Wahrheit zerbrechen werde.

»Welche Strafe würdest du ihm geben?«

Er sieht vom Feuer zu mir, sein Blick ruht auf meinem Gesicht, als würde er darin forschen, ob ich bereit bin. Ich sehe ihn ernst an und versuche, möglichst gefasst auf ihn zu wirken. »Die Todesstrafe«, stößt er mit fester Stimme und entschlossenem Ausdruck hervor.

»Ist das der Deal, den du mit Interpol hast? Willst du ihn töten? Darfst du ihn töten?« Ich kann nicht verhindern, dass meine Stimme zittert, weil sich ein Gürtel um meine Brust gespannt hat bei seinen Worten und der Ernsthaftigkeit, mit der er mich ansieht.

Ich weiß nicht, was mir mehr Angst macht, der Tod meines Vaters, der offensichtlich beschlossene Sache ist. Der Grund dafür, den ich noch immer nicht kenne. Oder die Vorstellung, dass Andrew dazu in der Lage zu sein scheint, einen Menschen zu töten, noch dazu einen, den er so gut kennt, dass er sein Vater hätte sein können.

Er schüttelt den Kopf, trinkt seine Tasse Wein mit hastigen Schlucken leer und sieht mich wieder an. »Mein Kontakt hat mir eine Stunde mit ihm versprochen, allein. Ich darf ihn nicht töten, aber er wird wegsehen in dieser Stunde und wenn er wieder hinsieht, werde ich dem Bastard jeden Knochen in seinem Körper gebrochen haben.« Er zögert. »Aber das ist nur noch ein Wunschtraum, wenn ich meinen Kontaktmann nicht erreichen kann, weil nur er beweisen kann, dass es diesen Deal gibt.«

Ich schlucke erschrocken, wegen dem, was Andrew meinem Vater antun will und weil der Andrew meiner Kindheit nie aggressiv war. Für einen Moment macht dieser Andrew mir Angst. Dann wird mir klar, dass es mehr als brutale Überfälle im Gefängnis braucht, um ihn so zu verändern.

»Ich will es wissen«, fordere ich mit harter Stimme und kontrolliertem Gesichtsausdruck. Ich will, dass er mir in die Augen sieht und erkennt, wie entschlossen ich bin, es herauszufinden.

Andrew schenkt uns beiden Wein nach, dann sieht er mich an. »Ich schätze, du hast recht. Es wird Zeit, dass ich aufhöre, das Mädchen in dir zu beschützen und akzeptiere, dass die Frau in dir stark genug ist, um auf sich selbst aufzupassen.« Er zwinkert mir zu. »Zumindest solange keine Waffen auf dich gerichtet sind.«

Er holt tief Luft, trinkt seine Tasse ein weiteres Mal leer und stellt sie auf den Tisch. »Das Ronny nur die rechte Hand deines Vaters war, weißt du, oder?« Ich nicke. »Er war ... nennen wir es brutal und ekelerregend. Dein Vater wusste davon und hat es geduldet, sogar genutzt für spezielle Geschäftspartner, die ähnlich drauf waren wie Ronny. Dein Vater und Ronny haben Geld mit Prostitution verdient. Es gab Frauen, die so verzweifelt waren, dass sie freiwillig für die McCraws gearbeitet haben, meist, weil Ragnaröks Leute sie dafür mit Drogen versorgt haben. Es gab aber auch unfreiwillige Opfer, junge Mädchen, manche nicht mal volljährig, entführt aus Osteuropa oder als Bezahlung von schuldig gebliebenen Vätern geraubt. Einige haben auf dem Straßenstrich gearbeitet, andere in Puffs und ein paar hat es ganz schlimm erwischt. Meistens waren das ganz junge Mädchen. Ronny hatte zwei Häuser in Glasgow, in denen haben diese Mädchen gelebt. Was dort drin mit ihnen passiert ist, willst du lieber nicht so genau wissen.« Andrew weicht meinem Blick aus und verzieht schmerzhaft das Gesicht. Er schaut nachdenklich in den Kamin, seine Hände liegen gespreizt auf seinen Oberschenkeln und die Finger bohren sich in seine Muskeln.

»Ich hatte keine Ahnung, dass seine Lektion für mich noch einen Teil Zwei beinhaltete, bis mir einer der Wärter, die dein Vater geschmiert hat, ein Päckchen hat zukommen lassen.« Andrews Atmung hat sich in den letzten Sekunden beschleunigt und er hat die Hände zu zitternden Fäusten geballt. »Dein Vater hat Nancy in eines dieser Häuser gesteckt. Die Mädchen da drin überleben nicht lange. Sie zerbrechen, werden so brutal misshandelt, dass sie ohne harte Drogen nicht mehr funktionieren. Diese Mädchen sind für die Männer da, die sadistische Schweine sind mit Sexfantasien, die ein gesunder Mensch sich nicht vorstellen kann. Wenn sie ganz am Ende sind, werden sie entsorgt. In dem Päckchen war Nancys Finger, der Verlobungsring war noch immer dran.«

»Nein, das ist nicht wahr«, stoße ich hervor und rücke zitternd von Andrew weg. Ich schüttle den Kopf. »Kann es gar nicht. Wenn Ronny mit dir im Gefängnis war, wie kann Nancy dann in einem seiner Häuser gewesen sein?« Ich weiß, ich versuche nach Strohhalmen zu greifen.

»Ronny hat genug Männer gehabt, die seine Geschäfte weitergeleitet haben. Und deinem Vater waren diese Geschäfte nur recht, er hat sich nicht dafür interessiert, nur dann, wenn sie ihm nützlich waren.«

Ich schüttle wieder den Kopf und wische mir mit den Händen über das nasse Gesicht. Mein Herz rennt in meiner Brust und ich fühle mich ganz schwindlig. Mein Vater kann nicht so grausam sein, unmöglich kann er das. Ich weiß nicht viel über meine Mutter, aber ich weiß, dass sie eine sanfte, freundliche und liebende Frau war. Und wie hätte eine solche Frau einen Mann wie ihn lieben können? Das frage ich auch Andrew, der meine Hand nimmt und mich an seinen Körper zieht. Er legt seine Arme um mich und hält mich ganz fest.

»Er hat sich verändert, nachdem deine Mutter weg war. Viel gearbeitet hat er schon immer. Und seine Geschäfte waren schon immer kriminell, aber die Gefühllosigkeit kam erst dazu, nachdem sie ihn verlassen hat. Soweit ich weiß, muss sie ihre Flucht von langer Hand geplant haben und dieser Verrat hat ihn schwer getroffen.«

»So schwer, dass er keinen Verrat mehr duldet, nicht einmal von seiner Tochter oder dem Jungen, in dem er seinen Sohn sieht«, füge ich zitternd an.

Ich löse mich ein Stück von Andrew und sehe zu ihm auf. Er nickt traurig. Jetzt verstehe ich nicht nur, warum Ragnarök Verrat so wütend und blind macht, weil seine Frau ihn hinterhältig verraten hat. Ich verstehe jetzt auch, warum Andrew so viel härter und zugleich verletzlicher ist als in meiner Erinnerung. Und ja, obwohl er mein Vater ist, ich will Andrew in diesem

Augenblick dabei helfen, diesem Mann die schlimmsten Schmerzen überhaupt zuzufügen. Ich kann nur an all die Mädchen denken.

Ich springe vom Sofa auf und presse mir die Fäuste in meinen krampfenden Magen. Es schüttelt mich vor Ekel und Abscheu. Und diese Abscheu empfinde ich nicht nur für ihn, sondern auch für mich, weil ich in meiner blinden Naivität zugelassen habe, dass um mich herum solche Gräuel stattfinden. Ich würde Andrew gerne schon wieder sagen, wie leid mir das alles tut, aber ich bekomme die Worte nicht über meine Lippen, denn sie würden nichts wiedergutmachen. Worte können nicht ausdrücken, was ich empfinde.

Statt etwas zu sagen, wische ich meine Wangen trocken und setze mich wieder neben ihn. Ich nehme die Weinflasche und schenke uns beiden nach, danach sitzen wir schweigend nebeneinander und starren in die Flammen im Kamin. Der Alkohol breitet sich in meinem Körper aus und zaubert eine erlösende Schwere, die auch die Gefühle in mir betäubt.

Irgendwann rutsche ich näher an seine Seite und lehne den Kopf gegen seine Schulter. Meine Gedanken kreisen um alles, was ich nicht gesehen habe, darum, dass ich genauso wenig je wieder die Person sein werde, wie vor den Ereignissen der letzten Stunden. Und darum, dass ich nicht glauben kann, dass meine Mutter mich bei so einem Mann zurückgelassen hat.

Aber wahrscheinlich wäre sie ihm nie entkommen, wenn sie mich mitgenommen hätte. Also kann ich ihr sogar verzeihen, dass sie es getan hat. Sie musste es einfach versuchen, wer kann schon wissen, was er ihr angetan hätte, wenn er nur eine geringe Ahnung von ihren Plänen gehabt hätte. Sie muss entsetzliche Angst gehabt haben, deswegen hat sie ihren Namen geändert.

Ich spüre den Augenblick ganz deutlich, in dem mein Herz aufhört zu schlagen, versteinert und jedes noch so kleine Gefühl, ob aus töchterlicher Loyalität oder wahrer Liebe, in mir für diesen Mann erstickt.

Seit dem Moment, in dem Andrew mich in das Auto vor dem Club gestoßen hat, hatte ich Zweifel. War da noch irgendwo Hoffnung in mir, dass sich alles wieder geraderücken würde, jetzt weiß ich, dass das nicht passieren wird. Denn selbst, wenn Ragnarök bereit wäre, mir zu vergeben, ich kann es niemals. Ich habe den Schmerz in Andrews Augen gesehen und der hat mir die Wahrheit gezeigt.

Irgendwann spüre ich, dass Andrew sich bewegt, ich muss eingeschlafen sein. Ich öffne meine brennenden Augen und setze mich blinzelnd auf. Andrew steht auf und zeigt nach oben.

»Geh ins Bett!«, befiehlt er, wendet sich ab und zieht sein Handy aus seiner Hosentasche.

»Dir ist bestimmt aufgefallen, dass wir mein Handy weggeworfen haben«, werfe ich ihm vor. »Damit man uns nicht orten kann.«

»Dieses Handy ist von meinem Kontakt bei Interpol, niemand außer er weiß, dass es existiert«, sagt Andrew und lächelt mich zärtlich an. »Ich versuch nur, ihn zu erreichen.« Er hält das Telefon an sein Ohr, dreht mir den Rücken zu und lauscht. Nach ein paar Sekunden schüttelt er den Kopf und steckt das Handy zurück in seine Jeans. Mit einem Seufzen kommt er auf mich zu und zeigt nach oben zum Bett.

»Los jetzt! Solange du hier unten rumsitzt, kann ich mich nicht schlafen legen. Das Sofa ist nicht groß genug.«

»Du willst auf dem Sofa schlafen?«, frage ich ihn entrüstet und zeige darauf.

»Wo denn sonst?«

»Im Bett?«

»Das gehört dir.«

Demonstrativ verschränke ich die Arme vor der Brust und lehne mich zurück. »Das Sofa ist zu klein für dich.«

»Für dich auch.«

»Aber ich bin kleiner als du, also schläfst du oben.«

»Vergiss es. Ich habe gesagt, du gehst hoch. Du tust, was ich sage. Sofort!«

Ich lache bitter auf. »In welcher Welt lebst du, dass du glaubst, ich befolge deine Befehle?«

»Zurzeit? In meiner. Abmarsch.«

»Ich habe ein paar Stunden im Auto geschlafen, du hast dringender Schlaf nötig.«

»Und das Auto war bequem?«, hakt er nach und zieht beide Augenbrauen hoch.

»Bequem genug.«

»Du stehst jetzt auf und schwingst deinen Hintern diese Leiter hoch«, kommandiert er.

»Nur, wenn du das auch tust. Da oben ist Platz für Zwei.«

»Bestimmt nicht.«

Ich sehe provokativ nach oben, ich weiß, er hat gemeint, dass er nicht in einem Bett mit mir schlafen wird, aber diese Tatsache übergehe ich einfach. »Von hier aus sieht das Bett wie ein Doppelbett aus.«

Er verzieht das Gesicht zu einer Grimasse. »Du wirst nicht aufgeben, oder?«

»Du kennst mich gut genug, um zu wissen, dass ich das nicht tun werde. Wenn du also irgendwann deinen verlorenen Schlaf nachholen willst, wirst du in den sauren Apfel beißen müssen. So schlimm wird es schon nicht werden, wir haben früher schon in einem Bett geschlafen.«

»Da hattest du noch keine Brüste.«

»Ignorier sie einfach, hast du doch die ganze Zeit gemacht.«

»Also gut, aber du behältst dein Kleid an.«

»Warum?«

Andrew geht auf die Leiter zu und dreht sich noch einmal zu mir um. »In den Klamotten kann ich besser deine Brüste ignorieren.«

Ich sehe an mir runter. Ich zucke gleichgültig mit den Schultern. »Du kannst es ja versuchen, aber ich habe gesehen, was ein kurzer Blick auf meinen nackten Körper in deiner Hose angerichtet hat. Also rechne dir keine hohen Chancen aus, denn du wirst von diesen Titten träumen, ob du willst oder nicht«, sage ich und lege meine Hände auf meine Brüste.

Andrew verdreht die Augen und stöhnt genervt auf. Er nimmt den Fuß von der untersten Sprosse und wendet sich mir mit ernstem Gesichtsausdruck zu. »Ich weiß, du hängst da in irgendeiner Teenagerfantasie, die du von mir hast, fest. Aber was auch immer du über mich zu wissen glaubst, es ist falsch. In Wirklichkeit willst du das hier genauso wenig, wie ich es will.«

»Was ich will, musst du schon mich entscheiden lassen«, sage ich schnippisch. Ich kann nicht glauben, was er da sagt. Teenagerfantasie?

»Ich bin nicht der, für den du mich hältst, du willst nicht mit jemandem wie mir zusammen sein. Ich habe Dinge tun müssen, um im Gefängnis zu überleben, oder um in den Jahren zuvor von deinem Vater überhaupt in seine Familie aufgenommen zu werden, die nicht weniger schlimm sind, als die Dinge, die er getan hat.«

Ich sehe Andrew zweifelnd an, aber ich weiß, dass er die Wahrheit sagt. Trotzdem kann ich mir nicht vorstellen, dass er etwas aus reiner Machtgier oder Lust am

Quälen getan hat. »Du hast getan, was du getan hast, um zu überleben. Wie alt warst du, als mein Vater beschlossen hat, du wärst jetzt alt genug, um Aufgaben zu übernehmen. Wann hast du angefangen, mehr zu wissen als ich und hast mich davor beschützt?«

Ich bin mir sicher, dass ich einen Großteil meiner Blindheit und meiner relativ normalen Kindheit Andrew zu verdanken habe. Nicht mein Vater war es gewesen, der alles von mir ferngehalten hat, sondern Andrew war es. Denn, dass die Dinge im Hause McCraw nicht so laufen, wie sie in anderen Familien laufen, habe ich erst mitbekommen, seit Andrew nicht mehr da war. Erst da sind mir hier und da Ungereimtheiten aufgefallen, die vorher nicht dagewesen sind. Und ich habe sie aus gewohnter Bequemlichkeit weiter ignoriert.

»Ich war zwölf, als ich die ersten Einbrüche allein gemacht habe.«

»Und warum hast du es getan?« Ich kann mir die Antwort schon denken. Aber ich will, dass er es laut sagt, damit es ihm auch klar wird, also sehe ich ihn abwartend an, während er versucht, mir nicht in die Augen zu sehen.

»Weil du die einzige Familie warst, die ich hatte. Und ich wollte, dass er stolz auf mich ist.«

»Und wann wolltest du das nicht mehr?«

»Als ich neben ihm stand, während er seine eigene Tochter verkauft hat.«

Ich reiße die Augen weit auf und presse eine Hand auf meine Brust. »Dann ist es wahr? Ich hatte eine Vermutung ... Aber, es war nur das und ich dachte, es wäre nur eine Wahnvorstellung von mir.« Ich kneife die Augen zu und reibe mir die Stirn. Mein Magen dreht sich um, so übel ist mir. Es fühlt sich anders an, wenn man es von jemanden hört. Von jemanden, der es wissen muss. Über eine Vermutung kann man hinwegsehen, nicht über die Wahrheit. »Es sollte dieser Camden sein, oder? Immer hat er diese Treffen organisiert, die zufällig aussehen sollten, es aber nicht waren.«

»Ja, deine Hochzeit war vertraglich geregelt. Aber da jetzt alles durcheinander ist und Camden nicht mehr lebt, weiß ich nicht, ob es noch dazu gekommen wäre. Aber ich schätze, da die Möglichkeit besteht, dass er dich trotz allem noch verkauft, fiel es mir so leicht, dich einfach mitzunehmen. Ich kann ja nicht zulassen, dass du an einen Typen gerätst, der wie dein Vater ist.«

»Danke, wie aufmerksam von dir.« Fassungslos gehe ich an Andrew vorbei und schiebe ihn von der Leiter weg. »Wenn ich dir also nicht im Weg gewesen wäre, dann hättest du mich einfach bei den Wölfen gelassen, damit ich die Frau von irgendeinem frauenverachtenden Schwein werde«, stelle ich fest.

Ich klettere ungeschickt die Leiter nach oben, weil ich so wütend bin, dass ich mich kaum richtig auf die Sprossen konzentrieren kann. Aber ich schaffe es ohne größere Unfälle nach oben, nur mein Ego ist reichlich angekratzt, weil es ziemlich komisch aussehen muss, wie ich mich oben auf den Zwischenboden schiebe, auf alle Viere komme und mich dann am Bett aufrecht ziehe und mir den Kopf an der niedrigen Decke stoße. Wut macht mich leider nicht zu einem geschickteren Menschen.

»Du musst dir keine Gedanken machen, wenn wir zusammen in diesem Bett schlafen, ich werde dir auf gar keinen Fall zu nahekommen«, rufe ich nach unten und krieche unter die Bettdecke. Ich schiebe mich über die Matratze, bis ich ganz an der Wand liege, mit dem Rücken zur anderen Bettseite. Obwohl ich wirklich alles gebe, um stinksauer zu sein, fängt es in meinem Magen heftig an zu flattern, als ich Andrew die Leiter hochkommen höre und dann fühle, wie die Matratze sich unter seinem Gewicht bewegt, als er sich hinter mich legt. Er lässt so viel Abstand zwischen uns, dass gut ein Bulldozer zwischen uns passen würde, aber er legt eine Hand auf meinen Oberarm und die Wärme, die von dieser Berührung ausgeht, lässt mich erzittern.

»Ich hatte nicht genug Zeit, um über die Dinge nachzudenken. Außerdem habe ich gehofft, das wäre aus der Welt geschafft, Camden ist bei der Durchsuchung ums Leben gekommen.«

»Und wenn nicht?«

»Dann hätte ich deinen Ehemann umgebracht, noch bevor er seine Hochzeitsnacht erleben durfte.«

»Das hoffe ich doch«, sage ich. Die Vorstellung, ich könnte meine Jungfräulichkeit an einen anderen Mann als an Andrew verlieren, kommt mir plötzlich falsch vor. Ich habe mir zwar immer vorgestellt, dass er es sein wird, wenn er irgendwann wieder zurück wäre und ich nicht mehr allein in meinem goldenen Käfig. Aber erst jetzt wird mir klar, dass es mehr als nur eine Vorstellung war. Es war das, was ich wirklich wollte.

Verkauft an einen fremden Mann, wie ich meinen Vater hasse.

7. Kapitel

Falls du auf den richtigen Augenblick gewartet hast -
das war er.
- Fluch der Karibik -

Andrew

Der vergangene Abend war hart für mich gewesen. Ihr all die Dinge zu erzählen, vor denen ich sie über die Jahre habe beschützen wollen. Ihr von Nancy zu erzählen und ihr gleichzeitig damit einzugestehen, dass ich schon einmal versagt habe, als es meine Pflicht war, eine Frau zu beschützen. Und doch hat es sich auch gut und vertraut angefühlt, mit ihr zu reden. Wir haben früher viel geredet, wenn auch nicht über so etwas.

So wie sie ihre kindliche Unschuld verloren hat in den letzten Jahren, in denen ich nicht für sie da sein konnte, so scheinen jetzt auch unsere Gespräche eine weniger unschuldige Richtung angenommen zu haben. Und obwohl ich Angst davor hatte, sie würde mit der Wahrheit nicht klarkommen, hat sie sich doch als stärker erwiesen, als ich geglaubt habe. Ich glaube, ein Teil von ihr hat vieles schon geahnt und sich nur geweigert, es sich einzugestehen. Aber dass sie jetzt alles weiß, macht es gleichzeitig auch komplizierter, denn ich fühle mich ihr gegenüber jetzt nicht nur verletzlicher, ihre Nähe fühlt sich plötzlich auch viel zu intim und zu beängstigend an.

Für mich war die Nacht in dem Moment beendet, in dem sie sich im Schlaf umgedreht und ihr Bein über meine geschoben hat. Seitdem liege ich neben ihr und fühle mich wie elektrisiert, unfähig, diese Nähe zu unterbrechen, obwohl sie sich in vielerlei Hinsicht falsch anfühlt. Mir einzureden, dass sie meine Schwester ist, hat nicht funktioniert. Das hat weder sie von mir ferngehalten, noch meinen Körper aufgehalten, Gefühle zu entwickeln, die man für eine Schwester nicht empfinden sollte.

Ich kann sie nicht wegstoßen, nur weil ich das Gefühl habe, Nancy zu betrügen. Und ich kann sie auch nicht wegstoßen, weil ich nichts mehr fürchte, als ein weiteres Mal zu versagen. Denn wenn ich sie wegstoße, bringe ich sie erst recht in Gefahr. Nur sie nahe bei mir zu halten, ist wirklich sicher für sie. Aber diese Nähe ist es, die mir fast noch mehr Angst macht. Also starre ich an die Decke und versuche, dieses verzehrende Verlangen nach mehr zu ignorieren, das ihr Bein auf meinem Körper auslöst. Ich konzentriere alle Kraft auf meine Hände, um sie davon abzuhalten, sie zu berühren. Ich atme tief ein. Ich könnte einfach aufstehen und mich ihr entziehen, aber schon nur daran zu denken, verursacht mir körperliche Schmerzen. Ich muss es mir nicht eingestehen, ich weiß es schon seit unserem Wiedersehen, ich will sie mehr noch, als ich Nancy je gewollt habe. Und diese Erkenntnis bringt mich um. Sie frisst ein Loch in meine Seele, weil ich mich schmutzig und schuldig fühle.

Ich höre den Schlüssel im Schloss, dann geht die Tür auf und zusammen mit Charlie treibt der Wind rotbraune Blätter und Regen in die Hütte. Charlie schnaubt, schüttelt sich und drückt die Tür zu. Der alte Mann liefert sich einen harten Kampf mit dem Sturm, der draußen heult, aber er siegt. Er sieht sich um, dann sieht er nach oben und grinst, als er mich im Bett liegen sieht.

»Ich hoffe, du und die Kleine, ihr habt eure Klamotten anbehalten.«

Ich setze mich auf und rutsche unter Phoebes Bein hervor. Stöhnend reibe ich mir den Kopf und fahre mit den Fingern durch meine Haare. Phoebe regt sich neben mir, streckt sich und setzt sich ebenfalls auf. Sie sieht sich kurz verwirrt um, bis sie begreift, wo sie sich befindet.

»Es ist schon hell«, sagt sie mit rauer dunkler Stimme und in meinen Lenden zuckt es. Ich steige geduckt aus dem Bett und dann die Leiter runter.

»Wir haben Besuch, Süße. Lass die Klamotten an, Charlie ist zu alt für Aufregung.«

»Was?«, stöhnt sie, stößt sich den Kopf an der Dachschräge und flucht. Ich muss grinsen und Charlie schüttelt den Kopf.

»Besuch!«, brüllt Charlie hoch. »Ich hoffe, der Kerl hat die Finger von dir gelassen, Engelchen.«

»Redest du von Pfarrer Andrew?«

Charlie wirft mir einen ungläubigen Blick zu, dann beginnt er schallend zu lachen. »Okay, packt die Sachen, wir haben ein Problem.«

Ich schlucke und bin sofort hellwach. »Was ist passiert?«

»Das Internet ist passiert. Einen auffälligeren Wagen konntest du nicht klauen?«

Ich schüttle verständnislos den Kopf. Phoebe kommt die Leiter runter und bleibt neben mir stehen. Schon wieder zu viel Nähe. Ich mache einen Schritt auf Charlie zu. »Raus mit der Sprache!«

»Na ja, wie das heute eben so läuft. Jemand macht ein Selfie von sich vor einem coolen Schlitten, im Hintergrund das Applecross Inn, stellt es auf Instagram und dann geht alles ganz schnell und die halbe Welt weiß, wo du bist.«

»Ich habe dir doch gesagt, dieses Auto ist zu auffällig.«

»Die Kleine ist schlauer als du. Ich hab mein Auto unten stehen, die falschen Papiere sind auf dem Beifahrersitz. Die Adresse der Mutter bekomme ich in den nächsten Stunden. Du nimmst das Mädchen, fährst mit ihr und meinem Auto nach Glasgow und wartest dort auf mich. Ich hab euch unter euren falschen Namen ein Zimmer gemietet, Adresse ist im Navi. Keiner würde euch jetzt in Glasgow vermuten. Ich fahre den Honda nach Edinburgh und überfahre ein paar rote Ampeln, damit auch jeder mitbekommt, dass das Auto in Edinburgh ist. Von dort nehme ich einen Bus und treffe euch im Hotel. Lasst euch also bis dahin nirgendwo sehen.« Charlie sieht mich ernst an, dann schaut er zu Phoebe. »Die Polizisten, die nicht auf seiner Gehaltsliste stehen, sind hinter euch her, wegen der Sache an der Tankstelle. Und Andrew, Houseman gilt als vermisst. Der Mann deiner Schwester meint, sein letzter Aufenthaltsort war das Lager vor der Stadt. Da wurde sein Handy ausgeschaltet. Ich denke, jetzt weißt du, woher Ragnarök weiß, dass du eine Ratte bist.«

»Aber wir haben die Tankstelle nicht überfallen«, protestiert sie mit weit aufgerissenen Augen, die sie wirken lassen wie ein Reh, das in den Lichtkegel eines Autos gesprungen ist.

»Es gibt Zeugen, die etwas anderes behaupten. Die Leute würden alles behaupten, was er von ihnen verlangt«, sagt Charlie mit bedauernder Stimme. Er drückt mir den Schlüssel zu seinem Auto in die Hand, schlüpft aus dem langen Mantel, den er anhat, darunter kommt ein weiterer hervor, den er Phoebe reicht. »Ein echtes Sauwetter da draußen heute. Haltet nicht an, bevor euch das Navi sagt, dass ihr am Ziel seid. Andrew, deine

Tasche ist im Kofferraum, auch wenn ich nicht weiß, was du damit vorhast.«

Ich greife nach dem Schlüssel, mit der anderen Hand schnappe ich mir Phoebes Oberarm und zerre sie hinter mir her. Ich habe kein gutes Gefühl dabei, Charlie in den Honda steigen zu lassen, aber ich muss an Phoebe denken. Charlie kommt schon irgendwie klar. Ich kann nur hoffen, dass niemandem der Honda auffällt, bevor er in Edinburgh steht.

»Lass den Schlüssel stecken und die Tür weit auf, wenn du den Civic in Edinburgh stehenlässt. Vielleicht haben wir Glück und jemand zeigt ihm die weite Welt.«

»Lass ihn doch gleich ein *Zu-verschenken-Schild* anbringen«, sagt Phoebe und schüttelt den Kopf. Ich werfe Charlie über die Schulter ein Grinsen zu und ziehe die Tür hinter mir zu.

»Vielleicht macht er das sogar«, sage ich und meine es nicht ernst. Phoebe verdreht die Augen und setzt sich die Kapuze des schwarzen Wollmantels auf, der ihr zwar ganz gut passt, aber etwas zu männlich für sie ist, um nicht auffällig zu sein. Wir werden ihr sobald wie möglich andere Kleidung besorgen müssen, damit keiner auf sie aufmerksam wird. Wir können es nicht gebrauchen, dass jemand einen zweiten Blick auf sie wirft und sie vielleicht wiedererkennt.

Ich nehme ihre Hand, der Wind bläst uns genau ins Gesicht, sie stolpert ungeschickt hinter mir her. Neue Schuhe braucht sie auch. Der Boden ist ganz aufgeweicht und schlammig, es hat die ganze Nacht geregnet. Ich trage robuste Motorradstiefel mit grober Sohle, aber Phoebe versinkt fast bis zu den Knöcheln im Schlamm. Mir bleibt nichts anderes übrig, ich bleibe stehen, lege ohne Vorwarnung einen Arm um ihre Schultern, den anderen unter ihre Knie und hebe sie hoch. Erschrocken keucht sie auf und schlingt ihre Arme um meinen Nacken. Sie sieht mich so schockiert an, dass ich lachen muss. »So kommen wir besser voran.«

»Ich werde nichts Gegenteiliges behaupten, denn du warst es, der meine Schuhe kaputtgemacht hat.« Sie sieht mich an und ihre Augen leuchten neckisch, sie hat die Unterlippe zwischen ihre Zähne gezogen und sieht einfach nur zum Anbeißen aus. Und so fühlt sie sich auch in meinen Armen an. So als würde sie dorthin gehören. Es fühlt sich zu gut an. Ich blinzle und sehe dann nach vorn. Ich trage sie einfach stumm den Hügel runter und lasse sie erst in der schmalen Gasse wieder runter auf ihre Füße. Sie lässt die Arme um meinen Nacken geschlungen, bleibt nah an meinem Körper stehen und sieht mich nachdenklich an. Wir stehen in der Gasse, von oben tröpfelt Regen auf uns herab. Ihre Unterlippe zittert, weil ihr kalt ist. Aber ich kann meinen Blick nicht von ihr lösen, kann meine Hände nicht von ihrer Taille nehmen und sie auch nicht dazu drängen weiterzugehen. Ich kann nur auf ihre zitternde Unterlippe starren und wie ein Mantra runterbeten, sie nicht zu küssen. Und sie weiß, was mir durch den Kopf geht, gegen welchen Wunsch ich gerade ankämpfe.

»Du weißt, dass ich dich jetzt einfach küssen könnte?«, fragt sie und heftet ihren Blick auf meine Lippen. Sie leckt mit ihrer Zunge über ihre Unterlippe und ich kann die Augen nicht von dem Schauspiel lösen. Ich spüre die Kälte längst nicht mehr, weil ich in Flammen stehe. Fast will ich, dass sie es tut, dass sie mir die Entscheidung abnimmt, aber das macht sie nicht. Sie löst sich von mir und wendet sich ab. »Aber ich nehme dir die Entscheidung nicht ab. Falls du auf den richtigen Augenblick gewartet hast - das war er.«

Fluch der Karibik, selbst jetzt zitiert sie weiter Filme und mit diesem Zitat trifft sie mitten ins Schwarze. Verdammt, sie kennt mich ziemlich gut. Ich folge ihr zwischen den Häusern hindurch zum altersschwachen Ford Escort von Charlie, der so schmutzig vom Schlamm ist, dass man nur mit Mühe sehen kann, dass das Auto weiß ist. Ich entriegle das Auto, werfe einen Blick in den Kofferraum, wo meine schwarze Reisetasche liegt. Ich öffne sie und bin froh, dass ich die Sachen nicht weggeworfen habe: Ein Neoprenanzug, mehrere Spraydosen, ein tragbares Unterwasserschweißgerät, das ich mit etwas Glück nicht mehr brauchen werde, mein Ersatzhandy und noch etwas Werkzeug. Das Handy von Interpol werfe ich ausgeschaltet in den Kofferraum, dann schließe ich ihn und steige ins Auto zu Phoebe, die einen gelben Umschlag in den Händen hält.

»Mach ihn auf«, sage ich und starte den Motor.«

Sie öffnet den Umschlag und holt neue Reisepässe, Ausweise und Geburtsurkunden raus. »Die sehen echt aus«, stößt sie erstaunt hervor. Ich grinse.

»Ja, Charlie ist der Beste, deswegen müssen wir in Glasgow noch einen Stopp einlegen. Ich werde nicht zulassen, dass der alte Mann wegen mir wieder im Knast landet. Welche Namen stehen in den Ausweisen?«

Sie sieht mich einen Moment nachdenklich an. Sie wird gleich weiter nachhaken, gut, dass wir gerade Zeit haben, damit ich ihr ein paar Sachen erklären kann. »Finn und Olivia Porter«, sagt sie und keucht laut auf. »Wir sind verheiratet?«

»Charlie fand es wohl sicherer, wenn wir als Ehepaar auftreten, wohin auch immer wir unterwegs sein werden.«

»Und dazu gehört es auch, eine Heiratsurkunde zu fälschen?«, fragt sie ungläubig und wedelt mit einem Dokument herum.

»Wenn Charlie etwas macht, dann richtig«, sage ich grinsend.

»Sehr witzig. Charlie darf uns also verheiraten, aber wenn es darum geht, mich zu küssen, dann blockierst du, weil du noch immer denkst, ich wäre mit dir verwandt.« Sie schnaubt laut und sieht dann frustriert nach draußen. Langsam kommt warme Luft aus der Lüftung und das Zittern ihrer sexy Unterlippe hat aufgehört. Sie hat von Küssen gesprochen und ich kann schon wieder kaum an etwas anderes denken, als es endlich zu tun.

Ich drehe die Heizung etwas runter. »Präg dir dein Geburtsdatum, den Geburtsort und deinen aktuellen Wohnort ein und dann denk dir ein paar Randinformationen zu deiner Person aus. Die musst du auch lernen, damit du nicht verschiedene Infos rausgibst, sollte dich mal jemand fragen.«

»Welche Infos?«, fragt sie. Ihre Stimme klingt genervt.

»Die Schulen, die du besucht hast, Namen deiner Eltern, Großeltern, welchen Beruf du lernen willst, wo wir uns kennengelernt haben, in welcher Kirche wir geheiratet haben«, zähle ich auf.

Sie fängt an, mir von ihren Eltern zu erzählen, von Schülern und erfundenen Freunden, davon, dass sie als Stripperin in einem Club arbeitet. Sie lässt ihrer Fantasie freien Lauf.

»Du bist keine Stripperin«, sage ich mit drohender Stimme.

»Dann nenn es Tänzerin. Es ist mein Beruf, ich such ihn mir aus.«

»Also gut«, sage ich, weil ich keine Lust habe, mich mit ihr zu streiten. Wahrscheinlich wird sie nicht die Gelegenheit dazu bekommen, irgendetwas von ihrer Story zu erzählen, weil es nicht lange dauern wird, bis ich sie mit ihrer Mutter zusammengebracht habe.

»Was ist in der geheimnisvollen Tasche? Warum habe ich das Gefühl, dass Charlie ein Problem mit dieser Tasche hat?« Sie mustert mich von der Seite.

»Weil diese Tasche Charlie sagt, dass ich irgendwo einbrechen werde.«

»Was? Warum?« Sie runzelt verwirrt die Stirn. Ich sehe wieder auf die Straße, weil ich die Enttäuschung in ihren Augen nicht sehen will, aber ich muss das tun.

»Als ich aus dem Knast kam, hat Ronny mich etwas stehlen lassen. Ich durfte mich nicht weigern, sonst wäre er stutzig geworden. Er wollte, dass ich einen Klimt stehle. Nicht irgendeinen, sondern *Der Kuss*. Ich hab es ungern getan, aber ich hab Charlie eine Fälschung malen lassen.«

»So was kann er?« Phoebe macht ganz große Augen und wirkt fast schon aufgeregt.

Ich nicke. »Er ist der Beste. Wer seine Werke von einem Original unterscheiden will, der muss sehr gut sein.«

»Und was hast du jetzt vor?«

»Das Original war in Österreich im Schloss Belvedere. Ich habe Charlie eine Kopie anfertigen lassen und eine andere habe ich einen weiteren Fälscher anfertigen lassen. Der zweite ist lange nicht so begabt, wie Charlie. Charlies Fälschung hängt jetzt im Belvedere, und bisher hat noch niemand gemerkt, dass das Original verschwunden ist.«

»Und das Original hatte Ronny.«

»Hatte, ich habe ihm das Original gebracht, er hat sich von einem Profi bestätigen lassen, dass es das

Original ist und als er nicht hingesehen hat, habe ich es gegen die schlechtere Fälschung ausgetauscht. Ronny konnte eine Ente kaum von einer Gans unterscheiden. Ihm wäre der Unterschied nie aufgefallen, aber ich wusste, dass er einen Profi dazu holen würde, also musste ich ihm das Original beschaffen.«

»Und wo ist jetzt das Original?«

»In einer Galerie in Glasgow. Und von dort muss ich es zurückholen. Noch heute Nacht, denn es ist nur eine Frage der Zeit, bis jemandem im Belvedere auffällt, dass das Original verschwunden ist. Und ich werde auf keinen Fall zulassen, dass Charlie wegen mir ins Gefängnis zurück muss. Aber er darf nicht wissen, was ich vorhabe, das würde er nicht wollen. Deswegen darfst du ihm nichts verraten.« Ich sehe sie eindringlich an.

Sie lächelt mich an, dann legt sie eine Hand auf meinen Oberarm. »Ich finde gut, dass du das machst.«

»Danke. Das bin ich ihm schuldig, er ist für mich Familie.«

»Dann brechen wir also in eine Galerie ein. In welche?«

»Nicht wir, ich. Dich bringe ich vorher in das Hotel, in dem Charlie uns eingebucht hat.«

»O nein!«, stößt sie hervor und setzt sich schräg, sie kneift die Augen zusammen und versucht, mich bedrohlich niederzustarren, was viel mehr zuckersüß statt beängstigend wirkt.

»Du kannst nicht mitkommen, es ist zu gefährlich.«

»Und es ist nicht zu gefährlich, mich allein irgendwo zurückzulassen?«

Ich umklammere angestrengt das Lenkrad, aber leider hat sie das Totschlagargument vorgebracht und mich schachmatt gesetzt. Ich habe nur noch einen letzten Versuch. »Soll dein Strafregister noch länger werden?«

»Das wird es nicht, wenn du es gut machst. Und du scheinst es gut gemacht zu haben, denn ich habe in keiner Zeitung gelesen, dass der Klimt in Glasgow aufgetaucht ist.«

Phoebe

»Also gut, dann kommst du eben mit.« Andrew mustert mich von der Seite und sein Gesicht wird noch unglücklicher als vor ein paar Minuten, nachdem ich ihm erklärt habe, dass ich mit ihm gehen werde. »Du brauchst andere Kleidung. Vor allem aber neue Schuhe.«

»Das sollte schwierig werden, heute ist Sonntag und die Geschäfte haben geschlossen.«

Andrew zuckt lässig mit den Schultern und setzt dieses freche Grinsen auf, das ihn so jungenhaft wirken lässt und das mich ganz schwach macht. »Dann werden wir wohl noch einen Einbruch mehr auf deine Liste setzen müssen.«

Ich sehe ihn schockiert an, aber dann sage ich mir, dass dies wohl nicht die Reaktion ist, die er von mir bekommen sollte, wenn ich ihn davon überzeugen möchte, mich zu seiner Partnerin zu machen. Und er muss mich mitnehmen, denn ich werde keinesfalls zulassen, dass er sich allein in Gefahr bringt. Und immerhin plant er, etwas richtigzustellen, also ist es doch ein Einbruch aus noblen Gründen. Außerdem, was sollte ich sonst tun? Im Hotel sitzen, panisch auf meinem Hintern herumrutschen und warten, ob er zurückkommt? Es ist wohl besser, ich weiche ihm keine Sekunde mehr von der Seite. Noch einmal werde ich nicht zulassen, dass uns etwas trennt. Wenn Andrew irgendwas daran nicht gefällt, dann muss er mir ins Gesicht sagen, dass er mich nicht will.

»Dann gehen wir Shoppen«, sage ich und ziehe selbstsicher eine Augenbraue hoch. Ich zeige direkt vor uns, wo es ein Bekleidungsgeschäft gibt. Es scheint kein großer Laden zu sein, eigentlich genau das, was ich in einer ländlichen Gegend wie dieser erwarte, also schraube ich auch gleich meine Erwartungen runter. Ich werde wohl nicht als die am besten bekleidete Kriminelle in die Geschichte von Schottland eingehen.

Andrew fährt Charlies Auto in eine kleine Seitenstraße und steigt aus. Ich folge ihm auf meinen Heels, die keine mehr sind, und die so stark mit Schlamm bedeckt sind, dass ich nicht einmal mehr ihre Farbe erkennen kann. Er öffnet den Kofferraum, holt seine kleine Ledertasche aus der Reisetasche und verschließt das Auto. Es regnet wieder und die Kälte fährt mir sofort über meine Oberschenkel. Charlies Mantel ist kaum hilfreich. Ich bin ja mal so was von für diesen Einbruch mittlerweile. Ich habe dieses Minikleid gehörig satt.

»Setz deine Kapuze auf und zieh sie in die Stirn«, befiehlt er, dann nimmt er meine Hand und wir gehen die zwei Straßen zurück zum Laden an der Hauptstraße. Außer uns ist niemand an diesem Sonntagmittag auf der Straße. Ich bin aufgeregt, ein wenig ängstlich und zugleich spüre ich, wie Adrenalin durch meine Adern gepumpt wird. Mein Puls rast, aber ich habe keine Angst, nur blindes Vertrauen in Andrew, der vor dem Laden stehenbleibt und das Gitter untersucht, das die Tür verschließt. Er holt eine Art schmalen Stift aus der Ledertasche, steckt sie in das Schloss des Gitters und nach wenigen Sekunden macht es mitten am Tag in einer verschlafenen Kleinstadt in Schottland, deren Namen ich nicht einmal kenne, klick und ich werde zum zweiten Mal zu einer Einbrecherin. Auch die eigentliche Ladentür öffnet er genauso schnell, schiebt mich nach innen und verschließt hinter uns die Tür.

»Dann mal los«, sagt er. »Pack gleich etwas mehr für die nächsten Tage ein.«

Ich sehe mich unsicher um. »Läden sind nicht nett zu Menschen, Läden sind nur nett zu Kreditkarten«, murmle ich leise, als ich an *Pretty Woman* denken muss, die in einer ähnlichen Situation genauso überfordert war wie ich in diesem Augenblick. Vor lauter Aufregung weiß ich gar nicht, wo ich anfangen soll. Ich weiß nur, ich sollte mich wohl beeilen. Aber dann laufe ich los, durchsuche das erste Regal nach Jeanshosen, werfe drei in meiner Größe über meinen Arm, schnappe mir wahllos mehrere Pullover, Unterwäsche und einen Mantel. Ich werfe alles auf den Tresen vor der Kasse und nehme mir Kleidung, um mich für unseren nächsten Einbruch besser anzuziehen. Die kaputten Heels werfe ich noch auf dem Weg zur Umkleidekabine von mir und schnappe mir von einem Regal ein paar Stiefel mit flacher Sohle. Ich bringe alles in die Kabine, ziehe mich so schnell ich kann aus und steige in eine Jeans. Ich ziehe und zerre und kann es nicht fassen, ich bekomme sie nicht einmal über meinen Hintern. Sprachlos kämpfe ich mich wieder aus der Hose und überprüfe die Größe, die aber stimmt.

»Was ist das hier für ein Laden?«, fluche ich. Ich bin vielleicht nicht super dürr, aber noch habe ich immer in Jeans dieser Größe gepasst. Ich sehe mir die anderen Sachen an. »Klasse, ein Laden, der einem ein schlechtes Gewissen machen will, wenn man nicht ausschließlich Size 0 trägt.«

Nur in Unterwäsche verlasse ich die Kabine, ignoriere die hochgezogene Augenbraue in Andrews Gesicht und renne zum Regal mit den Hosen. Ich ziehe eine andere raus, werfe dem hastig zusammengesammelten Stapel auf dem Tresen einen kurzen Blick zu und beschließe, gleich noch mehr Hosen in der größeren Größe mitzunehmen. Also ziehe ich hier eine Hose raus, dann da und vom Regal dahinter auch noch eine. Die hat doch einen unvorteilhaften Schnitt, also lieber nicht. Ich lege sie wieder zusammen und sortiere sie zurück ins Regal und suche nach einer Neuen.

»Hmm, die Farbe geht gar nicht«, murmle ich. »Oh, die sieht gut aus.« Ich werfe die dunkelblaue Jeans über meine Schulter. »Eine schwarze, damit lässt es sich noch besser einbrechen«, murmle ich und nehme noch eine. »Oh, diese Bluse, fantastisch!«

»Was machst du da?«, will Andrew wissen und sieht mich interessiert an.

»Sachen aussuchen?«

Er zeigt mit zusammengekniffenen Augen auf eine Ecke, in der ein rotes Licht blinkt. »Wir haben nicht ewig Zeit. Das ist nur eine Kamera«, er zeigt auf ein anderes Licht, »das ein Alarm.«

»Was? Warum sagst du das nicht gleich?«

»Weil ich dachte, du kommst selbst auf den Gedanken, dass man keine Zeit für modische Ergüsse hat, wenn man irgendwo einbricht. Und außerdem, wollte ich den Anblick etwas genießen. Die Polizei wird ihn wohl auch genießen«, sagt er und nickt in Richtung Kamera.

Ich werfe alles auf den Boden, steige in die schwarze Jeans, packe die blaue und zwei Pullover und renne zum Stapel auf dem Tresen zurück. »Wer legt schon wert darauf, dass Sachen passen?«, schimpfe ich und schlüpfe in die neuen Stiefel. Dann haste ich noch vor Andrew aus dem Laden, beladen mit einem Haufen Kleidung, wovon wahrscheinlich die Hälfte nicht passt und die andere Hälfte keinen Preis gewinnen wird.

Ich werfe alles in den Kofferraum und sehe Andrew mit verschränkten Armen an. Er wirft grinsend die Klappe zu, in meiner Brust wird es ganz warm, als ich die Bewunderung und Wärme in seinem Blick registriere. Beides war dort zuvor nicht gewesen. Ich schlucke nervös und fühle mich angespannt. Andrew hält mir einen weißen Mantel vor das Gesicht.

»Zieh den über! Ich will nicht, dass du dir was wegholst«, sagt er. Ich schlüpfe dankbar in den Mantel und stelle erstaunt fest, dass Andrew genau die richtige Größe erwischt hat. Und viel wichtiger, es scheint entweder Zufall oder Talent zu sein, aber der Mantel sieht wirklich gut aus. Andrew mustert mich noch immer grinsend und nickt zufrieden. »Also dann, nächster Punkt auf der Liste.«

Wir steigen ins Auto und halten wenige Minuten später in Glasgow in der Rosestreet hinter einem roten Container. Andrew lächelt mich an, mein Herz rast schon wieder aufgeregt in der Brust, aber er scheint kein bisschen aufgeregt. Er wirkt sogar völlig entspannt und strahlt noch immer diese Mischung aus Stolz und Zufriedenheit aus.

»Was?«, herrsche ich ihn verwirrt an, fahre mit den Fingern durch meine Haare und werfe einen unsicheren Blick in den in meine Sonnenblende eingelassenen Spiegel.

Er zuckt mit den Schultern. »Ich hätte nur nie gedacht, dass wir beide Mal solche Sachen zusammen abziehen.« Er schüttelt lachend den Kopf, legt eine Hand in meinen Nacken und sieht mir tief in die Augen. Mir wird ganz heiß und kalt bei seiner Berührung. Ich erstarre panisch und wage es nicht zu atmen. Ich kann nur die Hitze seiner Hand auf der empfindlichen Haut in meinem Nacken spüren und denken: Wenn du dich jetzt bewegst, wird ihm auffallen, was er da gerade tut und dann wird er sich wieder zurückziehen. Also halte ich ganz still und kämpfe gegen das Zittern an, das sich meiner bemächtigen will. Sein Blick bleibt an meinen Lippen hängen und ich weiß, das ist der Augenblick. Jetzt wird er endlich nachgeben und mich küssen.

»Rein und sofort wieder raus. Dort drinnen gibt es nichts zu sehen. Das einzige Meisterwerk in dieser Galerie ist der Klimt, den ich hinter einer dieser Beleidigungen für das menschliche Auge versteckt habe.«

Ich blinzle verwirrt und löse mich wütend von ihm. Hatte ich wirklich angenommen, dass er mir aus einem anderen Grund so nahegekommen war? Langsam war ich so weit, der Hoffnung in mir in den Arsch zu treten. Pandoras Hoffnung kann mich mal. Hoffnung ist doch die schlimmste aller Plagen. Sie gaukelt dir vor, dass du etwas irgendwann endlich bekommen könntest, hält dich hin und hin und hin, nur um dich am Ende zu enttäuschen. Hoffnung ist die Plage, die mit dir spielt, dich in den Wahnsinn treibt, dich weichkocht und erst vom Haken lässt, wenn nichts mehr von dir übrig ist.

»Ja, Liebster, lass uns unsere Flitterwochen doch mit ein paar Einbrüchen garnieren.«

»Ich werde Charlie umbringen«, ist seine Antwort auf meine Anspielung auf die Heiratsurkunde, die im gelben Briefumschlag steckt, der sich in diesem Moment im Handschuhfach befindet. Dieser Briefumschlag mit allem, was darin ist, ist auch nur ein Trick von Ms Hoffnung.

»Hätte es dich umgebracht, mich zu küssen?«, fahre ich Andrew wütend und frustriert vor Enttäuschung an.

Andrew weicht noch ein Stück von mir zurück und runzelt entsetzt die Stirn. Er sieht aus, als wüsste er nicht, wovon ich überhaupt spreche. Wahrscheinlich hat er nicht eine Sekunde daran gedacht, mich zu küssen. Wahrscheinlich wollte er nichts weiter, als mich etwas zu beruhigen, weil er natürlich mitbekommen hat, wie nervös ich bin.

»Das wäre mein erster Kuss gewesen. Ich bin achtzehn Jahre alt, und da mein krimineller Vater mich wie eine Gefangene gehalten hat, habe ich noch nie einen Jungen geküsst. Hast du eine Ahnung, wie sich das anfühlt?«

Andrew zieht beide Augenbrauen hoch und mustert mich schockiert. »Du hast noch nie einen richtigen Kuss bekommen?«

»Wann denn?«, will ich frustriert wissen und wedle mit den Händen. »Zumindest nicht von einem Kerl.« Ich zögere, dann weiche ich seinem verwunderten Blick aus. »Ich habe schon ein Mädchen geküsst. Vor etwa einem Jahr hat Ellie mir auf der Toilette in der Schule gezeigt, wie man küsst. Sie hat mir immer von ihren Freunden erzählt und was sie mit ihnen getan oder nicht getan hat. Und ich wollte einfach nur wissen, wie es ist, die Zunge eines anderen Menschen im Mund zu haben.« Unangenehm berührt sehe ich aus dem Fenster auf die grauen Steine einer Hauswand. Unangenehm war für mich immer ein Fremdwort gewesen, wenn ich mit Andrew zusammen war. Wir haben über alles reden können. Aber die unerwiderten Gefühle stehen zwischen uns wie der Hadrianswall, der einst die braven Römer vor den barbarischen Horden der Highlander schützen sollte. Ich kann hinüber auf die andere Seite sehen, aber ich kann die andere Seite nur erreichen, wenn ich mich anstrenge. Vielleicht wird es Zeit, dass ich mich anstrenge.

»Also hat sie es dir gezeigt?« Andrews Adamsabfall bewegt sich und in seinem Blick flackert etwas. Ist das etwa ein nervöses Zucken um sein rechtes Auge herum? »Wie war es für dich?«

»Nicht besonders, als würde ich mit meiner Zunge einen Fisch berühren. Aber sie ist ja auch ein Mädchen, vielleicht hat es sich deswegen komisch für mich angefühlt.«

Andrew schaut zum Fenster raus, dann auf die Uhr auf dem Armaturenbrett und wieder zur Straße. Wahrscheinlich ist die Uhrzeit für das, was wir hier planen, völlig egal, immerhin haben wir Sonntag. Er will wohl nur seine Nervosität verbergen, weil das Thema ihm unangenehm ist. »Wir sollten loslegen, bevor sich noch jemand fragt, warum dieses Auto hier rumsteht.« Er reißt die Tür auf, ohne mich noch einmal anzusehen. Mir wäre es wohl auch unangenehm, wenn ich langsam und allmählich begreife, dass ich mit einer Nonne verheiratet bin. Fake-verheiratet, erinnere ich mich. Trotzdem wird er wohl mit der Tatsache überfordert sein, dass er es zum ersten Mal in seinem Leben mit einer Frau zu tun hat, die aber mal so was von unberührt ist!

Ich stoße die Luft zwischen den gespitzten Lippen aus. Ich weiß selbst nicht einmal, warum ich gerade so wütend bin. Es hat mich noch nie vorher so enorm gestört, dass ich ganz offensichtlich in der heutigen Zeit ein Phänomen - ein Freak - bin. Es muss daran liegen, dass ich dem Objekt meiner Begierde so nahe wie seit Jahren nicht mehr bin. Und noch nie hat das Alter weniger zwischen uns gestanden. Was sind schon zehn Jahre, wenn man erwachsen ist? Die bedeuten gar nichts, wenn wir doch zumindest endlich auch vor dem Gesetz zusammen sein dürfen.

Ich werfe die Autotür hinter mir zu, der Knall schallt von den Wänden der Häuser wider und Andrew wirft mir zur Strafe einen mahnenden Blick zu. Er öffnet die Kofferraumklappe, ich gehe zu ihm und beobachte, wie er seine Reisetasche durchsucht, wieder das schwarze Täschchen herauszieht und ein Handy. Er tippt etwas in das Handy und gibt es mir.

»Sollten wir irgendwann, egal warum, getrennt werden, da drin ist meine Nummer. Aber ruf niemanden anders damit an.« Er sieht mich ernst an. »Auch nicht Ellie, dein Vater wartet bestimmt nur darauf, dass du sie anrufst.«

Ich nicke, nehme das Handy und stecke es in meine Manteltasche.

Andrew wirft die Kofferraumklappe zu, nimmt meine Hand und zieht mich an dem roten Container vorbei auf das Ende der Gasse zu. Wir gehen um die Ecke und bleiben vor der türkisfarbenen Front der *Billcliffe Gallery* stehen. Ich keuche erschrocken auf und starre Andrew einen Moment sprachlos an. Ich sehe auf das Straßenschild an der Hausecke, nur um noch einmal sicherzugehen: Sauchiehall Street, steht auf dem Schild.

»In dieser Galerie befindet sich kein einziges Gemälde, das kein Kunstwerk ist«, sage ich atemlos und spiele auf das an, was Andrew vorhin über diese Gemälde gesagt hat.

»Woher willst du das wissen?«

»Kurz vor unserem Abschluss waren wir mit der Klasse hier. Und alle Bilder dort drin sind wirklich schön.«

Andrew fängt an zu grinsen. »Ich werde dir nicht widersprechen, denn wir haben jetzt keine Zeit, um darüber zu streiten.« Er geht auf das Gitter zu, das auch hier die Tür versperrt, steckt wieder sein Zauberwerkzeug in das Schloss und fängt an, damit herumzuwackeln.

»Hast du keine Angst, dass das einen Alarm auslösen könnte?«, frage ich beunruhigt und sehe die Straße runter, aber weit und breit verirrt sich niemand an einem Sonntag hierher. Wenigstens regnet es gerade nicht. Ich stecke die Hände in die Manteltaschen und trete von einem Fuß auf den anderen.

»Nein, hier gibt es keine Alarmanlage, weil es nichts zu beschützen gibt.« Er sieht grinsend zu mir auf. »Außer dem Klimt, von dem niemand weiß, dass er hier ist.« Er fummelt weiter im Schloss herum, das Klicken erklingt, als ich noch dabei bin, mir eine passende Antwort auszudenken. Ich schlucke meinen Zorn herunter, weil es nichts bringen würde, Andrew davon zu überzeugen, dass jedes Kunstwerk eines Künstlers eben auch ein Kunstwerk ist, denn der Künstler hat all sein Können, seine Träume, Hoffnungen und eine Menge Schweiß und Nerven in sein Werk gesteckt. Also verdient es auch, dass man es bewundert.

Er öffnet auch das zweite Schloss, stößt die Tür auf und tritt zur Seite, damit ich an ihm vorbei in die Galerie treten kann. Ich atme tief die Luft ein, es riecht nach Reinigungsmittel und irgendwie trocken und muffig und wahrscheinlich bilde ich mir auch nur ein, dass es nach Farbe riecht. Aber es gibt mir ein schönes Gefühl, mir vorzustellen, dass man die Farbe auf den Gemälden noch immer riechen kann, dass man das Salzwasser des Meeres riechen kann, das mit einer dicken Schaumkrone auf dem Bild direkt hinter dem Eingang an den Strand rollt. Und ich kann es auch rauschen hören und die Kinder lachen, die sich einen bunten Wasserball zuwerfen.

»O das ist aber schön, ist das schön .. hach ... ich hab noch nie einen so wahnsinnig schönen Scheißdreck gesehen.« Andrew grinst mich so breit an dass ich jeden einzelnen seiner weißen Zähne aufblitzen sehen kann, als er aus *Nix zu verlieren* zitiert. Ich schnaube laut auf und stapfe an ihm vorbei. »Rein und wieder raus«, sagt Andrew, nimmt wieder meine Hand und zieht mich durch den kleinen Raum, dann weiter durch einen Durchgang und in einen noch kleineren Raum. Er lässt mir wirklich keine Zeit, auch nur für einen Wimpernschlag eins der Werke anzusehen.

»Warte hier!«, befiehlt er leise und verschwindet durch einen weiteren Durchgang, nur um fünf Sekunden später schon wieder aufzutauchen mit einer schmalen Kiste in der Hand. Er bleibt vor einem Gemälde stehen, auf dem verschiedenfarbige Formen und Farben ineinander verlaufen und ein interessantes Muster ergeben. Ich gehe auf die andere Seite des Raums und betrachte ein Gemälde, das aus nichts weiter als aus weißen Linien auf schwarzem Untergrund besteht. Zuerst sieht es aus wie das Gesicht einer Frau, aber mit jedem Schritt, den ich näherkomme, rutschen die Linien weiter auseinander und ergeben am Ende einfach nur noch wahllos erscheinende Linien.

Andrew nimmt gerade das bunte Bild von der Wand, als ein Schlüsselklappern von irgendwo weiter hinten uns beide erstarren lässt. Ich springe fast schon auf Andrew zu, so panisch werde ich. Ich kann die Angst in meinen Muskeln vibrieren spüren. Andrew schiebt hastig das Gemälde in den Karton, dann nimmt er meine Hand und schiebt mich in den Raum, aus dem er eben den Transportkarton geholt hat. Er drückt mich gleich hinter der Tür gegen die Wand und hebt die Hand, um mir zu bedeuten, dass ich bleiben soll, wo ich bin.

In meinen Ohren rauscht es und noch ehe ich protestieren kann, verlässt Andrew den Raum. Vor mir im Halbdunkel steht der Karton, in den er eben das bunte Kunstwerk geschoben hat. Ich sehe mich um, im ganzen Raum gibt es nur metallene Regale mit noch mehr Kisten, in Folie verpackten Bilderrahmen und Bildern, ein paar Statuen, Vasen und anderen Kunstgegenständen. Ich schließe die Augen, als ich die Stimmen von zwei Männern hören kann, sie unterhalten sich über die Versteigerung von etwas und darüber, dass der Erlös einer Hilfsorganisation zugutekommen soll.

Wir bestehlen gerade Menschen, die Gelder für Hilfsorganisationen sammeln. Kann man noch mieseres Karma auf sich ziehen? Ich umklammere das Handy in meiner Tasche, als wäre es meine einzige Möglichkeit auf Rettung. Das Telefon vibriert in meiner Hand. Ich ziehe es aus der Tasche und sehe auf das Display.

Bleib ganz still! Sie sind vorne im Hauptraum.

Wo bist du?, schreibe ich zurück.

Direkt vor deiner Tür.

Warum kommst du nicht rein? Ich stehe kurz vor einer Panikattacke.

Weil ich die beiden aufhalten muss, wenn sie bemerken, dass das Gitter offensteht, damit du fliehen kannst.

Ich werde hier nicht ohne dich verschwinden.

Doch, wirst du, durch das Fenster in der Ecke hinter dem Regal rechts von dir. Wenn ich in fünf Minuten nicht bei dir bin.

Falls ich in fünf Minuten nicht zurück sein sollte, warten Sie einfach ein bisschen länger, antworte ich mit *Ace Venturas* Worten.

Ich beuge mich etwas nach vorne, um um das Regal herumsehen zu können. Dort gibt es wirklich ein sehr kleines Fenster. Zu klein für einen Mann mit einem so muskulösen Körper, wie Andrew ihn hat. Und zu hoch, als dass ich dort leicht rauskommen würde. Deswegen also glaubt Andrew, die Männer aufhalten zu müssen, um mir Zeit zu verschaffen.

Ich sehe auf das Handy, meine Finger zittern. Ich will ihn anschreien, weil er schon wieder versucht, mich zu schützen und dafür sich in noch größere Gefahr bringt. Er serviert sich selbst auf dem Silbertablett, nur um mich raushalten zu können. Diese Erkenntnis macht mich sehr wütend. Wenn ich es dadurch nicht noch schlimmer machen würde, würde ich jetzt dort rausgehen und diesem Macho gehörig die Leviten lesen. Das Telefon vibriert wieder in meiner Hand und rettet Andrew vor meiner Wut.

Du bist also noch nie geküsst worden?

Ich weiß, er will mich nur von meiner Angst ablenken, er kennt mich eben doch sehr gut. Nur er kann wissen, dass ich gerade vor Panik kaum Luft bekomme. Ich bin wohl doch nicht zur Einbrecherin geeignet. Wie oft hat er alles für meinen Vater riskiert und warum ist er solche Risiken eingegangen? Ich sehe wieder auf die SMS, die mich auf andere Gedanken bringen soll. Vielleicht funktioniert es, deswegen lasse ich mich darauf ein.

Noch nie, antworte ich und beschließe, etwas Mutiges zu tun. Nur als kleine Rache dafür, dass er mich immer wieder abblitzen lässt, meine High Heels kaputtgemacht hat und mich hier ganz allein, fast wahnsinnig vor Angst, im Halbdunkel stehen lässt.

Es gibt viele Dinge, die ein Mann mir zum ersten Mal zeigen kann. Ich bin erstaunt, wie einfach es mir fällt, ihm diese zweideutige Nachricht zu schicken. Ich traue mich nicht, die Initiative zu ergreifen, wenn er vor mir steht, aber hierfür muss ich ihm nicht in die Augen sehen. Trotzdem hämmert mein Herz, als seine Antwort kommt.

Welche?

Ich überlege, was ich antworten soll, immerhin stochere ich hier gerade ins Leere, auch solche Nachrichten tausche ich zum ersten Mal aus. Ich habe nicht die geringste Vorstellung, was man einem Mann schreibt, um in ihm Verlangen zu schüren.

Wie es sich anfühlt, wenn er seine Lippen auf Stellen auf meinem Körper drückt, die kein anderer vorher berührt hat.

Klingt wie aus einem der Liebesromane, die ich immer lese. Und dort funktionieren solche Aussagen doch recht gut. Die Protagonisten finden am Ende immer zusammen. Zumindest scheint Andrews Plan aufzugehen, ich werde deutlich ruhiger. Wie groß kann die Gefahr denn auch sein, wenn er Zeit hat, mir zu schreiben?

Wie das Gefühl, das er bei dir auslösen kann, wenn er seine Lippen um deine kleinen zartrosa Nippel legt?

Was? Atemnot! In mir ziehen sich Stellen zusammen, die das noch nie getan haben. Ein Flattern bewegt sich durch meinen Magen. Ich kann seine Lippen fast auf meinen Brüsten spüren. Mir wird ganz heiß, als ich seine Worte lese und mir vorstelle, wie es wohl sein würde, wenn er an meinen Brustwarzen saugen würde. Meine Brüste ziehen sich schmerzhaft zusammen. Da ist ein Sehnen in ihnen, das mir bis zu diesem Augenblick tatsächlich noch unbekannt war. Ich unterdrücke den Wunsch, sie zu berühren und diesem Gefühl nachzuspüren. Ich will ihm antworten, ich will ihn aber auch aus der Reserve locken, so wie er es mit mir getan hat, weil die dumme Hoffnung sich wieder in mir breitmacht. Auch wenn er nur versucht, mich abzulenken, ich habe jetzt die Chance, ihm zu zeigen, dass ich diese

Dinge kann. Heißt das nicht Sextexten, was wir gerade tun? Dann sollten meine nächsten Worte ihn innerlich genauso zum Brennen bringen, wie es seine mit mir gemacht haben.

Meine Hand um ihn legen und fühlen, wie es ist, wenn er hart ist und sich gleichzeitig weich anfühlt. Ihn mit meiner Zunge lecken und kosten.

Ich starre auf das Display, warte darauf, dass die Blase erscheint, die mir zeigt, dass er mir antwortet. Er hat meine Nachricht gelesen, aber er schreibt nicht zurück. Nervös beiße ich in meine Wange. Mein Herz schlägt nicht mehr zu schnell, weil es sein könnte, dass er oder ich jeden Moment entdeckt werden könnte, es rennt, wegen dem, was ich geschrieben habe. War es zu viel? Zu direkt? Hätte Ellie so etwas geschrieben? Ganz sicher hätte sie.

Du machst mich fertig! Woher ... Fuck!

Ich muss grinsen, als ich seine Nachricht lese. Aber dann erstarre ich. Vielleicht meint er gar nicht mich. Ist er entdeckt worden?

Andrew?

Alles okay, sie sind weg. Warte noch fünf Sekunden, bevor du rauskommst.

Was? Wieso soll ich warten? Ich öffne vorsichtig die Tür. Andrew lehnt an der Wand. Er wendet mir das Gesicht zu.

»Komm her!«, flüstert er.

»Das Bild.«

»Scheiß auf das Bild. Was hast du dir dabei gedacht?« Er stößt sich von der Wand ab und kommt mit zornig blitzenden Augen auf mich zu.

»Wobei?«, frage ich ahnungslos und gehe rückwärts. Ich stoße gegen die offenstehende Tür. »Du hast angefangen«, sage ich unsicher.

»Verdammt, ja. Das hab ich.« Sein Blick verdunkelt sich und er sieht ... unglücklich aus? Gierig? Ich kenne diesen Ausdruck in seinem Gesicht nicht.

Andrew bleibt vor mir stehen, packt meine Hand um mein Gelenk und zieht mich näher auf sich zu. Panik ergreift mich, gleichzeitig flutet Wärme durch meinen Körper, lässt meinen Magen flattern und meine Muskeln vibrieren. Auf eine fremde, unbekannte Art. Ich bin unfähig, meinen Blick von ihm zu lösen. Meine Augen sind vor Angst wahrscheinlich so geweitet, dass er genau sehen kann, was in mir vorgeht. Aber er sieht mich nur ganz ruhig an, die Augen dunkler als ich es je bei ihm gesehen habe. Mit einem kräftigen Ruck zieht er mich bis an seine Brust. Ich stolpere, aber er schlingt sofort seinen freien Arm um mich. Dann drückt er meine gefangene Hand auf seinen Schritt. Erschrocken keuche ich auf, als ich die Härte unter meinen Fingern spüre. Er sieht mir unverwandt in die Augen. Noch immer schwingt da Zorn in seinem Blick mit. Aber auch Verlangen und das lässt mein Herz trommeln wie noch nie zuvor.

»War ich das?«, flüstere ich mit trockener Kehle.

»Du solltest einem Mann solche Dinge nicht in den Kopf setzen, wenn du nicht vorhast, sie zu tun.« Sein Gesicht ist meinem ganz nah, ich kann seinen keuchenden Atem spüren, als er meine Hand noch fester gegen seine Erektion drückt. In meinem Unterleib zieht sich jeder Muskel zusammen. Mein Unterleib will etwas, wovor ich in diesem Augenblick Angst bekomme. Und doch nehme ich allen Mut zusammen. Wie auch immer, Andrew und ich haben eine Grenze überschritten. Und Andrew hat es zugelassen, dass wir das tun. Ich werde jetzt nicht nachgeben, also umschließe ich seine Härte mit meinen Fingern und reibe sie durch den Stoff seiner Jeans hindurch. Andrew atmet zischend ein.

»Und was, wenn ich bereit dafür bin?«, frage ich ihn leise. Wenn ich jetzt die Angst in mir siegen lasse, dann gebe ich ihm die Möglichkeit, wieder vor mir wegzulaufen. Und das darf auf keinen Fall passieren. Ich verstehe nicht, was hier gerade passiert. Warum er sich entschieden hat, seine Meinung zu ändern. Aber ich werde es auf keinen Fall hinterfragen.

Er lässt meine Hand los, schiebt seine in meinen Nacken und zieht mein Gesicht noch näher an seins. Sein Blick fällt auf meine Lippen. Ich lecke mit der Zunge über meine Unterlippe, ziehe sie zwischen meine Zähne und lasse sie langsam wieder vorkommen. Seine Brust hebt sich unter einem schweren Atemzug, dann streicht er mit seinen Lippen über meine. Er zupft erst an meiner Oberlippe, dann an meiner Unterlippe, löst sich von mir und sieht mich an, als würde er auf meine Erlaubnis warten.

Ich reibe mit meiner Hand über seine Erektion, was ihm wohl Erlaubnis genug ist, denn er erobert meinen Mund in einem kraftvollen gierigen Kuss. Ich keuche überwältigt auf, als sein Mund über meinen reibt, als er an mir saugt und knabbert. Seine Zähne kratzen hart über meine Lippen und jagen Schauerwellen durch meinen Körper. Verzweifelt schlinge ich die Arme um Andrew, als eine Welle von Gefühlen über mich hinwegspült. Andrews Zunge streicht über den Spalt zwischen meinen Lippen. Ich öffne meinen Mund für ihn und lasse ihn ein. Als seine Zunge meine berührt, stöhne ich laut auf. Seine Zunge umkreist meine, stupst mich an. Er saugt an meiner Zunge, knabbert an meinen Lippen und raubt mir den Atem. Meine Knie werden ganz weich und ich muss mich noch fester an ihn krallen. An meinem Bauch spüre ich seine Erektion und nichts von dem ist noch beängstigend für mich.

Ich habe vergessen, wo wir sind, spüre nur noch Andrews Körper an meinem, seine Hand, die über meinen Rücken fährt, die andere, deren Daumen Kreise auf meinem Nacken malt. Und das Feuer, das durch meinen Körper wütet und Hitze in jede noch so versteckte Zelle schickt. Keuchend hole ich Luft. Ich fühle mich, als stünde ich unter Strom. Ellie zu küssen war, als würde ich versuchen, mich selbst zu kitzeln. Es hat nichts ausgelöst. Aber Andrew zu küssen, bringt die ganze Welt um mich herum zum Wanken. Er löst sich von mir und betrachtet mein Gesicht. Ein Daumen streicht über meine Lippen, die sich ganz heiß und geschwollen anfühlen.

»Und, hat Ellie sich auch so angefühlt?«

Ich atme zitternd ein und schüttle den Kopf. Dieser Kuss hat mich ganz schwindlig, hat brodelndes Feuer durch mich hindurch gejagt und hat mich wünschen lassen, dass alles, was er mir verspricht, auch wirklich passieren wird.

8. Kapitel

Schau mir in die Augen, Kleines!
- Casablanca -

Andrew

Luxus war es nicht, was Charlie im Sinn hatte, als er uns im St. Enoch Budget Hotel auf der Howard Street eingebucht hat. Das St. Enoch ist eines der Hotels, die Studenten gerne benutzen. In unserem Zimmer befinden sich ein Doppelstockbett aus Metall und eine Liege, die ich nicht mal einem Hund anbieten würde. Auch das Doppelstockbett sieht nicht besonders stabil aus, aber zumindest scheint es sauberer als die Liege. Ich lasse meine Reisetasche auf den Boden fallen, der Teppich war wohl mal rot, jetzt kann man froh sein, überhaupt zu sehen, dass dieser Teppich existiert.

Phoebe steht vor mir mitten im Raum und dreht sich mit starrer Miene im Kreis. Sie stülpt ihre vollen Lippen vor und ich möchte am liebsten Aufstöhnen bei diesem Anblick. Ich kann an nichts anderes mehr denken als an die Nachricht, die sie mir geschickt hat. Ich hatte sie nur etwas ablenken wollen, um zu verhindern, dass sie den Raum verlässt und die Männer bemerken würden, dass sie nicht allein in der Galerie waren, aber am Ende hat sie mich abgelenkt. Ich war so explosionsartig hart geworden, wie schon lange nicht mehr, bei den Bildern, die sich in meinem Kopf abgespielt haben.

Jeder Muskel in mir hat gezittert, so sehr musste ich mich davon abhalten, in den Lagerraum zu stürmen und sie gegen die nächste Wand zu vögeln. In meinem Kopf sind sämtliche Emotionen kollabiert und in dem

Moment, in dem sie die Tür aufgemacht hat und mich mit ihren großen unschuldigen Augen angesehen hat, da war alles, was mich bis zu diesem Augenblick von ihr ferngehalten hat, ausgelöscht. Und es ist mir noch immer egal. Ich will ihre Lippen noch einmal auf mir spüren, die Hitze ihres Körpers an meinem fühlen. Ich will mit ihr noch viel weitergehen. Ich will alles von ihr. Wenn da nicht die Tatsache wäre, dass ... Ich reibe mir mit den Händen über die Schläfen.

Die Vorstellung, dass sie es noch nie getan hat, macht mir Angst. Gleichzeitig löst sie ein Kribbeln in mir aus und die Zweifel kommen wieder hoch. Warum zieht sie mich so an? Warum fällt es mir so schwer, sie nicht zu berühren? Es ist leichter, diesem Verlangen einfach nachzugeben. Und es ist ein verdammter Fehler, dass ich es getan habe. Ich hasse es, schwach zu sein, aber sie macht mich schwach mit ihren großen Augen, der Art, wie sie mich ansieht, als wäre ich etwas Besonderes. Als wäre ich ein Held. Dabei bin ich genau das nicht. Wegen mir ist Nancy tot.

»Dein Handy hat vibriert«, sagt sie und zeigt auf meine Jackentasche. Ich blinzle sie verwirrt an. Es braucht ein paar Sekunden, bis das, was sie gesagt hat, es in mein Gehirn geschafft hat. Ich schlucke schwer, dann hole ich das Telefon aus meiner Jackentasche. Es ist eine Nachricht von Charlie. Er ist kurz vor Glasgow. Er will ein Taxi vom Busbahnhof zum Hotel nehmen. Und da ist noch etwas:

»Er hat die Adresse deiner Mutter mitgeschickt«, sage ich zu Phoebe, während ich unser Ziel schon im Internet suche. Ich habe keine Ahnung, wie Sarah reagieren wird, wenn wir einfach bei ihr auftauchen. Als sie gegangen ist, war ich vierzehn. Sie war so etwas wie ein Lichtblick in meinem Leben, weil sie für mich da war, ohne, dass ich ihr etwas dafür geben musste. Dass sie verschwunden ist, hat mich nicht weniger mitgenommen als Phoebe damals. »Sie ist in von Los Arcos.«

»In Mexiko?«, will Phoebe erstaunt wissen.

Ich grinse. »Nein, das ist in Spanien. Ich habe schon davon gehört. Rogue lebt in der Nähe. Vielleicht ist das gar nicht so schlecht.«

»Warum?«

»Es ist Rogue. Er könnte ein Auge auf dich und deine Mum haben, wenn ich dich bei ihr abgesetzt habe.«

»Der Rogue von den Helldogs?« Sie schnaubt laut auf. »Du willst mich einfach absetzen und dann verschwinden?«

»Das war die ganze Zeit der Plan.«

»Der Plan war, wir besuchen meine Mutter. Wir reden mit ihr und dann komme ich mit dir.«

Ich sehe sie ernst an. »Ich kann dich nicht mitnehmen. Und der Plan war, dich zu ihr zu bringen, weil du dort in Sicherheit bist. Dein Vater hat sie bis jetzt nicht gesucht, er wird es auch später nicht tun. Wenn er das wollte, hätte er die Adresse sicher genauso schnell rausgefunden, wie Logan es getan hat.«

»Und ich kann dich nicht allein einen Krieg gegen meinen Vater führen lassen.«

Ich gehe zum Fenster, ziehe einen der beiden Stühle von dem kleinen Tisch und setze mich. »Nichts hat sich geändert.«

»Hat es auch nicht. Natürlich will ich meine Mutter sehen. Ich habe eine Menge Fragen an sie, aber sie und mich verbindet nichts. Das wird es auch nie. Sie hat mich bei einem Mörder zurückgelassen. Hast du wirklich geglaubt, das könnte ich einfach so vergessen?«

Ich stoße frustriert die Luft aus und starre Phoebe verständnislos an. Sie steht vor mir, den Körper gestrafft und sieht mich mit einem Blick an, den sonst nur Lehrerinnen beherrschen.

»Nein, so hatten wir das nicht abgemacht. Ich kann dich nicht mitnehmen. Diese ganze Sache hatte von Anfang an das Ziel, dich weg von deinem Vater und hin zu deiner Mutter zu schaffen.«

»Du hast das so geplant, aber hast du auch nur einmal mich gefragt, was ich will?«

»Was willst du denn?«, frage ich zornig.

»Ich will bei dir bleiben. Du bist alles, was ich noch habe.«

In meiner Kehle setzt sich ein Kloß fest. Was sie sagt, stimmt. Außer mir gibt es niemanden mehr für sie. »Und was ist dann der Plan?« Ich muss einen Weg finden, sie trotz ihrer Einwände in Sicherheit zu bringen.

»Wir besuchen meine unbekannte Mutter, bringen den Klimt zurück und suchen uns eine Bleibe. Spanien klingt für mich ganz okay.«

» Ein kluger Mann widerspricht seiner Frau nicht. Er wartet, bis sie es selbst tut.«

»Komm mir jetzt nicht mit Casablanca, um mich von dem abzubringen, was ich will. Ich entscheide über mein Leben, nicht du. Und mein Leben wird es nicht sein, mich bei meiner Mutter zu verstecken, einer Frau, die ich nicht einmal kenne.« Sie seufzt, holt tief Luft, dann drückt sie meine Hand. »Ich weiß, ich war einverstanden, dass du mich zu ihr bringst. Aber als ich gesagt habe, das wäre okay, da war ich zu verwirrt. Jetzt sehe ich klarer. Und eins weiß ich genau, ich werde bei dir bleiben, egal, wie das zwischen uns weiterläuft. Du kannst mich nicht wegstoßen und alleinlassen.«

»Spanien ist okay, bis er uns findet«, sage ich düster, weil ich verstehe, dass sie Angst hat. Genau genommen klingt Spanien zusammen mit ihr wie ein Traum. Sie und ich und das Meer. Sie in einem Bikini und ich und das Meer. Weit weg von Glasgow und all seinem Schmutz. Aber ich bin noch nicht so weit. Erst muss ich diese eine Sache erledigen. Erst muss ich ihren Vater umbringen.

Ich sehe zu ihr auf, nehme ihre Hand und hauche auf jeden ihrer Knöchel einen Kuss. Ich weiß nicht, was hier mit uns passiert, aber wenn ich sie berühre, springt mein Herz so heftig gegen meine Rippen, dass ich kaum atmen kann. Und wenn ich mir vorstelle, dass ihr etwas geschehen könnte, dass ich sie wie Nancy verlieren könnte, dann ist es, als würde mich etwas unter Wasser drücken und meine Lungen würden bersten.

Vielleicht würde ich alles für sie tun, ihr jeden Wunsch erfüllen. Eigentlich habe ich das sogar schon immer getan. Aber diesen kann ich ihr nicht erfüllen, deswegen gebe ich im Moment zwar nach, aber ich muss einen Weg finden, wie ich sie davon überzeugen kann, mich aufzugeben. Dieser Wunsch muss unerfüllt bleiben, solange da noch diese Rechnung offen ist. Und wenn ich diese Rechnung beglichen habe, dann wird sie mich hassen, weil ich ihr ihren Vater genommen habe. Sie will es im Moment noch nicht sehen, aber wenn es vorbei ist, wird sie mich nicht einmal mehr ansehen können. Und deswegen muss ich am ursprünglichen Plan festhalten, ich darf sie nur nicht wissen lassen, dass ich sie noch immer verlassen will.

Ich sehe lächelnd zu ihr auf, ziehe an ihrer Hand, lege einen Arm um sie und ziehe sie auf meinen Schoß. Ich streiche ihr Haar hinter ihr Ohr und küsse zärtlich ihre Ohrmuschel. »Spanien klingt wirklich gut.«

Sie strahlt mich an, legt ihre Hände auf meine Wangen und drückt ihre Lippen auf meine. Ich ziehe sie noch näher an meine Brust und vertiefe den Kuss. Zärtlich lasse ich meine Hände über ihren Rücken wandern, lege eine Hand in ihren Nacken und schiebe die andere unter den Pullover, den sie anhat. Ihre Haut ist ganz weich und warm. Ich schiebe meine Hand an ihrer Seite nach oben über ihre Rippen. Mein Daumen findet den Stoff ihres BHs, ich streiche sanft über die untere Rundung ihrer Brust. Unter meinem Handballen spüre ich das Flattern ihres Herzens. Ich löse mich von ihren Lippen und sehe ihr ins Gesicht, um darin zu forschen. Sie wirkt nervös, aber nicht ängstlich. Und in ihren Augen spiegelt sich mein eigenes Verlangen wider. Ich streiche mit meinem Daumen vorsichtig über ihre kleine Knospe, die unter meiner Berührung noch fester wird. Sie atmet tief ein, Hitze schießt in ihre Wangen, als ich an ihrer Brustwarze zupfe. Sie stöhnt leise auf.

»Gefällt dir das?«

Sie nickt und scheint in meinem Gesicht zu lesen, wie ich in ihrem. »Ich will, dass du es bist. Du solltest es schon immer sein.«

Ihre Worte schießen mir direkt in die Lenden. Ich muss die Augen schließen, um nicht die Kontrolle zu verlieren. Mein Daumen umkreist ihre Brustwarze. »Gehen wir es langsam an«, sage ich atemlos und ziehe ihr Gesicht auf meins, um sie zu küssen und um ihr nicht sagen zu müssen, dass wir nicht so weit gehen werden. Noch immer kommt es mir falsch vor, diese Dinge mit ihr zu tun. Aber ich kann ihr und ihren weichen Lippen auch nicht länger widerstehen. Trotzdem darf das hier nicht weitergehen. Ich kann ihr das nicht antun in dem Wissen, dass ich sie belüge, was meine Pläne angeht. Aber vielleicht sollte ich so egoistisch sein und mir zumindest etwas von dem nehmen, was mein Körper von ihr so gerne haben möchte, dass mein Schwanz vor Lust zuckt und sich schmerzhaft gegen den Stoff meiner Jeans drängt.

Erschrocken springt sie von meinem Schoß, als es an der Tür klopft. Sie sieht mich an, als hätten wir etwas Verbotenes getan und wären eben dabei erwischt worden. Vielleicht haben wir das auch. Ich stehe auf, werfe ihr ein breites Grinsen zu und gehe an ihr vorbei zur Tür. Ich halte den Türgriff fest umschlossen. »Ja?«

»Charlie«, kommt es von draußen. Ich zwinkere Phoebe zu und sie verzieht missbilligend den Mund. Ich weiß genau, warum sie mich enttäuscht ansieht, aber ich bin geradezu erleichtert, dass Charlie uns in die Suppe spuckt. Ich wollte zwar aufhören, mit dem, was wir getan haben, aber ob ich es auch geschafft hätte?

Ich atme tief ein und öffne die Tür für Charlie. Er kommt rein, sieht sich um und rümpft die Nase, als sein Blick auf die Liege fällt. »Ich hoffe, ihr beide seid euch nahe genug gekommen, um in einem Bett zu schlafen, denn auf diese Gartenliege lege ich mich bestimmt nicht.«

Phoebes Wangen überziehen sich mit Hitze, aber sie überspielt es, indem sie lachend den Kopf in den Nacken legt. Ich verschließe die Tür wieder und Charlie geht murmelnd auf den Tisch zu, stellt eine Papiertüte aus einem Burgerladen auf den Tisch und setzt sich auf einen Stuhl.

»Ich dachte, ihr seid vielleicht hungrig.«

Ich setze mich auf den anderen Stuhl und ziehe Phoebe auf meinen Schoß, weil es nur zwei Stühle im Zimmer gibt, bevor ich einen Blick in die Tüte werfe und Phoebe einen der Burger gebe. Sie nimmt ihn, packt ihn aus und beißt herzhaft stöhnend hinein. Ich zwicke ihr in den Hintern und sehe sie ermahnend an.

»Stöhn noch mal so und Charlie wird Zeuge von deinem ersten Mal«, flüstere ich ganz leise in ihr Ohr. Sie hustet, dann lacht sie und rutscht mit ihren Hintern gegen meinen Schwanz. Das kleine Biest weiß genau, was sie da treibt.

»Ich sehe, das Bettenproblem scheint keins zu sein«, murmelt Charlie wissend, beißt in seinen Burger und öffnet sich eine Büchse Bier. Ich nehme mir auch eine Büchse aus der Tüte und einen Hot Dog. »Gab es irgendwelche Vorkommnisse?«

»Nein, nichts«, antwortet Phoebe. »Wir sind direkt hierhergefahren und dann saßen wir hier und haben uns über Los Arcos unterhalten und darüber, dass Spanien ein schönes Land ist und wir wohl eine Weile bleiben werden.«

Charlie runzelt die Stirn und mustert mich aufmerksam. Ich versuche, keine Miene zu verziehen. Der alte Mann ist nicht dumm. Und er weiß auch, dass mich nichts davon abhalten wird, Ragnarök persönlich in die Hölle zu jagen. »Gut. Ich hab mir was überlegt. Eure Gesichter flimmern über sämtliche Kanäle. Ich denke wir nehmen am besten die Fähre von Dover nach Calais. Ich fahre das Auto und ihr versteckt euch für die Überfahrt im Kofferraum.«

»Du wirst uns nicht begleiten«, fahre ich dazwischen. Das werde ich nicht zulassen. Ich kenne Charlie, wenn ich ihn mitnehme, wird er bis zum Ende bei mir bleiben wollen. Aber ich werde ihn keiner Gefahr aussetzen. Außerdem ist da noch der Klimt, den ich hinter dem hässlichen, befleckten Bild versteckt habe, das wir in der Galerie mitgenommen haben, von dem er nicht erfahren darf.

»Ihr könnt nicht auf der Fähre rumlaufen, ihr werdet gesucht. Und einer muss den Wagen ja da rauf- und wieder runterfahren. Und das kann dann wohl nur ich sein«, sagt Charlie streng und ich weiß, er wird keinen Widerspruch dulden. Außerdem hat er recht.

»Also gut«, sage ich. Je mehr ich mich wehre, desto mehr Verdacht wird Charlie schöpfen. »Du bringst uns rüber und drüben fahren wir dann allein weiter. Ich denke nicht, dass die Nachrichten von hier bis aufs Festland kommen.«

Charlie nickt. »Okay, ich denke, ich brauch sowieso mal ein neues Auto. Die alte Emma trotzt in letzter Zeit immer öfters. Du meldest dich bei Rogue, wenn es Ärger gibt?« Charlie war der Präsident der Hellgogs. Als er aus dem Gefängnis kam, ist er aber eigene Wege gegangen, weil er sich zu alt für ein Motorrad fühlte. Ich glaube, Charlie fühlt sich für den ganzen Mist um uns herum zu alt. Und ich kann es ihm gut nachempfinden. Seit ich in Nancy eine Chance raus aus diesem Leben gesehen hatte, wächst in mir der Wunsch, etwas anderes haben zu können. Etwas, das Wärme, ein Zuhause und eine Frau an meiner Seite bedeutet. Ich lege meine Lippen auf Phoebes Nacken und küsse sie zärtlich. Schlag dir das aus dem Kopf, Idiot. Du kannst sie nicht haben. Sie hat Besseres verdient, als das hier. Sie bei mir zu behalten, wäre so, als würde sie bei ihrem Vater bleiben müssen. Vielleicht nicht ganz, ich würde sie nicht verkaufen und zwangsverheiraten. Aber frei wäre sie auch nicht.

»Was soll schon schiefgehen?«, sage ich zu Charlie.

Charlie zieht eine Braue hoch. Ja, der Alte hat etwas gerochen.

Phoebe

Charlie liegt im Bett über uns und schnarcht leise. Aber nicht sein Schnarchen hält mich vom Schlafen ab, sondern Andrews warmer, harter Körper an meinem. Er hat einen Arm um meinen Bauch geschlungen und atmet leise in mein Haar. Als wir Kinder waren, haben wir oft in einem Bett geschlafen. Er hat sich neben mich gelegt, mit mir geredet oder auch nur einfach so vor sich hingeredet, weil er wusste, dass mich das beruhigt. Ich habe seiner Stimme gelauscht und bin irgendwann eingeschlafen. Damals habe ich ihn so sehr gebraucht wie heute.

Er war es gewesen, der mir die Angst davor genommen hat, dass meine Mutter mich verlassen hat, weil sie mich nicht lieben konnte. In meiner kindlichen Dummheit habe ich lange Zeit geglaubt, dass ich etwas getan hätte, dass meine Mutter so sehr von mir enttäuscht hat, dass sie es nicht mehr in meiner Nähe ausgehalten hat. Dass mein Vater sich von mir abgewendet hat, nachdem sie fort war, hat mir nicht unbedingt geholfen. Ohne Andrew wäre ich wohl ein unglückliches Kind geworden, das an seinen Schuldgefühlen erstickt wäre. Vielleicht liebe ich ihn deswegen so sehr, dass der Gedanke, er könnte mich wieder verlassen, mich wahnsinnig macht. Ich weiß, er hat vor, mich zu meiner Mutter zu bringen und dann aus meinem Leben zu verschwinden. Aber dieses Mal werde ich das nicht zulassen. Nicht, nachdem wir uns so nahegekommen sind wie nie zuvor. Andrew wird mich nur noch loswerden, wenn er mir beweisen kann, dass er nicht genauso empfindet wie ich. Ich hole tief Luft und kneife verzweifelt die Augen zu. Was, wenn er mich wirklich nicht lieben kann?

Ich lege meine Hand auf seinen nackten Unterarm und streichle über seine warme Haut. Ich wünsche mir so sehr, dass er bei mir bleibt, dass ich kaum atmen kann. In meinem Magen krampft es bei der Vorstellung, dass er einfach fortgehen könnte. Ich sollte aufhören, mich mit diesen Gedanken zu quälen und mich nur auf die nächsten Tage konzentrieren. Vor Mittwoch werden wir nicht in Los Arcos sein, solange gehört er noch mir. Ich habe noch drei Tage, um ihn davon zu überzeugen, dass wir für immer zusammengehören. Ich male Kreise auf seinen Unterarm. Er bewegt sich stöhnend hinter mir, dann spüre ich seine Lippen an meinem Ohr.

»Worüber denkst du nach?«, will er mit leiser, vom Schlaf heiseren Stimme wissen.

»Über dich. Über mich. Darüber, wie gut es sich anfühlt, wenn du mich so hältst.«

Er küsst mein Ohr, leckt mit seiner Zunge über meine Ohrmuschel und ich erschaudere. »Wenn wir nicht in wenigen Minuten aufstehen müssten, würde ich dir gerne zeigen, wie gut es sich für mich anfühlt.«

Ich schiebe meinen Hintern gegen seine Lenden und grinse, als er leise aufstöhnt. »Ich habe eine ungefähre Ahnung, wie es sich für dich anfühlt«, flüstere ich und drehe mich in seinen Armen um. Andrew schiebt sich über mich und legt sich zwischen meine Beine. Wir beide tragen nur unsere Unterwäsche. Bevor wir ins Bett gegangen sind, hatte ich einen kleinen Disput mit mir selbst, darüber, ob ich das rote Höschen von Ellie anziehen sollte oder doch lieber die geblümte Baumwolle aus dem Laden, in den wir eingebrochen sind. Ich habe mich für die unsexy Baumwolle entschieden, wegen Charlie. Aber ein kleines Vögelchen wünscht sich, dass ich Gelegenheit für rote Spitze haben werde.

»Schau mir in die Augen, Kleines!« Andrew streicht mir mein Haar aus dem Gesicht und mustert mich ernst. Ich kann mich kaum auf sein Gesicht konzentrieren, denn seine Erektion drückt zwischen meinen Schenkeln auf diesen empfindlichen Punkt, der heiße Wellen durch meinen Körper jagt. Nur diese Berührung dort unten, getrennt durch den Stoff unserer Unterwäsche, reicht aus, dass ich mir wünsche, er würde mir zeigen, wie es sich anfühlen würde, wenn ich ihn ganz spüren dürfte. Andrew drückt sich fester gegen meine Scham und ich reiße erstaunt die Augen auf, als eine weitere Welle durch mich hindurchflutet, mein Herz zum Rasen bringt und meine Hüften sich ganz von allein ihm entgegenschieben.

Andrews Blick wird dunkler, gleichzeitig weicher. Seine Hände liegen an meinen Wangen und seine Daumen streichen über meine Wangenknochen. Eigentlich tun wir nichts und doch fühlt es sich unfassbar intim an. Er reibt wieder über mich und ein Schwall Feuchtigkeit durchtränkt mein Höschen. Ich halte mich an seinen muskulösen, harten Oberarmen fest, sehe ihm tief in die Augen und dränge mich ihm entgegen. Ich will mehr von dem. Sehr viel mehr. Die Sehnsucht droht mich zu überwältigen und auch ihm kann ich ansehen, dass ihm das hier nicht genug ist.

Andrew zittert angestrengt über mir, seine Lippen sind leicht geöffnet und sein Atem kommt so stoßweise wie meiner. Er schließt die Augen, unterbricht den Blickkontakt, dann senkt er seine Lippen auf meine und küsst mich sehr sanft und zurückhaltend. »Nicht so«, flüstert er. »Wenn wir es tun, dann ohne Zeugen.«

Er schiebt sich von mir runter. Im langsam immer heller werdenden Tageslicht kann ich die Beule in seiner Unterhose sehen. Ich lächle und ein wohliger Schauer überrollt mich. Ich möchte ihn so gerne berühren, erforschen und mehr darüber erfahren, wie Andrew darauf reagiert, wenn ich ihn dort unten streichle. Ich bin so neugierig auf all das. Das bin ich schon länger, aber in den letzten Tagen wächst mein Forscherdrang mit meinem Verlangen danach, Andrew noch näher und noch näher zu kommen. Ich will jeden Zentimeter Andrew berühren und kosten, und will von ihm berührt und gekostet werden.

Der Alarm eines Handys gellt durch die Stille. Ich blinzle, Andrew steht neben dem Tisch, er hat seine Jeans an. Ich habe gar nicht bemerkt, dass er seine Hose längst anhat. Er stellt den Alarm aus und legt das Handy beiseite, dann sieht er lächelnd zu mir herunter. »Die Dusche solltest du besser nicht benutzen, nicht, dass du dir irgendwelche Krankheiten holst.«

Charlie gähnt über mir laut, und als er sich bewegt, knarrt das Bett. »Ja, die sieht schlimmer aus, als alles, was wir im Knast je zu Gesicht bekommen haben.« Charlie klettert aus dem Bett und entlockt ihm noch ein paar weitere jammervolle Ächzer, bis er auf dem Boden steht und direkt weiter in das winzige Bad geht.

»Du meinst, ich soll Charlie keine Perücke aus den Haaren im Abfluss machen?«, frage ich.

Charlie bleibt in der Tür zum Bad stehen, schielt um den Türrahmen herum und sieht mich grinsend an. »Ich werde mich weder zur Perücke noch zu den leisen Seufzern aus deiner Kehle äußern, die mir noch vor wenigen Minuten den Schweiß haben aus der Stirn treten lassen.«

Ich schnappe hektisch nach Luft und Charlie verschwindet laut lachend im Bad. »Ich habe nicht geseufzt«, flüstere ich entrüstet und sehe Andrew schockiert an.

»Hmm, hast du doch«, sagt er, kramt in der Reisetasche herum, die er aus seinem Zimmer in dem kleinen B&B mitgenommen hat, und wirft mir eine noch verpackte Zahnbürste zu. »Ich habe auch Seife, die bekommst du aber nur, wenn ich dich damit einseifen darf.« Er sieht über die Schulter zu mir zurück und zwinkert. Ich kneife meine Beine zusammen, weil sofort wieder Hitze zwischen meine Schenkel schießt, und bin froh, noch immer unter der Decke zu liegen. Ich weiß genau, er will, dass ich schockiert reagiere, wenn er so etwas sagt. Vielleicht will er mir Angst machen, indem er mir zeigt, dass ich noch zu unerfahren bin. Vielleicht hat er die Hoffnung, ich würde zurückrudern. Aber das wird nicht passieren. Dafür träume ich schon zu lange davon, dass Andrew mir zeigt, wie es sich anfühlt, eine Frau zu sein. Eine Frau in seinen starken Armen.

»Du darfst«, sage ich majestätisch arrogant. »Und wehe du vergisst die wichtigen Stellen.«

Kurz weiten sich Andrews Augen, dann lacht er dunkel, tritt auf mich zu und bleibt so nah vor mir stehen, dass meine Stirn fast sein Kinn berührt. Er sieht zu mir runter, sein Arm legt sich um meine Taille und zieht mich an seinen Körper. Ich stütze meine Hände gegen seine Brust und erstarre an seinem Körper.

»Bist du alt genug, um mit der Gefahr zu spielen?«, will er wissen und strahlt mit jeder Faser Bedrohung aus.

Ich bin verwirrt von seinem plötzlichen Wandel und weiß nicht, was ich davon halten soll. Er ist mal ganz sanft und zärtlich und zurückhaltend. Und dann tue oder sage ich etwas und plötzlich kehrt er diese dunkle Seite raus mit der ich nicht umgehen kann. »Teste es aus«, sage ich und gebe mir Mühe, entspannt und ruhig zu klingen.

Er sieht mich weiter unverwandt an, dann legt er beide Hände auf meinen Hintern. Er schiebt die Fingerspitzen unter den Saum meines Höschens und lässt sie weiter auf meine Hitze zuwandern. Seine Fingerspitzen berühren nur meine äußeren Schamlippen. Ganz nah bei der Stelle, in der ich ihn spüren will. Ich atme hektisch ein und aus, kann mich nicht bewegen. Alles, was ich kann, ist starr an seinen Körper gepresst zu stehen und ihm in die Augen zu sehen. Ich bin noch niemals von jemandem dort berührt worden. Es fühlt sich beängstigend und verzehrend zugleich an. Und trotzdem sehne ich mich danach, dass er noch weitergeht und dieses brennende Ziehen in mir befriedigt. Und dass Charlie jeden Moment zu uns rauskommen könnte, ist mir dabei beinahe egal. Es fühlt sich sogar eher an, als würde ich kurz davorstehen, etwas so Gefährliches zu tun, wie von einer Brücke zu springen.

»Tu es«, fordere ich ihn auf.

Statt seine Finger noch weiter unter mein Höschen zu schieben, legt er seine Hände fester um meinen Po und hebt mich hoch. Ganz automatisch schlinge ich meine Beine um Andrews Taille. In seinen Augen steht Gier, als er mit mir vorwärts taumelt, mich mit dem Rücken gegen eine Wand drückt und seine Lippen brutal auf meine drückt. Jeder Kuss, den er mir bis zu diesem Zeitpunkt gegeben hat, war zärtlich, sanft, nur gehaucht. Bis auf den einen in der Galerie. Aber jetzt scheint er mich verschlingen zu wollen und ich liebe die Gefühle, die dieser Ansturm in mir auslöst. Er ist wild und grob. Saugt an meinen Lippen, beißt in meine Zunge und entlockt meinem Körper heftige Reaktionen. Seine Finger drücken sich rücksichtslos in mein Fleisch. Ich stöhne laut an seinem Mund. Andrew löst sich von mir, sein Blick ist wild und verhangen. Er küsst die zarte Haut an meinem Hals, beißt hinein und leckt mit seiner Zunge den Schmerz wieder weg.

»Wie viel davon verträgst du?«, will er heftig atmend wissen.

»Noch viel mehr«, keuche ich.

Er wendet den Blick ab, lässt mich auf meine Füße runter. Erst jetzt spüre ich, wie heftig es zwischen meinen Schenkeln pulsiert und wie feucht der Stoff meines Höschens sich anfühlt.

»Zieh dich an«, sagt er knapp und schnappt sich ein Shirt aus seiner Tasche. »Ich benutz das Gemeinschaftsbad.« Er reißt die Tür auf und ist so schnell verschwunden, dass ich nicht einmal Zeit hatte, zu blinzeln.

Charlie öffnet die Badezimmertür, schielt in den Raum, entdeckt mich und brummt: »Ich dachte schon, ich komm hier nie mehr raus. Ihr solltet es endlich hinter euch bringen, dann lebt es sich gleich wieder entspannter.«

»Ich arbeite dran«, sage ich leise und gehe auf das Bad zu.

»Er ist verrückt nach dir, aber er hat auch Angst.«

»Wovor?«

»Vor dem Schmerz, wenn er jemanden verliert, den er liebt.«

»So wie bei Nancy?«

Charlie nickt.

Ich gehe in das Bad, schließe die Tür und lasse mich dagegen sinken. Andrew und mein Vater scheinen doch etwas gemeinsam zu haben, sie beide haben Angst verlassen zu werden. Der eine mordet lieber, als jemanden gehen zu lassen. Der andere will verhindern, dass jemand ihm nahe genug kommen kann, damit er ihn verlassen kann. Ich berühre meine Lippen, die ganz geschwollen sind, berühre mein Kinn, über das seine Bartstoppeln gerieben haben und das sich ganz wund anfühlt. Andrew verwirrt mich mit seinen verschiedenen Seiten. Mal zart, mal grob. Mal liebevoll und dann wieder abweisend. Aber dieser verwirrende Andrew reizt mich auch. Er wird dadurch nur noch viel interessanter für mich. Ich will ihn. Wenn er sich unsicher ist und sich nicht selbst entscheiden kann, dann muss ich ihm dabei helfen.

9. Kapitel

Ich hab' niemanden, Clyde.
Süße, du vergisst, dass du mich hast.
- Bonnie und Clyde -

Andrew

Die ersten Stunden unserer Fahrt hat Phoebe in meinen Armen geschlafen. Charlie hat darauf bestanden, dass wir beide auf der Rücksitzbank sitzen, weil die Fenster seines Escort hier hinten verdunkelt sind. Da weder Phoebe noch ich in der letzten Nacht viel geschlafen haben, habe ich mich auf der Bank ausgestreckt und sie zwischen meine Beine genommen. Mit dem Rücken gegen meine Brust gelehnt, ist sie dann eingeschlafen.

Ich weiß nicht, was im Hotel in mich gefahren ist, sie so grob zu küssen, gegen eine Wand gepresst, aber sie ruft die dunkelsten Seiten in mir wach. Ich kann kaum noch klar denken, seit ich in der Galerie die Grenze überschritten habe und sie einfach geküsst habe. So als hätte ich einen Schalter umgelegt, der mich wahnsinnig vor Verlangen nach ihr macht. Ich weiß, das war ein Fehler, aber was ich auch versuche, ich kann mich nicht von ihr fernhalten. Dabei sollte es so einfach sein, wenn ich weiter daran festgehalten hätte, dass sie meine Schwester ist. Aber man kann den Verstand noch so sehr versuchen zu täuschen, wenn er weiß, dass etwas nicht wahr ist, dann lässt er sich nicht reinlegen. Und Gefühle sind noch viel uneinsichtiger. Sie haben keinen Verstand, sie verlangen einfach und man ist ihnen machtlos ausgeliefert.

Ihre Finger streichen über meinen Unterarm, das hat sie heute Morgen im Bett schon getan. Und wie heute Morgen schon, reagiert mein Körper fast sofort auf diese eigentlich unbedeutende Berührung durch sie.

Ich bewege mich unbehaglich hinter ihr, weil meine Hose im Schritt viel zu eng wird, und halte ihre Hände fest, damit sie aufhört, mich zu foltern. Sie sieht grinsend zu mir nach oben, sie weiß genau, was sie da tut. Ich bestrafe sie, indem ich meinen Mund auf ihren Halsansatz senke und zärtlich zubeiße. Sie protestiert leise, seufzt aber sofort, als ich meine Zunge über ihre weiche Haut gleiten lasse und dann den Schmerz wegküsse.

Ich kann fühlen, wie sie in meinen Armen erschauert, als ich sanft einen Daumen über ihre harte Knospe streiche, die sich deutlich durch den dünnen Seidenstoff der blassgrünen Bluse drückt, die sie in dem kleinen Laden hat mitgehen lassen. Grün in allen Nuancen scheint etwas Magisches mit ihr zu machen. Es lässt sie unschuldig und zugleich gefährlich erotisch wirken. Ich mag es, wenn sie etwas Grünes trägt. Mir kommt der Gedanke, wie sie wohl aussieht in grünen Dessous, aber ich schiebe ihn weit weg, denn das werde ich nie rausfinden. Ich bringe sie zu ihrer Mutter und dann verschwinde ich. Jede Sekunde in meiner Nähe ist eine gefahrvolle Sekunde zu viel für sie. Ich drücke meine Nase in ihr Haar und atme sie tief in meine Lungen ein. Obwohl sie in der Hütte auf das Herrenshampoo zurückgreifen musste, das Charlie gekauft hat, duftet es viel mehr nach ihr als nach Mann.

»Ich mag dieses Lied«, sagt sie, als Charlie das Radio anschaltet.

»Ich mag es, dass es laut genug ist, dass ich euch nicht mehr schmatzen und seufzen höre.« Charlie wirft uns im Rückspiegel ein breites Grinsen zu.

»Wir dürfen seufzen und schmatzen, du hast uns verheiratet«, wirft Phoebe ein und ich zucke zusammen. Sie scheint diese falsche Urkunde viel zu ernst zu nehmen. Sie spielt immer wieder darauf an und scheint sogar recht glücklich damit zu sein. Das ist nicht gut, weil es sie Dinge glauben lässt, die nicht passieren werden.

»Er hat irgendjemanden verheiratet«, sage ich, um ihr ein wenig den Wind aus den Segeln zu nehmen. Ich muss es tun, sonst fällt es ihr am Ende viel zu schwer, mich zu vergessen. Es wird schon hart genug werden für sie, wenn sie merkt, dass ich einfach verschwunden bin. Sie wie einen Hund oder eine Katze irgendwo abgebe, wo sie fremd ist, und einfach gehe, ohne mich noch einmal nach ihr umzusehen.

»Das Wort Heirat versetzt den großen harten Macho also in Panik?«, will sie wissen und versucht, fröhlich zu klingen. Aber ich halte sie in meinen Armen, weswegen ich spüre, dass sie sich versteift hat.

Ja, es versetzt mich wirklich in Panik, weil es mich auf etwas hoffen lässt, das ich nie haben werde. Wenn ich Ragnarök erst zur Strecke gebracht habe, wird sie mich nie wieder ansehen mit dieser Sanftmut und diesem Verlangen in ihren Augen. Und auch keine andere Frau wird in meiner Nähe jemals sicher sein, weil ich ein Leben lang auf der Flucht sein werde. Ich werde nie ganz sicher sein, weder vor der Polizei noch vor den Männern, die Ragnarök treu sind.

»Und wie, es lässt mich an ein Haus mit Garten und drei Kindern darin denken, eine Frau, die keift, wenn ich betrunken aus dem Pub komme, und einen Hund, der sich so sehr freut, mich zu sehen, dass er mir auf die Schuhe pinkelt.«

»Ich denke dabei an ein Bett in einem abgedunkelten Raum, nackte Haut auf nackter Haut und das so oft und ungestört, wie ich es will und brauche.«

Ich schlucke hart und mein Gesichtsausdruck muss mir wohl völlig entgleist sein, denn Charlie fängt schallend an zu lachen. »Du machst das mit Absicht«, werfe ich ihr vor. Sie sieht zu mir nach oben und blinzelt mich unschuldig an, dann richtet sie sich auf, angelt am anderen Ende der Sitzbank nach ihrem Mantel und zieht das Handy aus der Tasche, das ich ihr gegeben habe. Sie beugt sich darüber, ich kann nicht sehen, was sie tut, aber mein Magen grummelt und das reicht mir als Warnung, als mein Handy in der Arschtasche meiner Jeans anfängt zu vibrieren. Ich fische es umständlich heraus und stoße einen lauten Fluch aus.

Du hast angefangen. Wegen dir spüre ich dieses Pulsieren zwischen meinen Schenkeln. Seit Stunden! Und in meinem Kopf spiele ich diese Szene von vorhin immer und immer wieder durch, lasse sie weiterlaufen, mal bringst du es zu Ende, mal werden wir von Charlie unterbrochen.

Lässt du es denn richtig weiterlaufen? Ich hätte als Nächstes eine Hand in dein Höschen geschoben, hätte einen Finger zwischen deinen Schamlippen hindurchgleiten lassen und dann hätte ich deine Klit gerieben, bis du so nass bist, dass es aus dir heraustropft.

Sie keucht auf, als sie meine Nachricht sieht, und sieht mich mit weit aufgerissenen Augen an. Aber was viel wichtiger ist, ihre Brust hebt und senkt sich hektisch und die Erregung hat ihre Haut an Hals und Wangen mit Farbe überzogen. Sie lehnt sich ein Stück von mir weg und senkt ihren Blick auf die Beule in meiner Jeans und sie leckt sich genüsslich über die Lippen. Ich möchte schreien vor Frustration. Hat sie wirklich keine Ahnung, was diese unschuldige Geste mit mir anstellt?

»Konzentriert euch auf die verdammten Nachrichten«, keift Charlie und dreht das Radio lauter.

»Anscheinend hat das schottische Bonnie und Clyde-Pärchen abermals zugeschlagen. Nach dem Einbruch in eine Autowerkstatt, dem Diebstahl zweier Autos und dem Überfall auf eine Tankstelle gesellen sich jetzt noch der Einbruch in ein Bekleidungsgeschäft und der Einbruch in eine Galerie in Glasgow hinzu, aus der ein Gemälde entwendet wurde, das von dem aus Glasgow stammenden Künstler Hardy Daniels stammt und das am kommenden Mittwochabend zum Wohl einer Kinderhilfsorganisation versteigert werden sollte. Ob sie das Gemälde gestohlen haben, um der Organisation zu schaden, ist genauso unklar, wie ihre restlichen Motive«, sagt die männliche Stimme im Radio.

»Bonnie und Clyde?« Phoebe setzt sich gerade auf die Sitzbank und sieht mich fassungslos an. »Wir haben ein Bild gestohlen, das armen kranken Kindern helfen sollte? Ich kann gar nicht ausdrücken, wie schlecht ich mich fühle.«

»Mach dir keine Sorgen, wir schicken ihnen Geld, versprochen.«

»Ich habe kein Geld. Ich besitze gar nichts mehr«, schimpft sie. Sie wirkt ganz aufgebracht. Ihr Mitleid mit den Kindern, die sie nicht einmal kennt, berührt mich. Ich möchte sie am liebsten sofort wieder in meine Arme ziehen und sie trösten.

»Hab ich vergessen, zu erwähnen, dass sie euch Bonnie und Clyde getauft haben?«, fragt Charlie und wirft mir im Rückspiegel einen mörderischen Blick zu. »Dann sind wir quitt, ihr habt auch nicht erwähnt, dass ihr in eine Galerie eingebrochen seid.« Er sieht mich noch immer an, während er an einer roten Ampel in Dover steht. Ich muss nicht raten, er hat eine ziemlich genaue Ahnung von dem, was ich vorhabe. Ich starre ungerührt zurück. Er soll nicht glauben, dass ich mich von ihm abhalten lasse, ihm seinen Arsch zu retten. Das schulde ich ihm. Jetzt noch mehr als vorher. Und was will er denn schon dagegen machen?

»Wo ist er?«

»Nicht da«, lüge ich und hoffe, dass er den Kofferraum nicht genauer untersuchen wird, denn ich habe das Ersatzrad rausgenommen und stattdessen die Kiste mit dem Klimt unter der Abdeckung versteckt.

»Was heißt nicht da?«, will Charlie wissen.

Phoebe sieht mich an und strahlt deutlich mehr Gelassenheit aus, als ich gerade fühle. Aber sie hat ja auch keine Ahnung, wer Charlie wirklich ist. »Jemand muss den Klimt gefunden haben. Du hast doch gehört, sie wollen das Bild versteigern. Wahrscheinlich haben sie es dazu vorher genau untersucht, um seinen Wert festzustellen. Und da müssen sie den Klimt gefunden haben.«

Sie kann ganz schön glaubhaft lügen, meine Kleine, stelle ich fest und unterdrücke ein zufriedenes Grinsen. Stattdessen sitze ich kalt wie ein Eisblock da und erwidere Charlies Blick, der mich im Rückspiegel immer wieder trifft. Er scheint gerade abzuwägen, ob stimmen kann, was Phoebe sagt. Und das könnte es auch. Hätten sie den Klimt gefunden, würden sie ihn jetzt untersuchen und feststellen, dass er echt ist. Sie würden die Behörden in Österreich informieren, die wiederum den Klimt im Belvedere untersuchen lassen würden, um festzustellen, dass er nicht echt ist. Das würde einige Tage in Anspruch nehmen, wenn nicht sogar Wochen. Behörden arbeiten nicht gerade schnell. Es wäre also denkbar, dass davon noch nichts an die Öffentlichkeit gedrungen wäre. Und demzufolge würde auch noch nicht nach Charlie gefahndet. Gut, dass sie ihn nicht gefunden haben, denke ich erleichtert.

Von allen farbklecksigen Absurditäten in dieser Galerie wollten die ausgerechnet das hässlichste versteigern? Ich hab es gewählt, weil es das hässlichste war und ich mir sicher war, dass niemals jemand dieses Was-auch-immer kaufen würde.

Charlie sagt nichts weiter, deswegen denke ich, dass wir erstmal sicher sind. Er fährt an den Straßenrand und nickt nach vorne, wo der Fährhafen sich langsam abzeichnet. »Ihr müsst jetzt umsteigen«, sagt er und klingt dabei ziemlich knurrig, weswegen ich mir sicher bin, dass er noch nicht durch ist mit dem Thema.

Ich steige aus und helfe Phoebe aus dem Wagen. Sie streckt sich, gähnt und dehnt ihre Muskeln. Acht Stunden im Auto gehen nicht ohne starre Gelenke und Muskeln an einem vorbei. Und jetzt warten noch gut eine Stunde vor Abfahrt der Fähre auf uns und dann noch mal etwa neunzig Minuten Überfahrt. In einem Kofferraum! Wenn wir auf der anderen Seite wieder aussteigen dürfen, werden wir jeden Muskel in unseren Körpern spüren.

Ich folge Charlie um das Auto herum, der den Kofferraum öffnet und einen misstrauischen Blick auf die beiden Reisetaschen darin wirft. In der einen findet er nur, was ich an Kleidung und sonstigem Privaten aus meinem Zimmer retten konnte und die Sachen, die Phoebe sich besorgt hat, und den Inhalt der anderen Tasche kennt er: Seil, Kletterhaken, Taucherausrüstung ... Was man eben so benötigt, für kleine oder große Aufgaben. Er nimmt wortlos die Tasche mit der Kleidung aus dem Kofferraum und legt sie auf den Rücksitz.

»Hoffentlich führen die keine Kontrolle durch, wird schwierig, die Damenwäsche zu erklären.«

»Dann behalte ich meine Handtasche wohl lieber bei mir«, murmelt Phoebe nachdenklich und wirft einen Blick in die kleine silberne Tasche, die sie ständig mit sich herumschleppt und in der sich noch immer das rote Kleinod befindet, das sie von ihrer Freundin bekommen hat. Ob sie sich je trauen wird, so etwas zu tragen? Ich wische den Gedanken von mir, bevor er Bilder von einer fast nackten Phoebe in meinen Kopf projizieren kann. Wir werden jetzt ohnehin gleich eine sehr lange Zeit sehr eng beieinanderliegen müssen.

»Rein da«, befiehlt Charlie und grinst breit. »Es wird mir ein Spaß sein, zu wissen, dass ihr die nächsten Stunden dort drin leiden müsst. Wenn euch die Luft ausgeht, hebt die Hutablage an. Oder lasst es, wie auch immer.«

Ich sehe Charlie vorwurfsvoll an, was ihn absolut nicht beeindruckt, und steige in den Kofferraum. Ich lege mich mit angezogenen Beinen auf die Seite, weil ich denke, dass Löffelchenstellung für uns beide die bequemste Lage sein wird.

»Wir werden einfach schlafen und nichts mitbekommen«, sage ich und zwinkere Charlie zu. Mein Blick huscht zu Phoebe, die erst nach Luft schnappt und sich dann auf die Unterlippe beißt. Das macht sie immer, wenn ich zwinkere. Ganz so, als würde sie ein Zwinkern von mir umhauen. Um die Theorie zu testen, zwinkere ich jetzt sie an und sofort landet ihre Unterlippe wieder zwischen ihren Zähnen. Ich unterdrücke ein Grinsen und rutsche so weit es geht nach hinten. »Also dann, Süße, rein in unser kuscheliges Nest.«

Sie kneift kurz die Augen zusammen und zögert, wirft Charlie einen ängstlichen Blick zu, steigt aber dann doch zu mir in den Kofferraum. Sie kuschelt sich mit ihrem Rücken an mich und drückt ihren Hintern in der dunkelblauen geklauten Jeans, die wirklich knalleng an ihrem Körper klebt, gegen meinen Schwanz. Ich stoße zischend die Luft aus. Das kann lustig werden.

»Wehe, ich muss hier drin ersticken«, sagt sie leise und umklammert den Arm, den ich um sie gelegt habe.

»Gute Reise«, sagt Charlie mit strahlenden Augen. Ich glaube, er könnte gerade nicht schadenfroher sein. Dann schließt sich der Kofferraumdeckel und es fühlt sich an, als wäre es der Deckel eines Sargs, der sich über uns legt.

»Fehlt nur noch der Nagel«, flüstere ich.

»Was?«, höre ich Phoebe in die absolute Finsternis flüstern. Ich hebe meinen Arm, taste mich blind zu ihrer Wange und streichle sie.

»Nichts wird passieren«, versuche ich sie zu beruhigen. Vielleicht sollte ich sie ablenken. Etwas Licht wäre auch nicht schlecht, das nimmt das erdrückende Gefühl. Ich angle nach meinem Handy in meiner Hosentasche, schalte das Taschenlampenlicht an und lege das Telefon vor uns.

»Danke«, sagt sie, drückt sich fester gegen mich und bettet ihren Kopf auf meinem Unterarm. Das Auto fährt los, dumpf hört man das Radio durch die Rückenlehne der Rücksitzbank. Der Untergrund ist nicht gerade weich und es riecht nach Gummi und Öl. Aber Charlie hat recht, wir müssen es so versuchen. Das Risiko, an Deck der Fähre von jemandem erkannt zu werden, ist ziemlich hoch. Und bis die Fähre dann in Calais anlegt, werden entweder die Uniformierten oder Ragnaröks Mädchen-für-alles dort drüben auf uns warten.

»Wie geht es dir?«

»Im Moment? Beengt.« Ihr Körper zuckt an meinem, als sie leise lacht.

»Ich meine, wegen deines Vaters.«

Sie holt tief Luft und schweigt einen Augenblick. Im Licht kann ich sehen, dass ihr Finger Fusseln von der Filzunterlage zupfen. »Ich glaube, ich komme besser damit zurecht, als ich gedacht hätte. Wahrscheinlich, weil wir eigentlich nie wirklich Vater und Tochter waren. Wahrscheinlich wäre ich schon deutlich früher weggelaufen, wenn ich gewusst hätte, dass er vorhat, mich zu verkaufen.«

Ganz so kalt scheint sie die Sache doch nicht zu lassen. Sie schnieft leise und wischt sich dann über die Augen. Ich schiebe ihr Haar beiseite und küsse sie auf den Hals. »Nein, wirklich«, sagt sie und sieht über die Schulter zurück. »Mir geht es gut. Du musst dir keine Sorgen machen. Und es ist nicht deine Schuld. Du kannst am allerwenigsten für all das.« Sie dreht sich in meinen Armen um, da wir die Beine nicht ausstrecken können, stoßen unsere angewinkelten Knie jetzt aneinander und unsere Gesichter sind sich ganz nah. Das Auto ruckelt unter uns. Ich vermute, wir fahren gerade auf die Fähre auf. Mein Herz schlägt jetzt etwas schneller. Bis wir eingewiesen sein werden und alle Autofahrer dann ihre Autos verlassen müssen, ist die Entdeckungsgefahr jetzt besonders groß.

»Darf ich dich was fragen?«

Ich lege eine Hand flach auf ihre Wange und streiche mit dem Daumen über ihre Lippen. Ich liebe ihre Lippen, wie sie aussehen, wie sie sich anfühlen, wie sie schmecken. »Was?«

»Was hast du alles für ihn tun müssen? Hat er dich gezwungen, jemanden zu töten?«

Ich verziehe das Gesicht und runzle die Stirn. Ich wusste die ganze Zeit, dass sie irgendwann danach fragen würde. Und ich habe lange darüber nachgedacht aber ich weiß noch immer nicht, was ich ihr sagen soll Aber sie hat die Wahrheit verdient, Lügen hat sie lange genug ertragen müssen. Ihr ganzes Leben war eine Lüge gewesen.

»Als ich vierzehn war, hat er mich dazu gezwungen, einen Klassenkameraden zu foltern. Der Junge war mein Freund, er war Mitglied der Young Chibs in Gowan und hat im Auftrag deines Vaters Drogen an die Kids auf unserer Schule verkauft. Als er anfing, war er zwölf, mit vierzehn war er Chef der Chibs und hatte bei einem Kampf gegen die Hills aus Maryhill seinen zwei Jahre älteren Bruder sterben sehen. Ich hab immer versucht, ihn rauszubekommen, aber er hat das Geld gebraucht, das ihm die Arbeit für deinen Vater eingebracht hat. Seine Mutter war süchtig und sein Vater verschwunden. Eines Tages haben ihm ein paar Jungs einer verfeindeten Gang aufgelauert, als er allein unterwegs war, und haben ihm das Geld von deinem Vater abgenommen. Ich hätte das Geld damals an deinen Vater gezahlt, wenn ich es gehabt hätte. Aber ich hatte nichts, also hat er mich gezwungen, meinen Freund grün und blau zu schlagen.«

»Aber warum hast du es getan?«

»Weil er mir gedroht hat, wenn ich ihm nicht nützlich sein kann, dann würde er mich auf die Straße setzen. Und das ging nicht. Wer wäre dann noch für dich dagewesen und hätte dich von all dem ferngehalten? Das war mein Einstieg, von da an, habe ich die Gangs überwacht, die für ihn gedealt haben, und Geld eingetrieben. Und wenn ich das nicht getan habe, dann hat er mich irgendwo einbrechen lassen. Meist ging es um

Kunststücke oder Antiquitäten.« Ich sehe ihr direkt in ihre wunderschönen Augen und hole tief Luft. »Einmal habe ich beim Geldeintreiben die Kontrolle verloren und bin zu weit gegangen. Ein Junkie, der völlig am Ende war. Ich wollte nicht mehr und hab ihm das auch gesagt. Dein Vater hat mich wieder unter Druck gesetzt und mir damit gedroht, mich von dir fernzuhalten, und dann habe ich gehört, wie er mit jemandem über die Möglichkeit sprach, dich als Ware einzusetzen. Du warst damals gerade zehn geworden. Ich war so fassungslos, dass ich nur noch Wut gespürt und alles rausgelassen habe. Ich kenne nicht mal seinen Namen. Und deinen Vater hat das Geld gar nicht interessiert, er hat nur gelacht, als ich ihm gestanden habe, was passiert ist. Danach wollte er noch härtere Sachen von mir und hat mir gedroht, mich auszuliefern, wenn ich mich weigere.«

»Was hat er verlangt?« Sie mustert aufmerksam mein Gesicht und hält meine Hand in ihrer. Ich hätte erwartet, dass sie viel schmerzerfüllter reagieren würde, wenn ich weiter ins Detail gehe, als ich das in den letzten Tagen schon getan habe. Aber nichts, was ich ihr über ihren Vater sage, scheint sie noch schockieren zu können. Sie hat abgeschlossen, ist fertig mit diesem Mann.

»Ich habe keine Menschen mehr umgebracht, aber ich musste dafür sorgen, dass einflussreiche Männer für deinen Vater erpressbar waren. Habe sie mit Prostituierten zusammengebracht und Fotos davon gemacht, in ihrer Vergangenheit gewühlt und alles zu Tage befördert, was dein Vater verwenden konnte. Ich hab Sachen gemacht, die so viel Dreck auf mich geladen haben, dass ich ein Bad in Säure nehmen könnte und noch immer schmutzig wäre.«

»Und das hast du wegen mir getan? Weil du mich dort nicht alleinlassen wolltest? Du bist ein besserer Mensch als meine Mutter.« In ihren Augen schwimmen Tränen und ihre Unterlippe zittert.

»Ich konnte dich doch nicht im Stich lassen. Ich wusste, wie sehr es dich gequält hat, dass deine Mutter dich zurückgelassen hat. Das hätte ich nicht fertiggebracht.«

»Ich hab' niemanden, Clyde. Danke dafür.« Sie haucht mir einen Kuss auf den Mundwinkel.

»Süße, du vergisst, dass du mich hast. Nein, bedank dich nicht für etwas, das eine Selbstverständlichkeit ist. Außerdem war ich drauf und dran, den Schwur, dich zu schützen, zu brechen. Ich hab es nicht mehr ausgehalten zuzusehen, was sie mit den Frauen gemacht haben, zu schlagen und zu foltern. Und dann dieser tote Junkie. Kurz danach habe ich Nancy getroffen und ich war bereit, dich aufzugeben.«

»Ich hätte es dir nicht verübelt«, flüstert sie heiser. »Vielleicht doch, aber irgendwann, wenn ich entdeckt hätte, was um mich herum passiert, dann hätte ich es verstanden.« Sie schüttelt den Kopf und streicht mit ihrem Daumen über meinen Unterkiefer. Da ich mich seit Tagen nicht rasiert habe, verursacht sie ein leises Schaben dabei.

Meine Stoppeln müssen sich rau auf ihrer zarten Haut anfühlen. Für mich fühlt sich diese Berührung intim und angenehm genug an, dass sie diese düstere Sehnsucht nach ihr in mir weckt. Wir haben nur noch wenig Zeit zusammen, deswegen sollten wir diese paar Tage nicht damit verbringen zu diskutieren, ob und wie viel Mitschuld ich an den Dingen trage, die ich gemacht habe, um weiter in ihrer Nähe sein zu können.

»Lass uns über was Angenehmeres reden«, schlage ich vor.

»Über was?«

Ich lächle sie dankbar an. »Was willst du nach all dem hier tun?«

»Gestern wollt ich bloß heiraten, heute bin ich auf der Flucht.«, zitiert sie grinsend aus *Auf die stürmische Art*. »Ich weiß nicht? Ein Studium fällt wohl flach, oder gehört zu meiner falschen Identität zufällig auch ein hervorragendes Abschlusszeugnis? Ich könnte unsere Story aufschreiben.«

»Bonnie und Clyde von Schottland? Glaubst du, wir werden ein Bestseller?« Ich lache leise und sie knufft mich in die Seite.

»Wahrscheinlich nicht, in unserer Story gibt es zu wenig Peitschen und Fesseln.«

»Ja, das könnte ein Problem werden.«

Sie senkt die Lider, dann sieht sie mich wieder an, leckt über ihre Lippen und zieht einen Mundwinkel hoch. »Aber das könnten wir ändern. Wir haben hier ja sonst nicht viel zu tun die nächste Zeit.«

Ich hebe meinen Arm nur wenig an und stoße sofort an die Decke. »Unsere Bewegungsfreiheit ist stark eingeschränkt. Aber das heißt nicht, dass ich da nicht etwas gegen das Pulsieren zwischen deinen Beinen unternehmen kann.« Ihre Mundwinkel verziehen sich zu einem Lächeln.

»O ja, das solltest du unbedingt tun«, sagt sie seufzend und schiebt sich enger an mich. »Es quält mich jetzt schon seit ... Viel zu lang.«

Ich lege meine Hand in ihren Nacken und ziehe ihr Gesicht näher an meins, um sie zu küssen. Ich möchte in ihrem Geschmack ertrinken und ihr mit Gesten zeigen, was ich nicht wage zu sagen, weil ich es mir selbst versagen will, aus Angst, es könnte sie das Leben kosten dass ich so starke Gefühle für sie habe. Ich bewege meine Lippen langsam auf ihren und will mir Zeit damit lassen, sie zu küssen und auszukosten. Aber Phoebe hat andere Pläne, ungeduldig saugt und knabbert sie an meinem Mund und wird immer fordernder. Ihre Hände streichen grob über meinen Oberkörper, gleiten unter den Saum meines Pullovers und beginnen, mich zu erforschen. Ich lasse mich von ihrer Wildheit mitreißen und drücke ihren Mund mit Hilfe meiner Hand in ihrem Nacken grob gegen meinen. Ich beiße in ihre Unterlippe und ziehe an ihr, sauge an ihrer Zunge und kratze mit meinen Zähnen über ihre.

Sie löst sich keuchend von mir, ihre Finger streichen über die nackte Haut direkt über dem Bund meiner Jeans und sie sieht mich fragend an.

»Was willst du tun?«, frage ich mit heiserer Stimme, obwohl ich längst ahne, worum ihr fragender Blick mich bittet. Ich schiebe eine Hand unter ihre Bluse, taste mich vor zum Verschluss ihres BHs und öffne ihn mit zwei Fingern, während ich sie weiter ansehe und auf ihre Antwort warte.

Obwohl ihre SMS kein bisschen schüchtern sind, traut sie sich nicht zu tun, was sie gerne möchte. Weil sie es noch nie getan hat, erinnere ich mich und merke, dass mir die Vorstellung plötzlich doch ganz gut gefällt, dass ich der erste Mann sein werde, in dessen Hose sie ihre Hand schieben wird. Ich lasse meine Hand unter ihrer Bluse über ihre Rippen nach vorne gleiten und befreie ihre Brüste aus den Schalen ihres BHs. Ich lege meine Hand auf ihre nackte Brust, sie ist so groß, dass sie gerade in meine Handfläche passt. Dass ich sie mit meiner Hand komplett verdecken kann. Ich reibe mit der Handfläche über ihre Knospe, die sofort reagiert und sich aufstellt. Phoebe atmet zitternd ein. Ihre Augen weiten sich, noch immer streichen ihre Finger über den Bund meiner Hose.

»Tu es«, fordere ich. »Ich will, dass du ihn befreist und anfasst. Ich will deine Hände genau dort spüren.«

Sie beißt sich auf die Unterlippe und nestelt mit beiden Händen an meinem Hosenschlitz. Schon die kaum spürbare Berührung ihrer Fingerknöchel an meiner stahlharten Erektion lässt mich fast in die Luft gehen. Meine Lenden zucken und verlangen hämmernd nach mehr. Ich helfe ihr dabei, ihn zu befreien und umschließe ihn mit meiner Faust. Sie sieht genau hin, wie ich über meinen Schwanz reibe, dann lasse ich ihn los, nehme ihre Hand und schließe ihre Finger um ihn.

Ich sauge zischend Luft in meine Lungen, als ich ihre Hand auf mir spüre. Ich führe sie den Schaft hoch und runter und es fühlt sich so wahnsinnig an, dass ich die Augen verdrehe und leise in ihr Haar stöhne. »Gut so«, keuche ich knurrend. »Und jetzt lass den Daumen über die Eichel gleiten. Spürst du die Feuchtigkeit? Verteil sie.«

Meine Stimme zittert vor Erregung. Ich lege meine Hand wieder auf ihre, führe sie, drehe unsere Fäuste an der Wurzel und führe sie wieder nach oben. Eigentlich tun wir bei weitem nicht das, was möglich wäre. Sie holt mir nur einen runter und doch fühlt es sich besser an als alles, was ich je erlebt habe. So gut, dass ich innerlich verbrenne und gezwungen bin, meinem Verlangen nachzugeben und in ihre Faust stoße.

»Verdammt gut«, stöhnt er und ich fühle mich langsam sicherer in dem, was ich da tue. Erst hatte ich große Angst davor, dann war ich ganz erstaunt darüber, wie weich, zart und zugleich hart sich seine Erektion anfühlt und wie entrückt sein Blick auf mich gerichtet ist, während ich es ihm mit der Hand besorge. Sein Gesicht, ganz angestrengt und verzerrt. Ich beobachte jede Reaktion von ihm genau und jedes Stöhnen, das ihm entfährt, dringt sofort in mich und entzündet Hitze in meinem Unterleib. Meine Glieder, meine Brüste, alles fühlt sich schwer und träge an, zugleich prickelt Hitze durch meine Zellen. Ich bin so erregt von dem, was ich gerade tue, dass ich aus der Haut fahren möchte.

Ich lecke über meine Lippen und küsse Andrew, zupfe an seinen Lippen und dränge mich so gut es geht näher an ihn. Ich möchte ihm so gerne nahe sein, aber die Enge des Kofferraums lässt das nicht zu. Zwischen meinen Schenkeln brennt ein Verlangen, das mir völlig fremd ist und dem ich mich hilflos ausgeliefert fühle.

Ich kneife die Schenkel zusammen und seufze leise. Andrew löst seine Hand, die meine noch immer unterstützt hat, schiebt sie wieder unter meine Bluse, streichelt meine Brust, zupft an der harten Knospe und wechselt dann auf die andere Seite.

»Ich würde sie jetzt gerne in den Mund nehmen, aber dazu ist es hier zu eng. Also stell dir vor, meine Finger sind meine Lippen, die an dir saugen, diese herrlichen Knospen zupfen und malträtieren.« Er zwirbelt fast schon schmerzhaft meine Knospe und ein heftiges Ziehen breitet sich von meiner Brust in meinen Unterleib aus. Ich stöhne, greife seinen Schaft fester und reibe ihn schneller, lasse meinen Daumen über seine Eichel gleiten und verteile seine feuchte Lust auf dem dunklen, prallen Kopf.

»Und du stell dir vor, wir hätten mehr Platz und ich würde ihn statt mit der Hand mit dem Mund bearbeiten«, sage ich und freue mich über seine Augen, die sich gequält weiten, als meine Worte zu ihm durchdringen.

»Du kannst gut mit Worten umgehen. Du verstehst es, mich mit ihnen in den Wahnsinn zu treiben. Ich würde dich jetzt gern auf die andere Seite drehen, dir deine Hosen vom Hintern zerren und von hinten in dich eindringen. Aber so soll dein erstes Mal nicht sein. Ich will dich ansehen können, wenn ich mich zum ersten Mal in dich schieben werde.« Seine Hände machen sich an meiner Hose zu schaffen. Sein Blick ist glühend auf mich gerichtet.

Einen Moment überkommt mich Angst. Mein Puls wird noch schneller, als er es durch das Verlangen, das durch mich brandet, ohnehin schon ist. Aber dann erinnere ich mich, dass ich keine Angst haben muss vor dem, was wir tun. Das ist genau das, wovon ich schon immer geträumt habe. Also entspanne ich mich wieder, konzentriere mich auf meine Hand, die ihn noch immer reibt und diese Gier in seinen Blick zaubert. Die dafür sorgt, dass er heftig atmend in meine Faust stößt und seine Hüften immer wilder zucken.

Er öffnet meine Hose und schiebt sie ein paar Zentimeter nach unten, dann sieht er mich an. »Schließ die Augen«, sagt er. Ich tue, was er befiehlt, halte ganz still, höre sogar auf, ihn zu reiben und konzentriere mich nur auf die Hand, die auf meinem Bauch liegt und die sich jetzt ganz langsam in mein Höschen schiebt. Ein Finger schlüpft zwischen meine Schamlippen, teilt sie und wird vorsichtig in mich geschoben. Ich verspanne mich, doch dann ist da Andrews Handballen, der sich gegen meine Klitoris drückt und sich sanft bewegt und Elektroschocks durch mich hindurch jagt. Ich stöhne laut auf, stoße keuchend die Luft aus und dränge mich stärker in seine Hand. Meine inneren Muskeln lockern sich um seinen Finger herum und Andrew beginnt, ihn zu bewegen. Er zieht seine Hand aus meinem Höschen und ich protestiere laut. Er lächelt nur, hebt seine Hand an seinen Mund und schiebt den Finger, der feucht glänzt, zwischen seine Lippen. Er stöhnt mit geschlossenen Augen und sein Schwanz stößt in meine Faust, die ich ganz vergessen habe.

»Ich wollte nur wissen, wie du schmeckst«, sagt er mit sehr rauer Stimme. Und hilft mir weiter, seinen Schwanz zu reiben, indem er mit seinen Lenden immer schneller rotiert. Ich stoße einen überraschten Schrei aus, als sein Finger sich wieder zwischen meine Schamlippen schiebt und beginnt, meine Klit zu massieren.

Ich habe das schon selbst getan. An ihn gedacht und mich berührt, aber das hier ist viel intensiver. Es geht mir durch und durch, lässt jeden Muskel vibrieren und entfacht extreme Hitze in mir. In meinem Unterleib zieht sich alles zusammen, vibriert und kribbelt immer heftiger. Ich keuche, winde mich und dränge mich seiner Hand entgegen. Wir sehen uns in die Augen, auch Andrews Atem wird immer heftiger. Kommt stoßweise, während er mich mit angestrengtem, lustverzerrtem Blick ansieht. Genau jede Regung in meinem Gesicht beobachtet.

»Fester«, sagt er. »Drück ihn fester. Ich mag es hart, keine Angst«, stößt er unter heftigen Atemzügen hervor. Also wende ich mehr Kraft an, umschlinge ihn fester, reibe schneller an ihm und spüre, wie er sich in meiner Hand noch härter zusammenzieht. Je stärker

Andrew in meine Hand pumpt, desto stärker und schneller reibt er meine Klitoris. Bis ich nicht mehr kann, sich ein Schwall Hitze meine Wangen hocharbeitet, mein Unterleib sich heftig zusammenzieht und ich dann laut keuchend in heftigen Wellen komme. Mein erster Orgasmus mit einem Mann. Mein erster Orgasmus mit Andrew, genau so, wie ich es mir immer erträumt habe und noch viel besser.

Andrew presst seinen Finger fest auf meine empfindliche Klitoris und ringt meinem Orgasmus auch noch die kleinste Welle ab. Dann lässt er mich abrupt los, zieht seinen Pullover über die Spitze seines Schwanzes und in meiner Hand kann ich spüren, wie er sich zuckend entlädt. Warme Flüssigkeit ergießt sich über meine Finger und sicher auch in den Stoff seines Pullovers. Langsam schiebt er sich zuckend noch einmal in meine Faust. Sein ganzer Körper erstarrt. Er lächelt mich träge mit entrücktem Blick an, bevor er sich entspannt und mich zärtlich küsst.

»Ich muss mich dann wohl umziehen. Aber es wäre noch peinlicher für uns geworden, wenn Charlie hier drin verdächtige Flecke gefunden hätte.«

Ich greife in die Tasche meiner Jeans und ziehe ein Papiertaschentuch heraus. »Ich hätte auch das gehabt.«

Er nimmt es lachend und wischt meine Hand sauber und rubbelt dann am Innenstoff seines Pullovers herum. »Das ist viel zu klein«, sagt er. »Da hat sich einiges aufgestaut bei mir.« Er zwinkert und sein Zwinkern fährt mir direkt in den Magen. »Wie fühlst du dich?« Er sieht mich besorgt an.

»Ich hatte gerade den unglaublichsten Orgasmus überhaupt und du siehst mich an, als hättest du etwas mit mir gemacht, dass ich absolut nicht freiwillig getan habe.« Ich boxe ihm gegen die Schulter. »Danke«, sage ich frustriert.

»Tut mir leid.« Er küsst mich ausgiebig, dann sieht er mich wieder an. »Es war wirklich unglaublich. Und bestimmt nicht der letzte Orgasmus, den ich dir verschaffen werde.«

»Schon besser.«

Ich zucke zusammen, als die Tür des Autos geöffnet wird, dann schaukelt das Auto, als jemand einsteigt und kurz darauf geht der Motor an. »Ich hoffe, ihr seid fertig. Hier stehen mindestens fünf Leute rum, die hochrot sind. Zwei davon können nicht in ihre Autos steigen, weil sie ein ausgemacht hartes Problem haben. Und der Rest fragt sich, wie es sein kann, dass ein leeres Auto wackelt und stöhnt.«

»Verdammt, Charlie, halt das Maul«, schimpft Andrew und ich verkrieche mich mit glühenden Wangen an seiner Brust.

10. Kapitel

Es ist 'ne verrückte Sache, sich zu verlieben. Es ist irgendwie eine Art gesellschaftsfähige Geisteskrankheit.
- Her -

Andrew

»Wann willst du uns hier rauslassen?«, fahre ich Charlie an und versuche die Rückenlehne der Rücksitzbank nach unten zu klappen, was aber daran scheitert, dass das in diesem Auto nicht funktionieren will. Wir haben die Fähre vor etlichen Minuten verlassen. Der alte Charlie hat wohl beschlossen, uns zu bestrafen und hier hinten versauern zu lassen. Vielleicht für den Einbruch in die Galerie und meine damit verbundenen Pläne oder für die Geräusche, die aus dem Kofferraum gedrungen sind. Wenn ich wetten müsste, würde ich auf die Galerie tippen.

Phoebe legt eine Hand um meinen Oberarm und zwingt mich, mich wieder zu ihr umzuwenden. Sie lächelt hinterlistig und drückt sich näher an mich. »Dann bleiben wir eben hier hinten liegen und nutzen die Enge noch etwas aus.«

Ich lache dunkel und küsse sie ausgiebig, umkreise mit meiner Zunge ihre und stöhne leise in ihren Mund. »Wann ist das nur passiert?«, frage ich sie und forsche in ihrem Gesicht nach der Antwort auf die Frage, die mich seit der ersten Sekunde unseres Wiedersehens beschäftigt.

Ihre Finger malen Kreise auf meiner Brust und ihr Blick ist verträumt und weich. Die Art, wie sie mich ansieht, lässt mein Herz rasen und verursacht mir einen

Knoten im Magen. »Ich weiß nicht, wann es bei dir war aber ich war vierzehn, als mein Körper ganz verrückte Dinge angestellt hat, wenn du in der Nähe warst. Es ist `ne verrückte Sache sich zu verlieben. Es ist irgendwie eine Art gesellschaftsfähige Geisteskrankheit.«

Ich streichle lachend mit dem Daumen über ihre Wange. »Zu der Zeit habe ich unangenehm festgestellt, dass dir plötzlich Brüste wachsen und Panik bekommen, weil ich nicht wusste, wie ich damit umgehen soll, wenn du mir Fragen über Menstruation oder Jungs stellen würdest.«

»Ja, und du hast beschlossen, dass du dich nicht mehr zu mir ins Bett legst, wenn ich vorlese oder wir uns einen Film anschauen«, sagt sie und stupst mich.

»Das wäre auch ...«, stelle ich in den Raum.

Sie nickt. »Ja, wahrscheinlich.«

»Ganz bestimmt.« Ich mustere ihr Gesicht. »Und dann sehe ich dich einige Zeit nicht mehr und ich kann machen, was ich will, ich kann das Mädchen von damals nicht mehr in der Frau von heute finden. Und ich weiß nicht, ob mich das glücklich oder unglücklich machen soll. Aber hinsichtlich dessen, was wir eben getan haben, sollte es mich wohl glücklich machen.«

»Du hast noch immer Bauchschmerzen wegen uns«, stellt sie fest. »Das musst du nicht. Ich bin jetzt alt genug, um selbst zu entscheiden, was gut oder schlecht für mich ist. Und du bist gut für mich.«

»Lass mich einfach ein bisschen Grummeln. Ich will mir zumindest einreden, dass ich wegen uns ein schlechtes Gewissen habe«, sage ich lächelnd.

»Also gut, dann hab ein schlechtes Gewissen, wenn du dich dann besser fühlst«, fährt sie mich an und rückt ein Stück von mir ab. »Mach was Schlechtes aus der einzigen Sache, die mich derzeit davor bewahrt zu zerbrechen.«

»So war das nicht gemeint«, sage ich leise, nehme ihre Hand und lege sie mir auf die Wange. Ihre Hand ist warm und verteilt wohlige Hitze auf meiner Haut. Sie weicht meinem Blick aus.

Steine knacken unter den Rädern des Ford, als das Auto scheinbar über Schotter fährt. Leise dringen Gelächter und Stimmen bis in den Kofferraum, dann werden die Stimmen lauter und begrüßen Charlie. Eine dieser Stimmen löst ein kurzes Rieseln auf meiner Haut aus und noch bevor ich den zur Stimme gehörenden Namen auch nur denken kann, reißt er den Kofferraum auf.

»Rogue, verdammt! Was machst du denn hier?« Ich richte mich erstaunt auf und sehe in das kantige Gesicht meines besten Freundes. Dann zuckt mein Blick zum Patch auf seiner Lederjacke. »Du bist jetzt Pres, kometenhafter Aufstieg, oder?«

»Zuerst die Lady«, sagt Rogue mit einem breiten Grinsen, legt Phoebe seine großen Hände um die Taille und hebt sie aus dem Auto. Er stellt sie vor sich ab und mustert sie ausgiebig. »Die Prinzessin von Glasgow, dass ich das noch erleben darf. Und was für eine Prinzessin! Mädchen, ich bin Rogue«, sagt er im breitesten Hochlandschottisch.

Ich steige aus dem Kofferraum und stelle mich neben Phoebe. Dass ich sie instinktiv vor Rogue schützen will, wird mir erst klar, als dieser mich fragend ansieht. Mit zusammengekniffenen Lippen gehe ich ein Stück zur Seite.

»Phoebe, das ist Rogue.«

Rogue zieht Phoebe mit einem breiten Grinsen in seine Arme. »Ich hab schon viel von dir gehört.« Rogue tritt einen Schritt zurück, fährt sich durch die lange dunkelblonde Mähne und nimmt dann seine Haare zu einem Zopf zusammen, um sie unter seiner Jacke hervorzuziehen. Im Gefängnis in Glasgow haben die Wärter unzählige Male versucht ihm eine Kurzhaarfrisur zu verpassen. Jedes einzige Mal haben sie bereut. Ich kann gar nicht sagen, wie viele Zähne Rogue ausgeschlagen und Rippen gebrochen hat, bis die Uniformierten es endlich aufgegeben haben.

»Was machst du hier?«, frage ich ihn und werfe Charlie einen mahnenden Blick zu, der sich neben uns stellt mit einem Grinsen im Gesicht, das zufriedener nicht wirken könnte.

»Wir sind deine Begleitpatrouille«, sagt Rogue lachend und weist hinter uns, wo vor einer kleinen Gaststätte etwa fünfzehn bullige schwarze Motorräder stehen, auf dessen Seiten das Helldogs-Logo prangt. »Charlie war der Meinung, du brauchst ein paar Männer, die ein Auge auf dich und deine Kleine haben.« Rogues hellblaue Augen leuchten vor Begeisterung, dann macht er einen Schritt auf mich zu. »Lange nicht gesehen, Bruder.« Er umarmt mich, klopft mir grob auf den Rücken und löst sich wieder von mir. »Verdammt, hab ich dich vermisst.«

Ich mustere Rogue, dessen Gesicht erste Falten um die Augen herum aufweist. Das letzte Jahr hat ihn älter und kantiger werden lassen, irgendwie noch rauer und bedrohlicher, als er es im Knast schon war. Ich mag die Faszination nicht, mit der Phoebe ihn betrachtet. Rogue ist das, was man allgemeinhin die Ausgeburt eines Bad Boys nennt. Er strahlt mit jeder Zelle Gefahr aus und das scheint auch Phoebe zu gefallen.

»Du hättest dich ja nicht gleich nach Spanien absetzen müssen«, werfe ich ihm vor.

»In Spanien sind die Frauen heißer, die Straßen weiter und die McCraws machtloser.« Ragnarök und Rogue verbindet eine Feindschaft, die noch älter ist als meine. Die Helldogs haben viele Jahre dagegen angekämpft, dass die Mafia von Glasgow sich die Jugendgangs zu Nutze macht und die Kids für ihre Zwecke missbraucht. Der MC hat in seiner Nachbarschaft dafür gesorgt, dass die Kids andere Perspektiven haben, hat die Straßen frei von Drogen und Prostitution gehalten und sich Schlachten mit Ragnaröks Männern geliefert. Bis Ragnarök es satt hatte, sich gegen die Biker zur Wehr setzen zu müssen und sich von ihnen seine Geschäfte vermiesen zu lassen.

Er hat Rogues Frau umbringen lassen und dafür gesorgt, dass sie lange genug lebt, um in seinen Armen zu sterben. Das letzte, was sie ihm abgerungen hat, war das Versprechen, mit ihrem gemeinsamen Sohn Blaze und ihrer Tochter, zu verschwinden und keine Rache zu nehmen. Statt auf sie zu hören, hat Rogue in seiner Wut eine der Fabrikhallen hochgejagt, die Ragnarök nutzt, um seine Drogen zu verarbeiten. Dafür kam er in den Knast und Blaze mit seiner Schwester in die Obhut von Rogues zweiter Frau.

»Wie geht es Blaze?«, frage ich.

»Frag ihn doch selbst«, sagt er und deutet hinter sich. »Der Junge ist siebzehn und hält sich schon jetzt so wenig an Gesetze wie sein Vater.« Ich folge seinem Finger, wo ein schmaler Teenager auf einem Motorrad sitzt und versucht so hart zu wirken wie sein Vater.

»Verdammt, bist du alt«, murmle ich, als ich sehe, wie groß sein Sohn schon ist.

»Nicht alt, nur viel zu früh Vater geworden.«

»Mit siebenunddreißig ist er noch ein Jungspund«, wirft Charlie ein. Er sieht mich an, dann drückt er mir seinen Autoschlüssel in die Hand. »Ich hab mit Logan telefoniert. Du weißt schon, der Mann von deiner anderen Schwester, mit der du rumgemacht hast.«

Phoebe runzelt die Stirn und schluckt so schwer, dass ich es sehen kann, dann sieht sie nervös zur Seite, als sie mitbekommt, dass ich sie ansehe.

Rogue lacht laut auf und haut mir kraftvoll gegen den Oberarm. »Du vögelst deine Schwestern? Verdammt, Craw, ich fasse es nicht. Wie viele davon gibt es denn?«

»Sie sind nicht meine Schwestern«, stelle ich knurrend klar. Ich kneife die Augen zu und sehe Charlie grimmig an. »Was sagt er?«

»Der King scheint keine Ahnung zu haben, wo ihr gerade seid. Er hat 50.000 Pfund auf Phoebe ausgesetzt. Über dich heißt es nur, bei Sichtung erst feuern, dann nachfragen.«

»50.000? Heißt das, er will mich lebend?«, hakt Phoebe mit hoher Stimme nach. Ist das die Hoffnung, dass er sie vielleicht zurückhaben will? Ist das etwa Erleichterung? Dieser Gedanke jagt mir einen Stich ins Herz. Will sie trotz allem, was sie erfahren hat, zu ihm zurück? Vielleicht verstehe ich es sogar. Er ist noch immer ihr Vater. Und sein Haus ist ihr Zuhause. Hier mit mir hat sie gerade gar nichts. Und noch weniger, wenn ich sie bei ihrer Mutter zurücklasse. Wahrscheinlich hat sie dann nur noch ihre Wut auf mich.

»Darüber ist nichts gesagt worden«, meint Charlie mit bedauerndem Blick.

»Arschloch«, murmelt Rogue und legt einen Arm um Phoebes Schulter. Er zieht sie an sich und drückt sie kurz. »Du brauchst ihn nicht. Du hast einen ganzen MC auf deiner Seite.«

»Ich hab deiner irren Schwester deine Nummer gegeben.« Charlie schüttelt den Kopf. »Verdammt, diese Frau hat mich am Telefon totgequatscht, bis ich sie rausgerückt habe. Also wunder dich nicht. Entweder steht irgendwann dieser Logan vor dir und bricht dir aus Eifersucht ein paar Knochen oder sie ruft an und quatscht dich blöd«, sagt er zu mir. Charlie umarmt erst Phoebe, dann mich. »Das eine musst du nicht in Ordnung bringen«, sagt er mit scharfem Tonfall. Ich weiß, er spricht von dem Klimt. »Das mit der Kleinen, das solltest du auf jeden Fall. Pass gut auf sie auf.«

»Und jetzt jag deinen Dreikäsehoch von meiner Maschine runter«, sagt er zu Rogue und geht auf das Motorrad zu, auf dem der vor Stolz angeschwollene Teenager sitzt. »Ich hoffe, er hat keinen Kratzer drangemacht.«

»Er fährt mit einem Motorrad zurück?«

»Sieht so aus.«

Phoebe schmiegt sich an mich und sieht grinsend zu mir auf. »Und ich dachte, ich bin die Rottweiler, die meinen Arsch bewachen, zusammen mit meinem Vater losgeworden. Jetzt habe ich Höllenhunde am Arsch.«

»Ist ja auch ein heißer Arsch«, sage ich und lege meine Hände auf ihren Hintern. Ich ziehe sie enger an meinen Körper und küsse sie.

»Er hat dich Craw genannt.«

»Ja, ist sein Spitzname für mich. Er lässt Mc weg, weil ich eben nicht der Sohn von Craw bin.«

»Und wie bringen wir den Klimt zurück?«

»Ich lass mir was einfallen.« Wenn du in Sicherheit bist und ich deinen Vater umgebracht habe, dann habe ich alle Zeit der Welt, um den Klimt zurückzubringen.

Die Motoren der Bikes röhren auf, Charlie schert aus der Reihe aus, hält auf uns zu und bleibt neben uns stehen. »Wir sehen uns, Junge. Und jetzt ins Auto.« Er setzt seinen Helm auf, den Mantel hat er gegen eine

Lederjacke mit den Patches der Helldogs getauscht. Auf seiner Brust steht Senior. Er hebt die Hand zum Abschied und verschwindet.

Während wir in den Ford steigen, umkreisen uns die Motorräder der Helldogs. Sie röhren so laut, dass der Boden unter unseren Füßen vibriert. Ich drehe das Fenster runter, als Rogue anklopft. Sein Sohn sitzt jetzt hinter ihm auf seiner Maschine. Er trägt auch eine Lederjacke. Auf seiner steht in großen Buchstaben Prospect. »Dein Junge ist also Prospect?«

»Auch er muss sich nach oben arbeiten. Wir machen in Rouen und dann in Amboise eine Tankpause. Das liegt etwa in der Mitte der Strecke. Danach in Niort und Bordeaux.«

Ich nicke, die schweren Harleys der Helldogs haben nur eine Reichweite von etwa 300 Kilometern, weswegen wir mindestens diese vier Pausen einlegen müssen. Rogue fährt an die Spitze der Gruppe, dann fahren wir von Helldogs umzingelt auf die Autobahn.

Phoebe

»Ein ganzes Rudel sexy Rocker«, sage ich seufzend. Andrew zuckt neben mir zusammen und murrt etwas, das ich nicht verstehen kann. Aber er wirkt nicht glücklich. »Sie sind der Inbegriff von Freiheit«, sage ich und verteidige meinen Seufzer.

»Das wären sie auch, wenn sie nicht sexy wären.«

»Diese sind es.«

»Du hast sie doch gar nicht gesehen.«

»Ich habe Rogue gesehen.«

»Rogue ist alt«, schnappt Andrew.

Ich grinse in mich hinein. »Und heiß. Ich finde Männer, Lederjacken und fette Bikes zwischen ihren Schenkeln nun mal scharf.«

Andrew schnaubt und verengt seine Augen. »Da bist du nicht die Einzige.«

Ich lehne mich zurück und schaue zum Seitenfenster raus, wo direkt neben mir ein Rocker fährt. Er bemerkt, dass ich ihn beobachte und sieht grinsend zu mir. Bisher fand ich diese Helme, die nur den oberen Teil des Kopfes bedecken wie eine Suppenschüssel, einfach nur hässlich. Aber wenn einem darunter ein so hübsches Lächeln entgegengeworfen wird, dann kann man seine Meinung schon mal ändern. Ich beuge mich ein wenig nach vorne, um den Aufnäher lesen zu können, der links auf seiner Brust sitzt, weil ich annehme, dass dort sein Name steht.

»Sgt. at Arms?«, frage ich verwundert.

»Ja, das bedeutet, er ist der Mann für Disziplin und Sicherheit.«

»Wäre ja auch ein komischer Name gewesen«, murmle ich. »Da hat Charlie dich ganz schön übers Ohr gehauen.«

Andrew lacht auf und schüttelt den Kopf. »Dem alten Mann macht so leicht keiner was vor. Ich hätte wissen müssen, dass er was plant. Er ist viel zu ruhig geblieben, als er von dem Einbruch in die Galerie gehört hat.«

»Es wundert mich, dass du so ruhig bleibst«, hake ich nach.

»Kein Bulle kriegt Clyde. Niemals. Unmöglich.« Er zwinkert mir zu, als er aus dem alten Bonnie und Clyde-Schinken zitiert. »Bei 50.000 Pfund auf deinen Kopf ist es nicht verkehrt, eine bis an den Hals bewaffnete Armee bei sich zu haben.«

»Denkst du, dass davon hier auf dem Festland jemand was mitbekommen hat? Ich meine, das hier ist Frankreich und nicht mehr UK.«

»Dein Vater hat Kontakte überallhin. Ja, ich denke, wir sollten vorsichtig sein.«

»Lässt er immer alles von Anderen machen?«, frage ich angewidert. Ich kann mir nicht vorstellen, dass er sogar nichts selbst in die Hand nimmt. Wenn man etwas erledigt haben will, macht man es doch am besten selbst. Also ich würde es mir nie nehmen lassen, meinem Vater meine Faust ins Gesicht zu donnern, wenn ich die Gelegenheit dazu bekommen würde. Es ist doch viel befriedigender es selbst zu tun. Ganz nebenbei würde ich ihm noch mein Knie in die Eier rammen und ihn fragen, was er sich dabei denkt, mich einfach zu verkaufen. Bei dem Gedanken, mit was für einem Menschen mein Vater mich verheiraten wollte, rieseln noch immer Schauer durch meinen Körper.

»Die meiste Zeit, ja. Er ist kein Freund davon, den eigenen Kopf hinzuhalten.«

»Er ist also nicht nur ein Drecksack, er ist auch feige.«

»So könnte man es auch nennen.«

Ich drehe mich etwas mehr in Andrews Richtung und mustere ihn. Er wirkt weder angespannt noch wütend. Eigentlich habe ich ihn die ganze Zeit über nicht so viel lächeln sehen. Ich glaube, er freut sich, Rogue wiedergesehen zu haben. Die beiden scheinen eine enge Verbindung zu haben.

»Erzähl mir mehr von deiner irren Schwester, mit der du Sex hattest.« Seit Charlie sie vorhin erwähnt hat, geht sie mir nicht mehr aus dem Kopf. Oder sollte ich sagen, aus dem Magen. Ich hatte mich nicht für hochgradig eifersüchtig gehalten, mit Nancy bin ich noch irgendwie zurechtgekommen, aber noch eine weitere Frau, die ihm vielleicht etwas bedeutet, liegt mir schwer im Magen.

»Sie ist nicht meine Schwester.«

»Ich weiß, trotzdem will ich mehr wissen.«

Er windet sich sichtlich. »Ich hab sie in einer Bar getroffen, wir hatten ein paar Drinks, dann hatten wir Sex und ich habe sie dafür bezahlt.«

»O, ach so. Sie ist eine Professionelle?«

Andrew lacht. »Nein, die Bar, in die sie da reingestolpert ist, war ein Callgirlring. Sie hat es nicht gewusst und ich habe ihr nichts gesagt, sie aber dann damit aufgezogen, indem ich ihr Geld dagelassen habe und dann einfach gegangen bin. Dass sie die Tochter der besten Freundin meiner Mutter ist und Ronny ihr leiblicher Vater, das haben wir beide erst in Ronnys Haus erfahren. Kurz vor der Durchsuchung. Wenn sie mich nicht gewarnt hätte, wäre ich jetzt nicht mehr hier.«

»Sie hat dich also gerettet«, sage ich.

Andrew antwortet nicht, sondern nickt nur.

»Dann ist sie also meine Cousine. Ob ich sie irgendwann kennenlernen darf?« Sie wäre neben meinem Vater und meiner Mutter die einzige Verwandte, von der ich weiß. Ich würde gerne mehr über sie erfahren. Aber die Chancen stehen wohl nicht gut, immerhin werden wir überall gesucht. Und da wir die meisten Straftaten wirklich begangen haben, wird man uns auch nicht ungestraft davonkommen lassen. Wir haben wirklich einiges gemein mit Bonnie und Clyde. Auf unser Konto gehen weniger Morde, aber der Rest trifft annähernd zu. Ich reibe mir über die Härchen auf meinen Armen, die senkrecht nach oben stehen, als ich an Bonnies und Clydes Ende denke. Eine Falle der Polizei und mehr als fünfzig Kugeln in jedem Körper.

»Sie werden uns doch nicht auch erschießen?«

»Was?«

»Na wie Bonnie und Clyde.«

»Bestimmt nicht. Niemand wird wegen ein paar Einbrüchen erschossen.« Er sieht mich an und legt eine Hand auf meinen Oberschenkel. »Ich lass mir deswegen etwas einfallen.«

»Darf ich dich etwas fragen? Ich weiß, du bringst mich zu meiner Mutter, weil du es mir irgendwann versprochen hast, damit ich ihr diese eine Frage stelle, die mich seit meiner Kindheit nicht loslässt. Aber in den letzten Tagen habe ich so viele Dinge erfahren, dass ich mir jetzt nicht mehr sicher bin, ob ich sie überhaupt sehen will. Warum ist es dir trotzdem so wichtig, mich zu ihr zu bringen?«

»Damit du in Sicherheit bist.«

»Nein, das ist es nicht. Ich bin sicherer bei dir und zwischen all diesen Rockern«, sage ich und zeige aus den Fenstern. »Ich denke, du bringst mich zu ihr und verlässt mich dann. Ich verstehe nur nicht warum. Da ist etwas, das du mir nicht sagen willst, und es hat nichts mit deinem Plan zu tun, ins Belvedere einzubrechen. Also, warum willst du mich zurücklassen?«

Er sieht mich an, seine Lippen sind fest aufeinandergepresst und er wirkt traurig und nachdenklich. Aber ich sehe auch in seinem Blick, dass er sich seiner Sache sicher ist und nichts ihn davon abbringen wird, seine heimlichen Pläne durchzuführen. »Ich werde das alles für uns in Ordnung bringen. Für dich, für mich. Damit wir beide frei sein werden.«

»Wir beide heißt aber getrennt voneinander, oder?« Ich schlucke den großen Kloß in meinem Hals herunter. Schon seit unserer Nacht in Glasgow denke ich darüber nach, warum es ihm so wichtig ist, mich zu einer Frau zu bringen, die mich in den Händen eines Mannes zurückgelassen hat, der solche Dinge tut.

Andrew schweigt, seine Hände umklammern das Lenkrad. Er will es mir nicht sagen, also versuche ich es allein. »Du willst zu ihm, um dich an ihm zu rächen. Und weil du glaubst, dass unsere Probleme sich nur lösen lassen, wenn du dich ihm stellst.« Er sagt noch immer nichts. »Und danach willst du nicht zurückkommen, um mich abzuholen. Du willst einfach aus meinem Leben verschwinden.«

»Solange ich in deiner Nähe bin, wirst du immer in Gefahr schweben.«

»Warum?« Ich verstehe es wirklich nicht. Andrews Unterkiefer zuckt, als er die Zähne fest aufeinanderpresst. »Es gibt keinen Grund, warum du nicht zurückkommen solltest, warum wir nicht zusammen sein sollten«, sage ich entschlossen.

Er sieht mich an, seine Stirn ist tief gerunzelt und sein Blick ist so eisig, dass ich die Kälte körperlich spüre. Er nickt, weil er anscheinend zu dem Entschluss gekommen ist, mir doch zu antworten. Ich spanne mich an und bin mir nicht sicher, ob ich es noch hören will. »Ich habe nicht vor, deinen Vater mit Samthandschuhen anzufassen. Wirst du mir mit diesem Wissen noch in die Augen sehen können?«

Ich schließe die Lider und lasse das, was er gesagt hat, einen Moment sacken. Werde ich das können? Wer-de ich damit klarkommen, wenn der Mann, den ich liebe, meinen Vater all seine angestaute Wut und die Trauer um seine Freundin spüren lässt? »Versprich mir nur, dass du ihn nicht tötest, dann kann ich mit allem leben«, sage ich, bin mir aber nicht sicher, ob ich es nur sage, weil ich Angst davor habe, Andrew verlieren zu können. Ich beuge mich zu ihm rüber, stütze mich auf seine Schulter auf und hauche ihm einen Kuss auf die Wange.

Andrew schlingt seinen Arm um meine Schulter und zieht mich fester gegen seine Seite. Er küsst mich auf die Stirn. Ich kann den Schmerz in seinen Augen sehen, er sagt nichts. Verspricht nichts. Nicht einmal, dass er zurückkommen wird, um bei mir zu sein. Das reißt mir das Herz aus der Brust. Ich fühle mich, als würde ich ersticken, weil ich weiß, was das bedeutet. Unsere Zeit miteinander ist begrenzt. Weil er sich nicht vorstellen kann, dass ich ihm verzeihen könnte, wenn er meinen Vater seine Fäuste spüren lässt. Würde Andrew meinen Vater auch töten? Vielleicht glaubt er selbst das, aber ich weiß, dass er das nicht tun würde. So ist er nicht. Deswegen müsste ich ihm das nicht verzeihen können. So oder so, auch wenn er es nicht ausspricht, weiß ich, dass unsere Wege sich in Los Arcos trennen werden.

11. Kapitel

Ich glaube, alles, was einen nicht tötet,
macht einen komischer!
- Batman - The dark Knight -

Phoebe

Steif hungrig und mit einer Blase, die so gefüllt ist, dass ich kaum noch laufen kann, steige ich aus dem Ford. Ich strecke mich, gähne und bewege jeden Muskel meines Körpers. Wir stehen auf dem Parkplatz eines Rasthofes in der Nähe von Amboise. Es ist einer dieser sehr großen Rasthöfe für LKW-Fahrer.

Nach und nach kommen auch die letzten Helldogs und parken ihre schweren Maschinen rund um den Ford herum. Ein Stück weiter stehen drei große Trucks mit weißem Logo auf schwarzem Untergrund. Ich kenne die Marke, sie produzieren Cola mit einem hohem Koffeingehalt, weswegen sie sich kurzerhand Kick Cola genannt haben. Koffein für den ultimativen Kick, ist ihr nicht gerade herausragender Werbeslogan. Im Gegensatz zu ihrem Slogan, drehen sie fantastische Werbefilmchen. So ein Dreh scheint gerade hier stattzufinden. Ein recht großes Areal ist abgesperrt worden. Um die Absperrung herum haben sich Zuschauer versammelt. Auf einem Feld direkt neben dem Rasthof wirbeln die laufenden Rotorblätter eines großen schwarzen Helikopters allerhand Dreck auf.

Ein paar Helldogs johlen, als leicht bekleidete Darstellerinnen aus einem Wohnwagen kommen, und stellen sich mit zu den Schaulustigen, während der Rest von ihnen ihre Motorräder betankt. Eine der Frauen trägt einen Brautschleier, auf ihrem weißen, freizügigen Shirt steht in roter Glitzerschrift: Verena heiratet morgen. Die Gruppe scheint eine Jungesellinnenabschiedsparty nachzustellen. Sie werden auf einer Decke mit Picknickkorb, allerlei alkoholischen Getränken, Luftballons und Papierschlangen platziert.

Ich löse meinen Blick von den Frauen in kitschigen blassrosa Röcken und gehe um das Auto rum zu Andrew und schmiege mich kurz an ihn. Ich hole mir einen flüchtigen Kuss ab. »Ich müsste mal für kleine Mädchen.«

»Ich begleite dich.«

»Du musst mir nicht dabei zusehen.« Ich zeige auf die Türen zu den Toiletten, die außen an der Tankstelle sind und von unserem Standort gut einzusehen.

»Also gut.«

Der Helikopter erhebt sich in die Luft, ich bleibe stehen und folge ihm mit den Augen. Er dreht eine große Runde. Kameras folgen seinem Flug. Die Frauen stoßen entrüstete Schreie aus und zeigen auf ihre leeren Gläser, in denen es wohl nur Eis und Bacardi gibt, den ein Mann in schwarzer Anzughose und mit nacktem Oberkörper, dafür aber mit einer weißen Fliege um den Hals, gerade einschenkt.

»Keine Cola mehr!«, höre ich die entrüstete Braut, während eine der Brautjungfern ihre Finger lüstern über das nackte Sixpack des Kellners wandern lässt und schmollend mehr Cola verlangt.

Der Helikopter kommt von seiner Runde zurück. Es ist einer dieser mächtig großen Helikopter, die man aus Kriegsfilmen kennt. Die Seiten sind offen und zwei schwarz gekleidete Gestalten stehen am Rand. In ihren Händen halten die Männer jeweils ein Seil, das fast bis zum Boden reicht. Der Helikopter schwebt jetzt über den Frauen, die sehen mit wehenden Fähnchen nach oben, dann lassen sich die zwei Männer in voller schwarzer Kampfmontur an den Seilen nach unten. Mit mächtig breiten Schultern, kurzgeschorenem Haar, Oberschenkeln wie Baumstämmen und Ärschen, mit denen man Nüsse knacken könnte, landen sie inmitten der Frauengruppe. Die weiblichen Zuschauer jubeln, bei so viel Testosteron, die Männer protestieren lautstark.

Das Einsatzkommando löst die Seile von ihren Körpern. Beide schwitzen natürlich sehr von dieser anstrengenden Aktion, weswegen sie die schwarzen Westen und Pullover ablegen und sich mit den Pullovern die aufgepumpten Oberkörper trockenreiben, bevor sie sie fallen lassen. Aus den großen Taschen an den Hosenbeinen ziehen sie zur Rettung der Damen jeweils zwei Flaschen Kick Cola heraus. Was die Damen ihnen mit Gejubel und heißhungrigen Händen auf nackter Haut danken.

Ich verdrehe die Augen, streiche Andrew über den Oberarm und bedeute ihm, dass ich genug gesehen habe und mich jetzt um mein kleines Blasenproblem kümmern werde.

»Okay, ich geh uns schnell was zu essen holen.« Er tippt Rogue auf die Schulter. »Hab ein Auge auf sie, falls ich dort drin länger brauche.«

Rogue mustert mich kurz und nickt. »Alles klar.«

»Nicht mal auf die Toilette kann man allein gehen«, schimpfe ich vor mich hin und stampfe an ein paar parkenden Autos, dann an den Zapfsäulen und einem Transporter vorbei, der gerade direkt vor den Toiletten stehenbleibt. Ich werfe dem Fahrer einen vernichtenden Blick zu. Er hebt entschuldigend eine Hand und lächelt mich freundlich an. Ich lächle aufgesetzt zurück, weiche einer Frau aus, die eben aus der Damentoilette kommt, und fange die Tür auf, bevor sie ins Schloss fällt.

»Sie müssen den Schlüssel dann aber an die Kasse bringen«, sagt sie zu mir und drückt mir einen Schlüssel in die Hand, an dem ein hässliches dreckiges Band hängt und ein keilförmiges Stück Holz. Als ob jemand den Schlüssel zu den Toiletten einer Tankstelle klauen würde.

»Mach ich, danke«, sage ich zu der Frau und gehe rein.

Der Innenraum sieht genau so aus, wie ich es erwartet habe: sauber, aber alt und abgenutzt. Ich erledige, was ich zu erledigen habe und gehe nach draußen. Als ich die Tankstelle betrete, um den Schlüssel abzugeben, suche ich mit den Augen nach Andrew, aber der Rasthof ist so groß, dass er sich überall verstecken könnte. Also gehe ich nur zur Kasse, wo der Transporterfahrer gerade seinen Kaffee bezahlt. Er lächelt wieder und entschuldigt sich noch einmal.

»Kein Problem«, sage ich und reiche dem Kassierer den Schlüssel über die Theke.

»Sie sind auch Schottin«, sagt er dann. Er mustert mich aufmerksam mit schiefgelegtem Kopf. Kann es sein, dass man außerhalb von Schottland so wenige Schotten trifft, dass der Mann in mir ein Weltwunder sieht? »Ich komme aus Edinburgh. Fahr da für eine Firma die Strecke Edinburgh-Bordeaux. Bin eben wieder auf dem Heimweg.«

Ich nicke gespielt interessiert. »Wir sind in den Flitterwochen. Mal hierhin mal dahin. Wollen alles mal sehen«, sage ich und verabschiede mich mit einem Nicken.

Ich verlasse den Shop und zögere einen Moment vor dem Eingang. Ich drehe mich noch einmal um, weil Andrew noch nicht wieder beim Ford steht. Rogue winkt mir kurz und unterhält sich dann mit einem seiner

Männer weiter. Ich beschließe, hier auf Andrew zu warten, Rogue hat mich ja gut im Blick, außerdem stehen hier überall noch Helldogs rum, auch hinter mir im Shop. Der Transporterfahrer geht an mir vorbei, hebt noch einmal freundlich seinen Kaffeebecher und geht dann bis an die Ecke, wo sein Transporter parkt. Er steigt ein, fährt bis zur Zapfanlage direkt vor mir und versperrt mir dadurch die Sicht auf Rogue.

Ich reibe mir über die Arme, obwohl der Himmel über uns strahlend blau ist, ist es empfindlich kalt hier in Frankreich. Vielleicht hätte ich aber auch meinen Mantel anziehen sollen, bevor ich aus dem Auto gestiegen bin. Mein erster Ausflug außerhalb der Insel und ich habe leider noch nicht viel gesehen, außer Autos, ein paar Felder, Städte aus der Ferne und der endlos erscheinenden Autobahn. Aber wer weiß, was mein neues Leben in Freiheit – mehr oder weniger – mir noch bringen wird. Vielleicht schaffe ich es ja sogar mal auf den Eiffelturm. O, und Deutschland, ich wollte schon immer mal nach Berlin und eine Bratwurst essen. Man hört ja nur gutes über Bratwürste. Vor einiger Zeit habe ich ein Interview der schottischen Band Biffy Clyro gesehen, in dem sie auch von Bratwürsten geschwärmt haben.

Die Fahrertür des Transporters wird mit Schwung aufgestoßen, so dass ich zusammenschrecke. Der Fahrer stolpert aus seinem Transporter und sieht mich mit weit aufgerissenen Augen an. Seine Hand ist an seine Kehle gepresst, die andere lässt den Kaffee fallen. Als er sich vornüberbeugt und stöhnt, laufe ich auf ihn zu und versuche ihn zu stützen.

»Was stimmt nicht? Brauchen Sie Hilfe?«, frage ich ihn erschrocken.

»Asthma«, sagt er. »Könnten Sie ...? Ich hab hinten meine Tasche mit meinem Spray.« Er lenkt mich hustend und nach Luft schnappend zur Schiebetür an der Seite seines Autos, ich helfe ihm, sie zu öffnen. Mit hochrotem Kopf zeigt er auf eine Reisetasche im Inneren. Um an sie ranzukommen, muss ich in den Transporter klettern. Ich bin kaum drinnen, da höre ich die Tür zuschlagen und stehe im Dunkeln. Da ist nur noch undurchdringliche Schwärze um mich herum. Mir stockt der Atem, für einen Moment habe ich jegliche Orientierung verloren. Dann atme ich tief durch und befehle mir selbst, nicht durchzudrehen. Aber wie kann man bitte nicht durchdrehen, wenn man offensichtlich gerade von einem Fremden gefangen wurde?

Mit rasendem Herz stolpere ich auf die Stelle zu, wo eben noch die Tür war. Ich taste nach einem Türgriff, oder etwas, das die Schiebetür öffnen könnte. Gerade als ich ihn finde, startet das Auto und fährt los. Ich stolpere, falle auf meine Knie und keuche auf. Meine Muskeln fühlen sich vor Angst wie gelähmt an, ich schaffe es nicht, wieder aufzustehen. Ich schreie so laut ich kann, bis mir die Stimme versagt und ich das Gefühl habe, keine Luft mehr zu bekommen.

»Lassen Sie mich sofort raus!«

»Das kann ich nicht, 50.000 Pfund. Tut mir leid, Kleine, aber ich bin nicht dazu in der Lage, so viel Geld einfach auszuschlagen«, brüllt er zurück. Dann höre ich ihn fluchen. Das Auto schlingert. »Wie war dein Name, Kleine?«, brüllt er jetzt. »Sonst glaubt mir dein Vater am Ende nicht. Wir beide haben nicht das beste Verhältnis.«

»Bonnie Parker«, brülle ich zurück. »Müssen Sie doch gehört haben, wenn Sie wissen, wie viel ich wert bin. Und jetzt halten Sie verdammt noch mal an!« Ich falle wieder, als das Auto schlingert, dann bleibe ich gleich auf allen Vieren und krieche nach vorne, dorthin, wo die Stimme des Mannes herkommt. Ich muss versuchen, ihn zu überzeugen. Irgendwie muss ich ihn dazu bekommen, mich gehen zu lassen.

Andrew

»Verdammt«, brülle ich, werfe dem Kassierer das Geld hin, das ich ihm eben geben wollte. Das Essen und die Getränke lasse ich stehen und renne auf den Ausgang zu, wo ich gerade beobachtet habe, wie Phoebe in einen Transporter gekrochen ist. Ein paar Helldogs folgen mir aus dem Shop und schimpfen. »Was hat sie sich nur dabei gedacht?«

Als ich rauskomme, rast das weiße Auto gerade davon. »Rogue!«, brülle ich außer mir vor Panik und zeige auf den Transporter. »Er hat sie.«

Rogue sieht mich eine Sekunde lang fassungslos an, dann schwingt er ein Bein über seine Maschine, stößt einen Pfiff aus und alle Helldogs kommen in Bewegung. Ich renne auf Rogue zu, springe hinter ihm auf die Maschine und klammere mich an seinem Körper fest. Er rast los, seine Männer mit laut röhrenden Maschinen hinter uns her. »Der weiße Transporter«, brüllt er über den Lärm hinweg, nimmt eine Hand vom Lenker und greift nach unten zu seinem Stiefel. Er reicht mir eine Waffe. »Die Reifen«, sagt er.

Wir fahren auf die Auffahrt zur Autobahn zu, wo wir am Ende den Arsch des Transporters sehen können.

»Gib Gas«, schreie ich und Rogue dreht den Motor hoch. Wir nähern uns schnell dem VW. Rogues Männer überholen uns und drängen sich vor den Transporter. Ich ziehe die Waffe und warte darauf, dass die Rocker mit ihren Bikes die Geschwindigkeit des VW drosseln, indem sie geschlossen immer langsamer werden und den

Trasporterfahrer dadurch zwingen, vom Gas zu gehen. Auf die Reifen zu schießen, während das Auto noch zu schnell ist, wäre zu gefährlich. Es könnte mit hoher Geschwindigkeit in die Leitplanke krachen. Wenn Phoebe nicht da drinnen wäre, dann wäre es mir egal, was mit dem Kerl passiert. Aber so ... Bei dem Gedanken, sie könnte bei dieser Sache sterben, wird mir ganz übel und meine Hand, die die Waffe auf den Hinterreifen richtet, beginnt zu zittern.

Schweiß perlt auf meiner Stirn, weil ich immer wieder vor mir sehe, wie das weiße Blechungetüm über die Leitplanke kippt und sich dann mehrfach auf dem Feld überschlägt - mit Phoebe in seinem Bauch. Der VW zieht nach links und Rogue muss hastig ausweichen, um nicht getroffen zu werden. Ich habe ähnliche Verfolgungsjagden schon erlebt, es gab immer irgendwelche Leute, die ich für Ragnarök jagen musste. Aber noch nie hatte ich solche Angst wie in diesem Moment. Ich schließe kurz die Augen und atme tief ein. Konzentrier dich, verdammt noch mal, befehle ich mir.

Das ist ihre einzige Chance. Ich muss schießen. Keiner kann garantieren, dass der Transporter anhält, wenn die Maschinen die Geschwindigkeit bis auf Null drosseln. Gut möglich, dass er einfach Gas gibt. Ich denke an die Angst, die Phoebe haben muss und wie ihr Gesicht dabei aussieht, und drücke ab.

Der Reifen platzt, das Auto schlingert, die Bikes weichen geschickt aus. Rogue beschleunigt und bleibt auf Höhe des Vorderrades. Wieder ziele ich, ignoriere das Zittern und drücke ab, bevor ich mir noch einmal ausmalen kann, was mit diesem Auto und Phoebe darin passieren könnte. Aber der VW schlingert wieder nur und wird langsamer. Ich richte die Waffe jetzt auf den Fahrer. Er sieht mich mit weit aufgerissenen Augen an.

Sein Gesicht erstarrt noch mehr, als er mich erkennt. Vielleicht erkennt er auch nur die Waffe. Aber ich bin sicher, er weiß, wer ich bin, denn das Auto hat ein schottisches Kennzeichen und er hat sich Phoebe nicht einfach so geschnappt. Er weiß, was sie wert ist.

»Halt an«, brülle ich und feuere einen Warnschuss vor das Auto ab. Er zögert, dann wird der Transporter langsamer und fährt auf den Seitenstreifen. Ich springe mit gezogener Waffe von Rogues Maschine, noch bevor sie steht, und reiße die Fahrertür auf. Die anderen Helldogs bleiben rings um den Transporter stehen und grinsen breit, als Rogue sie davon abhält, sich um das Arschloch zu kümmern, denn das ist mein Job. Ich werde dem Kerl sämtliche Knochen brechen.

Grob packe ich ihn am Shirt, zerre ihn aus seinem Auto. Einer der Männer öffnet die Schiebetür, ich beobachte erleichtert, wie Phoebe aussteigt. Ihr Gesicht ist feucht von Tränen und das macht mich nur noch wütender, also werfe ich den Kerl wütend gegen die Seite des Transporters. Er stöhnt auf. Ich hole aus und breche ihm die Nase. Blut schießt aus seiner Nase, läuft ihm über die Lippen und das Kinn. Ich habe schon viele Male Menschen geschlagen, deswegen schreckt mich ein bisschen Blut oder das Geräusch von brechenden Knochen kein bisschen mehr ab. In diesem Augenblick finde ich nicht das Blut erschreckend, sondern den Gedanken, dass es mich nicht mehr juckt, einem Menschen wehzutun. Diesen Gedanken hatte ich schon lange nicht mehr. Für mich zählte nur noch das Ziel, alles zu tun, was Ragnarök von mir verlangte, nur um ihn irgendwann hinter Gittern wissen zu können.

»Für jede Schramme und jeden blauen Fleck, den sie hat, werde ich dir einen Hieb versetzen«, drohe ich. Der Mann ist etwa vierzig, nicht besonders in Form, also wird meine Faust es weich haben, wenn ich ihm in den Magen schlage.

Phoebe stolpert auf mich zu und hält mich am Unterarm fest. »Mir ist nichts passiert«, ruft sie eindringlich und zerrt an meinem Arm. »Lass uns einfach verschwinden.« Sie wirft dem Kerl einen zornigen Blick zu und zieht noch einmal an meinem Arm.

Ich lasse meine Fäuste sinken, ziehe die Pistole aus dem Bund meiner Hose und gebe sie an Blaze weiter, der neben mir steht. »Zerschieß die anderen Reifen auch noch.« Dann richte ich mich wieder an das Arschloch, dem der Angstschweiß auf der kahl werdenden Stirn steht. »Ich hoffe für dich, du sagst niemanden, dass du uns hier gesehen hast. Dein Handy«, fordere ich. Schiebe mich an dem Typ vorbei, klettere auf den Fahrersitz und nehme sein Handy vom Beifahrersitz.

»Es tut mir leid. Ich weiß auch nicht, was in mich gefahren ist. Ich bin normal nicht so«, wimmert er und hält sich eine Hand vor das Gesicht. »Aber ich schulde Ragnarök eine Menge Geld. Spielschulden«, erklärt er nuschelnd weiter. Ich mustere ihn unter zusammengekniffenen Lidern und kann ihn sogar verstehen. Ragnarök geht mit Schuldnern nicht zimperlich um. Ich weiß das besser als jeder andere.

»Entsperren«, befehle ich. Der Mann weiß, was gut für ihn ist und tut, was ich verlange. Die letzte gewählte Nummer kenne ich nur zu gut. »Er hat deinen Vater angerufen. Das ist seine Nummer für Geschäftliches.« Ich stoße einen Fluch aus und würde dem Mann am liebsten noch einen Hieb auf seine blutende Nase geben.

Ich werfe das Telefon auf den Boden und zertrete es. »Hast du Kinder, oder bist du verheiratet?«, frage ich ihn scharf.

»Eine Frau, eine Tochter in ihrem Alter.« Er nickt in Phoebes Richtung.

»Dann schaff sie außer Landes«, sage ich knapp. Mehr Erklärung braucht es nicht. Der Mann holt schon Luft, um zu protestieren, überlegt es sich aber anders. Ich wende mich von ihm ab, ziehe Phoebe in meine Arme und halte sie für ein paar beruhigende Sekunden fest. Mein Herz wird langsamer, der Puls geht runter und mein ganzer Körper entspannt sich an ihrem Körper. Alles fällt von mir ab und ich kann nur noch danke, danke, danke denken. Auf keinen Fall werde ich jetzt noch von meinem Plan abweichen. Ich bringe sie zu ihrer Mutter, da ist sie aus der Schusslinie und dann erledige ich ihren Drecksack von Vater. Ich lasse nicht zu, dass sie so etwas noch einmal durchstehen muss.

»Lass uns den Ford holen«, sage ich zu Rogue.

Rogue schnippt mit den Fingern und nimmt einem seiner Männer die Schlüssel zu seinem Bike ab und gibt sie mir. Ich nehme die Schlüssel und steige auf die Maschine, Phoebe klettert hinter mich und legt ihre Arme um mich. Ich muss kurz die Augen schließen, als mich das Gefühl erfasst, dass ich immer fühle, wenn ich ein Bike zwischen meinen Schenkeln vibrieren spüre. Dieses Gefühl steigert sich nur noch mit Phoebe an meinem Rücken. Der Helldog, dessen Maschine unter mir röhrt, steigt zu einem anderen Helldog auf die Maschine, dann setzt sich Rogue an die Spitze und wir folgen ihm zurück zur Tankstelle.

12. Kapitel

Vergiss nicht, ich bin auch nur ein Mädchen,
das vor einem Jungen steht und ihn bittet, es zu lieben.
- Notting Hill -

Phoebe

Die spanische Grenze haben wir vor etwa einer halben Stunde hinter uns gelassen. Bisher sind wir auf keinerlei Kontrollen gestoßen, aber Andrew ist sich auch sicher, dass Charlies falsche Ausweise jeder Prüfung standhalten würden. Was unsere Gesichter betrifft, ist er da nicht mehr so sicher, seit dem Vorfall auf dem französischen Rasthof vor etwa fünf Stunden. Fünf Stunden, die ich gebraucht habe, um den Schock zu überwinden und die Panik von meinen Gliedern zu schütteln. Dass ich dieses Erlebnis habe durchmachen müssen, hat meiner Meinung über meinen Vater wohl den letzten Rest gegeben. Ich mag ihn nicht einmal mehr als meinen Vater bezeichnen, weil er zulässt, ja sogar verursacht, dass mir so was passiert.

Ich starre aus dem Fenster und versuche, mich auf die Landschaft zu konzentrieren. Die bewaldeten Hügel sehen gar nicht so anders aus als in Schottland. Es gibt hier eindeutig mehr Industrie, immer wieder fahren wir an Fabrikgebäuden vorbei, die eher trostlos als hübsch wirken. Aber wenn wir mal durch eine kleine Ortschaft kommen, dann ist es interessant zu sehen, dass sich spanische Architektur hier mit Häusern abwechselt, die ich so viel eher im Süden Deutschlands, der Schweiz oder in Österreich vermutet hätte.

Man hört viele wunderschöne Dinge über das Baskenland. Ich habe sogar eher eine romantische Vorstellung gehabt, aber das spiegelt sich entlang der A1, auf der wir uns derzeit befinden, nicht wider. Hier, kurz vor Tolosa, unserem nächsten Etappenziel, gibt es nur heruntergekommene Werkstätten, zerfallende Fabrikhallen und hin und wieder Mal ein Hotel, vor dem Autos parken. In Tolosa dann wird es noch trostloser; aufgerissene Straßen, Bauzäune, löchrige Straßen. Die ganze Stadt scheint eine einzige Baustelle zu sein. Spanien habe ich mir definitiv anders vorgestellt. Ich will zurück nach Frankreich!

Doch dann arbeiten wir uns weiter ins Zentrum vor, eine Kolonne Bikes, in deren Mitte ein alter Ford fährt, und plötzlich werden trostlose Gebäude von historischen bunten Bauwerken abgelöst. Im Hintergrund grüne Berge. Ein breiter Fluss fließt mitten durch die Stadt. Die Straßen werden immer enger und die Häuser immer älter und bunter. So habe ich mir das Baskenland vorgestellt. Unzählige Balkone, von denen Blumen ranken – oder ranken würden, wenn wir nicht gerade Winter hätten. Aber die Blumenkästen, die sind da. Ich versuche mir vorzustellen, wie es hier im Sommer wäre und lächle zufrieden in mich hinein.

Die Stadt ist nicht groß, weswegen wir sie fast durchquert haben, als die Motorräder in eine Einfahrt abbiegen und vor einem schwarzen gusseisernen Zaun parken. Jemand von Innen öffnet das Tor und wir fahren auf ein Grundstück, dessen Gebäude ein U ergeben: eine Werkstatt, eine Lagerhalle und das, was wir in Schottland einen Pub nennen. Über dem Eingang des Pubs hängt das Logo der Helldogs und darunter steht Clubhouse.

»Das Zuhause der Helldogs«, sagt Andrew grinsend und stellt den Ford neben die Reihe Motorräder, die vor dem Pub halten. Aus dem Pub kommen zwei Frauen gelaufen und breiten ihre Arme aus. Aus dem, was nach einem Lagerhaus aussieht, kommt eine weitere und ihr folgen drei Kinder in verschiedenem Alter.

»Du meinst, sie wohnen hier?«, hake ich verwundert nach.

»Ich weiß nicht, aber es sieht fast so aus.«

Ein großer dicker Mann mit langem schwarzgrauem Bart öffnet meine Tür und lächelt mich an. »Willkommen, hübsche Frau.«

Ich steige aus, neben ihm taucht eine ebenso mollige Frau auf. Sie scheint die Vierzig schon überschritten zu haben.

»Du darfst sie hübsch finden, aber mehr nicht«, sagt sie kichernd und reicht mir die Hand. »Ich bin Vera, das hier ist mein Mann Bear. Ich weiß, der Spitzname passt perfekt«, plappert sie und lässt meine Hand gar nicht mehr los. Sie zieht mich hinter sich her auf den Pub zu. »Wir haben für alle gekocht.«

Die meisten Rocker sind schon reingegangen und reden durcheinander, als wir reinkommen. Es gibt kein Verstummen, keine merkwürdigen Blicke. Alles fühlt sich fast so an, als wäre es normal, dass Andrew und ich hier sind.

Es gibt eine große halbrunde dunkelbraune Ledercouch, auf der mindestens zehn Personen Platz finden würden. Einen übergroßen Fernseher, eine kleine Bar und mehrere Tische und Sofas, die sich in einem recht geräumigen Raum verteilen. An einer Wand hängt die schottische Flagge, an einer anderen das Helldogs-Logo und darunter gibt es eine ganze Galerie mit Fotos. Alles in allem wirkt es wirklich mehr wie ein Clubhaus als wie ein Pub.

Vera platziert mich an einem der Tische und winkt einer jüngeren, aber schlanken Version von sich zu. Das Mädchen dürfte in meinem Alter sein. »Du hast doch Hunger?«

»Und wie«, sage ich und reibe mir den Bauch, der auch prompt anfängt zu knurren. Die Kinder rennen grölend durch den Raum und werfen sich einen Football zu.

»Sie dürfen nur tagsüber hier rein, abends geht es hier manchmal nicht ganz jugendfrei zu, wenn die Mädchen kommen.«

Ich nicke, als würde ich verstehen, aber zurzeit bin ich noch etwas überfordert. Ich sehe mich nach Andrew um, der mit Rogue und ein paar anderen an einem Tisch sitzt. Sie haben kleine Flaschen mit Limonade, Cola und Wasser vor sich auf dem Tisch stehen. Ich ziehe verwundert eine Augenbraue hoch, ich hätte diese hart wirkenden Männer nicht für Alkoholverächter gehalten.

»Hallo, ich bring dir dein Essen«, sagt die jüngere Version von Vera und stellt einen Teller mit Braten, Kartoffeln und Mischgemüse vor mir ab.

»Das ist unsere Tochter Angel. Sie hilft derzeit hier im Club mit aus, bis wir jemanden gefunden haben, der den Club übernehmen kann. Mein Rücken macht mir zu schaffen und Lilly, die Frau von Oz, und Sweety, sie ist Harleys Mädchen, haben schon ihre festen Aufgaben. Sweety betreut die Kinder und Lilly kümmert sich um den ganzen Bürokram. Sie steht auf Zahlen und diesen langweiligen Mist.«

Ich zerdrücke eine Kartoffel in der Soße und schiebe mir den ersten Bissen in den Mund. »Hmm, das ist gut«, stöhne ich. Zu Hause gab es für mich nicht oft Hausmannskost, nur dann, wenn einer der Männer mal Lust zum Kochen hatte oder später dann, als ich selbst angefangen habe, die Rottweiler und mich zu bekochen.

»Lebt ihr alle hier?«, frage ich neugierig. Angel stellt uns mehrere kleine Getränkeflaschen auf den Tisch. Vera nimmt sich eine, schüttelt das hellbraune gelockte Haar, das ihr wild in die Stirn fällt, und nickt. »Ja, wir haben drüben das Lagerhaus ausgebaut. Dort gibt es fünfzehn Apartments, die jeweils aus Wohnbereich, kleiner Kochnische, Bad und zwei Schlafzimmern bestehen. Nichts Großes, aber es reicht zum Wohnen. Die meiste Zeit verbringen wir sowieso alle hier unten zusammen. »Und hinten ...«, sie zeigt in den hinteren Bereich des Clubs, »... da gibt es noch fünf Gästezimmer. Eng wird es hier nur, wenn andere MCs uns besuchen kommen. Aber dann sind die Männer oft so betrunken, dass sie schlafen, wo sie gerade umfallen.«

»Ihr trinkt hier also doch Alkohol«, stelle ich fest und zeige auf die Männer, die sich jetzt überall verteilt haben und die gleichen Flaschen halten, die wir auf unserem Tisch stehen haben.

Vera kichert wieder, dabei hüpfen ihre Locken und die Falten in ihrem runden Gesicht vertiefen sich. »Alkohol gibt es hier auch erst, wenn die Kids schlafen.«

»Wie viele Kinder gibt es hier?« Ich öffne mir eine Wasserflasche und nehme einen großen Schluck, dann spieße ich eine Erbse mit der Gabel auf und schiebe sie in meinen Mund. Das Gemüse schmeckt würzig und frisch, weil Petersilie dran ist. Ich mag den Geschmack von Petersilie.

»Angel ist letzten Monat achtzehn geworden, also sind es noch vier, wenn man Blaze auch nicht mehr mit reinrechnet, er wird im Januar achtzehn.«

Ich lächle und staune darüber, wie familiär die Rocker sind. Das gibt mir ein warmes Gefühl in der Brust. Und ich muss zugeben, ich fühle mich hier inmitten mir völlig fremder Menschen richtig wohl. »Wie eine große Familie«, sage ich bewundernd.

Ich sehe mich nach Andrew um, dessen Blick auf mir ruht und kleine Hitzewellen in meinen Unterleib schickt, weil ich sofort Bilder aus dem Kofferraum in meinem Kopf habe. Er zieht mich wie ein Magnet an, aber ich bleibe sitzen, was mich sehr viel Kraft kostet. Ich will ihm seine Zeit mit den Männern lassen.

Andrew

Phoebe sieht sich immer wieder nach mir um. Ich behalte sie genau im Auge, nur falls sie sich unwohl fühlt, aber sie wirkt sogar ausgesprochen zufrieden. Ich habe sie nur selten so viel lächeln sehen.

»Was willst du tun, wenn du die Kleine abgeliefert hast«, will Rogue wissen.

Ich wende mich ihm zu und fahre mir mit der Hand über das stoppelige Kinn. Rogue mustert mich aufmerksam. Ich zucke mit den Schultern und werfe Darian neben mir einen kurzen Blick zu. Ich kenne den schweigsamen Mann mit den breiten Schultern, der zackigen Narbe an seiner Wange und den stechend blauen Augen noch aus dem Knast. Er ist Rogues leiblicher Bruder, nicht nur Bruder seines Herzens, wie die Biker sich untereinander bezeichnen. Er hat Rogue damals ein paar Mal besucht, um ihn über alles auf dem Laufenden zu halten.

»Verarsch mich nicht, ich weiß, dass du Pläne hast. Charlie weiß es auch. Also raus damit.«

Ich nehme einen kräftigen Schluck von meiner Cola, aber das bringt alles nichts, Rogue wird eine Antwort haben wollen. Er lässt mich nicht einfach entkommen. »Ich werde ihn finden und umbringen.«

Rogue sieht zur Seite und betrachtet Phoebe, dann schüttelt er den Kopf und lächelt. »Wirst du nicht. Nicht wenn du willst, dass sie dir auch weiterhin so heiße Blicke zuwirft.«

»Darauf kann ich keine Rücksicht nehmen«, sage ich leise, aber mit Nachdruck. »Ich werde sie nicht mehr wiedersehen. Ich lasse sie in Los Arcos zurück. Dort ist sie besser aufgehoben.«

»Nur, wenn der King sich an die Spielregeln hält.«

»Das wird er, du weißt selbst, wie feige der Mistkerl ist«, werfe ich ein und ignoriere Rogues besorgten Blick. Ich weiß, er hält das für eine schlechte Idee, aber ich kann nicht anders. »Phoebe wird erst frei sein, wenn es ihn nicht mehr gibt. So was wie heute lasse ich nicht noch einmal zu.« Sie wird erst in Sicherheit sein, wenn niemand mehr die 50.000 Pfund zahlen kann. Ragnarök wird seinen Tresor nicht öffnen können, wenn er irgendwo in seinem eigenen Blut liegt. Sie mag in der Nähe ihrer Mutter vielleicht vor Ragnarök und seinen Männern sicher sein, aber nicht vor einem Europa, das scharf auf ein Kopfgeld ist.

»Das stimmt wohl, aber ich will, dass du noch mal darüber nachdenkst.« Er wirft einen Blick auf die Uhr und wendet sich zu den Frauen um, die jetzt alle am Tisch bei Phoebe sitzen und sich angeregt unterhalten. »Mädchen, es wird Zeit, die Kinder rüberzubringen.« Er steht mit ernstem Blick vom Stuhl auf. »Hab ein bisschen Spaß, trink ein paar Bier und dann geh früh mit deiner Kleinen schlafen. Ich lass euch eins der Gästezimmer vorbereiten. Und lass dir die Sache durch den Kopf gehen.

Was ist dir wichtiger, deine Rache oder dein Mädchen? Wir haben beide genug Gründe, diesem Drecksack ein Ende zu bereiten, aber nicht auf Kosten derjenigen, die uns wichtig sind.«

Ich verziehe unwillig das Gesicht und weiß nicht einmal genau warum. Weil Rogue recht hat, oder weil ich das Gefühl habe, er versteht mich nicht?

Darian steht ebenfalls auf, beugt sich dann zu mir runter und legt eine Hand auf meine Schulter. Er ist ein paar Jahre jünger als sein Bruder, mehr weiß ich nicht über ihn. »Frauen haben es nicht gern, wenn es nicht nach ihren Köpfen geht. Und ich bin mir sicher, dein Mädchen hat andere Pläne als du. Pass auf deine Eier auf, Junge.« Er lacht düster, dann schnappt er sich eine der Frauen, die eben in das Clubhaus des MC kommen.

Jetzt wird es hier richtig heiß, ich habe so einen Abend schon im Haus eines anderen MC miterlebt. Die Mädchen sind für die Männer nichts weiter als Spielzeuge, aber sie erhoffen sich von den Männern, dass einer von ihnen sie zu seiner *Old Lady* macht – zu seiner festen Frau. Aber die wenigsten dieser Mädchen kommen an ihr Ziel, weil die Rocker sich ihre Frauen lieber anderswo suchen. Kein Mann will eine Frau, die schon für sämtliche seiner Brüder die Beine breitgemacht hat.

Ich muss grinsen, als ich Phoebes schockierten Ausdruck sehe, als Bear, dessen Frau sich an ihrem Tisch befindet, sich eins der Mädchen schnappt und ihr seine Zunge in den Mund schiebt. Das ist ihre Art Spaß zu haben, aber meistens gehen die verheirateten Rocker mit den Clubschlampen nicht viel weiter. Ein richtige Old Lady würde ihrem Mann sonst die Eier zerquetschen.

Ich stehe auch auf und gehe rüber zur Bar. Wird wirklich Zeit, dass ich mir ein Bier genehmige. Eben noch hat Gelächter der Kinder das Clubhaus dominiert, jetzt ist es das hysterische Kichern von Frauen, die nur ein Ziel kennen. Die Kinder waren mir lieber.

»Hi, ich bin Angel«, stellt das dünne sommersprossige Mädchen hinter der Bar sich vor. Sie ist hübsch, wirkt aber etwas fehl am Platz hinter dieser Bar. Sie trägt ein schwarzes Shirt, dessen Ärmel abgerissen sind und auf dessen Brust sich ein Skull befindet, der auf Rosen gebettet ist. »Was darf ich dir bringen?«

Ich reiche ihr die Hand. »Andrew«, sage ich. »Ein Bier. Bist du Rogues Tochter?« Rogue hat noch eine Tochter, die bei seiner zweiten Frau aufgewachsen ist, genau wie Blaze, solange Rogue im Knast saß.

Sie gibt mir lächelnd eine offene Flasche Bier. Ich nehme einen Schluck. Es ist ein herbes Bier, mit einem leicht bitteren Nachgeschmack. Auf jeden Fall keins der leichten Biere mit wenig Promille. »Nein, Bear ist mein Vater.«

Ich mustere sie erstaunt. Sie ist nicht besonders groß und wirklich sehr dünn. Das ganze Gegenteil von Bear und seiner Frau, aber die Gesichtszüge, die hat sie von ihrer Mutter. Und die irren Locken, die wie Korkenzieher um ihr Gesicht herum hüpfen. »Na ja, nach Bear kommst du nicht«, sage ich lächelnd.

Arme schlingen sich von hinten um meine Taille und ein Kinn wird auf meine Schulter gestützt. Ich atme den Duft von schwerem Parfüm ein und weiß, das ist nicht Phoebe, also löse ich die Umklammerung und entferne mich ein wenig. Ich drehe mich zu der dunkelhaarigen Frau um, deren mitternachtsschwarzes langes Haar, dunkler Teint und schokoladig braunen Augen keinen Zweifel daran lassen, dass sie eine Einheimische ist.

»Tut mir leid Süße, aber kein Interesse«, sage ich und halte ihre Hand auf, die sich eben meinen Oberschenkel hocharbeiten will.

»Du bist neu hier«, sagt sie in gebrochenem Englisch. »Hab dich noch nicht gesehen.«

Ihre Hand landet trotz meines Protestes zwischen meinen Beinen, ich stoße sie dieses Mal grober weg. »Such dir einen anderen Kerl zum Spielen«, knurre ich, rücke weiter von ihr ab und setze mich auf den Barhocker in meinem Rücken. Dann wende ich mich Angel zu und lege beide Unterarme auf den Tresen. Ich will der Spanierin keinen Zweifel daran lassen, dass ich es ernst meine.

»Ich will aber dich.«

»Das ist schade für dich, er will nämlich nur mich«, sagt eine leise Stimme hinter mir. Wieder schieben sich Arme um meine Taille. Dieses Mal atme ich nur saubere frische Luft in meine Lungen und ich weiß, dass es Phoebe ist, deren Körper dieses ungeduldige Kribbeln in mir auslöst. Ich lege meine Hände auf einen ihrer Unterarme und ziehe sie zu mir herum. Sie zwängt sich an der Spanierin vorbei zwischen meine Schenkel. Ich umklammere mit festem Griff Phoebes Nacken und ziehe sie noch näher, dann sehe ich über sie hinweg direkt in die dunklen zornigen Augen der anderen Frau.

»Da hat sie recht, ich will nur sie.«

Angel hält sich kichernd eine Hand vor den Mund. »Versuch es doch mal bei Race, der hat immer Interesse an ein bisschen Spaß«, sagt sie zu der Frau. Die funkelt sie böse an, aber das entlockt Angel nur ein lässiges Schulterzucken. Vorhin hatte ich noch das Gefühl, dass sie hier nicht richtig reinpassen könnte, aber das hat sich eben geändert. Angel weiß genau, wo in der Hierarchie sie hier im Club steht. Weit über den Groupies.

»Ich dachte, ich helfe dir mal«, sagt Phoebe jetzt und haucht mir einen flüchtigen Kuss auf die Lippen. Ich habe meine Hand noch immer in ihrem Nacken und hindere sie daran, mir zu entkommen. Ich ziehe sie wieder näher an meinen Mund und zupfe an ihrer vollen Unterlippe, schabe mit meinen Zähnen über das weiche Fleisch und schmecke die fruchtige Süße von Grapefruitsaft. Den hat sie schon immer geliebt. Ich schiebe meine Zunge zwischen ihren Lippen hindurch und küsse sie genüsslich. Mit meiner freien Hand auf ihrem Hintern dränge ich sie fester gegen meinen Unterleib, so weit, wie es der Barhocker zulässt.

Es braucht nur ihren Mund auf meinem und die Hitze ihres Körpers, um den Platz in meiner Jeans viel zu eng werden zu lassen. Ich kann mich nicht erinnern, dass mein Herz jemals bei einer Frau so schnell geschlagen hat. Dass meine Hände jemals so feucht waren. Sie löst sich von mir, als hinter mir eine Frau aufschreit. Neugierig schielt sie um mich herum und reißt erschrocken die Augen auf.

»Die hat ja nur noch ein Höschen an«, flüstert sie und wird ganz rot im Gesicht. Ich will mich umdrehen, aber sie hält mich davon ab, hält mir sogar die Augen zu.

Ich ziehe sie wieder näher an mich und lache. »Wenn du nicht willst, dass ich hinsehe, dann musst du mich ablenken«, sage ich mit rauer Stimme.

Sie setzt ein listiges Lächeln auf, geht dann einen Schritt rückwärts und schiebt sich auf den Barhocker in ihrem Rücken. Dann krallt sie eine zierliche Faust in den Kragen meines Pullovers und zerrt mich von meinem Hocker zwischen ihre einladend geöffneten Schenkel. Ihre Augen blitzen mich herausfordernd an, dann schlingt sie ihre Beine um meine Taille und drückt die Stelle, die selbst durch ihre und meine Jeans hindurch heiß ist, an meiner Erektion. Sie drückt ihre Schuhe gegen meinen Hintern, um mir noch näher zu kommen, und seufzt mir ins Ohr, dann leckt sie über meine Ohrmuschel und ich verliere fast den Verstand. Nicht viel, und ich reiße uns vor allen Anwesenden die Klamotten vom Leib. Wie kann sich etwas so falsch und richtig zugleich anfühlen? Ich will sie so sehr, dass selbst mein schlechtes Gewissen, wegen dem, was ich ihr antun will, wenn wir in Los Arcos ankommen, mich noch so laut anschreien kann, es kann das Verlangen in mir nicht übertönen.

»Fühlst du dich abgelenkt?«, will sie wissen.

»O ja, sehr sogar.« Ich schiebe ihre Haare zurück und lege meine Lippen auf die weiche Haut über ihrem rasenden Puls.

»Ist das Erregung oder Aufregung, das deinen Puls so rasen lässt?« Ich lecke mit der Zunge über die Stelle und sie krallt ihre Hände in den Stoff meines Pullovers.

»Ein bisschen von beidem«, flüstert sie unter heftigen Atemzügen.

Ich lache leise und löse mich von ihr, was mich wirklich sehr viel Kraft kostet. Ich nehme mein Bier und trinke, dann biete ich ihr auch etwas an, aber sie schüttelt mit gerümpfter Nase den Kopf.

»Es schmeckt besser, wenn ich es von deinen Lippen küsse«, sagt sie grinsend.

Reflexartig drehe ich mich um, als hinter uns das Dudeln eines Dartautomaten sich unter Gelächter und Musik mischt. Rogue drückt einem Helldog, dessen Namen ich noch nicht kenne, drei Pfeile in die Hand, dann stellt er sich selbst an die Wurflinie. Er zielt, trifft mit dem ersten Pfeil in die dreifache Zwanzig, mit dem zweiten in den halben Pool und den dritten versenkt er wieder in der dreifachen Zwanzig.

»Er ist gut«, sagt Phoebe staunend.

»Wir hatten im Knast Zeit zum Üben.«

»Da durftet ihr Dart spielen? Selbst mit den Plastikspitzen kann man Augen ausstechen«, sagt sie und zieht verwundert beide Augenbrauen hoch. Ihre Finger nesteln am Bund meiner Jeans. »Wann hast du dich umgezogen?«

»Wir saßen ja nicht bei den Schwerverbrechern, wir durften ein bisschen mehr, als die schlimmen Typen. Und was deine andere Frage betrifft, vorhin, als du mit den Frauen gesprochen hast. Warum, vermisst du was?«

»Nein, aber es hat mich irgendwie angemacht, zu wissen, dass der Fleck, den du so nah an deinem wahnsinns Sixpack trägst, von dem ist, was wir beide getan haben.«

»Verdammt, du sollst solche Sachen nicht sagen. Da gehen bei mir die Lichter aus.«

»Und, was ist falsch daran? Hast du noch immer Angst davor, es mit mir zu tun, obwohl du weißt, dass ich es unbedingt will? Vergiss nicht, ich bin auch nur ein Mädchen, das vor einem Jungen steht und ihn bittet, es zu lieben.«

»Ich habe nur Angst davor, dass ich die Kontrolle verlieren könnte. Phoebe, ich hab noch nie eine Frau mehr gewollt.«

Sie sieht unter halb gesenkten Lidern zu mir auf. »Nicht einmal Nancy?«

Ich weiche ihrem Blick aus, weil selbst mir diese Wahrheit unangenehm ist. »Nicht einmal sie«, flüstere ich.

»Lass uns mitspielen«, schlägt sie vor und zeigt auf die Dartscheibe. Rogue hat das Spiel in der fünften Runde beendet.

»Wir spielen mit«, rufe ich Rogue zu, der breit grinst, weil wir uns schon im Knast immer die härtesten Kämpfe geliefert haben.

»Ohne deine Glückspfeile hast doch du gar keine Chance«, sagt er und klopft mir freundschaftlich auf die Schultern. Noch zwei weitere Rocker schließen sich uns an.

Ich erkläre Phoebe kurz die Regeln, aber nach den ersten Sätzen winkt sie ab. »Ich werde froh sein, wenn ich die Pfeile bis nach vorne zur Scheibe bekomme.«

»Sei dir da mal nicht so sicher, unsere Frauen sind besser als wir alle zusammen«, meint Rogue und gibt ihr einen Satz leichte Pfeile. »Die wiegen nur 16 Gramm und liegen leichter in der Hand«, sagt er. »Stell dich an die Linie. Ob du einen Fuß nach vorne stellst, den anderen nach hinten, oder ob du breitbeinig wirfst, das musst du ausprobieren. Wichtig ist, halt den Pfeil auf Augenhöhe, um zu zielen.«

Phoebe nickt und stellt sich an die Linie, sie nimmt den rechten Fuß nach vorne, ich stelle mich hinter sie und zeige ihr die richtige Haltung, dann lasse ich sie werfen. Ihr Pfeil fliegt direkt in die 19. Die 19 liegt vielen Frauen, besonders, wenn sie nicht ganz so groß sind. Ihr zweiter Pfeil trifft die 3, der dritte geht wieder in die 19. Sie kichert, wirft jubelnd die Arme hoch und geht mit übertriebenem Hüftschwung nach vorne, um ihre Pfeile aus der Scheibe zu ziehen.

»Ich denke, du machst einen Fehler«, sagt Rogue zu mir. »Du weißt, du hast noch eine Option.«

»Und die wäre?«

»Du nimmst mein Angebot an, das ich dir schon im Knast gemacht habe.« Rogue wartet meine Antwort nicht ab, sondern stellt sich für seine Runde an die Wurflinie. Ist dieses Angebot wirklich eine Option? Es passt einfach nicht zu dem, was ich tun muss, wozu mein Instinkt mich zwingt.

13. Kapitel

Wenn man begriffen hat, dass man den Rest des Lebens zusammen verbringen will, dann will man, dass der Rest des Lebens so schnell wie möglich beginnt.
- Harry und Sally -

Phoebe

»Ich habe Bear eure Reisetasche in euer Zimmer bringen lassen«, sagt Vera zu mir, als sie zu Angel und mir an die Bar kommt. Ich habe zwei Runden lang gegen die Männer haushoch verloren und mich dann wieder zu Angel gesetzt und aus der Ferne beobachtet. Dabei habe ich versucht, die beiden Pärchen zu ignorieren, die auf dem großen Sofa sitzen und deutlich weitergehen in der Öffentlichkeit, als ich es mich je wagen würde.

Eine der beiden Frauen, die hier nur zum Vergnügen der Männer sind, so hat es den Anschein, sitzt mit breiten Beinen auf dem Schoß eines Rockers. Nur ihr um ihre Schenkel herum ausgebreiteter bunter Rock verbirgt, was sie da tut. Die andere genießt stöhnend die Hand eines Rockers in ihrer Hose.

Es wundert mich, dass Angel dieser Anblick kein bisschen verstört, dabei weiß ich, dass auch sie erst abends hier im Club bleiben darf, seit »sie volljährig ist und sowieso nichts mehr dazulernen kann, weil sie mit ihrem Freund schon alles ausprobiert hat«, so Veras Worte. Das zeigt mir wieder einmal, wie viel ich verpasst habe in meinem goldenen Käfig.

Meine lockeren Sprüche Andrew gegenüber sollen nur ihm mehr Sicherheit geben, was uns betrifft. Und dabei stochere ich eigentlich jedes Mal ahnungslos im

Dunkeln, weil ich gar nicht weiß, wovon ich da eigentlich spreche. Ich selbst brauche kaum mehr Sicherheit, denn für mich steht seit Jahren fest, dass Andrew und ich an diesem Punkt landen werden.

Natürlich habe ich auch Angst, aber die Freude darauf, mich ihm völlig zu überlassen, ihm ganz und gar und vollkommen zu gehören, die macht jeden Funken Furcht unwichtig. In den letzten Tagen ist mein Verlangen nach ihm nur noch mehr gewachsen. Jede Berührung lässt mich vor Verlangen und Sehnsucht zerfließen, bis ich nur noch denken kann, wie sehr ich Andrew will. Es zehrt mich auf, so sehr will ich mich in ihm verlieren. Ich hätte niemals geglaubt, dass der Spruch »So sehr lieben, dass es wehtut« wahr sein könnte, aber jetzt weiß ich es besser.

Ich rutsche von dem Barhocker und löse meinen Blick von Andrew. »Zeigst du mir das Zimmer, ich denke, ich sollte ins Bett gehen. Die letzten Tage waren lang«, sage ich zu Vera.

»Na klar«, sagt sie und geht vor mir her. »Wir haben hier im Club leider nur ein Gemeinschaftsbad hinten bei den Gästezimmern. Aber das ist wirklich nur für Übernachtungsgäste, die anderem müssen die Toiletten vorne im Barbereich benutzen«, sagt sie und sieht mich bedauernd über die Schulter zurück an.

»Das stört mich nicht.«

Wir biegen in einen schmalen Gang hinter der Küche ab, es ist düster hier. Die Beleuchtung ist sehr spärlich, aber ausreichend, um zu sehen, wohin man geht. Auch hier hängen Porträts an den Wänden, schwarzweiß Bilder von Männern.

»Sind das alles Mitglieder?«, will ich erstaunt wissen. Mit den Bildern vorne an der Wand unter dem Helldogs-Logo wären es ungefähr fünfzig Mitglieder, aber gesehen habe ich bisher nur etwa fünfzehn.

»Das sind die verstorbenen Member«, sagt Vera ernst. »Es gibt die Helldogs schon ein Weilchen. Und wir hatten schlimme Zeiten, die uns ein paar gute Männer gekostet haben. Das ist ein Grund, warum wir jetzt hier in Spanien leben. Der andere ist, dass wir uns weitestgehend aus den kriminellen Geschäften zurückgezogen haben.«

»Weitestgehend?«, hake ich nach und sehe mir die Gesichter auf den Fotografien an.

Vera presst die Lippen aufeinander. »Hier und da kleine Deals«, sagt sie ausweichend. »Geradeaus ist das Bad. Das ist euer Zimmer. Das Bett ist frisch bezogen und ich hab euch frische Handtücher und Shampoo ins Bad gelegt. Sie stellt sich vor mich und sieht zu mir runter. »Dich hat es ganz schön erwischt, oder? Die Männer sind vielleicht nicht die saubersten - jeder von ihnen hat das eine oder andere Gesetz gebrochen -, aber sie sind tolle fürsorgliche Kerle. Lass ihn nicht von der Leine. Die harten Kerle geben es ungern zu, aber sie lieben genauso wie die weichen auch. Vielleicht sogar noch intensiver, denn die meisten von ihnen wissen, was extremer Verlust bedeutet.« Sie küsst mich auf den Scheitel. »Gute Nacht, Süße.«

»Gute Nacht«, sage ich mit trockener Kehle und sehe Vera hinterher, bis sie aus dem Gang verschwunden ist.

Ich öffne die Tür und knipse das Licht an. Das Zimmer ist schlicht eingeräumt. Eine kiefernfarbene Kommode, auf der ein kleiner Fernseher steht, ein Tisch mit einem Stuhl daran und ein Bett mit genug Platz für zwei Personen. Die blickdichten orangefarbenen Vorhänge sind zugezogen und über dem Bett hängt das Bild eines Motorrades. Keine nackte Frau darauf, wie man es oft auf solchen Bildern erlebt. Trotz der Schlichtheit dieses

Zimmers sieht man, dass hier Frauen ihre Finger im Spiel hatten. Ich gehe zum Nachtschrank hin und schalte die geblümte Nachttischlampe an, dann gehe ich zurück, um das Deckenlicht auszuschalten.

Aus der Reisetasche auf dem Bett ziehe ich mir frische Unterwäsche heraus, dann fällt mein Blick auf meine Clutch, die auch in der Reisetasche steckt, obwohl ich sie im Auto zurückgelassen habe. Ich öffne sie, viel ist nicht drin, nur meine Geldbörse mit etwa zwanzig Pfund und die roten Dessous. Ich lasse den seidig glatten Stoff durch meine Finger gleiten und beiße mir in die Wange. Kann ich mutig genug sein, mich so Andrew zu zeigen? Plötzlich bin ich mir nicht mehr so sicher, denn diese Wäsche zu tragen, würde ein deutliches Signal senden. Ich zittere ein wenig, als ich tief einatme und mir selbst ein leises »Ja« zuhauche.

Ich nehme das rote Nichts, ein Badetuch und einen von Andrews längeren Pullovern, damit ich nicht nur in Unterwäsche wieder zurück ins Zimmer laufen muss nach dem Duschen.

Ein paar Minuten später sitze ich mit feuchtem Haar und einem Hauch von Nichts an meinem Körper zitternd vor Nervosität im Bett. Ich starre auf die geschlossene Tür und warte mit hämmerndem Herzen auf Andrew. Die Minuten vergehen zäh wie Gummi und rasend wie im Zeitraffer zugleich.

»Es wird passieren«, sage ich zu mir mit flatterndem Magen. Je mehr ich darüber nachdenke, wie es sich anfühlt, Andrews nackten Körper auf meinem zu fühlen, desto mehr pulsierende Hitze breitet sich quälend in meinem Unterleib aus, bis ich das Gefühl habe, gleich zu explodieren vor Erregung und Ungeduld.

Ich werde nicht zulassen, dass er sich wieder zurückzieht, denn morgen schon werden wir nach Los Arcos fahren. Und ob ich ihn nach diesem Tag jemals wiedersehen werde, das wissen nicht einmal die Sterne. Aber mein Bauch sagt mir, dass die Chancen nicht gut stehen. Warum auch immer, aber er glaubt, dass ich nur bei meiner Mutter in Sicherheit sein werde.

Leise knarrend öffnet sich die Tür und ich stehe vom Bett auf, zupfe nervös das Negligé über meinen Oberschenkeln zurecht und halte ängstlich und erwartungsvoll die Luft an, als Andrew das Zimmer betritt.

Für einen Atemzug stockt er in seiner Bewegung, den Türknauf noch immer in der Hand, gleitet sein Blick über mich. Dann schließt er die Zimmertür und bleibt stehen. Mein Herz klopft bis zum Hals unter seiner Musterung. Mir gehen tausend Fragen durch den Kopf, aber eigentlich ist es nur eine: Was denkt er?

»Du siehst ... du siehst heiß aus. Fantastisch.« Er kommt einen Schritt auf mich zu und ich gehe ihm entgegen. »Aber ich bin mir nicht sicher, ob wir das wirklich tun sollten.« Er legt den Kopf schief, den Blick mit dunklem Verlangen auf mich gerichtet.

»Ich bin sicher, sehr sogar«, flüstere ich, überbrücke die letzten Meter zwischen uns und lege beide Hände vertrauensvoll auf seine Brust. Ich sehe zu ihm auf. »Schlaf mit mir!«

Er legt seine Hände auf meine Wangen und beugt sich zu mir runter, zögert einen kurzen Moment lang, bevor er mich zärtlich küsst. Ich stelle mich auf die Zehenspitzen, um ihm entgegenzukommen und den Kuss zu vertiefen. Mein Herz klingt wie eine Buschtrommel in meinen Ohren. Es fühlt sich an, als würde es überall in mir klopfen, sogar in meinen Fußzehen. Ich bin schrecklich nervös und habe Mühe, die Gedanken aus meinem Kopf fernzuhalten, damit ich mich ausschließlich auf diesen Mann konzentrieren kann. Ich möchte nichts von dem, was wir gleich tun werden, verpassen, damit ich mich bis an mein Lebensende daran erinnern kann.

Ich seufze in seinen Mund, als er mit seinem Daumen an meinem Kinn meinen Mund weiter für sich öffnet und seine Zunge auf meine trifft. Ich schmecke das Bier, das er getrunken hat, rieche Davidoff auf seiner Haut und fühle sein heftig schlagendes Herz unter meinen Händen. Seine Finger erkunden meinen Nacken, meinen Unterkiefer und mein Haar. Ich biege mich ihm sehnsüchtig entgegen und stöhne leise auf, als seine Zähne über meine Unterlippe kratzen.

Andrew löst sich von meinem Mund und sieht mich mit einem Begehren im Blick an, das er nicht vor mir verbergen kann. Dieses Begehren fühle auch ich, es brandet durch meinen Körper und löst ein heftiges Pochen zwischen meinen Schenkeln aus. Seine Hände streichen über meinen Rücken, bleiben kurz auf meinem Hintern liegen und schieben sich dann unter die rote Seide.

»Du siehst wirklich sexy in diesem Teil aus. Ich werde wohl schauen müssen, dass ich mich irgendwie bei Ellie dafür bedanke, aber noch mehr möchte ich dich ohne sehen«, sagt er heiser unter schweren Atemzügen. »Darf ich?«

Ich nicke nur, weil ich meiner Stimme nicht traue. Seine Hände gleiten an meinen Seiten nach oben und schieben den dünnen Stoff vor sich her. Ich hebe meine Arme, damit Andrew das Negligé über meinen Kopf ziehen kann. Darunter trage ich den Slip, der sehr knapp sitzt und eigentlich nur noch meinen Venushügel verdeckt. Ansonsten stehe ich zum ersten Mal fast nackt vor einem Mann. Andrew tritt einen Schritt zurück und betrachtet meinen zitternden Körper. Überall, wo sein Blick über mich gleitet, reagiert meine Haut mit einem Frösteln. Meine Brustwarzen ziehen sich fest zusammen. Ich möchte meine Hände schützend über meine Brüste legen, aber ich tue es nicht, auch wenn es mich Kraft kostet, nicht so zu reagieren.

»Wenn du auch nackt wärst, würde ich mich vielleicht besser fühlen«, werfe ich schüchtern ein. Obwohl das hier das Natürlichste der Welt ist, hat mich noch niemand nackt gesehen, der nicht Medizin studiert hat. Und selbst bei einem Mediziner ist mir das unangenehm. Ich trete wieder auf Andrew zu und greife nach dem Saum seines Pullovers und schiebe ihn nach oben. Andrew hilft mir dabei, ihn aus Pullover und Shirt zu schälen. Während ich ausgiebig seine Brustmuskeln und das gut definierte Sixpack betrachte, knöpft er seine Hose auf und lässt die Jeans mit samt seiner Shorts nach unten gleiten.

Meine Augen weiten sich, als seine Erektion mir entgegenspringt. Ich atme tief ein und erinnere mich daran, dass ich ihn schon berührt habe. Dass wir schon Bekanntschaft miteinander gemacht haben. Also lege ich meine Finger um ihn, was mich viel Mut kostet, und wundere mich darüber, wie perfekt er sich anfühlt: hart und samtig weich zugleich. Ich lasse ihn wieder los und sehe zu Andrew auf, dessen Augen dunkel wirken.

Langsam lasse ich meine Hände über seine festen Bauchmuskeln gleiten, hoch zu seiner breiten Brust, wo ich meine Lippen um eine seiner Warzen lege, an ihr sauge und sie dann mit meiner Zunge umkreise. So wie mein Atem beschleunigt sich auch Andrews durch diese eigentlich unschuldige Berührung. Dass er so auf das reagiert, was ich tue, verleiht mir mehr Mut und ich knabbere und küsse mir einen Weg zu seinem Schlüsselbein, lecke über die Vertiefung und küsse mich dann weiter zu seinem Hals. Ich beiße ihn sanft, lecke dann über die Stelle, nur um ihn wieder zu beißen. An meinem Körper kann ich fühlen, wie er erschaudert.

Ich kann das Schaudern auch nicht unterdrücken, als er mich an sich zieht und seine Erektion zwischen uns einklemmt. Sie drückt gegen meinen nackten Bauch. Dieses Gefühl, ihm so nahe zu sein, löst kleine Hitzewellen in mir aus. Mein Unterleib zieht sich heftig zusammen und ich fühle, wie Feuchtigkeit sich zwischen meinen Schamlippen ausbreitet.

»Wunderschön«, sagt er zu mir. »Du bist so wunderschön.«

Ich kann spüren, wie Hitze in mein Gesicht schießt und ihm dann ein Lächeln entlockt. Seine Hände streichen über meinen Rücken und legen sich auf meinen Hintern. Er hebt mich hoch, ganz automatisch schlinge ich meine Beine um seine Taille. Jetzt spüre ich seine Erektion an meiner Scham und ich kann ein Stöhnen nicht unterdrücken, weil sie gegen diesen empfindlichen Punkt drückt, der neue Hitze in mir auslöst, die sich kribbelnd in alle Winkel meines Körpers ausbreitet. Ich atme heftig ein, als eine Hitzewelle sich durch meinen Körper arbeitet.

Andrew trägt mich zum Bett und legt mich vorsichtig darauf ab. Die ganze Zeit ist sein Blick auf meine Augen gerichtet, so als fürchte er sich, die Verbindung auch nur für eine Sekunde zu trennen. Aber er muss sich nicht fürchten, denn genau das hier will ich schon so lange. Und jetzt in seinen Armen sind auch die letzten Zweifel verschwunden. Er schiebt sich über mich, ich öffne meine Schenkel für ihn, damit er sich zwischen meine Beine legen kann. Seine Lippen pressen sich auf meine und er küsst mich. Dieses Mal viel ungeduldiger als vorhin. Ich keuche auf, als er eine Hand auf meine Brust legt und seine Finger mit der Warze spielen. Erst sanft, dann zwirbelt er sie und ein kurzes Ziehen blitzt auf und schießt mir direkt zwischen die Beine. Ich keuche, dränge ihm meine Brust entgegen in einer Aufforderung weiterzumachen. Er legt seinen Mund auf meinen Hals, küsst mich, verschlingt mich mit seinen feuchten Lippen. Seine Zunge tanzt auf der erhitzten Haut. Ein Prickeln züngelt über meinen Körper. Alle Empfindungen, die er in mir auslöst, kennen nur ein Ziel, das sehnsüchtige Pulsieren zwischen meinen Beinen, wo Andrews Härte sich fest gegen mich drückt. Mein Unterleib fängt ganz von allein an, sich an ihm zu reiben. Andrew stöhnt leise in mein Ohr.

»Langsam«, sagt er. »Ich will erst dafür sorgen, dass es nicht so schmerzhaft für dich wird.«

Ich beiße mir auf die Unterlippe und halte ganz still. Andrew schiebt sich an mir nach unten, legt seinen heißen, feuchten Mund um meine Brustwarze und saugt die harte Knospe in seine Mundhöhle. Ich bäume mich ungeduldig auf, als neue Flammen in meinen Unterleib schießen. Dort unten hämmert es so heftig, dass ich nur noch daran denken kann, endlich erlöst zu werden. Schwer atmend werfe ich den Kopf zur Seite und kralle die Finger in die Bettdecke. Andrews Zunge gleitet über meinen Bauch, taucht in meinen Nabel ein und entlockt mir ein lautes Stöhnen.

»Was tust du?«, keuche ich, als er noch tiefer gleitet und seinen Mund auf die Stelle drückt, an der mein Bein auf meinen Unterkörper trifft.

Er knabbert und beißt in die zarte Haut, dann sieht er zu mir auf. »Bist du bereit?«

»Ich könnte nicht bereiter sein, Andrew, ich verbrenne gleich.«

Er lacht leise, zieht mir das Höschen aus, dann umfasst er meine Oberschenkel mit seinen Händen. Seine

Daumen berühren mit ihren Spitzen meine Schamlippen und streichen kaum merklich darüber. Andrew drückt meine Beine auseinander, dann lässt er mich los und greift nach dem Pullover, den ich vorhin angehabt habe. »Hoch den Hintern«, befiehlt er rau, den Blick auf meine Mitte gerichtet. Ich hebe das Becken an und er schiebt den schwarzen Stoff unter mich. »Wir wollen doch keine Flecke hinterlassen, die verdächtig wirken«, sagt er grinsend. Er legt eine Hand auf meine Scham und drückt den Handballen gegen den heftig pulsierenden Punkt. Ich zucke zusammen unter den zuckenden Blitzen, die durch mich hindurchschießen. Mit sanftem Druck lässt er seine Hand kreisen. Ich stelle meine Beine auf und stemme die Fersen in die Matratze. In meinem Unterleib zieht es und meine Brüste werden ganz heiß und schwer.

»Andrew«, stöhne ich. Er nimmt die Hand weg und sieht mit verschleiertem Blick zu mir auf. »Und jetzt etwas, was ich schon die ganze Zeit tun wollte. Seine Finger öffnen mich für ihn, dann senkt er seinen Mund auf meine Hitze. Ich stoße einen schrillen Schrei aus, als seine Zunge auf meine Klitoris trifft und ein so wundervolles Gefühl in mir auslöst, wie ich es noch nie empfunden habe. Ich kann spüren, wie mein Unterleib sich zusammenzieht und noch mehr Flüssigkeit aus mir heraustritt.

Andrew stöhnt zwischen meinen Schenkeln, seine Zunge wird mal langsamer, mal schneller, tupft mal und tanzt und treibt mich an den Rand des Wahnsinns, als jeder Muskel in mir sich zusammenzieht und mein Unterleib beginnt, sich fordernd an Andrews Mund zu reiben. »Oh mein Gott, ja. Andrew!«, schreie ich, als das Kribbeln und Ziehen und dieses warme Gefühl immer stärker werden und ich so heftig stockend atmen muss, dass mir ganz schwindlig wird. Andrew saugt an meiner Perle, löst sich in dem Augenblick, in dem ich glaube, dass ich fallen werde und sieht lächelnd zu mir auf.

Meine Feuchtigkeit glänzt auf seinen Lippen. Er leckt darüber und stöhnt genüsslich. »Geht es wieder?«

»Es ging auch davor«, stoße ich frustriert aus.

»Ich wollte dir nur eine Pause gönnen, um den Spaß noch etwas rauszuzögern. Du willst doch bestimmt nicht, dass dein erstes Mal Geleckt werden so schnell vorbei ist?«

»Irgendwie ist doch alles das erste Mal«, sage ich ungeduldig und schiebe meine Finger in sein Haar. »Bitte!«, flehe ich und drücke sein Gesicht dorthin, wo ich es so dringend spüren will.

»Zu Befehl«, sagt er und teilt meine Schamlippen mit seiner Zunge. Als er auf meine geschwollene Klitoris trifft, zucke ich zusammen und keuche laut auf. Er saugt die Erbse zwischen seine Lippen, zieht sanft, leckt an ihr und schürt mein Verlangen immer mehr, bis die Erregung helle Flecken vor meinen Augen tanzen lässt und mir ganz heiß wird, meine Oberschenkel beginnen zu vibrieren und als ich in heftigen Wellen komme und der Orgasmus über mich hinwegschwabbt. Andrew schiebt einen Finger in mich, zieht ihn zurück und schiebt ihn wieder in mich, während ich Welle um Welle zuckend um ihn herum komme. Erschöpft sinke ich tiefer ins Bett zurück, meine Beine kippen zur Seite und mein Herz klopft überall in meinem Körper.

Andrew schiebt sich zu mir nach oben, stemmt seine Hände neben meinem Kopf in die Matratze. Zwischen seinen Lippen steckt jetzt die Verpackung eines Kondoms. »Ich will, dass du es machst«, sagt er heiser, nachdem er das Kondom auf meinen Oberkörper fallengelassen hat.

Ich sehe unsicher zu ihm auf, nehme es und reiße die Verpackung auf. Er richtet seinen Blick nach unten, wo seine Erektion zwischen uns schwebt. Ich drücke das Kondom auf seine prallen Eichel und rolle es mit zitternden Fingern ab. Es fühlt sich anders an als in der Schule, wo wir es über eine Holzattrappe gezogen haben, aber ich schaffe es trotzdem problemlos.

Er senkt seinen Mund auf meinen und küsst mich gierig. Sein Atem geht schwer. »Mach die Beine ganz breit«, sagt er und ich gehorche. Jetzt erfasst mich wieder die Aufregung und als ich Andrews Spitze an meinem Eingang spüre, verspanne ich mich, was er sofort merkt.

»Keine Angst, wir machen es langsam.«

»Lieber schnell«, sage ich. »Du weißt schon, die Pflastermethode.«

Er runzelt die Stirn und mustert mich abschätzig. »Also gut.« Er hat es kaum ausgesprochen, da ist er schon in mir. Ein heftiger Schmerz durchzuckt mich, flaut ab, als Andrew ganz still hält und mir die Zeit gibt, mich an das Gefühl zu gewöhnen, ausgefüllt zu werden. Es fühlt sich ungewohnt an und löst trotzdem eine neue Welle der Erregung in mir aus. Zu wissen, dass es Andrew ist, der so eng mit mir verbunden ist, der tief in mir steckt, macht mich ganz schwindlig. Ich hebe ihm meine Becken entgegen. Andrew zieht sich zurück und stößt langsam wieder in mich. Es brennt in mir, wenn er sich bewegt, aber es fühlt sich auch gut an. Andrew legt sich auf mich und schiebt eine Hand zwischen uns. Er legt einen Finger auf meine Klitoris und beginnt, sie zu bearbeiten, während er mich ganz zärtlich küsst. Neue Lust flutet durch mich hindurch und spült auch den letzten Schmerz ganz weit weg. Ich dränge mich ihm entgegen und kralle meine Nägel in seine Schulter.

Andrew

Es schnell zu machen, erschien mir auch am besten, als sie es vorschlug, aber als ich den Schmerz in ihren Augen gesehen habe, hätte ich es am liebsten zurückgenommen. Einen Moment war es so, dass mich das Gefühl, in ihr zu sein, so überwältigt hat, dass ich nahe dran war, die Kontrolle zu verlieren. Aber ihr schmerzverzerrtes, erschrockenes Gesicht hat mir diese Kontrolle schnell wieder zurückgegeben. Neben den Zweifeln, die jetzt auf mir lasten. Ich sehe in ihre Augen und sehe darin jetzt aber nur noch wildes Verlangen und absolute Hingabe.

Langsam lasse ich meinen Finger um ihre Klitoris gleiten, ziehe mich aus ihr zurück und schiebe mich wieder in sie. Ich habe das Gefühl, nach langer Suche dort angekommen zu sein, wo ich immer hinwollte. Wo ich hingehöre. Ich bin überwältigt von den Emotionen, die in meinem Körper durcheinanderwirbeln. Die sie in mir auslöst. Ich schließe die Augen und bewege mich weiter langsam in ihr. Ich habe das Gefühl zu zerfließen, als würde mein Herz jeden Moment zerreißen. Ich liebe sie mehr als alles andere. Jede andere Frau hätte ich einfach nur genommen, aber sie will ich lieben mit aller Zärtlichkeit, die ich aufbringen kann. Vielleicht kann ich ihr so zeigen, wie wichtig sie mir ist, denn sagen darf ich es ihr nicht, weil das den Abschied für sie nur schwerer machen würde.

Ich beschleunige meinen Rhythmus, als sie sich ungeduldiger unter mir bewegt und verschränke meine Finger mit ihren neben ihrem Kopf. Ihre Augen sind auf mich gerichtet. Ich fühle, wie sie sich um mich herum zusammenzieht, sehe, wie Hitze in ihre Wangen schießt und ihren Orgasmus ankündigt. Ich gebe die Kontrolle auf und bewege mich heftiger. Verlangen und Erregung branden durch meine Venen. Mein Atem geht stockend und laut. Der Druck in meinem Unterleib baut sich auf und meine Eier ziehen sich hart zusammen. Ihre Muskeln ziehen sich um mich herum zusammen, als sie kommt. Ich lasse los und falle, zucke in ihr, schiebe mich noch ein letztes Mal in ihre feuchte Wärme.

»Phoebe«, stoße ich heiser aus und lasse mich auf sie sinken. Ich küsse ihren duftenden zarten Hals und lecke die empfindliche Stelle unter ihrem Ohr, die ihr ein Seufzen entlockt. Meine Haut ist ganz verschwitzt und erst jetzt spüre ich, dass es recht kühl im Zimmer ist. Ich rutsche von ihr runter, nehme den Pullover, der unter ihr liegt, und wische über ihre wundervoll feucht glänzenden Schamlippen. Dann entführe ich ihr den Pullover und ziehe die Decke unter unseren Körpern vor. Ich decke sie zu, stehe auf, ziehe das Kondom von meinem Schwanz, wickle es in den Pullover und werfe beides in den Abfalleimer unter dem Tisch.

Mir wäre es egal gewesen, wenn jemand Blut im Bett gefunden hätte, aber mein Respekt vor ihr ist viel größer, deswegen musste ich sie vor dieser peinlichen Erfahrung beschützen. Ich drehe mich zu ihr um, sie sieht mich beunruhigt an. Sie hat Zweifel, nicht an dem, was wir getan haben. Sondern an mir. Sie hat Angst, ich wäre nicht glücklich damit, also lächle ich sie an und krieche zu ihr unter die Decke. Ich ziehe sie eng an meinen Körper und küssen sie auf ihre herrlichen Lippen.

»Mach dir keine Sorgen, ich bin nur etwas durcheinander. Überwältigt, trifft es besser. Es war ... wunderbar«, murmle ich an ihren Lippen und atme ihren unverwechselbar natürlichen Duft ein, unter den sich jetzt auch noch der Duft von Sex mischt.

»Es war besser als in meiner Fantasie«, gesteht sie lächelnd.

»Über deine Fantasien sollten wir vielleicht noch mal reden«, sage ich und lege mich auf den Rücken. Ich ziehe ihren Kopf auf meine Brust und streiche über ihr Haar, über ihren Rücken, ihre sexy Taille und ihren weichen Hintern. Sie kuschelt sich seufzend enger an mich. Ich kämpfe gegen den Kloß an, der sich in meiner Brust bilden will. Ich fühle mich elend, weil ich nicht aus dem Kopf bekomme, dass ich ihr morgen einfach den Rücken zudrehen werde und sie wahrscheinlich noch mehr enttäuschen werde, als ihr Vater es getan hat.

Ihre Atmung wird ruhiger, irgendwann ist sie eingeschlafen, aber ich mache die ganze Nacht kein Auge zu, weil mich das schlechte Gewissen nicht schlafen lassen will. Nein, ich will mich nicht schlafen lassen, weil ich jede Sekunde genießen will, die ich habe, mit ihr in meinen Armen.

14. Kapitel

Ich werde Ihm ein Angebot machen,
das er nicht ablehnen kann.
- Der Pate -

Andrew

Phoebe sitzt neben mir und starrt schon die ganze Fahrt über schweigend aus dem Fenster. Mir ist auch nicht nach Reden, weswegen ich mich nur auf die Helldogs vor uns konzentriere, die uns die einstündige Strecke zum Haus von Phoebes Mutter begleiten, um sichergehen zu können, dass dort keine Überraschungen auf uns warten. Aber das wird nicht passieren.

Als Sarah damals ging, war ich vierzehn. Alt genug, um Einiges mitbekommen zu haben. Zum Beispiel Gründe dafür, warum Ragnarök es nicht wagen würde, in ihre Nähe zu kommen. Der Große King von Glasgow hat Angst vor seiner Frau, weil sie der einzige Mensch auf der Welt ist, der etwas in Händen hält, das ihn seine Freiheit kosten könnte. Lange Jahre habe ich nicht begriffen, warum sie diesen Beweis nicht verwendet, bis mir klargeworden ist, dass auch er sie in der Hand hatte, solange Phoebe seine Gefangene war.

Ich könnte die Geschichte jetzt enden lassen, übergebe Phoebe ihrer Mutter und lasse mir von ihr geben, was auch immer sie gegen ihren Mann in der Hand hat. Dann könnte ich dafür sorgen, dass er in den Knast kommt. Aber für wie lange? Wie lange würde es dauern, bis er wieder auf freiem Fuß wäre und Jagd auf Phoebe und ihre Mutter machen würde? Es gibt nur eine Möglichkeit sicher zu gehen, dass sie für immer frei sein kann. Auch wenn es bedeutet, dass sie mir nie wieder in die Augen sehen kann.

Los Arcos ist eine kleine Stadt, deren einzige Sehenswürdigkeit eine historische Kirche ist. Ansonsten wirkt die Stadt eher modern mit ihren bunten jungen Häusern, den vielen Straßenkaffees und kleinen Pubs. Was noch viel wichtiger ist, die Stadt liegt nur etwa eine Stunde von Tolosa entfernt, wo die Helldogs ihr Zuhause haben, weswegen ich Rogue heute morgen das Versprechen abgenommen habe, nach Phoebe zu sehen.

Wir biegen in eine kleine Einfamilienhaussiedlung ein und das Navigationsgerät verkündet, dass wir unser Ziel gleich erreicht haben. Mein Magen zieht sich nervös zusammen und ich schlucke gegen die trockene Wüste in meinem Mund an.

»Du wirst sie mögen, deine Mutter ist eine wundervolle Frau«, sage ich heiser und werfe Phoebe einen kurzen Seitenblick zu.

»Du musst es ja wissen«, sagt sie schnippisch, »schließlich kennst du sie viel länger als ich.« Sie sieht mich an. »Machen wir uns doch nichts vor, ich weiß genau, was du vorhast. Du wirst verschwinden, sobald die Tür hinter mir zu ist, und du wirst nie wieder zurückkommen.«

Ich atme tief ein und umklammere krampfhaft das Lenkrad. »Ich bin nicht gut für dich, du brauchst ein anderes Leben, als das, das ich dir bieten kann.«

Sie zuckt mit den Schultern und steigt aus dem Auto aus, sobald es steht. Ohne abzuwarten geht sie nach hinten, um ihre Sachen zu holen, die sie in einen Rucksack gesteckt hat, den Angel ihr gegeben hat. Sie hat recht, ich brauche ihr nichts mehr vormachen. Das habe ich nie gekonnt, dazu kennen wir beide uns zu gut.

Die Helldogs stellen die röhrenden Motoren aus, die dafür gesorgt haben, dass die halbe Nachbarschaft hinter ihren Fenstern steht und heimlich beobachtet, was hier passiert. Wahrscheinlich halten sie alle schon ihre Telefone in der Hand, bereit die Polizei zu rufen, sobald einer der Rocker auch nur hustet.

Ich gehe zu ihr, nehme ihre Hand und ziehe sie an mich. Es fühlt sich wundervoll an, sie zu spüren. Die Erinnerungen an die letzte Nacht lassen mein Herz rasen. Ich bin süchtig nach ihrem Duft und möchte sie nie wieder loslassen, ich möchte noch viele Nächte, in denen ich sie in meinen Armen halten, an ihrem Haar riechen und sie spüren darf, mit jeder Faser meines Körpers. Es reißt mich entzwei, dass ich sie gehen lassen muss, aber ihre Sicherheit geht vor. Wenn ich egoistischer wäre, würde ich sie einfach wieder in dieses Auto stecken. Aber vielleicht ist sie gehen zu lassen noch viel egoistischer. Wenn ich sie nicht gehen lassen würde, würde ich meine Rache für sie aufgeben müssen. Ich vergrabe meine Finger in ihrem Haar und küsse ihren warmen Hals. Sie befreit sich aus meiner Umarmung.

»Machen wir es kurz«, sagt sie kalt. »Du weißt schon, die Pflastermethode«, sagt sie und benutzt die gleichen Worte, die sie auch in der vergangenen Nacht benutzt hat.

»Also gut«, sage ich seufzend und möchte mir am liebsten selbst das Herz aus der Brust reißen, als ich die Tränen in ihren Augen schimmern sehe.

Wir gehen nebeneinander auf das kleine weiße Haus mit dem niedrigen Zaun und der hohen Tanne im Vorgarten zu. Auf dem Klingelschild steht Maria Alvarez. Wahrscheinlich hat sie den falschen Namen angenommen, damit niemand eine Verbindung zu McCraw zieht. Ich klingle und spanne mich an. Auch Phoebe wirkt nervös, sie hat die Lippen zusammengepresst und nestelt am Gurt des Rucksacks herum.

Die Frau, die uns öffnet, hat das gleiche rötliche Haar wie ihre Tochter, ihr Gesicht ist weicher vom Alter und die Augen etwas blasser und weniger lebendig, ansonsten sieht sie kaum anders aus als in meinen Erinnerungen. Sie sieht verwirrt zu mir auf, dann klappt ihr Mund auf.

»Andrew?«

Ich nicke stumm, dann fällt ihr Blick auf Phoebe und Sarah stößt einen leisen Schrei aus, bevor sie zitternde Hände nach ihrer Tochter ausstreckt und Tränen aus ihren Augen schießen. Ängstlich sieht sie sich um und als sie die Rocker sieht, wirkt sie völlig verloren.

»Was ist hier los?«, fragt sie und tritt einen Schritt von Phoebe zurück.

»Lass uns drinnen reden«, sage ich kühl und dränge sie in ihr Haus. Ich greife nach Phoebes Hand und ziehe sie hinter mir her in den engen Flur.

Sarah sieht über ihre Schulter zu uns zurück. Der Schock hat sie von einer Sekunde auf die andere um Jahre gealtert. Ihre Falten wirken jetzt viel tiefer als noch vor wenigen Sekunden. Ihr Mund ist noch immer weit offen und sie ist so blass wie die weißen Wände in der Küche, in die sie uns führt.

Sie bleibt vor dem breiten Gasherd stehen und nimmt einen Wasserkessel in die zitternden Hände. »Ich wollte mir gerade Tee machen.« Sie sieht uns fragend an. Phoebe ist wie erstarrt, also nicke ich für uns beide.

»Gerne.«

Sarah zwingt sich zu einem Lächeln, lässt Wasser in den Kessel und stellt ihn dann auf die kleine Gasflamme. »Weiß er, dass ihr hier seid?«, fragt sie jetzt mit fester Stimme. Anscheinend hat sie ihre Fassung zurückbekommen. Sie dreht sich zu uns um und lässt ihren Blick über uns gleiten.

»Nein, weiß er nicht.«

»Warum seid ihr hier?« Sie holt Tassen aus einem der zitronengelben Hängeschränke und stellt sie auf den kleinen Esstisch unter dem Küchenfenster.

»Weil das der einzige Ort ist, an den er sich nicht wagen würde«, antworte ich ruhig und hoffe, dass ich recht habe. »Oder?«

Sie sieht von mir zu Phoebe, holt dann einen kleinen Teller aus dem Schrank, auf dem Würfelzucker liegt, und nimmt eine Packung mit Schwarztee aus einer Blechbüchse. Sie nimmt das Wasser vom Herd und schaltet ihn aus und gibt in aller Ruhe Tee in das Wasser. Wahrscheinlich überlegt sie sich gerade, was sie uns sagen kann. Ob sie uns überhaupt vertrauen soll, also beschließe ich, ihr bei ihrer Entscheidung zu helfen.

»Er ist ziemlich wütend auf mich, weil er mich für einen Verräter hält. Und er hat uns zusammen gesehen, weswegen er auf uns beide geschossen hat. Ich denke, mittlerweile hat er sich etwas beruhigt, zumindest scheint er sie lebend zurückhaben zu wollen. Aber wir können kein Risiko eingehen«, kläre ich sie auf.

»Vergiss die Zwangsheirat nicht«, wirft Phoebe knurrend ein und wirft mir einen zornigen Blick zu, der mir sagt, dass auch diese knurrend hingeworfenen Worte mir galten und nicht Ragnarök.

»Und, bist du ein Verräter?«, will Sarah wissen.

»Ja, bin ich.«

»Und dann schleppst du meine Tochter mit dir herum und bringst sie auch in Gefahr?«

»Ich bin nicht deine Tochter!«, fährt Phoebe auf und Sarah zuckt erschrocken zusammen. »Und er hat mich nicht freiwillig mitgenommen, ich hab mich mit Handschellen an sein Auto gebunden.«

Sarah kichert und sieht plötzlich unerklärlich vergnügt aus. Sie wendet sich wieder dem Teekessel zu und bringt ihn zum Tisch. »Anscheinend bist du doch meine Tochter.« Sie schenkt den Tee ein und bittet uns, uns zu setzen.

Sarah wirft sich drei Würfelzucker in ihren Earl Grey. Phoebe nimmt nur einen. Ich grinse in mich hinein, weil ich weiß, dass Phoebe eigentlich auch immer drei Zuckerstückchen in ihren Tee nimmt. Sie stößt mich unter dem Tisch mit ihrem Fuß an, als sie mein Grinsen sieht, und ihre Augen funkeln fast schon bedrohlich.

»Was ist das für ein Beweis, den du gegen Ragnarök hast?« Ich mache ein ernstes Gesicht, obwohl ich weiß, dass Sarah sich nie von mir hat beeindrucken lassen. Wenn sie mir etwas verboten hat, dann ist sie nie davon abgewichen, egal wie sehr ich versucht habe, sie in meiner kindlichen Dummheit zu manipulieren.

»Einer, der nichts wert ist, jetzt, wo du sie hierhergebracht hast.«

»Warum?«

»Weil ich einen Deal mit ihm hatte. Besser gesagt, er hat einen mit mir: Solange Phoebe bei ihm ist, hält er sich von mir fern und ich behalte die Beweise für mich. Da er Phoebe nicht mehr hat, hat er kein Druckmittel mehr gegen mich. Er wird also befürchten, dass ich die Situation ausnutzen werde.« Sie trinkt von ihrem Tee und ich kann das Zittern ihrer Finger sehen. Sie ist nicht so kalt und kontrolliert, wie sie uns vormachen will.

»Er weiß nicht, dass du weißt, dass ich nicht mehr bei ihm bin«, wirft Phoebe ein. »Nicht, dass ich bei dir sein will«, schickt sie hinterher. Ich lege meine Hand auf ihre und verschränke meine Finger mit ihren. Sarah wirft einen kurzen Blick auf unsere Hände, die neben Phoebes Tasse liegen und sieht mich vorwurfsvoll an. Ich ignoriere den Blick, der mir das vorwerfen will, das ich mir selbst schon seit Tagen vorwerfe.

»Eure Gesichter laufen ständig auf BBC und das bekommen wir hier auch zu sehen, dank Satellitenantenne. Halb Europa hat die Nachrichten gesehen, warum also nicht ich?«

»Was für Beweise hast du, dass er solche Angst vor dir hat?«

»Das Einzige, das ich in die Hand bekommen konnte, um mir meine Freiheit zu erkaufen.« Sie mustert uns über den Tisch genau, dann legt sie ihre Hände um die Tasse und starrt auf die Oberfläche des Tees. »Ich wollte Phoebe und dich damals unbedingt mitnehmen. Ich hab alles geplant: den Spaziergang mit euch runter zum Supermarkt an der Ecke und dass wir dann einfach in den Bus steigen und aus der Stadt verschwinden würden. Ich hab heimlich Geld beiseite gelegt und es zusammen mit ein bisschen Kleidung für uns in einen Rucksack gepackt, den ich in einem der Schließfächer für Handtaschen im Markt versteckt hatte. Das Video habe ich ein paar Wochen zuvor schon einer Freundin geschickt. Sie hat es für mich in ein Schließfach bei ihrer Bank gelegt. Wenn ich es an dem Tag bei mir gehabt hätte, wäre ich jetzt wohl schon tot. Er konnte mich nicht umbringen, weil er nicht wusste, wohin ich das Video geschickt habe. Aber er hat euch zuvor aus dem Haus geschafft und mir gedroht, wenn ich mich euch nähere oder jemand das Video bekommen würde, er Andrew wegbringen lassen würde, und dann wärst du, Phoebe, ihm ganz allein ausgeliefert gewesen. Das durfte ich nicht zulassen.« Sie sah Phoebe mit verschwommenem Blick an. »Er hat versprochen, dass es dir gut gehen würde, solange ich das Video nicht weitergeben würde. Ich hätte es tun können, aber welche Garantie hätte ich gehabt, dass er ins Gefängnis kommen würde, er hat ja überall Männer …« Ihre Stimme bricht weg.

Sie hat recht, es hätte keine Garantie gegeben. Und ich bezweifle, dass sie noch am Leben ist wegen eines Videos, er hat sie am Leben gelassen, um sie zu bestrafen, indem er ihr ihre Tochter entzogen hat. Sie sollte für ihren Verrat jeden Tag leiden und so wie es aussieht, ist ihm das auch gelungen.

»Was ist auf dem Video?«, hakt Phoebe nach. Sie trinkt ihren Tee, gibt sich ungerührt, aber ich kann sehen, dass sie noch immer nur spielt. Ihre Augen sind leicht gerötet. Was ihre Mutter ihr gesagt hat, lässt sie nicht kalt.

Sarah schüttelt den Kopf und verzieht bedauernd das Gesicht. »Ich wurde nie gefragt, ob ich ihn heiraten will. Ich war nichts weiter als ein Geschäftsabschluss. Wenn ich eine Wahl gehabt hätte, hätte ich einen Mann wie ihn nie geheiratet.«

»Was ist auf dem Video?«, wiederholt Phoebe und presst die Kiefer fest aufeinander. Ihre Augen funkeln zornig und sie umklammert die Teetasse so fest, dass ich sie ihr aus den Händen nehme, damit sie sich den Tee nicht über die Kleidung kippt.

»Ich denke nicht, dass es etwas gibt, das uns noch überraschen könnte.« Ich lege eine Hand auf Sarahs Unterarm und drücke ihn leicht.

»Phoebe, du bist nicht seine Tochter. Ronny ist dein Vater. Er hat mich dazu gezwungen, mit seinem Bruder zu schlafen, bis ich schwanger wurde. Ich hatte nie Sex mit meinem Mann. Er war nicht dazu in der Lage.« Sie zögert, holt tief Luft, dann starrt sie wieder in ihre Tasse. Tränen tropfen von ihren Wangen auf die weiße

Tischplatte. »Sein Vater hat ihn missbraucht, seine ganze Kindheit durch. Und seine Mutter hat zugesehen. Sie haben die Videos sogar verkauft. Ragnarök war psychisch so kaputt, dass er sich davor geekelt hat. Sex war für ihn ... Es ging einfach nicht. Ronny war ganz anders. Er ist genauso missbraucht worden, aber das, was ihm angetan wurde, hat ihn pervers werden lassen. Auf dem Video, das ich habe, sieht man, wie sie ihre Eltern foltern. Stundenlange Gräuel. Ihren Vater haben sie mit Nägeln in Händen und Füßen an ein Andreaskreuz geschlagen. Er musste zusehen, wie Ronny seine eigene Mutter vergewaltigt hat. Er hat ihr Messer in den Unterleib gerammt und sie verbluten lassen. Dann haben sie ihrem Vater gemeinsam die Haut vom Leib geschält. Das alles haben sie aufgenommen, damit sie sich das immer und immer wieder ansehen können.«

Neben mir fällt klappernd ein Stuhl um, als Phoebe kopfschüttelnd aufspringt und auf die Tür zurennt. Ich werfe Sarah einen kurzen Blick zu, die erschrocken hinter ihrer Tochter herstarrt.

»Ich werde nicht hierbleiben«, stößt Phoebe unter Schluchzern hervor, als ich sie an der Tür abfange und in die Arme ziehe. Ihre Tränen dringen durch den Stoff meines Pullovers. Sie jetzt noch hierzulassen, wäre wirklich falsch. Aber ich kann sie auch nicht mitnehmen, denn jetzt will ich das Schwein noch mehr umbringen als vorher.

All die Jahre ihres Lebens waren eine Lüge. Nachdem sie das erfahren hat, wie soll ich sie dann noch hierlassen? Sie hat nur den einen Bastard von einem Vater durch einen noch viel schlimmeren Bastard ersetzt bekommen. Mein Plan sie hier in Sicherheit zu bringen, war ein totaler Fehlschlag.

Sie hierher gebracht zu haben, hat sie nur in noch größere Gefahr gebracht, denn Ragnarök kann jetzt nur noch alles auf eine Karte setzen. Jetzt, wo er sein Druckmittel gegen Sarah verloren hat. Ich ziehe sie noch enger an mich und küsse sie auf den Scheitel. Ich kann nicht sagen, welches Gefühl in mir gerade größer ist: Wut oder Reue.

»Es tut mir leid, dass es nicht das ist, was ihr vielleicht hören wolltet.«

»Das war es ganz und gar nicht«, sage ich und kann das Beben in meiner Stimme nicht verbergen. »Zumindest für den Moment wäre sie hier aber sicher, weil er nicht weiß, wo ich wohne«, sagt Sarah. »Ich bin immer sehr vorsichtig gewesen. Habe hier im Haus mit Maria Alvarez zusammengelebt und nach und nach ihr Leben angenommen. Er weiß nicht, dass ich Maria kannte, sie war Hausmädchen bei uns, als ich noch ein Kind war. In den Jahren, wo sie bei uns war, hat sie mich die Adresse ihres Geburtshauses auswendig lernen lassen, für den Fall, dass ich einen Ort brauche, an dem ich sicher bin. Mein Vater hat sie gekündigt, als er bemerkt hat, dass unsere Beziehung zu eng war für Tochter und Bedienstete. Sie ist vor ein paar Jahren gestorben und hat mir das Haus hinterlassen. Seitdem bin ich Maria Alvarez.«

»Und selbst wenn er in deiner Vergangenheit auf ihren Namen gestoßen wäre, in Spanien gibt es wahrscheinlich tausende Frauen mit diesem Namen«, sage ich und nicke. »Aber wir haben dich auch gefunden.«

Phoebe löst sich von mir und sieht auf. Sie wischt sich mit den Händen über die Wangen und nimmt dann schluchzend ein Taschentuch von ihrer Mutter an.

»Lass uns reden«, schlägt Sarah vor und hält Phoebe eine Hand hin. »Ich hab noch Tee. Vielleicht hast du Hunger?«

Wir alle zucken zusammen, als es an der Tür klingelt. Ich greife nach dem Messer in meinem Bund und fluche innerlich, weil ich mir keine Knarre habe geben lassen von Rogue. Ich schiebe Phoebe den Flur runter zurück in die Küche und gehe an die Tür, um sie einen Spalt zu öffnen, als es schon wieder klingelt und Rogue draußen ungeduldig schimpft: »Nun mach schon auf, Craw.«

Ich reiße die Tür auf und stecke das Messer zurück. Rogue zieht eine Augenbraue hoch, als er das Messer sieht und grinst. »Du wolltest wirklich mit einem Messer gegen mich antreten?«

»Nein. Und denk dir einen anderen Namen für mich aus, Craw stinkt zum Himmel.«

»Wir haben andere Probleme«, wirft Rogue ein und schielt um mich herum. »Geht es dir gut, Mädchen?«

»Alles okay«, gibt Phoebe krächzend zurück. Rogue nickt und richtet sich wieder an mich. »Das Arschloch hat sich gerade über Charlies Handy gemeldet. Er war persönlich dran. Er hat Charlie und verlangt ein Treffen mit dir.«

»Das ist doch eine Falle«, entrüstet sich Phoebe und kommt zur Tür gestolpert. Sie krallt sich an meinen Arm. »Das ist eine Falle«, wiederholt sie mit weit aufgerissenen Augen.

»Es ist Charlie«, sage ich, weil das alles erklärt.

»Wir sind bei ihm«, entgegnet Rogue mit einem weichen Lächeln. »Ihm wird nichts passieren, versprochen. Wir werden dem Alten ein Angebot machen und er wird es nicht ausschlagen«, erklärt Rogue und sieht mich an. Er plant etwas, das sehe ich in seinem Blick. Ich weiß, niemandem kann ich mehr vertrauen als Rogue und Charlie. Ich vertraue ihm so sehr, dass ich ihm sogar Phoebes Leben anvertrauen würde.

»Ich komm wieder, versprochen«, sage ich zu Phoebe und hauche ihr einen flüchtigen Kuss auf die Lippen. Sie krallt sich in den Stoff meines Pullovers und versucht in meinen Augen zu lesen. Dort wird sie keine Lüge finden, denn ich werde zurückkommen. Nach alldem, was wir erfahren haben spielt es keine Rolle mehr, wo sie ist. Solange Ragnarök lebt, ist sie überall auf der Welt in Gefahr, denn so gut wie jeder kennt ihr Gesicht. Ich werde mich auf dieses Treffen einlassen, werde schauen, was Ragnarök mir vorschlägt und was Rogues Plan ist. Und dann versuche ich meinen eigenen Plan umzusetzen.

Sie zieht sich an mir hoch. Ich komme ihr mit meinem Kopf entgegen, weil sie mir etwas ins Ohr flüstern will. »Ich weiß, er hat es verdient, aber töte ihn nicht. Trotz allem ist er mein Vater und ich habe wahnsinnige Angst davor, dass er sterben könnte.« Sie kippt von ihren Zehenspitzen zurück und legt mir die Hände auf die Wangen. »Du hast es versprochen«, sagt sie, dann küsst sie mich gierig. »Ich liebe dich, Andrew.«

Ich ziehe sie noch einmal an mich, schlinge meine Arme um sie und drücke meine Nase in ihr Haar. »Du kannst mir das nicht sagen und denken, ich könnte einfach gehen.« Ich drücke meinen Mund auf ihren, schiebe meine Zunge zwischen ihren Lippen hindurch und koste sie noch einmal mit wild klopfendem Herzen. »Ich liebe dich auch, mehr als du es dir vorstellen kannst.«

»Geh jetzt«, befiehlt sie mir, dann tritt sie von mir zurück.

15. Kapitel

Dafür hat keiner Verständnis. Ich meine,
zuerst ist es nur eine schlechte Angewohnheit,
aber dann wird es zur Unsitte.
- Arsen und Spitzenhäubchen -

Phoebe

Als ich die Tür hinter Andrew schließe, habe ich gemischte Gefühle: Ich sorge mich um Charlie und ich habe Angst um Andrew. Und in meinem Magen wächst ein Knoten, der eine dumpfe Ahnung in mir auslöst. Ich schließe die Augen und atme tief ein, bevor ich mich zu meiner Mutter – Sarah – umdrehe.

»Lass uns noch einen Tee trinken und reden«, sagt sie und sieht mich mit schiefgelegtem Kopf abwartend an.

Ich verziehe das Gesicht und stehe unschlüssig im Eingangsbereich. Am liebsten würde ich sie sofort verlassen. Im Moment möchte ich alles andere, als mit dieser Frau reden. Aber wo soll ich hin? Andrew wird hierherkommen, sobald er Charlie befreit hat. Vielleicht schafft er es sogar, Ragnarök davon zu überzeugen, uns gehen zu lassen. Immerhin ist der Mann, von dem ich mal geglaubt habe, er wäre mein Vater, offensichtlich zu einem Gespräch bereit. Dieser Gedanke macht mir Hoffnung. Und vielleicht ist diese Hoffnung diesmal keine, die einen gutes Ende vorgaukelt, dass dann doch nicht eintrifft. Ich straffe die Schultern und beschließe, positiv zu denken. Andrew wird zurückkehren und er wird gute Neuigkeiten mitbringen.

Ich mustere Sarah. »Worüber willst du reden? Darüber, dass du mich allein bei einem Irren zurückgelassen hast?«

Ihr Gesicht verdunkelt sich und sie wirkt niedergeschlagen. Sie blickt auf den Dielenboden und lässt die Schultern sinken. »Ich hatte keine andere Wahl. Er hätte euch getötet oder – schlimmer noch – verkauft, wenn ich nicht nachgegeben hätte. Durch das Video hatte ich ein Druckmittel, das zumindest sicherstellte, dass es euch gut gehen würde und ich auch am Leben bleiben würde. Du bei ihm und ich hier mit dem Video, das hat dafür gesorgt, dass die Dinge im Gleichgewicht blieben. Bis jetzt.«

Wahrscheinlich hat sie recht. Nach allem, was ich in den letzten Tagen erfahren habe, ist meine Kindheit wohl gut verlaufen. Und einfach hat sie es wohl auch nicht gehabt. Hätte sie anders gehandelt, wären wir alle heute wohl nicht mehr am Leben.

»Dann trinken wir Tee«, sage ich. Aber erwarte nicht zu viel von mir, füge ich in Gedanken an und folge ihr zurück in die kleine rustikale Küche, die viel heimeliger wirkt, als ich es kenne. Vielleicht ist diese Atmosphäre es, die mich ruhiger werden lässt, während Sarah neues Wasser aufsetzt und mich immer wieder lächelnd betrachtet.

»Ich habe nicht damit gerechnet, dass ich dich jemals wiedersehen würde.«

»Ich habe es mir immer gewünscht, aber nur, weil ich dich nach dem Warum fragen wollte.«

Sie kommt mit dem Kessel zurück an den Tisch und schenkt uns ein. »Es tut mir leid, dass dieses Warum vielleicht nicht das ist, was du erwartet hast.«

»Er wollte mich auch zwangsverheiraten«, sage ich trocken. »Ich kann mir also vorstellen, dass du ähnlich machtlos dieser Ehe gegenüberstandest, wie ich es auch getan hätte.«

Sie reißt erschrocken die Augen auf. »Das hätte ich mir wohl denken müssen. Ich habe immer damit gerechnet, dass, wenn du erst erwachsen bist, er alles daransetzen würde, mich zu finden, weil er dann kein Druckmittel mehr gegen mich hätte. Außer, er hätte dich für immer eingesperrt.«

Ich gebe Zucker in meinen Tee, diesmal nehme ich drei Würfel, so wie ich es gewohnt bin. Wozu soll ich ihr noch vormachen, dass ich nicht bestimmte Vorlieben auch pflege? Drei Würfel Zucker im Tee machen uns noch lange nicht zu Mutter und Tochter. Dazu gehört mehr, als ein paar Vorlieben oder genetische Ähnlichkeiten. »Ich hatte meine Freiheiten, wenn auch immer unter Beobachtung. Und er hat mich nie schlecht behandelt, allenfalls ignoriert, weil er zu beschäftigt war«, sage ich.

»Das klingt wie mein Leben unter seinem Dach auch.« Ihre Mundwinkel zucken leicht, dann stößt sie ein langgezogenes Seufzen aus.

»Erzähl mir von dir. Ich wüsste so gerne, welche Dinge du magst, was deine Träume sind, was du vielleicht mal werden willst«, sagt sie jetzt und in ihrer Stimme liegt so viel Begeisterung, dass ich mich ihren Fragen nicht entziehen kann. Sie scheint wirklich an mir interessiert zu sein.

»Ich mag Pferde, ich reite gern. Das hat er mir auch erlaubt. Zusammen mit einer Freundin war ich einige Zeit in einem Verein. Bis ich dann in die Pubertät kam, da hat er angefangen, mich mehr und mehr von der Öffentlichkeit und von Männern abzukapseln.«

Sarah verzieht unglücklich das Gesicht und nickt verstehend. In ihrem Gesicht kann ich sehen, dass ihr das nicht ganz unbekannt ist.

»Ich liebe alte Filme. Ich hab sie immer mit Andrew gesehen. Manchmal zitieren wir beide aus Filmen. Ich koche gerne. Zuerst, weil sonst niemand für mich gekocht hat, dann hat es mir Spaß gemacht, für andere zu kochen.«

»Und wovon träumst du? Was wünschst du dir?«

Ich spiele mit der Tasse zwischen meinen Händen und wage nicht, sie anzusehen. »Ich hatte immer nur einen Traum ... Andrew. Er ist das Wichtigste in meinem Leben.«

»Das verstehe ich sogar, er war schon immer ganz besonders: aufmerksam, liebevoll, rücksichtsvoll. Welches Mädchen träumt nicht von so einem Prinzen«, sagt sie und lächelt. »Du machst dir Sorgen um ihn?«

»Ja, er ist mir wichtig. Ich habe schon einmal zwei Jahre ohne ihn verbringen müssen. Er ist alles, was ich habe.«

Sie legt eine Hand auf meine und drückt sie. Dann unterhalten wir uns über alles Mögliche, versuchen aber die Themen, die zu schmerzhaft sind, zu vermeiden. Sie fragt viel über mein Leben: Welche Schule ich besucht habe, in welchem Alter ich meinen ersten Zahn verloren habe, wann ich Fahrradfahren gelernt habe, welche Filme ich liebe ... Sie fragt so viel, dass ich mir sicher bin, dass sie so versucht, sich etwas von dem, was sie verpasst hat aus meinem Leben, zurückzuholen. Irgendwie wärmt mich das von innen auf und ich beginne, sie genauer zu beobachten, um all die Dinge an ihr zu entdecken, die ich auch in mir finden kann. So wie die Art, wie sie die Stirn runzelt, wenn sie über etwas genauer nachdenkt. Oder wie sie sich in die Innenwange beißt, wenn sie nervös ist. Vielleicht werden wir nie ein enges Verhältnis haben, aber zumindest kann ich mir vorstellen, sie irgendwann zu mögen.

Als der Tag vergeht und ich nichts von Andrew höre, suche ich das Handy aus meiner Tasche und schreibe ihm eine Nachricht. Später schreibe ich ihm noch zwei weitere. Und als es dunkel wird und Andrew noch immer nicht geantwortet hat, werde ich immer nervöser. Gut möglich, dass sie eine längere Route hinter sich bringen müssen. Rogue hat nicht gesagt, wo der Treffpunkt ist. Er könnte sogar in Glasgow sein. Aber dass Andrew gar nicht antwortet, das fühlt sich nicht richtig an. Das sorgt dafür, dass meine Handflächen ganz feucht werden und mein Mund ganz trocken. Dieser Konten in meinem Magen wird plötzlich so riesig, dass ich keine Luft mehr bekomme. Also versuche ich anzurufen, aber erreiche nur die Mailbox.

»Könntest du mich nach Tolosa fahren?«, frage ich Sarah, als ich es nicht mehr aushalte. Irgendetwas muss ich tun.

Andrew

Die Bikes biegen in eine langgezogene, schmale Straße ein, die in Schlangenlinien einen Berg hinaufführt. So wie es aussieht, findet das Treffen auf einem Parkplatz unterhalb des Château de Peyrepertuse in der Nähe von Toulouse statt. Rogue hat wohl absichtlich einen Treffpunkt gewählt, der sich nicht in der Nähe von Tolosa befindet. Ich parke den Ford neben den Bikes. Zwei der Rocker fahren mit ihren Maschinen den Berg weiter nach oben. Bevor ich den Motor ausschalte, werfe ich einen Blick auf die Uhr. Vor knapp fünf Stunden habe ich Phoebe bei ihrer Mutter zurückgelassen. Wahrscheinlich macht sie sich schon lange Sorgen. Ich ziehe das

Handy aus der Jeanshose und stoße einen Fluch aus: Hier oben gibt es keinen Empfang.

Jetzt mache ich mir Sorgen. Es war wohl nicht die beste Idee, Phoebe bei ihrer Mutter zu lassen, nach alldem, was wir heute erfahren haben. Aber es war die einzige Möglichkeit, damit sie erstmal in Sicherheit ist. Ich sehe vom Display auf, als jemand gegen die Scheibe des Autos klopft, es ist Rogue. Um ihn herum stehen ein paar seiner Brüder. Ich öffne die Tür und steige aus. Der Himmel ist wolkenlos klar, ein milder Winter in Frankreich dieses Jahr. Aber dieses Jahr ist der Winter ohnehin milder, außer im verregneten Schottland. Regen und Wind haben sich noch nie gut zusammen gemacht. Ich bewege den Kopf hin und her, um meine Nackenmuskeln zu lockern.

»Wie viel Zeit bleibt uns noch?«, frage ich Rogue.

»Ein paar Minuten«, sagt er gelassen wie immer. Ich sehe mich auf dem Parkplatz um, wir sind allein hier, aber es wird auch schon langsam dunkel.

Plötzlich packen mich mehrere Helldogs und halten mich fest. Ich reiße erschrocken die Augen auf und suche Rogues Blick, der mich nur bedauernd ansieht.

»Tut mir leid Junge, ich hab einen Deal mit dem King. Du gegen Charlie. Da kann nur mein Vater gewinnen«, sagt Rogue ungerührt.

Ich schnaube und stoße ein paar Flüche in Rogues Richtung aus und versuche mich loszureißen, aber die Rocker sind zu stark. Sie fesseln meine Hände mit Seilen, dann wickeln sie noch ein Seil um meine Arme und meinen Oberkörper. Ich fühle mich wie ein Weihnachtspaket. Vielleicht bin ich das auch. Ein verfrühtes Geschenk für den King.

»Was soll das, Rogue? Mach mich los!«, schimpfe ich. Rogues Männer lachen nur. Ich bin so wütend, dass ich auf jemanden einschlagen will. Erst auf Rogue, der mich so hinterhältig verrät, und dann auf mich, weil ich so blöd war, das Spiel nicht zu durchschauen.

»Zu spät«, sagt Rogue, als ein 5er BMW, wahrscheinlich ein Leihauto, es hat ein französisches Kennzeichen, auf den Parkplatz fährt. Der Sand und die kleinen Steine ächzen unter den Rädern. Der BMW bleibt in der Mitte des Parkplatzes stehen. Vorne steigen zwei Männer aus und stellen sich mit Knarren in den Händen neben das Auto. Es sind zwei der Bodyguards von Ragnarök. Ich habe schon mit ihnen zusammengearbeitet.

Rogue umklammert meinen Oberarm und drängt mich vorwärts. Wir bleiben etwa zehn Meter vom BMW entfernt stehen. Dann öffnen sich die beiden hinteren Türen, noch ein Bodyguard steigt aus, der zerrt Charlie aus dem Wageninneren. Charlie sieht blass aus, das kann ich sogar auf diese Entfernung sehen. Auch, dass sein Gesicht völlig zugeschwollen ist. Auf der anderen Seite steigt Ragnarök persönlich aus. Ich grinse, als unsere Blicke sich treffen.

»Wie ich sehe, habt ihr mein Paket«, sagt er zufrieden. »Eures ist etwas beschädigt, aber das ließ sich nicht vermeiden, er wollte mir nicht sagen, wo mein Eigentum sich befindet. Ich hatte gehofft, ihr bringt meine Tochter mit.«

»Nun, du musst mit mir Vorlieb nehmen«, sage ich herablassend.

»Ich kann geduldig sein, einmal hätte ich sie fast schon gehabt. Dem Nächsten, der bei mir einen Berg Schulden hat, entgeht sie bestimmt nicht. Zumindest hatte dieses kurze Vergnügen den Vorteil, dass ich drüber informiert worden bin, in welchem Land ihr euch aufhaltet.«

»Und da dachtest du, Frankreich ist so schön, mach ich doch mal Urlaub?«, sagt einer der Helldogs hinter mir und fängt laut an zu lachen, weil Ragnarök natürlich gar nichts weiß. Ich falle in dieses Lachen mit ein, viel mehr, als so zu tun, als würde mich die Situation völlig kalt lassen, bleibt mir auch nicht. Ich kann Rogue nicht einmal mehr böse sein, Charlie sieht wirklich nicht gut aus. Wenn ich mein Leben jetzt für ihn geben muss, dann tue ich das gerne und mit Stolz, weswegen ich jede Gegenwehr fallenlasse und mich einfach in mein Schicksal ergebe.

»Ja, jemand hat das Gesicht des alten Charlie auf einer Verkehrskamera erst in Edinburgh gesehen, so ein schnittig buntes Auto übersieht man nicht, und dann in Glasgow und in Dover. Und da dachte ich, wenn der Alte die Fähre von Calais zurücknimmt, dann schließ ich mich doch einfach an und verlängere seinen Urlaub noch ein bisschen.«

»Kluge Entscheidung«, sage ich und nicke in Charlies Richtung. »Er scheint Urlaub nötig zu haben. Deswegen, lass uns das doch einfach hinter uns bringen, damit du deine Foltermethoden an mir perfektionieren kannst. Um aus mir herauszukitzeln, wo Phoebe ist, was ich dir nicht sagen werde, weswegen du mich umbringen wirst. Ich kann es kaum erwarten.«

Ich ziehe an meinem Arm, um losgehen zu können und Rogue lässt mich los. Über die Schulter zurück sehe ich ihn an und flüstere: »Pass auf sie auf«, bevor ich den ersten Schritt mache.

Ragnaröks Hund schnappt sich Charlies Arm und schubst ihn vorwärts. Charlie stolpert, fängt sich und taumelt dann an den beiden anderen Arschlöchern vorbei auf mich zu. Ragnarök bleibt neben der offenen Autotür stehen, während seine drei Männer jetzt vor dem

Auto stehen, um mich in Empfang nehmen zu können. Ich gehe einen weiteren Schritt und lasse dabei Ragnarök keine Sekunde aus den Augen. Nicht einmal, als zwei peitschende Schüsse durch die bergige Landschaft hallen und Ragnaröks Kopf vor meinen Augen zur Seite gerissen wird und Blut spritzt. Er bricht sofort zusammen, noch ein weiterer seiner Männer stürzt mit einem Kopfschuss, Charlie wirft sich zu Boden, ich tue das Gleiche und liege fast Nase an Nase mit Charlie, der mich angrinst. Die beiden anderen Männer heben ihre Waffen, weitere Schüsse fallen, bevor sie auch nur einen abfeuern können, dann sind auch sie tot.

»War mir doch klar, dass mein Sohn sich was einfallen lässt«, sagt Charlie wild lachend, dabei platzt ein Riss in seinem Mundwinkel und ein Blutstropfen bildet sich darauf.

Ich werde hochgerissen, Rogue hilft seinem Vater auf. Mein Herz hämmert und in meinen Ohren gellen die Schüsse nach. Ich muss den Kopf schütteln und sehe noch einmal zu den Körpern. Das ist wirklich Ragnarök, der da liegt, und mir wird übel.

»Was zur Hölle ist hier los?«, fahre ich Rogue an.

»Ich konnte dich nicht vorwarnen, entschuldige das Täuschungsmanöver.«

»Scheiß auf das Täuschungsmanöver, warum hast du ihn umgebracht?«, brülle ich verzweifelt und bekomme den Klang von Phoebes letzten Worten auf einmal nicht aus dem Kopf. »Ich weiß, er hat es verdient, aber töte ihn nicht.«

»Damit du es nicht tust«, sagt Rogue. »Ich will nicht sehen, wie die Kleine dich nicht einmal mehr angucken kann. Und ich weiß, es hätte dich aufgefressen, es zu tun. Als er gesagt hat, er würde dich persönlich in Empfang nehmen, musste ich die Chance ergreifen, diese Drecksau endlich loszuwerden.«

Die beiden Bikes, die vorhin weitergefahren sind, als wir angekommen sind, kommen den Berg herunter und parken hinter dem BMW. Jemand löst meine Fesseln. Ich reibe mir die Handgelenke und weiß nicht, ob ich erleichtert bin, wütend, schockiert oder vielleicht sogar traurig. Aber ich weiß, dass ich mich leer fühle, weil man mich um meine Rache gebracht hat. Was ist das in mir für ein Chaos? Ich hatte ihr doch versprochen, dass Ragnarök am Leben bleiben würde. Und ich wollte es auch einhalten. Aber ich wollte auch meine Rache. Und jetzt ist er tot und ich hatte weder meine Rache noch habe ich mein Versprechen einhalten können.

Ich schließe meine Hand zur Faust und donnere sie Rogue gegen sein Kinn, schubse die Männer um mich herum zur Seite und laufe auf Ragnaröks Körper zu. Ich muss es einfach sehen, um es zu glauben. Also stolpere ich vorwärts und lasse mich neben den Mann fallen, bei dem ich aufgewachsen bin, der mich gelehrt hat, zu Schießen, zu Foltern, Einzubrechen. Der mich gelehrt hat, was es bedeutet, wenn man ihn verrät, ihn zu hassen. Und der niemals das Risiko eingegangen ist, das er heute eingegangen ist. Was hat ihn dazu getrieben, so unvorsichtig zu sein? Angst? Verzweiflung?

Sein Kopf liegt auf der Seite des Einschussloches, so, dass das viel größere, unregelmäßige Austrittsloch mich fast schon anspringt. Ich wende den Blick sofort ab und entdecke einen einzelnen Blutspritzer auf dem Kragen seines schneeweißen Hemdes. Ich erinnere mich daran, dass er weiße Hemden, blutrote Krawatten und schwarze teure Anzüge immer geliebt hat. Das Blut passt gut zur Krawatte. »Ich weiß, er hat es verdient, aber töte ihn nicht.«

Mir wird wieder übel und ich muss würgen. Das wird sie mir nie verzeihen. Ich habe es nicht verhindern können. Aber sie wird glauben, dass ich es nicht verhindern wollte. Rogue hat recht, sie wird mir nie wieder in die Augen sehen können. Und ich werde es nicht ertragen können, den Abscheu in ihrem Gesicht zu sehen. Ich stehe auf, klopfe den Sand von meinen Hosen und gehe auf den Ford zu. Ich ziehe die Tür auf, sehe Charlie und Rogue an, die mich beobachten und verwundert wirken, als ich in das Auto einsteige. Egal, wie verwirrt sie vielleicht sind, ich bin es nicht. Für mich gibt es nur diese eine Konsequenz: Wenn Phoebe glücklich und frei sein soll, dann muss ich gehen. Genau so, wie es die ganze Zeit schon geplant war. Frei sein heißt nicht, den Mann ertragen zu müssen, der schuld am Tod des eigenen Vaters ist. Das könnte ich ihr nie antun.

»Hab ein Auge auf sie«, sage ich zu Rogue. Ich kenne sie, sie wird sich mit ihrer Mutter anfreunden und bei ihr bleiben. Sie haben beide etwas, das sie verbindet. Phoebe ist ein mitfühlender Mensch. Und sie wird auch ohne mich klarkommen. Sie wird es schaffen, jetzt, wo sie wirklich frei ist. Ich lächle zufrieden, weil ich ihr vorsorglich den Umschlag mit den falschen Papieren und zwei meiner Geldrollen in die Tasche gelegt habe. So ist es am besten für sie. Die Pflastermethode.

Ich ziehe die Autotür zu und fahre los, Rogue steht noch immer mit offenem Mund da, als ich in den Rückspiegel schaue. Es ist besser so, Bruder. Ich könnte es nicht verkraften, ihr unter die Augen zu treten. Die letzten Tage mit mir liefen ohnehin nicht so perfekt für sie, dank mir ist sie jetzt eine gesuchte Kriminelle. Ich habe sie in all das mit reingezogen. Womit wieder bewiesen wäre, dass ich nicht gut für sie bin. Ich kann nicht mal ein Versprechen halten. Das ist das einzig

Richtige, das ich noch für sie tun kann, aus ihrem Leben verschwinden, in das ich nie hätte zurückkehren dürfen.

Rogue brüllt mir etwas hinterher, aber er rührt sich nicht, weil er weiß, dass es keine andere Lösung gibt. Ich biege vom Parkplatz ab. Zwei Helldogs packen gerade die Körper in den BMW, sie werden die Leichen wegschaffen und irgendwo mit dem Auto abstellen, wo sie ganz sicher gefunden, aber nicht mit den Helldogs in Verbindung gebracht werden können. Die beiden schlimmsten Verbrecher, die Glasgow je gesehen hat, sind Geschichte und es macht mich kein bisschen glücklich. »Ich weiß, er hat es verdient, aber töte ihn nicht.«

16. Kapitel

Leb wohl, Bonnie!
- Bonnie und Clyde -

Andrew

Marseille, Monaco, Verona. Egal, wo ich in den letzten fünf Tagen gewesen bin, Phoebes Gesicht verfolgt mich genauso wie ihre letzten Worte an mich. Seit Tagen sitze ich im Ford und fahre ziellos herum. Mein Handy habe ich ausgeschaltet, nachdem ich Rogues dritten Anruf wegdrücken musste.

Nachts kann ich nicht schlafen, weil ich Ragnaröks Gesicht vor mir sehe, tags kann ich die Augen nicht schließen, weil die traurigen, entsetzten Augen von Phoebe mich verfolgen. Ich bin nur einmal ans Telefon gegangen. Das war, als Charlie mich angerufen hat, irgendwo auf der Strecke zwischen Marseille und Monaco. Ich habe ihn nicht zu Wort kommen lassen, nur gefragt, wie es Phoebe geht und erleichtert gehört, dass sie bei ihrer Mutter wohnt. Genau, wie ich gedacht habe. Danach habe ich das Telefon ausgeschaltet.

Ich schalte durch die Radiosender und trommle dann auf das Lenkrad ein, als ich *Hello* von Adele zum tausendsten Mal hören muss. Absolute Stille hilft mir aber auch nicht, mich abzulenken, also öffne ich das Handschuhfach und schiebe eine von Charlies vorzeitlichen Kassetten in das Radio: Rock von gestern, geht doch, denke ich erleichtert, als ich die Gänsehautstimme von Axl Rose höre und sehe nach vorne auf die Straße, bevor ich fast in eine Leitplanke donnere. Auf dem blauen Schild vor mir steht Wien und plötzlich weiß ich, was ich mit meiner Zeit anfangen kann. Nichts lenkt besser ab, als ein Einbruch in eins der schönsten Schlösser Europas. Belvedere ich komme, denke ich grinsend. »Ihr werdet euer Leben lang nur auf der Flucht sein und das wisst ihr selbst ... Leb wohl, Bonnie!«, flüstere ich zufrieden. Was macht schon ein weiterer Einbruch, der auf mein Konto geht? Wenigstens geht er nicht auf Phoebes.

Ich reibe mit einer Hand über meine Schläfe. Ich fühle mich müde und meine Augen brennen, aber neben dem schlechten Gewissen, weil ich sie alleingelassen habe, und dem Gefühl, sie so sehr zu vermissen, dass es mich auffrisst, ist die Müdigkeit von fünf Tagen ohne Schlaf eine geringe Belastung. Ich fahre auf den Parkplatz eines kleinen Hotels, zerre meine Taschen beide aus dem Kofferraum und checke ein. Jeder Einbruch braucht ein wenig Vorbereitung, auch wenn es nur eine Wiederholung ist. Beim Zimmerservice bestelle ich ein Sixpack Bier und einen Teller Pasta Napoli. Heute Nacht werde ich auf jeden Fall schlafen, alles andere wäre ein zu großes Risiko.

Das Belvedere ist keine unwichtige Galerie mit hässlichen Kunstverbrechen. Wenn ich Glück habe, haben sie meinen letzten Einbruch noch immer nicht bemerkt, dann brauche ich weder das Gitter unter Wasser im Gartenteich noch einmal zu öffnen, noch muss ich mir Gedanken um den Alarm hinter dem falschen Klimt machen. Ich lächle. Wenn sie bemerkt hätten, dass dieser Alarm nicht mehr funktioniert, hätten sie auch bemerkt, dass der Klimt nicht echt ist.

Ich breite den Inhalt der Tasche, die ich von Charlie zurückbekommen habe, auf dem Bett im Hotelzimmer aus: Tauchausrüstung, Kühlgel, Nebelspray aus der Dose ... alles noch da. Ich kontrolliere alle Sachen auf Schäden und Funktion und packe sie dann so zurück, dass die Sachen, die ich zuerst brauchen werde, oben liegen. Danach speichere ich die Route in das Navigationsgerät und kippe mir das Sixpack Bier die Kehle hinunter. Ich bitte die Dame am Empfang, mich um 7:00 Uhr zu wecken, dann habe ich den ganzen Tag Zeit, nach Wien zu kommen, um in der Nacht in das Belvedere einzubrechen.

Der überflutete Gang, durch den ich tauche, ist eng. Ich passe gerade so mit dem in einer wasserdichten Verpackung verpackten Bild und meiner Reisetasche hindurch. Das Wasser ist so diesig, dass ich trotz des Lichtes Mühe habe, etwas zu erkennen. Ich muss laufen und kann nicht schwimmen mit meiner sperrigen Fracht.

Dieser Tunnel ist ein Geheimgang aus dem 17. Jahrhundert, der einfach nur geflutet wurde, als der Teich im Park angelegt wurde. Er geht leicht aufwärts, weswegen er an seinem einen Ende im Teich vollkommen unter Wasser steht und am anderen Ende, das im Gewölbekeller des Belvederes hinter einem Weinregal endet, vollkommen im Trockenen liegt. Der Zugang im Teich wurde mit einem Gitter versperrt, dass ich bei meinem ersten Besuch mühevoll mit einem Schweißbrenner öffnen musste und es dann nur wieder mit Draht verschlossen habe, damit keiner es bemerkt, sollte doch mal jemand nach dem Rechten sehen.

Ich lasse die Tasche neben mir fallen und drücke probehalber gegen die Rückwand des alten Holzregals. Es lässt sich noch immer ohne Probleme öffnen, weil der Gang dahinter wahrscheinlich längst vergessen wurde. Das Wasser war eiskalt, was sehr gut ist, denn trotz des Thermoanzugs konnte es so meinen Körper runterkühlen, den Rest wird jetzt das Gel tun. Ich rubble den

Anzug trocken, damit das Gel besser haftet und reibe mich danach damit großzügig ein. Hierbei darf ich nicht nachlässig sein, weil in der Galerie die Werke mit Wärmesensoren geschützt sind. Die machen Sensoren im Boden überflüssig. Denkt man zumindest im Belvedere, weil es bequemer und angenehmer ist, den historischen Parkettboden nicht aufreißen zu müssen. Einen Augenblick stelle ich mir vor, wie es wäre, wenn Phoebe jetzt doch bei mir wäre. Ich würde darauf bestehen, jeden Zentimeter ihres Körpers mit dem Kühlgel einreiben zu dürfen. Wahrscheinlich wäre das auch unser größtes Problem, weil wir diesen Einbruch dann wohl nicht durchführen würden. Ich würde es nicht aushalten, sie zu berühren und mich nicht in ihr zu versenken.

Es ist wohl gut, dass es gekommen ist, wie es gekommen ist. Nicht nur, weil der Plan, Charlie vor dem Knast zu bewahren, sonst in die Hose gegangen wäre. Sondern auch, weil es nicht richtig war, die Kontrolle zu verlieren und mir etwas so Wertvolles wie ihre Jungfräulichkeit zu nehmen. Wahrscheinlich hasst sie mich gerade deswegen im Moment noch viel mehr. Weil sie etwas so wunderbares wie das erste Mal an einen Typen wie mich verloren hat.

Ich drücke das Regal auf und schlüpfe in den Weinkeller. Wenn ich ein Weintrinker wäre, würde ich hier wohl ein paar wertvolle Tropfen finden. Aber wegen des Weins bin ich nicht hier. Ich kann nicht sagen, dass ich nervös bin, aber Adrenalin pumpt doch durch meinen Körper.

Trotz der Erfahrung mit Einbrüchen ist jedes Mal ein neuer Kick. Besonders, wenn die Herausforderungen nicht so einfach sind. Ich schalte das Handy an, um die Zeit im Auge behalten zu können, dann gehe ich mit Bild und Nebelspray bewaffnet durch den Keller. Ich erreiche gerade das Eisentor am Ende des Kellergangs, als das Telefon in meiner Hand vibriert. Ausschalten kann ich es nicht, mir bleiben nur zehn Minuten, bis das Gel seine kühlende Wirkung verliert und ich für die Sensoren sichtbar werde. Sie schlagen Alarm ab einer Temperatur von 32°, das sind nur knapp 3° unter der durchschnittlichen Temperatur eines gesunden Menschen. 3°, die der Thermoanzug und das Gel gut runterregeln können, aber nicht für lange. Ich kenne die Nummer nicht, aber sie hat eine schottische Vorwahl. Nicht rangehen bedeutet, wer immer es ist, könnte wieder anrufen, also nehme ich an, bevor das Telefon in einem Moment vibriert, der ungünstiger als dieser hier im Keller außer Sichtweite der Security ist.

»Ja?«, sage ich leise.

»Andrew?« Diese Stimme kenne ich.

»Hope?«, frage ich genervt. »Was ist so wichtig?«

»Charlie sagt, du bist verschollen, also dachte ich, ich frag mal, wie es dir geht?« Sie räuspert sich leise. »Ich hab keine Ahnung, ob ich mein Beileid aussprechen soll oder nicht.« Sie kichert und ich verdrehe die Augen.

»Hope? Ich bin gerade beschäftigt.«

»O, du hast doch nicht gerade Sex? Das wäre peinlich.«

»Nein, hab ich nicht, ich stehe gerade im Keller des Belvedere.«

»Welches?«

»Wien«, sage ich knapp.

»O, das ist sehr schön. Du tust was für deine kulturelle Bildung?«

»Nein, ich breche ein.«

»Du tust was?«, fährt sie auf.

Ich schiebe den Dietrich in das Schloss des Eisentors und stöhne laut auf, weil Hope mir fast das Trommelfell zertrümmert.

»Ich mach jetzt Schluss«, sage ich.

»Nein, warte. Du brichst ein, obwohl Logan und sein Freund alle Hebel in Bewegung gesetzt haben, um eure Liste von Verbrechen zu löschen?«

»Ihr habt was?«

»Na ja, sie haben es zumindest versucht, aber so einfach ist es dann doch nicht.«

»Ich hab dafür jetzt keine Zeit, aber deine Schwester würde sich bestimmt freuen, wenn du sie mal anrufst.«

Ich knacke das Schloss und beende das Gespräch. So schnell ich kann, renne ich die Stufen nach oben und biege oben in Richtung Galerie ab, da vibriert das Telefon schon wieder.

»Was?«

»Du kannst mir so etwas nicht an den Kopf knallen und verlangen, dass ich Rücksicht auf deine Verbrecherlaufbahn nehme, indem ich schweigend hinnehme, dass du von meiner Schwester gesprochen hast. Welche Schwester?«

»Verdammt, Hope! Können wir das nicht später klären?«, flüstere ich und mache mich am Schloss zum Eingang der Galerie zu schaffen. Wie kann man bitte keinen Alarm an einer Tür anbringen, die Gemälde im Gesamtwert von Millionen schützt? Ich öffne die Tür, besprühe den Eingangsbereich mit dem Nebel und schlängle mich zwischen den roten Laserstrahlen durch, bevor ich die Tür wieder schließe, damit der Wachmann, der im Schloss nachts seine Runden dreht, mich nicht sehen kann, sollte er den langen Flur entlanggelaufen kommen.

»Ich will sofort eine Antwort. Du entkommst mir nicht. Nicht, nachdem du schon wieder Mist baust.«

Ich knurre in das Telefon, sehe mich im Raum um, nichts scheint sich hier verändert zu haben. Der Anruf stresst mich mehr, als man glauben mag, mein Puls ist viel zu hoch und ich kann spüren, dass mir Schweiß aus sämtlichen Poren tritt. Gar nicht gut!

»Mit wem telefonierst du?«, höre ich im Hintergrund einen Mann fragen.

»Ist das Logan? Sag ihm, er soll dich beschäftigen. Oder ja, sag ihm doch, mit wem du telefonierst.« Ich grinse breit, als ich mich an Charlies Worte erinnere.

»Das ist Andrew und er sagt, ich habe eine Schwester.«

Jetzt knurrt jemand auf der anderen Seite der Telefonleitung. »Mr Clyde Barrow höchstpersönlich.«

»Genau der«, sagt Hope und kichert mir ins Ohr. Ich halte das Telefon auf Abstand.

»Wenn du nicht einfach aufgelegt hättest, hätte ich dir sagen können, warum ich überhaupt anrufe.«

»Dann sag es jetzt«, fordere ich harsch.

»Hier gab es einige Ereignisse. Camden Ashcrofts Tod hat einen Krieg zwischen Edinburgh und Glasgow ausgelöst. Ragnaröks Haus ist abgebrannt. Er hat sich aus dem Staub gemacht. Ashcroft ist wohl mächtig angepisst, weil sein Sohn bei einer Razzia in einem McCraw-Haus erschossen wurde.«

»Das erklärt, warum Ragnarök selbst hier nach Spanien gekommen ist. Er war auf der Flucht und deswegen wohl auch so unvorsichtig, dass Rogue ihn so einfach abknallen lassen konnte.«

»Es heißt, Ashcorft hat auf Phoebes Übergabe bestanden und die konnte Ragnarök ihm nicht liefern.«

»Deswegen die 50.000 Pfund. Danke. Ich leg jetzt auf«, sage ich. Ich fasse mir an die Stirn und merke, dass das Gel in meinem Gesicht anfängt, sich zu verflüssigen, was kein gutes Zeichen ist. »Ruf Phoebe an, Charlie hat ihre Nummer. Ragnarök ist nicht ihr Vater gewesen, Ronny war es«, rassle ich runter und lege auf. Ich stecke das Handy weg, gehe zum falschen Klimt und nehme ihn von der Wand. Eigentlich schade, Charlie hat es verdient, hier zu hängen. Er ist ein genauso großer Meister.

Volles Risiko, lange bleibe ich ohnehin nicht mehr unsichtbar für die Sensoren. Aber ich habe Glück, der durchgetrennte Draht ist noch immer durchgetrennt. Ich wechsle die Bilder aus und bin gerade fertig, das Original hängt an der Wand, die Fälschung halte ich unliebsam zusammengerollt in der Hand, als der Alarm losgeht.

Ich schnappe mir meine Sachen, renne auf die Tür zu, den Gang runter, da höre ich schon laute Schritte hallen. Die Stufen runter und in den Keller. Jemand folgt mir und ist schon ziemlich nah. Ich hoffe wirklich, dass den Gang nur ich kenne. Also gebe ich noch einmal Gas, zerre die Wand weg, schmeiße Gemälde und Tasche in den Geheimgang und schlüpfe durch den Spalt, als oben an der Treppe das Eisentor gegen die Wand prallt und vibriert.

Ich atme tief durch, spätestens jetzt werden sie den Gang wohl finden, denn sie werden herausfinden wollen, wohin der nächtliche Besucher verschwunden ist, dessen leerer Bilderrahmen oben unter dem Klimt steht. Ich packe Charlies Kopie in die wasserdichte Verpackung, aber eigentlich gibt es kaum noch was zu schützen, so wie ich das Bild gequält habe.

Lachend reibe ich mir über das Gesicht und wische das Gel weg, das nun nicht mehr kühl, sondern warm wie meine Haut ist. Der Sprint durch das Schloss hat meine Haut noch mehr erhitzt und die Temperatur noch schneller an das Gel abgegeben. Wenn ich Glück habe, war noch genug davon im meinen Gesicht, damit ich nicht erkannt werde. Aber eigentlich ist das auch egal, der Bilderrahmen, der oben steht, wird eindeutig der Galerie in Glasgow zuzuordnen sein. Sie werden glauben, dass Bonnie und Clyde den Klimt stehlen wollten, der Alarm sie aber gestört hat. Dann werden sie den Gang entdecken und ihn diesmal besser sichern. Ich bin nicht einmal in Phoebes Nähe und schade ihr trotzdem.

Ich halte die Luft an, als das Wasser mir fast bis zum Mund reicht und wate dann so schnell wie möglich durch den Tunnel, klettere aus dem Teich und renne dann durch den kleinen angrenzenden Wald und zum Ford, der nun geklaute Kennzeichen trägt, die ich erst wieder außerhalb von Wien wechseln werde. Lachend lasse ich mich in den Fahrersitz fallen. Noch immer pumpt Adrenalin durch meine Venen. Ich fahre das Auto aus der Stadt und irgendwo auf einem Feldweg halte ich an, steige ich aus dem Tauchanzug, werfe alles in den Kofferraum und schlüpfe in Jeans und Pullover.

Als ich damit fertig bin, starre ich in den Nachthimmel, mein Herzschlag wird ruhiger. Ich bin froh, dass ich zumindest Charlies Problem vom Tisch habe. Kurz lockt es mich, ihn anzurufen und ihm zu sagen, dass das geregelt ist, aber auf die Standpauke habe ich jetzt keine Lust. Ich überlege, ob er noch in Tolosa ist, dann könnte ich ihn wenigstens anrufen und fragen, wie es Phoebe geht und ob er schon mit Hope oder Logan gesprochen hat. Er könnte Phoebe vielleicht sogar mit zurück nach Schottland nehmen, jetzt wo Ragnarök tot ist. Er könnte ihr meine Hütte überschreiben, ich weiß, sie hat sich dort wohlgefühlt.

Ich presse die Lippen aufeinander, als sich die Sehnsucht nach ihr in meine Eingeweide frisst, aber ich darf sie nicht sehen.

Ich schreibe Charlie eine Nachricht:

Bist du noch in Tolosa?

Anscheinend hat er nur darauf gewartet, von mir zu hören, denn die Antwort kommt, als ich gerade den Motor starte.

Du hast mein Auto, das Motorrad ist weg, wo sollte ich sonst sein?

Wie geht es Phoebe?

Frag sie doch selbst, wenn du nicht zu feige bist.

Nein, sie ist besser ohne mich dran.

Was hast du jetzt vor?

Ich komm dich holen und dann fahren wir nach Hause.

Okay.

17. Kapitel

Mein Baby gehört zu mir.
- Dirty Dancing -

Andrew

Ich habe keine Ahnung, warum ich Charlie angeboten habe, ihn abzuholen. Wahrscheinlich ist, dass es nur eine Ausrede dafür ist, in ihrer Nähe sein zu können. Zu wissen, dass sie nur eine Autofahrstunde vom Clubhouse der Helldogs entfernt ist. Nahe genug, um einfach in den Ford zu steigen, mich wie ein Stalker dem Haus ihrer Mutter zu nähern und vielleicht einen Blick auf ihr wundervolles Haar, ihre liebenswerten Augen und ihren anbetungswürdigen Hintern werfen zu können. Einfach nur ihre Nähe spüren zu können und mir einzureden, dass sie für mich erreichbar wäre.

Ich parke den Ford zwischen all den schweren Maschinen und werfe einen flüchtigen Blick auf das Helldogs-Logo über dem Eingang zum Clubhouse, dann stelle ich den Motor aus und stoße frustriert die Luft aus meinen Lungen. Ihr nahe zu sein, fühlt sich doch nicht so gut an, wie ich mir vorgestellt habe. Ich fühle mich lustlos, leer und mag nicht einmal aus dem Auto steigen. Seufzend rapple ich mich auf und öffne die Tür des Ford.

Ich lasse meine Taschen gleich im Auto, ich habe nicht vor, lange zu bleiben. Kurz ein paar Worte mit Rogue wechseln und dann Charlie schnappen und zurück nach Applecross. Mich in meine kleine Hütte zu verziehen, klingt gerade wie die Erfüllung all meiner Träume.

Aus dem Clubhouse kommt eine Frau mit Kindern. Ich hab sie schon gesehen, kann mich aber nicht an ihren Namen erinnern. Sie lächelt mir zu, ein kleiner Junge winkt mir, dann gehen sie zu dritt auf das Lagerhaus mit den Apartments zu. Ich fange die Tür ab, bevor sie ganz zufällt. Es ist fast Abend, vielleicht bleibe ich über Nacht. Eine Nacht, was kann die schon schaden?

Im Club sind nur fünf Helldogs, Angel steht hinter der Bar, sonst scheint es heute ruhiger zu sein, als bei meinem letzten Besuch. Aber das kann sich jeden Moment ändern, wenn die Mädchen kommen, die jeden Abend hier auftauchen, weil sie nicht kapieren, dass sie niemals die Old Lady eines Helldogs werden.

Bear schaut auf, als ich reinkomme, er hält einen Queue in der Hand und konzentriert sich auf die Kugeln, die Blaze gerade einlocht, als hätte er nie etwas anderes getan.

Rogue sieht zu mir auf, als sein Bruder einen Fluch ausstößt. »Auf der Durchreise?«, will Rogue wissen und versenkt drei Pfeile in der 20. »Angel, bring dem Mann ein Bier.« Er zieht einen Stuhl von einem der Tische zurück, eine stumme Aufforderung, mich neben ihn zu setzen.

Rogue widersetzt man sich lieber nicht, also nehme ich neben ihm Platz und bedanke mich bei Angel, als sie eine Flasche Bier vor mich auf den Tisch stellt.

»Du warst lange unterwegs.«

»Ja, hier und da. Hatte was zu erledigen«, sage ich knapp. Rogue nickt nur.

»Hat das was mit dem Einbruch im Belvedere zu tun, von dem sie den ganzen Tag schon berichten?«, fragt Darian.

»Ja, der Einbrecher hat wohl nicht vollenden können, was er geplant hat«, meint Rogue und zieht beide Augenbrauen hoch.

Jetzt nicke ich. »Was hat er denn geplant?«

»Sie rätseln noch.« Rogue nimmt einen großen Schluck von seinem Bier, dann fangen seine Mundwinkel an zu zucken und er verfällt in lautes Gelächter. Er klopft mir auf die Schulter. »Dafür bringe ich dich nicht um. War wohl gut, dass du das getan hast. Aber Charlie ist mächtig angepisst, weil du dich so in Gefahr gebracht hast.«

Ich lege den Kopf schief. »In Gefahr hat er mich gebracht. Brech du mal irgendwo ein und werde am Telefon von einer Frau bequatscht.« Ich trinke von meinem Bier. »Und wofür bringst du mich um?«

»Dafür, dass du einfach abgehauen bist. Und da wäre noch die Faust in meinem Gesicht.«

Ich zucke gleichgültig mit den Schultern. »Wie geht es ihr?«

»Gut.«

»Hast du sie gesehen?«, will ich wissen und versuche möglichst desinteressiert zu wirken. Ganz so, als würde ich belanglosen Smalltalk führen.

Rogue zieht die rechte Augenbraue so hoch, dass sie fast seinen Haaransatz streift und unter dem langen Pony seiner Mähne verschwindet. »Ja«, sagt er gedehnt.

»Wie läuft es mit ihrer Mum?«

»Die beiden kommen klar, denke ich.«

Ich weiche seinem Blick aus. »Hat Hope sich bei Charlie gemeldet?«

»Hope hat sich bei Phoebe gemeldet. Wenigstens wissen wir jetzt, warum der King so nervös war. Er hat zuerst versucht, mich davon zu überzeugen, ihm Phoebe auszuhändigen. Ich hab ihm gesagt, ich handel nicht mit Frauen. Dann meinte er, dann will er dich und prügelt es aus dir raus, wo seine Tochter ist. Da hab ich gesagt, wir haben einen Deal.« Rogue lehnt sich auf seinem Stuhl zurück, nimmt die Arme hoch und fasst seine Haare zusammen. Er dreht sie ein und macht einen Knoten am Hinterkopf.

»Du hast mich ganz schön auflaufen lasse«, sage ich.

»Es sollte ja glaubhaft rüberkommen. Dein Gesicht hättest du sehen müssen.« Darian und er lachen. »Dafür kann ich über deinen Angriff auf mein Kinn hinwegsehen.«

»Ich hätte nichts gegen eine Revanche einzuwenden.«

»Lass uns spielen«, sagt er. »Vera macht dir ein Gästezimmer fertig.«

»Also gut.« Ich stehe mit einem Grinsen auf und nehme mir drei Pfeile aus dem Krug, in dem die Helldogs die Darts aufbewahren.

Ich finde es gut, dass Phoebe und ihre Mutter sich verstehen. Sie und ihre Mutter haben viel aufzuholen. Es fühlt sich sogar etwas freier in meiner Brust an, zu wissen, dass es ihr so gut geht, dass sie bleiben will. Vielleicht beginnt sie ein ganz neues Leben, eins, weit weg von dem Mist, den sie erleben musste. Eine neue Chance für sie.

Ich stelle mich an die Linie, ziele und erreiche 85 Punkte. Mit einem Lächeln gehe ich zur Scheibe, ziehe meine Pfeile heraus und drehe mich um. Angel kommt lachend aus der Küche, die Schwingtür schwingt hinter ihr zu, wird erneut aufgestoßen und die nächste Person, die die Küche verlässt, lässt alle Farbe aus meinem Gesicht weichen und sämtliche Muskeln in meinem Körper zittern.

»Phoebe«, sage ich leise.

»Hab ich vergessen, das zu erwähnen?«, fragt Rogue. »Sie gehört jetzt zur Familie. Sie lebt bei uns. Ich glaube, Bear und Vera haben sie adoptiert oder so was. Und Bear ist ein gnadenloser Vater. Ich an deiner Stelle, würde die Sache schleunigst in Ordnung bringen.«

Mir klappt der Mund auf und so stehe ich noch immer da, als ihr Blick auf meinen trifft. Ich kann sehen, wie für einen Moment ihre Gesichtszüge entgleisen, sie in der Bewegung erstarrt. Dann rafft sie sich schneller wieder auf, als ich es vermag. Sie stapft hinter der Theke vor, direkt auf mich zu und noch bevor ich es registriere, habe ich ihre Faust am Kiefer. Ohne eine Reaktion von mir abzuwarten, dreht sie sich um und verschwindet wieder in der Küche.

»Ich bin beeindruckt«, wirft Rogue ein.

Ich reibe mir abwesend meinen hämmernden Kiefer. Ich hatte wohl vergessen, wie scharf sie in einem engen kurzen Rock und Heels aussieht. Ich kann ihr nur hinterherstarren und weiß nicht, was mehr schmerzt, mein Kinn oder mein hämmerndes Herz. »Das hab ich ihr beigebracht.«

»Verdammt heiß die Braut«, wirft Blaze grinsend ein. Mein Blick, der ihn trifft, lässt ihn rückwärts straucheln und entschuldigend die Hände heben.

»Du sagst mir nicht, dass sie hier lebt?«, fahre ich Rogue an, als ich wieder klar denken kann.

»Du hast nicht danach gefragt. Du wolltest alles Mögliche wissen, aber nicht, ob sie hier bei uns lebt.« Rogue grinst breit. Ich balle die Hand zur Faust, kann mich aber im letzten Moment zurückhalten. Nichts hat fatalere Folgen als den Präsidenten eines MC vor den Augen seiner Männer anzugreifen. Rogue müsste darauf reagieren, weil er nicht zulassen darf, dass seine Autorität untergraben wird.

»Sie hat es ohne mich schon schwer genug«, murmle ich wütend, weil Rogue es mir hätte sagen müssen, reibe wieder über mein stachliges Kinn, das sie wirklich gut erwischt hat, und fixiere den Ausgang. Gerade ist genau das passiert, was ich versucht habe, zu verhindern. Der Schmerz in ihren Augen ist unerträglich.

»Genau«, sagt Rogue. »Sie hat es ohne dich schwer, also bring das in Ordnung.«

»Das werde ich, am besten, ich verschwinde wieder.« Ich gehe auf die Tür zu, in der Charlie plötzlich mit verschränkten Armen steht. »Du hast gehört, was der Pres gesagt hat. Und gib mir meine verdammten Autoschlüssel wieder! Hier scheint mir zu häufig die Sonne«, sagt er und hält mir seine Hand hin.

Ich greife in die Tasche meiner Jeans, sehe mich zur Küchentür um, dann drücke ich Charlie den Autoschlüssel in die Hand.

»Geht doch«, sagt er grinsend.

»Wir fahren jetzt!«, sage ich.

Er schüttelt den Kopf. »Ich fahre, du bleibst hier, reißt dich zusammen und bringst das in Ordnung. Rede mit ihr. Die Kleine rennt seit Tagen rum, als wäre jemand gestorben.«

»Es ist jemand gestorben, ihr Vater.«

»Glaubst du wirklich, dass sie wegen ihm ständig verheult aussieht? Geht nicht an, dass ein hübsches Mädchen rumrennt wie ein Gespenst. Du solltest wirklich mit ihr reden. Sie weiß nicht mehr, wo ihr der Kopf steht.«

Ich sehe wieder zur Tür. Reden schulde ich ihr wohl. Wenn das nur nicht so verdammt schwer wäre. Aber was sag ich ihr? Am liebsten würde ich gar nicht reden, sondern sie einfach nur an mich ziehen. Wenn da nicht dieses kleine Problem wäre mit dem Versprechen, das ich ihr gegeben habe.

»Lass meine Sachen da, bevor du abhaust.«

»Und du klär das mit deinem Mädchen. Ich weiß gar nicht, warum du abgehauen bist.«

Ich verziehe das Gesicht. »Ich auch nicht.«

Phoebe

Außer mir vor Wut renne ich in die Küche, drehe das kalte Wasser auf und halte meine pochende Hand unter den Wasserstrahl. Andrews Kinn ist vielleicht das heißeste, das ich je gesehen habe, aber es ist auch das härteste. Aber ich würde es trotz des hämmernden Schmerzes in meinen Knöcheln, der sich den ganzen Arm nach oben zieht, wieder tun. Das war das Einzige, das ich gefühlt habe und das unbedingt aus mir herauswollte, als ich ihn gesehen habe. Unbändige Wut!

Seit Tagen mache ich mir Sorgen um ihn, verfluche ihn und versuche nichts weiter als Hass für ihn zu empfinden, damit der Schmerz, der mein Herz zerfrisst, nicht den Sieg davonträgt. Denn er hat diesen Schmerz nicht verdient. Er hat sein Versprechen nicht gehalten, hat mich enttäuscht, mich zutiefst verletzt.

Ich habe auf ihn gewartet, bis ich realisiert habe, dass er nicht zurückkommt, dann habe ich ihn angerufen, ihm Nachrichten geschickt und am Ende bin ich an der Sehnsucht nach ihm fast ertrunken. Er hat mich einfach verlassen, ohne zurückzublicken. Ohne sich zu fragen, was aus mir wird. Er hat mich bei einer Frau zurückgelassen, die ich kaum kenne, obwohl er wusste, dass ich dort nicht bleiben wollte. Dass ich mich ganz gut mit Sarah verstehe, ist dabei völlig egal. Ich liebe nicht sie, ich liebe ihn. Es gibt nur noch ihn.

»Zeig mal her!«, befiehlt Vera und drückt mir verärgert einen Beutel mit Eis auf die Knöchel.

»Dem hast du es aber gegeben«, sagt Angel kichernd und boxt mit der Faust in die Luft.

»Er hätte noch viel mehr als das verdient«, schimpft Vera und lässt ihre Locken hüpfen, so sehr schüttelt sie den Kopf.

»Schon gut«, sage ich zu Vera und entziehe ihr meine Hand. Ich trete vom Spülbecken zurück und greife nach dem Messer, das neben den Karotten liegt, die ich für das Gemüse schneiden wollte. Alle hier sind immer so fürsorglich zu mir, dass ich fast ersticke. Aber sie meinen es nur gut mit mir. Keiner von ihnen findet okay, dass Andrew einfach verschwunden ist und mich allein zurückgelassen hat in einem fremden Land. Aber das ist es gar nicht, was mich so verletzt hat. Was mich so verletzt hat, ist die Tatsache, dass es ihm so leicht fiel, mich einfach zurückzulassen.

»Ich hoffe, dass er verschwunden ist, wenn ich hiermit fertig bin«, sage ich bedrohlich und zeige mit der Messerspitze auf die fünf Kilo Karotten. Ich beginne die erste in Scheiben zu schneiden.

»Wir haben auch eine Küchenmaschine«, wirft Vera ein. »Die macht das in zehn Minuten.«

»Im Moment brauche ich diese Beschäftigung, um nicht wieder da raus zu gehen und ihm noch eine zu verpassen«, sage ich mit zitternder Stimme. Über das Geheule war ich seit zwei Tagen hinaus und jetzt fange ich schon wieder an, was mich nur noch zorniger auf ihn macht.

»Willst du wirklich, dass er wieder geht?«, hakt Vera nach, stellt sich neben mich und beginnt die Karotten mit dem Schäler zu bearbeiten. »Du solltest dir da schon sicher sein.«

Will ich das? Bin ich mir da sicher? Ich weiß es selbst nicht. Zu wissen, er ist da draußen vor der Tür, lässt mein Herz rasen und meinen Magen flattern und mich Dinge wünschen, die ich mir in den Tagen ohne ihn verboten habe. Aber es macht mich auch so unglaublich wütend, dass jeder Muskel vor Anstrengung, mich zu kontrollieren und nicht alles aus mir herauszuschreien, bebt.

»Er ist nur hier, um Charlie abzuholen. Sie wollen zurück nach Applecross, hat Blaze erzählt.« Angel sieht mich totunglücklich an. »Er ist so süß. Du musst um ihn kämpfen«, fügt sie dann hechelnd wie ein Welpe an.

»Du wusstest, dass er kommt?«, fahre ich sie ungläubig an. Ich kann nicht fassen, dass sie es wusste und mir nichts gesagt hat. Wer wusste es noch? Charlie ganz bestimmt. Und auch Rogue. Und sie alle leben mit mir hier seit Tagen unter einem Dach, ohne etwas zu sagen? Und er erst! Kommt hier her, nur um sofort wieder zu verschwinden? Meine Hände schwebend zittern über dem Schneidbrett.

»Ich hatte gehofft, ihr seht euch und fallt euch um den Hals«, verteidigt sich Angel.

»So funktioniert das aber nicht«, sage ich zornig. »Er hat mich nicht nur verlassen, er hat mich auch zurückgelassen. Dabei hat er versprochen, er würde zurückkommen.«

»Wie in einem dieser Filme?«, fragt Vera und lacht, dass ihr ganzer Körper bebt. Sie legt eine Hand auf meinen Unterarm und nimmt mir mit der anderen das Messer aus der Hand. »Das legen wir lieber mal auf den Tisch.«

»Ich steh zufällig auf diese Filme«, schnaubt Angel. »Er hätte sagen müssen: Mein Baby gehört zu mir.«

Ich kann mir ein Lachen nicht mehr verkneifen, als sie aus Dirty Dancing zitiert.

Die Tür schwingt auf und wir starren alle drei auf Andrew, der sich über sein Kinn reibt. Ich glaube, jede von uns wartet, dass er es jetzt wirklich sagt, aber das tut er nicht. Er starrt mich nur stumm an, dann lässt er die Tür los und kommt auf mich zu. Angel und Vera flüchten aus der Küche und lassen mich mit Andrew allein zurück.

»Du hast hier nichts zu suchen«, sage ich, greife nach dem Messer und schneide weiter Möhren in Scheiben, um ihn nicht ansehen zu müssen. Es reicht schon, mit ihm in einen Raum zu stehen, seine Nähe zu fühlen, um meinen ganzen Körper nervös zittern zu lassen.

»Es tut mir leid …«

»O«, unterbreche ich ihn und sehe jetzt doch auf. »Sag nicht, es tut dir leid!« Ich wende mich ihm zu, zeige mit dem Messer in seine Richtung, als wäre es ein Zeigestab eines Lehrers, und verenge die Lider zu Schlitzen.

Gequält sieht er mich an, verstummt aber sofort. Dafür macht er einen weiteren Schritt auf mich zu und versucht, seine Hände um meine Oberarme zu legen, aber ich bin schneller. Ich wehre ihn mit dem Messer zwischen seinen Beinen ab.

»Wenn dir deine Eier lieb sind, dann gehst du zurück«, sage ich ernst und weiche seinem Blick nicht eine Sekunde aus.

Er hat die Frechheit, nicht einmal wütend auszusehen. Erschrocken oder was auch immer. Er grinst mich einfach nur breit an, als würde ihm das noch gefallen, geht aber einen Schritt zurück. Vorsichtshalber lasse ich das Messer in seinem Schritt und sehe provozierend zu ihm auf. Mein Herz rast wie ein Schnellzug und in meinen Ohren rauscht es. Aber da ist auch dieses Kribbeln überall, das sich ganz aufregend und beängstigend zugleich anfühlt. Und dieses Verlangen danach, ihn einfach zu berühren. Zu vergessen, wie wütend ich auf ihn bin und einfach meine Arme um ihn zu schlingen, nur um seinen Körper an meinem fühlen zu können, um sichergehen zu können, dass er auch wirklich hier vor mir steht und ich nicht einfach nur träume.

»Lass uns reden«, sagt er und sieht mir tief in die Augen, aber das wird mich nicht beeindrucken. Ich atme langsam weiter und drücke die Klinge fester gegen seinen Schritt. Auch wenn ich es mir so sehr wünsche. Ich werde ihm nicht wieder nachgeben. Ich habe ihn jetzt schon zwei Mal verloren. Das erste Mal, als er ins Gefängnis musste, war schon hart gewesen. Das zweite Mal, nachdem wir uns so nahegekommen waren, war viel härter gewesen. Noch ein drittes Mal halte ich nicht aus.

»Es gibt nichts zu reden«, antworte ich mit einem kleinen Lächeln, gehe um den Tisch herum auf die andere Seite. »Hab eine schöne Fahrt.« Damit lasse ich ihn stehen und verlasse die Küche.

Mit großen eiligen Schritte laufe ich um die Ecke in den Gang vor den Gästezimmern und lasse mich direkt neben den Portraits der verstorbenen Clubmitglieder gegen die Wand sinken. Erst jetzt gestatte ich mir, die Tränen laufen zu lassen, die ich in der Küche zurückgehalten habe, weil ich Andrew nicht zeigen wollte, wie sehr es mir wehtut, nicht einfach meine Arme um seinen Nacken zu schlingen, ihn an mich zu ziehen und seine Wärme an meinem Körper zu spüren. Ich will ihn so sehr. Aber er ist nicht wegen mir hier. Er ist hier, um Charlie mitzunehmen und dann schon wieder aus meinem Leben zu verschwinden. Wozu soll ich mir dann seine Entschuldigungen anhören?

An dem Tag, als er gegangen ist und mich zurückgelassen hat, da habe ich gehofft, er würde nur ein wenig Zeit für sich brauchen, also habe ich meine Mutter gebeten, mich zum Club zu fahren. Und als die Männer kamen und gesagt haben, er wäre weggefahren, da war ich auch noch überzeugt, er brauche Zeit für sich. Immerhin war Ragnarök, wenn nicht unser leiblicher Vater, dann aber doch der Mann, bei dem wir aufgewachsen sind.

Der Tod von Ragnarök hat mich kaum berührt, dass Andrew einfach gegangen ist, hat mich fast umgebracht. Die Helldogs waren für mich da, genauso wie meine Mutter, während Andrew mich im Stich gelassen hat. Aber ich kann ihn trotz allem nicht hassen, so sehr ich es auch versucht habe. Ich werde aber nicht zulassen, dass er mir jetzt wieder nahekommt, nur um in ein paar Stunden wieder aus meinem Leben zu verschwinden. Ein paar Stunden, vielleicht einen Tag, werde ich aushalten. Das werde ich schaffen, ohne innerlich zu zerbrechen. Ich muss einfach nur stark sein.

Ich stoße mich von der Wand ab, wische die Tränen aus meinem Gesicht und straffe die Schultern. »Sieh ihn nicht an, rede nicht mit ihm, lass nicht zu, dass er mit dir redet. Ist doch einfach.«

18. Kapitel

Mögen die Spiele beginnen!
- Tribute von Panem -

Andrew

Es ist noch ziemlich früh, die meisten Clubmitglieder schlafen noch, aber ich habe kein Auge zugemacht. Die halbe Nacht habe ich überlegt, wie ich Phoebe dazu bringen kann, mir zuzuhören. Je mehr ich darüber nachgedacht habe, desto mehr ist mir klargeworden, dass ich einen verdammten Fehler gemacht habe. Warum zur Hölle bin ich nach der Sache mit Ragnarök abgehauen? Was hätte schon passieren können? Vielleicht hätte sie mich gehasst, wäre wütend und enttäuscht gewesen, aber sie hätte es überwunden. Weil ich sie trotz allem in den Arm genommen hätte, sie getröstet hätte und für sie dagewesen wäre. Nichts von dem habe ich aber getan. Stattdessen habe ich sie sich selbst überlassen. Ein Mädchen, dass ich nur wenige Tage zuvor aus ihrem Käfig geholt habe. Ich habe es so dermaßen versaut, dass kaum eine Chance besteht, dass ich das jemals wieder gutmachen kann bei ihr.

Sie will sowieso nicht mit mir reden, wahrscheinlich würde ich das auch nicht wollen. Aber egal, wie sehr sie mich jetzt aus ihrer Enttäuschung heraus von sich schiebt. Ich mache nie den gleichen Fehler zweimal. Deswegen kann es nur eine Konsequenz geben: Ich werde für sie da sein. Heute. Morgen. Bis in alle Ewigkeit.

Ich stoße die Tür zur Küche im Clubhaus auf und trete ein, als würde ich sie kaum bemerken. Ich nehme mir eine der Kaffeetassen, die oben auf der Wärmefläche des Kaffeeautomaten stehen, und gieße mir Kaffee aus einer der Thermoskannen ein, dann drehe ich mich um und sehe sie mit völlig emotionslosem Gesichtsausdruck an.

»Guten Morgen, so früh schon wach?«, begrüße ich sie, nippe an meinem Kaffee und stell die Tasse dann hinter mich auf die Arbeitsfläche. Ich nehme mir einen Teller, hebe den silbernen Deckel eines Buffetwärmers an und nehme mir von den Rühreiern mit Speck.

»Und du bist noch da?«, wirft sie mit schneidender Stimme ein und belegt ein paar Brötchen mit Wurst.

»Sieht so aus, als werde ich noch eine Weile hier zu tun haben.«

Sie hebt den Kopf und sieht mich mit großen Augen an, dann presst sie die Lippen aufeinander und widmet sich wieder den Brötchen. »Und, denkst du, du bekommst das schnell hin?«

»Kommt darauf an«, antworte ich ausweichend.

»Auf was?« Sie stapelt die Brötchen auf einem großen rustikalen Holzbrett.

»Wie lange es eben dauert. Vielleicht bleib ich ja für immer.«

Jetzt sieht sie mich wieder an und verengt zornig die Augen, aber da liegt auch etwas Misstrauisches in ihrem Blick. »Dann viel Spaß damit«, sagt sie, wäscht sich die Hände über der Spüle hinter ihr und nimmt die Schürze ab, die sie getragen hat. Darunter kommt ein enges schwarzes Shirt zum Vorschein, dass sie als Mitglied der Helldogs ausweist.

Ich verziehe einen Mundwinkel zu einem schiefen Grinsen. Das Shirt steht ihr und die Vorstellung von ihr als einem echten Bad Girl ist ziemlich heiß.

»Ich hoffe, du stellst das in den Geschirrspüler«, sagt sie und zeigt auf den Teller in meiner Hand, von dem ich noch nichts gegessen habe. »Und es wäre nett, wenn du am Tisch isst, ich hab es nicht gerne, wenn der Boden vollgekleckert wird.«

»Mach ich«, sage ich und zwinkere ihr lächelnd zu.

Sie schnappt nach Luft, ihre Wangen nehmen sogar etwas Farbe an, dann wendet sie sich hastig ab und verlässt die Küche. So oft wie möglich zwinkern, sage ich mir selbst, nehme mir Besteck aus einem Korb und gehe ihr mit meinem Frühstück hinterher. Als ich die Tür aufstoße, ist das erste, was ich sehe, ihr Hintern in einer engen Jeans. Sie hat sich über den Tresen gebeugt und die Arme aufgestützt und unterhält sich mit einem der jüngeren Männer, der ihr genau gegenüber sitzt und sie mit strahlenden Augen anbetet.

»Das ist wirklich nett von dir, danke«, sagt sie begeistert. »Ich bin in zwanzig Minuten fertig.« Sie richtet sich auf, entdeckt mich, verzieht missbilligend das Gesicht und eilt aus dem Clubhaus.

»Ich bin Braden«, sagt der Kerl und hält mir eine Hand hin. Ich hebe entschuldigend die Fracht in meinen Händen, aber auch ohne Geschirr hätte ich wenig mehr Lust, ihm die Hand zu geben.

»Andrew«, sage ich und füge in Gedanken an: Halt dich von meinem Mädchen fern. Ich gehe hinter dem Tresen vor und setze mich an einen der Tische. »Wo geht es denn hin?«

»Einkaufen, die Kleine besitzt ja nichts mehr.«

Ich schiebe mir etwas von dem Ei in den Mund und reiße erstaunt die Augen auf. »Verdammt ist das gut!«

»Das kannst du laut sagen, seit sie hier ist, ist es unmöglich, auch nur eine Mahlzeit auszulassen. Sie ist ein echtes Talent.«

Ich nicke kauend und betrachte verwundert den Inhalt meines Tellers. Ich hatte ja keine Ahnung.

»Schon zurück«, sagt Phoebe strahlend. Hinter ihr kommt Angel in den Club, sie winkt mir flüchtig, wirkt aber etwas angespannter, als ich sie in Erinnerung habe. Dann entdeckt sie Braden und strahlt genauso wie Phoebe. Ich sollte wohl auch mal einkaufen fahren mit den Mädchen, das scheint Wunder zu wirken.

Phoebe kommt wortlos auf mich zu und knallt mit Nachdruck etwas auf den Tisch. Das Geldbündel. »Das hast du in meiner Tasche vergessen.«

»Es ist deins«, sage ich etwas zu knurrig, weil ich mich darüber ärgere, dass sie mir das Geld zurückgibt. Und das auch noch kurz bevor sie einkaufen fährt. Wovon will sie denn dann einkaufen?

»Ich brauch es nicht. Ich hab Geld vom Club bekommen.«

»Ja«, bestätigt Angel. »Eine Familie, eine Geldbörse.«

»Können wir«, fragt Phoebe Braden, und ich muss dagegen ankämpfen, den Kerl zu hassen. Er ist nur nett zu ihr. Viel zu nett. Die drei verschwinden. Ich schiebe meinen Teller weg, mir ist der Appetit vergangen.

Phoebe

Ich bin erleichtert, als wir endlich losfahren. Angel und ich teilen uns eins der Apartments. Ich habe mich sehr darüber gefreut, als sie mir angeboten hat, mit zu mir zu ziehen. Und sie hat sich sehr darüber gefreut, bei Bear und Vera ausziehen zu können. Da ich selbst weiß, wie es sich anfühlt, in einem goldenen Käfig zu leben, kann ich nachvollziehen, dass sie so aufgeregt ist.

Viel benötigen wir nicht, die meisten Dinge sind in den Apartments schon vorhanden. Nur ein paar Kleinigkeiten wie ein Schrank und eine Kommode für mich.

Kleidung, etwas Deko, Bettwäsche. Was man eben so braucht, wenn man ganz von vorne beginnt. Da das Haus, in dem ich aufgewachsen bin, mit allem darin verbrannt ist, kann ich mir auch keine meiner privaten Sachen holen, jetzt wo Ragnarök tot ist. Aber wahrscheinlich hätte ich das auch so nicht getan, weil damit jetzt zu viele hässliche Erinnerungen verbunden sind.

Es gibt nicht viel in Glasgow, das ich in meinem neuen Leben hier in Tolosa vermissen werde. Nur Ellie. Aber wir können telefonieren. Das haben wir erst gestern. Ich habe ihr alles erzählt und nichts ausgelassen. Auch nicht, dass Andrew mich einfach zurückgelassen hat. Sie war wütend, aber das bin ich auch. Trotzdem fühle ich mich auch ganz hibbelig, jetzt wo ich weiß, dass er vorhat zu bleiben. Zumindest, bis er was auch immer erledigt hat. Irgendwie werde ich noch nicht ganz schlau aus ihm.

»Weißt du, was Andrew erledigen soll?«, frage ich Angel, die scheinbar wahllos Handtücher, Bettwäsche, Vasen und anderen Kram eingekauft hat. Sie lädt sich die erste Kiste auf die Arme, die so voll beladen ist, dass ich gerade noch die obere Hälfte ihres Kopfes sehen kann, als sie sich zu mir umwendet.

Braden steht hinter uns mit einem großen Paket. Im Möbelladen ist er uns mit dem Einkaufswagen wie ein Hündchen gefolgt. Was wirklich komisch gewirkt hat, dieser recht muskulös gebaute, große Mann mit dem schwarzen Hipster-Bart, den Lederhosen, den unzähligen Tattoos auf den Armen und dem Helldogs-Shirt zwischen Plüschkissen, Plastikblumen und Tupperware einen Einkaufswagen schieben zu sehen.

»Warum fragst du?«

»Weil er heute Morgen gesagt hat, dass er bleibt, weil er noch was zu erledigen hat.«

»Ich hab keine Ahnung«, sagt Angel und wirft eine wirklich hässliche Eule aus Holz oben auf ihren Karton, die zur Folge hat, dass ich sie jetzt gar nicht mehr sehen kann. »Charlie ist schon gestern Abend abgereist. Ich dachte eigentlich, dass er da mitfährt.«

»Glaubst du wirklich, dass wir Platz für so viel Kram haben?« Ich zeige auf den Transporter, der so voll ist, als würden wir mit einer Großfamilie umziehen.

Braden räuspert sich hinter uns. »Ich befürchte ja, dass wir das gar nicht alles in eure Wohnung bekommen.«

»Das klappt schon«, sagt sie seufzend. »Aber eine gute Deko ist das A und O eines gemütlichen Zuhauses.«

Ich lade mir eine der Kisten auf die Arme und folge Angel zum Lastenaufzug im Lagerhaus. Das Erdgeschoss des Lagerhauses ist mehr oder weniger Lager für alles Mögliche an Ersatzteilen für Autos und Motorräder. In den drei Etagen darüber befinden sich die Apartments. Unten wohnen derzeit fast nur Singlemänner. Rogue nennt sie die schützende Barriere für die beiden Etagen darüber. Die Familien wohnen in der Mitte. Da es nicht so viele Familien gibt, wohnen dort auch noch ein paar Singlemänner. Die Singlefrauen wohnen ganz oben. Ich habe Angel gefragt, woran es liegt, dass es so wenig Familien gibt. Sie sagt, dass es nicht viele Frauen gibt, die es lange mit einem Rocker aushalten. Einige der Männer haben Scheidungen hinter sich. Rogues erste Frau war ein Opfer Ragnaröks, seine zweite hat sich von ihm getrennt.

Wir stellen alles in den Fahrstuhl und warten auf Braden, der mit dem großen Paket kommt, in dem das Bücherregal für das Wohnzimmer ist. In einem sind Angel und ich uns einig, ohne Liebesromane ist das Leben nur halb so schön. Obwohl ich zurzeit eher dazu neige, mir lieber ein paar Slasher-Movies im Fernsehen anzusehen.

Oben stellen wir alles erstmal im Wohnzimmer ab, und Braden trägt das Regal in mein Zimmer, weil es da derzeit noch den meisten Platz gibt, um problemlos Möbel zusammenzubauen. Kaum, dass Angels Kiste auf dem kleinen Couchtisch steht, fängt sie auch schon an, aufgeregt durch das Wohnzimmer zu laufen und die hässliche Eule mal hierhin und mal dahin zu stellen, dann ein paar Schritte zurückzugehen und mit zusammengekniffenen Augen zu überprüfen, ob sie den richtigen Standort gefunden hat.

Ich grinse breit und gehe dann kopfschüttelnd zurück zum Fahrstuhl, um die beiden Taschen mit Kleidung zu holen, die noch im Transporter warten. Der Fahrstuhl ist gerade wieder auf dem Weg nach oben, als die schweren Türen aufgehen, steht Andrew vor mir mit meinen Taschen in der Hand.

»Ich hab gedacht, ich helfe dir bisschen.«

»Das hättest du nicht tun müssen«, sage ich schnippisch und greife nach den Taschen. Andrew lacht und entzieht sie mir sofort. Er geht an mir vorbei und zielstrebig auf unser Apartment zu.

»Ich nehme an dort, wo die Tür offen steht.«

Frustriert verdrehe ich die Augen und stoße ein lautes und vernehmliches „Pfff" aus. »Was soll das eigentlich?«, frage ich und haste hinter ihm her.

»Das siehst du doch. Ich hab gesehen, dass ihr all den Kram hochtragt und dachte, ich helfe.«

»Ah ja«, mache ich, laufe um ihn herum, als er das Wohnzimmer betritt, wo Angel noch immer mit der hässlichen Eule in der Hand rumrennt.

»Ich hab dir gleich gesagt, dieses Ding wird nirgendwo gut aussehen«, sage ich zu ihr.

Sie dreht sich abrupt um, holt Luft, um etwas zu sagen, dann sieht sie Andrew hinter mir und dieses Glitzern tritt in ihre Augen. Was auch immer sie sagen wollte, sie hat es vergessen. Sie stellt die Eule vor sich auf den Boden. »Hallo Andrew, wie gefällt dir unsere Wohnung?«

»Chaotisch«, brummt er und geht mit den Taschen auf das rechte der beiden Schlafzimmer zu.

»Das ist meins«, wirft Angel ein. »Die Sachen gehören Phoebe, die müssen in das andere Zimmer.«

Andrew dreht um und geht auf das Zimmer gegenüber zu. In der Tür bleibt er stehen, stellt die Taschen ab und geht wieder. »Da ist schon voll«, sagt er auf dem Weg nach draußen. Eben noch gut gelaunt, wirkt er jetzt ziemlich verärgert. Er hat Braden entdeckt und das passt ihm wohl nicht. Seine angespannte Reaktion ist mir schon heute Morgen nicht entgangen. Auch wenn es mich freut, zu sehen, dass er eifersüchtig ist, er hat mich verlassen. Und wenn ich beschließe, dass ich Braden mag, dann kann er nichts daran ändern.

»Ich muss rüber in die Küche«, sage ich zu Angel. Die Rocker können ganz schön unangenehm werden, wenn sie ihr Mittagessen nicht pünktlich bekommen.

Als ich aus der Wohnung komme, steht Andrew direkt neben der Tür. Lässig gegen die Wand gelehnt. »Können wir jetzt reden?«

»Ich wüsste nicht, was es zu bereden gibt.« Ich gehe an ihm vorbei auf den Fahrstuhl zu und er folgt mir einfach, steigt mit mir in den Fahrstuhl und drückt dann die Stopptaste.

»Es gibt eine Menge zu bereden«, sagt er düster und kanzelt mich mit seinem Körper so ab, dass ich nicht an das Bedienelement das Fahrstuhls komme. Was ein Problem ist, denn jetzt ist er mir so nahe, dass ich Davidoff rieche. Ich versuche, die wohligen Schauer, die das in mir auslöst, zu ignorieren und nicht zuzulassen, dass seine Nähe meinen Verstand vernebelt.

»Gibt es nicht. Du hast mich verlassen. Punkt.«

»Und jetzt will ich dich wieder.«

»Einfach so? Und in ein paar Tagen verschwindest du wieder?« In meinem Hals drückt es unangenehm, aber alles, was ich jetzt nicht tun darf, ist weinen. »Lass mich verdammt nochmal raus hier!« Ich schubse ihn, aber er steht fest wie eine Eiche. Er legt die Arme um mich und zieht mich an sich. Und ich möchte mich wirklich ergeben. Ich möchte mich einfach fallenlassen und vergessen, dass er mich so verletzt hat. Ich möchte nur eine Sekunde seinen Körper an meinem genießen, aber das darf ich nicht. »Du kannst mich nicht mehr haben«, sage ich leise und mache mich energisch frei.

Er tritt von mir zurück, ohne den Blick von mir abzuwenden, dann gibt er den Fahrstuhl wieder frei. »Du entkommst mir nicht. Niemals.«

Als der Fahrstuhl unten ankommt, flüchte ich regelrecht vor ihm. Erst in der Küche traue ich mich, wieder durchzuatmen. Warum muss es so schwer sein, ihm zu widerstehen? Warum tut es so weh, ihn zu lieben? Warum will er mich plötzlich zurück? Er sagt mir, dass er mich will, aber er hat nicht gesagt, dass er nicht wieder aus meinem Leben verschwinden will. Weiß er denn nicht, wie es sich anfühlt, wenn er einfach geht und mein Herz mitnimmt? Wie die wenigen Tage ohne ihn mich erst aufgefressen und dann zu einem Zombie haben werden lassen?

19. Kapitel

Der Schlüssel zum Herzen einer Frau ist ein unerwartetes Geschenk zu einem unerwarteten Zeitpunkt.
- Forrester – Gefunden! -

Phoebe

Vera hat mich regelrecht aus der Küche geschmissen. Ich kann es noch immer nicht glauben, dass sie das getan hat. Sie hat darauf bestanden, dass ich heute den Nachmittag freinehme, damit ich meine neu erstandene Kleidung in die Schränke sortieren kann, wenn Angel sie nicht im Wäschetrockner ruiniert hat. Hätte sie mir nicht gleich sagen können, dass Angel kein Geschick für Haushaltsführung hat? Bei meinem Glück darf ich morgen wieder einkaufen fahren.

Als ich in unserer Etage aus dem Fahrstuhl trete, sehe ich gerade noch, wie Andrew mit einem Karton vor der Nase in unserer Wohnung verschwindet. Hat Angel etwa noch mehr Plunder gekauft? Ich habe Braden vorhin schon anflehen müssen, die Eule in den Boiler unten im Keller zu werfen.

»Du bist ja noch immer hier«, sage ich zu Andrew, der sich auf das kleine Ektorp-Sofa von Ikea fallen lässt und in den dicken Kissen versinkt. Er breitet die Arme auf der Rückenlehne aus und legt die Springerstiefel auf den Couchtisch, als wäre er hier zu Hause.

»Ganz schön anstrengend so ein Umzug«, sagt er und zwinkert mir zu. Ich verenge die Lider zu Schlitzen und mustere ihn misstrauisch. Er zwinkert noch einmal, als ich nicht reagiere, verzieht er das Gesicht. Er hat rausgefunden, dass mich dieses Zwinkern jedes Mal in ein sehnsuchtsvolles Andrew-Fangirl verwandelt. Gut, dass ich im Moment viel zu schlecht gelaunt bin, um auch nur einen einzigen erotischen Gedanken zu haben.

Ich stemme die Hände in die Hüften. »Also?«

Er steht auf, streckt in aller Ruhe seine Muskeln und hebt den Karton auf, den er eben in die Wohnung getragen hat und unachtsam mitten im Zimmer auf dem Boden hat stehenlassen. Genauso unachtsam lässt er ihn auf den Couchtisch fallen und freut sich sichtlich, als ich zusammenzucke, weil ich mir Sorgen um die Glasplatte mache, die in der Mitte im weißen Holz eingelassen ist. Er holt ein paar Jeans und ein paar eindeutige Heftchen aus dem Karton und legt alles auf den Tisch, dann stellt er den Karton wieder beiseite. Ich rümpfe die Nase, als er eins der Hochglanzmagazine in die Hand nimmt und aufschlägt. Er stößt einen Pfiff aus und setzt ein zustimmendes Gesicht auf. »Ja, Selina ist definitiv heiß auf Motorräder und reitet gerne auf ihnen in den Sonnenuntergang. Gut, dass Race mir seine Heftchen ausgeborgt hat.«

»Das ist ja schön für Selina, aber was macht Selina hier in meiner Wohnung?«

Andrew legt das Heft zurück auf den Stapel und wirft mir einen verständnislosen Blick zu. »Sie wohnt hier mit mir. Und Race dachte, der Bude hier würde es an männlichem Charme fehlen, das könnte er nicht verantworten, also hat er mir ein paar Sachen überlassen.«

Ich reiße die Augen auf und schlucke. »Hier ist kein Platz mehr!«

»Wie kommst du darauf?« Er schiebt die Hände in die Taschen der schwarzen Lederhose, die er anhat, von der ich mich frage, ob die auch von Race ist. Aber sie steht ihm geradezu unheimlich gut. Ich muss den Reflex unterdrücken zu seufzen, als er sich umdreht, um ein Kissen mit dem Union Jack als Aufdruck auf dem Sofa zu platzieren, das er ebenfalls aus dem Karton geholt hat. Er ist wirklich dabei, sich hier häuslich niederzulassen. Aber um Himmels Willen, dieser Hintern! Ich liebe diese Hosen! Wie gemein ist das denn! Ich werde Race verprügeln müssen.

»Wie ich darauf komme? Ich kann rechnen. Zwei Zimmer, drei Bewohner. Das macht ein Bewohner zu viel.«

Er dreht sich grinsend zu mir um. »Zwei Zimmer, zwei Bewohner. Oder siehst du außer uns noch jemanden?«

Ich sehe mich um, die hässliche Eule ist weg, so wie auch sonst alles, was Angel gehört. Misstrauisch gehe ich zu Angels Zimmer und muss feststellen, dass es nicht mehr Angels Zimmer ist. »Wo ist sie?«

»Sie wohnt nebenan. Rogues Tochter Chloe kommt heute Nachmittag an. Ihr hat es wohl bei ihrer Stiefmutter nicht mehr gefallen. Rogue dachte, damit sie sich schnell eingewöhnt, wäre es gut, sie mit Angel zusammenzustecken, da sie fast gleich alt sind. Und dich wollte er nicht allein wohnen lassen, wir müssen immer noch damit rechnen, dass ein paar Idioten noch nicht gehört haben, dass es für deinen Kopf kein Geld mehr gibt. Also hab ich mich freundlicherweise angeboten.«

»Hast du?«, entfährt es mir und ich starre ihn ungläubig an. »Freundlich von dir, aber ich muss dein Angebot ablehnen, wo du doch noch irgendwas Wichtiges zu erledigen hast. Ich frag einfach Braden, ob ich bei ihm wohnen kann. Dann hätte ich auch männlichen Schutz und Rogue könnte wieder beruhigt schlafen.«

Andrew runzelt die Stirn und baut sich vor mir auf. »Das wird auf keinen Fall passieren. Du wirst mit mir vorliebnehmen müssen. Er drängt mich rückwärts, bis ich gegen den Tresen stoße, der die kleine Küche vom

Wohnzimmer trennt. »Du bist wütend«, sagt er und kommt mir so nahe, dass meine Brüste gegen seinen Oberkörper drücken und ich mich nicht wage, zu atmen. Mir wird schwindlig, so sehr rast mein Herz von seiner Nähe. »Ich verstehe das. Ich hab das verdient. Du willst mich nicht ansehen müssen, und schon gar nicht, willst du mich den ganzen Tag um dich haben, weil ich schuld daran bin, dass dein Vater tot ist. Dieses Versprechen habe ich nicht einhalten können. Ich gebe dir ein neues Versprechen: Ich kann das nicht wiedergutmachen, aber ich kann für dich da sein. Und das werde ich, auch ohne dein Einverständnis.«

Ich schnappe hektisch nach Luft und drücke mich fester gegen das Holz in meinem Rücken. »Das hier hat nichts mit meinem Vater zu tun. Du hast mich verletzt, als du mich verlassen hast. Und das werde ich nicht nochmal zulassen. Du kannst also versprechen, was du willst, du wirst es ohne mich durchziehen müssen.«

Für einen Moment wirkt er verwirrt, doch dann strafft er sich wieder, beugt sich über mich, so dass ich glaube, er küsst mich jeden Moment, was meinen Magen dazu bringt, zu tanzen vor Vorfreude, aber er tut es nicht. Er sieht mich nur noch düsterer an. »Für den Augenblick kannst du mich hassen, aber du wirst mich nicht mehr loswerden. Du kannst weder dich noch mich ewig belügen, du willst mich so sehr, wie ich dich will.«

»Deine Fantasie geht mit dir durch. Und hör auf, mir Sachen zu versprechen, die du nicht einhalten kannst. Du hast versprochen, du kommst zurück und hast es nicht getan.« Ich schubse ihn weg und diesmal lässt er es auch zu.

Ich gehe auf mein Zimmer zu, ich muss unbedingt wieder atmen können. Wenn er hierbleiben will, dann soll er das, aber dann muss er damit leben, dass ich ihn ignorieren werde. Ich bin nicht bereit, mein Herz noch einmal zu verlieren. Ich knalle die Tür hinter mir zu und hole tief Luft, aber das befreiende Gefühl bleibt weg. Er hat recht, ich will ihn. Aber ich habe auch Angst, dass ich noch einmal durchmachen muss, was ich in den letzten Tagen habe durchmachen müssen. Auf meiner Kommode vibriert das Handy, das ich von ihm habe. Ich weiß, die Nachricht kann nur von ihm sein. Ich gehe zögernd darauf zu. Einen Moment bin ich versucht, die Nachricht ungelesen zu löschen. Aber die Neugier ist zu groß.

Du wirst mich nicht davon abhalten können, deinen süßen Saft auf meiner Zunge zu schmecken.

Ich muss die Augen schließen, bei dem Ansturm von Gefühlen. Er hat beschlossen, mich zu quälen.

Ich werde meine Finger in dich tauchen und danach werde ich dir zeigen, wie sehr ich dich liebe, Phoebe.

Verdammt! Ich lege das Handy weg und ignoriere die nächste Nachricht. Er will mich in die Knie zwingen.

Andrew

Mach die Tür auf und lass mich dich berühren!

Ich gehe zu ihrer Tür und lege den Kopf dagegen. Es ist nichts zu hören. Sie antwortet nicht. Antwortet sie nicht, weil das Handy gar nicht bei ihr ist? Hat sie die Nachrichten überhaupt gelesen? Ich wollte sie damit provozieren und zugleich so scharf machen, dass sie sich mir einfach in die Arme wirft. Sie hat vorhin etwas gesagt, womit sie mir Hoffnung gemacht hat. Sie ist nicht enttäuscht von mir, weil ich ihren Vater nicht gerettet habe. Sie ist enttäuscht von mir, weil ich nicht zurückgekommen bin. Damit kann ich arbeiten. Ich muss ihr nur glaubhaft machen, dass ich sie nie wieder verlassen werde. Sie will in Tolosa bleiben? Dann werde ich auch in Tolosa bleiben. Zusammen mit ihr. Aber wenn ich es ihr einfach nur sage, wird sie mir nicht glauben. Ich muss es ihr beweisen.

Ich wende mich von ihrer Tür ab und fahre mit dem Fahrstuhl in die untere Etage. Aus Rogues Apartment kommt mir eins der Mädchen entgegen. Kein Wunder, dass ihn heute noch niemand gesehen hat. Er war beschäftigt. Die kleine Brünette lächelt mich stolz an. Wenn sie sich Hoffnungen darauf macht, dass sie Rogues Bett noch einmal sieht, hat sie sich geirrt. Rogue ist nicht auf Romantik aus, mehr als einen schnellen Fick braucht keine Frau von ihm erwarten. Seit dem Tod seiner Frau ist sein Herz erstarrt, deswegen hat seine zweite Frau ihn auch verlassen. Sie hat die Kälte nicht ertragen.

Rogue hebt die Hand, als er mich sieht, und tritt von der Tür zurück, damit ich an ihm vorbei in sein Apartment kann. »Zieh dir was an!«, knurre ich ungehalten. Ich war der Meinung, die Zeiten, wo ich Rogues Arsch nackt ertragen muss, haben wir hinter uns. Er zuckt nur gleichgültig die Schultern, schnappt sich aber seine schwarze Lederhose und zieht sie sich über. Danach geht er in die kleine Küche und schenkt uns beiden Kaffee ein.

»Und, hast du dein Mädchen schon in deinem Bett?«

»Nein, sie hat sich in ihrem Zimmer eingesperrt. Sie ist sauer, weil ich nicht zurückgekommen bin nach der Sache mit Ragnarök.«

»Wäre ich an ihrer Stelle auch«, sagt Rogue trocken, nimmt seine lange Mähne zurück und wickelt ein Lederband darum.

»Ich dachte eben, sie wird mich hassen und das wollte ich nicht sehen.«

»Sie hätte dich gehasst, aber vor allem, hättest du dich selbst gehasst. Deswegen hab ich die Sache übernommen. Bruder, du bist nicht so, dass du den Mord an einem Menschen einfach wegsteckst. Das weißt du und das weiß ich. Du hättest dich fertiggemacht und sie wäre unglücklich gewesen und das Ende vom Lied wäre gewesen, dass ihr beiden euch getrennt hättet. Ich mag vielleicht ein Arschloch sein, aber ich sehe, wenn zwei Menschen sich gefunden haben. Ich war auch mal in der Lage, die richtige Frau an meiner Seite gehabt zu haben. So wie es jetzt ist, habt ihr beide noch eine Chance, wenn du es richtig angreifst. Sein Tod wird niemals zwischen euch stehen. Wenn überhaupt, wird sie ein Problem mit mir haben. Aber irgendwie sehe ich das nicht. Die Kleine und ich kommen gut klar, deswegen hab ich sie auch unter den Schutz des Chapters gestellt, als du weg warst.«

»Danke dafür.« Ich lege den Kopf schief. »Im Moment komme ich keinen Schritt weiter mit ihr. Sie kann verdammt stur sein. Steht dein Angebot noch?«

»Warum fragst du?«

»Sie hat Angst, dass ich wieder einfach aus ihrem Leben verschwinde. Ich würde ihr gerne zeigen, dass ich das nicht vorhabe. Sie will unbedingt hierbleiben, also will ich das auch.«

»Gut, dass ich das schon vermutet habe«, sagt Rogue grinsend. »Ich hab die Männer gestern schon an den Tisch geholt und abstimmen lassen.« Er geht um den Tresen, der Küche und Wohnzimmer trennt, herum und auf das Sofa zu, auf dem eine Clubkutte liegt. »Dein Patch.«

Ich sehe ihn erstaunt an. »Das ging aber schnell.«

»Wer den Pres mit seinem eigenen Leben im Knast davor bewahrt, abgestochen zu werden, der bekommt den Patch.«

»Wenn das geklärt ist«, werfe ich mit hochgezogenen Augenbrauen ein, »dann fehlt nur noch die Bemalung auf meinem Rücken.«

»Nichts sagt mehr *für immer*, als ein Tattoo«, meint Rogue. »Solange du die Helldogs nicht auf deiner Haut trägst, bist du kein Helldog. Darian wartet schon auf dich.« Rogue klopft mir auf die Schulter. »Dann braucht deine Old Lady jetzt wohl auch eine Kutte, damit jeder weiß, zu wem sie gehört.«

Ich grinse. Auf den Kutten der Mädchen steht über dem Logo des MC *Property by* und dann der Name des Bikers, zu dem sie gehört. »Ich frag sie wohl besser erstmal. Nicht, dass sie mir die Kutte um die Ohren haut, wenn ich sie zu meinem Eigentum mache.«

20. Kapitel

Ich muss dich warnen. Ich hab gehört, dass Beziehungen,
die auf extremen Erfahrungen beruhen,
nicht von Dauer sind.
Na schön, dann muss unsere Grundlage Sex sein.
- Speed -

Andrew

Jedes Mal, wenn ich zur Dartscheibe gehe, um die Pfeile herauszuziehen und dann wieder umdrehe, sehe ich sie hinter der Bar stehen, wo sie sich angeregt mit Angel unterhält. So läuft es jetzt schon seit sieben Tagen zwischen uns. Aber heute ist Schluss damit. Darian hat sein Werk auf meinem Rücken beendet und es ist gut abgeheilt. Wird Zeit, dass ich ihr zeige, was es für uns beide zu bedeuten hat. Die Frauen scheinen sich gegen mich verschworen zu haben, denn Angel wirft mir finstere Blicke zu, während Phoebe mich nur ansieht, wenn sie glaubt, ich würde es nicht merken. Aber ich kann sie sehen, wenn sie meine Helldogs-Kutte mustert und dabei nachdenklich die Stirn runzelt und an ihrer Unterlippe knabbert, denn neben dem Dartautomaten hängt neuerdings ein Spiegel mit dem Schriftzug von Kick Cola. Einer der Jungs muss ihn wohl auf dem Rastplatz mitgenommen haben, auf dem ich Phoebe fast verloren hätte.

Wenn ich jetzt daran denke, läuft es mir noch immer eiskalt den Rücken runter. Ich spüre den Beinaheverlust in meinen Eingeweiden, als würde es eben erst passieren. Was es ja auch tut. Ich habe es versaut. Sie will nicht einmal mehr mit mir reden, stattdessen flirtet sie die ganze Zeit mit einem der jüngeren Helldogs. Ich habe ihr die Zeit gegeben, habe mich in Geduld geübt. Heute mache ich Schluss damit und hole mir, was mir gehört. Meine Frau.

»Spielst du noch mit?«, knurrt Bear mich an und klopft mir mit seinen Darts auf die Schulter. Eigentlich habe ich die ganze Zeit nur so getan, als würde ich mitspielen. Ich kann mich kaum darauf konzentrieren, den Blick auf die Scheibe zu richten und nicht auf den Spiegel. Meine Pfeile treffen kaum die roten und blauen Felder.

Ich stelle mich an die Linie und werfe die Pfeile wahllos nach vorne, Rogue wird die Runde jetzt ohnehin beenden. Ich winke Angel mit meiner leeren Bierflasche, sie verzieht das Gesicht, kommt aber mit einer neuen Flasche hinter der Bar vor und auf mich zu.

»Alkoholfrei, damit du nicht vergisst, wie man sich entschuldigt«, sagt sie mit knirschenden Zähnen und dreht sich auf dem Absatz um.

Bear und Rogue lachen hinter mir laut auf. »Wenn du die Frauen alle gegen dich hast, bekommst du hier bald weder etwas zu Essen noch zu Trinken. Die sind da knallhart. Die lassen dich sogar deine Wäsche allein waschen.«

»Na dann ist ja gut, dass ich damit kein Problem habe«, schnaube ich, setze die Flasche an und spüle den Frust runter, der sich in meinem Magen breitmacht. Ich beobachte, wie Phoebe sich über den Tresen beugt und diesem Helldog etwas ins Ohr flüstert. Warren ist sein Name. Oder war es Braden ... Bradley. Egal, der Junge ist drauf und dran, sich eine Menge Ärger einzuhandeln. Ich ziehe die Brauen über der Stirn zusammen und trinke noch einen Schluck. Bier schmeckt weniger wässrig als das Zeug, stelle ich fest.

Eins der Groupies hängt sich an Bears Arm, an Rogue trauen sich die Mädchen nicht ran, ist mir aufgefallen. Nur wenn er ihnen deutlich signalisiert, dass er was von ihnen will. Bear schüttelt sie von seinem Arm, was ihr wenig auszumachen scheint. Sie zuckt mit den Schultern, blinzelt dann in meine Richtung, reckt ihre kleine Stupsnase in die Luft und überwindet die zwei Schritte zu mir hin. Es ist dasselbe Mädchen wie in unserer ersten Nacht hier. In dieser bedeutenden Nacht, in der Phoebe mir ihr ganzes Vertrauen und ihren Körper geschenkt hat. Ich bin ziemlich sicher, dass beides nicht noch einmal vorkommen wird. Weder wird sie mir in irgendeiner Art vertrauen, noch werde ich noch einmal in den Genuss ihres Körpers kommen.

Das dunkelhaarige Mädchen schlingt ihre Arme um meinen Körper und ich will sie gerade auf Abstand schieben, als ich sehe, wie Phoebes Blick erst zu mir zuckt, sich ihre Augen dann verengen und sich ihre Stirn in zornige Falten legt, bevor sie schnell wieder zur Seite schaut.

War das Eifersucht? Die gleiche Eifersucht, die sie hat nach Nancy fragen lassen? Die sie hat alles über mein Abenteuer mit Hope herausfinden lassen? Die sie dazu gebracht hat, die kleine Spanierin, die sich gerade aufreizend an mir reibt, von mir wegzureißen?

Ich lege meinen Arm um den Körper des Groupies, an dessen Namen ich mich nicht einmal mehr erinnern kann. Habe ich ihn überhaupt jemals gewusst? Eigentlich spielt das keine Rolle, denn sie ist nur Mittel zum Zweck, weil es kein Gefühl auf dieser Welt gibt, das mehr Kräfte in Bewegung setzt als die Eifersucht.

Schon wieder diese Schlampe! Ich beobachte die Szene, die sich direkt vor meiner Nase abspielt, und weiß nicht, wie ich darauf reagieren soll. Eigentlich rechne ich damit, dass Andrew dieses Biest von sich schiebt, so wie es Bear eben auch getan hat, aber er zögert, lässt es zu, dass sie ihre gierigen Arme um ihn schlingt.

Unsere Zwangs-WG gibt es jetzt schon seit sieben Tagen. Sieben Tage, in denen ich versuche, Andrew aus dem Weg zu gehen, was jeden Tag aufs Neue ein harter Kampf mit der in mir wachsenden Sehnsucht nach ihm ist. Und dann heute Morgen, nachdem ich aus dem Bad komme, kommt er mir ohne T-Shirt entgegen, dafür mit einem Helldogs-Logo auf seinem Rücken. Er hat sich tätowieren lassen und ich habe es nicht mitbekommen. Andrew ist ein Helldog, und auch das habe ich nicht mitbekommen. Einen Moment habe ich geglaubt, dass dieses Tattoo bedeutet, wir könnten eine Chance haben. Weil es bedeutet, er hat beschlossen, hier zu bleiben. Aber jetzt tut er das, was diese Rocker alle gerne tun. Er ist dabei, sich mit einer Clubschlampe zu beschäftigen.

Ich schlucke, sehe weg und tue so, als würde ich Bradens Ausführungen über die richtige Einstellung zu Tee verfolgen. Er erklärt mir gerade, dass Teebeutel ein absolutes No Go sind, denn ich habe den Fehler gemacht, heute im Supermarkt Schwarztee in Beuteln zu kaufen. Ich nicke dienstbeflissen und schiele wieder zu Andrew rüber, der jetzt seinen Arm um die Spanierin schlingt und ihr dabei tief in die Augen schaut.

Hat er mich so schnell abgelegt? Ist Andrew ein Mann mit wechselnden Beziehungen? Ich habe ihn nie mit Frauen gesehen. Von Nancy wusste ich nicht einmal. Aber mit ihr muss er ja längere Zeit zusammen gewesen sein, wenn er für sie alles hinter sich lassen wollte. Das tut man doch nicht für eine Frau, die man kaum kennt. Andererseits ist da Hope, die sich, wie sie mir erzählt hat, an die gemeinsame Nacht nicht einmal erinnern kann. Aber bei ihm scheint sie Eindruck gemacht zu haben. Wenn er über sie spricht, dann schimmert da etwas Warmherziges in seinem Blick. Und mit Hope hatte er nur eine Nacht. Also wechselt er wohl doch recht schnell.

Zumindest kann ich mir nicht vorstellen, dass ein Mann eine Frau so interessiert ansehen kann, wie er es eben mit der Clubschlampe tut, die gestern noch mit Braden rumgemacht hat. Er beugt sich weiter zu ihr runter, schaut kurz zu mir, ich weiche seinem Blick aus und lächle Braden nickend an, der mir eben erklärt, dass der Tee in Spanien nicht an den in Schottland rankommt, dann schiele ich wieder zu Andrew.

Er küsst sie! Mein Mund klappt auf, in meinem Magen rumort es. Ich blinzle ungläubig mit den Augen und sehe noch einmal hin. Er küsst sie nicht nur, er hat seine Zunge in ihrem Hals! Vor meinen Augen! Konnte er nicht warten, bis ich drüben im Lagerhaus in meiner kleinen Wohnung bin? In mir steigt die Galle hoch, als Andrew die Frau noch näher an sich zieht, um den Kuss noch weiter zu vertiefen. Ja, wie tief denn noch?

Ich balle meine Hände zu Fäusten, ich kann nicht wegsehen. Der Hieb, den ich ihm schon verpasst habe, hat anscheinend nicht gereicht, um ihm zu zeigen, wie sehr er mich verletzt hat.

Ich richte mich auf, straffe die Schultern und marschiere los. Rogue sieht mich mit großen Augen an. Bear grinst wie ein Teddy. Die beiden Männer stehen direkt neben Andrew und halten noch immer ihre Dartpfeile in den Händen. Wild entschlossen kralle ich die Finger meiner linken Hand in den durchsichtigen Blusenstoff der Clubschlampe und zerre sie von Andrew weg. Mit der rechten forme ich eine Faust und hole aus. Andrew sieht weder überrascht aus noch wütend. Er grinst, hält meine Faust auf und lässt meinen Arm nicht mehr los.

Viel zu einfach zerrt er an meinem Arm und reißt mich gegen seine Brust. Er lässt mich nicht einmal den Schock verdauen, bevor er seine Lippen auf meine presst und mir brutal seine Zunge in den Mund schiebt. Mit allem, was ich ihm entgegenbringen kann, trete ich ihm gegen das Schienbein und befreie mich aus seiner Umklammerung.

Ich greife nach rechts, wo Rogue lachend ein Glas Whisky in der Hand hält, und nehme es ihm ab. Ich nehme einen großzügigen Schluck und spüle kräftig meinen Mund. Das mache ich, ohne auch nur einmal, meinen Blick von Andrews Gesicht zu lösen. Dieser Macho grinst noch immer. Ich beuge mich etwas runter und spucke Andrew vor die Füße.

»Du hast deine Zunge in der gehabt und küsst mich dann?«, keife ich ihn ungläubig an.

»Es hat funktioniert, oder?«, fragt er, nimmt mir das Glas aus der Hand, spült seinen Mund und spuckt sich selbst vor die Füße.

»Wenn du glaubst, dass das reicht, um mich ...«

Er packt mich, hält meine Hände hinter meinem Rücken zusammen und verschließt meinen Mund mit einem Kuss. Um uns herum wird geklatscht und gejohlt. Ich beiße Andrew in die Unterlippe. Er zuckt zurück, wischt sich Blut vom Mund und grinst. »Bereit zum Reden?«

»Was hättest du mir schon zu sagen?«, keife ich und zerre an meinen Armen. Ich versuche, mein Bein zu heben, da er mich aber so fest gegen seinen Körper drückt, kann ich ihm nicht mal zwischen die Beine treten.

Meine Bemühungen entlocken ihm nur ein raues Lachen. Er wirft mich über seine Schulter, dabei lässt er noch immer nicht meine Handgelenke los.

»Das letzte Zimmer«, höre ich Vera sagen.

»Du Verräterin«, murmle ich gegen Andrews Jeansarsch.

Andrew lässt mich erst runter, als wir in dem Gästezimmer sind, in dem wir schon einmal eine Nacht verbracht haben. Diese Nacht. Die wichtigste und schönste meines Lebens.

Er drückt mich mit dem Rücken gegen die Tür und presst wieder seine Lippen auf meine. Ich verschließe meine Lippen so fest ich kann, aber dann steigt mir Andrew und Davidoff in die Nase und ich fühle überall dieses Kribbeln und Flattern. Hitze, die meine Sinne flutet. Ich kann nicht anders, als gegen ihn sinken und meine Abwehr aufgeben. Ich lasse seine Zunge in meinen Mund und seufze, als er in mich eindringt und meinen Mund plündert. Hart und ohne Rücksicht. Endlich lässt er meine Hände los, so dass ich sie auf seine Schultern legen, mich noch enger an ihn schmiegen und den Kuss vertiefen kann, der dafür sorgt, dass ich ganz atemlos bin.

Er löst sich von mir, legt keuchend seine Stirn gegen meine. »Können wir jetzt reden?«

»Darüber, dass du mich einfach verlassen hast? Haben wir schon«, sage ich wütend und schubse ihn von mir weg.

Er kneift die Augen zusammen, sein Atem geht stoßweise und seine Hände greifen nach mir, aber ich weiche von ihm zurück. »Darüber, dass du ab sofort mir gehörst.«

»Dir gehören?.«

»Werde meine Old Lady.«

»Dein Eigentum? Du meinst das ernst!«, sage ich und gehe auf ihn zu, nur um ihn noch einmal zu schubsen.

»Lass es uns festmachen. Ich will, dass du weißt, dass ich dich nie wieder verlassen werde«, sagt er und sieht mich dabei fest an. Ich blinzle gegen die Tränen an. Er will es wirklich so. Als seine Old Lady bin ich ein Teil von ihm. Das sagt allen Männern, dass ich zu ihm gehöre. Nur zu ihm.

Ich gehe weiter, um ihn noch einmal zu schubsen, aber als ich meine Hände gegen seinen Oberkörper drücke, fehlt mir die Kraft. Andrew schlingt seine Arme um mich und hält mich sekundenlang einfach nur fest. Er küsst mich auf den Scheitel.

»Es tut mir leid«, flüstert er. »Ich war ein Idiot.«

Ich sehe zu ihm in diese wundervollen leuchtenden Augen auf und grinse zufrieden. »Ja, das warst du. Und jetzt zieh mich aus. Ich will deine Zunge überall auf meinem Körper.«

»Zu Befehl!«

Ich stelle mich auf die Zehenspitzen und komme Andrew entgegen, damit er mich küsst. Er kommt der Aufforderung sofort nach, dann fühle ich, wie er das schwarze Shirt mit dem Helldogs-Logo, das Angel mir gegeben hat, packt und nach oben zerrt. Ich strecke mich, damit er es mir ausziehen kann. Dann helfe ich ihm aus seinem Pullover und dem Shirt.

Er schiebt mich rückwärts, bis ich gegen den Nachttischschrank stoße, auf dem die Blümchenlampe steht, die er kurzerhand auf das Bett fegt. Dann richtet er seinen Blick auf den schwarzen BH, den ich trage, der eigentlich nichts Besonderes ist, außer man bedenkt, dass wir ihn zusammen geklaut haben. Er legt beide Hände unter meine Brüste und reibt mit den Daumen durch den Spitzenstoff hindurch meine Brustwarzen und schickt kleine Funken zwischen meine Beine. Ich dränge mich seiner Berührung entgegen.

»Ich habe gedacht, ich würde das nie wieder tun dürfen«, sagt er, dann senkt er seinen heißen Mund auf meinen Hals. Seine Lippen saugen, dann malt er Kreise auf meiner Haut und ich erschauere wohlig. Er öffnet den Verschluss des BHs im Rücken und streift ihn mir von den Schultern. Eine seiner Hände wandert zwischen meine Brüste, während er an meinem Schlüsselbein knabbert und dann auf die feuchte Haut bläst. Er drückt mich sanft nach hinten gegen die Wand und beugt sich dann über meine Brüste. Leckt über den unteren Ansatz, knabbert entlang der Außenseiten und umspielt die härter werdende Brustwarze mit seiner Zunge. Seine Hände liegen auf meinen Oberschenkeln und schieben sich die nackte Haut nach oben. Ich trage einen wirklich kurzen Rock, den ich auch von Angel habe, und das Gefühl seiner heißen Hände auf meinen kalten Schenkeln ist unvergleichlich gut.

Er guckt nach unten, wo seine Daumen unter dem Saum des Jeansrocks verschwinden. »Das ist verdammt heiß«, sagt er stöhnend. »Wenn wir nicht gerade auf der Flucht sind, solltest du das öfters tragen.«

Ich muss lachen, als er mich auf mein unpraktisches Minikleid anspricht. Ich recke meinen Fuß in die Höhe. »Und wie sieht es mit denen aus?« Ich trage Stiefeletten mit einem recht hohen Pfennigabsatz.

»Unbedingt anlassen«, knurrt er und zwängt meine Beine auseinander. Er schiebt seine Finger unter den engen Rock und angelt nach meinem String. Ich stütze mich mit den Händen auf der kleinen Kommode ab und hebe das Becken an, damit er mein Höschen ausziehen kann. Dann setze ich mich so weit es geht an den Rand und öffne meine Schenkel ganz langsam. Der Rock rutscht nach oben und gibt die Sicht auf meine feuchte Scham frei.

Andrew atmet heftig ein, den gierigen Blick zwischen meine Schenkel gerichtet.

»Verdammt, ich liebe dich«, sagt er.

»Bist du sicher?«, frage ich.

Er hebt den Blick, schluckt und nickt. »Ich war mir noch nie so sicher.«

Er stellt sich zwischen meine Schenkel. Ich ziehe ihn am Bund seiner Hose näher und öffne dann seinen Hosenschlitz. »Ausziehen«, befehle ich.

Andrew schlüpft aus seiner restlichen Kleidung und steht nackt vor mir. Seine Erektion wippt leicht, als er wieder auf mich zukommt. Ich betrachte sie gierig, lecke mir über die Lippen und sehe mit halb geschlossenen Lidern zu ihm auf.

»Auf die Knie!«

»Und wie«, stöhnt er und taucht zwischen meine Schenkel ab. Ich lehne mich wieder nach hinten gegen die Wand, schließe genüsslich die Augen und umklammere den Rand der Kommode mit meinen Händen.

Andrew drückt meine Beine auseinander, ich stelle meine Schuhe auf seine breiten Schultern, mit Sicherheit drücken die Absätze gegen seine Schlüsselbeine, aber Andrew scheint das noch anzutörnen. Sein Blick verdunkelt sich und seine Mundwinkel umspielt ein Lächeln.

»Das ist heiß«, stöhnt er heiser. Dann verschwindet sein Gesicht unter dem Saum des Rocks, gleich darauf taucht ein Finger in meine Hitze. Ich zucke kurz zurück, stöhne und entspanne mich. Andrews Zunge gleitet durch meine Spalte. Ich keuche auf, als er beginnt meine Klit zu bearbeiten und seinen Finger in mich zu stoßen. Wärme verteilt sich in meinem Schoß. Mir wird immer heißer, je intensiver Andrew an mir saugt und leckt. Er schiebt einen weiteren Finger in mich und stößt schneller und heftiger zu.

Mein Atem geht schneller, mehr Wärme arbeitet sich in heißen Wellen durch meinen Körper und schürt meine Erregung.

Andrew legt seine Hände auf meine, als ich die Kontrolle und den Halt verliere. Ich stöhne, als sich meine inneren Muskeln zusammenziehen. »Andrew«, schreie ich. Andrews Zunge wird schneller, passt sich dem drängenden Stoßen seiner Finger an. Ich schreie ein weiteres Mal seinen Namen, als ich zuckend um seine Finger herum komme.

Meine Beine zittern, als Andrew aufsteht. Ich lasse sie schlapp fallen. Er hilft mir auf, dann sieht er mich mit blitzenden Augen an.

»Ab jetzt befehle ich«, sagt er rau. »Umdrehen.«

Er zieht mich auf meine Füße, dreht mich um und drückt meinen Oberkörper nach unten, meine Hände flach auf die Oberfläche der Kommode. Er stellt sich hinter mich, küsst meinen Rücken und streichelt meine Vorderseite. Dann schiebt er den Rock über meinen Hintern, so, dass er sich wie ein Gürtel um meine Taille bauscht.

»So bleiben«, sagt er leise und tritt von mir zurück. Ich sehe über meine Schulter zurück und in meinem Magen flammt es auf, als ich sehe, wie er meinen Arsch bewundert. Er hebt seine Hose auf und zieht ein Kondom aus der Tasche, dann stülpt er es sich über und betrachtet weiter meinen Hintern.

»Du hast einen wahnsinns Arsch. Geschaffen, um von hinten gefickt zu werden«, sagt er düster. Er stellt sich wieder hinter mich, schiebt eine Hand zwischen meine Beine und reibt meine Klitoris, die andere packt grob meine Taille, dann schiebt er sich langsam in mich. So langsam, dass ich spüren kann, wie ich zentimeterweise gedehnt und ausgefüllt werde. Ich halte die Luft an, aber es fühlt sich alles andere als unangenehm an, ihn tief in mir zu haben. Eine Hand streicht meine Wirbelsäule nach oben, krallt sich in mein Haar und zieht meinen Kopf nach hinten. Ich atme tief ein, als Andrew sich aus mir zurückzieht und dann in einen schnellen harten Rhythmus fällt, den ich wie Stromschläge bis tief in meinen Körper spüren kann.

Ich komme ihm entgegen. Bald hallt das Klatschen von Haut auf Haut und unser lauter keuchender Atem durch das Zimmer.

Die Hand auf meiner Taille lässt mich los und wird zwischen meine Beine geschoben. Ein Finger stimuliert die empfindlich pulsierende Perle, von der sich all die prickelnde, ziehende Energie bis in meine Zehen und Finger verteilt.

Andrews Atem wird lauter. »Phoebe«, keucht er. »Du fühlst dich perfekt an. Eng und feucht. Komm für mich. Komm!«

Ich ziehe mich um ihn herum zusammen und explodiere in einem heftigen Orgasmus, der Andrew mitreißt. Er lässt sich schwer atmend auf meinen Körper fallen, seine Hände streicheln meine Seiten, dann erhebt er sich, zieht sich aus mir zurück und hebt mich auf seine Arme. Er legt mich auf das Bett, deckt mich zu und geht das Kondom entsorgen. Ich hebe die Decke an, als er zurückkommt und schmiege mich an seine Seite. Ich drücke mich ganz fest an ihn, um sicherzugehen, dass er auch wirklich da ist.

»Verlass mich nie wieder.«

»Phoebe«, sagt er und streichelt über meine Schulter. Sein Herz hämmert schnell unter meinem Ohr und ich erinnere mich, wie sehr ich dieses Geräusch liebe. »Ich liebe dich. Die letzten Tage waren die härtesten meines Lebens. Ich will das nie wieder durchmachen müssen.«

»Ich auch nicht. Wenn du mich nochmal verlassen willst, hol dir von Rogue eine Waffe und erschieß dich. Denn das wird es sein, was ich mit dir tun werde, wenn ich dich danach noch einmal wiedersehen sollte.«

»Damit kann ich leben.«

Ich sehe zu ihm auf und grinse. »Dieses Tattoo auf deinem Rücken hat mich schon heute Morgen ganz feucht werden lassen. Was haben Biker nur an sich, dass wir Frauen ihnen so hilflos ausgeliefert sind?«

»Sie sind Bad Boys.«

»So ein bisschen kriminell, was macht das schon?«

»Ich muss dich warnen. Ich hab gehört, dass Beziehungen, die auf extremen Erfahrungen beruhen, nicht von Dauer sind.«

Ich kuschle mich tiefer in seine Umarmung. »Na schön, dann muss unsere Grundlage Sex sein.«

»Wenn wir beide uns zusammentun, dann könnten wir den ganzen Staat in die Tasche stecken und noch Kansas und Missouri und Oklahoma dazu und alle würden sie dann von uns sprechen!«

»Das tun sie doch sowieso schon, Clyde.«